문학이 하는 일

문학이 하는 일

김영찬
평론집

문학은 어차피 시대의 잉여다. 자본이 지배하는 사회적
체제의 한가운데서 그것은 언제나 모자라거나 넘친다
수록 물샐틈없이 공고해지는 자본주의 시스템의 사슬
수차원으로서 문학의 죽음은 어쩌면 예정된 필연이라
이다. 그러나 문학이 언어의 기예인 한, 그리고 언어에
속할 수밖에 없는 생명체로서 인간이 존속하는 한, 문
수 없는 무엇이다. 문학은 그럼으로써 '의미'의 상실을
으며 이 시대의 불행을 각기 자신의 몸으로 증거한다.

창비

다시 평론집을 묶는다. 2011년 『비평의 우울』 이후 세번째 평론집이다. 이 책에 실린 글들은 한국사회가 이명박과 박근혜의 연이은 집권이 불러온 치명적인 댓가를 속수무책으로 앓는 와중에 씌어졌다. 이 시기 한국사회는 어렵게 쌓아올린 최소한의 정신적 가치와 민주주의의 토대마저 잠식당하며 퇴행을 거듭했고, 한편으로 무한경쟁의 속도전에 매몰된 삶의 동물화에 무방비로 내몰렸다. 그리고 그 한가운데, 세월호 참사가 있었다. 세월호의 참담을 겪은 이후, 비평가로서 나는 무엇이었고 또 무엇을 하고 있었을까. 돌아보면 도리와 방책을 알지 못한 채 속절없이 부서지는 언어와 정신을 무력하게 추스르기 급급했던 것 같다. 한동안 비평적 실어증(失語症)은 나를 붙들고 놓아주지 않았다. 이 책의 몇몇 글들은 그런 중에도 애써 힘겹게 무어라도 말하려고 했던, 그럼에도 실패한 언어의 흔적들이다. 글을 모아놓고 보니, 그런 것 같다.

그럼에도 불구하고, 문학은 계속되고 있었다. 물론 사회의 모든 문제를 문학의 이름으로 감당하던 '문학의 전성시대'는 이제 끝났다. 그렇게 한 시대 문학의 역할은 종언을 고했고 그 위의(威儀)는 가뭇없이 스러졌다. 그럼에도 한국문학은 여전히 시대의 공기에 예민하게 반응하고 있었고 작가들은 저마다의 방식으로 끊임없이 말하고 또 쓰고 있었다. 오늘의 한국문학은 그렇게 고장난 한국사회의 질환을 여전히 제 몸으로 앓으면서 죽어도 죽지 않는 유령이자 증상의 목소리로 발언하고 있었다. 하지만 그런 중에도, 한낱 이승과 저승 사이(유령)와 병상病牀(증상)에만 머물지 않으려는 문학의 자기반성과 실천도 조금씩 가시화하는 것 같다. 21세기 한국문학은 이 땅의 모든 고통의 목소리에 귀를 기울이고 몸을 내어주는 방식으로 문학 이후 또다른 문학의 몫을 발명하고 있었다. 어쩌면 그것은 한 시대의 문학이 끝난 자리에서 '문학 이후의 문학'이 어떻게 존재할 것인가에 대한 문학 스스로의 질문인 동시에 가능한 하나의 답변이랄 수 있을 것이다.

문학은 무엇이고 또 무엇이 되어야 하는가, 그리고 문학은 무엇을 할 수 있는가라는 고전적인 질문이 새삼 다시 긴요해진 것은 이런 맥락에서다. 이는 죽음 이후에도 놓아버릴 수 없는 문학의 고유한 몫과 쓸모가 어디에 있는가라는 물음이다. 이 책에 실린 글들을 관통하는 하나의 일관된 맥이 있다면 그것은 바로 그러한 물음일 것이다. 물론 당연히 이 책이 그 물음에 대한 마땅한 답변을 담고 있다고 할 순 없다. 그것은 능력에도 부칠뿐더러 애당초 가능하지도 않다. 물음에 응하고 답하려는 한국문학의 시도와 고투는 지금도 여전히 완결되지 않은 현재진행형이기 때문이다. 그리고 그 답변은 앞으로도 이어질 '쓰기'와 '읽기'의 지속을 통해 부단히 구하고 발명해나가야 하는 것이기 때문이다. 아마도 그럴 것이다. 그리하여 우리가 찾는 답변은, 아직 오지 않은 미래로부터 그렇게 도래할 것이다. 그러기 위해 한국문학은 지금 최선을 다하는 중이라 믿는다. 이 책은 다만 그 긴요한 물음을 따라가며 한국문학의 어제와 오늘을, 문학의 안과 밖을 둘러보고 숙고하면서 한발짝씩이나마 옮겨보려고 한 시도의 흔적일 뿐이다.

　1부와 2부에는 그러한 물음을 바탕으로 씌어진 주제론 성격의 글을 묶었다. 그중에서 1부는 장편소설의 가능성과 불가능성의 조건을 헤아려보고 한국 장편소설의 현재를 짚어본 글들, 그리고 한국문학의 영고성쇠(榮枯盛衰)와 운명을 같이해온 지금 이곳 비평의 문제와 현황을 점검하는 글들을 모았다. 2부에 실린 글들은 상대적으로 학술적 성격이 강한 원론적인 글이지만, ‘문학이 하는 일’이라는 현재적 문제의식 속에서 한국소설과 비평이 어떻게 존재해왔고 또 무엇이 되어야 하는가를 성찰하고자 한 나름의 비평적 숙고의 시도로 읽혔으면 한다. 과거를 의미화하고 문학을 어떻게 읽을지를 묻는 일은 현재의 좌표를 가늠해보는 일과 다르지 않고 비평의 존재근거를 세우는 일과도 무관치 않은 까닭이다. 특히 한국문학에 대한 비평과 학술연구 사이의 배타와 분열이 점점 고착되어가는 지금 국문학계의 상황을 돌아볼 때, 비평과 학술연구의 경계를 지우고 통합하려 한 이런 식의 글쓰기도 나름 의미가 없진 않을 것이다.
　한국소설의 위기와 지리멸렬에 대한 탄식과 질타가 잇따르고 세간을 뒤흔든 문학계 안팎 일련의 사태로 한국문학이 쌓아올린 오랜 권위가 의심받는 와중에도 한국문학은 조용히 분전하고 있었고 좋은 소설은 계속 씌어지고 있었다. 그들은 그렇게 ‘쓴다는 것’의 지난함을 무릅쓰며 문학의 고유한 몫을 증명하고 있었다. '문학, 기억, 고통의 목소리'라는 제하에 3부로 묶은 글들은 띄엄띄엄이나마 그런 한국소설의 성과를 좇아간 글들이다. 그들이 문학으로 무엇을 하고 있는가를 가시화하고 상징화하고자 했다. 4부에 함께 묶은 다양한 작품론도 성격과 초점은 각기 다르지만 그 대강은 크게 다르지 않다. 평론집 체제의 일반적인 관행에서 벗어나 말미에 '보유(補遺)'로 덧붙인 '인터뷰'는 그저 비평가 정홍수의 표현 그대로 어느 '유희 지향적 비평가'의 소심한 유머 정도로 가볍게 받아들여졌으면 한다.

한동안 비관과 우울에 머물렀다. 돌아보면 그것은 '그럼에도 불구하고' 현실을 직시하려는 방법적 선택이긴 했으나, 어느 면 야속한 역사의 간지(奸智)에 대한 무력감의 발로이기도 했을 것이다. 이 책에 실린 대다수 글들에서 오래도록 한국문학이 전하는 우울의 기적을 더듬고 있었던 연유이겠다. 그러나 지금 한국사회는 오랜 퇴행의 어둠을 지나 문재인 정부가 출범한 이후 새로운 전환기를 맞고 있다. '87년체제'의 종식을 눈앞에 두고 있으며 오랫동안 한국사회의 영혼과 신체를 옥죄었던 분단체제의 악몽도 어쩌면 이제는 끝날지도 모른다는 기대가 확산되고 있다. 변화의 조짐은 문학계도 마찬가지다. 그동안 한국문학을 지탱해온 낡은 문학적 권위에 대한 문제제기가 페미니즘 이슈를 중심으로 터져나오고 있고 더불어 문학에 대한 새로운 관념의 구축과 실천도 활발해지고 있다. 그렇다면 한국문학도 이제 기대와 희망에 대해 조심스럽게 말해볼 수 있지 않을까. 어쩌면 그럴지도 모른다. 그러나 여전히 그 작은 기대와 희망조차 자신의 것이 될 수 없는 잊히고 버려진 것들이 있는 한, 보이지 않고 들리지 않는 그 고통의 목소리가 바깥을 떠도는 한, 문학이 있어야 할 자리는 바로 그 '바깥'일 수밖에 없다. 문학은 언제나 우울의 편이다.

　책을 내는 일은 언제나 폐(弊)를 떠안기고 빚을 떠안는 일이다. 먼저 흔쾌히 추천사를 써주신 황석영 선생님과 정홍수 형께 감사드린다. 두분의 분에 넘치는 추천의 언어와 실제 실물 사이에 놓인 아득한 거리는 나 스스로 부단히 좁혀나가야 할 몫이자 빚이라 생각한다. 부족한 책을 출간하는 데 조언과 도움을 아끼지 않으신 한기욱 선생님, 까다로운 저자 때문에 배는 고생했을 편집자 박지영 님의 노고와 배려도 잊지 못한다.

2018년 6월, 창의문 밖에서
김영찬

제1부

장편소설의 오늘,
비평의 운명

공감과 연대―21세기, 소설의 운명

1. 이토록 이상한, 르네상스

한국소설은 목하 성황 중이다. 이른바 '장편의 시대'에 걸맞게 장편 연재지면은 다양한 종류의 인터넷 공간과 문예지 등을 중심으로 유례없이 확장되었고, 그에 힘입어 예년과 비교할 수 없을 만큼 많은 수의 장편소설이 쏟아져나오고 있다. 그리고 해를 거듭하면서 작품들의 수준도 세간의 우려를 불식하며 조금씩 상향 조정되고 있는 듯 보인다. 신경숙(申京淑)의 『엄마를 부탁해』(창비 2008)와 공지영(孔枝泳)의 『도가니』(창비 2009), 김애란(金愛爛)의 『두근두근 내 인생』(창비 2011) 등 시장에서 화제를 모으며 꾸준히 선전하는 작품들도 어렵지 않게 눈에 띈다. 이쯤 되면 장편소설의 르네상스라 일컬어도 과히 틀리지 않을 듯하다,라고 말하려는 참에, 평론가 김형중(金亨中)의 고약한 목소리가 끼어든다. "르네상스치고는 참 이상한 르네상스다."[1]

---

1 김형중 「장편소설의 적: 최근 장편소설에 관한 단상들」, 『문학과사회』 2011년 봄호 254면.

이상한 르네상스? 한국소설이 창조적 갱신의 흔적 없이 고만고만한 작품들을 쏟아내면서 기진맥진해 있는 것이 저 르네상스의 정체라는 속내겠다. 거기에 덧붙인다면, 지금 한국소설이 구가하는 '이상한 르네상스'의 물결이 불러온 의도치 않은 효과는 그것이 밑으로 가라앉아 잘 보(이)지 않았던 무언가를 수면 위로 떠올려 노출시키고 있다는 데 있다. 그 무언가란 바로 작금의 한국소설이 안고 있는 모종의 결여다. 지금 한국소설은 그 결여를 안은 채 이토록 이상한, 어둠의 르네상스를 통과하고 있다. 그리고 오늘날 문학현실에 눈 돌리지 않는 정직한 눈을 가진 이라면, 외관상의 활기에 가려져 있는 그 어둠에 무심할 리 없다. 구체적으로 그 것은 2000년대 문학이 제 사명을 다한 국면에서 새 시대 문학의 도래는 지연되고 있는 와중의 지리멸렬이며, 한국소설이 이른바 '장편의 시대'에 제 몸을 맞춰가(야 하)는 과정에서 뒤늦게 발각되고 있는 빈곤과 고통스러운 성장 지체다. 물론 한편으로 몇몇 예외적 작품의 사례를 들어 이 어둠의 존재를 애써 부인해볼 수도 있겠다. 그러나 우리가 눈 밝혀 보아야 하는 것은 몇몇 개별 작품의 예외적 선전(善戰)이 아니라 (어디서나 흔히 그래왔듯) 그것이 가려버리기 쉬운 집단적 현상의 진실이다.

어찌 보면 앞서 지적한 문제는 한국소설이 제 갈 길을 가는 가운데 겪을 수밖에 없는 당연한 일시적 현상으로 비칠 수도 있을 것이다. 일면 그런 듯 보이기도 하지만, 과연 그렇기만 한가? 물론 그렇지 않다. 더 깊이 따져보면 그 현상들은 실은 지금 한국소설이 안고 있는 근원의 문제가 특정한 정세적 국면을 맞아 겉으로 노출되는 하나의 증상일 뿐이다. 그렇다면 우리가 정작 저 어둠을 꺼안고 새겨보아야 할 물음은 대략 이런 것일 터다. 이것은 혹 시대적 변화와 외부환경의 악화가 문학에 덧씌워놓은, 또는 시간이 흐르면 저절로 걷힐 그런 과도기적 어둠 따위에 그치는 것이 아니라, 더 깊은 차원에서 21세기 한국소설의 존재근거를 되묻기를 요구하는, 그런 어둠이 아닐까?

이런 의문에 대해 어떤 이는 또 너무 앞서간 지나친 비관이라 질책할지도 모르겠다. 실제로 한기욱(韓基煜)은 지난『창작과비평』여름호에 실린 글에서, 현재의 한국문학에 대한 나와 김형중의 비평적 시선을 함께 문제삼으며 한국문학의 위기를 과장하고 장편소설의 장래를 지레 의심하는 암울하고도 비관적인 전망이라 비판한 바 있다.[2] 그 글에서 한기욱은 한국문학이 불리한 여건 속에서도 "만만찮은 성과와 활력"(209면)을 보여주고 있음을 몇몇 작품을 사례로 들어 설명하면서, 그것을 보지 못하고 한국문학의 가능성을 의심하는 두 비평가의 비평적 관점과 이론적 구도의 '허실'(!)을 상세하고 친절하게 일러준다.

이 글에서는 한기욱의 비판이 갖는 문제점에 대해 세세히 짚어가면서 그에게 일침(一鍼)을 돌려세울 생각은 없다. 다만 현재의 한국문학을 읽기 위한 나의 이론적·문학사적 구도에 대한 그의 비판이 일종의 '덜 읽기'의 (무)의식적 욕망에 이끌리고 있다는 사실만은 먼저 지적해둘 필요가 있겠다. 가령 한국문학의 현재에 대한 나의 '비관'을 타박하는 그의 논리가 우선 그렇다. 그에 따르면, 한국문학의 활력과 장편소설의 장래를 회의하는 나의 비관은 크게 보아 시대구분과 관련된 (그의 표현을 그대로 옮기자면) "단절론적 문학사 인식"과 "구조주의 문학관"(213면)에서 비롯된다는 것이다. 그와 함께, 2000년대 문학의 성격으로 강조한 '탈내면의 상상력'의 특징에 부합되지 않는 작가와 작품을 '살아 있는' 문학의 목록에서 제외함으로써 '한국문학의 가용자산'을 쪼그라들게 만드는 나의 이론적 '자승자박'이 암울한 비관에 사로잡히는 원인이 되고 있다고 한다.

우선 여기에서 드러나는 나의 비평적 입장에 대한 곡해와 그 '허실'은 논외로 하더라도, 한기욱은 현재 한국소설의 문제에 대한 나의 비관적 시

---

2 한기욱「한국문학에 열린 미래를: 현단계 소설비평의 쟁점과 과제」,『창작과비평』2011년 여름호. 앞으로 이 글을 인용할 때에는 면수만 밝힘.

선이 대체 무엇을 겨냥하고 있었는지를 보지 못하거나 아니면 애써 외면하는 것 같다. 여기서 불가불 다시 한번 강조하면, "문제의 진정한 진전이나 해결은 자화자찬의 낙관이 아니라 직시(直視)의 비관에서부터 힘겹게 시작되는 것이다."[3] 그런 측면에서 한국소설의 현재를 바라보는 나의 시선은 (데까르뜨를 빌리자면) 낙관의 실마리를 붙들기 위한 일종의 '의지적 비관'이며 '방법적 비관'이다. 그것은 곧 몇몇의 부분적인 성과(그 자체도 다시 따져봐야 할 테지만)를 근거로 "한국소설의 현재 자산은 한결 넉넉해진다"(228면)라고 자족해버리기보다, 외면해선 안될 "우리시대 한국문학의 빈곤"[4]을 먼저 정직하게 응시하면서 문제를 분명히 하는 데서 출발하고자 하는 비평적 애티튜드의 표현이라 해도 좋겠다. 근대문학과 근대문학 이후를 갈라보고 동시에 지금 2000년대 문학이 장편에 대한 요구 앞에서 겪는 난경(難境)을 표 나게 부각했던 것도,[5] 지금 한국소설의 자리와 그 앞뒤를 역사적으로 맥락화함으로써 도래할 가능성의 근거를 짚어보려는 의도에서였다. 그러니 이것이 한기욱이 주문하는, "불리한 여건 속에서도 한국문학의 희망의 근거를 발견하려는 비평적인 노력"(209면)과 배치되는 것일 리 없을 것이다.

한기욱이 강조하는 "작품 하나하나의 진가를 사주는 일"(213면)은 물론 그 자체로 소중한 작업이다. 그럼에도 불구하고 그렇게 성과를 다독이는 것만으로는 해결되지 않는, 아니 어쩌면 덮어버릴 수도 있는 그런 문제가 존재하는 법이다. 지금 장편의 부산한 활기 안에 도사린 난경이 바로 그렇다. 이 난경은 2000년대 문학이 일찌감치 저 자신의 사명을 다했지만 2010년대 문학의 도래는 지연되고 있는 와중의 유난히 오랜 공백지점

---

3 김영찬 「문학 뒤에 오는 것」, 『비평의 우울』, 문예중앙 2011, 48면.
4 백낙청 「우리시대 한국문학의 활력과 빈곤」, 『문학이 무엇인지 다시 묻는 일』, 창비 2011, 131면.
5 김영찬, 앞의 글 참조.

에서 발화한 것이며, (몇몇 예외적인 사례를 다른 맥락에 놓는다면) 새로운 시대의 요구에 적절히 답하지 못하는 한국소설의 집단적인 문학적 부진으로 노출된 것이다. 이것은 결코 "장편소설의 내실 있는 발전"에 의해 자연스레 해소될 수 있는 "양적 팽창의 허실"(215면)쯤으로 치부할 수 있는 문제는 아니다. 그것은 오히려 장편의 가능성을 위협하는 한국소설의 결여가 낳은 불가피한 증상이다. '희망의 근거'를 찾아가기 위한 첫걸음은 목전의 부분적인 성과에 자족하기에 앞서 장편의 양적 팽창이 의도치 않게 노출한 이 증상의 근원을 정직하게 응시하고 깊이 성찰하는 일이다. 근본적으로 그것은 이후 한국소설이 시대의 아들로서 자신의 존재를 어떻게 증명할 것인가를, 그럼으로써 '무엇이 되어야 할 것인가'를 가늠해보는 일과 다르지 않다. 그리고 그 가늠자를 통해 볼 때에야 비로소 지금 우리 앞에 놓인 작품들의 성과가 눈금 어디쯤에 위치하는가도 보다 분명해질 터다. 장편의 가능성의 근거 또한 그렇다.

2. 애도, 불가능한

'근대문학의 끝과 그 이후'에 대한 나의 입론을 비판하는 한기욱의 문제제기에서부터 출발한다. 그가 '덜 읽은' 그 지점의 문제를 보다 구체화하는 것이 2010년대 장편소설의 가능성을 헤아려보는 일과 무관하지 않은 까닭이다. 한기욱은 장편에 대한 나의 회의가 애초 근대문학이 이제는 끝났다는 섣부른(?) 판단에서 비롯한다고 보는 듯하다. 그가 나의 비평에서 "'근대문학'의 죽음을 얼른 기정사실화하고 '근대문학'과 '그 이후의 문학'을 단절시키려는 의지가 유난히 강하다"(210면)는 점을 애써 적발해내려고 하는 것도 그런 속내에서겠다. 그러나 역사의 연속과 단절은 '의지'의 문제가 아니라 '현실'의 문제다. 한국에서 근대문학이 끝났다는 나의 진단은 2000년대 이후 문학현실과 작품의 실상이 보여주는 큰 흐름의 점검을 통해 이른 귀납적 판단이지, 그의 말처럼 "단절을 고집"(213면)하는 비평적 의지 따위가 앞섰던 것은 아니다.

그리고 내가 근대문학의 죽음을 애도해야 한다고 했을 때, (그에게는 한낱 근대문학과 결별하려는 섣부른 단절의 의지쯤으로 비쳤을지 모르나) 그것은 보다 중층적인 의미를 담고 있는 것이었다. 우선, 애도란 결국 역사화다. 20세기 내내 제 역할을 다해왔던 역사적 형태로서 근대문학을 역사화하는 것은, 21세기 한국문학에 주어진 몫을 제대로 헤아리기 위해서라도 종요로운 일이다. 21세기 한국문학은 그 자신의 지향과 존재방식에서 전체 사회의 문제를 상상력의 근간으로 삼는 지난 세기의 '근대문학'과 확연히 다른 특성을 보여주는 까닭이다.[6] 그럼에도 불구하고, 말 그대로의 애도는 근본적으로 불가능하다. 왜냐하면 '근대문학'이 '문학'으로서 갖는 어떤 특성(뒤에서 얘기한다)은 '근대문학' 이후에도 문학(특히 장편)이 자기 자신의 가능성을 실현하려고 하는 한 버릴 수 없는 가능성의 조건이 되는 것이기 때문이다. '근대문학 이후의 문학' 또한 어차피 근대의 아들임을 부정할 수 없는 이상, 그것은 불가피한 운명이다. '근대문학'에 대한 애도가 다른 한편으로는 '근대문학을 향한 우울의 태도'를 속 깊이 감춘 것이어야 한다는 형용모순적인 진술을 내가 굳이 무릅쓴 것은 그 때문이다.[7] 다시 말하면, 근대문학 이후의 문학이 장편의 영역에서 그

---

6 나의 문학사적 지도 그리기를 두고 한기욱이 신경숙과 공선옥 등 중견들의 근작을 비롯해 몇몇 작품을 왜 고려하지 않느냐고 하는 것(213면)은 실상 무의미한 투정이다. 역사의 흐름은 몇몇 '살아 있는' 예외에 의해 영향받는 것이 아니라 주도적 경향 혹은 우세종에 의해 결정되는 것이며, 역사라는 지도의 등고선은 후자에 의해 그려지는 것이기 때문이다. 그런데 그가 김애란·김중혁·박민규 등을 두고 그들조차 '무력한 주체'의 '탈내면의 상상력'이라는 규정에 들어맞지 않는 작가들이라고 한 것을 보면(한기욱 「문학의 새로움은 어디서 오는가」, 『창작과비평』 2008년 겨울호), 2000년대 문학의 성격에 대한 나의 규정과 그것이 갖는 함의를 기필코 '덜 읽어야만 한다는' 어떤 불가피한 욕망이 존재하는 것 같다.

자신을 꽃피울 수 있기 위해서는 이 애도의 불가능성이라는 그 자신의 운명을 외면해서는 안된다는 것이다.[8]

이것은 한편으로 2000년대 이후의 문학이 안고 있는 결여를 의식한 요청이기도 한데, 더 나아가기 전에 잠시 에둘러 한기욱의 고언을 먼저 들어보자. 이것은 나의 이른바 '단절론'에 대한 비판이지만, 애초 겨냥하는 바와는 전혀 다른 의미에서 암시적인 측면이 없지 않다. 나의 문학사 시대구분을 두고 그는 말한다.

> 김영찬의 단절론은 한국(문학)사의 시대구분을 옳게 설정했는가의 문제도 있지만, 더 심각한 문제는 사회경제적 토대의 변화에 따른 단 하나의 결정적인 '단절'과 그로 말미암은 '구조적 변화'만 강조할 뿐 **주체의 행위와 결합되어 생겨나는 역사적 사건들**, 그리고 그 사건들이 만들어내는 **시민사회의 변화와 리듬은 고려하지 않는다**는 점이다. 김영찬 자신이 2000년대 소설의 특징으로 일관되게 강조해온 '탈내면의 상상력'과 '왜소하고 체념적인 주체'란 것도 이런 고착적인 시대인식과 구조주의 문학관의 반영인 면이 있다. (212~13면. 강조는 인용자)

2000년대 문학은 IMF 외환위기 이후 더욱 철저해진 근대로의 사회구조적 변화와 그것을 내면화한 한국사회의 집단무의식 혹은 망딸리떼(mentalité)의 변화에서 비롯된 것이다. 한국문학이 '근대문학'으로서의 사명을 내려놓고 '근대문학 이후의 문학'으로 존재하기 시작한 것도 바로 이 지점이다. 한기욱은 그런 시대구분이 '주체의 행위와 결합되어 생겨나

---

7 김영찬 「끝에서 바라본 한국근대문학」, 앞의 책 33면 참조.
8 그것은 비평 또한 다르지 않을 터, '비평의 우울'은 이 '애도 불가능'의 운명에서 비롯되는 것이기도 하다.(강동호 「불가피의 윤리와 우울의 미래」, 『자음과모음』 2011년 여름호 참조)

는 역사적 사건들, 그리고 그 사건들이 만들어내는 시민사회의 변화와 리듬'을 고려하지 않는다고 질책하지만, 그것은 내 책임이 아니다. 책임은 오히려 그들에게 있다. 무슨 얘긴가?

왜냐하면 바로 그것, 즉 주체가 개입해 만들어내는 역사적 사건들과 시민사회의 주체적 변화와는 무관하게 자신의 정체성을 형성해간 것이 다름 아닌 2000년대 문학이기 때문이다. 2000년대 문학은 그런 의미의 주체성과는 전혀 관계가 없었다. 2000년대 문학에서 현실과의 긴장은 느슨하게 유지되고 있었을 뿐, 그리고 그 현실이라는 것도 항상 이미 주어진 운명적인 어떤 것으로서 체념적으로 받아들여지고 있었을 뿐, 그에 대한 주체적 대응이나 현실의 역동에 대한 관심은 애당초 2000년대 문학주체의 것이 아니었다. 오히려 그들은 현실과 대결하기보다 그 표면 위를 미끄러지면서 유희하며, 현실의 변화에 민감하게 반응하기보다 고착된 현실을 자기 방식으로 견뎌내는 자기충일적 방법론에 충실했다. 2000년대 문학의 성과는 흥미롭게도 그런 바탕 위에서 꽃필 수 있었지만, 그 성과를 낳은 바로 그 문학적 태도와 지향이야말로 돌아보면 스스로 '근대문학'과의 단절을 선언하는 의식치 않은 자기주장이었던 셈이다.

지난 세기 '근대문학사'의 각각의 시대는 물론 하나같이 '주체의 행위와 결합되어 생겨나는 역사적 사건들, 그리고 그 사건들이 만들어내는 시민사회의 변화와 리듬'에 영향받아 이전 시대와 선을 그어왔다. 그러나 2000년대 문학의 시대는 그렇게 오지 않았다. 2000년대 문학의 정신은 IMF 외환위기 이후 '불완전한 근대'의 종식과 망딸리떼의 변화가 강제한 '구조적 효과'였으며, 그것은 뚜렷한 역사적·사회경제적 변화에 대한 주체적 대응이 아닌, 오직 지난 세기의 문학적 관습을 교란하고 일탈하는 문학 내적인 자율적 운동을 자양분으로 해서만 자신의 시대를 다른 시대와 변별했다. 무엇보다 현실의 역사적 변화 가능성과 주체적 대응에 무심한 2000년대 문학의 성격 자체가 그 바탕에 있었다. 그리고 그것은 2000년대의 문학주체가 지난 세기의 작가들이 대개 그랬던 것처럼 더이상 상상력으로써 사회 전체의 문제를 고민하는 지식인이 아니라, 차라리 자신의 영역 바깥에 무관심한 분화된 직업적 전문인에 가까워진 것과도 무관하지 않다.[9] 따라서 한기욱이 한사코 강조하는 저 주체적 요인을 고려할 여지를 거부하는 것이 다름 아닌 2000년대 문학이다. 그리고 거꾸로 그것이야말로 그 자체 ('근대문학'과의) 단절의 불가피한 증상이다. 그러니, 문제는 이런 것이다. 현실에서 근대가 제기하는 문제는 여전히 현재진행형이되, 그 문제를 상상력으로써 떠맡아왔던 문학의 역사적 형태로서 '근대문학'은 끝났다.

2000년대 이후 한국소설의 결여는 바로 거기에서 발생한다. 그 결여는 (누차 지적해왔던 것처럼) 단편의 영역에선 역설적이게도 미학적 새로움이라는 망외의 효과로 이어질 수 있었으나, 장편의 요구에 맞닥뜨렸을 때 그것은 그 자신의 한계를 극적으로 노출한다. 왜냐하면 장편이란 시대와 호흡하는 장르이며 그런 의미에서 어떤 형식으로든 불가피하게 근대의 문제와 맞서야 하는 장르이기 때문이다. 그리고 최근의 단편소설들이 보여주는 문제점도 그와 전혀 무관하지 않다. 이즈음의 젊은 문학 대다수가 점점 문학의 타율성을 의식하지 않는 자율성의 폐쇄회로에 그 자신을 가두고 있음은 이미 지적한 바 있거니와,[10] 이미 시대적 사명을 다하고 고착되어버린 자기세계의 복제와 반복은 그것의 필연적인 귀결이다. (몇몇의 예외를 제외한다면) 지금 우리가 보고 있는 것은 장편의 부진과 그와 무관하지 않을 단편의 지리멸렬이라는 집단적 증상이다.

---

9 이것이 IMF 외환위기 이후 근대(그것은 사회 각 영역의 분화와 전문화를 특징으로 한다)가 보다 철저하게 되는 과정이 낳은 또다른 부정적 효과의 하나일 수도 있겠다.
10 김영찬 「문학 뒤에 오는 것」, 45~48면.

3. 초대, 응답 없는

다시, 문제는 장편이다. 지금 우리 앞에 펼쳐진 장편의 활성화가 '바깥에 의해 강제된 인위적인 활성화'이며 그 '바깥'이 출판 시스템의 요구였음을 이미 지적한 바 있지만,[11] 실은 이것은 진실의 절반만 말한 것이다. "작금의 장편소설 붐"이 그보다는 "한국문학의 '안'(작가와 비평가와 독자)과 '바깥'(출판시장)의 요구가 맞아떨어진 결과에 가깝다"(216면)는 한기욱의 지적은 그런 측면에서 일면 정당하다. 그러나 사실, 진실의 진짜 절반은 다른 데 있다. 그리고 그것은 지금 현실에서 한국소설에 제기되는 근본적인 성찰과 변화의 요구와 관련되어 있다. 그렇다면 그 진실의 진짜 절반이란 대체 무엇인가?

그것은 장편의 활성화를 강제하는, 그리하여 한국소설의 도전을 요청하는 또 하나의 '바깥'과 관련된 이야기다. 그 바깥은 말할 것도 없이 문학 외적 현실이다. 구체적으로 말하면 그것은 지금 우리 앞에 급속하게 가시화되고 있는 시대정신 혹은 시대감각의 변화다. IMF 외환위기 이후 사회의 시장전체주의적 재편을 겪으며 출구 없는 자본의 철창 속에서 내면화된 불안과 강박, 체념과 절망 같은 대중적 집단의식의 패러다임이, 그것을 넘어 또다른 어떤 것으로 전환되는 징후를 보여주고 있는 것이 바로 그것이다. 그 배경에 있는 것이 비록 많은 부분 이명박 정부 들어 유난히 극심해진 '먹고사는 일'의 간난(艱難)이 촉발한 경제주의적·즉자적 분노임은 틀림없으나, 그것 또한 불안과 체념을 넘어서는 새로운 망딸리떼의 형성에 하나의 밑천이 되어줄 가능성도 부정할 수 없다. 야당 연합의 승리로 끝난 이번(2011년) 서울시장 보궐선거 과정에서 행동으로 드러난 대중의식의 흐름은 어쩌면 그 가능성의 시작을 알리는 것인지도 모르겠다.

---

11 같은 글 35면.

이것이 의미하는 바는 다른 것이 아니다. 우리가 지금 보고 있는 것은 바로 포스트-IMF 시대의 종언 가능성이다.

이번 선거과정에서 유난히 부각된 SNS(Social Network Service)의 의미는 그 가능성의 중심에 있는 것이 무엇인지를 상징적으로 보여준다. 그것은 바로 소통과 공감, 공유와 연대의 시대감각이다. 독자와 소통하고 공감하는 장르로서 장편을 호출하는 것은 바로 그러한 시대감각이다. 따라서 진실의 진짜 절반은 지금 한국소설에 제기되는 장편의 요구가 단순히 문학 내적인 필요나 출판 시스템의 강제라는 차원에만 있는 것이 아니라 근원적으로 이러한 시대감각과 망딸리떼의 점진적 변화와 맞물린 것이라는 사실에 있다. 그런 측면에서 지금 우리가 맞이하고 있는 이 '장편의 시대'는 문학인과 출판시장의 요구와 시대적 변화의 징후가 뜻하지 않게 어느 시점에서 절묘하게 만나 만들어진 드라마틱한 교차의 산물이다. 단순하게 잘라 말하면, 시대정신의 변화가 한국소설에 장편을 요구한다. 그것은 비유컨대 한국사회가 자기 극장의 무대 위로 이제는 올라와 함께하기를 한국소설에 권유하는 초대장이다. 이 초대에 한사코 응하지 않는다면야 할 수 없겠지만, 이후 장편이 장편으로서 존재하기 위해 이것은 거부해서는 안될 초대다. 왜 그런가? 시장 바닥의 장르로서 장편의 태생과 운명 때문이다. 다시 말해, 장편은 그렇게 말들이 관계 맺고 감정이 교환되는 시장 바닥(소통과 공감의 네트워크) 속에서만 비로소 자기 자신을 완성하는(혹은 할 수 있는) 장르이기 때문이다.

그렇다고 이것이 지금은 죽고 없는 '근대문학'에 대한 사후적 요청이라 해석할 수는 없다. 역사는 불가역적인 까닭이다. 중요한 것은 장편의 경연장으로 달려가고 있는 지금의 한국소설이 이 요청에 어떻게 응할 것인가의 문제이며, 또 그것을 위해 어떻게 스스로를 혁신하고 체력을 단련할 것인가의 문제다. 그리고 이는 '근대문학' 이후를 살아가는 한국소설이 근대적 의미의 장편(novel)을 넘어 새로운 시대의 장편을 창조적으로 재구성하는 과제와도 무관하지 않다. 그것은 한국소설의 입장에서는 피할 수 없는 도전이다. 사실 따지고 보면 지금 우리가 목도하는 많은 장편들의 부진도 따져보면 이 문제와 결코 무관하지 않다.

지금 대다수 젊은 작가들이 발표하는 장편의 부진은 일시적인 성장통이 아니라 근본적으로는 세계에 대한 대결의 자의식을 결여한 2000년대 이후 문학의 유전자와 장편이라는 장르의 어긋남에서 비롯되는 구조적·미학적 곤경임은 이미 지적한 바 있다.[12] 그런데 지금 젊은 작가들이 발표하는 장편의 대다수는 이런 곤경과 맞서 싸우기보다는 차라리 피해가는 전략을 취하고 있는 듯하다. 김형중이 '퀼트소설' 혹은 '무한소설'이라 칭한 윤성희(尹成姬)의 『구경꾼들』(문학동네 2010)이 그 적절한 사례다.[13] 『구경꾼들』에 나타나는 작은 이야기들의 무한증식은 어떤 측면에서 새로운 장르의 시도라기보다 이 작가가 단편의 영역에서 기존에 구축한 견고한 세계를 보존한 채 장편의 요구에 적응하기 위해 고안해낸 일종의 고육(苦肉)의 방법에 가깝다. 이 작품을 논하는 자리에서 김형중이 "최소한 지금 시기 한국의 '장편소설'이란 개념이 원고의 분량(그리고 그것이 주는 몇가지 경제적 이점) 외에 별다른 내포를 지시하지 않는 개념이 되었"[14]다고 이야기할 때, 그는 사실 멀찍이 그 점을 염두에 두고 있는 것이다. 일례로 이기호(李起昊)의 『사과는 잘해요』(현대문학 2009)와 편혜영(片惠英)의 『재와 빨강』(창비 2010), 그리고 김중혁(金重赫)의 『좀비들』(창비 2010)과 『미스터 모노레일』(문학동네 2011) 등 2000년대 문학의 대표주자였던 젊은 작가들의 장편이 각기 형태는 달라도 거개가 기존 단편들의 조합이나 확장에서 더 나아가지 않은 것을 보더라도 이는 하나의 집합적 현상임이 분명

---

12 같은 글 37~42면 참조.
13 '퀼트소설'로서 윤성희의 『구경꾼들』에 대한 논평은 김형중의 앞의 글 참조.
14 김형중 「프랑켄슈타인 박사의 소설 쓰기: 2011년 여름, 한국 소설의 단면도」, 『문학과 사회』 2011 가을호 224면.

하다.

　김형중이 말하는 이른바 브리꼴라주(bricolage)나 입체소설 같은 형식의 소설[15]은 보통은 사회의 총체적 조망이 더이상 불가능해질 때 어떻게든 나름의 인식적 지도를 그려보려는 안간힘에서 나오는 것이다. 그것은 편집증적 서사나 해체적 서사 같은 경우도 마찬가지다. 이때 장편의 성취를 결정하는 것은 그 형식의 기발함이나 새로움 같은 것이 아니라, 안간힘의 그런 형식적 표현이 가까스로 이르게 되는 인간과 세계에 대한 '한치'의 통찰이다. 그러나 지금 이곳에서 많은 젊은 작가들의 소설에서 그런 인식적 지도 그리기의 안간힘을 보기는 쉽지 않은 것 같다. 그 대신 그 공백을 메우는 것은 상당부분 형식과 기법에 대한 강박과 자율적 유희의 충동이다. 최제훈(崔臍勳)의 장편 『일곱 개의 고양이 눈』(자음과모음 2011)에서 대표적으로 드러나는 그런 경향은 각각 방식을 달리해 이즈음 젊은 작가들의 장편을 지배한다.

　물론 앞에서 거론한 것이 지금 한국장편의 대표적 경향이라 할 수는 없지만, 몇몇 예외를 제외한다면 현재 발표되고 있는 장편들의 대략적인 집단경향이라고 할 수 있다. 이를 한자리에 놓고 일별해보면, (섣부른 판단일지 모르나) 지금 젊은 작가들의 장편은 소통과 공감의 무대 위로 올라오라는 한국사회의 초대에 응할 생각이 별로 없는 듯하다. 어째서 그런가?

　기존에 구축해놓은 단편의 문제설정과 형식미학을 장편의 영역에 그대로 연장하는 것도, 기법과 형식의 전시와 유희로써 장편의 분량을 감당하려고 하는 것도, 어떤 측면에서는 공히 미학적 자기완결성에 대한 기존의 관념과 지향을 놓지 않은 채 그것을 장편이라는 장르 속에서 풀어보려는 시도라고 할 수 있다. 그럴 경우 그 시도가 필히 결여할 수밖에 없는 것은, 이미 구축해놓은 자기의 문학적 틀을 해체하고 장편이라는 시장(市場)의

---

15 이에 대해서는 김형중의 「장편소설의 적: 최근 장편소설에 관한 단상들」 참조.

형식 속에서 그것을 새롭게 재구성해나가려는 모험정신이다. 이때 시장이란 흔히 오해하기 쉬운 것처럼 단지 유통의 장에 그치는 것이 아니며, 그것을 고려하는 것이 곧 상업주의로 귀결되는 것도 아니다. 시장은 시대정신과 시대의 감수성이 유통되는 집합적 공간이며, 감정(들)이 연대하고 상상력이 공유되는 공감과 연대의 네트워크다. 장편에 요구되는 '문학성'도 고정된 어떤 완결적인 것으로서 존재하는 것이 아니라, 바로 이 속에서 끊임없이 새롭게 구성되는 것이다. 그런 측면에서 동과 서를 막론하고 우리가 익히 아는 장편의 고전들 대부분이 당대에 이런 시장의 요구를 견디며 살아남은 것이라는 사실은 시사하는 바가 크다. 그러니 문제는 이런 것이다. 기존의 문단제도 안에 안주해 몸을 사리며 더 큰 소통의 장 속으로 자신을 내던지지 않는 것, 그리하여 기존의 협소한 문학성의 성채 바깥으로 나가 다른 세계와 접촉하고 충돌하며 자기를 증명하려는 모험을 꺼리는 것.[16] 지금 대다수 젊은 작가들에게서 확인되는 장편의 부진을 초래한 진짜 원인은 어쩌면 여기에 있는지도 모르겠다.

그런데 이렇게 말해버리고 만다면 목하 선전하고 있는 장편들에게는 필시 무심한 처사가 될 것이다. 그 장편들이 이와 관련하여 짚어보아야만 할 중요한 문제를 제기하고 있음을 고려하면 더욱이나 그렇다. 장을 넘긴다.

---

16 나와의 사적인 대화에서 소설가 박민규는 이를 '아마복싱'과 '프로복싱'의 차이라는 절묘한 비유로 표현했다. 그리고 보면 박민규 소설의 가능성은 비유컨대 스스로 보호장비를 벗고 12라운드의 정글 속으로 뛰어들어 관중의 야유와 함성을 등에 업고 싸우는 '프로복서'의 모험을 기꺼이 감수하는 데서 나오는 것이다.

4. 공감과 연대 그리고, ……헛손질

　예의 장편들을 거론하기 전에 잠시 앞에서 지적한 문제를 다른 각도에서 말한다면 이렇다. 지금 장편의 집단적 부진은 곧 한국소설이 이 시대의 감각과 동떨어져 있으며 이 시대의 정신과 소통하지 못하고 있음을 의미하는 것이다. 여기에는 여러 속사정이 있을 수 있겠으나, 일단 중요한 하나만 짚어두자면, 이는 이즈음의 젊은 작가들이 대체로 공유하는 문학 혹은 글쓰기와 관련된 어떤 태도와 관련된다. 정신분석의 언어를 빌리자면, 그것은 바로 현실에 대한 물신주의적 부인(否認)이다. 풀어 말하면 그것은 '(현실이 있음을) 알고 있어. 그럼에도 불구하고……'와 같은 태도로 요약할 수 있는 어떤 것이다. 그들의 글쓰기에서 세련된 수사(修辭)건 기법의 틀이건 아니면 텍스트건 간에 미학적(이라고 간주되는) 의장(意匠)의 프레임을 통과하지 않으면 현실이 존재하지 않는 것처럼 보이는 것도 그 때문이다.[17] 뒤집어보면 이것은 그들의 글쓰기에서 지금 이곳의 현실에 대한 고민이 중요한 미학적 고려의 대상으로 통합되지 않고 있음을 보여주는 것이다. 장편미학의 중요한 한 축으로서 현실이라는 벡터의 실종이라고도 할 수 있겠다. 이는 시장의 아들로서 장편소설에 제기될 수밖에 없는 소통과 공감의 요구 앞에서 그들의 장편이 무력할 수밖에 없는 사유다. 왜냐하면 소통과 공감이란 현실적 삶의 토대에 대한 감각의 공유 위에서 이루어지는 것이기 때문이다.
　바로 이 지점에 신경숙의 『엄마를 부탁해』가 시사하는 바가 걸려 있다.

---

17 지금 젊은 작가들이 대체로 공유하는 듯 보이는 이를테면 '재현에 대한 공포'도 바로 이와 밀착되어 있는 증상 중 하나다. 특정 형식이나 기법 같은 모종의 미학적 필터의 가공을 거치지 않은 현실의 재현이 '문학적인 것'과 거리가 먼 낡은 수법(그럴 리 있겠는가!)이라 생각하는 오해가 그것인데, 김이설(金異設)의 『환영』(자음과모음 2011)은 바로 이 오해의 지점을 단신으로 돌파해나간 중요한 성취다.

『엄마를 부탁해』에 대해서는 이미 수다한 논의들이 있었고 그 과정에서 다양한 상찬과 비판이 엇갈린 바 있지만, 작품이 갖는 문학적 가치의 문제와는 조금 다른 각도에서 이 소설의 의미를 다시 한번 새롭게 곱씹어볼 필요가 있다. 사실『엄마를 부탁해』의 기본적인 틀이 한국형 모성멜로임은 부정할 수 없다. 대개 (성격이나 신분의 결함이든 행동의 과오든) 자기 자신의 결여에서 비롯된 불행한 결과에 대한 회한과 죄의식 혹은 자책이 한국형 멜로의 정서적 자양분이라 할 수 있다면, 이 작품이 등에 업은 자양분 또한 바로 그것이다. 그리고 이 작품이 유발하는 대중독자들의 '눈물'도 바로 그 정서적 포인트에 자극되는 것이다. 흥미롭게도 이 작품의 진짜 득의(得意)는 (본격소설로서의 문학적 성취가 아니라) 다름 아닌 한국형 멜로라는 그 대중적 틀에 힘입어 오는 것인데, '엄마'라는 익숙한 대중표상을 통해 우리가 삶의 전장을 헤쳐가느라 부득불 외면하고 돌보지 못했던 모든 것에 대한 통절한 죄의식을 환기한다는 점이 그것이다. 중요한 것은 작품 자체가, 그런 죄의식의 작동이 단순히 대중적 표상으로서의 '엄마'를 둘러싼 것에만 한정되지 않을 수 있는 여지를 열어놓고 있다는 점이다. 특히 작품의 후반부에서 유령이 되어 상처 입은 맨발로 슬리퍼 하나만 꿰어신고 쓰레기통을 뒤지며 추운 거리를 떠도는 엄마의 이미지에 이 사회 모든 사회적 약자의 이미지가 오버랩되는 것은 그것의 한 사례다.

　『엄마를 부탁해』는 바로 그런 죄의식의 정서적 공유를 통해 포스트–IMF 시대 대중들의 삶의 감각을 건드린다. 그 죄의식이 소환하는 것은 자본주의 무한경쟁의 악무한 속으로 내몰리고 있는, 그럼으로써 (그것이 타인이든 아니면 다른 어떤 가치든) 마땅히 돌봐야 할 것을 돌보지 않고 그것을 어쩔 수 없다 여기며 살아가는 포스트–IMF 시대의 자기중심적 삶의 실상에 대한 반성적 감각이다.『엄마를 부탁해』의 망외의 성과는, 그럼으로써 현재의 삶에 대한 반성을 촉발하는 '죄의식의 상상적 공동체'라고 할 수 있는 대중적 공감의 네트워크를 가동시킨다는 데 있다. 그리고 이는 이 작품이 갖는 통속성(혹은 신파성)에도 불구하고 일어난 결과가 아니라, 거꾸로 바로 그 통속성에 힘입어 일어난 사건이다. 문제의 복잡성은 거기에 있는데, 왜냐하면 작품에서 그것이 우리 삶의 토대에 대한 근본적인 질문이나 어떤 인식적 통찰과 성공적으로 결합되어 있다고는 보기 힘들기 때문이다. 특히 죄의식에 의해 촉발되는 삶의 반성이 지금의 삶을 넘어서는 어떤 새로운 가치에 대한 질문으로 이어지기에는 그 소박함 자체가 한계로 작용하고 있는 것도 그렇다. 그럼에도 불구하고 우리에게 중요한 것은 『엄마를 부탁해』가 시장에서 구축한 이 소통과 공감의 연대와 작품 자체의 미학적 가치의 미묘한 어긋남을 직시하면서도 그 교집합의 영역을 넓혀갈 수 있는 장편의 존재방식을 새롭게 고민해보는 것이겠다.

조금은 다르지만 포스트-IMF 시대 대중의 삶의 감각을 건드린다는 점에서는 김애란의 『두근두근 내 인생』도 마찬가지다. 물론 이 작품이 최근 다른 젊은 작가들의 장편과 마찬가지로 그 발상이나 방법에서 기존 단편 세계의 종합에 불과하다는 점에서 장편미학에 대한 무르익지 않은 고민의 산물이라는 점은 부정할 수 없다. 작품 후반부의 지지부진도 실은 이와 무관하지 않은 결함이다. 그런 한계 속에서도 이 작품이 시장에서 폭넓은 공감을 얻을 수 있었던 것은 김애란이 애당초 단편의 영역에서부터 지금 이곳의 젊은 세대들이 겪는 삶의 신산(辛酸)에 대한 동세대적 감각을 놓치지 않고 있었기 때문이다. 성장하기도 전에 이미 늙어버린 조로증 환자 아름을, 채 시작해보기도 전에 이미 주어진 현실의 한계와 불확실한 미래에 갇혀버린 지금 젊은 세대의 알레고리로 읽을 수밖에 없게 만드는 영민함의 근원도 바로 그것이다.

무엇보다 소설에서 제 자신이 죽음이라는 극단적인 상황에 몰려 있으면서도 오히려 연민의 방향을 삶의 짐을 무겁게 짊어진 타인(부모)에게 돌려 생명력으로 빛나는 한때의 기억을 선물하는 아름의 사치스러운(!) 행위는, 자신에게 주어진 현실의 고통을 공감과 연대의 가능성으로 역전시키는 것이 어떻게 가능한가를 눈물겹게 환기한다. 그리고『두근두근 내 인생』은 그렇게 무거운 삶의 무게에 짓눌려 위로받아야 할 '나'가 오히려 타인을 위로하는 '사치'가 결국은 자기 삶을 보듬고 감싸안는 더 큰 자기긍정과 별개가 아님을 보여준다. 작품 자체의 구성적 결함에도 불구하고 이 작품이 장편으로서 갖는 중요한 미덕 중 하나는 바로 그 자기긍정이라는 자기배려의 정치를 그렇게 지금 이곳의 삶의 조건에 근거한 공감과 연대의 상상적 기초로 열어놓았다는 데 있다.

　근대문학 이후의 시대에, 문학은 더이상 국가나 민족 같은 상상의 공동체와는 아무런 관련이 없을뿐더러 또 그럴 필요도 없다. 다만 여전히 문제가 될 수밖에 없는 것은 부산한 시장 바닥에서 유통되고 형성되는 공감과 정서적 연대의 공동체다. 왜냐하면 지금은 불가피한 '장편의 시대'이기 때문이다. 이 '장편의 시대'가 한국소설에 요구하는 것은 이제는 충분히 제 역할을 다한 문학의 자발적 고립과 왜소화와의 작별이다. 그것은 소설이 공감과 정서적 연대의 미디어로서 '공동의 무대'에 오를 것을 요구하는 것이며, 시대의 감수성과 공유된 감정(들)의 네트워크 속에서 구르고 충돌하면서 폐쇄적이고 협소하게 물신화된 '문학성'을 해체하고 문학성의 지평을 장편의 공간에서 새롭게 재구성할 것을 요청하는 것이다. 장편이란 결국 세계와의 서사적 싸움이다. 그 싸움이 세계에 대한 질문을 열어놓고, 인간에 대한 더 큰 통찰을 유도한다. 우리 앞에 놓인 포스트-IMF 시대의 종언 가능성이 한국소설에 요구하는 것은 바로 그런 싸움이다. 그 싸움의 김애란식 다짐을 하나 옮겨본다.

　"그냥 헛손질, 제가 '당신'이라고 부르는 사람을 만지려고 허우적거렸던 손짓을 계속하고 싶어요."[18]

---

18 윤성호「두근두근 내 인생, 무럭무럭 김애란」(인터뷰),『창작과비평』2011년 가을호 423면.

오늘의 '장편소설'과 '이야기'의 가능한 미래

1. 길 찾는 탕아들

지금 이 시대에 '장편소설'은 과연 무엇인가? 오늘날 이른바 '장편'의 형식으로 발표되는 소설들을 과연 아무런 유보 없이 말 그대로 '장편소설'이라 이름할 수 있는가? 그렇지 않다면 그것은 대체 무엇인가?[1] 그럼에도 불구하고 장편소설이 여전히 씌어질 수 있다면 그것은 지금 어떤 모습으로 존재하고 또 나아가 어떤 모습이어야 하는가? 아니, 무엇보다 먼저, 그것이 가능하기는 한 것인가? 아니면 지금 이 시대에 그런 장편소설에 대한 기대나 요구가 긴요하거나 합당하기는 한 것인가? 이러한 물음들은 물론 일차적으로는 '장편소설'에 관련된 물음이다. 그러나 그것은 보

---

[1] 김형중은 가령 윤성희와 김연수, 이장욱 등의 소설에 '퀼트소설' '무한소설' '입체소설' 등의 이름을 붙이는데, 그러한 명명법은 우리시대에 '장편소설'은 사실상 불가능하다는 점을 우회적으로 강조하는 네거티브한 비평전략으로 읽힌다.(김형중 「장편소설의 적: 최근 장편소설에 관한 단상들」, 「프랑켄슈타인 박사의 소설 쓰기」, 『살아 있는 시체들의 밤』, 문학과지성사 2013 참조)

다 근본적인 차원에서는 장편소설 자체에 국한된다기보다 차라리 '근대문학 이후' 소설의 운명 및 존재 가능성과 관련된 물음이라고 보는 것이 옳을 것이다. 따라서 지금 이 시점에서 장편소설의 현재와 가능성을 묻는 저 물음들은 곧 21세기 한국소설의 미래를 짐작해보는 일과 다르지 않다. 왜 그런가?

우리가 익히 아는 대로, 장편소설은 근대의 자식이다. 그것은 장편소설이 근대자본주의 세계체제라는 최종심급의 산물임을 뜻하는 것이지만, 다른 한편으로 그 체제와 대결하는 영혼의 모험이기도 하다는 사실을 동시에 암시한다. 그런 측면에서 좀더 정확하게 말한다면, 장편소설은 근대의 탕아다. 그런데 지금 우리가 맞닥뜨린 문제는 IMF 외환위기 이후 한국사회의 근대가 더욱 철저하게 자신을 완성해가고 있는 반면, 거꾸로 그와 대결하는 영혼의 모험으로서 '근대적 장편소설'은 그 모험의 가능성을 이미 소진해버렸다는 사실이다.[2] 물론 그 가능성의 소진은, (일부에서는 끊임없이 부인하지만) 문학이 근대의 문제를 상상력으로 떠맡음으로써 의미있는 지적 임팩트를 행사하던 '문학의 전성시대'가 이미 끝났다는 것과 관련되어 있다.

현실의 변화는 대개 영혼의 유전자에 새겨진다. 2000년대 이후 발표된 많은 소설들에서도 보았고 또 지금도 보고 있듯이, 내일의 한국문학을 짊어지고 가야 할 지금 젊은 세대 문학의 유전자는 '근대 장편소설'이 가지고 있던 저 모험의 의지와 그리 친해 보이지는 않는다. 그러는 가운데도 한국적 근대의 현실은 끊임없이 더 나쁜 방향으로 진화하고 있다. 그리하여 우리가 그릴 수 있는 총체성은 점점 더 묘연해지는 대신, 공고해져가는 자본의 총체성은 더욱더 우리를 죄어온다. 그리고 오늘의 한국문

---

2 그러한 문제의 구체적인 양상 및 문학 안팎의 원인과 조건에 대해서는 「문학 뒤에 오는 것」(『비평의 우울』, 문예중앙 2011)에서 이미 상세하게 밝힌 바 있다. 여기서는 더이상 자세히 거론하지 않는다.

학은 그 총체성에 대개는 무심하거나 무력하다. 오늘날 근대적 의미의 장편소설이 불가능하다는 진단[3]이 나름의 설득력을 갖는 것은 이런 한국적 현실상황과 전혀 무관하지 않을 것이다. 그럼에도 불구하고 지금도 많은 소설이 장편의 형식으로 발표되고 있고 또 우리는 그것을 자연스럽게 장편소설이라 칭하고 있다. 그렇다면 그 소설은 대체 무엇인가? 물론 그 소설이 오랜 기간 문학의 전성시대를 누리고 살아왔던 바로 그 '근대적 의미의 장편소설'과 같을 수는 없을 것이다. 그렇다면 그 존재방식을 우리는 어떻게 이해해야 하는가?

물론 이는 답하기 쉽지 않은 물음이다. 그럼에도 불구하고 이 지점에서 우리는 근대문학 이후를 살아가는 한국 장편소설이 갈 수 있는 길의 지도 하나쯤은 아마도 대강이나마 그려볼 수 있을지도 모른다. 근자에 발표된 일련의 장편소설들, 즉 천명관(千明官)의 『나의 삼촌 브루스 리』(예담 2012), 임철우(林哲佑)의 『황천기담』(문학동네 2014), 이기호(李起昊)의 『차남들의 세계사』(민음사 2014), 성석제(成碩濟)의 『투명인간』(창비 2014), 권여선(權汝宣)의 『토우의 집』(자음과모음 2014) 등의 면면은 그러한 가능성을 짐작해볼 수 있는 중요한 성과들이다.[4] 무엇보다 이 소설들은 오래전부터 지속되어온 장편소설에 대한 요구와 '대망(待望)'에 대한 창작계의 응답이 오랜 지지부진에서 벗어나 나름의 의미있는 결과를 생산해내고 있음을 증명하는 가장 최근의 사례들이라고 할 수 있다. 그리고 이는 이 소설들에 대한 독자의 폭넓은 지지를 통해서도 확인할 수 있다.

흥미로운 것은 얼핏 소재나 주제 차원에서 별다른 공통점이나 공유지

---

3 대표적으로 김형중의 앞의 글들 참조.

4 임철우의 『황천기담』은 엄밀하게 말하면 장편소설이 아닌 연작 형태의 소설이지만, 소설가 '나'가 '황천'이라는 공간에서 보고 듣는 일련의 사건들이 서로 엮이고 연결됨으로써 그 자체로 완결적인 장편의 효과를 거두고 있어 여기서 장편의 성과로 함께 논의해도 큰 무리는 없을 듯하다.

점이 없어 보이는 이 소설들을 느슨하게 아우르는 하나의 접점이 있다는 사실이다. 그 접점은 이 소설들이 모두 광범위한 의미에서 '이야기'의 자산과 방법론을 풍부하고 다채로운 방식으로 활용한다는 사실에서 찾을 수 있다. 즉 이 소설들은 오늘의 한국문학이 처한 안팎의 조건 속에서 (자각적이든 아니든, 전면적이든 부분적이든) 각기 나름의 방식으로 '이야기'의 가능성을 장편의 형식 속에서 실험하고 있는 것이다. 그리고 그 실험이 결과적으로 보여준 것은 어쩌면 지금 이곳의 어둠속에서 장편소설의 가능성을 더듬어가기 위한 작은 실마리가 될 수도 있을 것이다. 이 글에서는 그 점에 주목하여, 새로운 장편소설의 형식적 가능성을 묻는 첫걸음으로 '이야기'라는 서사형식 혹은 문학적 장치를 나침반 삼아 앞으로 조금 나아가보려 한다.

2. 장편소설 혹은 브리꼴라주

그 이전에 먼저 장편소설에 대한 애초의 물음으로 돌아간다. '이야기'라는 형식적 장치의 의미를 묻는 논의는 우리시대 장편소설의 존재방식과 가능성에 대한 물음과 분리될 수 없는 까닭이다. 그렇다면 다시 장편소설이란 무엇인가? 오늘의 장편소설은 어떻게 어떤 모습으로 존재하고 또 존재할 수 있는가?

앞에서 우리가 물었던 이 물음들의 중심에 한발짝 다가가기 위해서는 먼저 그러한 논의과정에서 흔히 자명한 것으로 전제되곤 하는 장편소설 개념의 용법을 점검해보는 데서부터 시작할 필요가 있다. 무엇을 가리켜 우리는 장편소설이라 일컬어왔는가? 일반적으로 장편소설은 서구 근대의 전형적인 서사형식인 '노블(novel)'의 번역어로 통용되었고, 그것의 미학적 함축 역시 그런 맥락에서 논의되어왔다. 이 경우 장편소설이라는 개념에는 애초 그 자신을 구성하는 하나의 불가결한 인자로서 '근대(성)'라는 시공간적·역사철학적 규정성이 항상-이미 함축되어 있다. 이는 장편소설을 가령 '근대의 서사시' 혹은 '부르주아 서사시'(루카치)로 규성할 때, 그리고 네이션(nation) 형성의 기반으로서 '근대문학＝소설(novel)'이라는 등식[5]을 이야기할 때 한층 분명해진다. 장편소설이 "근대문학의 챔피언"[6]이라고 하는 최원식(崔元植)의 비유적 규정 또한 이와 맥을 같이 한다. 그리고 지금 이 시대에 장편소설의 가능성과 불가능성을 가늠하는 근자의 논쟁[7]에서도 어느 쪽이건 그 (불)가능성에 대한 판단의 근저에는 명시적이든 아니든, 그리고 부정하든 않든, '장편소설＝노블'이라는 자명한 등식의 여진(餘震)이 은연중 관성적으로 작동하는 징후를 발견하기란 어렵지 않다.

그런데 문제적인 것은 다름 아닌 '장편소설＝노블'이라는 등식 그 자체다. 사실 서구에서 장편소설의 형성을 가능하게 하고 또 그것의 물질적·정신적 토대로서 작용한 근대자본주의 세계체제가 여전히 현재진행형인 한에서, 오늘날 근대의 자식인 동시에 (반/탈)근대의 정신적 지향으로서 장편소설의 지속과 그 가능성을 이야기할 수 있는 현실적 토대는 분명히 존재한다. 그러나 그렇다고 해서 저 등식의 유효함이 자동적으로 입증되는 것은 아니다. 근대 장편소설(노블)은 이미 그 자체로 특정한 인식적 경향과 그에 따른 형식적 장치와 수법(그중 한 사례가 방법으로서의 '리얼리즘'이다)을 내장한, 근대 세계체제의 역사 가운데 한 특정 국면의 '상징적 형식'에 불과한 것이기 때문이다. 노블이 "인간중심주의적 장치들의

---

5 카라따니 코오진『근대문학의 종언』, 조영일 옮김, 도서출판b 2006, 50~51면.
6 최원식·서영채 대담 「창조적 장편의 시대를 대망한다」, 『창작과비평』 2007년 여름호 151면.
7 김형중의 앞의 글들과 한기욱의 「한국문학에 열린 미래를: 현단계 소설비평의 쟁점과 과제」(『창작과비평』 2011년 여름호) 참조.

완벽한 복합체"를 담고 있는 형식으로서 모더니티의 진전을 완화시켜왔던, 즉 "모더니티에 대한 상징적 브레이크"로 작용해왔던,[8] 그리하여 결국 모더니티의 진전에 따라 해체의 운명에 처하게 될 역사적 형식이라는 프랑꼬 모레띠(Franco Moretti)의 주장도 그런 맥락에서 이해할 필요가 있다.

물론 그렇다고 해서 (이제는 불가능해진) '장편소설=노블'의 반대편에 그 반(反)개념으로서 '브리꼴라주(bricolage)'라는 서사형식을 맞세우는 것[9]도 그리 적절치는 않아 보인다. 물론 김형중(金亨中)은 그 개념을 어떤 완결된 '이념형'이 아니라 지금 한국소설의 현상을 설명하는 기술적(記述的) 개념으로 사용하고 있긴 하지만, 그렇더라도 사정은 마찬가지다. 김형중의 용법에 따르면, 예컨대 "객관적 화자는 소멸하고, 주관적 의식에 의해 객관적 세계의 묘사가 대체되고, 시간은 연속성을 상실하며, 서사는 종횡무진 분기하고, 극적 사건 따위는 발생하지도 않고, 그러한 사건들에 외부로부터 질서를 부여하지도 않는", 그럼에도 긴 분량을 가진 "분량상 장편소설", 그것이 브리꼴라주다.[10] 전체적인 문맥을 보아 짐작건대 그는 그것을 세계지각 방식과 감수성의 변화에 따른 '새로운 글쓰기 방식' 혹은 서사창작 방법인 동시에 서사형식을 가리키는 개념으로 사용하는 듯하다.

여기서 브리꼴라주는 물론 김형중 자신도 밝히고 있듯이 끌로드 레비스트로스(Claude Lévi-Strauss)가 창안하고 이후 프랑꼬 모레띠가 『근대의 서사시』에서 예술형식의 메커니즘을 설명하기 위해 원용한 개념이다. 그런데 김형중이 실제로 감안하고 있는지는 모르지만, 브리꼴라주에 대한 모레띠의 용법은 그의 용법과는 전혀 다른 차원에 있다. 모레띠에 따

---

8 프랑꼬 모레띠 『근대의 서사시』, 조형준 옮김, 새물결 2011, 302면 참조.
9 김형중 「프랑켄슈타인 박사의 소설 쓰기」 참조.
10 김형중 「장편소설의 적: 최근 장편소설에 관한 단상들」, 166면.

르면 이미 존재하고 있는 것에 새로운 기능을 발견하거나 추가하면서 하나의 텍스트를 전체로서 기능하게 하는 것, 그것이 바로 브리꼴라주다. 그리고 그런 의미에서 그것은 모든 문학의 진화를 가능하게 하는 동력으로 작용한다.[11] 물론 여기서 중요한 것은 단지 용법의 차이 그 자체가 아니다. 우리가 보아야 하는 것은 그런 의미에서의 브리꼴라주가 단지 모더니즘 이후가 아니라 예컨대 『파우스트』 같은 '근대의 서사시'에서부터 이미 주요한 제작형태의 하나로 출현하고 있었다는 사실이다. 모레띠에 따르면, 이미 "『파우스트』의 작가는 기술자(engineer)가 아니라 브리꼴라주 제작자다."[12] 그리고 그런 의미에서라면 여기에 추가하여 이렇게 말하지 못할 이유도 없다. '『무정』의 작가는 브리꼴라주 제작자다.' 그렇게 브리꼴라주는 괴테(Goethe)에서 에밀 졸라(Emile Zola)를 거쳐 쇤베르크(Schönberg)와 헨리 제임스(Henry James)의 작품까지, 주체와 근대자본주의 세계체제의 교섭을 근저로 하여 생산된 근대예술 전반을 관통한다.

이것이 의미하는 것은, '브리꼴라주'라는 관점에서 보더라도 김형중의 의도와는 정반대로, '노블'과 그 이후 '반(反)노블'의 글쓰기 방식에서의 단절은 보기만큼 그렇게 자명한 것은 아니라는 사실이다. 그런 맥락에서, 모더니즘에서 본격화된 '다성성'의 해방을 억제하고 가로막아왔던 '인간중심주의적 장치들의 완벽한 복합체'를 담고 있었던 '노블'에서부터 이미 인간중심주의의 해체는 시작되고 있었다는 모레띠의 지적을 떠올려보는 것도 유익하겠다. 모레띠에 따르면 헤겔(Hegel)의 『정신현상학』에서 언급되는 최초의 근대적 인물인 『라모의 조카』의 '라모'조차 노블의 서사형식을 지탱하는 '통합적 개인 주체'라는 신화의 위기와 분열을 이미 그 자신의 자질로서 안고 있었다. 즉 그것은 이미 18세기부터 노블의 유전자에

---

11 프랑꼬 모레띠, 앞의 책 44~47면.
12 같은 책 43면.

새겨져 있었던 것이다. 사실이 그렇다면, 즉 노블과 반(反)노블 사이의 거리가 겉보기만큼 그렇게 먼 것이 아니라면, 김형중이 상정하는 장편소설과 브리꼴라주 사이의 차이도 그와 같지 않을까.

이렇게 볼 때 김형중이 통상의 장편소설과 전혀 다른 감수성의 소산이라 말하는 '브리꼴라주' 서사형식 또한 (모레띠가 근대 세계체제의 서사형식들을 통틀어 '세계 텍스트'라고 불렀듯이) '장편소설'이라 부르지 못할 이유는 없을 것이다. 그것은 물론 '장편소설'의 함축을 근대 장편소설(노블)이라는 역사적 형식의 자장 안에 제한하지 않는 한에서이다. 그리고 따지고 보면 김형중이 장편소설의 반(反)개념으로 브리꼴라주를 내세웠던 애초의 본뜻도 이와 크게 다르지 않다. 이때의 장편소설은 브리꼴라주일 수도 있고, '세계 텍스트'일 수도 있으며, 리얼리즘일 수도 있고, 반(反)소설일 수도 있다. 즉 장편소설은 어떤 특정한 사회적 토대나 환경 혹은 특정 의제나 서사형식 등에 의해 적극적으로 규정되는 하나의 이념형이라기보다는, '긴 분량'의 긴 호흡으로 무언가를 문학의 형식으로 제기하고 도모하는 상징적 형식을 뜻하는 최소개념으로 이해해야 한다. 그런 의미에서 장편소설이란 "특정한 '세계'에서 특정한 '문제'를 설정하고 특정한 '해결'을 도모하는 서사전략"[13]이라는 규정도 이런 맥락에 같이 놓아볼 수 있을 것이다.

그렇다면 그것은 결국 '장편소설이란 무엇인가'라는 질문에 실상 아무런 대답도 하지 않은 것 아니냐는 반문이 있을 수도 있겠다. 당연하다. 왜냐하면 장편소설은 그 자체로 최소한의 규정을 제외하고는 그밖의 여하한 실정적인(positive) 내용적·형식적 규정성도 갖지 않는, 그럼에도 불구하고, 아니 바로 그렇기 때문에 작동하는, 어떤 의미에서 '텅 빈 기표'로

---

13 신형철 「만유인력의 소설학: 김영하, 강영숙, 박민규의 장편을 통해 본 '소설과 현실'」, 『몰락의 에티카』, 문학동네 2008, 24면.

이해하는 것이 보다 적실하기 때문이다. 근자의 장편소설 논쟁에서도 볼 수 있듯이 (장편소설 '불가론'이든 '대망론'이든, '해체론'이든 '무용론' 이든) '장편소설'이 그것의 의미를 각기 나름의 방식으로 전유하면서 각자의 문학적 입장과 이데올로기가 충돌하고 경합하며 쟁투하는 장소가 되고 있는 것도 따지고 보면 그것이 그런 의미에서의 '텅 빈 기표'인 까닭에 벌어지는 비평적 현상이다.

앞에서 나는 짐짓 오늘날 '장편소설이란 무엇인가'라는 일견 자명하고도 긴급해 보이는 물음으로 시작했지만, 모든 의미에서 그러한 통상적인 물음은 사실상 그다지 적절하지 않은, 문제의 초점을 정확히 맞추기엔 비생산적인 물음이라는 것이 이로써 밝혀진 셈이다. 따라서 문제의 근원을 정확하게 밝히기 위해서는 오히려 물음의 방식을 전혀 달리 전환해야 한다. 즉 우리는 그보다 오늘의 장편소설은 어떻게 기능하고 또 어떻게 존재하고 있는가를 물어야 한다. 그리고 보면 가령 다음과 같은 주장도 그런 측면에서 문제가 있긴 마찬가지다.

> 근대 장편소설이 내장한 근대성찰의 풍부한 지적 자산과 탈근대적 상상력의 결합, 이것이 김영찬이 제기한 '새로운 시대의 장편을 창조적으로 재구성하는 과제'를 수행할 수 있는 핵심적인 전략이 아닐까.[14]

아니다, 그렇지 않다. 이때 '근대 장편소설'(노블)을 모든 것을 그 자신의 안으로 수렴하는 불변함수로 전제하는 것도 애초에 문제지만, '새로운 시대의 장편＝근대 장편소설의 지적 자산＋탈근대적 상상력'이라는 방정식에서 드러나는 기계적 사고도 그에 못지않다. 그러나 무엇보다 더 큰

---

14 한기욱 「기로에 선 장편소설: 장편소설과 비평의 과제」, 『창작과비평』 2012년 여름호 226면.

문제는, 새로운 시대의 장편을 창조적으로 재구성하는 과제를 수행할 수 있는 핵심적인 전략이 필요하다는(문학의 '전략'을 계획하고 구상하며 실행한다는) 사고다. 그러나 사실을 말하자면, 이 시대 문학의 과제를 수행하기 위한 핵심전략 따위는 있을 리 없다. 또 그것은 필요하지도 가능하지도 않다. 다시 모레띠에 따르면, "변화는 계획되는 것이 아니다. 이것은 극히 무책임하고 자유로운 ― 극히 무계획적인 ― 수사학적 실험의 산물이다."[15] 과연 그렇다. 변화는 계획되는 것도 아니고 어떤 과제 수행을 위해 전략을 수립한다고 해서 가능해지는 것도 아니다. 이것은 물론 모레띠 특유의 진화론적 브리꼴라주 문학사 서술의 맥락에서 나온 발언이지만, 실상 문학의 모든 변화가 무릇 이와 크게 다르지 않은 경로를 따른다고 할 수 있다. 따라서 지금 새로운 시대 장편소설의 모습을 궁구하기 위해 오히려 더 긴요한 것은, 지금 이곳의 문학현장에서 벌어지고 있는 '무책임하고 자유로운' 문학적 실험의 의미를 파악하고, 또 그것이 어떻게 기능하고 존재하면서 우리시대 장편소설의 모습을 재구성해가고 있는지를 가늠해보는 일이다.

3. 근대소설의 타자 혹은 '뻔뻔한' 형식의 조건들

이 지점에서 김형중이 거론한 '브리꼴라주'는 새로운 맥락에서 새삼 다시 중요해진다. 이때 브리꼴라주는 김형중의 용법처럼 단지 이미 주어진 어떤 형식적 특성이나 규정 혹은 반(反)규정으로 한정되어서는 안된다. 그보다 그것은 이미 존재하고 있는 문학적 장치들의 새로운 기능을 발견하거나 '재기능화'하는 것과 구조적으로 관련을 갖는다.[16] 그리고 이는 지

---

15 프랑꼬 모레띠, 앞의 책 44면.

금 엄연히 한국문학의 현장에서 벌어지고 있는 사건이기도 하다. 최근 몇
년 사이에 발표된 주목할 만한 몇몇 장편소설에서 이루어지고 있는 문학
적 실험이 바로 그것이다. 앞서 언급한 천명관의『나의 삼촌 브루스 리』
와 이기호의『차남들의 세계사』, 임철우의『황천기담』, 성석제의『투명인
간』, 권여선의『토우의 집』등의 소설이 그 사례다. 이미 지적한 것처럼 이
때 이 소설들에서 새롭게 재기능화되고 있는 기존의 문학적 장치, 그것은
바로 '이야기'다.[17] 그런데 왜 새삼 '이야기'인가?

사실 장편소설에서 이야기가 갖는 의미에 대해서는 오래전부터 많은
논의가 있었다. 그런데 그 논의들에서 대체로 이야기는 '소설'과의 대당
(對當) 구도 속에서 '(근대)소설' 이전의 전통적인 것(근대 이전의 것) 혹
은 소설의 규범에 미달하는 것, 현실과의 연결고리를 결여하고 논리 및
필연과도 거리가 먼 미숙하고 비현실적인 것 등으로 규정되고 위치지어
진다. 물론 한편으로는 예컨대 김유정(金裕貞)과 채만식(蔡萬植), 이문구
(李文求)와 황석영(黃晳暎) 등의 소설을 '이야기꾼' 혹은 구술전통과의 관
련 속에서 그 문학적 의미를 평가하는 관점도 없지는 않다. 그러나 일반
적으로 이야기가 갖는 특성은 '근대소설＝노블'의 관점에서 화자의 빈번
한 개입과 편집자적 논평의 남발, 사건의 논리적 전개와 거리가 먼 산만
한 구성, 사실주의적 기율과 동떨어진 비현실성과 성격화의 결여, 그로 인
한 문학적 밀도의 결여 등으로 부정적으로 의미화되어온 것이 사실이다.
그리하여 이야기는 통상 '근대소설＝노블'의 성숙과 완성에 의해 극복된,
혹은 극복되어야 할 전근대의 산물로 이해되어왔다. 20세기 현대소설이

---

16 같은 책 44~47면 참조.
17 '이야기'에는 여러 범주와 층위가 있지만 그것을 명확하게 갈라내는 것은 사실 쉽지
않다. 이 글에서 '이야기'는 개인의 주관성(내면성) 혹은 현실성(reality)이나 그것을
구현하는 형식적 장치(일례로 '삼인칭 객관 묘사')를 전면화하기보다는 광범위한 의
미에서의 '스토리텔링'이 주가 되고 거기에 그것을 부각하는 고유한 '이야기하기'의
수법이 결합된 내러티브 형식을 포괄하는 느슨한 의미로 사용한다.

"소설의 설화성(說話性)을 예술적 낙후의 표징으로 낙인찍고 그것으로부터 벗어나고자 온갖 기괴한 실험에 몰두"[18]해왔다는 비판적 언급도 그런 점을 지적하는 것이다. 그런 의미에서 이야기는 근대소설의 타자다.

가령 전지적 논평자가 끊임없이 개입하며 서술을 이끌어가는 구어적 연행담화 형식의 소설인 천명관의 장편『고래』(문학동네 2004)가 발표되었을 때 일어났던 문단 안팎의 논란을 떠올려보자. '이야기의 귀환'이라 일컬어졌던『고래』에 대한 흥분과 찬사의 이면에는 다른 한편 그것을 소설이 마땅히 지녀야 할 문학성과 문학적 정신을 결여한 '소설 이전의 것'으로 의심하는 폄하의 시선이 문단의 기성작가들과 평단의 일각에서 끊임없이 제기되었음을 우리는 기억한다.[19] 돌아보면 이때 의심의 초점이 된 것은 모두『고래』가 갖는 고유한 이야기적 특성에서 비롯된 것이었다. 이야기를 그렇게 근대소설의 정신과 기율에 미달하는 소설의 타자로 규정하고 배제하는 태도의 배후에는 '문학'과 '문학성'에 대한 특정한 관념과 제도적 통념이 끈질기게 작용하고 있었음은 물론이다.

그런 측면에서『고래』를 둘러싼 당시의 논란은 매우 흥미로운 문학사적 풍경이기도 했는데, 왜냐하면 그것은 '이야기'라는 '억압된 것의 귀환' 그 자체가 한국 근대문학의 역사에서 그동안 이야기를 억압해왔던 것의 실체가 대체 무엇이었는가를, 나아가 근본적으로는 그 억압 자체를 사후적으로 들춰 보여주는 사건으로 기능한 것이었기 때문이다. 이로 미루어보면, 해방 이후 한국 근대문학의 역사 속에서 이야기란 문학에 관한 어떤 특정 형태의 관념과 미학적 기율을 중심으로 배타적으로 구축된 '문학다움'에 대한 강박적 믿음을 불안에 빠트리는, 그 때문에 경계해야 하는

---

18 최원식「이야기꾼과 역사가: 박태순론」,『정경문화』1983년 1월호 290면.
19『고래』를 두고 펼쳐졌던 이런 시각의 논평들에 대한 정리와 그것이 갖는 의미에 대해서는 오혜진「'장편의 시대'와 '이야기꾼'의 우울: 천명관과 정유정에 대한 비평이 말해주는 몇 가지 것들」(『자음과모음』2013년 겨울호) 참조.

한국 근대문학 내부의 일종의 증상과 같은 것이었는지도 모른다.[20]

그럼에도 불구하고, 한국 근대소설에서 이야기의 전통을 창조적으로 활용해야 한다는 주장 또한 그와는 다른 방식으로 오래전부터 꾸준히 제기되고 있었다. 가령 '소설은 이야기다'라고 하는, 쉬 잊기 쉬운 기본적인 진실을 환기하며 이어지는 다음 발언.

소설은 이야기다. 우리는 이 점을 새삼 다짐해두어야겠다. 할머니 무릎을 베고 겨운 잠을 쫓으며 듣던 이야기들, 그 꿈같고 아름답고 무시무시하고 신나는 이야기들, 그러한 이야기판에서 자연스럽게 형성되는 공생적(共生的) 연대의 감정은 현대소설이 버려야 할 것이 아니라 새로운 형식으로

---

20 조금 다른 맥락에 있긴 하지만, '날현실의 재현'에 대한 통념도 그 점에서는 크게 다르지 않다. 즉 2000년대 이후 젊은 작가들이 보여주는 '재현에 대한 공포'(김영찬 「공감과 연대: 21세기, 소설의 운명」, 『창작과비평』 2011년 겨울호 307면)도 정확히 그와 상동성을 갖는 것이다. 이때 재현에 대한 공포란 예컨대 김이설(金異設)의 소설처럼 '미학적'이라 간주되고 인정되어온 특정한 형식이나 기법으로 현실을 가공하지 않고 그야말로 날것 그대로 묘사하는(것처럼 보이는) 것을 '문학적인 것'과 거리가 먼 낡은 수법으로 치부하며 거부감을 보이는 이즈음 젊은 작가들의 문학적 태도를 일컫는 것이었다. 이와 관련하여 이것에 대해 제기된 비판을 간단히 짚고 넘어가는 것도 이 글의 논지에 작은 보탬이 될 수 있겠다. 일전에 차미령(車美怜)은 이 시대 젊은 작가들이 갖는 '재현에 대한 공포'에 관한 나의 지적을 두고 그것이 "미학적 완결성에 대한 자의식"은 의문에 부치면서 오히려 "재현된 현실은 '필터링'되지 않은 것"이라는 "고정관념" 혹은 "재현의 이데올로기"를 옹호하는 것이라는 요지의 비판을 한 바 있다.(차미령 「실패의 기록: 최근 장편소설 논의에 부쳐」, 『창작과비평』 2014년 봄호 334~35면) 물론 오해다. 그렇지만 여기서는 일단 문제를 꼼꼼하게 따지기보다 한가지 사실만 간단히 확인해두고 넘어간다. 즉 '재현에 대한 공포'는 이 글에서 지적하는 (특정 문학관념과 그것을 토대로 배타적으로 구축된 '문학다움' 또는 '문학성'의 신화에 대한 배타적 믿음에 기초한) '이야기'에 대한 폄하와 같은 맥락에 있는 것이라는 점이 그것이다. 요컨대 거기에서 나의 비판의 초점은 '미학적 완결성(에 대한 자의식)'에 있는 것이 아니라, '날현실'의 정직한 재현 자체를 '문학다움'의 경지에 미달하는 미숙함과 촌스러움으로 착각하는 그런 미학 이데올로기에 있는 것이었다. 그러나 이 자리는 오해를 자상하게 풀기에는 그다지 적절하지도 넉넉하지도 않은 만큼 더이상의 자세한 이야기는 다음 기회로 미룬다.

확보하고 확장시켜야 할 바로 그것이기 때문이다.[21]

이에 따르면 이야기는 "현대소설이 버려야 할 것이 아니라 새로운 형식으로 확보하고 확장시켜야 할" 자산이다. 이를 우리의 브리꼴라주적 관점에서 바꾸어 말하면, 이렇게 될 것이다. 즉 이야기의 새로운 기능을 발견하고 그것의 재기능화를 가능하게 하는 다양한 문학적 실험을 통해 이야기를 한국 장편소설의 새로운 문학적 장치로 확보하고 확장해야 한다. 그리고 이것은 한편으로 이야기에 대한 발터 벤야민(Walter Benjamin)의 오래전 예언을 21세기 한국의 문학현장에서 실현하고 실천하는 길이기도 하다. 그 예언을 그대로 옮겨보면, 장편소설 속에서 그렇게 "이야기하기는 존속할 것이다. 그렇지만 그 '영원한' 형식들로, 은밀하고 멋진 온기(溫氣)로, 존속하는 것이 아니라, 우리가 아직 알지 못하는 어떤 뻔뻔스럽고 대담한 형식들로 존속할 것이다."[22]

그렇다면 '우리가 알지 못하는 어떤 뻔뻔스럽고 대담한 형식'으로 존속하게 될 그 이야기란 대체 무엇인가? 또 그것은 장편소설에서 어떤 방식으로 존재할 수 있을까? 더 나아가 그것은 어떻게 어떤 방식으로 21세기 한국 장편소설을 재활성화할 수 있으며 그 가능성의 조건은 어디에 있는가?

일단 벤야민을 경유해본다. 벤야민은 이야기와 소설을 대비하면서 이렇게 말한다.

　이야기꾼은 자신이 이야기하는 것을, 자신의 이야기든 전해들은 이야기든 어쨌든 이야기에서 취한다. 그리고 이야기꾼은 그것을 다시금 자기가

21 최원식, 앞의 글 290면.
22 발터 벤야민 「「이야기꾼」 관련 노트」, 『서사(敍事)·기억·비평의 자리: 발터 벤야민 선집 9』, 최성만 옮김, 도서출판 길 2012, 483~84면.

들려준 이야기를 듣는 사람들의 경험으로 만든다. 소설가는 자신을 고립시켰다. 소설의 산실은 고독한 개인이다. 이 개인은 자신의 가장 중요한 관심사를 더이상 모범적인 예로서 표현할 수도 없고, 조언을 받지도 않았으며 또 조언을 해줄 줄도 모르는 개인이다. 소설을 쓴다는 것은 인간의 삶을 서술할 때 타인과 공유할 수 없는 고유한 것을 극단으로 끌고 간다는 것을 뜻한다.

(…)

이야기를 듣는 사람은 이야기꾼과 함께 있다. 이야기를 읽는 사람조차도 이러한 함께 있음에 참여하고 있다. 그러나 소설을 읽는 독자는 고독하다.[23]

벤야민에 따르면, '이야기'는 축적된 경험을 공유하는 것이고 소설은 그렇게 타인과 공유할 수 없는 개인의 고유함을 극단으로 밀어붙이는 것이다. 그리고 소설이 고독한 개인의 단독성에 의존한다면 이야기는 "귀 기울여 이야기를 듣는 공동체"[24]에 의존한다. 그러나 근대는 그러한 축적된 공통경험의 공유와 동화를 가능하게 하는 물질적 토대와 정신의 상태를 소멸시켰다. 그 대신 우리가 아는 것처럼, 근대는 자본주의 세계체제의 구축을 통해 인간들 간의 상호결합의 네트워크를 가능하게 하는 경제적 토대를 창출함으로써 고독한 개인의 고유한 운명을 그리는 소설이 그 자체만으로도 그 사회를 살아가는 인간(혹은 계급) 전체의 보편적인 운명을 반사하면서 개인과 집단의 상호연관을 보여줄 수 있는 가능성의 조건을 만들어냈다.

그렇다면 그 경제적 토대의 총체성이 더욱 공고해져가는 지금은 어떠한가? 무엇보다 그렇게 소설에 배타적으로 부여되었던 역할, 즉 상호결합

---

23 발터 벤야민 「이야기꾼: 니콜라이 레스코프의 작품에 대한 고찰」, 같은 책 423면과 444면.
24 같은 글 429면.

의 네트워크를 상상하고 그 속에서 인식과 감정의 교환과 연대를 가능하게 했던 역할은 이제 불가피하게 해체되었다. 그리고 그 몫은 영화나 다른 멀티미디어 시스템으로 넘겨져 분배되었다. 이야기의 토대로서 '귀 기울여 이야기를 듣는' 삶의 공동체는 말할 것도 없거니와 감정의 교환과 연대를 가능하게 하는 '상상의 공동체' 또한 더이상 소설의 토대가 될 수 없다. 그리고 그것은 지금의 소설이 감당할 수 있는 몫도 아닌 것으로 보인다. 그것은 개인적 삶의 고립과 단자화가 급속도로 진행되고 있는 현실적 변화를 반영한 것이기도 하지만, 다른 한편으로는 소설이 그러한 문제에 대응할 수 있는 현실적·사회적 응전력을 이미 상실했기 때문이다. 무엇보다 한국소설은 한국사회 공동체의 공동의제로부터 소외되고 고립되어 있는 것이 냉정한 현실이다.

오늘날 장편소설이 처한 곤경은, 일차적으로는 (제도적으로) 소외와 고립이 그다지 문제되지 않는 단편과는 달리, 그런 악조건 속에서도 '시장'이라는 소비와 소통의 네트워크를 통과하지 않을 수 없는 장편의 장르적 운명에서 비롯된다. 그리고 그러한 조건 자체가 이미 불가피하게 그 자신이 처한 소외와 고립에 대한 나름의 응전을 요구하는 것이기도 하다. 그러한 상황에서 지금 한국 장편소설이 그 응전의 자산으로 활용하고 있는 것이 다름 아닌 '이야기'라는 것은 일견 자연스러워 보인다. '이야기'는 말하고 '귀 기울여 듣는' 그러한 소통적 상황이 그 자체로 이미 그 내부에 각인되어 있는 형식적 장치이기 때문이고, 어떤 측면에서 그것은 이미 잃어버린, 문학을 매개로 한 소통과 공감의 네트워크에 대한 상상적 구축을 가능하게 하는 조건으로 작용할 수도 있기 때문이다.

4. 이야기와 소설, 그리고 실험들

그렇다면 최근의 장편소설에서 그러한 응전은 어떻게 구체화되고 있는가? 또 그것이 이야기라는 형식적 장치를 재기능화하고 재활성화하는 '이야기의 브리꼴라주'의 실험과 어떻게 관련되어 있는가? 그 현황을 점검하고 가능성을 온전히 전망해보기 위해서는 당연히 더 오랜 숙고와 또 하나의 긴 글이 요구될 것이다. 그렇지만 그 이전에 먼저 그러한 작업의 조그만 시작으로서 이야기의 재기능화와 실험의 사례를 여기서 간략하게나마 조망해볼 수는 있을 것이다. 그 사례를 거칠게 간추리면 대략 세가지 방향의 실험으로 대표될 수 있다. 하나씩 살펴본다.

먼저 임철우의 『황천기담』이 있다. 『황천기담』은 그 자체로 '소설은 이야기다'라는 가장 기본적인 진실을 환기하는 소설이다. 이 소설이 펼쳐놓는 이야기들은 '황천(黃川)'이라는 가상의 공간에서 벌어지는 기묘하고 이상한 이야기들이다. 그 이야기들 속에는 인간의 어두운 욕망, 고통과 슬픔이 때때로 출몰하는 유령의 공포와 공존하고, 실제 역사의 비극이 설화와 전설, 미신과 주술의 세계와 뒤섞인다. 작가의 말대로 그것은 "용도도 내력도 알 길 없는 그 빛바랜 부적의 붉은색 문양 같은, 왠지 음울하고 기이하고 또 알록달록한"[25] 이야기들이다. 소설의 공간을 그렇게 현실에 있을 법하지 않은 환상적인 기담(奇談)들로 채워넣은 이 소설의 의도적인 시대착오는 그 자체로 "할머니 무릎을 베고 겨운 잠을 쫓으며 듣던 (…) 그 꿈같고 아름답고 무시무시하고 신나는" 이야기의 구전적 상황을 재연한다. 그리고 그 이야기들이 현대문명에 의해 축출되고 또 우리가 잊고 살아가는 원시적 활기와 삶과 죽음의 심연에 대한 외경, 그리고 그에 대한 정서적 공감과 연대를 자연스럽게 환기한다는 점도 덧붙일 수 있을

---

25 임철우 「나비길」, 『황천기담』, 문학동네 2014, 55면.

것이다. 그런 측면에서 이 작품은 소설의 형식 안에서 이야기의 구전과 전승에 함축되어 있는 고전적 기능을 재활성화한다고 할 수 있을 것이다. 그것은 다른 각도에서 말하면 기이한 환상적인 이야기가 그 자체로 갖는 이야기의 매혹을 소설 읽기의 매혹으로 변환하고 활성화하는 전략이다.

『황천기담』에서 중요한 것은 그러한 이야기의 활성화 전략이 단순히 그 자체로 머물지 않고 지금 이 시대에 맞닥뜨린 소설 쓰기의 곤경에 대한 자의식과 결합되어 있다는 점이다. 소설을 쓰지 못하는 소설가 '당신'이, 이야기가 살아 있고 활성화되는 공간인 '황천'으로 몸을 옮겨 그곳의 이야기를 소설의 자산으로 활용한다는 애초의 설정부터가 이미 그러한 자의식과 그에 대한 응전의 전략을 수행적으로 재연(再演)하는 것이다. 그 재연의 과정에서 소설가 '당신'이 하는 일이 주로 이야기의 '듣기'와 '받아적기'라는 점[26]은 또다시 중요하다. 그것은 소설이 처한 곤경에 대한 응전이 바로 타자의 이야기를 '귀 기울여 듣기'라는, 이야기의 구연상황에 함축되어 있는 것으로서 타자와의 언어 공유와 정서적 공감에서부터 비롯되어야 함을 암시하는 것이다. 즉 이야기 자체의 활성화와 그 이야기에 함축된 형식적·소통적 기능의 반성적 전유, 그 둘의 결합이 바로 『황천기담』에서 이야기의 재기능화가 이루어지는 방식이다. 그리고 바로 이것이야말로 이 소설의 문학적 성과가 상징적으로 집약되어 있는 지점이기도 하다.

『황천기담』은 이처럼 소설에 대한 반성적 장치로서 이야기의 기능을 암시하고 있지만 거기에서 더이상 나아가지는 않는다. 소설의 주요한 관심과 초점은 그보다 이야기의 매혹을 재활성화하는 데 놓여 있다. 이와 달리, '소설'에 대한 반성적 장치로서 이야기의 기능을 한층 자각적이고

---

26 이에 대한 상세한 언급은 이 책의 제4부에 실린 「불가능한 이야기의 가능성: 임철우의 『황천기담』 읽기」 참조.

자의식적으로 풀어놓으면서 이야기를 메타소설의 구성적 장치로 활용하는 사례도 있다. 이기호의 소설 『차남들의 세계사』가 바로 그것이다. 『차남들의 세계사』는 1980년대 전두환 시대의 어두운 역사를 한 사내의 억울하고 기막힌 수난담을 통해 이야기한다. 이 글의 관심과 관련하여 무엇보다 눈에 띄는 것은, 이 소설이 "이것을 들어보아라"[27]라는 명령형(혹은 청유형) 문구를 반복 변주하면서 독자를 끊임없이 이야기의 청자(聽者)로 끌어들이고 있다는 점이다. 그러한 설정은 작중상황과 그것을 구연하는 서술자 그리고 독자 사이의 거리를 제거하는 효과를 거두면서 소설 자체를 '이야기하기'와 '이야기 듣기'의 행위가 이루어지는 구연(口演)의 장으로 기능하게 한다.

중요한 것은 『차남들의 세계사』에서 그러한 구연상황의 재현이 단순히 그 자체로만 머물지 않는다는 것이다. 그것은 '공식적인' 역사와 그것의 서술방식, 나아가 그러한 서술방식을 모방하는 관습적인 소설 서사의 서술관행에 대한 비판과 유기적으로 결합한다. 그러한 소설의 전략은 대표적으로 다음과 같은 장면에서 압축적으로 드러난다. 죄 없는 주인공 나복만이 터무니없는 우연과 간지에 걸려들어 어찌어찌 정보부 요원에게 잡혀와 간첩사건 조작을 위한 거짓 진술을 강요받으며 고문당하는 내용을 서술하는 대목이다. 고문의 고통 속에서도 나복만이 끝내 입을 열지 않자, 고문은 점점 지독해져가고 고통은 점점 더해간다. 그래서,

그래서…… 그래서…… 무슨 일이 벌어졌던 것일까? 그다음 일어난 일이 궁금한가? 그다음 스토리를 어서 빨리 듣고 싶은가? 그것에 대해서 말하는 것은 어렵지 않다.(그러니까 나복만은 끝까지 진술서를 쓰지 않았고, 자신의 비밀에 대해서도 말하지 않았다.) 그러나, 들어보아라. 스토리

---

27 이기호 『차남들의 세계사』, 민음사 2014, 12면.

가 중요했던 것은 그날 그때 가볍게 엄지와 검지로 레버를 쥐고 있던 스포츠머리와 손등의 털이 다 타버린 요원도 마찬가지였다. 그들에게 중요했던 것은 인과관계였고, 플롯이었으며, 왜,라는 질문에 대한 대답이었다. 그래서 그들에겐 나복만의 고통 또한 다음에서 다음으로 넘어가기 위한, 하나의 스토리에 지나지 않았다. 고통은 하나의 도구일 뿐. 고통은 하나의 과정일 뿐……. 그래서 그들은 멈추지 않았다.(이봐, 친구. 자네는 어떤가? 자네는 지금 이 부분을 어떻게 읽고 있나?) 하지만, 들어보아라. 정작 말하기 어렵고, 쓰기 힘든 것은 고통 그 자체이다. 스토리를 멈추게 하고, 플롯을 정지시키는, 그런 고통이 사라진 이야기란, 그런 고통을 감상하는 이야기란, 사파리 버스에서 내다보는 저녁놀 붉게 물든 초원과 아무런 차이가 없지 않은가! 안락한 의자에 앉아, 두꺼운 유리창 뒤에서, 초원을 바라보고 싶은가? 안전하고 싶은가? 그렇다면 다음 단락은 듣지 말고 그대로 넘어가길……. 그렇다고 해서 스토리를 이해하는 덴 아무런 지장도 없을 테니까…… 원망도, 아쉬움도 없으니까…… 그렇게 하시길. 그게 바로 당신 안의 괴물이 작동하는 방식일 테니까.[28]

연속되는 서술의 흐름을 갑자기 중단시키면서 독자＝청자를 작중상황의 안으로 끌어들여와 앉히는 서술자의 이 돌연한 편집자적 논평이 함축하는 것은 크게 세가지다. 우선 '진술서'라는 공적인 문서가 저런 식으로 조작될 수 있는 것처럼 그 문서의 진실성과 효력을 보증하는 '인과관계'와 '플롯' 또한 허구적인 것일 수 있다는 지적이 그 하나다. 그리고 다른 하나는 관습적인 소설에서 고수하는 통상의 서술방식 또한 그것에서 멀리 떨어진 것이 아니라는 사실에 대한 지적이다. 바로 그 '인과관계'와 '플롯'이 그러한 관습적인 서술방식이 요구하는 필수적인 요건이기도 하

---

28 같은 책 238면.

기 때문이다. 그리고 마지막으로, 이것은 모두 이웃이 겪는 고통을 '사파리 버스의 두꺼운 유리창'을 통해 아무런 고통 없이 관조적으로 바라보는 행위와 별다르지 않다는 지적이 그와 결합한다. 이러한 지적은 곧 '플롯'과 '인과관계'(이를테면 이미 주어진 조리 정연한 '문학성'의 제도적 기준)에 집착하는 기존의 많은 소설이 의도와는 무관하게 그 댓가로 치를 수 있는 것이 무엇인가를 암시한다. 그것은 바로 타자의 고통에 대한 공감과 연대의 결여다. 물론 작가가 주장하는 이 셋의 이러한 논리적 연결은 그 자체로는 단순하고 거칠어 보일 수도 있다. 그럼에도 불구하고 중요한 것은 타자와의 공감과 연대에 대한 한국소설의 자기반성적 요청이 '이야기'라는 고전적 형식에 얹혀 효과적으로 환기되고 있다는 사실이다.

이때 이 세가지는 '보로메오의 매듭'처럼 뗄 수 없는 하나이며『차남들의 세계사』의 전체 이야기와 그것을 전달하는 구술형식은 바로 이 매듭을 겨냥한다. 즉 이 소설의 전체 형식은 앞서 살펴본 압축적인 한 장면의 구조적 연장이자 확장이라고도 볼 수 있다. 이것이 보여주는 것은 (실제로 이 소설에서 그러한 시도가 성공적인가 아닌가와는 별개로) '이야기'라는 형식적 장치가 소설 전체의 메타소설적 구도에 통합됨으로써 새로운 방식으로 재기능화되는 사태라고 할 수 있을 것이다. 특히 그러한 실험이 이야기가 함축하는 가치로서 타자의 삶과 고통에 대한 '공생적(共生的) 연대의 감정'을 활성화함으로써 소외와 고립의 길을 걷고 있는 지금 이곳의 소설에 대한 반성적 성찰과 결합하고 있다는 점도 빼놓을 수 없을 것이다.

그렇다면 그 '공생적 연대의 감정'은 어떻게 가능할까? 권여선의『토우의 집』은 이 물음에 대한 소설적 답변이다. 겉으로 보기에『토우의 집』은 지금까지 논의해온 이야기의 재활성화와는 무관한 것으로 보일 수도 있지만, 이 소설의 서술방식은 깊은 차원에서 '공통경험의 공유'라는 이야기의 고전적 가치를 문학적으로 전유하고 활성화하는 가장 유니크한 실험을 보여준다. 『토우의 집』의 중심에 자리잡고 있는 공통경험이란 다름 아닌 '고통'이다. 겉으로 드러난 소설의 소재는 '인혁당 사건'이지만 이 소설은 그 사건과 그로 인해 고통받은 가족들의 이야기에 국한하지 않고 그것을 이웃의 모든 고통에 대한 알레고리로 확장한다. 억울하게 간첩으로 몰려 사형당한 아비의 죽음이 자기의 철없는 저주 때문이라고 자책하는 아이 '원'의 자기파괴적 죄의식, 남편을 잃은 슬픔에 언어를 잃고 정신과 육체의 파괴에까지 이르게 되는 새댁의 고통, 여기에는 최근의 세월호 참사에 이르기까지 한국 현대사에서 끊이지 않고 반복되어온 고통의 경험이 소설의 알레고리적 장치에 힘입어 켜켜이 두껍게 얹힌다.

특히 주목해야 하는 것은 이 소설의 서술방식이 '원'과 새댁의 고통에 대한 독자의 감정이입이 아닌 그 고통의 육체적 분유(分有)를 겨냥한다는 사실이다. 감정이입이란 결국 (이기호의 표현을 그대로 옮기면) 이웃이 겪는 고통을 '사파리 버스의 두꺼운 유리창'을 통해 아무런 고통 없이 관조적으로 바라보는 데서 나오는 것이다.[29] 그러나 각각 아비와 남편을 잃은 '원'과 새댁이 겪는 고통을 어떠한 감정의 개입도 없이 집요하게 묘사하는 이 소설의 서술방식은 우리를 고통에 대한 '공포'와 '연민'이 아닌, 그 고통을 함께 겪으며 육체적으로 나누고 있다는 느낌 속으로 끌어들인다. 바로 이를 통해 작가는 등장인물의 고통을 우리의 고통으로 전이시키며 그 고통의 경험을, 나아가 거기에 얹혀 있는 한국 현대사의 모든 삶과 죽음의 아픈 경험을 전달하고 공유한다. 이 소설의 읽기와 쓰기를 중심으로 구축된 작가, 등장인물, 독자라는 삼각형 안에서 그렇게 공유되는 고통의 경험은, 작가의 표현을 빌리자면 "어떤 커다란 반죽덩어리 같은 고통"

---

29 아리스토텔레스가 『시학』에서 비극적 정서의 핵심으로 지적했던 공포와 연민의 미학 (아리스토텔레스 『시학』, 김한식 옮김, 펭귄클래식코리아 2010, 142면)이 바로 이 감정이입의 미학이라 할 수 있다. 이때 공포와 연민이라는 정서가 발생하는 조건은 등장인물이 겪는 고통으로부터의 안전한 거리다.

이 나 안에 들어와 자기의 "새끼 비슷한 고통"을 끄집어내고 다시 "내 어린 고통이 세상의 커다란 고통의 품에 안기는"[30] 그런 육체적 경험이라고 할 수 있을 것이다.

벤야민은 '이야기'를 들려주고 듣는 데 요구되는 것으로 "경험을 나눌 줄 아는 능력"[31]을 적시했다. 정보가 경험을 대체하고 나아가 영혼의 영역까지 잠식하는 멀티미디어 정보화 사회에서 이런 능력은 더더욱 희귀한 것이 되었고 한국소설의 소외와 고립 또한 이런 능력의 상실과 전혀 무관하지 않다. 권여선이 『토우의 집』에서 실험하고 있는 것은 바로 그 능력의 재활성화다. 이것이 세번째 방향이다.

5. 맺으며

이 자리에서는 세가지 사례를 언급하는 데 그쳤지만, 최근 소설에서 이러한 이야기의 재기능화는 근대문학 이후 새로운 장편소설의 형식을 궁구하고 모색하는 가운데 제출되고 있는 중요한 실험의 하나인 것만은 틀림없다. 각기 방식은 매우 다르지만 앞에서 거론했던 천명관의 『나의 삼촌 브루스 리』와 성석제의 『투명인간』, 더 나아가 한강(韓江)의 『소년이 온다』(창비 2014) 또한 크게 보면 이러한 맥락에 같이 놓을 수 있을 것이다. 이 소설들은 모두 역사적 기억의 공유와 고통에 대한 정서적 연대라는 가치를 어떻게 소설 속에서 구현해야 하는가에 대한 모색이 반영된 문학적 실험의 산물이다. 이 소설들은 또 지금까지와는 차별되는 '다르게 이야기하기'의 요구에 대해 작가들 각자가 내놓은 창조적 답안이기도 하다. 그

---

30 권여선 「작가의 말」, 『토우의 집』, 자음과모음 2014, 334면.
31 발터 벤야민, 앞의 글 417면.

오늘의 '장편소설'과 '이야기'의 가능한 미래 55

리고 그 실험적 답안이 어떤 방식으로든 '이야기'의 재기능화와 관련되어 있다는 점을 여기서 다시 한번 강조할 필요가 있다.

　최근의 소설들에서 나타나는 '이야기'의 재활성화가 단지 구연(口演) 형식으로 대표되는 전통적인 이야기 장치의 차용이라는 단순한 차원에 머무는 것이 아니라는 사실은 이미 확인했다. 우리는 여기에서 더 나아가 다양한 소설적 형식들에서 이야기의 재기능화가 어떤 다기한 방식으로 실험되고 있으며 그것이 어떤 문학적 효과를 만들어내는가를 보다 더 세심하게 살피고 한층 다양한 각도로 의미화할 필요가 있다. '문학 이후'에 가능한 장편소설의 미래에 대한 탐구가 그와 분리될 수 없는 까닭이다. 지금 이곳의 한국소설이 맞닥뜨린 소외와 고립을 넘어, 다른 그 무엇이 아닌 오로지 문학만이 할 수 있는 새로운 형태의 소통과 공감의 네트워크를 구축할 수 있을 것인가, 그것이 혹 가능하다면 그 길은 어디에 있는가 하는 의문에 대한 해답의 작은 실마리는 어쩌면 여기에 있을지도 모르겠다.

비평은 없다

◆

『82년생 김지영』에 대한 논의를 중심으로

1

'비평, 작품으로 돌아가라!'라는 큰 주제 아래 글을 써달라는 편집진의 요구를 앞에 놓고 있다.[1] 잠시 생각한다. 비평이 작품으로 돌아가야 한다는 요청은 이즈음의 비평에 대한 어떤 불만에서 비롯된 것이겠다. 그것은 비평이 작품을 소홀히 하거나 아니면 작품을 떠나 다른 곳에 있다는, 그래서는 안된다는 비판적 문제의식이리라 짐작된다. 수다하게 반복되어온 이런 낯익은 요청이 지금 이 시점에 왜 다시 제기되는가?

무엇보다 그런 요청의 속내에는 최근의 많은 비평이 작품을 대상으로 하기보다 작품을 떠나 그와 무관한 어떤 믿음이나 정치적 신념을 고백하고 설파하는 글쓰기가 되고 있다는 판단이 있는 것 같다. 그런 가운데 설혹 작품에 대해 얘기하더라도 작품이 말하는 진실에 충실하기보다 그것

---

1 이 글은 2017년 9월, '문학비평의 반성: 지금 무엇이 문제인가'라는 주제로 열린 제3회 문학실험실 포럼에서 발표된 글이다.

에 앞서 선험적으로 전제된 어떤 진실의 편으로 작품을 견인하는 경향으로 이끌리고 있다는 생각도 가세했을 것이다. 그 배경엔 최근 논점이 되고 있는 '정치적 올바름'이라는 정체성 정치의 어떤 '편향'에 대한 문제의식이 있다는 것 또한 충분히 짐작할 수 있다. 그것은 정치적 올바름이라는 절대화된 외적 규율에 따른 작품의 재단이 작품을 충실히 읽고 그 작품의 제자리를 찾아주는 비평적 수고를 대체하고 있다는 불만일 수도 있겠다. 그것은 또한 정치적 올바름의 잣대에 따라 작품에 가해지는 적발과 고발,[2] 아니면 거꾸로 무비판적 상찬과 승인이 비평의 이름으로 행해지는 사태에 대한 불만일 수도 있다. 어쨌든 문제가 그러하니, 먼저 작품으로 돌아가 비평의 기본을 되찾자는 것이 저 요청의 취지임을 충분히 이해할 수 있겠다.

그런데 물어보자. 작품으로 돌아간다는 것은 대체 무엇인가? 아니, 비평이 꼭 작품으로 돌아가야 할 필요와 필연은 어디에 존재하는가? 비평이 작품의 목소리에 귀 기울여야 한다는 건 물론 비평의 기본이다. 그러나 이러한 요청은 혹 비평이 밝혀야 할 진실이 작품에 항상-이미 내재한다는 작품물신주의에서 비롯된 건 아닌지를 반문해볼 필요도 있다. 작품에 내재하는(그렇다고 가정되는) 미학적 가치를 중시하는 기존 문학주의의 적실성이 의심받고 있는 이즈음의 상황을 돌아보면 특히 그렇다. 오히려 작품 외적인 것이 작품의 가치를 결정하는 현상이 이어지고 그에 따라 '문학성'에 대한 새로운 기준이 정립되어야 한다는 요구도 잇따르고 있다. 이는 최근 '문단 내 성폭력' 사건과 그 배후에 있다고 지목된 특정 형태의 (속류) 문학주의에 대한 반성과 비판에 의해 급속히 촉발된 면이 있지만, 크게 보면 시대의 변화에 따른 자연스러운 요구라고 할 수 있다. 중

---

2 이러한 문제에 대해선 복도훈의 비판이 있었다. 복도훈 「신을 보는 자들은 늘 목마르다」, 『문장 웹진』 2017년 5월 8일(http://webzine.munjang.or.kr/archives/140120) 참조.

요한 것은 거기서 더 나아가 그런 요구를 이 시대에 문학이란 과연 무엇이고 문학은 무엇을 해야 하는가라는 근본적인 질문으로 심화하는 작업이겠다.

최근 조남주의 소설 『82년생 김지영』(민음사 2016)을 놓고 벌어진 일련의 비평적 논의는 이런 맥락에서 다시 한번 검토해볼 가치가 있다. 이 소설을 둘러싸고 이어진 저간의 갑론을박을 들여다보면 무언가 기묘한 비평적 정념의 교착이 느껴진다. 한편에선 정치적 올바름이라는 작품의 메시지에 비해 문학적으론 보잘것없는 작품이라고 비판하는가 하면, 다른 한편에선 여성이 겪는 차별적 현실의 절박함을 생생하게 보여주는 작품으로서의 의미를 강조한다. 그렇지만 지지와 비판이라는 큰 줄기 안에서도 의도적인 침묵 혹은 과소진술, 일종의 유보와 망설임, 불가피한 미결정, 의심과 불편함 등의 흔적이 글의 행간에 여기저기 자기를 숨기며 묻어 있다. 그 외적인 이유야 차근차근 따져볼 일이지만, 일차적으로 여기서 느껴지는 것은 모종의 비평적 곤혹이다. 가령 이런 것. 비판을 할 것인가, 말 것인가. 한다면 어느 선까지 할 것인가? 내기를 걸 것인가, 말 것인가. 건다면 어디에 걸 것인가?

2

『82년생 김지영』에 대한 최초의 본격적이고도 '용기 있는' 비판은 조강석(趙强石)의 몫이었다. 그에 따르면 이 소설은 여성차별의 현실을 환기하는 디테일의 풍부함을 통해 '사실의 힘'을 발휘함으로써 우리가 이미 안다고 생각하는 문제들을 정면으로 마주하게 만든다. 그러나 전언의 층위에서의 그런 효율과 성취에도 불구하고 이 소설은 많은 문제를 안고 있는데, 그것은 "메시지에 집중된 예술의지가 오히려 전언의 효율성을 저해한다"는 것으로 요약된다. 조강석은 이 소설에서 전개되는 스타일의 혼합과 병치가 플롯의 논리를 위배하면서 "전언 전달의 실효성을 약화"시킨다고 주장한다. 그리고 소설이 안고 있는 이 모든 문제의 근원에는 '정치적 올바름'이라는 논리에 문학을 무매개적으로 복속시키려는 의지가 있다는 것이다.

> 최근 한국문학은 다시 '정치적 올바름'과 '윤리적 올바름'이라는 당위의 문학적 수용이라는 강력한 요청에 직면해 있다고 할 수 있겠다. 이 요청은 삶 자체의 지속이 끊임없이 위협받고 계속해서 부정적인 물리적·심리적 자극들에 노출될 수밖에 없는 제반 '환경'(Umbelt)에서 기인한 것이며, 그렇기 때문에 충분하고 타당한 이유가 있는 것이라고 할 수 있다. 그런데 필연성과 타당성에도 불구하고 이 요청은 문학의 오래된 아포리아를 다시금 떠올리게 할 수밖에 없다. 특정한 국면에 강하게 결박된 당위와 요청은 어느 국면에서는 그 구체적 양상보다는 크기와 방향으로만 가늠되려는 경향이 있다. 그리고 이때 '정치적 올바름'이나 '윤리적 올바름'은 의지의 차원에서는 보편적 당위의 차원과 자발적 검열의 무의식을 넘나들고 미적 실효성의 차원에서는 재현적 논리와 윤리적 논리 그리고 미학적 논리 사이의 장벽을 강화하는 동시에 이를 동일한 논리로 통합시키는 역설의 토대를 제공한다.[3]

사뭇 모호하고도 복잡한 논리다. 자끄 랑시에르(Jacques Rancière)에 기대고 있어 그렇다기보다 일종의 타협과 망설임이 개입해 있기 때문이다. 여하튼 『82년생 김지영』의 문제는 결국 (정치적으로 올발라야 한다

---

3 조강석 「메시지의 전경화와 소설의 '실효성'」, 『문장 웹진』 2017년 4월 1일(http://webzine.munjang.or.kr/archives/139778).

는) 윤리의 논리와 (차별로 고통받는 여성의 현실을 충분히 보여줘야 한다는) 재현의 논리가 오히려 작품의 미적 효과를 반감시키고 그것이 소설의 정치적 효과까지도 저해한 데 있다는 얘기겠다. 이 논리에 따르면 이런 문제는 "'정치적 올바름'과 '윤리적 올바름'이라는 당위의 문학적 수용"이라는 필요가 야기한 필연적인 결과다. 거꾸로 얘기하면 충분히 미학적일 때 충분히 정치적일 수 있다는 말이다.

문제는 '미적 실효성'을 강조하는 이러한 논리가 손쉽게 작품물신주의로 전도될 수 있다는 데 있다. 『82년생 김지영』이 플롯의 운용을 포함해 작품 내적으로 볼 때 심각한 결함을 안고 있다는 사실은 의심의 여지가 없다. 인물의 내면은 상황에 대한 수동적 반응으로만 구성되어 있고 플롯은 과격하게 말하면 (마지막에 사족처럼 덧붙여진 정신과 의사의 진단을 제외하면) 여성차별의 현실에 시달리다 결국은 미쳐버리는 여성수난 동화에 가깝다. 작품에서 재현되는 사건들이 각종 신문기사와 인터넷 게시판 등에서 흔히 볼 수 있는 내용들을 얼기설기 꿰맨 기시적(旣視的)인 것의 나열에 불과하다는 점도 그렇다.[4] 그러나 이 작품의 의미는 그런 작품 내적인 완성도와 완결성만으론 온전히 설명되지 않는다. 무엇보다 이 소설은 저간의 한국소설의 무능력이 어디에서 기인하는지를 강력하게 환기한다. 수다한 독자들이 『82년생 김지영』에 뜨겁게 반응하고 지지하고 있는 것은 이 소설이 자신들이 현실에서 겪는 절박한 삶의 불안과 좌절과 고통을 건드리고 있기 때문이다. 가령 이 소설이 재현하는 돌봄노동의 문제만 해도 그렇다. 그것은 육아를 여성 개인의 몫으로 떠넘기는 한국적 환경에서 여성에겐 실존이 걸린 절박한 문제이지만 기존의 한국소설은 그것을 보면서도 보지 못했거나 모른 척했다. 돌봄노동의 문제를 진지한

---

4 이에 대해선 이미 조형래가 지적했다. 조형래 「데자뷔(déjà vu)의 소설들: 조남주와 장강명의 소설에 관하여」, 『문학동네』 2017년 가을호 546면.

문학적 주제로 제기한 이 소설의 성과는 여성차별적인 현실에서 평범한 여성들이 겪는 보편적인 경험을 어떻게든 문학적으로 가시화하려는 노력에서 나온 것이다.

『82년생 김지영』이 갖는 이러한 장점은 이 소설의 미학적 완성도와는 아무런 상관이 없다. 차라리 '업계' 종사자들이 그토록 강조하는 문학적 완성도와 완미함이 아무래도 상관없는 것으로 무력해지는 지점에 이 소설이 존재한다. 오히려 그것을 대체하는 건 숱한 여성들의 좌절 및 고통과 함께 호흡하려는 공감과 연대의 의지이고, 이 땅의 모든 이삼십대 여성들이 겪는 (보이지 않았고 말할 수 없었던) 차별적 현실의 경험을 가시화하려는 재현의 의지다. 그리고 이 소설을 읽고 호응한 여성독자들의 반응에서 발생하는 것도 '우리 모두가 김지영'이라는 그런 공감과 연대의 사건이다. 이는 물론 의도적으로 특수성을 삭제하고 극단의 보편성을 추구한 이 소설의 특성[5]에서 비롯된 결과일 수도 있다. 그러한 과도한 보편성으로의 경도가 여성독자들이 이 소설에 '더 읽기'와 '더 쓰기'를 통해 참여할 수 있는 틈을 열어주는 것도 사실이다.[6] 이에 더해 그 점은 소설의 엉성한 플롯과 불완전한 구성이 만들어낸 의외의 효과이기도 하다. 이는 여성차별의 현실에 대한 동시대 여성들의 공감대가 문학적 재현체계 속에 자기 삶의 절박함을 등재시키려는 욕구와 만나 발생한 문학적 현상이다. 이를 문학 외적인 사회현상이나 신드롬쯤으로 치부하고 넘어가는 것이 부적절한 것은 그 때문이다. 이는 오히려 이 땅의 모든 여성들이 겪는 삶의 정동을 문학의 언어로 가시화함으로써 한국문학의 감성체계의 재편을 촉구하는 문학적 사건이다.

『82년생 김지영』에 대한 조강석의 논의는 이러한 맥락에 대한 고려가

---

5 김고연주 해설 「우리 모두의 김지영」, 『82년생 김지영』, 민음사 2016, 179면.

6 신샛별 「프레카리아트 페미니스트: 조남주, 강화길 소설에 주목하여」, 『문장 웹진』 2017년 7월 1일(http://webzine.munjang.or.kr/archives/140355) 참조.

삭제돼 있다. 그것은 그가 랑시에르에 기대 '미적 실효성'을 강조했을 때부터 이미 예견된 것이었다. (랑시에르적 의미에서) '미적 실효성'이란 작품의 창작과 그것이 독자에게 불러일으키는 특정한 효과 사이의 모든 직접적 관계를 중지시킬 때 발생하는 것이기 때문이다. 『82년생 김지영』의 의미는 오히려 그런 '미적 실효성'과 그것이 발휘할 수 있는 정치성의 바깥에 전혀 다른 형태로 존재한다. 이럴 때 작품으로 돌아가라는 요청은 어쩐지 공허해진다. 작품으로 돌아가는 것이 오히려 거꾸로 작품의 의미를 제대로 보지 못하게 만든다면, 비평은 도대체 어디로 가야 하는 것일까?

3

그 물음에 조연정(曺淵正)은 분명 '현실로 돌아가라'라고 답할 것이다. 조강석의 비판에 대한 반론의 형식으로 씌어진 글인 「문학의 미래보다 현실의 우리를」의 서두에서 조연정은 최근 '문단 내 성폭력' 사태를 겪으면서 "문학적 재현의 '선한/올바른' 의도라는 믿음"이 산산이 부서졌음을 절절히 고백한다. 조연정은 문학의 자율성에 대한 그런 잘못된 믿음으로 인해 문학의 사회적 책임이나 정치적 올바름에 대한 감각이 무뎌진 데 대한 회한을 토로하면서 "문학이 정치적으로 올바른 신념의 공동체가 되어야" 한다고 주장한다. 여성이 겪는 삶의 비참을 고려할 때 문학은 현실에 대한 새로운 통찰이나 언어의 세공보다 여성의 부당한 삶의 조건을 고발하는 일을 앞세워야 한다는 것이다. 문학적 재현을 어떤 윤리적 의도의 소산으로 환원해버리는 소박한 이해나 문학의 자율성과 현실에 대한 책임을 기계적으로 양단하고 분리하는 방식의 문제점에 대해 여기서는 일단 문제삼지 않는다. 목전의 현실에 대한 분노가 절박한 비평적 질문으로 제기될 때 그런 이론적 섬세에 대한 고려는 사실 그리 중요한 것이 아닐 수도(아니라고 생각할 수도) 있기 때문이다.

『82년생 김지영』에 대한 조연정의 평가는 그런 시각의 연장선상에 있다. 그에 따르면 이 소설은 실상 현실에 대한 새로운 통찰을 전해주는 것도 아니고 미학적으로 훌륭한 것도 아니다. 조연정은 이 소설이 미학적으로 태만하다는 데는 조강석과 의견을 같이한다. 그럼에도 불구하고 조연정은 비평이 "소설의 태만을 지적하는 일보다 태만한 현실에 분노하는 일을 먼저 해야" 한다고 주장한다. 왜냐하면 그런 미학적 태만의 결함을 덮고도 남을 정도로 "이 작품의 전언적 가치가 정말로 막중"하기 때문이다.

『82년생 김지영』에 그려지는 디테일들은 너무나 평범하지만 그러한 디테일들에 대다수의 여성들이 공감할 수밖에 없다는 그 당연한 사실이 정말 심각한 문제인 것은 아닌가. 이러한 점을 재차 각성시킨다는 점에서 이 소설은 그 자체로 의미 있는 정치적 텍스트가 되는 것이 아닌가. 현실은 달라진 것이 하나도 없는데, 아니 오히려 지난 30여년간의 여성운동이 수포로 돌아갈 만큼 여성의 생존과 실존은 다양한 방식의 위협에 노출되게 되었는데, 그러한 여성의 삶을 재현하고 고발하는 문학만은 언제나 절대적으로 진보한 모습을 보여줘야 하는 것일까. 이러한 질문들 역시 미학적으로 태만한 비평가의 그것으로 비춰질지 모르겠지만, 지금의 나에게는 문학의 위축을 염려하는 일보다 나의 신념과 맞지 않는 현실에 분노하는 일이, 즉 여성의 부당한 삶의 조건을 고발하고 공유하는 일이 더 시급한 것으로 여겨진다.[7]

요약하자면 『82년생 김지영』은 미학적으론 태만한 소설이지만 여성이

---

7 조연정 「문학의 미래보다 현실의 우리를: 문학의 정치적 올바름에 대하여」, 『문장 웹진』 2017년 8월 10일(http://webzine.munjang.or.kr/archives/140590).

처한 부당한 삶의 조건을 고발하고 독자를 각성시키기 때문에 막중한 전언적 가치를 지니는 '의미 있는 정치적 텍스트'라는 얘기다. 무엇보다 이런 입장은 시시비비를 따지기 이전에 지옥 같은 현실의 비참에 대한 문학의 책임을 되새기는 비평의 열정으로 충분히 이해받고 존중받을 필요가 있다. 그럼에도 불구하고 이 글이 문학을 현실에 대한 분노를 표출하고 현실변혁에 복무하는 사회운동의 도구쯤으로 치부했던 1920년대 카프 비평의 속류화된 페미니즘 버전으로 읽히는 것은 나만의 책임은 아닐 것이다. 여하튼 『82년생 김지영』에 대한 조연정의 평가를 정리해보자면 이렇다. 작품의 메시지가 미학을 압도하는 것은 사실이지만 그러한 결함은 문제될 것이 없다. 왜냐하면 메시지 자체로서 이미 부당한 현실을 고발하고 공유하는 충분한 정치적 효과를 발휘하고 있기 때문이다.

작품이 갖는 정치적 효과를 메시지의 정치적 올바름의 차원으로 환원하는 것의 문제점에 대해선 더이상의 설명이 필요치 않다. '정치적 올바름'은 기준이 될 순 있어도 강박적 규범이 되어선 곤란하다. 문학의 자율성과 현실에 대한 책임(혹은 정치성)을 양단하고 분리하는 사고에서 그런 식의 결론은 필연적이다. 다만 조연정은 미학의 태만을 지적하는 것보다 부당한 현실에 분노하고 그 현실을 고발하고 공유하는 일이 비평의 책무라고 말하고 있지만 실은 근본적인 차원에선 그가 비판하는 조강석과 문학에 대해서만큼은 공통된 인식의 지반 위에 서 있다는 점은 따로 지적할 필요가 있을 것이다. 그 둘은 짝패다. 메시지는 의미있지만 미학적으론 결함이 있다는 주장이나 그럼에도 메시지의 가치는 그 미학적 태만의 결함을 덮고도 남는다는 주장은 모두 미학과 메시지를 이분법적으로 분리한다는 점에서는 같다. 문학을 그 자체로 의미가 고정되어 있는, 물질적 형태를 갖춘 작품의 차원으로 제한한다는 점에서도 그렇다. 이럴 경우 『82년생 김지영』을 둘러싸고 문학의 내부와 외부가 만나 문학의 감성체계를 새롭게 재편해나가고 있는 저 수행적인 문학적 사건의 의미와 정치성은 자연스럽게 가시성의 장에서 배제될 수밖에 없다. 그것이 문학의 자율성과 별개일 수 없고 현실에서의 정치적 효과와 별개일 수 없음에도 말이다.

그런데 이들 비평가가 공유하는 것이 또 하나 있다. 그 둘은 모두 『82년생 김지영』의 메시지 자체가 갖는 정치성의 한계를 묻지 않는다. 아마도 그 메시지가 정치적으로 의심할 여지가 없는 것이라는 전제를 공유하기 때문일 것이다. 그것은 조연정의 경우 특히 자명한 것으로 전제된다. 그런데 과연 그런가? 이 소설이 "성차별의 개인적·문화적·사회경제적·경제적 요인의 구분을 모호하게 처리"함으로써 성차별의 현실을 '자연화'하는 데 복무한다는 지적도 없지 않았다.[8] 여성으로서 겪은 누적된 좌절과 '독박육아'의 힘겨움에 시달리다 결정적으로 '맘충'이라는 혐오발언에 충격받아 정신질환에 걸린다는 이 소설의 설정이 결국은 구조적 차원의 문제이자 공적인 실천의 문제를 개인심리의 차원으로 용해해버리는 것도 그러한 문제와 무관하지 않다.

그러나 이보다 더 중요한 문제는 보이지 않던 여성의 현실을 가시화한 이 소설의 재현의 논리 그 자체에서 비롯된다. 이 소설이 보고하는 '82년생 김지영'의 삶은 중산층 가정에서 성장해 괜찮은 직장에서 (경력 중단을 겪긴 해도) 전문적 여성으로서 커리어를 쌓고 아이를 출산할 한줌의 여유도 있는 그런 삶이다. 겉보기에 평탄해 보이는 그런 여성의 삶마저도 여성에게 압도적으로 불리한 현실에 상처받고 좌절하고 결국은 무너져내릴 수밖에 없는 현실의 부당함을 환기한다는 점에서 이 소설은 정치적 올바름의 노선을 충실히 따라간다. 그러나 보이지 않던 것을 가시화하는 그런 재현의 논리는 그럼으로써 거꾸로 또다른 현실을 보이지 않게 만드는

---

8 신샛별, 앞의 글 참조. 그럼에도 신샛별은 이 문제를 본격적으로 파고들기보다 '정치적으로 올바른' 작품의 메시지를 구제하는 방향으로 길을 잡는다.

의도치 않은 효과를 만들어낸다. 사실 공통감각을 분유(分有)하는 동질적인 여성공동체란 하나의 허구다. 그 안에는 계급 및 계층의 위계와 불평등과 적대가 겹겹이 존재하고 '우리의 김지영'에도 속하지 못한(그럴 가능성도 없는) 경계 밖의 수많은 김지영 '들'이 존재한다. '82년생 김지영'의 현실과 감각을 여성의 이름으로 보편화하는 순간 저들 '김지영 이하의 김지영'은 가시성의 장에서 사라진다.

이 소설이 안고 있는 이런 문제는 결국 (의도는 그렇지 않을지 모르나, 또 모두가 그렇지 않을지 모르나) 페미니즘을 특정 세대 여성의 정체성 정치로 손쉽게 환원해버리는 '정치적 올바름'의 문제와도 무관하지 않다. 그 둘은 서로를 반사한다. 새삼 미학보다 여성의 비참에 대한 최우선의 분노를 요청하는 (조연정을 포함한) 많은 페미니스트 비평가들이 이전에 이미 남성적 폭력에 무방비로 노출된 하층계급 여성, 중년과 노년 여성의 비참한 삶을 꾸준하게 그려온 김이설(金異設)의 소설에 대해 미학적 가공의 결여를 문제삼아 외면하거나 폄하해왔던 저간의 사정도 이를 보여주는 증상이다. 지옥은 실은 어디에나 있다. 그리고 한국의 현실은 오랜 세월 변함없는 지옥이었다. 어제의 한국문학과 비평도 늘 그곳에서 자기만의 목소리로 발언하고 있었다.

그런데 비평은, 이제 어디로 돌아가야 하는가?

폐허 속에서, 오늘의 비평

무기력이 내 안에서 외친다.
─ 조르주 바따유

불타는 목소리

잘 알려진 하나의 사례로 시작해보자. 지그문트 프로이트(Sigmund Freud)의 『꿈의 해석』(1899)에 소개된 유명한 꿈이다. 병든 아이가 죽자 며칠 동안 잠을 자지 못한 아버지는 촛불에 둘러싸인 아이의 시신을 놓아둔 채 옆방에서 깜빡 잠이 든다. 와중에 현실에서는 촛불이 넘어져 죽은 아이의 수의(壽衣)와 한쪽 팔이 타고 있었는데, 그때 잠든 아버지의 꿈에 아이가 불길에 휩싸인 채 나타난다. 아이는 아버지의 팔을 붙들고 이렇게 속삭인다. "아버지, 제가 불타고 있는 게 보이지 않으세요?"

이 꿈에 대해 프로이트가 제시하는 해석은 이렇다. "우리는 이 꿈 역시 소원 성취에서 벗어나지 않는 점에 주의하게 된다. 꿈속에서 죽은 아이는 마치 살아 있는 것처럼 행동한다. 아이는 직접 아버지에게 경고하고, 아버지 침대에 다가와 팔을 잡아끈다. 아마 아이는 꿈에서 한 말의 뒷부분이 유래하는 기억에서 실제로 그렇게 행동한 적이 있었을 것이다. 아버지는 이러한 소원 성취를 위해 수면을 한순간 더 연장한다. 꿈은 생전의 아이 모습을 한번 더 보여줄 수 있기 때문에, 깨어나면서 하는 신중한 생각보다 우선한다."[1] 아이는 죽었으나 아버지는 아이의 죽음을 온전히 받아들이지 못한다. 그래서 그는 꿈을 연장한다. 프로이트가 소원 성취라고 말하는 이 국면에서, 꿈은 아버지에게 아이의 죽음을 회피하는 부인(否認)의 기제로 작동한다.

또 하나의 해석이 있다. 자끄 라깡(Jacques Lacan)은 말한다. "프로이트는 이때 과연 무슨 말을 하려 했던 것일까요?" 그에 따르면 꿈은 단순히 (잠을 연장하려는) 소망을 충족시키는 환상만은 아니다. "왜냐하면 꿈은 아들이 아직도 살아 있다고 말하려는 게 아니었으니 말입니다. 하지만 죽은 아들이 아버지의 팔을 잡고 있는 끔찍한 광경은 꿈속에서 들려오는 저 너머의 것을 가리킵니다. 꿈은 대상의 상실을 더없이 잔인한 부분까지 그려냄으로써 욕망을 현전화합니다." 모든 이가 잠들어 있는 현실 속에서 "아버지, 제가 불타고 있는 게 보이지 않으세요?"라는 목소리만이 들려온다. "이 문장은 그 자체가 불쏘시개입니다. 그것이 떨어지는 곳마다 불이 붙습니다. 우리는 무엇이 불타고 있는지를 알 수 없는데, 불꽃으로 인해 불길이 Unterlegt, Untertragen의 수준, 즉 실재에까지 뻗쳐 있다는 사실이 보이지 않기 때문입니다."[2] 과연 꿈속에는 현실보다 '더 많은 현실'이 있다. 아버지는 꿈속에서 아이의 죽음을, 그 죽음과 연루된 자기 자신의 트라우마를 회피할 수 없는 실재로 대면한다.

불타는 아이라니. 다소 뜬금없어 보일지 모르겠지만, 계속해본다. 아이는 죽고 없다. 꿈의 심연에서 들려오는 불타는 목소리만이 남아 아버지를 뒤흔든다. "아버지, 제가 불타고 있는 게 보이지 않으세요?" 앞의 두 해석을 참조해 유추해본다면 상반된 두가지의 응답이 가능할 것이다. 하나

---

1 지그문트 프로이트 『꿈의 해석』(하), 김인순 옮김, 열린책들 1997, 636~37면.
2 자끄 라깡 『세미나 11: 정신분석의 네 가지 근본 개념』, 맹정현·이수련 옮김, 새물결 2008, 96면.

는 저 물음의 진실을 외면하고 아이의 생전 모습을 더듬어 확인하며 아이가 이미 죽었다는 사실과 대면하기를 회피하는 물신주의적 부인(fetishist disavowal)의 전략. 이를테면 그것은 아이의 죽음에 대처하는 도착증적 태도다. 다른 하나는 불가피한 상실의 트라우마를 기꺼이 받아들이고 저 불타는 물음의 불쏘시개에 가려진 '더 많은 현실'을 직시하는 태도. 더 나아가면 이것은 비유컨대 아이의 죽음이 가리키는 실재와 여기에 연루된 자기 자신의 존재까지도 심문하는 성찰적 태도라고 일컬을 수 있을 것이다. 두가지의 선택이 있다. 저 불타는 목소리에 어떻게 응답할 것인가?

죽음 이후

꿈에서 현실로 돌아간다. 한국문학의 현재에 관심을 놓지 않은 독자라면 저 비유적 물음이 갖는 속뜻을 이미 어느정도 눈치챘을 것이다. 오늘날 비평이 직면한 물음이 어쩌면 이와 크게 다르지 않을지도 모른다는 사실 말이다. 지금 이곳의 문학비평이 맞닥뜨린 물음은 당연하게도 한국문학의 현재 상황과 깊숙이 연루되어 있다. 문학비평의 자의식은 그 자신의 토양이자 숙주로서 문학 텍스트의 운명과 불가분 결속되어 있으며, 지금 한국문학의 상황 자체가 비평의 가능성과 불가능성의 조건으로 작용한다고 할 수도 있겠다. 무엇보다 비평은 그 대상으로부터 분리될 수 없다. 지금 이곳 비평의 언어에는 대상의 저 불타는 목소리가 그 자체로 스며들어와 있으며, 그에 대한 비평 주체의 반응과 태도가 항상-이미 반성적으로 기입되어 있다. 따라서 비평은 그 자체가 대상을 반영하면서 동시에 그 자신을 반영하며, 비평의 주체는 그 속에서 불가피하게 자기 자신을 대면한다. 그런 측면에서 비평의 언어는 언제나 자기반영적일 수밖에 없다.[3] 그런데 지금 한국문학은 어디에 있는가? 한국문학의 목소리는 비평(가)

을 향해 무엇을 말하고 있는가? 그리고 내가 본 것은 무엇인가?

2000년대 이후 한국문학의 운명과 형세에 대해서는 이미 여러 곳에서 의견을 개진한 바 있다. 내키지 않는 반복을 무릅쓰고 부득이 한마디로 다시 요약하면 그것은 지금 한국문학이 근대문학 이후의 삶을 살고 있다는 진단이다. 근대문학은 끝났고 2000년대 이후 한국문학(소설)의 이모저모는 그 종언을 보여주는 증상들이다.[4] 이 근대문학의 끝이라는 사태가 갖는 본질을 일찍이 카라따니 코오진(柄谷行人)은 나름의 방식으로 이렇게 간략하게 정리한 바 있다. "문학이 일찍이 가지고 있던 역할이나 의미는 끝났다."[5] 그런데 그것은 단지 문학의 성격이 변화했다는 것만을 의미하지 않을뿐더러, 문학에만 책임을 물어야 할 사안도 아니다. 근대문학의 끝이라는 사태는 한국사회 성격의 변화, 그리고 그와 관련된 문학의 존재 조건의 변화와 밀접하게 연관되어 있다. 문학이 사회적 의제를 생산해내고 다른 지성(지식)의 영역과 밀접한 관련을 맺으면서 일종의 메타적 지위를 누렸던 시대는 까마득한 기억의 잔상으로 남아 있다. 오히려 정보화와 멀티미디어의 홍수 속에서 문학은 이미 어쩔 수 없이 대중의 관심사와 거리가 먼 주변적인 장르로 밀려난 지 오래다. 2000년대 이후 문학은 그 타율적 왜소화를 감수하면서 이에 의식적으로 맞서기보다 오히려 다른 한편으로 이 왜소화를 내면화하고 자발적으로 심화시키는 방향으로 자신의 길을 걸어왔던 터다. 그것이 지금 한국문학이 근대문학 이후를 사는 방식이다.

20세기 한국사회의 조건 속에서, 근대문학은 불완전한 근대의 산물이

---

3 나의 비평에 대해 이야기하라는 편집진의 요구가 난감한 것은 이 때문이다. 그것은 의미 없는 동어반복이 될 수밖에 없는 까닭이다. 이 글에서는 어쩔 수 없이, 내키지 않는 동어반복에 망설이며, 비유와 추상에 기대 가까스로 조금씩 나아간다.

4 근대문학의 끝에 대한 상세한 논의는 여기서 다시 반복하지 않는다. 그에 대한 구체적인 논의는 김영찬 『비평의 우울』(문예중앙 2011)에 실린 글들을 참조하기 바란다.

5 카라따니 코오진 『근대문학의 종언』, 조영일 옮김, 도서출판b 2006, 48면.

었다. 21세기에 들어서 신자유주의 한국사회의 근대가 보다 철저한 근대로 그 자신을 완성했을 때, 역설적이게도 근대문학은 그 수명을 다했다. 지금의 한국문학은 따라서 죽음 이후의 문학이다. 2000년대 이후, 그 죽음을 외면하고 잠을 연장하려는 물신주의적 부인의 시도들도 없지 않았으나, 나의 비평은 부득불 이 죽음과 상실의 트라우마를 대면하고 떠안는 데서부터 시작해야 했다. 많은 이들이 허물어져가는 근대문학의 폐허를 보았고, 나 또한 그러했다. '비평'이라는 근대적 신체와 그 대상으로서 2000년대 이후 한국소설의 필연적인 어긋남. 그리고 그 간극은 아득했다. 저 간극을 어떻게 감당할 것인가?

저승을 움직이리라

조금 돌아가려 한다. (근대)문학은 제도의 산물이며, 제도 속에서 그 자신을 완성한다. 문학은 그 속성상 제도 바깥을 지향하지만 이를 가능하게 하는 것은 제도의 규칙이다. 그리고 물론 그 역도 사실이다. 어떤 측면에서는 문학 자체가 제도이며 제도의 한계라고 할 수도 있을 것이다. 나아가 제도로서의 문학은 사회 전체 제도적 질서의 일부분이면서 그 질서를 심문한다. 문학은 근대의 자식이면서도 아비의 질서를 심층에서 교란하고 아비의 품으로 돌아가기를 거부하는 근대의 탕아다. 문학의 힘은 거기에서부터 비롯된다. 그리하여 문학은 물질적 현실을 움직일 수는 없어도 그 공고한 물질적 현실의 이면에 잠류하며 그것을 떠받치는 이데올로기와 심리적 현실을 뒤흔든다. 비유컨대 문학이 뒤흔드는 질서는 이승의 질서가 아니라 저승의 질서다. 프로이트라면 아마도 그러한 문학의 목소리를 대변해 이렇게 말했을 것이다. "저승을 움직이리라."(『꿈의 해석』)

오늘날 한국사회에서 근대문학 이후의 문학이 무엇에 의해 움직이고 또 무엇을 움직이고 있는가는 복잡한 몇겹의 성찰을 요하는 문제이니 여기서는 일단 접어둔다. 다만 그 존재방식의 부정적인 일면만은 칸트(I. Kant)를 빌려 이렇게 간략하게 요약해볼 수 있을 것이다. "자유롭게 생각하라. 그러나 복종하라!" 널리 알려져 있다시피 일찍이 칸트는 이 말을 계몽(Aufklärung)의 모토로 내세웠다. 칸트에 따르면 한 사람의 학자로서 이성을 사용할 경우(이성의 공적인 사용)에는 자유롭게 따지고 생각할 수 있지만, 사회적 기계의 구성원으로서 이성을 사용할 경우(이성의 사적인 사용)에는 제도적 질서와 권위에 복종해야 한다.[6] 이를 일러 계몽적 이성의 자기분열이라 할 수 있을 터인데, 크게 보면 지금 한국문학의 존재방식은 흥미롭게도 이와 방불한 바가 있다. 특히 21세기 한국소설은 문학의 오래된 관습과 규칙을 일탈하며 더없이 자유로운 생각과 문법을 펼쳐가고 있지만, 그 자유로움의 이면에 있는 것은 문학제도와 시스템에 대한 '즐거운' 복종이다. 문학은 저 스스로 시장과 대형출판 시스템에 대한 의존을 더욱 강화하고 있고, 시스템은 그 댓가로 그들 문학의 가치를 인증하고 그 생존을 보장한다.

근대문학 이후의 문학에서 우리가 보는 것은 (조금 과장해 말한다면) 아비에 저항하기보다 저 스스로 아비의 품속으로 파고드는, 아비의 품속에서 비로소 안도하는 아이의 표정이다. 많은 아이들은 세계를 상대하는 힘든 싸움에 나서기보다 폐쇄적 문학제도 안에서 안주하는 길을 택하기로 한 것 같다. 그리고 한국의 문학제도는 이미 그것이 충분히 가능하게끔 여러 방면에서 그런 문학을 지원하고 그 자족적 생존을 보장해주는 '평생 문학안전망'을 구축해놓고 있다. 문학은 이제 굳이 집 밖으로 나와 험한 길을 떠나지 않고서도 살아갈 수 있게 된 셈이고, 또 돌아보건대 많

---

6 임마누엘 칸트 「계몽이란 무엇인가에 대한 답변」, 『칸트의 역사철학』, 이한구 옮김, 서광사 1992 참조.

은 문학이 이미 그러기로 한 듯하다. 물론 이것을 문학(가)만의 책임으로 돌릴 수는 없을 것이다. 어차피 모든 것을 식민화하는 자본의 시스템에서 문학 홀로 자유로울 수는 없을 터이기 때문이다. 문학이 시장과 제도의 공동연합체 앞에서 무장을 해제하고 그 안에 자발적으로 스스로를 결박해 들어가는 이 사태는 따지고 보면 근대문학의 끝의 배경으로서 한국 사회가 더욱 철저한 근대로 완성되어가고 있음을 보여주는 또 하나의 징표라고도 할 수 있다. 따라서 이것은 근대문학 이후의 문학이 불가피하게 말려들어갈 수밖에 없는 필연의 사슬이라고 할 수도 있겠다.

물론 이것은 그 사태에 대해 체념해야 한다는 이야기도 아니고 거꾸로 문학이 제도와 시스템을 분연히 떨쳐버리고 그 바깥으로 뛰쳐나와야 한다는 이야기도 아니다. 문학은 그럴 수도 없거니와 또 그럴 필요도 없다. 문제는 앞서 말한 저 상황 속에서 지금의 한국문학이 '제도에 저항하는 제도'(데리다)로서의 자기 자신의 본분을 조금씩 잊어가고 있는 것처럼 보인다는 사실이다. 그리고 어쩌면 그것은 세계와의 대결을 잊고 자신의 폐쇄적 우주 속에서 홀로 유희하는 지금의 많은 문학들이 겪을 수밖에 없는 망각의 운명일지도 모른다. 그러나 기억해두자. 자기가 서 있는 자리를 심문하지 않는 문학은, 더불어 이승의 질서를 문제삼지 않는 문학은, 저승도 움직이지 못한다.

그런데 이것이 전부인가?

유머의 유물론

비평으로 돌아가려 한다. 비평이란 무엇인가? 실로 이 물음에 답하기란 쉽지 않다. 이 물음을 묻는 순간 나는 끊임없이 어떤 공백과 마주친다. 비평이란 어쩌면 그 공백과의 두려운 마주침이며, 그 공백을 어떻게든 상징화하고자 하는 매 순간의 안간힘일지도 모른다. 그리고 그럼에도 메워지지 않는 그 공백의 한가운데서, 비평은 불가피하게 자기 자신과 대면한다. 비평에서 작품과의 대면은 결국 자기 자신과의 마주침이다. 비평은 어디에 서 있으며 무엇을 보고 있는가? 그가 서 있는 곳과 그가 보고 있는 것, 그것은 바로 자기 자신이다.

문학은 어차피 시대의 잉여다. 자본이 지배하는 사회적 기계와 공적 가치체계의 한가운데서 그것은 언제나 모자라거나 넘친다. 그렇게 보면 갈수록 물샐틈없이 공고해지는 자본주의 시스템의 사슬 속에서 비(非)필수 자원으로서 문학의 죽음은 어쩌면 예정된 필연이라고 할 수도 있을 것이다. 그러나 문학이 언어의 기예인 한, 그리고 언어에 자신의 존재를 결속할 수밖에 없는 생명체로서 인간이 존속하는 한,[7] 문학은 죽어도 죽을 수 없는 무엇이다. 문학은 그럼으로써 '의미'의 상실을 고독하게 홀로 앓으며 이 시대의 불행을 자기 자신의 몸으로 증거한다. 죽어도 죽지 않는 그것, 그리하여 우리의 의식에 들러붙어 불행한 우리 (무)의식의 성감대를 건드리는 그것. 오래전 나는 (『비평극장의 유령들』(창비 2006)에서) 그것을 '유령/증상'이라고 불렀다. 유령은 지금 죽고 없는 그 무엇이지만, 그럼에도 불구하고 존재하기 위해 노력하는 그 무엇이다.

'유령/증상'으로서 문학이란 결국 실패의 흔적이다. 즉 그것은 사회의 실패의 흔적이며, 해야 하지만 할 수 없었고 하지 못한 행위의 실패와 상처받은 의식의 흔적이다. 비평은 실패의 흔적을 뒤지고 파헤치면서 불가피하게 그 실패를 반복한다. 돌아보건대 저 '유령/증상'이라는 명명은, 죽었음에도 불구하고 차마 떠나보낼 수 없는 문학의 고유한 몫을 뒤늦게 재발견하고 그것을 오늘의 문학에 되돌려주고픈 비평적 자의식에서 비롯

---

7 이에 대한 보다 구체적인 이해는 조르조 아감벤(Giorgio Agamben)의 철학적 통찰에 기댈 수 있을 것이다.(조르조 아감벤 『언어의 성사: 맹세의 고고학』, 정문영 옮김, 새물결 2012, 139~49면 참조)

된 것이지는 않을까. 달리 보면, 어쩌면 그것은 자신의 근대적 신체와 오늘의 한국문학 사이의 아득한 간극 앞에 처한 비평의 고독한 자기의식을 일컫는 다른 이름이라고 할 수도 있을 것이다. 그것은 근대문학의 죽음에 대한 청산주의적 애도와 도착증적 부인(否認)의 사이 어디쯤에 있을 법한 어떤 불가능한 지점을 발명하려는, 그럼으로써 비평의 존재근거를 재발견하려는 비평적 욕망의 잔흔이다. 실패의 반복으로서의 비평. 그런데, 그럼에도 불구하고, 아마도 비평은 계속될 것이다. 이때 비평을 나아가게 하는 것은 무엇인가?

일찍이 프로이트는 유머의 심리적 기제에 대해 분석하면서 유머는 "고통을 거부하고 현실에 맞서 자아의 불가침성을 주장"[8]하는 것이라고 말한 바 있다. 불행과 고통이 자아의 존재를 위협하고 심지어 죽음으로 몰아넣을지라도, 그럼에도 불구하고 그 어떤 상황에서도 고유한 자아의 존엄만은 끝내 포기하지 않겠다는 의지. 프로이트가 유머의 심층에서 본 것은 그것이었다. 그런 유머의 심리기제를 문학의 입장에서 번역하면 그것은 '그럼에도 불구하고'라는 명제로 요약할 수 있을 것이다. 그리고 루카치(G. Lukács)의 지적처럼 이 '그럼에도 불구하고'의 태도야말로 문학 고유의 자질이다.(『소설의 이론』) 어쩌면 내가 2000년대 한국문학에서 보았던 것, 그리고 보고자 했던 것도 이와 방불한 것인지 모른다. 돌이켜보건대 한국문학은 죽음에도 불구하고 죽어서는 안될 문학 고유의 몫을, 스스로는 의식하지 못했을지도 모를 그 자신의 몫을 새롭게 창안하고 있는 듯 보였으며, 중요한 것은 그것을 상징화하는 것이었다. 상징화되지 않은 것은 존재하지 않는 것이기 때문이다. 저 죽음의 폐허 속 수다한 실패의 흔적들 가운데에서 '그럼에도 불구하고'의 근거를 재발견하려는 한줌의 우

---

8 지그문트 프로이트 「유머」, 『예술, 문학, 정신분석』, 정장진 옮김, 열린책들 2003(재간), 513면.

울, 이것을 유머의 유물론이라 불러볼 순 없을까.

증상의 현재

어떤 이는 한국문학의 오늘에 대한 나의 생각을 두고 지나친 비관주의라고 비판하기도 했다. 그럴 수도 있을 것이다. 그러나 현재를 정직하게 응시하지 않는 자는 비관의 소용도 그 가치도 알지 못한다. 그리고 그것은 대개는 한국문학 '들'이 보여주는 외견상의 허구적 활기에 현혹되어 저 '불타는 목소리'의 진실을 애써 듣지 않거나 혹 듣더라도 발설하지 않으려 하는 물신주의적 부인의 증상이기 십상이다. 그러나 죽음 뒤의 '더 많은 현실'은 비관의 쓰라림을 딛고서야 비로소 눈에 보이기 시작하는 것이며, 그 비관의 정직(正直)을 통과하지 않은 '그럼에도 불구하고'의 태도는 그 자체로 맹목이다. 실로 비관을 넘어설 수 있는 것은 낙관이 아니라 오히려 '더 많은' 비관이다. 어떻게 보면 나에게 비관이란 한국문학의 오늘을 '그럼에도 불구하고'의 존재근거 위에 정초하기 위한 불가피한 방법적 토대였다고 할 수 있을 것이다. 그것은 물론 지금도 다를 리 없다. 달리 말하면 이는 비평의 에토스(ethos)로서 내가 생각하는 나름의 '현대적 태도'의 표현이다.

현대적 태도? 일찍이 미셸 푸꼬(Michel Foucault)는 칸트의 '계몽'에 대해 논하는 자리에서 '계몽'이란 곧 "우리가 속한 역사적 시대에 대해 끝없이 비판하려는 철학적 에토스를 영원히 재활성화"[9]하는 것이라고 나름의 방식으로 설명한 바 있다. 현대적 태도란 바로 그러한 계몽의 다른 이

---

9 미셸 푸꼬 「계몽이란 무엇인가?」, 미셸 푸꼬 외 『자유를 향한 참을 수 없는 열망』, 정일준 옮김, 새물결 1999, 191면.

름이며, 자기 자신이 서 있는 자리인 현재에 대한 성찰의 지속이다. 달리 말하면, 그것은 끊임없이 현재를 문제삼는 동시에 그에 대해 말하는 자기 자신의 위치와 존재근거를 심문하는 그런 태도다. 그리고 비평이란 이미 그 자체가 그런 태도를 자신의 이름(Kritik) 속에 새겨넣고 자신의 이름으로써 감당하는 행위다. 잘라 말하면, 비평은 곧 현재에 대한 성찰이다. 비평은 언제나 그래왔고, 현재가 비평에 요청하는 것도 바로 그것이다. 아마도 멀리 보들레르(Baudelaire)라면 현재를 응시하는 그러한 비평의 에토스를 제 나름의 언어로 이렇게 말했을 것이다. "너무도 자주 변하는 이 일시적이고 순간적인 요소를 경멸해서도, 그냥 흘려보내서도 안된다."(「현대생활의 화가」)

현재를 경멸해서도, 그냥 흘려보내서도 안된다. 왜 그런가? 스쳐 지나가버리는 현재 속에 모든 것이 있기 때문이다. 무엇보다 현재는 가버린 과거와 도래할 미래가 마주치고 교통하는 지점이다. 동시에 ('시간성'에 대한 프로이트와 벤야민의 흡사한 통찰을 잠시 참조하자면) 현재는 과거의 원인이자 미래의 결과다. 현재 속에는 그 자체 과거와 미래가 주름처럼 접혀들어 있으며, 그리하여 현재는 시간사슬 속의 한 고리이면서도 그런 한에서 과거와 미래의 운명을 비추고 보이지 않게 결정하는 지배소이기도 하다. 따라서 현재를 응시한다는 것은 결국 실패한 과거를 현재 속에서 재발견하고 구원하는 것이며, 도래할 미래의 잠재성을 현재 속에서 음미하는 것이다. 오늘의 비평이 현재에 대한 성찰이어야 하고 또 그럴 수밖에 없다면, 그것은 이 때문일 것이다.

텍스트의 깊은 곳에서 울려나오는 증상의 목소리가 있다. 문학-증상은 고장난 현재의 일그러진 거울이며 제자리를 얻지 못한 과거와 도무지 올 것 같지 않은 미래를 제 몸으로 앓는 문학적 육체의 증언이다. 그런데 도대체 비평이 어쩌겠는가. 비평은 이승의 질서를 한치도 움직일 수 없을 뿐더러 그렇다고 저 증상을 위무하지도 치유하지도 못한다. 다만 함께 앓을 수 있을 뿐이다. 그럼에도 불구하고 저 증상의 목소리를, 그 실패의 증거를 번역하고 상징화하는 것, 어쩌면 그것이 비평을 향한 현재의 요청을 그래도 외면하지 않는 비평의 최소윤리일는지도 모른다.

좀더 나아가본다. 어디로?

비평의 궁지?

비유와 추상에서 현실로.

듣기로 비평이 위기에 처해 있다고 한다. 그런 풍문이야 사실 어제오늘의 일이 아니지만, 아마 지금은 실제로도 그런 듯하다. 이제 비평은 아무도 읽지 않고 심지어 동업자조차 외면하는 쓸모없는 잉여가 되어버렸다는 탄식이 들려온다. 그 원인이야 여러가지가 있겠지만 그중 하나로 비평이 어쩔 수 없이 출판자본의 제도적 시스템 속 '톱니바퀴와 나사'(레닌「당조직과 당문학」)가 되어버린 저간의 사정도 무시할 수 없겠다. 특히 젊은 비평가들의 경우에는 비평의 독립성과 단독성을 위협하는 맞춤형 주문생산의 요구라는 제도적 여건에서 많은 부분 자유로울 수 없기에 더더구나 그럴 것이다. 최근 많은 젊은 비평가들이 작품에 기생해왔던 비평의 포지션에 의식적으로든 아니든 문제를 제기하고 최근의 서구이론에 힘입어 작품과 일정한 거리를 유지하면서 나름의 고유한 비평적 자율성을 지향하려는 시도를 보여주는 것도 아마 그러한 옹색한 비평의 처지를 벗어나고자 하는 문제의식에서 비롯되었을 것이다. (비평의 입장에서 대결의 욕구를 불러일으킬 만한 그럴듯한 '물건'이 잘 보이지 않는 현재 한국소설의 궁핍한 사정도 이러한 시도를 은근히 곁에서 부추겼을 법하다.)

그러나 현실의 실상을 돌아보면 이러한 새로운 시도가 거꾸로 문제를 더욱 악화시킨 면도 없지 않은 것 같다. 채 소화되지 못한 서구이론의 현란한 나열과 거기에서 비롯되는 난해와 난삽 때문에 이제는 읽지 않는 것이 아니라 애써 읽으려고 해도 도무지 읽기 힘들다는 탄식과 하소연이 여기저기 주변에서 들려오기 때문이다. 더욱이나 그것이 작품에 비록 기식(寄食)하지는 않더라도 적어도 작품이 말하거나 말하지 않는 진실을 나름의 언어로 명료하게 상징화하고 그럼으로써 그 작품을 온당한 제자리에 놓아주는 비평의 최소기본에 대한 무능력 위에 서 있다는 항간의 비판이 일부라도 사실이라면 문제는 더욱 심각해진다. 그렇다면 비평은 도대체 무엇을 해야 하는가? 비평의 단독성은 어떻게 확보될 수 있는가?

이 문제는 어쩌면 또 하나의 긴 글이 요구될 수도 있는 가볍지 않은 주제이니 여기서는 일단 미뤄두는 것이 좋겠다. 다만 가능한 방책으로 생각해볼 수 있는 것 중 하나가 비평적 문제의식을 중심으로 한 문학비평과 문학연구의 수렴과 통합이라는 것쯤은 제기해볼 수 있을 것이다. 특히 돌아보건대 오늘의 많은 한국소설이 자기 자신의 전통에 대한 망각과 그것을 대체하는 외국문학의 (의심스러운) 보편성에 대한 경도 위에 서 있다는 것이 부정할 수 없는 현실이라면, 한국문학의 전통에 대한 고고학적 기억을 되살리고 그것을 오늘의 한국문학에 상기시키는 작업은 그 자체가 이미 긴요한 비평적 과제라 할 수 있을 것이다.

그런데 이와 관련하여, 일전에 나는 문학연구와 문학비평의 분열을 문제삼는 자리에서 이렇게 이야기한 바 있다.

다시 비평과 연구의 분열이라는 문제로 돌아가 이야기하자면, 그와 관련해 우리가 이 시점에서 할 수 있는 일은 그다지 많지 않다. 어쩌면 그 분열의 극복이 과연 가능한 것인지, 아니 그보다 그것이 대체 극복해야 하는 문제인 것인지조차도 근원에서 다시 물어야 할 질문일지 모른다. 그럼에도 불구하고, 그 간극과 분열 자체를 문제적 상황으로 의식화하는 일이, 그리고 그것을 깊이 응시하고 성찰하는 일이 한국문학 연구와 비평의 주체로서

우리에게 주어진 최소한의 몫일 것이다.[10]

돌아보면 마감에 쫓겨 흐지부지된, 하나마나한 원론적인 이야기다. 저 소심한 망설임을 딛고 조금만 더 나아가본다면, 지금 국문학계에서 새삼 문제시되고 있는 비평과 연구의 분열이라는 현상의 극복은 어쩌면 가능할 뿐만 아니라 나아가 특별히 필요한 것일지도 모른다. 비평의 입장에서 본다면 그것은 지금 한국문학 비평이 처한 궁지를 측면에서 돌파할 수 있는 가능한 하나의 길이 될 수도 있겠다. 그리고 반대로 점점 폐쇄된 제도의 구속에 갇혀가는 듯한 문학연구의 입장에서도 비평적 관점의 회복은 문학연구의 현재적 의미를 찾는 데서 전환의 한 계기가 될 수도 있다. 물론 이때 비평과 연구 모두에게 요구되는 것은, 비평과 연구의 온전한 상호수렴과 통합을 가능하게 하는 현재에 대한 성찰의 에토스로서 현대적 태도라는 것은 말할 것도 없다.

사족, 물음 하나

비평가에게 비평이란 비평적 언어와 판단에 자신의 존재를 거는 행위다. 그런데 오늘의 이 삭막과 무기력 속에서, 비평은 과연 존재를 걸 만한 가치가 있기는 한 것일까? 적막한 물음 하나 안고, 그래도 비평은 아마도, ……힘겹게 계속될 것이다.

---

10 이 책에 실린 「끝에서 본 기원과 비평」 97면 참조.

끝에서 본 기원과 비평

1. 4·19라는 기원

1960년 4·19혁명은 자유와 민주주의의 가치에 기초한 민주적 국민국가 형성이라는 과제를 제기했다. 이는 당대 한국사회가 당면한 '근대화'의 절박한 요구에 대한 아래로부터의 응답이었다. 그런데 이 과정에서 4·19는 의도치 않게(어쩌면 필연적으로) 자신의 적대적 짝패를 불러들인다. 5·16군사쿠데타가 바로 그것이다. 이때 5·16은 (일반적으로 오해하는 것처럼) 단순히 4·19의 요구를 강압적으로 좌절시킨 사건인 것만은 아니다. 5·16은 오히려 4·19에서 제기된 근대화의 과제와 대중의 욕망을 한편으로 흡수하고 수렴, 통합하면서 자신을 관철했다. 4·19와 5·16은 그렇게 상호 의존하면서 한국사회 모더니티 형성이라는 일련의 흐름을 작동시킨 출발점으로 기능했다. 그 둘은 서로 갈등하고 충돌하면서도 어느 지점에서 만나고 교통하며 습합된다.[1] 그런 측면에서 4·19와 5·16은 국민국가 형

---

1 4·19와 5·16의 그러한 상호의존과 접합적 공존에 대한 보다 상세한 논의는 김영찬 『근

성의 토대로서 근대화의 지향을 각기 다른 방향에서 공유한 적대적 긴장과 공모관계 속에 있었다고 할 수 있다.[2]

4·19와 5·16은 이후 한국사회의 지배질서와 문화구조, 갈등구조 등이 지금의 형태로 만들어지는 데 결정적인 계기로 작용했다. 해방 후 한국사회의 모더니티는 4·19와 5·16의 그런 긴장과 공모의 역사적 전개 속에서 정착되고 구조화된 것이다. 미완의 혁명으로서 4·19의 현재성을 거론하는 논의[3]는 5·16의 사회경제적 효과와 갈등하는 4·19의 정신적 효과가 현재에도 지속되고 있으며 4·19에서 제기된 민주적 국민국가의 과제 실현이 구체적인 맥락과 상황의 변이에도 불구하고 여전히 현재진행형임을 보여준다. 그렇게 4·19는 한국사회 모더니티의 현재를 가늠하는 유용한 참조점이 되고 있었다. 그런 의미에서 4·19는 해방 후 한국사회 모더니티의 기원이다.

4·19는 또한 문학적 모더니티의 기원이기도 하다. 해방 후 한국문학의 모더니티의 기본구조가 형성되고 정착한 시기가 1960년대였다고 할 수 있다면, 4·19는 그 정신적 원천이었다. 이는 1960년대 문학을 열어젖힌 『광장』의 작가 최인훈(崔仁勳)이 스스로 자신의 작품이 4·19에 빚지

대의 불안과 모더니즘』(소명출판 2006)의 제1부 제2장 참조.

2 이를 이광호(李光鎬)는 "한국적인 모더니티의 두가지 계기라는 측면에서 4·19와 5·16은 마주보는 거울과 같은 것"이었다고 표현한다.(이광호 「4·19의 미래와 또 다른 현대성」, 우찬제·이광호 엮음 『4·19와 모더니티』, 문학과지성사 2010) 이에 대해서는 4·19세대 비평가인 김병익(金炳翼)이 그 이전에 이미 비슷한 맥락에서 이렇게 말한 바 있다. "우리의 '60년대'는 마치 '이인삼각'의 보행으로 진행된 역사였던 것 같다. 자유와 개방이라는 한쪽 다리, 그리고 독재와 경제성장이라는 또 한쪽 다리, 그리고 그 두가지를 함께 묶는 근대화라는 지표로 우리의 현대사가 운영되어온 것이 그것이다. 그것은 다양한 가치체계의 경쟁이라기보다는 적대적인 지향 간의 긴장관계로 보는 것이 적절할지도 모른다."(김병익 「1960년대와 그 문학」, 『21세기를 받아들이기 위하여』, 문학과지성사 2001, 167면)

3 예컨대 백낙청 「4·19의 역사적 의의와 현재성」, 『분단체제 변혁의 공부길』, 창작과비평사 1994.

고 있음을 밝힌 데서도 드러나거니와, 4·19세대 작가와 비평가 들이 하나같이 그들 문학정신의 참조점을 4·19에서 찾고 있었다는 것도 익히 알려진 사실이다.[4] 그런 맥락에서 4·19는 문학주체 형성의 이념적 참조점이기도 했다. 1960년대 말에 벌어졌던 이른바 '시민-소시민 논쟁'은 이를 보여주는 결정적인 사례. 이때 4·19 이후 문학의 주체를 '소시민'에서 찾고 소시민 의식을 문학적 자기인식의 근간으로 주장했던 김주연(을 비롯한 '4·19세대' 비평가들)과, 그에 반해 소시민 의식을 시민의식의 결여태라 비판하고 문학적 주체로서 '시민'을 내세웠던 백낙청의 대립은, 다른 각도에서 보면 문학주체의 이념적 참조점으로서 4·19의 의미를 나름의 관점에서 전유하려는 해석적 쟁투이기도 했다. 이들에게 4·19는 그 의미에 대한 해석적 쟁투를 통해 스스로를 다른 입장과 차별화하면서 문학적 주체성을 정초하는 유력한 참조점이 되고 있었다. 그 과정에서 4·19는 특정한 문학이념에 따라 소급적으로 각기 달리 의미화되는 일종의 담론적 구성물이었다고도 할 수 있다.[5] 4·19를 둘러싼 그러한 해석의 대립과 문제설정의 차이는 이후 '창비계열/문지계열' 혹은 '리얼리즘/모더니즘'의 대립으로 확장되었고, 그 두 문학적 경향을 아우른 광의의 모더니즘은 20세기 말에 이르기까지 한국 근대문학의 큰 틀을 만들어나간 지배적인 프레임이었다. 4·19를 해방 후 한국 근대문학의 기원이라고 할 수 있는 것은 이런 이유에서다.

4·19가 한국 근대문학의 기원이라는 사실은 문학사 서술에서도 드러난

---

4 김현(金炫)의 다음 언급이 대표적이다. "내 육체적 나이는 늙었지만, 내 정신의 나이는 언제나 1960년의 18살에 멈춰 있었다. 나는 거의 언제나 사일구 세대로서 사유하고 분석하고 해석한다. 내 나이는 1960년 이후 한살도 더 먹지 않았다."(김현 「책머리에」, 『분석과 해석』, 문학과지성사 1988, 4면)

5 그런 의미에서 4·19는 하나가 아니라 여럿이다. 이처럼 사후적으로 구성되는 '복수(複數)의 4·19'와 그것이 갖는 의미에 대해서는 김영찬 「4·19와 1960년대 문학의 문화정치」, 『한국근대문학연구』 제15집, 한국근대문학회 2007, 137~40면 참조.

다. 김윤식·김현의『한국문학사』(민음사 1973)와 김윤식·정호웅의『한국소설사』(예하 1993)가 그 대표적인 사례다. 김윤식·김현의『한국문학사』는 그 자체로 4·19의 정신적 영향 아래 이루어진 문학사의 재구성이다. 그것이 1960년대 역사학의 논제였던 자생적 근대화론이나 전통론 등 4·19를 계기로 촉발된 민족주의 아카데미즘의 성과에 기반했다는 점에서, 그리고 이른바 '한글세대'로서의 민족주의적 자부심이 그 근저에 깔려 있다는 점에서 그렇다.[6] 그 저작이 "한글세대에 의해 이루어진 첫 문학사 서술의 성과"라는 한 4·19세대 비평가의 평가[7] 또한 이와 관련된다. 이후『한국문학사』의 문학사 인식은 역사학의 진전과 근대 인식의 심화에 의해 많은 부분 극복되긴 하지만, 그럼에도 그 근간은 오랫동안 한국문학 인식의 틀을 형성하면서 작지 않은 지배력을 행사했다. 그런 점에서 이는 문학(사) 인식의 정신적 거점으로 작용한 4·19의 영향력을 확인시켜주는 사례라고 할 수 있을 것이다.

이 점은 김윤식·정호웅의『한국소설사』에서도 똑같이 확인되는데, 최인훈의『광장』에서 제기된 '자유'와 '평등'이라는 키워드로 이후의 한국소설을 양단하고 평가하는 방식이 그것이다. 여기에는 1980년대에 이르기까지 한국소설의 근간을 지배한 것이 '자유'와 '평등'이라는 근대적 가치체계이며 그 정신적 기원이 바로 4·19에 있다는 전제가 깔려 있다. 그 점은 백낙청의「시민문학론」(1969)의 경우도 마찬가지다. 식민지시대의 문학(사)을 4·19의 '시민의식'이라는 기준으로 소급해 평가하고 재구성하는 문학사 인식이 바로 그렇다. 이는 거꾸로 보면 기존의 한국문학(사) 인식에서 기원으로서의 4·19가 갖는 인력(引力)이 그만큼 강력했음을 방

---

6 같은 맥락에서 김철은 김윤식·김현의『한국문학사』가 한글세대의 프라우드 내셔널리즘(proud nationalism)이 낳은 한 성과라고 지적한다.(인터뷰「김철: 한글세대와의 단절」, 김항·이혜령『인터뷰: 한국 인문학 지각변동』, 그린비 2011, 33면)
7 김병익「자유와 개성」,『기억의 타작』, 문학과지성사 2009, 169면.

증하는 것이기도 하다.

　그러고 보면, 한국문학에서 4·19는 실제적 기원인 동시에 사후적으로 구성된(혹은 상상된) 기원이기도 하다. 그리고 어떻게 보면 모순적이기도 한 그러한 성격이 바로 기원으로서의 4·19를 특징짓는다. 4·19는 오랫동안 한국문단을 지배해온 특정한 문학적 정신과 방법을 정당화하는 과정에서 수시로 소환되면서 각기 다른 나름의 방식으로 기억되고 그 의미가 사후적으로 매번 새롭게 재구성되는 그런 사건이었다. 그런 의미에서 그것은 마치 정신분석에서 신경증자의 내면풍경의 기원이라 할 수 있는 원초적 장면(primal scene)과 같은 것이다.[8] 그렇게 4·19는 한편으로 문학적 입장에 따라 각기 달리 사후적으로 재구성되어온 하나의 '상상적' 기원이지만, 그럼에도 불구하고 그것은 기원으로서의 '실질적' 효과를 작동시켜왔다.

　그렇다면 이 시점에서 기원으로서의 4·19를 문제삼는 것은 무슨 까닭인가? 우선 거기엔 4·19를 기점으로 시작된 해방 후 한국문학의 특정한 단계가 이제는 끝났다는 판단이 전제로서 자리한다. 그 '끝'은 21세기 한국문학의 근본적인 형질변화의 원인이기도 하지만, 다른 면에서 보면 21세기 대학에서의 한국문학 연구와 비평 프레임의 변화는 물론이고 특정 형태로 고착되고 있는 그 둘의 (비)관계의 원인이기도 하다. 비유컨대 헤겔(G. W. F. Hegel)을 빌리자면, 이성의 시간은 현실의 운동이 종결되었을 때에야 도래한다. 그 시간은 현실엔 있었으나 뚜렷하게 의식화하지 못했던 것들을 비로소 명료히 의미화하는 것을 가능하게 하는 시간이다. 한국문학과 비평, 나아가 한국문학 연구의 현재에 대한 반성적 성찰 또한 이와 무관하지 않다.

---

8 원초적 장면과 그것의 논리에 대해서는 지그문트 프로이트 「늑대인간」, 『늑대인간』(전집11권), 김명희 옮김, 열린책들 1996, 178~96면 참조.

2. 근대문학의 끝 혹은 기원의 죽음

현실의 운동이 종결되었다는 것은 무엇을 뜻하는가? 그것은 2000년대
에 들어와 가시화되고 실현된 한국문학사의 결정적인 단절, 즉 근대문학
의 끝과 관련된 이야기다. 언뜻 뚜렷하게 부각되지 않았을지 모르나, 지
금 이곳의 문학비평, 나아가 대학에서의 한국문학 연구 모두가 겪은 변화
가 그 근대문학의 끝과 저마다의 방식으로 연결되어 있다. 지금 여기서
2000년대 이후 한국문학의 현재를 되짚어보아야만 하는 이유는 거기에
있다.

때론 한 특정 개인의 운명이나 생몰(生沒)이 역사의 경향을 요약해주는
경우가 있다. 이는 문학사에서도 마찬가지인데, 2008년 소설가 이청준(李
淸俊)의 타계가 바로 그런 경우다. 의미심장하게도, 이청준은 이 지점에
서 (헤겔의 '세계사적 개인'이라는 개념을 빌리자면) '문학사적 개인'으
로 기능한다. 그렇다면 그 특정 개인사의 종결이 상징적으로 요약하는 역
사의 경향이란 무엇인가? 그것은 다름 아닌 '4·19세대 문학'의 종언이다.
구체적으로 말하면, 작가 이청준의 개인사의 종결은 단지 한 세대 문학의
종언에서 더 나아가 그 자체로 어떤 문학정신의 종언을 지시하는 상징으
로 기능한다. 그리고 그 문학정신이란 이를테면 4·19 이후 1990년대에 이
르기까지 한국문학의 정신적 바탕을 구조화해왔던 모종의 프레임이다.[9]

---

9 이청준의 타계를 어떤 문학정신이나 문학적 태도의 완결로서 보는 시각은 김병익의 다
음 진술에도 넌지시 암시되어 있다. "소설은 후배 작가들이 여전히 만들어낼 것이고
그 문학은 어쩌면 역사와 현실을 무겁게 재현해내는 이 근대주의 작가들보다 더 재미
있고 섬세하며 오늘의 감수성에 더욱 공감되는 모습을 가질 것이다. 그러나 자신의 존
재 모두를 오로지-글쓰기의 작업에 투신하는 진지한 정신과 품위 있는 삶을 그래서 이
제는 더 만나기 어려울지도 모른다. 물론 작가들의 숫자가 더 늘어나고 그들의 생산이
보다 왕성해지겠지만 (…) 고통이 안겨주는 삶의 진정성, 수난이 돋우어주는 정신의
고결함은 삭아질 것이다. 소설은 더 넓게 향유되고 그 독서는 더욱 활발해지겠지만 문
학은 더 세속화되고 정신주의적 문학의 문학다운 자율성은 약화되어갈 것이다."(김병

자세히 말하면 그것은 4·19세대의 문학정신인 동시에 해방 후 광의의 모더니즘을 지탱해왔던 근대적 문학정신이다. 이청준의 죽음은 그 자체로 이미 2000년대 한국문학의 현상 속에서 상당부분 현실적으로 되돌릴 수 없는 것으로 확인되고 있었던 광의의 모더니즘이라는 프레임의 종결을 뒤늦게 사후적으로 선언하고 추인한 하나의 형식적 종결로서 기능했던 셈이다.

이때 특정한 문학사적 단계를 지배했던 프레임으로서 광의의 모더니즘의 종결이란 곧 근대문학의 끝[10]을 뜻하는 것이다. 한국 근대문학이 한국적 근대의 경험에 적응하고 반응하는 가운데 형성된 이념과 비전을 바탕으로 지속되어온 것이라 할 때, 이를 지탱했던 것이 광의의 모더니즘이다. 한국 근대문학에서 두개의 중심축이었던 리얼리즘과 모더니즘이 세계관과 방법론의 차원에서 한국적 근대에 대한 각기 다른 방식의 적응과 반응의 산물이라면, 광의의 모더니즘은 의미와 가치의 중심으로서 내면성을 구축하고 그로써 근대라는 타자와 맞서는 미적 실천이라는 측면에서 그 둘을 포괄하는 것이다. 2000년대 이후 눈에 띄는 한국문학의 형질변화가 말해주는 것은 바로 이 광의의 모더니즘이라는 프레임이 더이상 한국문학의 특질을 규정하는 것으로서 적합하지 않게 되었다는 사실이다. 2000년대 이후 문학적 우세종으로 등장한 '탈내면의 문학'은 바로 이를 보여주는 뚜렷한 증상이다.

2000년대 이후 한국문학의 지배적 경향이 된 '탈내면의 문학'은 근대문학의 끝의 증상이며, 동시에 그 끝을 재촉한 문학적 충동이다. 중요한 것

익 「한 문학시대의 마감 ― 세 분 작가들이 남겨준 모습」, 앞의 책, 156~57면)

10 이에 대한 보다 구체적인 논의는 김영찬 『비평의 우울』(문예중앙 2011) 제1부 참조. 이 글의 초점이 '근대문학의 끝'에 대한 상세한 설명에 놓여 있지 않으므로, 여기서는 압축적으로 요약해 대략만을 서술한다. 아래에서 '근대문학의 끝'에 대한 관점은 기본적으로 이 책의 논의에서 크게 벗어나지 않는다.

은 그것이 2000년대 한국사회의 구조적 변동 및 그로 인한 집단의식의 변화와 맞물려 있었다는 사실이다. 그리고 그 변화의 중심에는 다름 아닌 1997년 IMF 외환위기 이후 경제와 문화 구조 전반에 걸쳐 진행된 신자유주의적 시장전체주의 체제의 전면화가 자리잡고 있었다. 사회의 변화가 곧 문학의 변화를 추동한다는 관점에 애써 의지하지 않더라도, 그로써 야기된 한국문학의 변화는 의외로 뚜렷하며 2000년대 초중반에 이르러 그 변화는 하나의 뚜렷한 집단적 경향으로 자리잡았다. 그리고 그 경향을 밑에서 뒷받침한 것은 변화된 삶의 감각을 통해 점진적으로 확산되고 공고화된 한국사회 대중의 특정한 집단 (무)의식의 풍경이다. 이때 그 풍경을 채색한 것이 다름 아닌 주어진 냉엄한 (신자유주의적) 삶의 조건을 더이상 변하지 않고 바꿀 수도 없는 운명적인 삶의 조건으로 수락하는 (무)의식적 인식과 지각이었다. 1990년대 후반에서 2000년대 초중반 즈음에 등단하여 이른바 '2000년대 문학'을 열어나간 젊은 작가들의 인식 및 감각과 문학적 세계관은 따져보면 바로 그 바탕 위에서 자라나온 것이다.

2000년대 이후 작가들의 문학세계를 구축한 의식의 심층에 공통적으로 체념의 감각이 가로놓여 있었다는 사실은 이를 뒷받침한다. 예컨대 2000년대 문학에서 어렵지 않게 발견되는 자족적 유희와 폐소공포의 향유, 현실의 장력을 모른 척 느슨하게 풀어헤쳐버리는 농담과 유머 등의 자질은 크게 보면 그 체념의 미학적 표현이다. 2000년대 젊은 작가들의 (무)의식 속에서, 현재는 변하지 않고 바꿀 수도 없는 것으로 공고화되었고 미래는 충분히 예측 가능한 현재의 연장으로 고착되었다. 그리하여 과거의 경험과도 미래의 기대와도 단절된 삶의 감각이 그들의 문학을 지배했다. 이는 물론 IMF 외환위기 이후 한국사회의 신자유주의적 재편 속에서 전면화된 사회적 유동성의 약화와 계층 고착화 등의 구조적·심리적 효과다.

앞 시기의 문학과 구별되는 2000년대 문학의 새로움과 미학적 혁신은 어찌 보면 바로 그 보편화된 체념의 감각에서 자라난 역설적 효과였다고 할 수 있다. 이것이 왜 근대문학의 끝과 관련되는가. 그것은 현실을 변하지 않는 것으로 전제하는 2000년대 문학의 체념의 감각 자체가 자연스럽게 세계와의 불화와 대결이라는 문학의 스탠스를 스스로 포기하는 결과로 이어졌던 것과 무관하지 않다. 부정적인 현실에 대해 스스로 구축한 내면의 가치를 맞세우는 것, 그리고 그것을 바탕으로 현재보다 나은 미래를 상상하는 것, 일찍이 이청준이 (나를 굴복시키는 세상에 대한) '원한'과 (문학을 통한) '가상의 복수'라는 상징으로 개념화한 그것이야말로 근대문학의 내면성과 관련되는 것이다. 그리고 2000년대 문학과 가장 거리가 먼 것이 바로 그것이다.

　예컨대 2000년대 문학의 주체는 근대적 현실의 지배가 더욱 철저해졌음에도 불구하고 그들 문학사의 선배들이 그랬던 것처럼 그에 대해 내면의 신성한 가치를 맞세우며 대결하지 않는다. 다시 말해 그들은 근대의 마성(魔性)을 정면으로 대면하지 않고 비껴가거나 함수에서 배제한다. 그보다 그들은 그 모든 것을 체념하고 모른 체하거나 현실을 훌쩍 뛰어넘어 유희하고 공상한다. 그런 까닭에 그들에게는 '자기 이념의 질서'(이청준)도 없고, 원한도 없다. 그런 의미에서 (조금의 과장이 허용된다면) 그들의 내면은 '텅 빈 내면'이다. 그리고 돌아보면 바로 그것이야말로 내면성의 토대 위에서 정신의 자기운동을 펼쳐온 한국 근대문학이 이제는 끝났음을 보여주는 증상이었다. 이 모든 것을 고려해 지금 한국문학의 현장을 두루 살필 때, 근대라는 타자를 자기 내면성 정립의 존재조건으로 의식하는 문학이, 그리고 근대에 맞서 그 내면의 의미와 가치를 사유하고 그것의 실현을 상상하는 문학이 이제는 존재하지 않는다는 것은 자명한 사실인 듯하다.[11]

---

11 물론 몇몇의 예외는 있을 수 있겠으나 여기서 고려되는 것은 그보다는 전체적인 집단

자본 지배의 전면화와 철저화로 특징지을 수 있는 포스트-IMF 시대에 이르러 불완전한 근대가 비로소 그 자신을 완성했을 때 역설적이게도 근대에 대해 문학이 보여주었던 대면의 의지와 미적 반응의 운동이 끝났다는 사실은, 오늘의 한국문학이 안고 있는(혹은 자초한) 곤경을 그대로 보여준다. 한국의 근대는 비로소 자기 자신을 완성했으되 거꾸로 근대와 불화하는 문학정신은 종언을 고하게 된 아이러니한 형국인 셈이다. 여하튼 2000년대 이후 한국문학에서 확인되는 이 근대문학의 끝은 식민지 근대의 조건에서 시작하여 1990년대까지 90년 넘게 지속되어온 문학사의 한 단계가 마무리되었음을 의미한다. 이는 곧 한국의 근대와 길항하는 가운데 자신의 주체성을 정립하고 실현해온 문학의 종언을 뜻한다. 해방 후로 시기를 좁혀 보면 이는 한국문학의 정신구조를 지배해왔던 기원으로서 4·19의 효과가 한국문학의 장(場)에서 비로소 그 실효를 다했음을 보여주는 것이기도 하다. 즉 1960년대 이후 자본주의 근대화 과정에 휩쓸리면서도 그것을 주체성의 내재적 조건으로 삼아 그와 갈등/공모하면서 전개되어왔던 해방 후 근대문학이 이제 그 수명을 다함으로써, 4·19의 역사적·문학적 기능은 완결되었다.

3. 분열의 풍경들, 그리고 비평의 오늘과 내일

문학비평과 국문학계의 아카데미즘이 겪은 변화와 지금의 상황은 그렇게 4·19의 역사적·문학적 기능이 완결된 것과도 무관하지 않다. 문학 자체를 바라보는 관점은 물론이고 실제 현실의 문학적 흐름은 어떤 방식으로든 한국문학 비평/연구의 포지션을 결정하는 의식적·무의식적 전제가

경향 혹은 문학적 우세종의 성격이다.

되어왔다. 특히 당대의 문학은, 그리고 그 당대의 문학을 보는 시각과 거기에 얽힌 문학적 정념은 가령 문학사 인식에서도 그 큰 틀의 방향과 경향을 결정하는 중요한 요인이었다. 특히 김윤식·김현의『한국문학사』는 문학사 서술이 당대의 문학현장에서 씌어지고 있는 문학에 대한 관점과 태도에 의해 규정됨을 보여주는 적절한 사례다.[12] 나아가 1980년대 말에서 1990년대 초반에 이르기까지 한국문학 연구의 지배적 대세를 형성했던 카프문학에 대한 관심 또한 그 당시 부상하고 있었던 민중/노동문학의 진전에서 오는 자극이 중요한 자양이었다. 의외로 들릴지 모르지만, 당대의 문학장과 전혀 무관한 듯 보이는, 심지어 그에 대한 무관심이 당연하게 받아들여지는 지금 국문학계의 한국문학/문화 연구도 실은 예외가 아니다. 이 경우 당대에 씌어지고 있는 한국문학은 연구자들의 의식 속에서 애초부터 참조나 고려의 대상이 아니라는 바로 그 사실을 통해, 일종의 부재하는 참조점으로 보이지 않게 작용하는 것이다.

2000년대에 이르러 한국문학에 대한 비평과 연구가 결정적으로 맞닥뜨린 것은 바로 근대문학이 끝을 향해 치달아가는 과정의 징조였다. 물론 당시엔 그것이 갖는 정확한 의미를 아직 뚜렷하게 의식하고 있었다곤 할 수 없다. 다만 당시 한국소설의 사소화(些少化)와 지리멸렬에 대한 실망에서 시작해 점차 그에 대한 무관심으로 옮겨가고 있었던 대부분 한국문학 연구자들의 의식 속에서 그 '끝'은 그런 방식으로 하나의 증상으로서

---

12 그 점은 문학사 서술의 태도와 이데올로기를 정념적으로 드러내는『한국문학사』서문의 다음과 같은 대목에서 흥미롭게 드러난다. "이 책은 과거의 문학에 대해서 서술하고 있지만, 이 책이 충격하기를 요망하는 것은 오히려 오늘날의 문학이다. 문학에 대한 경멸과 백수(白手)에 대한 조소가 그 어느 때보다도 깊어져가고 있어 보이는 지금, 인간 정신의 가장 치열한 작업장인 문학을 지킨다는 것은 우리에게는 더할 수 없이 귀중한 자기각성의 몸부림이다. 문학이 없는 시대는 정신이 죽은 시대다. 문학은 한 민족이 그곳을 통해 그들의 아픔을 재확인하는, 언제나 터져 있는 상처와도 같은 것이다."(김윤식·김현『한국문학사』, 민음사 1973, 8면)

만 자신의 징조를 드러내고 있었을 따름이다. 최소한 1990년대까지는 그래도 당대 한국문학의 현장이 관심영역 한쪽에 자리를 걸치고 있었다고 할 수 있으나, 2000년대의 시작을 전후로 해서는 그런 최소한의 관심조차 이미 과거의 것이 되고 있었고 이런 현상은 점차 돌이킬 수 없이 심화되어갔다. 그리고 이는 어떤 측면에서 현실 문학장의 변화가 불러온 필연적인 결과이기도 했다. 지금의 시점에서 돌이켜볼 때 비로소 분명해진 것이지만, 한국문학 연구자들의 의식 속에서 일어나고 있었던 그 변화는 다름 아닌 '근대문학의 끝'의 효과였다고 할 수도 있겠다.

그것이 불러온 결정적인 결과 중 하나는 바로 한국문학에 대한 비평과 연구(혹은 학문) 사이의 분열이다. 그리고 거기엔 문학에 대한 기존의 근대주의적 관념을 문제삼고 문학을 탈신비화하는 새로운 학문적 관점의 대두가 또 하나의 중요한 원인으로 가세하고 있었다. 그 관점은 주체보다 물적 조건을, 정신보다 제도를, 창조보다 생산을 문학의 지배적인 결정요인으로 가정한다. 이는 점차 문학 텍스트 자체보다는 그 텍스트가 놓인 외부의 맥락에 관심을 집중하고 텍스트에 대한 해석보다는 그 텍스트의 생산을 가능하게 한 물적 조건으로서의 제도에 대한 실증적 천착과 탐구를 앞세우는 문화/제도 연구의 경향으로 가시화되고 확산되었다. 크게 보면 그러한 연구경향은 한국문학의 위상변화와 '지식'의 배치변화[13]와 관련된 것이라고도 할 수 있을 것이다. 그렇지만 다른 각도에서 보다 근본적으로 그것을 보이지 않게 뒷받침하고 정당화한 것은 바로 한국문학장에서 가시화되고 있었던 근대문학의 끝이라는 현실의 사태였다.[14]

---

13 천정환 「'문화론적 연구'의 현실인식과 전망」, 『상허학보』 제19집, 상허학회 2007, 13면.

14 박헌호와 천정환도 강조점의 차이는 있지만 크게 다르지 않은 맥락에서 이 점을 지적한다. 박헌호 「'문학' '史' 없는 시대의 문학연구」(『역사비평』 제75호, 2006년 여름호)와 천정환의 앞의 글 참조.

국문학계의 문화연구/제도연구를 통해 본격화된 문학생산 조건에 대한 고고학적 탐구는 (넓은 범주의) 문학주의 이데올로기의 해체와 짝을 이루는 것이었다. 그리고 이는 동시에 한국문학의 이념적 전제였던 내셔널리즘에 대한 비판과 연동된 것이었다. 이때 바로 그 '문학주의'와 '내셔널리즘'이 해방 이후 한국 근대문학의 정체성을 지탱한 중요한 두 축이었음을 인정한다면, 이것이 (넓은 의미에서의) 4·19세대, 더 나아가 광의의 모더니즘을 지배한 문학관념과의 단절을 뜻함은 말할 것도 없다. 그리고 국문학 연구자들에게 그 단절은 자기반영적인 것이기도 했는데, 왜냐하면 기존 문학관념과의 그 단절이란 동시에 '국문학' 연구의 자기구축에 토대가 되어왔던 민족주의 이데올로기[15]를 다름 아닌 국문학 연구 스스로가 해체하는 과정을 수반하는 것이었기 때문이다. 그런 측면에서 지금 국문학계의 지배적 경향이라 할 (거칠게 일컬어) 문화연구/제도연구의 경향은 2000년대 이후 문학창작의 장에서 나타난 문학사적 단절과 의미심장한 상동성(相同性)을 갖는다. 달리 말해 2000년대 이후 한국문학이 문학의 태도나 형식과 내용에서 4·19라는 기원과 결별하고 있었다면, 동 시기 국문학계의 새로운 경향은 그 결별을 아카데미즘의 차원에서 반복하는 것이었던 셈이다.

비평과 연구의 분열은 그런 가운데서 발생한 필연적인 현상이다. 즉 그것은 한국 근대문학의 끝이 불러온 효과라고 할 수 있다. 그리고 문학 텍스트란 제도나 권력 같은 물질적 조건의 부수적 생산물에 불과하다는 새로운 학문적 관점이 거기에 가세하면서 그 효과를 더욱 가속화했다. 우리가 지금 맞닥뜨린 비평과 연구의 분열이라는 현상은 그 둘의 상호결정 속에서 발생한 구조적 결과였다고 할 수 있다.

---

15 이에 대한 비판은 황종연 「'하나의 국문학'을 넘어서」, 『탕아를 위한 비평』, 문학동네 2012 참조.

그렇게 국문학계에서 확산된 제도연구는 텍스트 해석을 중심으로 한 기존의 전통적인 문학연구의 관습화를 반성하고 그것이 보지 못하는 새로운 영역을 발견함으로써 국문학 연구의 경계를 확장하는 데 기여했다. 그러나 신(新)실증주의라고도 칭할 수 있는 그런 학문적 경향은 동시에 문학의 자율적 가치에 대한 관심을 비본질적이고 이데올로기적인 것으로 치부했다. 이런 제도연구의 관점에서 보면, 문학(언어)이 지니는 모순적 창조성, 혹은 제도의 산물이지만 제도와 길항하고 그것을 넘어설 수 있는 문학의 가능성이란 일종의 허구에 불과한 것이었다. 문학의 자율적 가치와 독립적인 존재의의를 부정하는 이런 관점은, 4·19를 기원으로 하는 근대적 문학정신 혹은 문학관념과의 결별을 그런 방식으로 실행, 완성하고 있었다.

　그렇다면 (좁은 의미에서의) 비평은 어떤가? 오늘날의 비평이 텍스트를 현실에 대한 사유 속에 위치시키고 그 문학적 공과를 판단하며 평가하는 비평의 고전적 덕목에서 멀어지고 있음은 이미 공공연한 사실이 되었다. 오랫동안 지속된 (넓은 의미에서) 4·19세대 비평의 근저에 있었던 것이 바로 그 덕목이었다는 점에서, 그런 현상은 어찌 보면 또다른 차원에서 '기원'과의 결별을 보여주는 것으로 파악할 수도 있겠다. 그러나 그것은 일면 희화적인 결별이다. 왜냐하면 그 결별은 (물론 모두가 그런 것은 아니겠지만) 출판자본에 의해 구축된 문단 시스템과 제도에의 복속을 자발적인 댓가로 치르고 있는 것이기 때문이다. 대부분 한국문학 비평이 작품의 비판적 선별과 문학적 의제설정 능력을 잃고 작품의 충실한 '해설'이 아니면 (좀 심하긴 하지만) 이른바 '홍보대행'의 차원으로 자신의 지분을 축소해가고 있다는 세간의 비판도 어쩌면 이를 겨냥한 것이겠다. 그런 측면에서 이는 지배적인 문학 시스템에 자발적으로 종속된 2000년대 이후 한국문학의 왜소한 상황과 또 하나의 상동성을 이룬다고도 할 수 있다.

　21세기 한국문학 비평과 한국소설이 겪고 있는 사태의 구조적 상동성은 비평적 (자)의식의 차원에서도 확인된다. 이는 작품에 종속되기보다 자신의 비평적 사유공간을 자율적으로 구축하려는 최근 젊은 비평가들의 글쓰기 경향에서 두드러진다. 최근의 비평이 점점 에세이에 가까워지면서 문학작품 그 자체가 되려는 충동을 드러내는 것도 이와 무관하지 않은 현상이다. 중요한 것은 비평의 그런 에세이화 현상이 현실의 중력에 대한 의식을 지우면서 자기충족적인 자율성의 세계를 키워나가고 있는 21세기 한국소설의 경향[16]과 정확히 짝을 이룬다는 사실이다. 비평에서 그 자기충족적 자율성은 (일부 '업계' 동업자들을 제외하곤) 이제 아무도 읽지 않는다는, 즉 비평에 대한 독자의 철저한 외면이라는 현상에서 드디어 온전히 (네거티브한 방식으로) 자신을 실현한다. 약간의 비약을 섞어 말하자면, 우리는 이를 근대문학의 끝과 정확히 대칭을 이루는, 근대비평의 종언을 보여주는 증상이라 할 수도 있을 것이다.

　흥미로운 것은 많은 부분 시스템에 종속된 현재 비평의 왜소한 처지가 대학에서의 문학연구자들에게도 남의 사정이 아니라는 사실이다. 즉 그 둘은 시스템에의 종속이라는 차원에서 그 포지션이 정확히 일치한다. 물론 대학에서 학문을 연구하는 입장에서 그 시스템이란 한국연구재단의 연구지원 제도와 시스템, 그리고 업적평가와 승진제도를 가리키는 것이다. 앞서 말한 새로운 학문적 경향에 국한해 말한다면, 문학을 제도의 종속함수로 위치시키는 국문학 연구의 아카데미즘 자체가 이미 다른 차원에서 그 자신이 바로 그 시스템과 제도의 종속함수가 되어 있는(혹은 그렇게 강제되고 있는) 아이러니한 형국이 연출되고 있는 셈이다. 이렇게 보면, 흥미롭게도 21세기 한국소설과 문학비평, 대학의 국문학 아카데미즘은 각기 다른 영역과 성격을 지님에도 불구하고 어느 한 지점에서 정

---

16 2000년대 이후 한국소설의 이러한 경향에 대해서는 다른 곳에서 이미 이야기한 바 있다.(김영찬 「문학 뒤에 오는 것」, 『비평의 우울』, 문예중앙 2011, 45~47면 참조)

확히 교차하고 겹쳐진다. 그들이 공히 제도에의 종속을 댓가로 치르면서 '기원'으로서의 4·19와 결별을 고한다는 점에서 그렇다. 그런 측면에서 그 세 영역이 처한 현재 상황은 서로가 서로를 비추는 거울관계에 있다고 도 할 수 있을 것이다.

다시 비평과 연구의 분열이라는 문제로 돌아가 이야기하자면, 그와 관련해 우리가 이 시점에서 할 수 있는 일은 그다지 많지 않다. 어쩌면 그 분열의 극복이 과연 가능한 것인지, 아니 그보다 그것이 대체 극복해야 하는 문제인 것인지조차도 근원에서 다시 물어야 할 질문일지 모른다. 그럼에도 불구하고, 그 간극과 분열 자체를 문제적 상황으로 의식화하는 일이, 그리고 그것을 깊이 응시하고 성찰하는 일이 한국문학 연구와 비평의 주체로서 우리에게 주어진 최소한의 몫일 것이다. 다만 이 지점에서 우리는 이 증상을 향해 이런 사후적인 물음을 던져볼 수 있을 것이다. 혹 4·19라는 기원에 대한 애도에 어쩌면 필요했던 것은 그 애도의 잉여로서 우울의 몫을 남겨두는 것이 아니었을까?

제2부

문학, 비평,
역사의 순간들

문학연구의 우울

> "형은 고향을 사랑해?"
> "아니, 고향이 나를 사랑한다는 것을 알게 됐어."
> "고향이?"
> "고향이."
> "그건 그저 말장난 아냐?"
> ── 최인훈 『회색인』

1. 문학의 운명, 그리고……

한국문학 연구란 무엇이며 또 무엇이 되어야 하는가? 그리고 그 앞에
놓인 문제와 그늘은 무엇인가? 이것이 지금 내 앞에 던져진 물음이다.[1] 이
는 또한 비평가이자 동시에 한국문학 연구자로서 나의 정체성의 근거와
할 일을 묻는 물음이기도 하다. 이 글은 문학의 자율적 가치에 대한 논점
을 중심으로 그 물음을 감당해보려는 작은 시도다.

최인훈(崔仁勳)의 소설에서부터 시작해본다.

익히 알다시피 최인훈 소설의 주인공들은 "'창' 타입의 인간"[2]이다. 그
주인공들은 모두 창을 통해 세상을 바라보고 세상과 소통한다. 이때 '창'
이란 세계에 대한 관조의 메타포지만, 다른 한편으로 내성적 성찰의 태도
를 은유하는 객관적 상관물이기도 하다. 그 주인공들은 '창'을 통해 세상

---

1 이 글은 대학에서의 한국문학 연구가 갖는 현재적 의미에 대해 논의해달라는 요청에
  의해 씌어진 글이다.
2 최인훈 「그레이구락부 전말기」, 『총독의 소리』, 홍익출판사 1968, 25면.

을 자기 앞에 불러세운다. 그것은 동시에 세계를 그렇게 불러세우는 바로 그 '자기'를 의식하고 표상하는 작업[3]이고 그럼으로써 그런 '자기'를 하나의 '성찰적 주체'로서 구성하는 작업이기도 하다. 최인훈의 소설에서 그 '창'의 메타포는 다름 아닌 '책'과 '책 읽기'를 통해서 또다른 방식으로 변주된다. 최인훈의 인물들이 책을 "한시라도 놓으면 금방 자기의 있음은 허무해질 것 같은 강박관념"[4]을 느끼는 것은 이 때문이다. 그들에게 '책'은 곧 '자기'의 존재와 정체성을 붙들어매는 상징적인 정박점인 까닭이다. 그래서 그들은 하나같이 책 속으로의 고독한 망명을 선택한다. 『회색인』(1967)의 어린 주인공 독고준도 마찬가지. "이야기가 더 현실적이고 현실이 더 거짓말 같은 질서"[5]의 진실을 소설을 읽으며 깨달은 그에게, 문학은 마땅한 '정신적 망명'의 장소다. 그는 그렇게 문학 속으로 망명하고, 그것을 통해 현실 질서의 허구에 맞서는 또다른 정신적 질서를 구축한다.

나는 최인훈의 주인공들이 보여주는 저 정신적 망명의 풍경을 그 자체로 '문학'에 들려 '문학' 속에서 기어이 '자기'와 '정신'의 과제를 해결하려 했던 근대적 영혼의 모험에 대한 알레고리로 읽고픈 유혹을 느낀다. 최인훈의 주인공들이 그랬던 것처럼, 근대적 영혼은 문학을 감정의 교육과 훈련은 물론이고 근대의 성찰적 주체의 내적 자질로서 '성찰/반성' '표상/재현' '인식/판단' '상상력/구상력' 등의 능력을 배양하는 하나의 특권적 장소로 발견한다. 문학은 곧 '상상의 공동체'를 '재현'하는 것이기도 했지만, 다른 한편으로는 공동체의 운명과 그 속에서 살아가는 자기의 운명에 대한 '앎'(知)을 공유하고 분배하는 장(場)이기도 했다. 물론 이때 앎이란 감각적 체험의 차원에서 작동하는 앎이다. 문학은 세계에 대한 지

---

3 "모든 표상작용(Vor-stellen)은 '자기'를 표상하는 것이다."(마르틴 하이데거 『니체와 니힐리즘』, 박찬국 옮김, 지성의샘 1996, 225면)
4 최인훈, 앞의 글 10면.
5 최인훈 『회색인』, 신구문화사 1967, 142면.

각과 체험을 변화시킴으로써 그 앎의 차원을 고양시킨다. 그럼으로써 문학은 공동체를 살아가는 주체의 앎의 능력을 '배양'한다. 이때 그 '앎'이란 단순한 '인지적 지식'이 아닌, 말하고 판단하고 느끼고 지각하는 능력의 다른 이름이다.[6] 한국 근대문학의 역사 속에서 문학은 그렇게 주어진 세계를 '다르게' 지각하고 판단하고 성찰하며, 또 그럼으로써 다른 세계를 상상하고 기획하는 근대적 주체의 정신적 능력을 훈련하는 하나의 장소였다고 할 수 있다.

그러나 문학의 정신적 가치작용에 대한 그런 식의 판단은 어쩌면 사실의 일면만을 지적하는 것인지도 모른다. 특히 근대 초기부터 오늘에 이르기까지 많은 대중들에게 문학은 정신의 훈련과 감정교육의 장소보다는 오히려 오락과 쾌락의 장소로서 존재해왔다. 물론 문학에서 그 둘은 분리된 것이라고 할 수 없겠으나, 모두가 최인훈의 독고준처럼 문학을 대하고 읽었던 것도 아니고, 또 누구나 그것을 고독하고 특별한 정신의 성소(聖所)로 여겼던 것도 아니다. 말하자면 문학의 수용과 향유, 그것을 경유한 판단과 실천의 또다른 방식과 태도 또한 그와 대별되는 중요한 흐름의 하나로서 엄연히 존재해왔던 것이다.[7]

좀더 나아가본다면, 이런 식의 의문도 가능하다. 문학 속에서 또는 문학을 매개로 지각하고 판단하며 성찰한다고 가정되는 저 '영혼'이란 대체 무엇인가? 그 영혼(정신)의 지각과 판단은 과연 내적으로 자기 충족적이고 자율적일 수 있는가? 미셸 푸꼬(Michel Foucault)에 따르면 '영혼'은 그보다는 오히려 신체의 주위, 그 표면, 그 내부에서 권력의 작용에 의해

---

6 '예술과/의 진리' 문제와 관련하여 이 '앎'(인식)에 대한 보다 상세하고 정교한 논의는 Albrecht Wellmer, *The Persistence of Modernity: Essays on Aesthetics, Ethics, and Postmodernism*, trans. David Midgley, Polity Press 1991, pp. 21~29 참조.

7 이에 대한 상세한 논의는 천정환 『근대의 책 읽기: 독자의 탄생과 한국 근대문학』, 푸른역사 2003 참조.

만들어지는 것이며, 그런 의미에서 정치적 해부술의 성과이자 도구이며 신체의 감옥일 뿐이다.[8] 영혼이 그렇게 제도와 권력이라는 외부적 타율의 산물이듯, 문학 또한 결국은 특정한 형태로 구성되는 또 하나의 '제도'일 뿐이라는 점도 이미 잘 알려진 사실이다.

그뿐만이 아니다. 문학을 근대적 주체의 성찰적 앎을 배양하고 훈련시키는 정신의 성소로 특권화하는 문학관념은 일면 다분히 낭만적일 뿐만 아니라 어쩌면 이제는 시대착오적인 것이 되어버렸는지도 모른다. 무엇보다 이제는 문학인들 스스로가 문학에 자기 자신의 실존을 통째로 걸지도 않을뿐더러,[9] 문학의 독자들 또한 문학의 언어에 자신의 정신과 실존을 연루시키지 않는다. 그것은 단순히 (널리 회자되었던 대로) 문학이 죽었기 때문이 아니라 오늘날 지배적인 주체성의 형식이 더이상 문학을 필요로 하지 않기 때문이다. 그렇다면 그 지배적인 주체성의 형식이란 무엇인가? 2006년 『타임』지가 독자의 얼굴이 비치는 컴퓨터 모니터를 표지에 걸어놓고 올해의 인물로 호명한 '당신들'이 바로 그 하나의 사례다. 새로운 디지털 민주주의의 시민으로 호명된 저 새로운 주체는 컴퓨터 화면 앞에 홀로 앉아 '전지구적 커뮤니케이션 네트워크'를 써핑(surfing)하는 모나드(monad)들이다.[10] 그들은 오랜 세월을 돌고 돌아 도래한 또 하나의 "'창' 타입의 인간"이다. 이때 그들의 '창'은 물론 물리적 창이 아니라 가상의 창(Windows)이다. 그리고 그 창은 오늘날에는 더 나아가 스마트폰

---

8 미셸 푸꼬 『감시와 처벌』, 오생근 옮김, 나남출판 1994, 59~60면.

9 "문학, 목매달아 죽어도 좋은 나무"(박범신)라는 유명한 명제는 이제 대부분의 문인들에게는 촌스럽고 시대착오적인 것으로 받아들여진다. 이제는 아무도 문학에 목숨을 걸지도 않고 또 그렇게 말하지도 않는다. 그 명제는 오히려 백화점 문화센터 등의 주부 창작교실을 지탱하는 '등단' 혹은 '작가되기'의 열망 속에서만 하나의 순진하고 세속화된 형태로 그 자신을 패러디하며 연명되고 있다고 보는 편이 옳겠다.

10 이러한 『타임』지 기획의 이데올로기에 대한 비판은 슬라보예 지젝 『폭력이란 무엇인가』, 김희진·이현우·정일권 옮김, 난장이 2011, 66~67면.

액정이라는 미니멀한 차원으로까지 축소된다. 그 창을 통해 그들이 보는 것은 '세계'가 아닌 가상의 모사물이며, 그들이 불러세우는 것은 '자기'의 내면이 아니라 (모니터에 비친) 자기의 표면이다. 맑스(K. Marx)의 말처럼 한번은 비극으로 또 한번은 소극(笑劇)으로 그렇게 역사가 자기 자신을 반복하는 것처럼, 주체도 똑같은 방식으로 자기 자신을 반복한다. 한번은 '창 타입의 인간'으로, 또 한번은 '윈도우(Windows) 혹은 액정 창 타입의 인간'으로.

이러한 주체에게 문학은, 그리고 문학이 제공해주는(혹은 제공해준다고 가정되는) '앎'의 능력은 더이상 필요하지도 유익하지도 않다. 문학은 이제 더이상 이들에게 지각과 체험, 공감과 상상의 능력을 교육하고 또 이를 통해 정체성 형성을 매개하는 (비유컨대) '안다고 가정된 주체'로 기능하지 않는다. 감각적 체험을 '써핑'이, 지각과 판단을 정보가 대신해주기 때문이다. 이와 마찬가지로 20세기 한국의 저개발 근대 속에서 문학이 불가피하게 떠맡았던 사회적·문화적·정치적 역할은 이미 영화를 비롯한 소비대중문화나 멀티미디어 시스템 등에 배분되어 그것들이 대신하게 되었다. 그러니 이것은 문학의 책임이 아니다. 이는 '근대문학의 끝'이 단지 문학과 문학인의 탓이 아닌 것과 마찬가지다. 문학은 사회경제적 조건과 '앎'의 질서, 권력의 제도적 배치가 규정하는 그 자신의 주어진 삶을 그저 그렇게 묵묵히 살아갈 뿐이다. 이것이 근대적 주체의 내부와 외부를 함께 겪으며 20세기 한국사회를 통과해온 문학의 영고성쇠(榮枯盛衰)이고, 오늘날 우리 앞에 놓인 문학의 운명이다.

2. 조건들

그렇다면 지금 이곳에서 문학연구란 과연 무엇인가? 소박하게 미리 말해본다면, 문학을 '연구'한다는 것은 텍스트의 내부와 외부를 경유해 그 안과 밖의 의미를 판단하고 구획하며 체계화하는 것이고 그것을 현재의 좌표 속에서 상징화하는 것이다. 사실 지극히 당연한 상식적인 말이지만, 이것이 은연중 의미하는 것이 있다. 그것은 문학연구는 불가피하게 자기 반영적일 수밖에 없다는 사실이다. 문학연구의 대상으로서 '문학'이란 실은 그 자체로 사전에 이미 주어진 것이라기보다 바로 그 '연구'를 통해 사후적으로 구성되는 어떤 것이다. 즉 문학연구 자체가 그 연구의 대상을 생산한다. 따라서 연구의 대상으로서 불러세워진 그 '문학'에는 어떤 방식으로든 연구자의 현재적 좌표가 각인될 수밖에 없다. 그 현재적 좌표가 연구하는 대상(문학)의 운명과 형식을 결정하며 그 대상은 다시 연구자의 좌표와 비전을 재귀적(再歸的)으로 비추어 보여주는 거울로 작용한다.[11] "어떤 사물의 기원이 보이기 시작하는 것은 그것이 끝날 때이다"[12]라는 카라따니 코오진(柄谷行人)의 언급도 사실 이런 맥락과 무관하지 않다.

---

[11] 어쩌면 이는 비단 '문학연구'에만 국한된 문제는 아닐 것이다. 일례로 고전경제학자의 노동가치론에 대한 맑스의 비판이 향하는 지점도 현재적 좌표와 그것이 생산하는 대상의 거울상적 반영관계라고 할 수 있다. 그에 따르면, 고전경제학자들은 부지불식간에 '노동력의 가치'를 발견하고도 그것을 '노동의 가치'로 개념화함으로써 그들이 실제로 무엇을 발견했는지를 보지 못했다. 그것은 그들의 좌표 자체가 갖는 한계 때문이다. "경제학이 노동의 가치라고 부른 것은 사실상 노동자의 신체 속에 존재하는 노동력의 가치다. 그런데 이 노동력은—기계 그 자체가 기계의 작동과는 다르듯이—그 자체의 기능인 노동과는 다른 것이다. 경제학자들은 노동의 시장가격과 이른바 노동의 가치 사이의 구별, 이 가치와 이윤율 간의 관계, 그리고 이 가치와〔노동을 통해 생산된〕상품가치와의 관계 등에만 열중한 나머지, 자신들의 분석이 노동의 시장가격에서 이른바 노동의 가치를 향해 진행될 뿐만 아니라 이 노동의 가치 자체를 다시금 노동력의 가치로 해소시켜버리는 방향으로 진행되고 있다는 사실을 깨닫지 못했다. (⋯) 고전파 경제학은 사물의 진상에 가깝게 접근했으나, 그것을 의식적으로 정식화하지는 못하였다. 고전파 경제학이 부르주아의 외피를 두르고 있는 한 그것은 불가능한 일이다."(카를 맑스 『자본』 I-2, 강신준 옮김, 도서출판 길 2008, 739~44면)

[12] 카라따니 코오진 「문학의 쇠퇴: 소세키의 『문학론』」, 『근대문학의 종언』, 조영일 옮김, 도서출판b 2006, 39면.

즉 근대문학의 '종언'이라는 좌표 속에 설 때에야 비로소 그 자신의 기원을 은폐하는 근대문학의 전도(顛倒)가 분명하게 가시화되고, 그럼으로써 거꾸로 그 좌표의 역사적 의미가 분명하게 드러난다.

문학연구가 그 성격상 '비평'을 자신의 내재적인 구성요소로 포함하게 되는 것은 이 때문이다. 사실 특정한 문학연구가 생산하는 대상(문학)은 그 자체가 이미 그 대상이 제기하는 존재론적 물음('문학이란 무엇인가' 혹은 '문학이란 무엇이었는가')에 대한 답변이다. 그리고 그러한 대상(문학)의 존재방식은 궁극적으로 그 대상에 개입하는 연구자의 비전에 의해 규정된다. '문학이란 무엇인가(이었는가)'라는 이론적 물음이 '문학은 무엇이 되어야 하는가'라는 실천적 물음과 정확히 상관적일 수밖에 없는 것도 이런 맥락에서다. 그 실천적 물음은 주어진 현재의 불가피한 현실성을 그 자체로 존중하면서도 그 안에 있을지도 모를 어떤 다른 가능성을 상상하고 도모하는 작업 속에서 작동한다. 연구자는 그 물음의 한가운데로 과거의 문학을 불러와 현재와 미래의 성좌 속에 재배치한다. 과거의 문학을 실로 '과거에 그러했던 것'으로 만드는 것은 결국 현재의 비전이다. 그런 의미에서 문학연구는 그 자체가 이미 선험적으로 비평의 가능성을 떠안고 있다고도 할 수 있을 것이다.

그렇지만 그 가능성이 언제나 현실화될 수 있는 것은 아니다. 무엇보다 비평(Kritik)이란 자기 자신의 가능성의 조건을 성찰하는 작업이다.[13] 즉 비평은 그 자신의 현재 위치와 좌표에 대한 성찰을 전제로서 포함하며 문학연구에 내재한 비평적 잠재성은 그러한 성찰을 통해 가시화된다. 그리고 그 성찰은 제도적·문화적·사회적 결정조건에 의해 제약되는 문학연구의 제한적 존재방식, 그리고 그럼으로써 떠안을 수밖에 없는 한계와 가능

---

13 크게 보면 칸트가 이성의 비판적 원칙으로서 "자기 자신의 능력에 대한 선행적 비판"을 제기했을 때 염두에 두었던 것도 바로 이 점이었다.(임마누엘 칸트 『순수이성비판』 1, 백종현 옮김, 아카넷 2006, 194면)

성에 대한 재귀적 인식을 포함할 수밖에 없다. 그런 재귀적 인식은 연구의 대상인 '문학' 자체에 대해서도 마찬가지로 적용될 것이다. 문학은 역사 속에서 이미 완결되거나 이미 주어진 고정된 경험적 자료가 아닌 것처럼 그 자체로 항구적인 속성이 내재된 자명한 것도 아니다. 자기 앞에 던져져 있는 '문학'이라는 질료의 자명성을 의심하는 것, 즉 그것이 어떤 특정한 문학관념에 의해 생산된 역사적 산물이라는 사실을 인식하는 것은 그런 의미에서 앞에서 말한 성찰의 출발점이다. 이는 곧 기왕의 문학연구가 생산해온 대상에 대한 자기반성이면서 동시에 문학연구의 가능성의 조건에 대한 재귀적 인식의 표현이기도 하기 때문이다.

물론 그것은 단지 출발점일 뿐이다. 문학이 그 자신의 제도적 기원을 은폐함으로써 '문학'으로 존재하게 되었으며 그 '문학'이라는 것은 결국 이데올로기와 제도의 산물일 뿐이라는 관념은 어떤 의미에서는 이미 그 자체가 자명한 상식이 되었다고도 할 수 있다. 오래전부터 이미 많은 문학이론가들은 "일정한 공통적인 내재적 속성에 의해 만들어지는, 확실하고 불변적인 가치를 지닌 일군의 작품들이라는 의미의 문학은 존재하지 않"[14]으며, 문학이란 그런 "비시간적 대상, 비시간적 가치가 아니라, 하나의 한정된 사회 내에서 이루어지는 온갖 실천과 가치의 총체"[15]임을 강조하면서 그러한 상식을 각기 다른 저마다의 버전으로 누누이 강조해왔다. 따라서 우리시대 국문학계 일각에서 '문화연구'와 '제도연구'의 관습화된 일부 경향이 보여주듯이, 단지 그러한 자명한 사실을 마치 새로운 발견인 것처럼 실증적 차원에서 확증하고 나열하는 데서 멈춰버리고 만족하는 것은 또다른 자명성의 거울에 스스로를 가두어버리는 일일 뿐이다.

그러한 연구들에서는 대부분 문학이 제도의 산물일 뿐이라는 현재의

---

14 테리 이글턴 『문학이론 입문』, 김명환·정남영·장남수 옮김, 창작과비평사 1986, 20면.
15 롤랑 바르뜨 『문학은 어디로 가고 있는가?』, 유기환 옮김, 강 1998, 11~12면.

입장을 과거에 투사하고, 이에 따라 재구성된 과거의 사실이 다시 명백한 실증적 증거로써 애초의 입장을 확고한 것으로 확증한다. 그런 논의들이 이러한 동어반복적인 순환의 회로를 벗어나지 못하는 것은 문학의 현재와 미래의 좌표에 대한 성찰이 결여되어 있기 때문이다.[16] 무엇보다 그 좌표에 대한 성찰과 거기서 비롯되는 과거에 대한 실천적 개입이 없다면, 과거의 문학도 새로운 지식생산의 질료가 아닌 이미 주어진 고정된 실체로서 자명한 사실을 재확인하는 데 동원되는 하나의 경험주의적 '자료'로만 기능할 뿐이다.

'문학은 무엇이 되어야 하는가'라는 실천적 물음이 중요해지는 것도 바로 이 지점이다. 그러한 물음은 그렇다면 '문학'을 어떻게 재구성할 것인가라는 물음이기도 하며, 궁극에는 문학은 우리에게 무엇이고 또 어떤 가치가 있는가라는 물음이기도 하다. 그렇다면 문학은 '우리에게' 어떤 가치가 있는가? 무엇보다 문학에 어떤 초월적인 가치가 내재한다는 가정은 이러한 물음에는 애초부터 들어설 자리가 없다. 이런 물음의 방식이 상정하는 것은 문학의 가치란 문학 내부에 항구적으로 존재하는 어떤 실체가 아니라 처음부터 관계적인 것이고 구성적인 것이라는 점이다. 그런 의미에서 실로 문학이란, 그 자체로 가치있는 것은 아니다. 그런 측면에서 "문학은 아무것도 아니었다. (…) 그리고 오늘날 다시, 문학은 아무것도 아니다"[17]라는 저 솔직한 언명은 그런 맥락에서라면 충분히 새겨들을 만한 지적일지도 모른다. 하지만 문학이 아무것도 아니라는 지적은, 문학의 가치

---

16 문학의 경계를 확장하거나 무화하는 기왕의 풍속사 연구가 새로운 대상을 발견하고 축적하는 데만 머물 뿐 인식의 갱신이나 반성, 자의식적 성찰을 결여하고 있다는 비판이 제출되는 것도 근본적으로는 이런 맥락과 무관하지 않다.(차혜영 「지식의 최전선: '풍속-문화론 연구'에 대한 비판적 검토」, 『민족문학사연구』 제33호, 민족문학사연구소 2007, 88~92면 참조)

17 권보드래 「'풍속사'와 문학의 질서: 김동인을 통한 물음」, 『현대소설연구』 제27호, 한국현대소설학회 2005, 47면.

가 어떤 고정된 실체가 아님을 의미하는 한에서만 옳다.[18] 다시 말하면, 문학의 가치는 그 자체로는 텅 비어 있는 공백이다. 그럼에도 불구하고 그 공백은 그것에 대한 개입을 통해 실질적 내용이 부여되고 채워지며 그럼으로써 현실화되고 활성화된다. 미(美)와 진리에 대한 발터 벤야민(Walter Benjamin)의 진술[19]을 조금 변용해 말하자면, 문학은 그 자체로 가치가 있는 것이 아니라 그 가치를 찾으려는 사람과의 관계 속에서(만) 자신의 가치를 드러낸다.

따라서 중요한 것은 그 공백에 개입해 들어가 문학의 가치를 새로운 지평 위에서 새롭게 구성하려는 작업이다. 이는 지금 우리의 정신적 삶과 문화적 환경의 재구성이라는 정치적·문화적 실천의 한가운데서 문학 고유의 정당한 자리와 몫을 매김하는 작업과 무관하지 않다. 문학의 가치는 그렇게 문학을 붙들고 무언가를 하려는 주체와의 상호작용 속에서 사후적으로 구성되는 어떤 것이다. 그런 한에서, '문학이 우리에게 어떤 가치가 있는가'라는 물음은 비평적·실천적 물음이면서 동시에 궁극에는 자신의 좌표와 가능성을 심문하는 물음이기도 하다. 그리고 다른 한편으로, 그 연장선상에서 그것은 저 자명성의 거울 바깥의 하나의 초월론적 시점을 생산하는 물음이기도 하다는 점 또한 덧붙일 수 있을 것이다.

---

18 그렇지 않을 경우 발생할 수 있는 문제는 저 언명의 당자 또한 충분히 인식하고 있었다. "문학을 갱신하되 해석 속에서 갱신하는 방법으로서의 풍속사 연구는, 그러나 늘 문학의 존재 자체를 지워버릴 위험과 공존하고 있다. 아니, 그뿐 아니라 모든 권위를 지워버리되 아무것도 생산하지 못할 위험마저 안고 있다."(권보드래, 앞의 글 47면)
19 "진리란 그 자체로 아름다운 것이 아니라 진리를 찾으려 하는 사람에게 아름답다." (발터 벤야민『독일 비애극의 원천』, 조만영 옮김, 새물결 2008, 15면)

3. 한국문학의 궁지가 말해주는 것

지금 이 시점에서 문학의 가치를 재구성하는 작업은 다른 한편으로 우리시대 문학이 처한 궁색과 난경에 대한 일종의 실천적 응답이자 개입이라고 할 수 있다. 과거의 문학에 대한 연구가 지금 이곳 한국문학이 처해 있는 옹색한 궁지와 무관한 자리에서 이루어질 수 없고 또 그래서도 안되는 것은 이 때문이다. 한국문학이 처한 궁지와 난경의 현실, 그리고 그것이 갖는 의미와 맥락을 깊이 탐지하는 것은 그 자체로 문학연구의 현재적 좌표와 비전을 궁구하는 일과 다른 것이 아니다. 다른 한편에서 보면 어쩌면 한국문학이 겪고 있는 그 궁지와 결핍 속에 '문학'을 새롭게 사고할 수 있는 의외의 가능성이 숨어 있을지도 모르는 까닭이다.

그렇다면 한국문학의 궁지와 결핍이란 무엇인가? 문학의 예외적 위의(威儀)를 가능하게 했던 사회적 조건이 2000년대 이후 문학에 불리하게 급변하고 문학 스스로도 자발적 위축과 왜소화의 길을 걸어왔던 저간의 사정을 새삼스레 다시 환기할 필요는 없을 것이다. 그런 과정을 겪으면서 언제부턴가 한국문학이 자본주의 출판구조와 문학상 제도를 중심으로 구축된 제도적 시스템 속에서 보호받는 자족적·의존적 생존을 주어진 존재 방식으로 내면화하고 있다는 것도 이제는 새삼스러울 것 없는 엄연한 현실이다. 근대문학의 성립 이후 오랫동안 문학이 감정 교육과 지적 훈련, 교양 습득의 장소로 받아들여졌던 때와 달리, 이제 문학은 일부 소수만이 관심을 갖는, 그래서 동업자 커뮤니티와 소수 예비문학인들만의 자족적 커뮤니케이션의 공간으로 게토화되고 있다는 느낌도 그리 부정확한 것만은 아닌 듯하다. 물론 그런 상황 속에서도 많은 독자를 확보하고 사회적 관심의 대상이 되었던 소설들이 없지는 않으나, 이 또한 대부분은 문학적 성취와는 큰 관계 없는 별개의 요인들이 작용한 결과라고 보아도 큰 무리는 없을 것이다.

한국문학이 처한 이런 곤궁한 상황을 가장 극적이고도 돌출적인 방식으로 드러낸 사건이 바로 최근 발생한 신경숙(申京淑)의 표절 스캔들이다.[20] 그리고 그것에 대해 문학권력 비판론자들(김명인, 권성우, 오길영, 이명원 등)은 SNS와 언론에서의 의견 표명을 통해, 표절 혐의에 의도적으로 침묵하면서 문학을 상업주의적 타락으로 이끌어간 문학권력의 문제로 비판의 전선을 확대해갔음은 잘 알려진 사실이다. 그러나 사실 신경숙 표절사태의 근원으로 상업주의와 문학권력의 문제를 지목하는 관점은 비록 문제를 선명하게 제기하는 데는 효과적일지 모르나 크게 보면 사태가 함축한 광범위한 맥락과 그 의미를 지나치게 단순화하는 것이다. 중요한 것은 이 사건이 한국문학의 빈곤과 위기를 응축하고 있는 의미심장한 하나의 증상이라는 사실이다. 『엄마를 부탁해』(창비 2008)의 대중적 성공으로 더욱 공고화된 신경숙이라는 '문학적 신화'가 표절 혐의 제기에서 시작된 일련의 사태 이후 속절없이 추락하고 심지어 한국문학 전체가 실망과 불신을 넘어 냉소의 대상이 된 사실은 그 자체로 불행한 일이지만, 거꾸로 보면 바로 이것이야말로 한국문학의 정확한 현주소를 냉정하게 보여주는 것이다. 이는 무엇보다 제도비평의 과보호와 자본주의 출판 경영·관리의 결과로서 구축된 문학적 신화가 얼마나 허약하고 빈약한 토대 위에 서 있던 것이었는가를 가감 없이 보여주었다. 그리고 그렇게 한순간에 해체되고 비난의 대상이 되어버린 그 '문학적 신화'의 속절없는 운명은 앞서 말한 왜소해진 한국문학의 궁색하고 빈곤한 처지와 정확히 단짝을 이루는 것이다.

그리고 특히 이 지점에서 짚어두어야 하는 것은 항간의 시각처럼 저

---

20 소설가 이응준의 고발(「우상의 어둠, 문학의 타락: 신경숙의 미시마 유키오 표절」, 『허핑턴포스트 코리아』 2015년 6월 16일)로 점화된 이 사건의 경과와 그것이 촉발해 문학권력 논쟁으로까지 확산된 저간의 백가쟁명과 수다한 갑론을박을 여기서 다시 일일이 거론할 필요는 없을 것이다.

'문학적 신화'의 구축이 오로지 모종의 상업주의적 의도 혹은 작품의 취약함을 은폐하면서 일방적 상찬으로 포장한다고 비판되는 이른바 '주례사 비평'에서 비롯된 것이라고 볼 수만은 없다는 점이다. 좀더 사실에 즉해 말하자면, 그 신화의 구축과정에서 주로 작동했던 것은 작품의 성과와 한계를 대하는 비평의 태도뿐만이 아니라 무엇이 문학을 문학답게 만들고 그 성취를 결정하는가에 대한 특정 비평가 커뮤니티의 특정한 비평적 판단과 취향이다. 그리고 문학에 대한 특정한 관념에 기초한 그 비평적 판단이 문학작품들에 대한 선택과 배제의 기준으로 배타적으로 절대화되고 굳어지면 그것은 곧 '문학성'의 제도적 규범으로 일반적으로 통용되면서 문학장에서의 문학 생산과 평가를 지배하게 된다. 그리고 많은 부분 그 기준이 '문학성'에 대한 관습적인 비평적 클리셰(cliché)에 의존하고 있다는 것도 더불어 지적할 수 있겠다.[21] 그러면서 그것은 선택과 배제의 메커니즘을 통해 한국문학의 지배적인 양태를 특정한 형식으로 구축하고 제도화한다. 최근 표절 혐의를 계기로 점화된 문학권력 비판과 신경숙 문학에 대한 비판적 논의의 이면에서 작동하는 것은 (그 비판의 적실성과는 별개로) 바로 그렇게 한국문학의 양태를 특정한 방식으로 결정하고 구조화하는 데 지배적인 영향을 미쳐왔던 '문학성'의 제도적·지배적 기준의 경화(硬化)된 한계와 그것에 대한 문제제기라고도 할 수 있다.

신경숙 문학에 대한 저간의 갑론을박 속에서 우리가 보아야 하는 것은 단지 표절이나 문학권력의 문제만이 아니라 그 이면에서 작동하는, '문학성'의 기준을 둘러싼 이데올로기적 쟁투와 충돌이 갖는 의미다. 여기에서

---

21 한국문학의 장에서 확인되는 '문학성'의 배타적 기준과 그것의 통용방식에 대해서는 글의 성격상 다음 기회로 미루고 여기서 구체적으로 논의하지는 않는다. 충분하진 않지만 최근 한 좌담에서 그 문제의식의 일단을 잠시 이야기한 바 있다.(황호덕·김영찬·소영현·김형중·강동호 좌담 「표절 사태 이후의 한국문학」, 『문학과사회』 2015년 가을호 437~38면 참조)

우리는 '문학성'이 어떤 절대적인 고정불변의 내재적 속성이 아니라 특정한 제도의 한계 속에서 그것을 측정하고 추인하는 특정 시점, 특정 위치에 자리한 주체의 취향과 판단에 의존하는 가변적인 것이라는 당연한 사실을 다시 한번 확인하게 된다. 그런 측면에서 '문학성'은 제도와 관습과 '아비투스(habitus)'와 이데올로기 등의 복합적 작용에 의해 구성되는 하나의 역사적 산물이다. 또 그런 한에서 '문학성'이란 끊임없이 흔들리고 변화하며 도전받고 새롭게 구성되는 어떤 것이기도 하다. 그럼에도 문학성을 어떤 절대적인 것으로 가정하고 규범화하는 순간, 그것은 '문학주의이데올로기'가 된다. 문제는 문학의 독립적인 가치와 자율성을 옹호하는 문학주의가 아니라, 문학을 절대화되고 고착화된 규범과 클리셰 속에 가두어버림으로써 하나의 이데올로기로 작용하게 되는 문학주의다.

문학의 가치를 새로운 지평 위에서 새롭게 구성해야 한다는 말은 달리 보면 이러한 한국문학의 현재에 대한 비평적 개입을 요구하는 것이다. 문학의 문학다움을 규정하는 것이 무엇이고 또 무엇이 되어야 하는지에 대한 성찰은 그 자체로 문학연구의 거점을 묻는 자기성찰의 출발점인 동시에 현재적 좌표와 비전을 새롭게 구성하는 작업과도 무관하지 않다. 그 현재적 좌표와 비전이 중요한 것은 문학연구가 이미 죽어버린 과거 문학사의 잔해를 뒤져 과거 문학의 모습을 복원하거나 그 의미를 역사주의적으로 재구성하는 것으로 한정될 수 없기 때문이다. 문학연구에 요구되는 것은 오히려 과거의 잔해들에 개입해 문학에 대한 새로운 지식을 생산하는 것이다. 그것은 한편으로는 과거의 문학을 관습적이고 경화된 '문학이데올로기'와 클리셰로부터 구원하는 것이며 그럼으로써 현재의 비전속에서 재활성화하는 것이다.

4. 문학의 자율성? 알고 있어, 그럼에도 불구하고……

'문학성'의 문제를 사유할 때 필연적으로 부딪힐 수밖에 없는 난점 중의 하나가 바로 문학의 자율성에 대한 이해다. 페터 뷔르거(Peter Bürger)에 따르면 '예술의 자율성'이란 그 자체로 실생활로부터 예술의 분리라는 사회적·역사적 과정의 실질적 결과인 동시에 그런 상태를 예술의 '본질'로 실체화하는 이데올로기적 왜곡의 요소를 동시에 포함하는 모순적인 개념이다.[22] 그럼에도 불구하고 문학은 과연 자율적인가 타율적인가, 문학이 자율적인 가치를 갖는다면 그 자율성이란 대체 무엇인가라는 물음은 여전히 중요하다. 이러한 물음은 결국은 문학이란 무엇이며 또 그것은 어떻게 존재하는가라는 문학의 존재론적 물음과 관련되는 것이지만 다른 한편으로는 문학에 고유한, 문학만이 할 수 있는 어떤 것의 가능성을 묻는 실천적 물음이기도 하기 때문이다. 즉 문학의 자율성에 대한 물음은 가령 "한편의 소설의 유일한 존재이유"[23]에 대한 숙고이자 그것을 통해 문학이 다른 어떤 것도 대신할 수 없는 무엇을 어떻게 도모할 수 있는가에 대한 탐구의 출발점이다.

그럼에도 불구하고, 그 물음에 답하기는 여전히 쉽지 않다. 그것은 무엇보다 문학의 존재방식 자체가 앞에서 언급한 페터 뷔르거의 지적과는 또다른 의미에서 모순적이고 역설적이기 때문이다. 가령 문학언어는 나름의 자율적 질서를 갖는 특수언어이지만, 그 언어의 자율성은 불가피하게 보편언어의 사회적·제도적 규칙, 그리고 다른 영역의 상이한 특수언어들과 같은 타율적인 것의 삼투와 그것에 의한 오염을 거쳐서만 비로소 그러한 것으로 성립된다. 이것은 곧 문학은 자율성을 갖지만 그 자율성이란

---

22 자율성 개념의 이러한 모순적인 성격에 대해서는 페터 뷔르거 『아방가르드의 이론』, 최성만 옮김, 지식을만드는지식 2009, 89~90면 참조.
23 밀란 쿤데라 『소설의 기술』, 권오룡 옮김, 책세상 2004, 19면.

문학 바깥의 제도, 권력, 이데올로기 등과 같은 외재적인 것의 내부화에 의해 구성되고 작동하는 탈중심적인 것임을 의미한다. 다시 말하면, 문학의 자율성은 타율성을 근거로 해서만 성립되고 지탱된다.

문학의 자율성에 대한 이런 방식의 이해는 사실 그다지 새삼스러운 것이라고 할 순 없다. 일례로 그 점은 다른 맥락에서 '문화연구'의 관점에 의해서도 초점을 달리해 강조되는 것이기도 하다. 문학의 자율성이란 자명한 실체가 아니라 허구이자 이데올로기이며, 자율적이라 가정되고 합의된 일종의 가상에 불과하다는 지적이 그렇다.

(문학적) 자율성은 무엇인가? 사실 '그런 것 없다'고 말하는 것이 사실 자율성에 대해 가장 잘 사유하는 방법일 것이다. 자율성을 실체화하고자 하면 곧, 허구이자 이데올로기일 뿐인 것을 옹호하는 것이 되기 때문이다. 눈에 뵈게끔 실정화된 자율성이 있다면 그것은 반성의 대상이지, 투쟁해서 지킬 대상이 아니다. 지키려는 순간 기득권을 옹호하는 논리에 빠져들 것이다.

자율성은 자명하지 않다. 단지 자율적이라 가정되고 합의된 자율성의 가상이나 분위기가 있을 뿐이다.[24]

이에 따르면, 실체화/실정화된 문학의 자율성에 대한 옹호는 곧 문학 보수주의 및 기득권의 옹호와 직결된다. 이는 다른 한편으로 문학의 자율성을 신비화하면서 문학 텍스트의 내부를 벗어나지 않는(혹은 못하는), 그런 한에서 분과학문 체계에 갇혀 있는, 그럼으로써 문학을 정치로부터 분리시키고 고립시키는, 문학연구의 고답적 경향에 대한 비판으로 읽

---

24 천정환 「새로운 문학연구와 글쓰기를 위한 시론」, 『민족문학사연구』 제26호, 민족문학사연구소 2004, 392면.

을 수 있다. 그런 한에서 이러한 지적은 충분히 의미있는 것이다. 그럼에도 불구하고 문학의 자율성에 대한 옹호가 곧 기득권 옹호로 이어진다는 주장은 놀라운 비약이다. 그리고 그 비약의 토대는 문학의 자율성을 배타적으로 옹호하는 (문학 텍스트 중심의) '문학연구'와 그 자율성의 가상을 해체하고 탈신비화함으로써 문학(활동)을 정치적 실천의 한 계기로 재정위하려는 '문화연구'를 가르는 가상의 전선이다. 그러나 진실을 말하자면, 그 전선의 성격은 가상적인 것만큼이나 허구적이다. 이 대립의 구도 속에서 문학의 자율성이란 어떤 의미에서는 일종의 오해의 함수로서 작동한다고 말할 수도 있다. 그렇다면 다시, 문학의 자율성이란 무엇인가?

문학은 전통, 대중, 시장, 제도, 권력, 이데올로기 등 문학 바깥의 것들과 관계를 맺으면서, 그 관계체계들의 부수적 효과로서 존재하게 된다. 그럼에도 불구하고 중요한 것은 문학은 그 관계체계들의 단순한 산물 혹은 효과로 환원되지 않으며 또 환원될 수도 없다는 사실이다. 문학은 그렇게 만들어지는 순간부터 그 자신의 고유한 생명력을 갖고 움직여나가며 자신의 고유한 법칙을 생산하면서 개별성(singularity)을 확보해나간다. 이는 자신을 만든 제도와의 거리 두기이며 그럼으로써 문학은 그 제도로 환원되지 않는 고유한 잉여를 생산한다. 문학을 문학으로 만드는 것은 그렇게 환원되지 않는 잉여이고, 일탈이며, 거리 두기이다. 다른 제도적 산물들과 구별되는 문학의 경계와 자기 정체는 이런 방식으로 자신의 기원에 대한 부인을 통해 구획된다.

더 나아가 어떤 측면에선 문학이 존재하는 방식 자체가 부인(否認)이다. 자율성이란 그 부인의 다른 이름이다. 문학은 그렇게 자신의 태반과 기원을 부인하고 그와 거리를 둠으로써 자율성을 실현한다. 즉 부인을 통해 문학이 획득하는 것은 문학을 구성하고 문학에 영향을 미치는 문학 바깥의 것들로부터의 자율이다. 그럼으로써 문학은 그 자신이 이데올로기와 사회, 제도의 산물이면서도 자신의 기원과 태반을 문제삼고 그에 대해

질문하고 저항하는 거점으로서 그 자신을 정위한다. 그것이 바로 문학이 자신을 낳고 규율하며 또 자신이 그 일부이기도 한 사회의 문제를 역으로 상상력으로써 감당하고 그것의 상징적 해결을 도모하는, 싸르트르(Jean-Paul Sartre)의 표현을 빌리자면 이른바 "영구혁명 중에 있는 사회의 주관성"[25]으로서 기능할 수 있었던 근거다. 그런 측면에서 문학의 자율성이야말로 역설적으로 문학의 타율적 기원과 사회적 맥락을 문제삼을 수 있는 기반이며 그 자체가 문학 바깥에 개입할 수 있는 근거이자 거점이 된다. 역사적으로도 그것이 가능할 수 있었던 것은 문학이 감각적 차원에서 작동하는 주체의 앎과 성찰을 매개하기 때문이고 또 그러한 것으로서 자기존재를 실현해왔기 때문이다.

따라서 문학의 자율성이란 그 자체로 자명하지 않은 '허구이자 이데올로기'인 것만은 아니다. 문학의 자율성은 일종의 가상이지만 그것은 실천적인 효과를 발휘하는 가상이다. 문학의 가치 또한 그런 맥락에서 이해할 수 있다. 그것은 (고답적 문학주의자들의 주장처럼) 문학의 내재적인 속성이 아닐뿐더러 (제도론자의 주장처럼) 단순히 제도의 부수적인 효과도 아니다. 오히려 문학의 가치는 항상 주체의 실천과 상관적이다. 달리 말하면, 문학의 가치란 문학을 붙들고 무언가를 하려는 주체와의 상호작용 속에서 사후적으로 구성되고 활성화되는 어떤 것이다.[26] 문학의 내재적 속성이라 가정되는 모든 가치가 그렇다. 문학의 가치는 애초 (그 문학을 쓰고 읽는) 주체와의 관계 속에서 발생하는 사후적 효과이지만, 나중엔 그것이 마치 문학 자체에 원래부터 속해 있던 어떤 내재적인 속성인 것처럼

---

25 장 뽈 싸르트르 『문학이란 무엇인가』, 정명환 옮김, 민음사 1998, 213면.
26 문학을 행동의 조건으로서 반성적 의식의 계기로 파악한 싸르트르는 그 점을 조금 다른 방식으로 이렇게 이야기한다. "리얼리즘과 진실의 경지, 이러한 모든 것은 결코 미리부터 주어져 있는 것이 아니라, 독자 스스로가 씌어진 것을 부단히 초월하면서 발명해나가야 하는 것이다."(장 뽈 싸르트르, 앞의 책 66면)

비춰지고 결정화(結晶化)된다. 그러한 문학의 수행적 가치는 거듭되는 반복을 통해 그 자신의 구성적·관계적 기원을 망각한다. 중요한 것은 문학의 가치는 그 망각을 통과해서만 비로소 작동하고 실질적인 효과를 발휘한다는 사실이다. 문학의 자율성이란 이 과정 어디쯤에서 문학의 그러한 가치실현을 가능하게 하는, 문학의 존재방식이면서 동시에 하나의 기능이자 장치라고 할 수 있을 것이다. 문학의 자율성을 옹호한다는 것은 문학 안에 있다고 가정된 어떤 불변의 가치를 옹호하는 것이 아니라 바로 그 기능의 실천적 유효함을 옹호하는 것이다.

문학의 자율성은 그 자체가 하나의 역사적인 현상이다. 이는 자율성이 문학 자체의 존재론적 구조 혹은 내재적인 본성이라기보다 역사와 맥락 속에서 형성되고 기능하며 실현되는 역사적 존재방식의 형태임을 의미한다. 문학이 근대의 역사적 산물인 것처럼, 문학의 자율성 또한 근대의 가치와 제도의 분화가 강제한 불가피한 역사적 존재방식이다. 그런 측면에서 문학의 자율성에 대한 옹호는 그러한 문학의 역사성과 존재방식의 필연성에 대한 인정에서 출발할 때 비로소 의미를 가질 수 있다. 이는 곧 문학의 자율성이란 문학을 제약하는 문학 바깥의 상징적·물질적 관계체계와의 상호의존을 통해서만 성립하고 또 기능한다는 사실을 이해하는 것과 다르지 않다. 문학은 저 타율적인 것들을 인식하고 의식하는 한에서만 자유롭고 또 자율적일 수 있다. 문학연구의 거점은 그런 의미에서의 문학의 자유와 자율이다.

5. 맺으며

문학의 자율성이란 이와 같은 것이다. 이 점을 간과한 채 문학의 자율성을 절대화하고 신비화하는 순간 이데올로기적 문학주의의 위험이 다가

온다. 거꾸로 문학의 자율성을 해체하고 문학을 정치 속으로 해소하려 하는 순간, 역설적이게도 문학의 실천적 유용성조차 해체될 위험에서 자유롭지 않게 된다. 이 시대의 한국문학 연구는 이러한 위험을 경계하고 새로운 지평 속에서 한국문학의 과거와 미래를 새롭게 상상해야 한다는 쉽지 않은 숙제를 앞에 두고 있다. 더욱이 그 '새로운 지평'이란 무엇이며 또 무엇이 될 수 있는지, 나아가 그 지평에 대한 상상이 가능할 수 있을지조차 우리는 알 수 없다. 나아가 아카데미즘의 조건이 한국사회의 현재 상황과 결코 무관할 수 없는 한에서, 한국문학 연구 또한 미래가 보이지 않는 한국사회의 어둠에서 비롯된 저 집단적인 우울과 체념의 감각과 무연한 예외의 자리에 있을 수도 없다. 더불어 지금 이곳 한국사회에서 학술행위의 조건이 불가피하게 연구재단의 연구관리 시스템과 대학의 업적평가 시스템의 제약에 종속되어 있는 사실 또한 반드시 고려되어야 할 부정할 수 없는 현실이다. 다시 말하면 문학연구는 국가적·제도적 권력의 통치성에 종속되어 있을 뿐만 아니라 크게 보면 그 자체가 저 통치성의 구성적 일부이기도 한 것이다. 그런 조건 속에서 문학을 연구한다는 것의 의미는 무엇인가?

앞에서 나는 문학의 존재방식 자체가, 그리고 문학의 자율성이 '부인'의 다른 이름일 수 있음을 지적했다. 그것은 문학연구에서도 마찬가지다. 정신분석적 의미에서 부인의 정신작용을 특징짓는 것은 '알고 있어, 그럼에도 불구하고……'의 태도다. 그것은 한편으로 페터 슬로터다이크(Peter Sloterdijk)가 『냉소적 이성비판』(이진우 옮김, 에코리브르 2005)에서 지적하는 것처럼 치명적인 냉소주의를 불러올 수도 있지만, 거꾸로 역설적으로 문학연구의 현재적 조건과 제약에 대한 정직한 응시에서부터 시작하는 지난한 싸움의 출발점이 될 수도 있다. 앞이 보이지 않는 시대의 한가운데서 문학연구는 이미 죽어버린 문학의 잔해를 더듬는다. 그것은 그럼에도 불구하고 문학으로써 무언가를 어찌 됐든 계속해보려는 싸움이다. 다시 벤야민의 표현을 빌리자면, 문학연구는 수중에 오직 문학이라는 초라한 백병(白兵) 하나를 붙들고 "정신적 가치를 두고 벌이는 싸움"[27]이다. 그것은 문학을 둘러싼 모든 것과의 끝없는 싸움이며 자신이 붙들고 있는 바로 그 문학과의 싸움이기도 하다. 그것은 또한 흔들리고 부재하는 좌표와의 싸움이고, 오늘의 문학이 맞닥뜨린 위기와의 싸움이다. 그것은 또한 궁극엔 나 안의 적대와의 가망 없는 싸움이다. 아니 어쩌면, 이것은 불가능한 가망과의 싸움일지도 모르겠다. '그럼에도 불구하고', 문학연구는 아마도, 그렇게 계속될 것이다.

---

27 발터 벤야민 「일방통행로」, 『일방통행로/사유이미지: 발터 벤야민 선집 1』, 김영옥·윤미애·최성만 옮김, 길 2007, 103면.

저개발의 근대와 백낙청의 리얼리즘

1. '창비'의 저항전략과 『분례기』

방영웅(方榮雄)의 『분례기』는 『창작과비평』에 1967년 여름호부터 3회에 걸쳐 분재된 장편소설이다. 원시적인 농촌공동체를 배경으로 천하고 무지한 주인공 똥예의 비극적인 삶을 추적하는 이 소설은, 똥예가 이웃 아저씨 용팔에게 겁탈당한 후 노름꾼 영철의 재취로 들어가지만 이내 화냥년이라는 누명을 쓰고 쫓겨나 마을에서 사라지게 되는 사연을 그린다. 이 소설의 독특한 문제성은 당시 『창작과비평』에 연재되고 곧이어 단행본으로 출간되면서 엄청난 화제와 반향을 불러일으켰던 것과 동시에, 그럼에도 당시에 받았던 각광을 무색하게 할 정도로 급속하게 잊히고 문학사적 평가에서도 소외되어왔다는 데 있다.[1] 그리고 이 소설이 겪었던 그

---

1 그 점에 대해서는 작가 자신도 이렇게 말할 정도다. "그런데 『분례기』가 아직도 한국문학의 족보에 올라가지를 않았어. (⋯) 그게 이상하게 배제되고 있어."(김이구·방영웅 인터뷰 「"『분례기』가 발표되고 인기가 영화배우 못잖았지.", 창비 50년사 편찬위원회 『한결같되 날로 새롭게: 창비 50년사』, 창비 2016, 60면)

러한 극단의 부침은 작품 자체에 대한 당시의 평가에서도 예외가 아니었다. 즉 이 소설은 한편으로 백낙청(白樂晴)에 의해 "우리말로 쓰여진 가장 훌륭한 작품 가운데 하나"[2]로 고평된 반면, 또 그와 정반대로 문장의 기본조차 안돼 있고 미의식도 갖추지 못한 너절한 작품[3]이거나 심지어 야담의 수준을 벗어나지 못한 작품[4]으로 폄하되기도 했던 터다.

『분례기』가 겪었던 그런 극단의 부침과 상극의 평가는 물론 어느 면 작품 자체에 그 근거를 두고 있다고도 할 수 있다. 방영웅이 『분례기』에서 그려놓은 세계는 운명적인 가난과 인습과 폭력이 지배하는 세계이며 그럼에도 원시적 순수와 무구와 끈질긴 생명력이 약동하는 세계다. 『분례기』는 시간과 역사로부터 절연된 원시적인 농촌마을에서 펼쳐지는 본능적 삶에 충실한 비천한 인물들의 운명과 세계상을 생동감 넘치는 언어와 집요한 묘사를 통해 전달하는 소설이다. 그런 가운데 작가는 그 원시적인 세계의 불결함을 아무런 미학적 장치 없이 직접적으로 노출한다. 그리고 바로 그 점은 당시 작품의 평가에서 첨예한 대립의 지점이 되었다. 예컨대 선우휘(鮮于煇)는 너절하고 불결한 장면들을 여과 없이 나열하는 그런 묘사가 미의식을 손상시킨다고 비판한 반면, 백낙청은 거꾸로 그런 너절한 장면들이 오히려 나름의 미적 효과를 거두고 있다고 역설한다.[5] 그러한 대립에서도 분명히 드러나듯이, 『분례기』는 불결한 세계를 있는 그대로 재현하는 것이 미학적으로 어떤 가치를 갖는 것인가라는 논점을 부각하는 동시에, 이와 결부된 각기 다른 미학관을 겨루고 시험하는 무대가 되기에 충분한 문제성을 지니고 있었다. 그리고 그러한 대립의 양상은 당시

---

2 백낙청 「작단시감: 올 문단 최대 수확 『분례기』」, 『동아일보』 1967년 12월 19일.
3 백낙청·선우휘 대담 「작가 선우휘와 마주 앉다: 문학의 현실 참여를 중심으로」(『사상계』 1968년 2월호), 『백낙청 회화록』 1, 창비 2007, 35면.
4 홍기삼 「농촌문학론」, 신경림 엮음 『농민문학론』, 온누리 1983, 78면.
5 백낙청·선우휘, 앞의 대담 35~36면.

『분례기』의 세계가 문학에 대한 각기 다른 관점과 이데올로기가 충돌하고 쟁투하는 장소가 되고 있었음을 상징적으로 보여주는 것이기도 하다.

그런 가운데 주목되는 것은 1960년대 한국사회의 근대화에 대응하는 『창작과비평』 편집진(이하 '창비'로 약칭)의 문학적 전략에 대한 해석과 관련하여 『분례기』를 호출하는 최근의 논의다. 예컨대 『분례기』가 순치될 수 없는 그 불결성과 몰역사성을 통해 개발주의에 대한 문학적 저항의 의미를 담지한 작품으로서 1960년대 후반 '창비'의 "자기의식을 촉진했던 매개"로 필연적으로 "발견되어야만 했던 텍스트"였다는 해석이 바로 그것이다.[6] 이에 따르면 『분례기』를 상찬한 '창비'의 전략의 핵심은 당시 박정희 정권의 개발주의에 대한 비판과 저항에 있었으며, '창비'는 『분례기』의 몰역사성과 불결성을 그 거점으로 주목했다는 것이다.[7] 그런 해석은 김현주에 의해 조금 각도를 달리하여 보완되는데, 그에 따르면 『분례기』는 근대화가 자유의 확대와 병행하지 않은 한국적 현실을 보여주는, 구체적으로 기형적인 도시화와 근대화의 결과를 보여주는 하나의 문학적 사례로 내세워진 것이다. 그렇게 볼 때 『분례기』에 걸려 있는 '창비'의 의도와 분별력의 핵심은 "근대화=산업화에 의해 도시와 농촌이 경제적·정치적·문화적 측면에서 지배-예속의 관계로 재편성되고 있다는 점을 포착"한 데 있다는 것이다.[8]

이러한 논의는 일차적으로 1960년대 '창비'의 문학적 전략의 중심에 『분례기』를 놓고 그 의미를 근대화 혹은 개발주의에 대한 저항이라는 좌표 속에서 가늠하게 하는 단초를 제공한다. 더불어 이는 문학과 근대화의

---

6 권보드래·천정환 『1960년을 묻다: 박정희 시대의 문화정치와 지성』, 천년의상상 2012.
7 『분례기』와 관련된 '창비'의 의도와 분별에 대한 이러한 해석이 갖는 문제점에 대해서 나는 다른 글에서 이미 상세히 언급한 바 있다.(이 책에 실린 「반복과 종언 혹은 1960년대라는 원초적 장면」 참조)
8 김현주 「1960년대 후반 문학 담론에서 '자유'와 민주주의·근대화주의의 관계」, 『상허학보』 제41집, 상허학회 2014, 392~95면 참조.

복합적인 관계, 그리고 그 속에서 발현되는 문학의 정치성에 대한 보다 진전된 숙고의 필요성을 제기하는 것이기도 하다. 그러나『분례기』와 그 것을 호명한 '창비'의 담론이 1960년대 근대화의 국면에서 가질 수 있었던 정치적 의미에 대한 그러한 탐구는 작품 자체의 실상이나 당시 문학에 대한 비평적 논의들의 복잡한 맥락에 대한 총체적인 고려 속에서 세밀하게 이루어지기보다 포괄적 가설의 차원에 머물러 있는 것처럼 보인다.

그러나 무엇보다 중요한 것은, 실제로 당시『분례기』에 대한 백낙청의 논의에서 근대화에 대한 저항이라는 논점은 눈에 띄게 전면화된 것이었다기보다 매우 매개적인 것이었다는 사실이다.『분례기』를 놓고 펼쳐가는 백낙청의 논전(論戰)에 걸려 있는 논점은 훨씬 더 미학적인 차원에 집중된 것이었고 그와 결부된 주제도 겉으로 보기보다 훨씬 광범위한 영역에 걸쳐 있었다. 예컨대 근대화 문제는 물론이고 소시민적 미학에 대한 비판, 리얼리즘적 형상화와 기율의 문제, 문학과 민주주의의 문제 등 백낙청이『분례기』를 논의하면서 보이게, 보이지 않게 암시한 논점들은 실로 다양하다. 물론 이러한 논점들이 크게 보면 근대화 혹은 개발주의에 대한 문학적 대응이라는 토픽과 분리할 수 없는 것임은 분명하다. 그러나 적어도 백낙청이『분례기』가 "『창작과비평』의 의도와 분별력을 판가름하는 하나의 이슈"[9]가 되고 있음을 환기했을 때, 그 중심에는 무엇보다『분례기』가 갖는 예술적 성취라는 문제가 가로놓여 있었다.

무엇보다 백낙청에게『분례기』의 뛰어난 예술적 성취를 역설하는 것이 중요했던 것은, 한국의 근대화에 대한 '창비'의 저항전략이 이 문제와 결코 분리될 수 없었던 까닭이다. 그런 면에서『분례기』에 대한 백낙청의 비평적 개입은 당시의 문학에 대한 관점과 이데올로기에 대한 투쟁인 동시에 1960년대 한국의 근대화에 대응하는 문학적 전략의 구상이자 실험

---

9 백낙청「『창작과비평』2년 반」,『창작과비평』1968년 여름호 368면.

이었다고 할 수 있다. 이 글에서는『분례기』에 대한 백낙청의 평가를 중심으로 그 문학적 전략의 구상을 집중적으로 검토한다. 그리고 이를 통해 1960년대 후반 한국적 근대화의 양상에 대응하는 백낙청의 문학담론이 가졌던 의미에 대해 점검해보려 한다. 과거 1960년대의 역사적 상황에서 문학과 비평이 그 자신의 고유한 목소리로 현실에 개입했던 한 장면을 돌아보는 이러한 작업은, 결국 오늘날 문학이 해야 하고 또 할 수 있는 일을 짚어보는 비평적 숙고의 일환이 될 것이다.

2. '상투형'에 대한 비평적 도전

1960년대 후반 백낙청이『분례기』를 의욕적으로 발굴해 파격적으로『창작과비평』에 분재를 결정한 것은 그 문학적 가치에 대한 확신이 있었기 때문이다. 그것은 그가『분례기』를 "우리말로 쓰여진 가장 훌륭한 작품 가운데 하나"라고 고평한 뒤,『사상계』 1968년 2월호에 실린 선우휘와의 대담에서 의식적이고도 의도적으로『분례기』에 대한 토론을 유도하고 있는 데서도 확인된다.[10] 이후『창작과비평』 1968년 여름호의 편집후기로 씌어진 「『창작과비평』 2년 반」은, 어느새 "『창작과비평』의 의도와 분별력을 판가름하는 하나의 이슈"로 부상한『분례기』의 문학적 성취를 설명하는 데 오롯이 바쳐진 글이다. 이 시점에 이르러 "『창작과비평』 2년 반의 가장 뜻깊은 수확"[11]으로 평가되는『분례기』는 심지어 "춘원의『흙』이나

---

10 "그래서 저는 완벽한 작품은 아니지마는 선생님이 지금 지적하신 것과 같은 수많은 상투형들을 그래도 한꺼풀은 벗긴 작품이 얼마 전에 나온 방영웅의『분례기』라는 작품이라 생각해서 상당히 높이 평가했는데요, 선생님은 거기에는 동의하지 않으신 것 같더군요." 이에 대해 선우휘는 이렇게 답한다. "나는 동의 안합니다."(백낙청·선우휘, 앞의 대담 34면)
11 백낙청 「『창작과비평』 2년 반」, 368면.

민촌의 『고향』에 비해 예술적으로 우월한 작품"[12]으로까지 자리매김되면서 '창비'의 문학적 의도와 전략을 대변하는 작품으로 제시된다. 그리고 뒤이어 1969년에 발표된 백낙청의 「시민문학론」에서도 『분례기』는 그 고평의 수위가 약간 누그러들긴 했지만 여전히 '소시민적 자기중심주의'에서 놀랄 만큼 벗어나 있는 시민문학적 성취로 평가된다.[13]

그런데 사실 백낙청이 『분례기』를 발굴해 상찬하는 과정을 살펴보면 미묘한 어긋남과 부조화가 개입된 의외성이 있다. 무엇보다 역사의식과 사회성이 결여된 원시적이고 토속적인 이야기를 그린 『분례기』의 성격 자체가 겉으로 보기에 『창작과비평』의 문학적·정치적 포지셔닝과 그다지 어울리지 않는 것이었기에 더욱 그렇다. 그런 맥락에서 선우휘의 다음 발언도 『분례기』에 대한 백낙청의 상찬이 당시 문인들에게는 부조화와 의외성으로 비춰졌다는 것을 조금은 다른 각도에서 보여준다. "말하자면 백낙청 씨는 우리나라 수준으로 곱게 자라나고 또 대학교도 세계적 명문 미국 하바드를 나와서 서구적인 교양을 가진 탓으로 오히려 그런 작품세계에 어떤 향수를 느낀 탓으로 좀 점수가 많이 간 것이 아닌가 생각하는데 어떻습니까?"[14]

그리고 그런 부조화는 (다음 진술에서도 드러나듯이) 백낙청 자신도 충분히 의식하고 있었던 것으로 보인다. "우리 문단에서 역사의식과 사회의식을 누누이 강조해온 잡지가 이러한 '순수문학적'인 작품을 내세운 것이 못마땅하다는 불평 또는 작품 자체로서 별것 아니라는 불만도 없지 않았고 때로는 그 두가지 불평불만이 동시에 토로되는 일도 있었다."[15] 그러나

---

12 같은 글 374면.
13 백낙청 「시민문학론」(『창작과비평』 1969년 여름호), 『민족문학과 세계문학』, 창작과비평사 1978, 69~70면 참조.
14 백낙청·선우휘, 앞의 대담 36~37면.
15 백낙청 「『창작과비평』 2년 반」, 369면.

오히려 백낙청의 비평(과 잡지 편집)의 정치적 방향성과 하나의 범례로서 제시된 작품의 외양이 이처럼 괴리되고 부조화한 것으로 비쳤다는 사실 자체가 어느 면 백낙청의 문학관에 대한 당시의 일반화된 오해와 선입견을 보여주는 것이기도 함을 지적할 필요가 있겠다. 그것은 달리 말하면 백낙청의 문학론이 당대의 문학지형과 문학해석의 전통 속에서는 그만큼 도전적이면서도 또 한편으론 의외로 포용적이었음을 방증하는 것이다.[16]

서두에서 『분례기』가 문학에 대한 각기 다른 관점과 이데올로기가 충돌하는 장이 되고 있었음을 지적한 바 있지만, 이를 백낙청의 입장에서 바꾸어 생각하면 『분례기』에 대한 그의 이례적인 상찬은 그 자체로 기왕의 한국문단을 지배하던 재래의 문학관념에 대한 비평적 도전이기도 했다. 그 점은 『분례기』에 대한 백낙청의 분석과 평가가 이 작품을 부정적으로 평가하는 데 동원되었던 기존의 미학적 평가기준에 대한 반박 혹은 재정의(在定義)와 결합되어 있다는 점에서도 확인할 수 있다. 가령 백낙청과의 대담에서 선우휘는 똥예가 똥을 누고 풀잎으로 밑을 씻어서 버리는 대목을 일례로 지적하며 『분례기』의 작가가 "미의식을 일부러 손상"시키고 있음을 비판하는데, 그에 대한 백낙청의 대답은 "그 미의식이라는 개념을 작품 개개의 성격에 맞추어서 생각해야" 한다는 것이었다. 그리고 이어 그는 오히려 "그런 장면들이 전체적으로 어떤 미적 내지 예술적 기능을 하고 있다"고 응수한다.[17] 즉 그는 『분례기』의 그 너절한 장면들에는 미의

---

16 백낙청이 그후 오랜 세월이 지나 1990년대와 2000년대에 각각 외견상 '창비'의 스탠스와 그다지 어울릴 것 같지 않아 보이는 작가들인 신경숙·배수아·박민규 등을 호출하면서 '창비' 진영으로 견인했던 장면을 떠올려보면, 백낙청 비평의 그러한 도전성과 포용성이 오랜 연원을 갖는 것임을 새삼 확인할 수 있다. 그리고 거꾸로 백낙청의 그같은 비평적 투자(投資)에 대한 항간의 부정적인 반응에서 표출된 오해와 선입견도 그만큼 오래된 것이긴 매한가지다. 그런 반응들은 대부분 백낙청의 리얼리즘론에 대한 오해와 관련되어 있는데, 이에 대한 상세한 논의는 차후 다른 기회를 빌리고자 한다.

17 백낙청·선우휘, 앞의 대담 36면.

식이 결여된 것이 아니라 다른 종류의 미의식이 개입해 있음을 지적한 것이다. 그에 따르면 그 너절한 장면들의 미적 기능은 "우리나라 사람들이 사는 것, 특히 시골사람들이 사는 데에 있어서 한없이 너절하면서도 도외시할 수 없고 또 실제로 어떤 생생한 것이 담겨 있기도 한 이런 요소들을 있는 그대로 그리려는 노력"[18]과 결부된 것이었다.

이처럼 백낙청은 당시 한국문학을 지배했던 기성의 문학관과 그에 따른 미학적 평가기준을 상대화하는 비평적 작업을 가다듬어가고 있었고, 『분례기』는 그 첨예한 적용사례였다. 그리고 이러한 맥락은 특히 『창작과비평』 1968년 여름호의 편집후기로 발표된 「『창작과비평』 2년 반」이라는 글에서 더욱 집중적으로 부각된다. 이 점은 물론 글의 표면에는 잘 드러나 있진 않으나, 『분례기』가 애초 '비밀'이라는 제목으로 『세대』 신인문학상에 투고되었을 당시 심사평을 읽어보면 백낙청이 이 글에서 동원하는 비평개념의 선택이 전혀 우연한 것이 아니었음을 소급적으로 확인할 수 있다. 다음은 『분례기』의 전신(前身)인 소설 「비밀」에 대한 심사평의 일부다.

그러나 읽고 나서 내용이 텅 빈 느낌을 받는다. 리얼리티가 오지 않는다는 것이 옳을지 모른다. 그것은 이 작품이 퍽 낭만적이라고 해서 하는 이야기가 아니고 더 많이 쓰고 있는 일반성의 화법에 기인한 것으로 본다. 더 특수한 것과 밀착시켜서 이야기와 사건을 제시하고 기이한 전통적인 매개도 상징성을 띠게 했어야 했을 것이다.[19]

요약하자면 이야기와 사건에서 상징성의 부재가 리얼리티의 상실로 귀

---

18 같은 곳.
19 백철·안수길 「제일회 세대신인문학상 심사후기·소설부」, 『세대』 1966년 6월호 335면.

결되었다는 말이다. 그런데 백낙청은 『분례기』를 분석하면서 기왕의 이런 비평적 평가의 논리를 역으로 전도시킨다. 즉 『분례기』는 오히려 그와 반대로 상징화의 의도가 두드러진 소설이며 작품의 결함도 다름 아닌 바로 그것과 관련되어 있다는 것이다.

시골 사는 어느 입심 좋고 뚝심 좋은 청년의 소박한 기록이 아님은 앞서도 지적한 바 있지만, 저자후기에서도 "똥예는 똥처럼 천한 인간이고 운명적으로 그렇게 되어버린 인간"이라고 말함으로써 이 작품이 기록의 정확성을 노렸다기보다 상징적 의도를 지녔음을 시사하고 있다. (…) 사실 똥예를 상징화하려는 기도는 이 작품에서 중대한 결함을 이룰 만큼 두드러져 있다.[20]

그리고 그러한 결함이 결국 "독자의 실감"을 반감시키는 결과를 낳았다는 것이 백낙청의 지적이다.[21] 이처럼 작가의 상징화 의도가 오히려 리얼리티를 떨어트리는 결과를 낳았다는 그의 평가는 상징화와 리얼리티의 상관성을 강조한 앞선 백철과 안수길의 평가와 정확히 상반되는 것이다. 물론 『분례기』에 대한 백낙청의 이러한 분석이 저 심사평의 논리를 정확히 겨냥한 것이었는지는 분명하지 않다. 그럼에도 이런 관점은 당시 기성 문단의 비평논리와 분명한 대립각을 형성하는 것이었고 백낙청 자신도 그 점을 충분히 의식하고 있었다고 보아야 할 것이다. 『분례기』의 성과를 제대로 평가하지 않는 것은 "진정한 작품이 항상 깨트리려 하는 상투형들을 보강하는 것이요 문단의 타성(惰性)을 옹호하는 결과"[22]가 되리라는 백낙청의 진술도 그런 맥락에서 읽을 수 있다.

20 백낙청 「『창작과비평』 2년 반」, 371면.
21 같은 곳.
22 백낙청 「작단시감: 올 문단 최대 수확 『분례기』」.

분명한 것은 『분례기』에 대한 백낙청의 상찬이 여하튼 그러한 '상투형들'과 '문단의 타성'에 대한 도전의 의미를 띠고 있었다는 사실이다. 뿐만 아니라 명시적으로 드러나 있진 않으나 이는 당시 '개인의식'을 강조하며 등장한 이른바 '65년 세대' 비평가들과의 명확한 비평적 대립전선을 구축하는 작업이기도 했다. '65년 세대' 비평가 중 한명인 김주연(金柱演)이 당시 『분례기』를 비판하는 논점이 무엇이었는지를 되돌아보면 그 점은 어렵지 않게 확인된다.

> 그러나 『분례기』라는 제목이 보여주는 바와는 달리 대상과의 투쟁 혹은 그것을 극복하는 모순의 의지 없이 자연과 인간의 내면을 단지 성(性)을 통해서 연결했으며 그 위에서 인간을 보려고 했다는 점에 개인을 추구하는 현대소설과 아직 큰 거리를 갖고 있다고 여겨진다. 철저하게 개인에 중점을 두고 읽으려고 노력할 경우 『분례기』는 초점이 약하고 산만한 것이 되는 반면, 농촌을 사회구조의 틀과 관련하여 파악하는 상황에 중점을 둘 경우 뜻 없이 외설되고 단순한 자연예찬론이 되고 만다는 약점을 스스로 안고 있기도 하다.[23]

김주연은 『분례기』가 '개인을 추구하는 현대소설'과 동떨어진 산만한 소설이라고 비판한다. 이후 김주연이 '개인의식' 혹은 소시민 의식을 새 세대 문학의 가치로 내세우는 소시민문학론[24]을 주창했음을 기억한다면, 이때 '개인을 추구하는 현대소설'이 의미하는 것이 무엇인지는 사뭇 분명하다. 『분례기』는 그처럼 개인의식을 주창하는 문학론과 백낙청의 문학론과의 대립이 선명하게 부각되는 장소였다. 『분례기』에 대한 백낙청의

---

23 김주연 「자연의 소화와 개성」, 『현대문학』 1967년 7월호 268면.
24 김주연 「새 시대 문학의 성립: 인식의 출발로서 60년대」, 『아세아』 창간호(1969년 2월호).

이례적인 상찬의 이면에는 저 소시민문학론에 대한 분명한 대타의식이 자리잡고 있었다. 그런 측면에서 『분례기』에 대한 백낙청의 비평적 작업은 이후 「시민문학론」에서 전개되는 소시민문학론과의 본격적인 비평적 대결을 예비하는 것이었다고도 할 수 있다.

이 모든 측면에서 『분례기』에 대한 백낙청의 비평적 투자는 기성 문단의 문학관에 맞서 자신의 문학담론을 구축하려는 의욕적인 도전의 연장선상에 있는 것이었다. 그리고 그 도전은 그가 생각하는 새로운 문학에 대한 이론적 구상의 적용과 맞물려 있었다. 방영웅의 『분례기』는 그렇게 1960년대 후반 백낙청의 문학담론과 미학적 논점들의 구체적 실현 가능성을 측정하고 가늠해보는 시험자로서 기능했다.

'창비'가 『분례기』에 환호했던 것은 무엇보다 이 시기 백낙청 문학담론의 구상이 이 작품에 비로소 적실하게 구체화되어 있음을 발견했기 때문이다. 그런 맥락에서 백낙청이 『분례기』의 핵심적인 성취로 꼽았던 것은 다름 아닌 '예술성'이었다. 앞서 보았듯이 이 작품에 대한 통상적인 비판은 너절한 이야기를 너절하게 묘사한 데서 노출되는 미의식 혹은 예술성의 결여를 지목하고 있었다. 반면 백낙청은 오히려 거꾸로 『분례기』의 뛰어난 예술적 성취를 강조한다. 이는 기존의 상투적이고 관습적인, 개인주의에 침식된 '예술성'의 함의와 기준에 대한 도전과 재조정의 의미를 갖는 것이었다. 그렇다면 이때 '예술성'이란 무엇을 의미하는가? 백낙청은 『분례기』에 대한 최초의 비평적 논평에서, "엄밀한 예술적 선택으로 우리말 하나하나가 적시적소에 살려져" 있음을 지적하면서 그 적확하고 경제적인 "낱말들의 쏨쏨이"를 고평한다.[25] 「『창작과비평』 2년 반」에서 백낙청이 지적하는 것도 같은 맥락이다.

---

25 백낙청 「작단시감: 올 문단 최대 수확 『분례기』」.

『분례기』를 내세운 잡지의 성격은 일단 논외로 하고,『분례기』가 상당한 — 아니, 대부분 우리나라 소설들에 비하면 확실히 놀라운 — 예술적 성공을 거두고 있음은 의심하기 어렵다. 여기서 '예술적 성공'이라는 것은, 작가의 소재적 선택 자체를 일단 인정해주고 그 소재를 얼마만큼 언어를 경제하고 실감을 주도록 처리하였는가를 보았을 때 그 결과가 성공적이라 할 만하다는 것이다.『분례기』를 즐겨 읽은 독자들 가운데는 그 소재의 특이함 또는 너절함에 끌린 이들도 많았겠지만, 적확하고 밀도있는 언어로 이야기의 현장을 곧바로 살려내는 작가의 솜씨가 없었다면 진지한 독자의 관심을 오래 유지하지는 못했을 것이다.[26]

여기서 백낙청이『분례기』의 성취로 강조하는 '예술적 성공'이란 작가가 선택한 소재를 "얼마만큼 언어를 경제하고 실감을 주도록 처리하였는가"와 관련된 것이다. 그리고 그는 거기에 "단순한 토착어의 전시와는 차원이 다른, 예술가의 집요한 시선이 작용하고" 있음을 강조한다.[27] 백낙청은 그런 맥락에서 작품에 나타나는 "능란한 토착어의 구사나 한국적 생활 감정의 포착"을 지적하며 그것을 "『분례기』의 정밀한 리얼리즘"으로 평가한다.[28] 결국 백낙청이 여기서 강조하는 '예술성'이란 곧 리얼리즘적 성취의 다른 이름인 셈이다. 그가 선우휘와의 앞선 대담에서『분례기』의 미의식을 "한없이 너절하면서도 도외시할 수 없고 또 실제로 어떤 생생한 것이 담겨 있기도 한 이런 요소들을 있는 그대로 그리려는 노력"에서 찾으려고 했던 것도 바로 이런 맥락 속에 있는 것이다.

『분례기』의 '예술적 성공'을 상찬하는 백낙청의 의도와 분별은 바로 이 지점에 걸려 있었다. 즉 그것은 '리얼리즘'에 대한 담론적 구상과 처음부

---

26 백낙청 「『창작과비평』 2년 반」, 369~70면.
27 같은 글 370면.
28 같은 글 372면.

터 뗄 수 없이 결합되어 있었다. 『분례기』는 그러한 리얼리즘의 가능성이 실제 작품으로 구현된 성공적인 사례로서 발견된 것이었다. 그리고 그 발견은 백낙청의 문학적 리얼리즘의 구상이 더욱 구체화되고 실질적인 내용을 구성해가게 되는 계기로 작용했다고 할 수 있다.

3. 『분례기』의 리얼리즘

그렇다면 백낙청이 『분례기』를 통해 보고자 한 '리얼리즘'이란 대체 무엇이었는가? 그리고 그 '리얼리즘'은 1960년대 후반 한국의 근대화와 개발주의에 대응하는 어떤 문학적 전략과 관련된 것이었는가?

사실 이 이전에 발표된 백낙청의 초기 실제비평에서, 리얼리즘은 이미 작품의 성취를 가늠하는 중요한 평가기준으로 적용되고 있었다. 가령 백낙청은 1967년 「서구문학의 영향과 수용」이라는 글에서 최인훈(崔仁勳)의 소설 「크리스마스 캐럴 5」를 평하며 그 "신랄한 현실 비판"이 "하나의 기상(奇想) 또는 순전히 개인적인 술회 이상의 권위"를 갖기 위해서는 "리얼리즘과의 어떤 새로운 대결"이 필요함을 역설하는 한편, 반대로 김승옥(金承鈺)의 「역사(力士)」에서는 충분하지는 않으나 나름 건실한 "리얼리즘과의 유대"를 발견해낸다.[29] 그리고 그 과정에서 백낙청이 최인훈 김승옥 손창섭(孫昌涉) 이호철(李浩哲) 등의 소설에서 공통적으로 지목하는 것은 현실에 대한 주관주의적 태도와 결부된 "현실과의 거리"가 초래할지도 모를 허무주의의 위험성이었다.[30] 그런 방식으로 백낙청은 당대 한국소설에 끊임없이 리얼리즘을 요청하고 있었다. 그리고 그의 입장에

---

29 백낙청 「서구문학의 영향과 수용: 그 부작용과 반작용」, 『신동아』 1967년 1월호 402면 참조.
30 같은 글 403면.

서 그 절박한 요청에 응답해온 최초의 성공적인 사례가 바로『분례기』였던 셈이다.

그렇다면 백낙청이『분례기』에서 보았던 리얼리즘의 핵심은 무엇인가? 그것은 '실감'이다. 1967년 8월『동아일보』에 발표한「한국소설과 리얼리즘의 전망」이라는 글에서, 이미 백낙청은 이 '실감'을 리얼리즘 소설의 핵심적인 특징으로 강조하고 있었다.

> 리얼리즘 소설의 특징은 작품의 실감이 작가 한 사람만의 또는 특수 독자 몇몇 사람만의 실감이 아니라 같은 시대, 같은 사회에 사는 모든 사람들의 실감이 되고자 한다는 점이다. 개인의 관심사는 곧 함께 사는 모든 사람들의 관심사로 공유(公有)되고 전체 사회의 관심사가 각 개인의 문제로 실감될 것을 지향하는 것이다. 이러한 근본의도를 달성하는 데는 여러가지 방법이 있을 수 있겠지만 당대 현실을 소재로 택한다거나 사실적 묘사를 꾀하는 것이 특히 중시되는 것은 당연한 일이다.[31]

이때 '실감'이란 달리 말하면 '리얼리티' 혹은 실제 삶과 현실에 대한 리얼한 감각 정도로 이해할 수 있을 것이다. 백낙청은 작품의 실감이 단지 개인적 차원에 머물지 않고 사회적 삶과 현실에 대한 공통감각을 환기하는 데까지 나아간다는 점에 리얼리즘 소설의 특징이 있다고 주장한다. 백낙청은 그 이전(1966년『창작과비평』창간호)에 이미 예술이라는 것 자체가 무엇보다 "한 개인의 실감에서 우러나와 다른 개인개인의 실감에 호소하는 것"[32]이라고 진술하고 있었다. 그런 측면에서 백낙청에게는 리얼리즘이야말로 그런 '실감'의 소통과 공유(公有)라는 예술의 본질 실현을 가능

---

31 백낙청「한국소설과 리얼리즘의 전망」,『민족문학과 세계문학』239면.
32 백낙청「새로운 창작과 비평의 자세」, 같은 책 352면.

하게 하는 유일한 방법이었다. 그리고 당대 소설들에 대한 그의 비평에서 이 '실감'의 소통과 공유의 문제는 작품의 성취를 판단하는 중요한 기준으로 적용되고 있었다. 예컨대 백낙청이 손창섭과 김승옥 등의 작품이 갖는 한계를 지적하면서 "결국 한 사람만의 실감 —— 또는 특수한 몇몇 사람들이 각기 한 사람으로서 느끼는 실감 —— 에 의존하고 있기 때문에, 어쨌든 남과 함께 살고 있고 살아야만 하는 현실의 기준에서는 미흡한 것"[33]이라고 했을 때가 바로 그런 경우다. 『분례기』가 그 뛰어난 성취에도 불구하고 지니는 약점 또한 백낙청은 그 연장선상에서 지적한다. 즉 『분례기』에는 많은 부분 "기록의 정확성"보다 "상징적 의도" 혹은 "개인적 집념"이 인물들의 의식과 행동을 지배하고 있어서 독자의 실감이 줄어든다는 것이다.[34]

앞의 인용에서도 강조되듯이, 백낙청에게서 작품의 실감은 '기록의 정확성'의 차원에서 "당대 현실을 소재로 택한다거나 사실적 묘사를 꾀하는" 것과 같은, 사실주의적 기율에의 충실함을 통해 획득된다. 그가 『분례기』의 리얼리즘적 성취를 고평하면서도 곳곳에서 나타나는 '상징적 의도'와 '개인적 집념' 등을 비판하는 것은 그것이 사실주의적 기율과 대척점에 있는 것이라고 생각했기 때문이다. 그가 당시 작단에 대해 "최근 우리 문학의 소재가 문인생활 주변의 것으로 국한"되거나 혹 다른 세계를 그리더라도 "서툰 관찰 내지 관념화의 냄새"가 풍긴다고 비판했던 것[35] 또한 이런 맥락 속에 있는 것이다. 『분례기』에는 그럼에도 불구하고 그 "개인적인 집념"과의 "맹렬한 씨름"이 있으며, 그 싸움 끝에 비로소 성취된 "객관화된 장면"의 효과는 그 때문에 "생생하고 차라리 엄숙한 것"이 되었다는 것이다.[36]

---

33 백낙청 「한국소설과 리얼리즘의 전망」, 같은 책 240면.
34 백낙청 「『창작과비평』 2년 반」, 371~72면 참조.
35 백낙청 「작단시감: 스케일 큰 민족사의 기록」, 『동아일보』 1967년 10월 28일.

『분례기』의 리얼리즘에 대한 이러한 평가의 이면에 D. H. 로런스 (Lawrence) 소설론의 영향이 있음은 분명하다. 일찍이 로런스는 주관이나 관념을 배제하고 삶의 총체적인 모습을 담으려는 노력을 통해 진실에 접근하는 예술의 가능성을 강조했다. 백낙청은 그러한 로런스의 소설관을 당면한 문화적 과제를 위한 중요한 참조점으로 제시한다. 그에 따르면, 로런스가 호메로스(Homeros)를 똘스또이(Tolstoy)나 플로베르(Flaubert)보다 더 위대한 작가로 본 까닭은 호메로스가 "넓은 의미에서의 소설가이면서 근대작가들을 사로잡고 있는 편협한 '주의' 또는 '철학'의 제약을 받지 않았기 때문"이다. 반면 현대작가는 그들이 지향하는 특정한 정신적 '목적'으로 인해 "작품 자체의 진실에 오히려 어긋나는 왜소한 관념 또는 이상주의"로 이끌리기 쉬운데, "그런 부담을 안고도 삶의 진실을 증언할 수 있는 것이 소설이라는 형식의 위대성"이라는 것이다.[37] 백낙청에 따르면『분례기』가 보여준 것 또한 바로 이것이다. 백낙청이『분례기』에서 본 것은 바로 진실에의 접근을 제약하는 그런 주관적 관념과의 맹렬한 싸움이며, 그러면서 인간과 사물의 실상을 정직하게 묘사하려는 집요한 시선과 혼신의 노력이다. 그리고 백낙청은 그것이야말로『분례기』가 보여주는 '건강함'이라고 지적한다.

『분례기』의 건강은 작가의 그 치열한 집중력과 묘사력에 있는 것만이 아니다. 석서방, 석서방댁, 조서방, 노랑녀, 영철이 등, 언뜻 보아 너절하기 짝이 없는 인간들을 일체의 작가적 개입이 없이 그처럼 정확하고 선명하게 그릴 수 있다는 것은 그들의 그런 삶을 멸시하지도 미화하지도 않고 있는 그대로 볼 수 있는 인내와 관용과 용기의 소산이며 삶에 대한 드문 신뢰와

---

36 백낙청「『창작과비평』 2년 반」, 372면.
37 백낙청「D. H. 로렌스의 소설관」,『민족문학과 세계문학』 230면.

애착의 표현인 것이다.[38]

너절한 인간들의 너절한 삶을 왜곡하지 않고 있는 그대로 정확하게 그린다는 것이야말로 『분례기』의 작가가 보여주는 건강함이다. 백낙청이 거기에서 보았던 것은 (그가 소개하는 로런스의 견해를 빌리자면) "각기 처한 역사적 위치에서 삶의 진실을 창조·규명하려는 용기와 예지와 정직"[39]이었다. 백낙청이 『분례기』가 "한국의 시골뿐 아니라 한국사람 모두의 내부에 존재하는 세계에 대한 드물게 끈덕지고, 드물게 자상하고, 또 드물게 사정없는 진단"[40]이라고 평했을 때, 그는 바로 이 점을 염두에 둔 것이었다. 그에 따르면 『분례기』의 중요한 성취는 농촌의 삶에 대한 정밀한 사실적 묘사를 통해 전체 한국인의 삶과 내면의 실상까지도 생생하게 파헤쳐놓았다는 점이다. 선우휘와의 대담에서 백낙청의 다음 발언도 바로 이 점을 지목하는 것이다.

또 『분례기』를 너절한 사람들의 너절한 얘기로만 평가하는 것도 아니지요. 저는 오히려 그것이 상투형만 좇는 사람들이 흔히 지나쳐버릴 정도로 너절한 사람들 이야기를 하면서 그것을 끈질기게 물고 늘어지지 않았는가, 우리가 피상적으로 말할 때는 어떤 역사의식이라든가 사회의식 같은 것도 개재돼 있지 않지마는 그런 것이 어설프게 끼어든 것보다도 훨씬 더 예리하게 우리시대의 단면이라고 할까요 — 전부는 아니죠, 물론 — 그런 것을 포착하지 않았는가.[41]

---

38 백낙청 「『창작과비평』 2년 반」, 373면.
39 백낙청 「D. H. 로런스의 소설관」, 235면에서 재인용.
40 백낙청 「작단시감: 올 문단 최대 수확 『분례기』」.
41 백낙청·선우휘, 앞의 대담 37면.

백낙청은 이처럼 너절한 세계를 실감나게 그림으로써 그것을 통해 당대의 한국적 삶이 공유하는 너절함에 대한 공통의 실감을 환기한 것이야말로『분례기』의 뛰어난 예술적 성취임을 강조한다. 그리고 사실에 대한 정직하고 정확한 재현이 그 실감을 더욱 강화한다는 것이다. 백낙청이『분례기』의 중요한 미덕으로 토착어의 정확하고 생생한 사용과 너절한 것을 있는 그대로 그리려는 노력 등을 꼽는 것도 그런 맥락에서다. 그리고 그 연장선상에서 그는『분례기』에 역사적 시간이 배제된 것도 예술적 결함이랄 수는 없음을 주장한다. 반대로 그것은 역설적으로 어떤 현실적 효과를 낳는 것으로 파악된다. 즉 역사적 사건의 배제는 "역사적 시간을 전혀 의식하지 않고 사는 사회의 — 그렇게 사는 것 자체가 역사의 한 형태임을 주장하기조차 힘들 만큼 오랫동안 그렇게 살아온 사회의 — 생태를 선명히 부각"[42]한다는 것이다. 다시 말해 작품에서 그려지는 비역사적 세계는 오히려 바로 그 때문에 "역사창조의 차원이 제거된 세계의 실상을 끔찍하리만큼 사정없이 보여"[43]주면서 그런 삶에 대한 실감을 더욱 환기하는 효과를 거두고 있다는 것이 백낙청의 논리인 셈이다.

이상의 검토에서도 분명하게 드러나듯이, 「『창작과비평』 2년 반」에서 펼쳐지는『분례기』에 대한 비평은 리얼리즘에 대한 백낙청의 이론적 구상이 본격적인 실제비평으로 구체화된 최초의 사례다. 그 이전에 백낙청의 실제비평이 잡지나 일간지의 월평이나 주제비평 속에서의 단편적인 언급[44]에 그치고 있었음을 고려해볼 때, 이 글이 그의 리얼리즘론의 구축과정에서 차지하는 중요성은 지대한 것이다. 이 글이 비록 본격적인 작품론의 형식이 아닌『창작과비평』편집후기의 형식으로 발표된 것이긴 하

---

42 백낙청「『창작과비평』 2년 반」, 374면.
43 같은 곳.
44 「서구문학의 영향과 수용」(1967년 1월)과 「한국소설과 리얼리즘의 전망」(1967년 8월)이 그 사례다.

나, 오히려 바로 그 사실이야말로 다름 아닌 문학적 리얼리즘을 1960년대 근대의 폐해를 극복하고 새로운 삶의 진실을 창조하는 작업의 불가결한 매개로 인식했던 '창비'의 의도와 분별력의 핵심을 뚜렷하게 보여주는 것이다. 『분례기』는 문학적 리얼리즘의 구상과 관련된 바로 그러한 의도와 분별이 정확하게 실현되어 있는 실제적 사례로서 발견된 것이었다. 그리고 '발견'이란 어떤 측면에서는 그 발견을 가능하게 하는 방법을 구성하는 것과 정확히 상관적이다.[45] 그런 측면에서 그 발견은 다른 한편으로는 리얼리즘 이론의 구상 한가운데에 『분례기』를 끌어들여 그 문학적 가치를 재구성하는 가운데 리얼리즘 이론을 세공해나가는 수행적 작업과 결합된 것이기도 했다. 그런 측면에서 『분례기』는 (비유컨대) 한국적 근대화에 대응하는 미학적 실천으로서 리얼리즘의 한국적 가능성을 제기한 백낙청의 내기를 지탱해준 일종의 '판돈'이었다고 할 수 있다. 방영웅의 『분례기』가 1960년대 후반 백낙청의 문학담론에서 가졌던 의미의 핵심은 바로 거기에 있다.

4. 백낙청의 리얼리즘과 문학의 정치

백낙청은 「『창작과비평』 2년 반」에서 『분례기』에 대한 본격적인 비평을 전개하기 이전에 이미 여러 글에서 '주관'과 '관념' 혹은 '개인의식'을 앞세우는 당대의 문학들을 비판했다. 그의 관점에서 볼 때 그 문학들

---

45 조금 다른 맥락에 있긴 하나 이 점을 이해하기 위해서는 자끄 라깡(Jacques Lacan)의 다음 진술도 참조해볼 만하다. "'그것이 존재한다'고 말하기 위해서는 또한 필수적으로 그것을 구성할 수 있어야 합니다. 다시 말해 이 존재가 있는 곳을 발견하는 방법을 알아낼 수 있어야 합니다."(Jacques Lacan, *Encore*, Paris: Seuil, 1975, p. 92; 조운 콥젝 「성과 이성의 안락사」, 김영찬 외 엮고 옮김 『성관계는 없다』, 도서출판b 2005, 118~19면에서 재인용)

은 개인의 관심사를 한정된 자기의 영역으로만 가두어버리고 고립시키는 근대화의 폐해였다고 할 수 있다. 그리고 그에 대한 백낙청의 비판은 "리얼리즘을 저버린 문학이 성립할 기반이 없다"[46]는 사실을 지속적으로 환기하는 작업이기도 했다. 『분례기』는 그러한 당대문학의 한계에 대한 하나의 문학적 대안으로서, 문학이 기형적 근대화의 국면에 개입할 수 있는 모범적 사례로서 발견된 것이었다. 그렇다면 문학은 기형적 근대화에 대항해 어떻게 어떤 방식으로 개입할 수 있는가?

그 물음에 대한 백낙청의 대답을 이해하기 위해서는 우선 그가 『분례기』가 부각하는 너절한 삶에서 무엇을 읽고 있었는가를 추적해야 한다. 그가 『분례기』에서 읽고 있었던 것은 다름 아닌 근대화된 1960년대 한국의 소시민적 삶이다. 무엇보다 백낙청에게 『분례기』의 너절한 세계는 그와 별다를 바 없는 1960년대 도시현실의 어둠을 비추는 전도된 거울상이었다.[47] 이 점은 그가 이후 1969년 「시민문학론」에서 『분례기』의 시민문학적 의의를 "소시민적 도시현실의 어둠이 이미 우리의 전통적 촌민사회까지 감싸고 있음을 보여주었다는 점"[48]에서 찾은 것에서도 확인할 수 있다.

그런데 주목할 것은 이러한 비평적 논리에 숨어 있는 일종의 비약이다. 사실 『분례기』는 오직 원시적인 농촌마을의 너절한 삶의 세계를 보여준 것일 뿐 1960년대 도시현실의 어둠을 연상할 만한 작품 내적 근거는 존재하지 않는다. 즉 『분례기』가 그리는 세계의 기형성은 문명의 손길이 닿지 않은 무지와 원시가 지배하는 동물적인 삶의 기형성일 뿐이다. 그런 측면

---

46 백낙청 「한국소설과 리얼리즘의 전망」, 239면.
47 이에 대해서는 이미 이혜령의 적절한 언급이 있었다. "그는 『분례기』의 세계가 당대 농촌과 도시의 연대가 끊어진 상황에서 진행된 근대화가 낳은 기형적 도시의 뒤집어진 거울상이라고 주장했던 것이다."(이혜령 「자본의 시간, 민족의 시간: 4·19 이후 지식인 매체의 변동과 역사-비평의 시간의식」, 권보드래 외 『지식의 현장 담론의 풍경: 잡지로 보는 인문학』, 한길사 2012, 277면)
48 백낙청 「시민문학론」, 70면.

에서 『분례기』가 그려놓은 전통적 촌민사회의 어둠과 소시민적 도시현실의 어둠은 분명 비교하기조차 무의미할 만큼 전혀 다른 차원에 있는 것이었다. 그럼에도 불구하고 백낙청은 이렇게 비약한다. 즉 "『분례기』에서 역사가 빠지고 도시가 빠진 것은 차라리 역사와 도시의 과오"라고.

사실 오늘의 서울처럼 시골과 멀리 떨어진 도회가 반만년 역사상 없었을 것이다. 교통·통신시설의 발달과 마을마다의 앰프 장치와 '농촌 근대화'의 구호에도 불구하고 오늘의 농촌과 도시는 1930년대보다 훨씬 서로 떨어진 ── 거의 남남처럼 되어버린 ── 세계라 할 수 있다. 『분례기』의 농촌이 기형적인 것은 바로 서울이라는 기형적인 도시가 있기 때문이다. 그리고 똥예가 사는 시골의 기형성이 서울과의 완전한 단절로써 특징지어지는 것은 서울의 기형성이 농촌과의 유기적 유대의 결여에 기인하는 것과 정확히 대응되는 현상이다. (…) 오늘의 서울을 비롯한 수많은 후진국 도시들은 (…) 우리 본래의 터전과는 현저한 간격을 두고 그 분주한 나날을 보내고 있다. 내면에는 석서방과 영철과 똥예의 모습을 그냥 지닌 채 그들 나름의 건강과 미덕은 오히려 잃어버린 우리의 '근대화'한 도회인들이 『분례기』 속의 광증(狂症)을 남의 일로 안다면 그야말로 맑은 정신을 잃은 증세다.[49]

여기서 백낙청은 문명과의 완전한 단절로 특징지어지는 『분례기』 속 농촌의 기형성에서 거꾸로 '농촌과의 유기적 유대'를 결여한 도시적 삶의 기형성을 보고 있다. 이를테면 그는 『분례기』의 세계를 기형적 근대화를 겪으며 본래의 터전을 잃고 소외된 나날을 살아가는 도시적 삶의 징후로 읽는 것이다. 『분례기』의 세계를 기형적 근대화가 야기한 폐해의 징후로 읽는 이러한 독법은 일종의 알레고리적 해석이다. 무엇보다 특정한 지배

---

49 백낙청 「『창작과비평』 2년 반」, 375면.

코드(본래적 터전의 상실로 특징지어지는 기형적 근대화)를 통해 텍스트를 한 사회의 특징적인 징표로 고쳐 읽는다는 점에서 그러하다.[50] 이러한 해석은 어찌 보면 작품 자체의 진실을 앞지르는 비평의 주관적 의도가 개입된 비약이라고 할 수도 있겠지만, 그보다 더 중요한 것은 그 비약이 결국 어디를 향하고 있었는가라는 물음이다.

백낙청의 『분례기』 비평은 그런 방식으로 1960년대 기형적인 근대화의 결과인 '도시에 대한 농촌의 예속', 그로 인한 공동체의 파괴와 소외된 도시적 삶의 내면화 등에 대한 정치적 비판과 결부되어 있었다. 그리고 그것이 이후 「시민문학론」에서 "농촌과 유기적 유대를 결여한 서울=도시의 자기재현에 대한 비판"으로 이어져간 것도 분명하다.[51] 그렇지만 백낙청의 그런 알레고리적 비약이 의도한 궁극의 종착점은, 결국 그렇다면 그런 상황에서 문학은 과연 무엇을 할 수 있고 또 할 것인가라는 문학적 전략과 관련된 것이었다. 백낙청이 "사과는 사과다"라는 진실을 위해 힘겨운 싸움을 벌였던 쎄잔(P. Cézanne)의 사례를 거론하며 문학과 예술의 기능과 의의를 거듭 확인하는 내용의 '쎄잔느의 사과'라는 절(節)을 「『창작과비평』 2년 반」의 마지막에 따로 배치한 것은 그런 측면에서 결코 우연이 아니다. 그곳에서 백낙청은 모든 문화의 목적은 "궁극적으로 삶에 이바지"하고 "사는 법을 향상시키는 것"에 있다고 주장한다.[52] 그렇다면 이런 한국적 근대의 상황에서 그런 과업을 이루기 위해 문학은 과연 무엇을 해야 하는가? 백낙청에게 이 물음은 현실을 어떻게 어떤 자세로 바라보고 어떻게 재현할 것인가의 문제와 결부된 것이었고, 그에 대한 답변으로 제

---

50 이런 의미를 포함한 알레고리적 해석의 보다 광범위한 맥락과 그 이론적 의미에 대해서는 프레드릭 제임슨 『정치적 무의식: 사회적으로 상징적인 행위로서의 서사』, 이경덕·서강목 옮김, 민음사 2015, 23~39면 참조.
51 김현주, 앞의 글 400면 참조.
52 백낙청 「『창작과비평』 2년 반」, 377~78면.

시된 것이 바로 리얼리즘이었다. 당시 백낙청에게 『분례기』는 바로 그 리얼리즘적 성취의 최량의 사례였다. 그리고 그는 『분례기』가 이룬 최고의 성취를 한국적 삶의 진실을 정확하게 포착하고 있다는 데서 찾았다. 그렇다면 그 삶의 진실이란 무엇인가?

근대적인 역사의식도 사회의식도 없는 이들의 삶은 물론 그런 삶대로의 성취와 윤리감과 어쩌지 못할 존엄성마저 지니고 있지만 동시에 그것은 지양될 필요가 너무도 역력한 삶이요 자칫하면 광증(狂症)으로 그 돌파구를 찾게 될 삶이기도 하다. 이 양면을 동시에 보여준다는 사실이야말로 『분례기』의 귀중한 교훈이다. 사람이 사는 것이 결국은 그냥 사는 것이지만 또 그냥 사는 것만일 수도 없는 것임을 구체적으로 가르쳐주는 것은 참다운 예술이 하는 최고의 작업에 속한다.[53]

이때 "지양될 필요가 너무도 역력한 삶"이란 『분례기』가 그려놓은 너절한 삶을 뜻하는 동시에 1960년대 근대의 기형성을 내면화한 소시민적 소외의 삶을 살아가는 당대 모든 대중들의 삶을 가리키는 것이기도 하다. 백낙청이 볼 때 그 삶이란 "자신에게 운명적으로 주어진 천하고 너절하고 그러면서도 사람이 사는 것임에는 틀림없는"[54] 그런 삶이다. 중요한 것은 지양되어야 할 필요가 역력한 그 삶을 그럼에도 불구하고 긍정하고 떠안아야 한다는 백낙청의 인식이다. 그가 『분례기』를 높이 평가한 것도 바로 그 기형적 삶을 가차 없이 파헤치면서도 그 삶이 지닌 어쩔 수 없는 존엄을 동시에 보고 있기 때문이었다. 그것은 인간으로서 그냥 그렇게 살아간다는 것 자체가 지닌 존엄에 대한 긍정이었다. 백낙청이 "사과를 사과

---

53 같은 글 374면.
54 같은 글 373면.

대로 살게 놔두려는" 쎄잔의 노력을 언급하며 "꽃은 꽃이다"라는 말이 엄청난 혁명적 과업임을 지적했을 때,[55] 그는 『분례기』의 성취를 그런 맥락 속에 위치시키고 있는 것이다. 섣부른 주관을 통제한 사실주의적 기율이라는 것도 궁극적으로 그 지점에 이르기 위한 필수불가결한 수단으로 강조되었다고 할 수 있다. 『분례기』의 성취가 '그들의 그런 삶을 멸시하지도 미화하지도 않고 있는 그대로 볼 수 있는 인내와 관용과 용기', 그리고 '삶에 대한 드문 신뢰와 애착'에서 비롯된 것임을 지적하는 백낙청의 평가는 바로 이 지점에 걸려 있는 것이다.

백낙청의 관점에서 보면 바로 이것이야말로 문학의 정치가 시작되는 출발점이다. 즉 문학과 예술이 삶을 향상시키는 데 기여할 수 있다면, 그 것은 저 '그냥 사는 것'에 대한 긍정에서부터 출발해야 한다.

> 우리의 삶은 마땅히 지양되고 극복되어야 할 삶이지만 동시에 그것은 우리에게 주어진 유일한 삶이니만큼, 만족스럽게 살고 또 더 큰 만족을 달성하는 길을 열어주는 문학과 예술이, 우선 살아 있는 것을 가르쳐주는 데서 출발하지 않을 수 없다.[56]

어떤 측면에서 지양의 가능성이란 살아간다는 것 자체에 이미 잠재성으로 내재한 것이다. '그냥 사는 것'에 대한 관용과 애정과 신뢰는 그 잠재성에 대한 신뢰이며 그것을 현실화하기 위한 노력의 일부이다. 그렇게 볼 때, 현실의 너절한 삶의 실상을 있는 그대로 바라본다는 것은 주어진 삶 자체에 내재한 본래적 존엄을 긍정하면서도 동시에 그 삶이 스스로 품고 있는 지양과 극복의 잠재성을 발견하는 일이다. 문학과 예술이 "우

---

55 같은 글 376~77면 참조.
56 같은 글 378면.

선 살아 있는 것을 가르쳐주는 데서 출발"해야 한다는 주장에 담긴 뜻은 그것이다. 백낙청에게 리얼리즘이 중요해지는 것은 그런 맥락에서다. 그럼으로써 궁극적으로 리얼리즘은 '자기 삶의 근거에 대한 정직하고 온전한 파악'[57] 위에 더 나은 삶에 대한 상상을 가능하게 한다. 그리고 리얼리즘 문학의 그러한 정치적 가능성은 삶을 향상시키는 데 기여하는 예술의 본질 안에 이미 내재한 것이다. 그런 의미에서 뛰어난 예술은 이미 그 자체가 정치적이며 정치성을 실현하는 유일한 최상의 방법은 다름 아닌 리얼리즘이다. 백낙청이 "예술가의 시선은 그 자체가 언제나 혁명적인 것이다"[58]라고 했을 때, 그가 말하고 있는 것은 바로 그러한 리얼리즘 문학의 본원적인 정치성이었다. 따라서 리얼리즘 문학이 자신의 본질을 뛰어난 예술적 성취로 실현했을 때, 그것 자체가 이미 현실에 대한 탁월한 정치적 개입이다. 그리고 그것이 문학이 하는 일이다.『분례기』에 대한 백낙청의 비평적 '내기'가 1960년대 후반 한국의 근대화와 개발주의에 대응하는 문학적 전략과 관련된 것이었다면, 그 핵심은 바로 여기에 있다.

5. 문학이 하는 일

1960년대 후반『분례기』에 대한 비평적 평가에서 백낙청은 어떠한 개인적 '주의'나 '관념'도 개입시키지 않고 주어진 현실을 있는 그대로 바라보는 문학적 작업이 그 자체로 가질 수 있는 정치적 의미를 곡진하게 환기한다. 백낙청에 따르면,『분례기』가 그런 것처럼 리얼리즘의 작업은 한국적 근대화의 폐해를 고스란히 떠안고 살아가는 너절하고 기형적인 삶

---

57 백낙청은 그것이야말로 '시민'이 지녀야 할 기본덕목이라고 지적한다.(백낙청「시민문학론」, 31면)
58 백낙청「『창작과비평』 2년 반」, 377면.

의 모순을 직시하는 일인 동시에, 그럼에도 불구하고 그 기형적인 삶에 내재한 삶의 본래적 존엄과 역사성, 극복의 잠재성을 신뢰하고 그 속에서 그 삶을 지양하는 또다른 삶의 가능성을 발견하는 일이다. 문학이 하는 일에 대한 그러한 백낙청의 관점은 이후 「시민문학론」에서 더욱 풍부한 현실적 맥락에 대한 고려 속에서 가다듬어지고 구체화된다. 가령 "진창은 아무리 더러운 진창이라도 좋다"라고 노래하는 김수영(金洙暎)의 시 「거대한 뿌리」(1964)에 대해 백낙청이 그 더러운 진창을 자신의 주어진 삶이자 현실로서 긍정하는 문학적 자세를 높이 평가했던 것도 거슬러올라가면 『분례기』에 대한 평가의 관점과 맞닿아 있는 것이다.[59] 백낙청이 볼 때 그 '더러운 진창'이야말로 '모든 진보의 주어진 터전'이다. 그가 김수영의 「거대한 뿌리」에 대해 "무엇보다도 어두운 시대, 더러운 현실의 어두움과 더러움을 있는 그대로 보는 데서 그가 발붙일 유일한 땅을 얻는 것이며 드디어는 사랑과 인간을 되찾는 것이다"[60]라고 평했을 때, 그는 그런 관점에서 리얼리즘의 정신과 방법이 1960년대 한국사회의 기형성에 대항해 어떻게 어떤 방식으로 정치적일 수 있는가를 강조하고 있었던 것이다.

앞에서 살펴본 것처럼 1960년대 백낙청의 문학담론 속에서 리얼리즘은 주어진 현실의 실상에 대한 작가 개인의 실감을 공동체의 공통감각으로 확장시킴으로써 현실에 대한 정직한 감각과 인식의 사회적 공유를 가능하게 하는 중요한 방법으로 이해되고 있었다. 그런 방식으로 백낙청에게

---

59 『분례기』와 김수영 시 해석의 연속성에 대해 김현주는 조금 다른 맥락에서 이렇게 지적한다. "백낙청이 『분례기』를 '시골의 나무꾼, 노름꾼, 노름꾼 여편네, 미친년을 둘러싼 너절한 이야기'라고 설명한 대목에서 우리는 김수영이 「거대한 뿌리」에서 애정을 표한 '무수한 반동들'을 연상하게 되는데, 백낙청이 발견한 방영웅의 미덕이나 김수영의 태도는 『분례기』의 너절한 이야기를 '정화' '극복' '지양' '순치' '계몽'해야 할 기형적인 것으로 파악하는 합리적 근대주체의 태도와는 크게 다르다."(김현주, 앞의 글 394면)

60 백낙청 「시민문학론」, 74면.

리얼리즘은 그 자체로 예술의 본질을 실현하는 미학적 원리이자 개인과 공동체의 소통적 결합에 기초한 정치적 실천의 인식적·감성적 토대를 구축하는 작업과도 무관한 것이 아니었다. 중요한 것은 백낙청의 이 리얼리즘론에서 문학의 정치적 기능이란 단순히 현실에 대한 직접적인 비판이나 저항의 차원에만 존재하는 것이 아니라는 점이다. 오히려 문학은 자율적 영역에서 그 자신이 이를 수 있는 최상의 예술적 성취에 도달했을 때에야 비로소 최량의 의미에서 정치적일 수 있다는 것, 또 그것이 문학이 현실의 문제에 개입하고 기여할 수 있는 핵심적인 방도라는 것이 백낙청 리얼리즘론의 기본인식이자 출발점이었다. 그런 측면에서 아마도 우리는 백낙청을 한국적 근대의 상황에서 문학이 할 일을 예술의 본질이라는 근본적인 차원에서 숙고한 탁월한 '문학주의자'라고 일컬어야 할지도 모르겠다.

'90년대'는 없다

◆

하나의 시론(試論), 1990년대를 읽는 코드

> 가진 것은 없으나 풍성하도다
> 진리에 대한 욕망, 환상의 기쁨.
> 수그러지지 않은 그 열정을 돌려다오.
> ──괴테 『파우스트』

1. 노스탤지어, 증상으로서 '1990년대'

근자에 1990년대가 우리 앞에 다시 소환되고 있다. 주로 대중문화를 중심으로 이루어지고 있는 이 현상은 90년대 학번의 세대적 경험을 다룬 TV 드라마 '응답하라' 시리즈(2012, 2013)를 필두로 하여, 한때 1990년대를 풍미했던 추억의 인기가수들을 한자리에 불러모은 예능프로그램 「무한도전」의 특집기획 '토요일 토요일은 가수다'(2014)에 이르기까지 호소력 있는 문화현상으로 대두하고 있다. 얼핏 이러한 현상은 단지 대중문화의 장에서만 발생하는 일시적인 이벤트쯤으로 볼 수도 있겠지만, 좀더 깊은 차원에서 보면 거기에는 은연중 최근 한국사회를 살아가는 대중들의 집단심리가 투사되고 있다고도 할 수 있다. 특히 특정 세대의 복고적 시선과 노스탤지어 속에서 1990년대라는 근(近)과거의 문화경험을 향수하는 이러한 집단적 경향은 그 자체로 의미심장한 하나의 증상으로 읽힌다. 즉 그것은 크게 보면 21세기 한국사회가 겪고 있는 어떤 위기와 불안을 보여주는 증상이다. 신자유주의적 경제체제의 결과로서 고착화된 노동유연성 강화와 분배체계의 왜곡, 그리고 장기적 불황과 생활환경의 지속적 악화 등이 불러오는 박탈감과 생존의 불안, 이로 인한 미래의 불확실성과 파국에 대한 상상이 압박해오는 위기의식 등이 그러한 불안의 실체적 근거라고 할 수 있을 것이다.

어떤 측면에서 1990년대의 문화적 소환과 향유는 노스탤지어를 통해 그러한 위기와 불안을 봉합하는 문화적 전략이라고도 할 수 있다. 그런데 왜 하필 1990년대인가? 외견상 1990년대는 대량소비사회로의 진입으로 소비주의적 향유의 폭발적 발산과 문화적 경험의 풍요와 다양화, 그리고 정치적 억압과 의무의 감옥에서 풀려나(혹은 그렇다고 상상하는) 욕망의 자유와 쾌락의 향유가 넘쳐났던 시대다. 지금의 위기와 불안이 다른 시기가 아닌 유독 '1990년대'라는 특정 시기의 소환을 요구하는 근저에는 1990년대가 갖는 그러한 시대적 특이성이 존재한다. 1990년대에 대한 문화적 노스탤지어는 그럼으로써 1990년대를 지금 이 시대에 겪고 있는 위기와 불안이 존재하지 않았던, 그리하여 지금 우리가 상실해버린 어떤 충만한 경험과 가치가 존재했던 시대로 상상하는 가운데 작동한다. 이때 중요한 것은 그런 충만한 경험과 가치란 어떤 실체가 있는 것이라기보다는 실은 그 상상이 만들어낸 환영에 가까운 것이라는 사실이다. 근자에 확산되는 1990년대에 대한 문화적 노스탤지어가 이데올로기적이라고 할 수 있다면 그것은 바로 이런 맥락에서다.[1]

최근 대중문화를 중심으로 확산되고 향유되고 있는 1990년대에 대한 노스탤지어가 유독 '90년대 학번'의 세대적 경험, 특히 그중에서도 문화적 경험에 집중되고 있는 것도 이와 무관한 현상이 아니다. 특히 이제는 마흔 가까이 또는 사십대가 된 90년대 학번이 지금 한국사회 대중의 불안

---

[1] 잃어버린 실체적 내용을 사후에 발명하는 이러한 노스탤지어의 작동방식과 이데올로기의 관련성에 대해서는 슬라보예 지젝 『그들은 자기가 하는 일을 알지 못하나이다』, 박정수 옮김, 인간사랑 2004, 225면 참조.

과 위기적 상황을 그 한가운데서 직접 몸으로 겪을 수밖에 없는 경제활동 세대의 주축이라는 점, 그리고 1990년대는 아직 그들 세대가 그런 위기의 식과 불안으로부터 상대적으로 자유로울 수 있었던 십대 내지 이십대였다는 점에 주목하는 것이 필요하다. 특히 이십대란 '삶의 의미'와 역동성 그리고 '거대한 기대'와 '가능성'이 집약되어 있는 '젊음'의 의식적 향유를 가능하게 하는 특권적인 시기다.[2] 90년대 학번이 1990년대를 그런 이십대로서 통과해온 세대라는 것은 중요하다. 1990년대는 '젊음'의 가능성이 자율화 경향과 물질적 풍요, 욕망과 쾌락의 분출이라는 당시 한국사회의 지배적 흐름과 행복하게 만나고 융합할 수 있었던 유례없는 시대였다는 점을 고려해보면 더욱 그렇다. 더욱이 이들 세대는 정치적 담론이 쇠하고 문화적 담론이 융성했던, 정치적 사고와 실천보다는 문화적 향유가 우세했던 1990년대의 변화된 상황을 세대적 정체성 형성의 자산으로 삼았던 세대다. 그런 까닭에 소비와 욕망과 쾌락의 코드가 집중되는 장(場)이라고 할 수 있는 대중문화는 그들의 세대적 정체성을 형성하는 데 중요한 매개로 작용할 수 있었다.

어느 시대에나 노스탤지어는 존재하게 마련이지만, 실존의 위기와 불안을 봉합하는 어떤 잃어버린 가치의 영역에 대한 상상이 유독 '1990년대'라는 특정 시기의 대중문화에 대한 기억에 집중되고 있는 근저에는 이런 사정이 자리잡고 있다. 물론 거기에는 1990년대의 대중문화가 지닌 특성도 중요한 역할을 했음을 간과할 수 없다. 그 시기의 대중문화에서는 엄숙함 대신 가벼움이, 비장 대신 코믹이, 욕망의 억압과 절제 대신 욕망의 분출과 향유가 정서적 우세를 점하고 있었다. 「별은 내 가슴에」 「질투」 등으로 대표되는 가벼운 터치의 트렌디 드라마의 유행, 「결혼 이야기」로부터 시작된 코믹멜로 영화의 융성, 자유로운 선율 위에 욕망을 솔직하고

---

2 프랑꼬 모레띠 『세상의 이치』, 성은애 옮김, 문학동네 2005, 27~31면 참조.

도 파격적으로 분출하는 새로운 감성의 댄스가요(서태지, 듀스, H.O.T. 등)의 출현 등이 이것을 대표적으로 보여준다. 물론 이는 당시 사회 전체를 지배했던 소비주의와 쾌락주의의 경향과 무관하지 않은 것이었으나, 다른 한편으로는 군사정권의 종식으로 열린 개인적 자유와 자율, 가능성과 긍정성을 정체성의 준거로 내면화한 신세대적 주체화의 한 국면을 재현하는 것이기도 했다. 그런 측면에서 대중문화에 대한 추억이란 90년대 학번들에게는 모든 것이 가능해보였던 시절에 대한, 일종의 실존적 기원에 대한 상상이다. 그럼으로써 1990년대 대중문화에 대한 기억의 향유는 특히 그들 세대에게는 세대적 정체성의 재각인을 통해 절박한 생존과 실존의 위기에 대한 상상적 위안을 제공하는 방식으로 작동한다.

그런 측면에서 1990년대가 지금 이 시점에 소환되고 있는 것은 필연적인 현상이다. 앞에서 지적했듯이, 그것은 21세기 한국사회의 위기와 관련된 증상이다. 그것은 또한 현재 한국사회의 주체가 겪고 있는 자신의 실존 위기에 대한 정치적 사유의 결여와 부재를 보여주는 증상이기도 하다. 그리고 정신분석의 언어를 빌리자면, 1990년대는 어떤 측면에서 그 자체가 21세기 한국사회가 맞닥뜨린 위기의 병인(病因)으로서 하나의 원초적 장면(primal scene)이라고도 할 수 있다. 지금 한국사회가 처한, 그리고 그 안의 주체가 처한 실존의 위기를 새롭게 사유하기 위해서는 그 원초적 장면의 역사화가 필요하다. 이것이 우리가 1990년대를 다시 읽어야 하는 이유다.

2. 역사주의? 아니, 하나가 아닌 여럿

그렇다면 대체 '1990년대'란 무엇인가? 사실 이 물음에 답하기는 그리 쉽지 않다. 아니 그 이전에, 우리는 그러한 물음의 방식이 함축하는 의미와 방법적 전제를 의심하는 데서부터 시작해야 한다. 어떤 측면에서 그러한 물음의 방식은, 그 자체가 이미 정확한 답변을 회피한다. 왜 그런가? 그것은 그 물음 자체가 이미 어떤 고정된 사고와 답변의 형식을 전제로 포함하고 있기 때문이다. 그 전제란 이를테면 '1990년대'는 이미 주어진 하나의 실체로서 존재한다는, 그리하여 하나의 동질적 시간성으로 환원될 수 있으리라는 역사주의적 가정이다. 그러한 가정의 연장선상에서 본다면 아마도 1990년대는 그전 시기인 1980년대, 그리고 뒤를 이은 2000년대와 뚜렷이 나뉘는, 시간적 연속과 단절의 한 국면으로 해석될 것이다. 다시 말하면 '1990년대란 무엇인가'라는 저 자명한 물음의 근저에는 그 시기를 동질적 시간의 연대기적 연속의 한 단면으로 고착화하는 관습화된 역사주의적 사고가 내재한다.

그러한 방식의 물음을 조금 다르게 옮기면 그것은 1990년대란 과연 '객관적으로' 어떤 것인가 하는 물음이 되겠다. 역사주의적 사고는 그러한 실증주의적 물음에서부터 시작된다. 하지만 발터 벤야민(Walter Benjamin)에 따르면, "과거를 역사적으로 표현한다는 것은 그것이 '원래 어떠했는가'를 인식하는 일을 뜻하는 것이 아니다."[3] 다시 말하면, 과거의 흔적이 갖는 의미는 이미 주어진 것이 아닐뿐더러 과거의 실증적 복원 속에서 오롯이 밝혀낼 수 있는 것도 아니다. 따라서 우리에게 요구되는 것은 오히려 1990년대에 대한 물음의 방식을 전환하는 것이다. 이 지점에서 우리는 과거란 그 과거에 대한 개입을 통해 생산되고 구성되는 어떤 것이라는 사실을 음미할 필요가 있다. 즉 과거는 오히려 현재의 시점에서 과거의 사실에 상징적인 의미와 좌표를 부여하는 주체의 상징화 작업을 통해 소급적으로 구성된다.[4]

---

3 발터 벤야민 「역사의 개념에 대하여」, 『역사의 개념에 대하여/폭력 비판을 위하여/ 초현실주의 외: 발터 벤야민 선집 5』, 최성만 옮김, 길 2008, 334면.
4 정신분석에서 과거의 무의미한 흔적으로서 증상의 분석이 갖는 의미가 그와 같은 것이

이때 현재의 시점에서 과거를 소급적으로 구성한다는 것은 다른 한편으로 과거의 흔적들을 현재의 좌표 속에 함께 놓고 그 둘의 상호관계와 교통의 성좌를, 그리고 그 의미를 재구성한다는 것을 뜻한다. 1990년대는 이미 돌이킬 수 없는 과거의 시간이지만, 그 시간의 파편은 현재의 시간에 작용하며 현재의 삶에서 끊임없이 되살아난다. 1990년대의 시간은 그렇게 현재의 삶의 증상들에 작용하는 보이지 않는 흔적이며 끊임없이 부채 청산을 요구하는 유령의 시간이다. 1990년대를 역사화한다는 것은 비유컨대 그 유령의 부채를 가시화하는 동시에 정산(定算)하는 것이다. 물론 그러한 작업은 모든 과거와 관련해 예외가 있을 수 없다. 그러나 이 글의 관심이 특별히 1990년대를 향하는 것은, 그때가 '신자유주의적 동물왕국'으로 표현할 수 있는 오늘의 특징적인 삶의 형태와 태도를 출발시킨 기원의 시간이면서 동시에 지금 한국사회가 맞닥뜨린 삶의 위기 속에서 그 부분적 종결이 가시화되고 있는 하나의 국면적 시간이기 때문이다.

그런데 그런 역사화 작업은 현재 시점에서의 역사적 과거의 재현과도 구별되어야 한다는 점을 동시에 덧붙여야 한다. 역사적 과거의 재현이란 한마디로 그 과거를 현재에 떠올리는 것이다. 그리고 벤야민의 지적처럼 그것은 많은 경우 '감정이입'에 의해 작동된다. 즉 "과거 속으로의 감정이입(Einfühlung)은 결국 그 과거를 현재에 떠올리는 일에 기여한다."[5] 이때 '감정이입'이 함축하는 바는 그 자체로 단순하진 않지만, 그것이 과거가 '원래 어떠했는가'를 강조하는 실증주의적 태도와 상관적이라는 것만은 분명하다. 그리고 그런 측면에서 이는 근자에 대중문화를 중심으로 활발하게 이루어지고 있는 '1990년대' 소환의 맥락과 공명한다. 대중문화에서 1990년대의 역사적 재현이 불러일으키는 공감은 대체로 "맞아, 그때는

다. 이에 대해서는 슬라보예 지젝『이데올로기라는 숭고한 대상』, 이수련 옮김, 인간사랑 2003, 103~109면 참조.
5 발터 벤야민 「「역사의 개념에 대하여」 관련 노트들」, 최성만 옮김, 앞의 책 353면.

그랬었지"라는 반응에서 시작되기 때문이다. 이는 대중문화가 재현하는 1990년대의 삶의 풍경을 보고 '원래 그러했다'는 것을 재확인하는 데서 오는 반응이며, 거기에는 당연히 그것에 대한 감정이입 혹은 정서적 공감이 개입되게 마련이다. 얼마 전(2014년)「무한도전」'토요일 토요일은 가수다'에서 추억의 인기가수들이 부르는 1990년대 그들의 히트곡을 따라 부르며 보여준 관객과 시청자들의 유난한 반응 또한 이와 다르지 않다. 오늘의 삶 한가운데 불려와 재현되는 과거의 노래들에 대한 그런 식의 향유는 그 시대만의 '원래 그러했던' 문화적 풍경과 분위기에 대한 강렬한 감정이입 속에서 이루어지는 것이다. 그런 측면에서 최근 나타나고 있는 1990년대의 문화적 소환은 과거가 '원래 어떠했는가'라는 물음을 방법적 토대로 하는 역사주의의 문화적 패러디이자 문화현상적 번역이라고도 할 수 있을 것이다.

역사주의가 문제가 된다면 그것은 이런 맥락에서이기도 하다. 그것은 단순히 과거를 바라보는 시각이나 방법론 차원에 그치는 것이 아니라 과거의 실천적 전유와 현재적 삶에 대한 성찰, 그리고 미래에 대한 상상의 가능성을 제약하는 것일 수밖에 없기 때문이다. 1990년대에 대한 역사화는 그에 대한 반성 속에서 비로소 가능하다. 그러한 반성은 물론 일차적으로는 역사적 시간을 바라보고 전유하는 우리의 관습적 사고에 대한 반성이지만 동시에 궁극적으로는 우리의 현재적 삶과 그것을 받아들이고 살아가는 태도에 대한 반성이기도 하다.

그렇다면 어떻게 역사화할 것인가? 여기서 우리는 '1990년대'가 하나가 아닌 복수(複數)라는 점을 우선 확인해둘 필요가 있다. 앞에서 지적했듯이 '1990년대'란 이미 주어진 고정된 과거가 아니라 현재 시점에서의 개입을 통해 새롭게 구성되는 어떤 것이다. 모든 과거의 역사적 시기가 그러하듯 1990년대 또한 그 시기에 개입하는 주체의 입장과 개입의 성격에 따라 항상 새롭게 구성되고, 그에 따라 전혀 다른 내러티브가 구축될 수 있는 그런 시대다. 그런 의미에서, '1990년대'는 하나가 아닌 '여럿'이다. 좀더 과격하게 말한다면, '1990년대'는 존재하지 않는다.

현재의 시점에서 1990년대가 현재와 미래의 내러티브를 어떻게 구축하고 또 구축해야 하는가를 둘러싸고 정치적·문화적 헤게모니의 경합이 이루어지는 장소의 하나가 될 수밖에 없는 근저에도 그런 사정이 있다. 특히 '87년체제'라는 하나의 국면적 시간이 1997년 이후의 포스트-IMF 시대를 정점으로 끝나가고 있음을 보여주는 현재 한국사회의 상황에서, 그 원점이자 실현으로서 1990년대를 어떻게 볼 것인가 하는 문제는 어떤 미래를 어떻게 상상할 것인가 하는 문제와도 (그것이 현실적으로 가능한가와는 별개로) 긴밀하게 연동되어 있다. 따라서 1990년대를 어떻게 역사화할 것인가 하는 문제는 (벤야민식의 표현을 빌리자면) 1990년대를 어떻게 구원할 것인가 하는 문제와도 무관하지 않다. 지금 이 시점에서 '1990년대 읽기'라는 요구에 무심할 수 없는 까닭이 여기에 있고, 또 그 읽기가 불가피하게 그 자체로 정치적인 것이 될 수밖에 없는 까닭도 여기에 있다.

3. 다른 시간들, 혹은 타협형성으로서의 1990년대

1990년대를 동질적 시간이 지속되는 연대기적 시간질서의 한 단면으로 읽는 독법을 경계해야 한다는 것은 이미 이야기했다. 문제는 구체적으로 '어떻게 읽을 것인가'이겠다. 그리고 이는 곧 1990년대의 내러티브를 어떻게 구성할 것인가의 문제이기도 하다. 그 이전에 먼저 우리는 시간성과 관련하여 1990년대가 갖는 특이성을 재구성해볼 필요가 있다. 1990년대가 단일하고 동질적인 시간의 연속과 단절이라는 역사의 한 단면이 아니라면, 그것의 시간성은 어떻게 이해되어야 하는가? 서둘러 단순하게 답한다면, 1990년대는 당대의 시간과 1980년대의 시간, 그리고 2000년대 이후의 시간이라는 서로 다른 시간성들이 교차하고 갈등하며 교직되는 불균질하고 이질적인 시간성으로 특징지어진다. 이는 어쩌면 당연한 말일 수도 있지만, 또 그런 만큼 쉬 잊히기도 하는 진실이다. 무엇보다 우리는 1990년대 자체가 그렇게 1980년대라는 과거의 시간 및 2000년대라는 미래의 시간과의 갈등과 경쟁적 상호의존 속에서 형성된, 서로 다른 시간들의 과잉결정(overdetermination)의 산물임을 이해해야 한다.

그런 맥락에서 볼 때 1990년대는, 정신분석의 언어를 빌리자면 일종의 타협형성(compromise-formation)[6]에 의해 규정되는 시대였다. 예컨대 '87년체제'가 구체제와의 타협에 기초한 '나쁜 균형'이 지속되는 체제였다는 이해[7]는 1990년대가 지닌 그러한 성격을 다른 차원에서 설명하는 것이라고 볼 수 있다.[8] 물론 한 시대의 성격은 '87년체제론'과 같은 정치경제학적 체제론만으로는 온전히 설명될 수 없다. 그 시대를 살아가는 주체들의 삶과 정신의 형태를 규율하는 규범들의 체계와 이데올로기, 세계감각과 정서구조 혹은 에토스 등과 같은 비물질적인 것들의 네트워크가 중요해지는 것은 이런 맥락에서다. 한 시대의 시간성을 구성하는 것은 단순

---

6 정신분석적 의미에서 그것은 '증상'(symptom)을 만들어내는 원리이기도 한데, 증상이란 귀환하는 '억압된 것'과 '억압하는 것' 사이의 타협에 의해 형성되는 것이다. 타협형성(물)에 대해서는 장 라쁠랑슈·장 베르트랑 뽕딸리스 『정신분석사전』, 임진수 옮김, 열린책들 2005, 478~79면 참조.

7 김종엽 「분단체제와 87년체제」, 『창작과비평』 2005년 겨울호 17~22면 참조.

8 가령 87년체제를 민주화체제로의 전환이 타협적 경로로 전개되는 '수동혁명적 민주화체제'(조희연)로 정의하는 관점이나 "아래로부터의 열망과 위로부터의 제한이 역동적 균형을 이룬 체제"(김정훈)로 이해하는 관점 또한 1990년대가 갖는 그러한 타협형성적 성격을 다른 각도에서 포착하고 있는 것이라고 볼 수 있다.(조희연 「'수동혁명적 민주화체제'로서의 87년체제, 복합적 모순, 균열, 전환에 대하여」, 『민주사회와 정책연구』 제24호, 민주사회정책연구원 2013; 김정훈 『87년체제를 넘어서』, 한울아카데미 2010)

한 경제적 토대나 정치체제 혹은 통치성의 성격뿐만이 아니라, 그에 영향 받고 반응하는 그 시대 주체들의 주도적인 삶의 지향과 자기의식, 신념과 판단의 양식, 대중적 집단심리와 정동(情動: affect) 등의 총합이자 그것들의 관계체계이기 때문이다.

그런 측면에서 '타협형성'으로서의 1990년대의 성격을 온전히 설명하기 위한 한 방편으로, 1990년대를 1980년대와 함께 진정성(authenticity)의 에토스가 지배하는 '진정성의 체제'가 주체의 태도와 행위를 규율했던 시대로 규정하는 시각[9]을 경유해볼 수 있을 것이다. 김홍중에 따르면 1990년대는 1980년대의 연장선상에서 생존이 부끄러움이 되는 감수성, 이런 마음의 형식이 광범위하게 공유되면서 하나의 가치이자 옳은 삶의 기준으로 설정되어 통용되던 마음의 레짐이 지속되었던 시대다.[10] 이때 김홍중은 '진정성 체제'의 차원에서 1980년대와 1990년대를 가르는 본질상의 경계선을 설정하고 있지는 않다. 다만 그는 그 마음의 체제가 "도덕적 진정성"(80년대적인 것)과 "윤리적 진정성"(90년대적인 것)의 절묘한 결합으로 구축된 "불안정한 체제"임을 지적할 뿐이다.[11] 일단 이렇게 본다면, '마음'의 층위에서 1980년대는 1990년대의 '마음'을 배후에서 결정하는 하나의 구성적 시간으로 작용하고 있었다고 할 수 있다. 이는 1980년대의 결단 및 투신의 시간과 그에 대한 부채의식이 1990년대의 '마음'을 구조화하는 데 결정적인 영향을 끼쳤음을 시사한다. 1980년대는 그렇게 1990년대 속에 연장되고 내부화된다.

그런데 1990년대의 '마음'(진정성)이 다른 한편으로는 1980년대의 '마음'에 대한 청산과 단절의 의식 속에서 형성되어갔음을 간과해서는 안된다. 예컨대 '개인'과 '내면' '사소함' 등의 가치를 옹호했던 1990년대 '진

---

9 김홍중 「진정성의 기원과 구조」, 『마음의 사회학』, 문학동네 2009.
10 같은 책 19면.
11 같은 책 37면.

정성의 문학'[12]의 정체성이 1980년대의 집단주의와 정치편향에 대한 거부와 대타의식을 그 근저에 깔고 있음을 우리는 알고 있다. 그렇게 볼 때 1990년대의 '마음'이 1980년대의 그것과 일정부분 중첩되면서도 그 안에서는 1980년대에 대한 일종의 거부와 공감, 긴장과 연대감이라는 상호모순적인 정동들이 갈등하면서 그 자신의 경계를 형성해나갔을 것임을 충분히 짐작할 수 있다. 즉 '마음'은 1980년대와 1990년대라는 서로 다른 시간이 연속되고 중첩되며 갈등하고 타협하는 장소였다고 할 수 있겠다.

그런데 그뿐인가? 그렇지 않다. '마음'은 그 자체로 균질적이지도 않고 단일하지도 않기 때문이다. '진정성'은 '386세대'의 세대경험을 중심으로 형성된 특정 세대의 마음의 기획이었을 뿐이다. 다른 한편에서는 이런 식의 어떠한 도덕적·윤리적 가치 및 규범과도 거리를 두는, 그것에서 벗어나 개인의 솔직한 욕망과 쾌락을 발산하는 탈승화의 태도를 가능한 삶의 방식으로 설정하는 또다른 마음의 경향이 하나의 세대적·집단적 흐름으로 정착해가고 있었다. 대중문화의 영역에서 트렌디 드라마와 코믹멜로의 유행, 댄스가요 열풍과 신세대 문화의 부상 등은 그러한 마음의 경향을 배경으로 해서만 가능한 것이었다. 그런 측면에서 1990년대에 서로 다른 그 두 마음은 어느 하나가 우세를 점했다기보다는 서로 경쟁하고 갈등하며 공존하고 있었다고 보는 것이 옳을 것이다.[13] 정확하게 말하면 1990년대의 마음의 체제는 서로 다른 그 두가지 마음'들'의 갈등과 이접(離接), 그리고 상호경쟁으로 들끓는 불안정한 타협의 체제였다고 할 수 있다.[14]

---

12 1990년대 진정성의 문학에 대해서는 황종연 「내향적 인간의 진실」, 『비루한 것의 카니발』, 문학동네 2001 참조.

13 후자의 '마음'은 엄밀하게 보면 김홍중이 규정한 '인지, 도덕, 미학적 판단의 총체'로서 '마음'의 경계에 미달하거나 혹은 그것을 초과하는 어떤 것일지도 모르나 여기서는 논의의 경제성을 고려하여 일단 그 점은 세세하게 따지고 들어가지 않는다.

14 그리고 이는 1990년대 문학과 문화의 성격에도 그대로 반영되는데, 이에 대해서는 뒤에서 자세히 이야기한다.

그리고 후자의 마음은 그 자체로 무한경쟁 속에서의 성공과 생존의 욕망을 삶의 가치로 내면화한 2000년대 속물성이 자라나오게 되는 토양이었다는 점에서 2000년대라는 미래의 시간이 주체성의 형식 속에서 그 자신의 기원을 구성하는 장소이기도 하다. 1980년대(과거) 시간성과의 갈등과 이접, 그리고 2000년대(미래)로부터 회귀하는 또다른 시간성의 포함으로서 1990년대의 시간성을 사고할 수 있는 근거는 여기에도 존재한다. 그렇게 본다면 1990년대의 시간성은 그 자신의 시간을 포함한 서로 이질적인 시간들이 서로 교차하고 이접되는 가운데 의존적으로 갈등하면서 서로를 결정하는 그러한 타협적 과잉결정이 만들어낸 하나의 효과였다고 할 수도 있을 것이다.

이는 1990년대를 서로 차별적인 역사적 시간성들이 교차하고 중첩되며 갈등하고 타협하는 일종의 '정세적 국면' 혹은 '종합국면'(conjuncture)[15]으로 볼 수 있음을 뜻한다. 구체적으로 말하면 1990년대는 그 자신을 증명하고 실현하기 위해 필수적으로 1980년대라는 시간성을 다양한 방식으로 전유하고 포획해야 했던 시기였으며, 다른 한편으로는 아직 오지 않은 2000년대라는 미래가 그 자신의 기원을 소급적으로 형성해가고 있었던 시기였다. 즉 1990년대는 1980년대(과거)와 2000년대(미래)라는 복수(複數)의 시간성과의 갈등과 공존적 이접을 통해서(만) 시대적 정체성을 구현할 수 있었던 시기였다.

1990년대를 역사주의적으로 고착화하려는 시도는 이 시기를 결정하는 이러한 이질적인 시간성들의 네트워크를 망각하고 그것을 동질적인 시간의 연속 가운데 한 단면으로 환원한다. 1990년대를 일방적으로 '문화의 시대'로 규정해왔던 항간의 시각 또한 이와 전혀 무관하지 않다. 그러한

---

15 종합국면에 대해서는 페리 앤더슨 「근대성과 혁명」(김영희·유재덕 옮김), 『창작과비평』 1993년 여름호 346~50면 참조.

시각은 정치, 경제, 문화, 마음, 이데올로기 등 '1990년대'를 구성하는 상대적으로 독립적인 다양한 영역들의 특수한 상호 의존과 결정의 네트워크에서 '문화'만을 따로 떼어내어 특권화함으로써 그 모든 것들의 효과로서 1990년대의 성격을 하나의 본질의 표현으로 환원하기 때문이다. 그것이 불가피하게 역사성의 망각으로 귀결될 수밖에 없음은 말할 것도 없다. 1990년대에 대한 문화적 노스탤지어에서 나타나는 정치적 망각이 또한 이와 관련되어 있는 것이기도 하다.

4. 타협의 장소들

1990년대가 일종의 타협형성에 의해 규정되는 시대였음은 앞에서 이미 분명해졌다. 그 타협형성은 1990년대의 체제적 특성이기도 하고 '마음들'을 비롯한 비물질적인 것들의 네트워크가 갖는 특성이기도 하다. 그리고 1990년대의 문학과 영화에는 그 시대의 이러한 타협형성적 성격이 각기 다른 형태와 방식으로 각인되어 있다. 그렇다면 문학과 영화를 포함한 대중문화의 영역에서 구체적으로 그 타협의 장소들은 어디인가? 그것은 또 어떤 방식으로 나타나고 있는가? 여기서 그 장소들의 상세한 지도를 완벽하게 그려보는 일은 가능하지 않지만, 1990년대 문학과 영화의 지배적인 경향에 대한 일별을 통해 그 윤곽과 포인트 정도는 대략이나마 가늠해볼 수 있을 것이다.

소설도 마찬가지지만 특히 대중영화의 경우 그 시대를 살아가는 대중의 집단심리를 끌어안을 수밖에 없는 장르적 특성상 그 타협은 더욱 뚜렷하게 드러난다. 특히 1990년대에 유행처럼 대거 쏟아져나왔던 로맨틱 코미디 영화의 경우가 대표적이다. 그 영화들은 대부분 소비자본주의의 화려한 스펙터클과 경제력을 갖춘 전문직 남녀들의 소비주의적 라이프 스타일을 보여주면서 1990년대에 확산된 대중의 물질적 욕망의 코드를 자극한다. 그러면서도 「미스터 맘마」(1992) 「가슴 달린 남자」(1993) 「101번째 프로포즈」(1993) 「닥터 봉」(1995) 등과 같은 영화들에서 두드러지는 것처럼 등장인물들의 행위와 사랑의 선택은 그런 물질적 가치에 대한 욕망과는 무관한 자리에서 심지어 그것을 거스르면서 이루어진다. 어느 면에서 이들 로맨틱 코미디의 스펙터클 혹은 미장센과 등장인물의 선택 사이의 그러한 비대칭과 불균형은 그 자체로 부유하고 화려한 소비주의적 삶에 대한 대중적 욕망(90년대적인 것)과 그러한 물질적 욕망을 노골적으로 드러내는 것을 금기시하는 금욕주의(80년대적인 것) 사이의 갈등과 타협을 보여주는 영화적 증상이라고 할 수 있다.[16]

이러한 타협의 증상은 1990년대의 비극적 갱스터 장르는 물론 코미디 형사물에서도 예외 없이 나타나는데, 「투캅스」(강우석 감독, 1993)가 그중 대표적인 사례다. 환락가의 범죄자들과 결탁해 돈을 뜯어 막대한 부를 축적한 비리경찰 조형사(안성기 분)와 원리원칙에 충실한 금욕주의자 강형사(박중훈 분)의 어울리지 않는 커플링은 그 자체로 1990년대 로맨틱 코미디와 갱스터 장르에서 나타나는 물질적 욕망과 금욕주의의 비대칭적이고 불균형한 조합을 연상시킨다. 그리고 영화는 거기에서 한걸음 더 나아간다. 어찌어찌 욕망에 눈떠 이른바 '돈맛'을 알게 된 후 조형사보다 더 심한 비리로 치달으며 끝내는 범죄(마약 거래)까지 계획하는 강형사의 질

---

16 김소연은 이를 1990년대 로맨틱 코미디의 이행기적 특성으로 정리한다. 1990년대 로맨틱 코미디에서 발견되는 이러한 특성에 대해서는 화려한 세계와 욕심 없는 사람들의 '아름다운 조합'에 대한 김소연의 논의를 주로 참조했다.(김소연 「1990년대 이후 한국영화에서 '코믹 모드'의 문제: 로맨틱 코미디 장르의 이행기적 등장을 중심으로」, 『영화연구』 제60호, 한국영화학회 2014) 그러한 타협의 증상은 또한 신분상승('한탕'을 통한 물질적 부의 획득)을 향한 청춘군상의 무차별한 욕망의 질주를 죽음이라는 비극적 종결을 통해 단죄하는 1990년대 갱스터 장르에서도 다른 방식으로 똑같이 반복 변주되는데, 그에 대해서는 김소연 「1990년대 청춘물 한국영화와 이행기적 욕망의 궤적」,『한국학논집』 제59집, 계명대학교 한국학연구원 2015 참조.

주를 제어하는 것이, 그를 그렇게도 욕망의 세계로 끌어들이려고 애썼던 비리의 원조 조형사라는 사실은 흥미롭다. 애초 영화의 전반부에 조형사의 비리를 저지하고 억압하는 이는 강형사였지만, 그 지점에서 그 둘의 역할은 완전히 전도된다. 즉 '억압하는 것'(강형사/정의/금욕)은 '억압되는 것'(조형사/비리/욕망)과 서로 구별할 수 없이 얽히면서 자리를 맞바꾼다. 그리하여 영화는 결국 욕망과 정의(금욕) 사이의 아슬아슬한 균형과 타협을 유지하며 비리경찰로 살아가는 강형사의 모습을 보여주면서 마무리된다. 강형사는 그럼으로써 그의 사수 조형사의 타협적 삶을 똑같이 반복하며, 그렇게 그 둘은 정확히 하나로 겹쳐진다.

영화 「투캅스」가 비리경찰의 캐릭터 조합과 내러티브를 통해 보여주는 이러한 욕망과 정의(금욕) 사이의 타협형성은 두개의 '마음'의 상호경쟁으로 들끓는 불안정한 타협 가운데서 서성이고 있었던 1990년대의 대중심리를 정확하게 관통한 것이라고 볼 수 있을 것이다. 비대칭적인 것의 갈등적 타협으로서 ('투캅스'라는 제목 그대로) '두 형사'의 커플링을 1990년대 대중적 '마음' 지형의 알레고리로 읽을 수 있는 것은 그런 까닭이다. 사실 '90년대적인 것'이란 '80년대적인 것'과 '90년대적인 것', 그리고 그 둘 간의 경쟁과 갈등 및 중첩과 타협이 만들어내는 복잡한 상호결정, 그 안에 잠재성으로 들어 있는 '2000년대적인 것', 이 모든 것들이 한데 얽히고 겹치면서 만들어진 과잉결정의 산물이다. 그리고 90년대적 '마음'의 지형도 이와 같은 것이었다. 우리가 1990년대에 흥행했던 저 대중영화의 증상들에서 발견하는 것은 그러한 1990년대적 '마음'의 지형학이다.

그러한 타협의 증상들은 대중영화뿐만 아니라 1990년대 문학에서도 예외 없이 발견된다. 무엇보다 1990년대 문학에서 흔히 지적되던 '단절'에 대한 강박도 이런 맥락에서 파악할 수 있다. 1990년대 문학의 주요 키워드였던 개인, 일상, 내면, 욕망 등의 가치가 집단, 역사와 정치, 이념 등 흔히 '80년대적인 것'이라 통칭되는 가치들과의 분리와 차별화의 제스처 속에서 그 영역을 넓혀갔음은 잘 알려진 사실이다. 즉 1990년대 문학에서 내세웠던 개인, 일상, 내면, 욕망 등의 가치는 스스로를 '80년대적인 것'들과의 의식적인 단절과 대립을 통해 그 고유한 의미를 정립해나갔다. 이때 '80년대적인 것'은 1990년대 문학에서 '억압된 것'으로 존재하며 또 그러한 것으로서(혹은 그러한 한에서) 효과성을 발휘한다. 그런 의미에서 1990년대의 저 가치들에는 불가피하게 '80년대적인 것'의 그림자가 네거티브한 방식으로 각인되어 있었다고 할 수 있다. 다시 말하면 1990년대의 개인, 일상, 내면, 욕망의 내부에는 이미 '80년대적인 것'에 대한 부정과 인정, 억압과 수용이라는 갈등의 드라마[17]가 그 정체성을 결정하는 구성적 요인으로 자리잡고 있었던 것이다.

1990년대 문학의 정체성이 앞서 말한 타협에 의해 형성된 것이라는 근거는 거기에 있다. 즉 1990년대 문학은 '억압하는 것'(90년대적인 것)과 '억압되는 것'(80년대적인 것) 사이의 갈등, 그리고 그 억압을 통한 '억압되는 것'의 내부화에 의해 만들어진 타협적 결정(結晶)의 산물이다. 사실 1990년대 문학의 주된 정조였던 '환멸'은 그 점을 분명하게 보여주는 하나의 증상이다. 환멸이란 모든 의미와 가치가 사라졌음을 확인하는 데서 오는 정서지만, 그것은 그 환멸의 대상에서 제외되는 하나의 예외 지점을 통해서만 작동한다. 그 예외 지점이란 바로 환멸하는 '나'다.[18] 이때 '나'의 환멸 대상이 되는 것 중에는 당연히 역사, 이념, 집단주의 등 흔히 '80년대적 가치'로 통칭되는 것이 포함된다. 그러나 실상 그러한 '80년대적인 것'은 삶의 태도를 규율하는 도덕적·윤리적 준칙이자 에토스로

---

17 프로이트에 따르면 '부정(否定)'이란 억압을 통해 억압된 것을 인정하고 지적으로 수용하는 방식이다. '80년대적인 것'에 대한 1990년대 문학의 '부정' 또한 이런 논리를 따른다고도 할 수 있겠다.(지그문트 프로이트 「부정」, 『정신분석학의 근본개념: 프로이트 전집 11』, 윤희기·박찬부 옮김, 열린책들 1997, 446~47면 참조)
18 환멸에 대한 이러한 해석과 그것이 1990년대 문학에서 갖는 의미는 김영찬 「1990년대 문학의 종언, 그리고 그후」, 『비평극장의 유령들』, 창비 2006 참조.

서 '진정성'이라는 가치와 결합된 것이었다. 환멸을 정서적 토대로 한 1990년대 진정성의 문학은 '80년대적인 것'을 부정하면서 동시에 그와 결합된 진정성의 에토스를 그것에서 떼어내어 외부세계 혹은 공적 지평과 고립된 '나'의 내면이라는 배타적인 사사(私事)의 영역으로 옮겨놓으면서 성립된 것이었다. '나'가 잃어버린 의미와 가치의 중심이 되는 '90년대적' 진정성은 그렇게 '80년대적인 것'의 부정을 통한 내부화를 통해 작동한다. 진정성의 주체로서 1990년대 문학의 '나' 자체가 이미 일종의 타협 형성물이라고 할 수 있는 까닭은 여기에 있다.

그러한 타협의 풍경을 가장 극적으로 보여주는 소설이 바로 신경숙(申京淑)의 『외딴방』(문학동네 1995)이다. 『외딴방』은 작가인 '나'가 성장기에 여공으로 일했던 '외딴방' 시절의 기억에서 도망치고 싶은 욕구를 억누르며 과거의 상처를 불러와 그 진실과 대면하고 화해하는 글쓰기 과정을 재연(再演)하는 소설이다. 『외딴방』이 우리의 관점에서 눈길을 끄는 것은 깊이 묻어두었던 과거 여공시절의 노동의 기억과 관계의 상처를 '나'가 글쓰기를 통해 불러낸다는 점이고, 또 그 상처와의 화해를 현재 '나'가 처한 글쓰기의 곤경을 돌파하는 계기로 상징화한다는 점이다. 그럼으로써 『외딴방』의 소설적 공간은 그 자체가 과거와 현재, 과거의 '나'와 현재의 '나', 기억에서 도망치려는 '나'와 그 기억을 글쓰기 속으로 불러들이려는 '나' 간에 벌어지는 갈등과 화해의 공간이 되고 있다. 그리고 그 과정에서 그토록 부정하려고 했던 과거의 상처와 부채의식은 현재에 불려와 폐쇄적 내면으로 향하는 글쓰기의 시선을 견제하며 긴장을 유지하게 하는 글쓰기의 내적 동력으로 전화된다.

이러한 『외딴방』의 서사는 그 자체가 이미 '80년대적인 것'(노동/역사/집단)과 '90년대적인 것'(사소함/일상/개인)의 화해와 타협의 드라마를 연출하는 것이라고 보아도 무리가 없다. 그리고 이는 노동현실에 대한 생생한 풍속적 재현(80년대적인 것)과 내면 지향적 서술태도(90년대적인 것)가 긴장하며 모순적으로 공존/타협하고 있는 이 소설의 스타일을 통해서도 뒷받침된다. 신경숙의 '90년대적' 글쓰기는 바로 화해와 타협의 자리에서 이렇게 새롭게 의미화된다. 『외딴방』의 글쓰기 자체를 일종의 타협형성으로서 1990년대 문학이 탄생하는 장면의 알레고리로 읽을 수 있는 여지는 그런 측면에서 충분하다고 할 것이다.

5. 가능성의 가능성

지금 이 시대에 1990년대를 다시 읽는다는 것은 어떤 의미인가? 우리는 왜 1990년대를 다시 읽어야 하는가? 앞에서 지적했듯이, 1990년대를 다시 읽는 것은 지금 한국사회가 처한 곤경과 위기의 근원을 성찰하는 일과 다르지 않다. 왜냐하면 1990년대의 물질적·정신적 체제와 정신의 풍경은 어떤 측면에서 21세기 한국사회가 맞닥뜨린 위기의 병인이 자라난 원초적 장면이기 때문이다. 그러나 동시에 1990년대는 이 위기에 저항할 수 있는 어떤 가능성이 하나의 가능성으로서 잠재해 있는 불확정적인 시기이기도 했다. 1990년대를 관통하는 저 '타협'의 풍경이 과연 무엇을 뜻하는 것이었는가를 새롭게 의미화하는 작업이 긴요한 것은 이런 맥락에서다.

이 글에서는 그 타협의 풍경이 그려진 문화적 지도를 소설과 영화의 몇몇 사례를 통해 간략히 스케치하는 정도에 그쳤지만, 사실 그것은 1990년대의 거의 모든 문화적 산물 속에서 각기 다른 형태로 광범위하게 나타나고 있었다. 그것이 결국 무엇을 의미하는가는 더 많은 사례연구와 더 깊은 숙고를 거쳐 답해야 할 간단치 않은 문제지만, 여기서는 그 의미의 일단만을 간략하게 짚어본다. 간단히 말하자면, 그 타협은 1990년대의 '마음'이 아직은 삶에 대한 윤리적 긴장을 유지하고 있음을 보여주는 하나의 증상이라고 할 수 있다. IMF 외환위기를 겪고 2000년대를 통과하면서 삶의 서사가 전일적인 자본의 서사에 종속되고 영혼의 자유가 자본의 논리에 잠식되어나가고 있을 때, 곳곳에서 우리가 목격했던 것은 저 윤리적 긴장의 붕괴라는 사태였다. 무한경쟁 속에서 살아남는 일의 절박함이 하나의 알리바이로서 윤리적 긴장의 붕괴를 정당화하는 사이에, 정신은 그렇게 서서히 자본의 식민지가 되었고 삶은 동물화되었다. 지금 이 시대에 우리에게 부과된 영혼의 최소준칙이 있을 수 있다면, 그것은 바로 그 동물화에 대한 저항일 것이다. 그리고 역사성과 정치성의 망각으로부터 1990년대를 구원하는 작업이 긴요할 수 있다면, 그것은 그 저항에 보탤 수 있는 고유한 몫이 그 안에 존재하기 때문일 것이다.

반복과 종언 혹은 1960년대라는 원초적 장면

> 모든 죽은 세대의 전통은
> 악몽처럼 산 사람의 머리를 짓누른다.
> ──카를 맑스『루이 보나빠르뜨의 브뤼메르 18일』

1. 반복강박

역사는 자기 자신을 반복한다. 그리고 카를 맑스(Karl Marx)는 거기에
이렇게 덧붙이는 것을 잊지 않았다. "처음에는 비극으로, 나중에는 희극
으로."[1] 2010년대 한국사회를 살고 있는 지금, 우리는 어쩌면 불가피했을
지도 모를 역사의 저 반복을 목도하는 중이다. 2013년 박근혜 정부의 시작
은 정확히 1960년대 박정희체제의 희극적 반복이다. 가령 박정희체제의
지배담론이 당시 4·19 이후 한국사회의 근대화와 민주주의라는 당면과제
에 대한 진보적 담론을 자기 것으로 전유하고 흡수하면서 성립되었듯이,[2]
박근혜의 집권 역시 '복지'와 '경제민주화'라는 진보적 과제의 구호를 선
점하고 전유함으로써 가능해진 것이었다. 그리고 한번은 강요된 선택이
고 다른 한번은 자발적 선택의 결과이긴 하나, 그리고 '복지'와 '경제민주

---

1 카를 맑스『루이 보나파르트의 브뤼메르 18일』, 편집부 옮김, 태백 1987, 11면.
2 이에 대해서는 황병주「박정희체제의 지배담론: 근대화 담론을 중심으로」, 한양대
  박사학위논문 2008 참조.

화'라는 표면의 구호에 가려져 있긴 하나, 2010년대 한국사회 대중의 선택에서 그 (무)의식적 배경에 있었던 것은 실은 어떤 측면에서 4·19 직후 제기되었던 '빵'이냐 '민주주의'냐라는 허구적 이분법 혹은 가짜 대당(對當)의 강박적 반복이었다고 할 수 있다. 반복의 징표는 돌아보면 끝이 없다. 예컨대 어김없이 반복되었던 진보/민주화 세력의 착각과 무능력도 그렇고, '박통'이라는 동일한 명명이 끊임없이 일깨우는 저 혈연적 반복의 상징성도 그렇다.

이것은 여러 징표에서도 쉽게 확인되는 것처럼 한국사회가 여전히 박정희의 유령으로부터 자유롭지 못함을 방증하는 것이다. 어느 면 그것은 당연하다. 지금 한국사회의 거의 모든 지배 시스템과 사회구조가 그 굴절과 약간의 일탈에도 불구하고 근본적으로는 5·16 이후 박정희체제 근대화 프로젝트의 결과물이자 그것의 급진적 심화와 체계화 형태인 까닭이다. 박정희의 유령적 전통은 여전히 '악몽처럼 산 사람의 머리를 짓누른다.' 사실 박정희라는 유령이 아직도 살아 숨쉬는 것은, 박정희 자신이 자기가 이미 죽었음을 모르고 있기 때문이다. 그는 자신의 죽음을 기억하지 못한다. 그리고 2012년의 대선 결과가 은연중 말해주는 것은 어쩌면 한국사회 다수 대중은 그가 이미 죽었음을 그에게 상기시켜주는 상징적·실제적 장부정리 작업을 아직도 진심으로 원치 않는다는 사실일지도 모른다.[3]

그리고 이런 역사의 반복과 더불어 우리가 익히 아는 또 하나의 반복이 있다. 어쩌면 그것은 유전적 반복이라 할 수도 있을 터인데, 1960년대 4·19혁명에 참여했던 4·19세대와 마찬가지로 1980년대 민주화운동에 참여했던 386세대가 보여준 행로의 반복이 그것이다. 4·19세대가 5·16 이후 급속히 발전주의적 지배이념과 지배체제에 통합·편입되어간 것처럼,

---

3 이 죽지 않은 유령의 문제는 역사의 반복이라는 문제와 논리적으로 밀접하게 연관된다.(슬라보예 지젝 『이데올로기라는 숭고한 대상』, 이수련 옮김, 인간사랑 2002, 231~35면 참조)

'386세대' 또한 마찬가지로 자연스럽게 지배체제에 투항하고 편입되어 그 일부가 되어갔던 터다. 그리고 박정희체제가 내세운 성장과 발전이라는 지배 이데올로기는, 2000년대 이후 무한경쟁의 신자유주의시대를 살아가는 다수의 386세대들에게는 어떤 면에서 '욕망'과 '생존'이라는 자연주의적 차원으로 변환되어 내면화되었다. 지금 (나 자신을 포함하여) 대다수 386세대에게 피로와 체념 속에 깊이 가라앉은 1980년대 혁명의 기억은 자기 정당화를 위한 알리바이나 열정으로 빛났던 한때에 대한 아스라한 회한과 빛바랜 추억의 잔재로 남아 있을 뿐이다. 1968년에 박태순(朴泰洵)은 이미 2000년대 이후 드러나는 이러한 386세대의 운명과 환멸의 포즈를 예견하고 미리 앞질러 이렇게 회고한 바 있다.

그러나 우리는 나이를 먹어갔으며, 어떤 철학자의 말처럼 '한순간의 흥분을 너무 과대평가하여 기억하는 것의 무의미함'을 어느덧 배우기 시작하였으며 우리가 힘들여 끌어올렸던 그 무질서의 위대한 형식이 역사성 속의 미아처럼 다만 한순간의 고립에 불과하고 말았음을 보았다. 그것은 마치 그날밤에 우리가 저질렀던 그 놀라운 긴장감의 파괴가 시시한 것이지나 않았는가 하는 부당한 생각조차 가져다줄 때가 많은데, 물론 거기에 대해서는 나의 사적인 느낌으로 완강히 부인해두는 수밖에 없을 것이었다. 마치 진실을 엿본 듯한 느낌으로……[4]

이것은 1960년대에 아스라한 혁명의 기억을 가슴 한켠에 묻어둔 채 소시민적 삶으로 침잠해 들어가던 4·19세대의 자기고백이지만, 386세대의 내면풍경이 (이보다 더 큰 환멸 속에 있긴 하나) 이와 크게 다르지 않음을 우리는 알고 있다. 4·19세대의 자식인 386세대는 그 아비세대의 행로와

---

[4] 박태순 「무너진 극장」, 『월간중앙』 1968년 6월호 419면.

운명을 이렇게 반복한다. 그리고 2000년대 이후 그 반복은 386세대 자신이 '근대화'라는 4·19세대의 프로젝트를 보다 철저한 근대로서의 신자유주의체제로 완성하는 과정과 맞물리고 있었다.

이 역사의 반복을 우리는 어떻게 이해해야 할 것인가? 앞에서 나는 맑스를 빌려 이것을 희극적 반복이라 칭한 바 있지만, 희극적이라고 하고 말기엔 이 사태는 정작 그 현실을 살고 있는 우리에게는 극히 참담하고도 고통스러운 희극이다. 그런데 맑스는 역사의 반복이 갖는 의미에 대해 일찍이 이렇게도 말해놓았다. "역사의 진행은 왜 이러한가? 인류가 즐겁게 그들의 과거와 결별하도록 하기 위해서이다."[5] 사태를 숙고해보면 어쩌면 그럴 수도 있을 듯하다. 프로이트(S. Freud)가 우리에게 일러주듯이, 사실 트라우마의 반복강박이란 바로 그 트라우마에서 벗어나 스스로를 치유하려는 주체의 안간힘의 표현이다. 역사의 반복강박 또한 어쩌면 이와 크게 다르지 않을지도 모른다. 역사는 자신의 외상적(外傷的) 과거와 결별하기 위해 스스로를 반복한다. 이 반복은 어찌 보면 1960년대 이후 지금에 이르기까지 한국사회와 대중의 의식구조를 보이게, 보이지 않게 지배해온 박정희의 유령과의 상징적·실질적 결별을 예비하는 종언의 증상일 수도 있을 것이다. 아마도……

2. 두개의 '1960년대'와 저개발 문화지리의 변증법

2010년대를 살고 있는 지금, 1960년대 문학/문화 연구는 어떤 측면에서 이 반복의 증상에 대한 사유라고도 할 수 있다. 1960년대는 지금 분단체제 한국사회의 정치적·경제적·문화적 지배 시스템이 비롯된 기원이며, 계급

---

5 카를 맑스『헤겔 법철학 비판』, 강유원 옮김, 이론과실천 2011, 14면.(강조는 원문)

구조와 문화구조, 이데올로기 등 거의 모든 영역에 걸쳐 한국사회 근대성의 구조가 형성되는 출발점이다. 1960년대는 4·19혁명과 5·16군사쿠데타에 의해 각각 현실화된 서로 다른 가치지향이 그 안에서 충돌하고 경합하면서도 서로를 모방하고 흡수하는 가운데 전개되어왔고, 저 둘로 상징되는 지배와 저항, 영토화와 탈영토화의 긴장은 이후 지금까지 한국사회를 움직여온 근원의 동학(動學)이었다. 이 모든 측면에서 1960년대는 지금에 이르기까지 분단과 신자유주의체제 한국사회의 모순과 역동의 실제적·상징적 기원으로서 그 자신을 펼쳐왔다. 이런 의미에서도 1960년대는 오늘의 기원이다.[6] 따라서 1960년대에 대한 사유는 곧 현재의 기원에 대한 성찰이며 나아가 현재 그 자체에 대한 사유다.

1960년대에 대한 연구가 다른 시기에 대한 연구와는 달리 현재적 관점에서 각별한 의미를 지니는 것은 이 때문이다. 최근 들어 1960년대 문학/문화에 대한 연구가 활발해지고 있는 사정도 이와 전혀 무관하다고는 할 수 없을 것이다. 1960년대는 현재 한국사회를 규정하는 자본주의 근대의 지배 시스템이 구축되기 시작하는 시점일 뿐만 아니라 문학과 문화 영역에서 지금까지 지속되면서 지배력을 행사하는 이념적·제도적 틀이 형성되기 시작하는 시점이기도 하다. 그런 까닭에 1960년대 문학/문화와 대면하는 작업은 불가피하게 현재에 대한 문제의식을 동반할 수밖에 없고, 거꾸로 현재의 한국사회와 문학/문화를 근원에서 사유하기 위해서는 그 모든 것의 기원으로서 1960년대에 대한 고고학적 시선이 요청될 수밖에 없다. 권보드래와 천정환(千政煥)의 『1960년을 묻다』(천년의상상 2012)는 그런 관점에서 이루어진 1960년대 문학/문화 연구가 그동안 축적해온 성과들의 연장선상에 있으면서도, 대상을 관통하는 현재적 문제의식을 뚜렷하고도 체계적으로 부각하고 있는 저작이다.[7] 제목 그대로 1960년대에 대한

---

6 기원으로서 '1960년대'에 대해서는 이 책의 제1부에 실린 「끝에서 본 기원과 비평」 참조.

저자들의 물음과 다양한 자료의 숲을 헤치며 그 해답을 찾아가는 시선은 예각적이다. 특히 저자들이 섭렵한 방대한 당대의 자료들과 그것의 체계적인 배치, 그리고 그것에 대한 해석의 명료함은 나 자신 이에 미칠 리 없는 연구자로서 경외와 존경을 불러일으킨다. 이로써 우리는 문화연구의 시선으로 작성된 1960년대의 지성과 문학·문화에 대한 상세한 지도 하나를 얻었다고 할 수 있을 것이다.

그런데 문화연구의 시각과 방법론으로 씌어진 이 저작의 성과에 대해 질투 어린 경외를 품으면서도, '문화'연구자가 아닌 '문학'연구자로서(사실 이런 구분 자체가 문제이긴 하지만 여하튼) 갖게 되는 생각은 사실 그리 간단하지는 않다. 근 10년 전부터 집단적으로 본격화된 1960년대 문학연구가 더디지만 우직하게 1960년대 문학의 지형을 하나씩 새기고 더듬어가는 와중에, 어느새 이를 앞질러 문학과 문화를 아우르는 1960년대의 지도가 문화연구 분야에서 먼저 제출된 까닭이다. 그런 점에서 이 책이 1960년대 문학연구에 주는 자극은 작지 않다. 그리고 이 책의 성과가 1960년대 문학연구가 그간 지나쳤던 공백을 새삼 돌아보게 함으로써 기왕의 문학작품에 대한 해석이나 평가의 지점을 새롭게 숙고하게 만든다는 점도 강조하지 않을 수 없다. 물론 이 저작에 대해 1960년대 문학연구자로서 갖게 되는 사소한 의문과 문제제기가 전혀 없달 수는 없을 것이다.

그러나 사소한 의문은 뒤로 넘기고 여기서는 일단 접어두자. 그보다는 먼저 이 저작의 특별한 문제성에 주목하는 것이, 희비극적인 역사의 반복

---

7 사실 이 책은 두 공저자 간의 관점과 스타일의 차이로 인해 하나의 저작으로서 볼 때는 그다지 통일성과 일관성을 갖추었다고 볼 수는 없다. 그런 불균등과 불균질을 무릅쓰고 공저라는 형식을 택한 데에는 나름의 이유가 있겠으나, 저자들이 공히 국문학계의 '386세대 문화연구자'라는 공통점 외에 독자의 입장에서 그 필연성을 알아보기가 그리 쉽지만은 않을 것 같다. 그렇지만 이 글에서는 애초 하나의 체계를 갖춘 기획으로 제출된 이 저작의 의도와 취지를 존중하여 그 안에서 도드라지는 논지나 관점의 차이, 스타일의 편차 등은 특별히 고려하지 않는다.

강박을 앓고 있는 2010년대 한국사회의 발 더딘 문학연구자로서 미루어선 안될 도리겠다. 1960년대 문화연구의 체계적인 한 결실로서『1960년을 묻다』가 갖는 특별한 문제성은 때마침 역사의 반복과 종언이 문제시되는 바로 지금 이 시점, 이 지점의 기원과 그 의미를 자의식적인 고고학의 시선으로 탐색하고 있다는 데 있다. 마침 이 책의 저자들도 그 첨예한 현재적 문제의식을 이렇게 밝혀놓았다. 두개의 기원이 있다. 하나는 한국문화의 창시자들. "특히 이 책에서 다루는 한국의 지성사와 문학 분야에서 그들, 그리고 그들이 만든 제도와 정신은 1960년 이래 새로운 시원이 되었다. 그리고 그것은 아직 살아 있다."[8] 그러나 "살아 있는 것은 전설만이 아니다."(6면) 또 하나, 박정희가 있다. "그는 여의도 정치판으로부터 평범한 사람들의 정치적 무의식까지 지배하는 '모델'이자 망령인 것이다. 그 망령을 영원히 묻어버리거나 쫓아내기는 참 어렵다. 아마 한국에서 국가주의가 기능하고 '경제성장'에의 환상이 없어지지 않는 한, 더 오래 우리는 박정희의 포로가 되어야 할지 모른다. 박정희는 인민주의(포퓰리즘)적인 '통치성'과 발전국가의 환각을 강력하게, 길어도 '너무' 길게, 보여주고 심어놓았기 때문이다."(7면)

저자들이 문제삼는 것은 그렇게 아직도 살아 있는 저 두개의 '1960년대'다. 그것이 왜 문제가 되는가? 그것은 이미 그 시효를 다했으나 그럼에도 불구하고 살아 있는, 저 자신이 이미 죽었음을 알지 못하는 유령과 같은 것이기 때문이다. 이를테면 그것은 이미 "'종언' 휘슬이 울렸지만 인위적으로 연장전이 계속되고 있는"(8면) 낡은 것이거나, 우리들의 머리를 악몽처럼 짓누르는 초자아적 망령이다. 저자들의 문제의식은 이 유령에 대한 애도와 상징적 장부정리에 닿아 있다. "우리는 '좋은 전설'로 아직 살

---

8 권보드래·천정환『1960년을 묻다』, 천년의상상 2012, 6면. 앞으로 이 책을 인용할 때에는 면수만 표기한다.

아 있는 1960년대와, 우리들 삶과 마음속의 어두운 망령인 1960년대를 함께 성찰하고 한꺼번에 벗어나야 한다."(7~8면)

두개의 '1960년대', 이를 다른 층위로 옮겨놓으면 아마도 4·19혁명과 5·16군사쿠데타가 될 것이다. 저자들이 이 책에서 주목하는 것은 1960년대 내내 갈등과 공모(共謀)를 왕복하며 자신의 정신을 전개해나갔던 4·19와 5·16 사이의 변증법적 관계다. 그리고 끝내 4·19가 자신의 가능성을 배신하고 5·16으로 흡수되어버렸다는 것이 저자들의 관점인데, "5·16이 돼버린 4·19"(61면)라는 명제가 바로 이를 함축한다. 그 배경에 있었던 것이 바로 대중의 의식을 지배했던 '빵'과 '자유'라는 가짜 이분법이었으며, 혁명을 혼란과 무질서로 받아들여 "가난과 공산주의에 대한 공포"(61면) 때문에 스스로 자기 자신을 배신했던 대중의 집단심리였다는 것이다. 그렇게 민족적 발전과 근대화라는 명제 아래 4·19를 흡수 통합한 5·16의 역사적 전개, 그것이 1960년대를 규정한다. 그런 가운데 4·19(민주화)와 5·16(산업화)은 "서로 전치되거나 상호침투하며 사태를 과잉결정"(9면)하면서 1960년대를 "모순과 이율배반"(10면)으로 가득한 아포리아(aporia)의 시대로 존재하게 한다. 그리고 정치는 물론이고 지성과 문화의 전 영역에 걸친 1960년대식 변증법이 또한 이와 다르지 않다. '빵'과 '자유' 사이의 모순, 박정희와 김일성의 적대적 공생, 자주와 독립이 미국에 대한 의존을 통해 가능하다고 생각한 『사상계』의 역설로 대표되는 1960년대 지성의 자기모순 등이 그러하다. 1960년대는 그처럼 자유와 반공, 민족주의와 서구 추종, 물질주의 이데올로기와 교양의 추구 등 서로 양립할 수 없는 상반된 가치가 공존하는 저개발의 변증법이 극적으로 펼쳐지던 시대였다. 『1960년을 묻다』는 방대한 자료의 재구성을 통해 1960년대 후진국 한국에서 펼쳐진 저 1960년대식 저개발의 변증법을 흥미롭게 재현해놓는다.

사실 『1960년을 묻다』가 그리고 있는 이 1960년대 변증법의 드라마는 박정희체제에 대해 최근 축적된 역사학계의 연구성과와 1960년대 문학/문화에 대한 근자의 연구성과의 토대 위에 서 있는 것이긴 하나, 저자들의 현재적 문제의식은 그 위에 또다른 흥미로운 방점들을 찍어넣고 있다. 특히 당시의 신문기사나 지식인 담론 등을 통해 '5·16이 돼버린 4·19'의 전후 사정을 추적하며 회수되지 못한 4·19의 몫을 부각하는 대목은 그 자체로 흥미진진하다. 박정희 정권의 문화정책과 대중동원을 '지배-동의'의 틀이 아닌 '심리전' 개념으로 파악할 것을 제안하면서 지식인의 사상전향 문제를 부각한다든가(4장), 일본문화의 수용열풍에서 1960년대 민족주의의 분열증을 읽어내고(13장), 미국 CIA의 지원을 받던 '문화자유회의'와 『사상계』의 관련을 추적하면서 민족주의와 아메리카니즘의 모순적 결합을 포착하는 대목(7장) 등도 그렇다. 이 저작에서 1960년대에 작동했던 모순의 역학에 대한 강조는 반공영화나 책 읽기, 여성 표상, 일본문화 등을 다루는 데서도 일관되게 관철되는데, 그에 힘입어 1960년대의 현실은 보다 복합적이고 다층적인 모습으로 그 자신을 드러낸다. 가령 1960년대의 인문주의 교양열풍을 분석하면서 기존의 '개발'(근대화) 대 '민주주의'의 단순한 이분법 안에서의 저항이라는 도식을 넘어 문화 자체가 갖는 속성으로서 자율성과 다원성에서 비롯되는 동원과 탈동원의 역학을 지적하는 장면(9장)도 그런 면에서 특히 인상적이다.

저자들의 지적처럼 1960년대는 실로 모순과 이율배반으로 가득한 시대였다. '가능성과 그 좌절'(이청준)이라는 4·19세대의 심리지도가 함축하듯 1960년대는 상호모순적인 것들의 공존과 결합, 갈등과 공모, 상호 참조와 반영 등의 역동적인 동학(動學)이 시대의 중심에 자리잡고 있었다. 더욱이 1960년대는 근대 민족국가 형성이라는 과제를 놓고 자유주의와 반공주의, 개인주의와 국가주의, 개발주의와 민주주의, 민족주의와 아메리카니즘 등 서로 다른 사상적 지향이 벌이는 경합과 각축이 그 어느 때보다 격렬했던 시기이기도 했다. 그리고 그러한 모순적인 것들의 병존과 상호결정은 이 시기 문학의 복합적이고 다층적인 정신과 심리구조를 만들어낸 중요한 배경이기도 했다. 그간 1960년대 문학연구에서도 이 점이 각별히 주목되지 않은 것은 아니었으나, 저자들은 그것이 이 시대의 핵심으로서 이처럼 지성과 문화를 포괄하는 전방위의 영역에서 표출되고 있었음을 새삼 반갑게 확인시켜준다. 더욱이 교양과 지성, 사상과 표상 등 다양한 영역에 걸쳐 저자들이 그리고 있는 이 변증법적 문화지리의 구체성은, 그런 측면에서 1960년대 문학연구의 입장에서도 중요한 참조가 될 만하다. 문학 텍스트 중심의 문학연구의 입장에서는 더욱이나 그렇다.

3. 아포리아의 시대, 아포리아의 서사

그런데 사실 1960년대의 모순과 이율배반에 주목하는 이러한 시각은 저자들이 스스로 전면에 내세우는 386세대의 정체성과 무관하지 않다. 저자들은 이 책을 "386세대가 쓴 4·19세대론"(550면)으로 규정한다. '386세대'란 무엇인가? "제3·4공화국의 개발독재정권이 건축한 한국에서 자랐고 4·19세대가 만든 세계 속에서 성장"(같은 곳)한 세대, 그래서 "우리는 개발독재국가의 자식이자 4·19세대의 아이들이었다"(551면)라고 말할 수밖에 없는 세대, 그리하여 마침내 이렇게 고백해야 하는 세대. "그들(4·19세대―인용자)의 문화적 유전자는 우리 안에 들어와 있었다. 실로 우리가 아는 거의 모든 것은 4·19세대가 일러 가르쳐준 것이었다."(같은 곳) 그렇게 보면 '386세대가 쓴 4·19세대론'이 갖는 의미는 정신분석을 빌려 비유컨대 자신의 탄생의 원인으로서 원초적 장면(primal scene)의 재현에 있다고 해야 할지도 모른다. 원초적 장면이라는 그 트라우마의 재현이 왜 필요한가? 바로 그 안으로 걸어들어가 그것을 드러내고 그것에서 벗어나기 위해서다. 다시 말하면, 그것은 4·19세대가 디자인한 세상을, 그리고 그로부터 386세대가 물려받은 유산과 전통을 애도하고 새로운 변화의 지점을 사유하기 위해서다.

바로 이 지점에서 우리는 산업화 대 민주화, 지배 대 저항, 억압 대 자유 등의 이항대립에 의해 규정되는 균일하고 일직선적인 서사가 1960년대를 서술하는 4·19세대의 지배서사였다는 점을 복기할 필요가 있다. 그에 비해 1960년대를 단순한 이항대립이 아닌 상호모순적인 대립항들의 공존과 상호침투의 변증법이 펼쳐진 시대로 그리는 『1960년을 묻다』의 서사는, 4·19세대의 지배서사와 단절하려는 386세대의 자의식을 드러내고 있다는 점에서 사뭇 자기반영적이다. 뿐만 아니다. 이미 저자들도 넌지시 암시하고 있는 바이지만,[9] 사실 이 책을 이끌어가는 '문화연구'의 시각 또한 같은 맥락에서 4·19세대와의 단절의 증상으로 읽을 수 있을 것이다. 2000년대 이후 국문학계의 문화연구가 4·19세대의 문학정신에 의해 지탱되어왔던 근대문학의 종언이라는 사태를 아카데미즘의 영역에서 반복하는 증상이며, 크게 보아 '문학주의'와 '내셔널리즘'이라는 두 축에 의해 지탱되었던 4·19세대의 문학관념과의 결별을 배경으로 한다는 것은 이미 지적된 바 있다.[10] 이런 측면에서 1960년대 문화연구의 한 결실로서 『1960년을 묻다』가 갖는 특별한 의미는 어쩌면 이런 것일지도 모른다. 즉 그것은 4·19를 정신적 기원이자 거점으로 삼아 전개되었던 한국 근대문학의 한 단계가 끝난 지점에서, 바로 그 4·19세대에 의해 형성되고 지속되어온 문학/문화 관념과 단절한 문화적 상상력으로써 서술되는 기원에 대한 서사다.

식민지시대에 고정되어 있던 문화연구의 시선이 당대의 기원으로서 1960년대에 주목한 것이 갖는 의미는 여기에 있는 것이지만, 이제 첫발

---

9 "2000년대 이래의 문화연구(또는 문화론적 연구)는 4·19세대의 지적 유산을 우회한 방법이 아니었나 한다."(552면)
10 「끝에서 본 기원과 비평」 참조.

을 땐 그 걸음이 '1960년대'와 '1960년대 문학'에 대한 어떤 새로운 통찰을 가능하게 할 것인지를 판단하긴 아직 이른 것 같다. 다만 이 저작이 '1960년대' 연구의 방법론과 '문학(적인 것)'의 의미에 대한 숙고의 필요성을 환기시켜주는 효과를 불러일으킨다는 점만은 부인할 수 없을 듯하다. 그리고 1960년대를 바라보는 이 저작의 문화연구적 시각이 어떤 측면에서 1960년대 문학연구의 최근 경향이나 문제의식과 의미심장한 공유지점을 형성하고 있는 것도 분명하다. 문학연구자의 입장에서 볼 때 1960년대를 모순과 이율배반의 시대로, 그리고 '5·16이 돼버린 4·19'의 서사로서 바라보는 이 책의 관점에 눈길이 머무는 것은, 그 관점이 사실 기존 문학사의 목적론적 서사를 어떻게 해체하고 어떻게 1960년대를 자리매김할 것인가라는 기왕의 문학연구의 문제의식과도 무관하지 않기 때문이다. 이는 곧 4·19세대가 그려놓은 문학사적 지배서사에서 벗어나 1960년대를 새롭게 의미화하는 문제와 관련된다. 1960년대를 관통했던 "아포리아이자 한계"로서 "모순과 이율배반"을 지적(10면)하는 저자들의 시각을 연장해본다면, 1960년대는 그 시대를 구성하는 여러 요인들이 충돌하고 겹치며 또 상호 결정하면서 어느 하나의 서사로 환원되거나 설명되지 않는 독특한 복합성과 다원성을 지닌 시기로 이해할 수 있게 된다. 이 점이 중요한 것은, 바로 그것이야말로 어떤 지배적인 관념(그것이 문학주의든 민중주의든)에 기초해 1960년대를 단지 이후 시기(1970년대와 1980년대)의 발전을 '예비'하는 전 단계쯤으로만 규정했던 기존 4·19세대의 목적론적 지배서사[11]와는 다른 서사로서 1960년대 문학(사)을 서술할 수 있는 출발

---

11 이 경우 기왕의 문학사 해석에서 흔히 보아왔던 것처럼 1960년대는 대체로 '미완(未完)'의 시기로, 1970년대와 1980년대는 그 미완의 과제를 완수해나가는 진보의 과정으로 해석될 수 있다. 역사에서는 비록 그럴 수 있을지도 모르나(사실 이도 곰곰이 따져봐야 할 의심스러운 문제지만) 문학사가 그런 식으로 진보의 과정을 따른다는 관념은 그 자체로 문제가 있다.

점이 되기 때문이다.

기왕의 1960년대 문학연구에서 1960년대를 그렇게 (단순히 '과도기'가 아닌) 고유한 시간과 리듬으로 생동하는 독자적인 특이성(singularity)을 갖는 시기로 정의해야 한다는 문제의식은 명시적으로든 아니든 꾸준히 제출되어왔다.[12] 사실 문학연구에서 이는 텍스트 해석과 평가의 문제와도 밀접하게 관련되어 있는데, 문학 텍스트에 담긴 시대의 감수성과 심리지도는 그러한 시대의 본질에 다양하고도 민감한 각도로 닿아 있기 때문이다. 기존의 문학관념 혹은 지배서사에 매끄럽게 포섭되지 않는다는 이유로 배제되거나 제 몫의 평가를 얻지 못하고 소홀히 다루어져왔던 작가나 텍스트 들을 새로운 시선으로 조명할 수 있는 가능성 또한 바로 그곳에서부터 열리는 것이다.[13]

그런데 이 저작에는 1960년대 문학에 대한 평가와 관련하여 흥미로운 대목이 있다. 그것은 한편으로는 흥미롭지만 다른 한편으로는 선뜻 동의하기 망설여지는 대목이기도 한데, 예컨대 이런 서술. "4·19는 어떤 유산도 남기지 못하고 소멸되는 것처럼 보였다. 이 시절 문학은 혁명을 기억하고 개발독재에 항의하는 예외적인 장소 중 하나였다."(108면) 이때 문학

---

12 1960년대를 복합적이고 차별적인 시간성의 교차와 중층결정에 의해 형성되는 '종합국면'으로 파악하려고 한 시도도 근본적으로는 이와 관련되어 있는 것이다. 그러한 시도는 김영찬『근대의 불안과 모더니즘』, 소명출판 2006, 45~66면 참조.

13 일례로 그 성격상 '문지'와 '창비' 어느 한쪽 계열로 매끄럽게 포섭되거나 환원되지 않는 독특한 경향으로서 1960년대 박태순의 초기 소설이 그러한 경우다. 그간 한편으로는 1970년대 '민중'의 발견으로 나아가는 도정의 과도적 단계쯤으로 다루어져왔던 박태순의 초기 소설에 대한 최근의 활발한 연구와 재평가의 배경에 있는 문제의식도 바로 이것이다. 이런 문제의식하에 이루어진 박태순 소설 연구의 대표적인 사례로는 오창은 「한국도시소설 연구」, 중앙대 박사학위논문 2005; 조현일 「대도시와 군중: 박태순의 60년대 소설을 중심으로」,『한국현대문학연구』제22집, 한국현대문학회 2007; 이수형 「박태순 소설에 나타난 이동성의 의미」,『민족문학사연구』제38호, 민족문학사연구소 2008; 조현일 「박태순 소설에 나타난 유년기 형상에 대한 연구」,『비평문학』제45호, 한국비평문학회 2012 참조.

이 혁명을 기억하고 개발독재에 항의하는 '예외적인 장소'였다고 주장하는 배경에는, 대중들이 저 스스로 4·19혁명을 배반하고 5·16의 개발주의에 속절없이 포섭되어갔다는 전제가 깔려 있을 터다. 이것은 한편으로 문학적 언어가 갖는 저항의 가능성에 눈을 열기보다 오히려 문학을 탈신비화하고 그것의 물질적·이데올로기적 토대를 특별히 강조했던 그간 문화연구의 일반적 경향[14]을 스스로 일탈하는 것이어서 흥미롭고, 다른 한편으로 그것이 1960년대 중반 이후 박정희식 근대화에 대해 다양한 층위와 계층에서 실제로 활발하게 터져나왔던 비판담론과 실제적 저항에 주목하기보다[15] 오히려 그보다 먼저 문학을 저항의 특권적인 장소로 특별히 앞세워 지목하는 것이어서 의아하다.

그리고 여기에는 '문화적 자유주의'에 대한 의외의 적극적 평가가 개입되는데, 그것을 위해 저자들은 김승옥(金承鈺)과 이청준(李淸俊)의 서사전략을 뚜렷하게 차별화한다. 저자들에 따르면 김승옥은 "근대─성장─발전이라는 불확실한 약속"(81면)을 내면화하면서 타락에 대한 공범의식과 죄의식, 자기연민 사이에서 동요한 작가였던 데 비해, 이청준은 "개발독재정권에 맞서는 전략을 일관되게 모색한 작가"(75면)였다. 그리고 이런 맥락에서 이청준은 흥미롭게도 "1970년대의 민중적 전환에 닿아 있는 작가"(같은 곳)로 평가된다. 이 지점에서 드러나는 결론으로서 '문학' 혹은 좁게는 '문화적 자유주의'가 갖는 정치성에 대한 저자들의 입장은 이렇다. "문학은 4·19혁명 이후 사회적으로 부정당하던 '자유'를 유예시키며 보존할 수 있는 장이었다. '민족'과 '민중'의 1970년대는 그런 계승·유예·보존에 기초해 싹틀 수 있었던 것이다."(108면) 『1960년을 묻다』의 저자들

---

14 이에 대한 최근의 비판적 논의로는 오태영 「문학의 위상 변화와 문학 연구의 (탈)영토화」, 『상허학보』 제37집, 상허학회 2013 참조.
15 어쩌면 이는 '5·16이 돼버린 4·19'라는 인식과 구도에서 나온 필연적인 결과일 수도 있을 것이다.

이 내놓는 이러한 평가의 구도와 문학사의 연속에 대한 시선은 1960년대 문학에 대한 실로 풍부한 암시적인 논점과 논쟁거리를 담고 있다. 그리고 그것은 (문화적 자유주의를 포함한) '자유주의'에 대한 재평가의 문제[16] 와 관련된 것이기도 해서 간단하게 갈라 이야기할 수 있는 문제도 아닐뿐 더러 지금으로서는 힘에 부치는 논제이기도 하다. 그러니 제한된 지면과 능력이 다 감당하지 못할 이 방대하고 민감한 논제에 대해서는 차후의 지속적인 토론의 몫으로 돌리고, 여기서는 다만 저자들의 문학사적 구도를 일단 눈에 담으면서, 그 과정에 눈에 띄는 텍스트 해석의 문제에 집중해 논제의 일단에 접근해보는 것이 좀더 효율적일 듯하다. 장을 넘긴다.

4. 문학과 정치, 혹은 해석과 사실 사이에서

앞에서 1960년대 '문학'을 놓고 『1960년을 묻다』의 저자들이 취하는 스탠스를 지목했지만, 그와 관련된 사소한 의문 하나를 말미에 슬쩍 덧붙여보는 것도 일개 문학연구자의 의무이자 한줌의 권리랄 수 있을 것이다. 사실 이 책의 서술방식에서 무엇보다 먼저 눈에 띄는 것은 문학 텍스트가 곳곳에서 신문기사, 선언문, 지식담론, 정치적 사건 등과 병치되거나 저자들의 논지를 뒷받침하는 자료 중의 하나로 활용되고 있다는 점이다. 4·19 이후 활성화된 탈(脫)종속과 주체건설 논의와 최인훈(崔仁勳)의 『회색인』의 일절이 나란히 배치되고(289면), 손창섭(孫昌涉)의 소설 「미해결의 장」과 김상환(金上煥)·김우창(金禹昌)의 대담이 한국민의 '미국화'를 방증하는 자료로 나란히 제시되는 것(280~81면)이 예컨대 그러한 사례일 것이다.

---

16 이런 맥락에서 이루어진 『창작과비평』의 '비판적 자유주의'에 대한 논의로는 김현주 「1960년대 후반 '자유'의 인식론적, 정치적 전망: 『창작과비평』을 중심으로」, 『현대문학의 연구』 제48호, 한국문학연구학회 2012 참조.

4·19 이후 '자유부인'이나 '아프레걸'에 무력해져 있던 남성들의 대응이 남정현(南廷賢)의 소설 「너는 뭐냐」와 「분지」의 예로써 설명되는 것(467면)도 마찬가지 맥락이다. 최인훈의 소설 『광장』과 『태풍』의 상상력이 당시 지적 담론에서의 중립화 논의와 연결되는 지점을 추적하는 대목(5장)도, 조금은 다른 방식이긴 하나 역시 그 연장선상에 있는 것이라고 할 수 있다. 이 책에서 담론과 텍스트의 이런 배치방식은 그 시대 문학의 상상력이 1960년대 고유의 집단심리나 지적 분위기와 연계되는 지점을 확인시켜주는 효과를 거두고 있기는 하다. 그런데 잠깐, 그렇기만 한 것인가?

이처럼 문학 텍스트가 단지 하나의 '자료'로서 다른 분야의 자료들에 종속되거나 그와 동일한 층위에 배치되고 의미화되는 것은 저간의 국문학계 문화연구가 보여주는 서술방식의 지배적인 특징인 것 같다.[17] 그런데 이것이 다른 한편으로 문제인 이유는, 그럴 경우 불가피하게 다른 층위와의 상대적인 자율성 속에서 그 자신의 역사와 시간을 갖는 각 영역의 차별적인 시간성에 대한 고려[18]가 무시될 위험이 상존한다는 데 있다. 가령 (저자들의 표현 그대로) "20대 새파란 불문학자"(325면)인 김현(金炫)의 평론 「한국문학의 양식화에 대한 고찰」이 박종홍(朴鐘鴻) 이어령(李御寧) 등과 한데 묶여 "신경증으로서의 민족주의"(305면)라는 맥락에서 논의될 때(6장), 김현의 그 평론이 당시 문학적 세대논쟁 속에서 가졌던 원래의 맥락과 함의는 저자들의 (다소 섬세함을 결한) 민족주의 비판의 논리적

---

17 이와 직접 관계있는 것은 아니지만 문학 텍스트를 다른 역사자료와 동등한 하나의 '자료'로 취급하는 것은 공교롭게도 멀리 미국의 아시아 문화연구의 지배적인 경향이기도 한데, 여하튼 거기서 그런 문화연구 방법론 자체가 근대 아시아의 문학적 언어와 경험을 주변화함으로써 서양의 문화적 헤게모니를 강화하는 데 기여해왔다는 지적은 그 맥락은 다르더라도 한번쯤은 진지하게 새겨볼 만하다.(레이 초우 『디아스포라의 지식인』, 장수현·김우영 옮김, 이산 2005, 187~93면 참조)

18 이에 대해서는 루이 알뛰세르 『자본론을 읽는다』, 김진엽 옮김, 두레 1991, 126~28면 참조.

구도 속에 증발되고 대신 함석헌·박정희·이어령 등과의 공통분모로서 김현의 "거칠고 거시적인 민족주의와 역사주의"(323면)만이 부각되어버리는 것이다.[19]

그런데 사실 1960년대의 민족주의 '들'은 실제로 그렇게 한데 묶어 어느하나의 공통된 특성으로 환원할 수 없는 다양한 스펙트럼 속에 존재한다. 뿐만 아니라 거기에는 특정 형태의 민족주의 담론을 그것으로서 존재하게 하고 그것에 특정한 의미를 부여하는 기반으로서 제도적 장(場)들 간의 차이도 필히 개입된다. 한 텍스트의 의미는 그렇게 다른 텍스트들과의 외견상의 공통성만으로 환원되지 않는, 해당 담론/문학 장(場) 속에서 갖는 맥락과 고유성, 그리고 나아가 각 텍스트의 부분과 부분, 또 부분과 전체가 맺는 관계에 따라 비로소 드러나는 것이다. 이 점이 고려되지 않은 채 논자의 특정 논지를 뒷받침하기 위해 텍스트의 한 부분이나 다른 텍스트와 유사한 개념 혹은 논리만을 절취하여 특정한 담론구도 속에 배치했을 때, 그 텍스트 자체가 갖는 논지의 핵심과 고유한 함의는 필히 왜곡될수밖에 없다. 사실 이 점은 저자들만의 문제라기보다는 최근 국문학계의 문화연구 방법 자체가 근원적으로 안고 있는 난점 중의 하나라고 할 수 있을 터다. 이것이 문제인 것은, 왜곡된 텍스트는 항상 어느 지점에선가 되돌아와 겉보기에 견고해 보이는 논지를 밑에서 허물어버리는 방식으로 복수하기 때문이다. 더 큰 문제는 이것이 문학작품 해석으로까지 확장될 때다.

잠시 돌아가보자. 『1960년을 묻다』의 저자들이 성장과 개발주의에 대한 저항의 지점으로 지목한 것이 '문학'이라는 점은 앞에서도 환기했다.

---

19 김현의 해당 텍스트의 핵심은 사실 기존 한국문학 고유의 양식화 경향을 비판하면서 '개인'과 '합리주의'에 기초한 한국문학의 새로운 양식화(기술방법)의 필요성을 강조한 데 있었다. 그러나 김현의 글에 대한 상세한 논의는 이 글의 관심사가 아니므로 여기서는 일단 접어둔다.

그리고 그 점은 '문학과 정치'의 문제에 주목하는 최근의 1960년대 문학 연구가 관심을 갖는 지점이기도 하다. 다른 시대의 문학도 정치와의 관련성에서 자유로울 수 없기는 마찬가지겠지만, 1960년대는 더더구나 그러했다. 1960년대는 4·19와 5·16이라는 강렬한 정치적 사건의 파장이 보이게, 보이지 않게 작가들의 의식세계를 압도했던 시대다. 더욱이 당대에 활발하게 논의되던 민주주의와 민족주의 등의 정치적 담론의 영향은 물론이고 반공주의의 압도적인 지배력을 고려할 때 1960년대의 문학적 정신구조를 정치의 문제와 분리하는 것은 불가능하다. 그런 점에서 최인훈의 『광장』과 『태풍』에서 당대 지식인들의 관심사였던 중립화론의 반향을 읽어내는 것(5장)이나,[20] 이청준과 방영웅(方榮雄)의 소설에서 개발주의에 대한 저항의 지점을 발견해내는 저자들의 시선(2장)은 눈길을 끈다.

그럼에도 불구하고, 앞서 말한 텍스트 해석의 문제는 여기서도 예외가 아닌 것 같다. 문제는 김승옥과 이청준 소설의 경우인데, 저자들에 따르면 특히 이청준은 "개발과 번영과 근대화를 약속하는 정권에 맞서 '허기'의 능력을 실험"(106면)한 작가다.

5·16쿠데타로 "삶에서 어떤 정신세계가 열렸다가 갑자기 닫혀버린 것"을 경험한 세대가, 스스로 열어젖힌 사회적 공간에서 새로운 저항양식(단식—인용자)을 발견했다는 사실은, 1960년대의 개발독재에 대한 대응의 모색이었다는 맥락에서 주목할 만하다. '문화'와 '단식'을 키워드로 한 양식이 개발독재의 '물질'과 '번영'에 대응된다는 점에서도 그렇다. (…) 이청준은 이 '단식' 속에서 식민 말기—한국전쟁기—1960년대로 이어지는 '허

---

20 이와는 조금 다른 맥락이긴 하지만, 최인훈의 『광장』을 국가와 국가 간 경계에 대한 사유라는 관점으로 읽는 최근의 논의도 주목할 만하다. 김미란 「1960년대 소설과 국가: 하나의 민족과 두개의 국가, 혹은 대한민국에서 국가와 그 경계를 사유하는 법」, 계명대학교 한국학연구원 기획 학술대회(2013. 4) 발표문 참조.

기'의 계보를 상상하고 거기서 '빵보다 자유'라는 입장의 가능성을 발견한 듯하다. (85~86면)

저자들은 이렇게 이청준 소설의 주인공이 경험하는 '허기'를, 개발독재에 대한 저항이라는 측면에서 1964년 6·3시위 당시 대학생들의 단식투쟁과 같은 맥락으로 연결시킨다. 이를 통해 이청준의 '허기'는 '자유'보다 '빵'이라는 개발주의 논리에 대한 저항의 양식으로 의미화된다. 여기서 이청준의 '허기'가 '빵'에 대한 저항의 양식이라는 해석은 중요하다. 왜냐하면 그것은 이청준이 '개발독재정권에 맞서는 전략을 일관되게 모색한 작가'로서 '1970년대의 민중적 전환에 닿아 있는 작가'라는 문학사적 평가와 직결되고 있기 때문이다. 문제는 이러한 해석과 평가가 텍스트의 사실(fact)에 기초하고 있는가이겠다. 그러나 텍스트의 사실이 말해주는 것은 오히려 거꾸로다. 왜 그런가?

물론 저자들의 지적처럼 이청준의 소설에 실제로 단식의 모티프가 등장하긴 한다. 하지만 그렇다고 해서 작가가 강조하는 '허기'가 곧바로 '빵'에 대한 반대 혹은 '저항'의 의미를 띠게 되는 것은 아니다. 가령 이청준의 주인공은 이렇게 말한다. "정말로 나의 생애는 허기로 시작되고 허기로 끝나고 그 사이의 연결도 모두 허기의 징검다리로 이어지고 있는 것처럼 그것의 기억밖에 남아 있지가 않았다."[21] 그런데 그가 그 '허기'를 잊었던 시기가 있었는데, 4·19 직후가 바로 그런 때였다. "그리고 그 일년 동안 나는 허기를 잊고 지냈다는 것입니다."(「자서전」 109면) 그에 따르면 허기라는 결핍의 증상에 시달리던 정신이 포만감으로 충일해졌던 시기가 바로 4·19다. "4·19혁명데모에 나섰던 우리 친구들은 별로 데모를 하지 않

---

21 이청준 「쓰여지지 않은 자서전」, 『소문의 벽』, 민음사 1972, 155면. 이하 「자서전」으로 약칭.

앉어요. 그때 우리는 오히려 허기에 지친 사람이 갑자기 많은 음식을 만났을 때처럼 이것저것 집어삼키는 일에 몰두해 있었지요."(「자서전」 108면) 그리고 5·16을 맞으면서 잠시 잊었던 허기에 다시 시달리게 되었다는 것이 이어지는 '나'의 진술이다. 즉 저자들의 해석과는 정반대로 여기서 작가는 의미론적으로 4·19를 허기를 가라앉히는 '포만감'과, 5·16을 오히려 '허기'와 연결시키고 있다. 게다가 여기에서 보듯이 이청준의 소설에서 육체적 증상인 '허기'는 단지 '단식'의 결과가 아니라 어떤 정신적 결핍의 은유라고 할 수 있어서, 그 본래의 의미상 '4·19' '자유'와 같은 의미계열에 놓일 수 있는 것도 아니다. 따라서 여기서 '허기'는 '자유' 대 '빵'이라는 구도[22]에 환원되지 않는, 굳이 말한다면 오히려 거꾸로 그 도식을 해체해버리는 은유다. 이런 텍스트의 실재에 반해 '허기'를 단순히 '자유'로 해석하여 '빵'에 대한 '저항'의 양식으로 환원해버린다면, 이청준이 '허기'라는 은유를 통해 이야기하는 다양한 층위의 함축들(예컨대 '문학'에 대한 방법론적 자의식도 그중 하나다)은 보지 않는(혹은 볼 수 없는) 잉여로 남겨놓은 채 정치적 해석코드가 텍스트의 다층적인 진실을 억압해버리는 결과로 이어질 것이다.

이는 김승옥 소설에 대한 해석에서도 마찬가지다. 저자들에 따르면 근대-성장-발전이라는 권력의 좌표에 진입하기 위해 여성을 파괴하는 타락과 범죄를 저지르고 스스로를 연민하는 김승옥 소설의 전략은 4·19를 배신한 "자기 파괴의 자유"(82면)를 보여주는 것이며, 따라서 김승옥이 걸었던 길은 곧 (백낙청의 평가 그대로) "시민의식 파산의 길이며 새로운 노예화의 길"(81면)이다. '정치적 올바름'의 차원에서 본다면 이런 해석은 물론 지극히 정당하다. 그러나 그것이 김승옥 문학의 의미와 문학사적 위

---

22 사실 이 구도는 좀더 엄밀하게 논의되고 재구축되어야 할 필요가 있는데, 왜냐하면 여기에는 1960년대에 '자유'가 지닌 다양한 층위와 스펙트럼, 그리고 그것이 당시 반공주의나 계급문제 등과 연관되는 지점에 대한 고려가 사상되어 있기 때문이다.

치에 대한 평가와 관련된다면 문제는 달라진다. 왜냐하면 문학이 갖는 의미와 가치는 그런 '정치적 올바름'과는 다른 층위에 있는 것이기 때문이다. 김승옥 소설의 복합적인 함축을 '빵' 대 '자유'라는 해석의 구도에 가두어버린다면, 그리고 나아가 그것을 기준으로 '문학의 정치성'을 판단한다면, 사실 우리가 얻을 수 있는 것은 그다지 많지 않다. 특히 그것이 '1970년대의 민중적 전환'이라는 어떤 목적론적 서사가 전제된 원근법적 시각을 중요한 기준으로 한 것이라면 더욱이나 그렇다.

이와 같은 해석·평가와 팩트의 관계에 대한 고려의 문제는 딱히 문학작품의 해석과 관련된 것이 아니더라도 저자들과 함께 깊이 숙고하고 토론되어야 할 지점인데, 방영웅의 소설 『분례기』(1968)에 대한 『창작과비평』의 열광에 대한 해석은 그중 한 사례다. 저자들에 따르면 『분례기』가 『창작과비평』 편집진을 열광시킨 지점은 "『분례기』의 몰역사성과 불결성"(96면)이며, 거기에는 빈곤을 "순치할 수 없는 실존성으로, 계량화할 수 없는 육체성으로 확인"(103면)함으로써 개발주의에 맞서려는 『창작과비평』 측의 의도가 깔려 있다는 것이다. 그런 측면에서 『창작과비평』으로서는 '소시민'을 부정하고 개발주의에 저항할 수 있는 거점을 마련하기 위해 『분례기』는 필연적으로 "발견되어야만 했던 텍스트"(101면)였다는 것이 저자들의 논리다. 1960년대에 당혹을 불러일으킬 정도로 예외적으로 돌출된 소설 『분례기』의 의의를 새롭게 자리매김하는 이러한 논리는 그 자체로는 실로 매력적이다. 하지만 우리는 이 지점에서 실제 『분례기』를 고평했던 백낙청(白樂晴)의 의도가 이와는 전혀 무관했을뿐더러 외려 상충하는 것이기도 했음을 환기할 필요가 있다.

『분례기』의 불결성이 개발주의에 대한 저항의 지점이 될 수 있다는 저자들의 지적은 그 자체로는 물론 적실하다. 하지만 그것이 『창작과비평』의 전략이었다는 해석에 이르면 사정은 달라진다. 백낙청이 당시 『분례기』에서 본 것은 유감스럽게도 저 불결성 자체가 갖는 저항의 가능성이 아니었다. 그가 실제로『분례기』를 높이 평가했던 지점은 그보다는 더러운 현실을 있는 그대로 보여주는 작가의식의 '건강함'과 리얼리즘적 기율에 대한 충실함이었다. 그러는 한편 그는 저자들의 기대와는 반대로 예의 그 불결성이 "역사창조"에 의해 "지양될 필요가 너무도 역력한 삶"[23]임을, 즉 근대적 시민의식의 개입을 통해 정화되고 극복되어야 할 기형적인 것임을 분명히 한다.[24] 즉 저자들의 예리한 분석처럼 그 작품 자체는 순치될 수 없는 이물성과 불결성을 통해 개발주의에 저항했다고 볼 수 있다 하더라도, 문제의 작품을 '발견'했던 당사자인 백낙청은 반대로 저자들이 지적하는 그 저항의 지점(이물성과 불결성)을 오히려 농촌의 너절한 '기형성'으로 파악하고 그것의 '지양'과 '순치'를 위해 "농촌과의 유기적 유대"[25]를 요청하고 있었던 것이다.『창작과비평』편집진의 입장에서 저 '불결성'은 저항의 지점이기는커녕 외려 계몽하고 지양해야 할 한국농촌의 너절한 현실이었던 셈이다. 그런 측면에서『분례기』는 실은『창작과비평』편집진에 의해 '발견되어야만 했던 텍스트'가 아니라 오히려 '오해된 텍스트'였다고 할 수 있다. 흥미로운 것은 저자들이 (『분례기』를 유례없이 상찬하는『창작과비평』의 실제 의중과 맥락이 그대로 드러나는) 백낙청의 해당 글의 한 부분을 인용하면서도 그 글의 의도나 전체 논지와는 동떨어진 정반대의 맥락을 구성하고 있다는 사실이다. 이는 아마도 '문지' 계열과 '창비' 계열이 공히 '허기'와 '불결성'이라는 반(反)개발주의적인 거점을 토대로 개발독재에 대한 저항의 "공통의 연대"(106면)를 구축했다는 애초 담론적 문제틀의 자력(磁力)에 불가피하게 이끌린 결과일 것이다.

---

23 백낙청 「『창작과비평』 2년 반」(편집후기),『창작과비평』 1968년 여름호 374면 참조.
24 『분례기』의 고유한 성취를, 다른 것이 아닌 지양되어야 할 농촌현실의 너절한 실상을 생생하게 포착하는 '리얼리즘적 기율'에서 찾은 백낙청의 입장은 앞선 선우휘와의 대담에서도 발견된다.(선우휘·백낙청 대담 「작가와 평론가의 대결: 문학의 현실참여를 중심으로」,『사상계』 1968년 2월호 참조)
25 백낙청, 앞의 글 375면.

여기에서 제기되는 문제를 좀더 연장해본다면 (이 저작의 몇군데서 간혹 보이는 주관주의적 서술과 이론적 개념의 오용이라는 사소한 문제와는 별도로) 그것은 결국 '문화연구'가 하나의 인문 '과학'으로서 성립하기 위해 요청되는 '객관성'의 문제일 터다. 물론 그 '객관성'의 지위를 어떻게 정의하느냐에 따라 논의의 지점은 충분히 달라질 수 있다. 이는 더 나아가 텍스트의 객관적 '진실'이란 무엇이고 또 그것이 도대체 실재하기나 하는 것인가 하는 문제와도 무관하지 않을 것이다. 이런 맥락에서 딱히 여기에 국한하지 않더라도, 다양한 영역·맥락의 담론과 텍스트 들이 그 각각의 차별적인 역사와 시간성에서 떨어져나와 절취 인용되고 뒤섞이면서 발생할 수 있는 텍스트 해석상의 여러 문제들은 (이 책에서 보듯 그 혼종의 실험을 통해 생겨나는 흥미로운 주제나 새로운 통찰과는 별개로) 함께 무릎을 모아 진지한 토론을 요청하는 사안인 것 같다. '문학과 정치'를 논제로 삼는 '문학연구'의 입장에서도 그것은 결코 가벼이 넘겨버릴 수 없는 자신의 문제인 까닭이다.

5. 그리고…… 물음 하나

『1960년을 묻다』는 1960년대 '문화연구'의 중요한 성과이면서, 동시에 1960년대 '문학연구'의 분발을 촉구하는 문제적 저작이다. 저자들이 이 책에서 던지는 중요한 물음 중의 하나는 이런 것이다. "4·19가 4·19 자체로서 지속될 수 있었더라면? 하물며 성공할 수 있었더라면?"(60면) 그리고 저자들은 이 물음을 통해 "4·19의 나머지, '4·19를 4·19 자체로 이어나갔을 때'의 몫을 상상"(556면)해보자고 제안한다. 물론 여기에는 4·19가 대중들에 의해 배반당했다는, 그리하여 4·19는 5·16이 되어버렸다는 저자들의 인식이 바탕에 깔려 있다. 그러나 진실을 말하자면, 역사의 필연성은 우리의 서운함 따위에는 개의치 않는다. 역사는 자기 자신의 몫을 잊지 않고 냉연히 주어진 제 갈 길을 갈 뿐이다. 그리고 4·19가 5·16의 개발주의에 포섭되어버린 것이 문제라면, 그 진짜 원인은 '대중들의 배반' 같은 주관과 우연의 영역에 있는 것이 아니라 보다 근본적인 차원에서 자기 자신에 반대하는 것까지도 포함하여 모든 것을 포섭하고 수렴하면서 스스로를 확장하고 정당화하는 자본주의 자체의 역능에 있는 것이다. 그것이 비록 '경제' 자체의 논리보다 '정치'의 팽창에 의해 시동이 걸린 '박정희식' 후진자본주의라고 해도 그 필연의 사태는 달라지지 않는다. 그런 측면에서 보면 '4·19를 4·19 자체로 이어나갔을 때의 몫'이란 엄밀히 말하면 존재하지 않는다. 오히려 거꾸로, 이어나가지 못한 4·19, 바로 그 자체가 4·19다.

그럼에도 불구하고, 저자들의 저 물음과 상상은 중요하다. 앞에서 지적한 대로 이 물음의 전제가 된 '5·16이 돼버린 4·19'라는 그 서사에 힘입어 저자들은 1960년대의 현실을 다층적이고 다원적으로 드러내면서 그 안의 모순과 이율배반을 예리하게 포착해내고 있다. 하지만 '4·19의 남겨진 몫'을 상상해보자는 저자들의 제안에도 불구하고, 정작 이 책에는 실제 생활세계와 정치, 계급의 영역에서 5·16이 돼버리지 않고 남겨지거나 배제된, 그리하여 끊임없이 5·16과 길항하면서 1960년대의 잠재적인 역동을 가능하게 했던 아래의 힘에 대한 탐구는 제한적인 것 같다는 느낌이 든다. 사실 이 점은 저자들 중의 한명이 '대중지성'의 가능성(나 자신은 비록 이에 대해 회의적이지만)을 지속적으로 강조해왔음을 상기해볼 때 다소 의외로 느껴진다. 물론 이 저작에서 그 가능성에 대한 언급이 아주 없는 것은 아니나, 그것이 대부분 적절한 사례와 치밀한 논증이 뒷받침되지 않고 모호하고 주관적인 단정이나 선언의 차원에만 머물고 있는 것도 그런 느낌을 더한 이유다.

특히 4·19가 다름 아닌 '대중'에 의해 배반당했다는 이 저작의 전제는 어찌 보면 '5·16이 돼버린 4·19'라는 사태의 책임을 대중에게 돌려버리는 것으로 읽히기도 하는데, 이 점은 한편으로 대중지성을 강조하면서도 정작 5·16과 길항하는 저 남겨지고 배제된 아래로부터의 힘을 보다 적극적으로 찾지 않고 섬세하게 보지 않는 이 저작의 문제를 그 자체로 보여주는 증상적 지점이다. 그리고 이는 사실 '대중'의 개념이나 그 안에 존재하는 여러 층위와 계급의 분별의 문제, 그리고 통치성과 대중의 자율의 문제, 더 나아가 지성과 지식인 문화 중심의 역사서술이 부딪힐 수밖에 없는 난점 등과 관련하여 좀더 섬세하고 진지한 검토가 요청되는 부분이기도 하다. 어떻게 보면 이는 1960년대의 '문화정치'라는, 저자들의 애초 문제설정 자체에서 비롯된 한계일 수도 있을 것이다.

그런데 물어보자. 저자들이 이야기하는 '4·19의 남겨진 몫'이란 구체적으로 무엇인가? 그것은 누가, 어떻게 회수할 수 있는가? 벤야민(Benjamin)에 따르면 구원은 미래에서 오는 것이다. 미래가 과거를 구원한다. 그리고 미래는 충분히 그럴 능력이 있다. 하지만…… 그럴 희망은 어디에 있는가? ……현재적 문제의식을 놓지 않고 지금은 시효를 다한 현재의 기원으로서 1960년대를 겨냥하는 문학/문화 연구가 어쩔 수 없이 지속적으로 품고 가야 할 고통스러운 물음은 아마도, 그런 것일지도 모른다.

한국문학과 그 타자들

1. 출몰하는 타자들

2000년대 이후 한국문학에서 두드러진 현상을 꼽으라면 아마도 그중 하나는 '타자들'의 형상에 대한 재현적 관심의 증대일 것이다. 2000년대 들어와 외국인 노동자, 난민, 혼혈인, 탈북자 등이 빈번하게 소설의 주요 캐릭터로 등장하기 시작하고 국가와 민족 바깥의 낯선 형상을 통해 문학적 주제의식을 펼치는 소설이 양적으로 크게 증가했음은 익히 알려진 사실이다. 그러한 형상은 자아와 국가, 민족 같은 넓은 의미에서의 주체(성)의 경계 안에 포섭되지 않는, 그래서 주체와 소원하거나 적대적인 형상까지 포괄하며, 그런 의미에서 말 그대로 '타자들'이다. 달리 말한다면 그것은 주체성의 경계 너머에서 주체와 부딪치며 주체의 의식작용에 응답하거나 저항하는, 경계 밖의 존재들이다.

2000년대 이후의 한국문학에서 타자들은 이전과 달리 단순히 주체의 의식작용에 종속되는 부차적인 형상 혹은 하나의 배경에 그치지 않고 소설의 중심에서 그 자신의 존재성을 뚜렷이 부각한다. 이들이 그렇게 한국문학의 중심으로 진입한 것은, 한편으로 한국사회가 세계화라는 이름으로 전면화된 전지구적 자본주의의 세계지배와 그로 인한 모든 경계의 해체와 재구성이라는 세계적 흐름에서 자유로울 수 없었던 사실과 결코 무관하지 않다. 그럼으로써 경계의 넘나듦과 경계 밖의 존재들과의 마주침이 이제 특별하고 예외적인 경험이 아니라 무시할 수 없는 우리 삶의 한 부분으로 자리잡게 된 사정도 그러한 현상의 배후에 있다.

그런데 각도를 달리하면 사실 2000년대 이후 한국문학에서 이러한 타자들의 득세는 거꾸로 자기중심적 주체로서 '나'의 중심성이 약화된 것과 전혀 무관하다고 할 수 없다. 1990년대 문학이 다양한 외형에도 불구하고 근본적으로 '나'의 서사였다는 사실을 상기해보면 그 변화의 징표는 뚜렷하다. 1990년대 문학은 개인의 의식과 경험을 중심으로 모든 삶의 관계들을 재고하려는 시도라는 의미에서 실로 '개인 주체의 귀환'[1]의 서사라 할 수 있다. 1990년대 문학에서 '나'의 내면은 외부의 모든 부정적인 것들과 대립하는 의미와 가치의 성소(聖所)로서 작동하고 있었으며, 그것은 자아와 타자의 경계를 확고히 하고 삶의 모든 관계의 양상을 내면으로 수렴하면서 자기 자신을 실현하는 것이었다. 2000년대 문학은 그러한 자기중심적 주체의 왜소화라는 현상으로 특징지어진다. 2000년대 이후의 소설에서 개인의 내면은 스스로의 가치를 축소하면서 모든 외부의 대상을 의식적으로 수렴하고 통어하는 중심으로서의 지위를 내어놓는다. '나'는 이제 스스로의 중심성을 느슨하게 풀어헤쳐 '나' 바깥의 차이들의 세계에 자신을 흩뿌린다. 2000년대 이후의 소설에서 '나'의 의식적 동일화 작용에 수렴되지 않는 '타자들'의 형상이 급격히 증대했던 것도 사실 그 배경은 여기에 있다. 예컨대 박민규(朴玟奎) 소설의 우주인과 편혜영(片惠英) 소설의 시체들이 그런 배경을 등에 업고 등장한 타자들의 대표주자라고 할 수

---

1 황종연 「개인 주체의 귀환」, 『비루한 것의 카니발』, 문학동네 2001, 218면.

있을 것이다.

　이 경우 타자와의 만남은 '나'의 중심성이 해체되는 데서 나온 부산물
인 반면, 2000년대 이후 또다른 갈래의 소설들에서 타자와의 만남은 하나
의 의식적인 프로젝트이기도 했다. 첫째로 그것은 '경계 넘기'라는 기획
으로 나타났다. 그것은 일차적으로 '국경 넘기'의 모티프를 통해 구체화
된 바 있는데, 전성태(全成太)의 「국경을 넘는 일」(2005)과 「강을 건너는 사
람들」(2007), 강영숙(姜英淑)의 『리나』(2006), 황석영(黃晳暎)의 『바리데기』
(2007), 정도상(鄭道相)의 『찔레꽃』(2008) 등이 이런 맥락에 있는 소설이다.
국경을 넘으면서 맞닥뜨리는 '나' 안의 마음의 경계, 그리고 낯선 세계와
또다른 타자들, 국경을 넘거나 넘지 못하는 그 타자들의 삶의 고통 등은
최근 소설인 조해진(趙海珍)의 『로기완을 만났다』(2011)에까지 지속적으
로 이어지면서 한국소설에서 하나의 주요한 경향으로 자리잡았다.

　국경을 넘는 난민-타자들의 형상과 그들이 겪는 시련을 주로 포착한
이들 소설은, 경계의 해체라는 국면에 내재한 법과 자본, 권력과 억압, 지
배와 피지배 등의 문제를 무대에 올린다. 이 소설들은 또한 전지구적 자
본주의의 전면화로 인한 경계의 해체 이면에서 난민과 이주민 들이 겪는
실존적 고통과 트라우마를 탐구함으로써, 그러한 국경 바깥의 현실이 궁
극에는 2000년대 한국사회의 또다른 내부적 상처일 수 있음을 드러내 보
여준다. 물론 그것은 한국사회 변화의 징후에 대응하는 윤리적 감각에서
비롯된 것이지만, 크게 보면 한국문학의 존재방식의 변화와 관련된 것이
기도 하다. 그렇다면 그러한 '국경 넘기'의 모티프를 중심으로 한 소설들
을 포함하여 2000년대 문학에서 두드러지게 나타나는 저 경계의 해체와
타자와의 만남을 우리는 어떤 맥락에서 이해해야 할까?

2. 경계의 해체 혹은 타자들

역사적으로 볼 때 한국 근대문학의 정체성 정립은 표상의 제한된 경계를 만들어내는 작업과 밀접한 관련을 맺고 있었다. 한국 근대문학이 창조했던 민족어와 민족 이미지 등은 다른 민족과 구별되는 민족적 정체성의 경계를 확정하는 기제였고, 한국 근대문학은 그러한 경계를 자기동일성의 근거로 확정짓는 가운데 스스로를 정립해왔다. 그리고 문학주체의 ('나' '우리' '민족' '공동체' 등의) 자기동일성의 확증과 실현에 대한 욕망은 한국사회가 맞닥뜨린 (독재의 폭력과 외세의 침탈 같은) 내적·외적 적대가 심화될수록 그에 비례해 강렬하게 표출되었다. 한국사회의 현실에 대한 진지한 문학적 대응(리얼리즘)이든, 아니면 그 속에서 자율적인 정신의 자유를 고수하려는 반성적 의식의 운동(모더니즘)이든, 20세기 한국문학은 동일성의 경계 안쪽에서 끊임없이 경계의 바깥과 싸우면서 자신의 존재가치를 확증하는 가운데 지속되어왔다. 2000년대 직전까지의 한국 근대문학의 동력과 존재방식을 우리의 맥락에서 거칠게 요약하면 바로 이런 것이었다.

그리고 이 점은 20세기 근대문학의 마지막을 장식했던 1990년대 문학을 보아도 분명하다. 가령 우리가 '내면성의 문학'이라 일컬어지는 1990년대 문학의 중심에서 예외 없이 보았던 것도 자아와 타자의 경계를 나누고 '나' 밖의 타자를 자기동일성의 계기로서 환원하는 그런 주체의 의식운동이었다. 그 때문에 1990년대 문학에서 타자가 대부분 그 자신의 존재성을 실현하고 드러내기보다 '나' 바깥의 낯선 어떤 것으로서 갖는 타자성의 계기는 지워진 채 '나'의 의식의 한 계기로 수렴되거나 동화되는 현상을 우리는 어렵지 않게 볼 수 있었다. 가령 구로공단 여성노동자들의 형상을 서사 속에 부려놓으면서도 그것을 결국 '나'의 의식과 글쓰기의 자기반성의 한 계기로 환원했던 신경숙(申京淑)의 『외딴방』(1995)이 그러했고, 타자인 여성을 시원(始原)의 추구와 자기구원의 계기로서 재현하고 자기화했던 윤대녕(尹大寧)의 소설 대부분이 그러했다. 환멸의 세상을 냉소하며 그것으로부터 절대적으로 고립된 예외적 존재로서의 '나'를 구축하는 데서 서사적 동력을 구했던 은희경(殷熙耕)의 많은 소설들 또한 마찬가지다.

이런 1990년대 문학의 사례가 보여주듯이, 한국 근대문학에서 타자와 자신을 구별하는 (개인적이든 집단적이든) 동일성으로서의 '나'(또는 '우리')의 경계를 구축하는 작업이 미학적 실천의 중심에 자리잡고 있었음은 어렵지 않게 확인된다. 그중에서도 특히 '나'와 타자의 경계를 구축하고 그 속에서 '나'의 가치를 증명해나갔던 1990년대 문학의 정신운동은, 앞에서 이야기한 한국 근대문학의 동력 혹은 존재방식과 어떤 측면에서 구조적으로 의미심장한 상동성(homology)을 보여준다고 할 수 있다. 아니, 차라리 그것은 시기를 막론하고 한국 근대문학의 정신운동 자체가 자기동일적 경계의 확정이라는 토대 위에서 전개되었음을 증명하는 가장 뚜렷하고도 유력한 사례다.

사실 그러한 자기동일성에 대한 끈질긴 욕망은 한국 근대문학의 주체가 강압적 근대화와 정치적 폭력 앞에서 끊임없이 주체의 존립에 대한 불안에 시달려왔던 데서 비롯된 것이었다. 일제 식민지배의 경험이 그러했고 수십년간 지속된 독재정권의 지배경험이 그러했듯이, 20세기 한국사회의 주체는 자신의 자율을 위협하는 강압적인 타율의 지배로부터 한시도 자유롭지 못했다. 그리고 그럴수록 거꾸로 그것에 대한 방어와 대항의 기제로서 주체의 자기동일성에 대한 욕망은 한층 강렬해질 수밖에 없었다. 이는 다른 한편 그러한 외부의 타율적인 압력에 대적하는 흔들리지 않는 어떤 의식의 거점을 구축하려는 주체적 시도와 연결되는 것이기도 했다.

2000년대 이후 한국문학 주체의 경험에서 특기할 만한 변화의 핵심은, 한국적 현실과 주체의 관계를 근저에서 틀 지었던 그러한 경계의 해체라고 할 수 있다. 그 배후에 있었던 것은 물론 근본적으로는 1997년 IMF 구제금융 사태 이후 모든 것을 식민화하는 자본 지배의 가속화와 더불어 그에 맞설 영혼의 왜소화와 가치 하락이었다. 그렇지만 거기에는 오랫동안 한국문학이 고수해왔던 완강한 자기동일적 경계에 대한 반성과 성찰이 또다른 한편에서 작동하고 있었음도 부정할 수 없다. 이는 이를테면 주체는 타자적 세계의 네트워크 가운데 한 자리에 불과하며, 그래서 동일성의 제한된 경계에 고착되는 것은 다른 가능성의 억압으로 이어질 수 있다는 의식적·무의식적 감각이 알게 모르게 보편화되었던 사정과도 무관하지 않다. 2000년대 문학에서 고정된 동일성의 경계를 넘어서고 해체하려는 움직임이 하나의 집단적인 경향으로 나타났던 것은 이러한 맥락에서 이해할 수 있다.

2000년대에 들어와 한국소설에서 인종과 민족, 국경 등을 넘어서는 모티프가 자주 등장했던 것은 이러한 움직임을 단적으로 보여주는 현상이다. 김영하(金英夏) 천명관(千明官) 배수아(裵琇亞) 전성태 등의 많은 소설이 배경이나 인물의 국적을 모호하게 지워버리거나 아예 외국(인)으로 설정하고 있었던 것도 사실은 이러한 움직임과 무관하지 않다. 이는 기존의 한국문학을 구성했던 표상의 경계를 넘어서는 것이었고, 그럼으로써 한국문학의 경계를 한편으로는 확장하면서 다른 한편으로는 해체하는 효과를 발휘했다. 예컨대 김영하의 『검은 꽃』(2003)은 '국가'와 '민족' 이데올로기가 갖는 허구성의 해체에 그 주제의식이 집중되어 있지만, 그런 한에서 그것은 근대 민족문학의 이데올로기와 그 표상의 경계를 문제삼는 알레고리로 기능하기도 했다. 『동물원 킨트』(2002) 이후 배수아의 일련의 소설들 또한 민족과 국가의 경계는 물론 '나'의 정체성의 경계까지도 해체하면서 새로운 혼종적·해체적 정체성의 가능성을 실험한 문학적 실천이었다. 그렇게 보면 결국 2000년대 문학은 경계 바깥의 타자들과의 만남을 통해 한국문학의 정체성을 구성하는 표상의 경계 자체를 해체함으로써 한국문학을 새롭게 재구성하는 작업으로 그 자신의 의미를 확장하고 있었던 셈이다.

따라서 한국문학에서 경계의 해체와 타자와의 만남이라는 문제는 2000년대 이후 문학의 본질적인 특성과 밀접한 관계를 가지는 것이었다. 그것은 또한 2000년대 이후의 문학이 증거하는 근대문학의 끝이라는 사태와도 아주 무관하지 않다. 왜 그런가? 정체성의 확립은 자아와 타자의 경계를 확정하는 데서 출발한다. 한국 근대문학의 정체성 또한 그러했다. 그런 측면에서 한국 근대문학의 성립근거는 언어와 감정, 표상의 차원에서 민족적 동일성의 경계를 확정하는 것에 있었다. 2000년대 문학은 그 동일성의 경계를 해체함으로써 20세기 내내 지속되었던 근대문학의 상상적 토대 중 중요한 한 축을 알게 모르게 침식해가고 있었다. 그럼으로써 2000년대 문학은 모든 경계가 해체되고 혼종의 정체성이 보편화되는 근대 이후에, 혹은 보다 철저한 근대에 대응하는 문학적 상상력을 발전시킬 가능성을 (그것이 실제로 현실화되었는가의 문제와는 별개로) 내장하고 있음을 보여주었던 것이다.

3. 타자를 재현한다는 것

다른 한편, 2000년대 소설에서 타자와의 만남은 문학적 실천으로서 재현의 기획이기도 했다. 2000년대 이후 한국문학에 본격적으로 등장하기 시작한 이방인, 외국인 노동자, 혼혈인, 탈북자, 결혼이주 여성, 불법체류자 등의 형상은 그 재현의 기획을 위해 소환된 타자들이다. 일일이 열거할 수는 없으나 예컨대 김재영(金在瑩)의 「코끼리」(2004)와 「아홉 개의 푸른 쏘냐」(2005), 박범신(朴範信)의 『나마스테』(2005), 이명랑의 『나의 이복형제들』(2004), 강영숙(姜英淑)의 「갈색 눈물방울」(2004)과 『리나』(2006), 손홍

규(孫洪奎)의 「이무기 사냥꾼」(2005), 공선옥(孔善玉)의 『유랑가족』(2005) 등
이 이를 보여주는 대표적인 소설들이다. 이들 소설은 한편으로 한국사회
의 이질적인 구성원/이방인으로서 타자들에 대한 재현기획의 가운데에
있는 것인데, 이는 자본주의 세계화로 인한 저간의 한국적 현실의 변화를
반영하는 것이기도 했다. 자본에 의한 국경의 철폐와 이주·디아스포라의
보편화라는 전지구적 현상에서 예외일 수 없었던 한국사회의 사정을 고
려할 때, 난민과 이주자 등 타자들의 재현은 그 자체로 현실의 본질적인
국면을 겨냥하는 윤리적 감각을 보여주는 것이었다.

특히 그러한 세계적 변화가 갖는 의미와 그에 맞닥뜨리는 주체의 상황
에 대해 가장 자각적인 시선을 보여준 소설 중의 하나가 바로 전성태의
소설이다. 예컨대 몽골에서 기업의 교육연수 프로그램을 지원하는 업무
를 하던 「목란식당」의 화자는 이렇게 말한다.

그들은 마치 새로운 문명으로 무장하고 초원에 진출한 낯설고 두려운 세
력들처럼 여겨졌다. 앞으로 그들이 세계를 주름잡고 호령할 게 뻔히 보이
는 듯했다. 왠지 기업이 국가를 능가하는 이념체제로 바뀌고 있다는 인상.
글로벌 경영이라는 개념이 막연한 구호가 아니라 자본의 의지에 의해 낡은
구조를 깨고 있다는 확신이 들었다. 그럼에도 나는 이 캠프가 주는 두려움
의 정체를 완전히 납득할 수는 없었다. 끝없이 무력감만이 증폭되었다.[2]

초국적 자본이 '글로벌 경영'이라는 이름 아래 국가와 민족의 경계를
해체해버리고 "노마디즘과 경영 마인드"[3]라는 구호를 앞세워 자유로운
이동의 삶은 물론이고 강제로 뿌리 뽑혀 떠도는 삶조차도 경영 효율성이

---

2 전성태 「목란식당」, 『늑대』, 창비 2009, 16~17면.
3 같은 글 16면.

라는 자본의 가치 아래 포섭해나가는 사태. 그것이 전성태 소설의 주체가 맞닥뜨린 상황이다. 전성태는 「목란식당」에서 리좀(rhizome)적 실천 혹은 노마디즘(nomadism)이라는 포스트모던 정치가 결국은 초국적 자본의 경영전략 아래 포섭될 수밖에 없는 허약한 것에 불과함을, 또 그것이야말로 다른 한편 막강한 포식자로서 자본의 위력을 증명하는 것임을 현실의 삶 속에서 예민하게 간취하는 정치적 감각을 보여준다. 전성태의 소설은 이를 통해 국경을 넘거나 넘지 못하는 난민·이주민으로서 타자들의 출현이 어떤 맥락에서 기인한 것인가를 정확하게 포착한다. 타자의 재현을 중요한 기획으로 삼는 앞의 일련의 소설들은, 그런 초국적 자본에 의한 국경의 해체와 이주·디아스포라의 보편화 속에서 하위제국으로 부상한 한국사회가 다양한 인종 및 민족의 혼종적 공동체로서 다문화 사회로 재편되어가고 있음을 보여주는 문학적 증상이면서, 동시에 이에 어떻게 대응할 것인가를 질문하는 문학적 실천의 결과였다고 할 수 있다.

경계가 흐려지고 뒤섞이는 혼종과 디아스포라가 점점 우리 삶의 중요한 경험으로 부각되고 있는 시대, 하나의 고정된 정체성이 아닌 유동적·혼종적 정체성이 문제가 되는 시대, 낯선 타자들과의 만남이 예외적인 상황이 아니라 우리 삶을 구성하는 일상의 한 국면이 된 시대, 그리고 타자와의 만남을 어떻게 의미화하는가가 삶의 중요한 정치적·윤리적 문제로 부각되는 시대. 2000년대 이후의 소설들은 그런 시대의 산물이면서 동시에 그런 시대가 제기하는 물음에 대한 답변이기도 하다. 그렇다면 우리는 '타자와의 만남'이라는 문제를 어떻게 이해해야 하는가? 한국문학에서 그것은 어떤 의미를 갖는가? 그것이 갖는 정치적 의미는 무엇인가?

그간 한국문학에서 재현되는 '타자와의 만남'을 이해하고 의미화하는 데 유력한 코드가 되어왔던 것 중 하나는 바로 다문화주의다.[4] 다문화주

---

4 이는 저간의 많은 논의들이 타자(와의 만남)를 재현하고 있는 2000년대 소설들을 '다

의 담론은 다문화 사회에서 일반적으로 요구되는 차별의 배제와 상호인정, 차이의 존중과 상호공존, 타자에 대한 공감과 연대 등의 보편적 가치를 중심으로 구성된다. 다문화주의는 어떤 측면에서 다문화 사회의 통합 원리이기도 하지만, 다른 측면에서는 그 사회를 살아가는 시민으로서 요구되는 정치적·윤리적 의식과 관련된 것이기도 하다. 그것은 '나'와 인종적·문화적으로 다른 타자와의 만남이라는 이질적인 경험을 어떻게 '나'의 삶 속에서 조화롭게 통합하고 대처할 것인가 하는 문제라고도 할 수 있다. 실제로 2000년대 이후 한국소설에 나타나는 타자들의 재현과 그 의미화 방식은 상당부분 한국사회에서 이런 다문화적 가치의 보편화를 반영한 것이었다고 할 수 있다. 그리고 그중 많은 소설들은 그 과정에서 한국사회에 만연한 노동의 강압적 배제와 포섭, 정치적·경제적 억압과 차별, 인종주의와 순혈주의 이데올로기, 여성 이주노동자에 대한 이중의 식민화 등에 대해 효과적인 문학적 비판을 수행해왔다.

그런데 이때, 문제가 되는 것은 타자를 어떻게 이해하고 어떻게 재현할 것인가이다. 앞서 언급한 의미에서의 다문화주의가 실은 범역적 자본주의의 새로운 이데올로기라는 비판도 없진 않지만,[5] 여기서 핵심은 그것이 아니다. 문제는 타자를 재현하는 다수의 한국소설이 어느 면 다문화주의를 포함하여 신자유주의체제 비판이나 탈식민주의 같은 정치담론의 충실한 문학적 번역의 차원에 머물고 있다는 사실이다. 이주노동자 문제를 다루는 많은 소설이 타자를 정형화하거나 신비화하지 않으면 익숙한 형상으로 환원하는 접근방식을 취한다는 문제제기도 이와 무관하지 않다.[6] 앙

문화 소설'이라는 범주로 분류하거나 '다문화주의'라는 개념을 통해 해석하는 것에서도 확인된다.

5 슬라보예 지젝 『까다로운 주체』, 이성민 옮김, 도서출판b 2005, 351~61면 참조.
6 이런 맥락에서 타자를 재현하는 것이 갖는 문제에 대한 비판적 논의로는 복도훈 「연대의 환상, 적대의 현실: 최근 한국소설의 연대적 상상력과 재현과 대한 비판적 주석」, 『눈먼 자의 초상』, 문학동네 2010 참조.

드레 지드(André Gide)의 말처럼, 좋은 생각은 나쁜 작품을 만든다. 아무런 저항 없이 정치적·문학적 담론의 차원으로 매끄럽게 번역될 수 있는 작품이 이를테면 그런 경우다. 지난 세기의 문학이 우리에게 가르쳐준 것은, 문학이 정치와 구별되는 자기 자신의 몫을 창안해내지 못할 때 그것은 충분히 정치적이지 못하다는 깨달음이다.

4. 세개의 사례, 혹은 불가능성

그렇다면 문학은 대답을 기다리는 타자들 앞에서 어떤 방식, 어떤 포즈로 존재해야 하는가? 조금 길을 돌아, 박훈정 감독의 영화 「신세계」(2013)에 등장하는 '연변거지'라는 흥미로운 캐릭터들에서부터 이야기를 시작해보자. 조직에 의해 연변에서 불려온 허름하고 기이한 행색의 그들은, 심지어 자기 자신의 죽음까지도 무릅쓰면서 살인이라는 최종목적을 향해 물불을 가리지 않고 돌진해 끝내 임무를 완수하고야 마는 살인청부업자들이다. 그런 측면에서 그들은 우리가 흔히 보아왔던 '연변사람'의 스테레오타입을 찢어버리는 더럽고 충격적인 괴물들이다. 그들은 마치 살인이라는 목적을 위해서만 존재하는, 어떤 기계적인 충동의 화신인 것처럼 보인다. 그들은 감정 없는 잔인한 살인기계들이며 트라우마적 사물(the Thing)이다. 그들과의 마주침은 '나'의 삶을 찢어놓는, 그 자체로 폭력과 죽음의 경험이다. 이 '연변거지'의 형상은 비록 범죄영화의 문법 속에서 소비되고 있긴 하지만, 타자와의 마주침이 갖는 어떤 차원을 넌지시 암시해주는 면이 있다. 이것이 첫번째 사례다.

또 하나. 김애란(金愛爛)의 소설 「성탄특선」에는 동남아시아 청년들이 등장한다. 성탄을 맞아 섹스를 할 빈방을 찾아 밤새 거리를 헤매는 젊은 연인들이 있다. 어렵사리 겨우 허름한 여인숙에서 빈방 하나를 발견한 그들은 그곳에 들지만, 누렇게 얼룩진 이불에는 낯선 이의 음모와 머리카락이 꿈틀대고, 녹물이 흐르는 세면대엔 머리카락이 뭉쳐져 있다. 어쩔 수 없이 그곳을 나와버리는 젊은 연인들, 나가려고 방문을 열자 방 안을 엿보던 곱슬머리 외다리의 동남아 청년과 마주친다. 연인들의 공포와 비명에는 아랑곳 않고 두 사람에게 성큼 다가서는 그 청년, 이렇게 말한다. "나, 친구 만나요. 이거 먹고 갑니다. 나 안 자요."[7] 여기서 외다리 동남아 청년은 두 연인의 사적 공간을 불쑥 침범해 들어오는 무례한 침입자이며, 자동인형처럼 같은 말만을 되뇌는 낯설고 괴기스러운 타자다. 이것이 두번째 사례다.

다음은 전성태의 소설 「중국산 폭죽」이다. 몽골에서 선교활동을 하는 목사의 집에 노린내를 풍기는 더러운 몽골 부랑자 아이들이 찾아온다. 아이들은 목사의 집에서 버리려고 밖에 내놓은 폐품을 자기들이 가져가 팔려고 온 것인데, 폐품은 그새 이미 다른 사람이 수거해간 상황이다. 그런데 마치 그 폐품이 원래부터 자기들 것인 양 아이들은 어이없게도 목사에게 이렇게 따지고 나선다. "왜 우리 것을 남한테 줬어요?" "돈으로 변상해주세요."[8] 아이들은 막무가내다. 논리도 통하지 않고 회유도 먹히지 않는다. 다만 그들은 같은 말만을 끊임없이 반복할 뿐이다. 어처구니없어하던 목사는 충격을 받는다. "마치 어린 악마들을 대면하고 있는 것 같았다."[9] 이상한 논리로 목사에게 끈질기게 돈을 요구하는 더럽고 냄새나는 저 몽골의 부랑자 아이들, 그들은 더러운 자동기계들이며 작은 악마들이다. 세번째 사례다.

이 세 사례에서 타자란 무엇인가. 그것은 공포스럽고 이해할 수 없으며 어처구니없는 존재들이다. 또 괴물이고 살인기계며 자동인형이다. 연변

---

7 김애란 「성탄특선」, 『침이 고인다』, 문학과지성사 2007, 110면.
8 전성태 「중국산 폭죽」, 『늑대』, 창비 2009, 160면과 161면.
9 같은 글 168면.

인, 동남아인, 몽골인 들은 여기서 더럽고 냄새나고 더없이 잔인한 존재들로 재현된다. 그들은 자신의 맹목적인 향유(jouissance)를 고집하고 '나'의 접근을 거부하는 존재들이다. 그래서 여기서 저 타자와의 마주침은 차라리 충격이고 공포이며 경악이다. 그런 점에서 이들 장면은 언뜻 타자에 대한 인종주의 이데올로기와 편견을 무반성적으로 반복하면서 그들을 타자화하는 것으로 보일 수도 있겠다.[10]

그럼에도 불구하고 이 장면들에는 그것만으로 환원할 수 없는, 타자와의 마주침이라는 경험이 갖는 어떤 본질적인 차원에 대한 암시가 있다. 예컨대 다문화주의 담론에서 일컫는 타자란 이런 이해 불가능성과 수용 불가능성의 차원이 삭감되고 순치된, 내가 이해하고 수용할 수 있는 한에서의 타자일 뿐이다. 그런데 이 장면들에서는 그렇게 순치되지도 않고 수용할 수도 없는 타자가 맨얼굴 그대로 자신의 타자성과 향유를 노골적으로 드러낸다. 이 장면들에서 암시되는 것은 곧 타자와의 마주침이란 일종의 트라우마일 수밖에 없다는 사실이다. 이는 나의 지각과 인식, 감성의 경계를 뒤흔들고 그것을 혼돈에 빠트리거나 어떤 절대적으로 낯선 차원으로 옮겨놓는 경험이다. 또 이는 '나'의 기존의 인식 및 지각에 매끄럽게 통합되지 않는 어떤 불가능성의 경험이다. 그렇지 않겠는가. 이때 이 불가능성이란 타자와의 관계에서 필연적으로 부딪힐 수밖에 없는 어떤 한계와 관련된 것이기도 하다.

정치적·문화적 담론이나 어떤 정치적 올바름의 척도는 그 한계를 은폐할 수 있는 위험성이 상존한다. 그것이 왜 문제가 되는가? 타자와의 진정한(?) 관계 맺음, 혹은 연대의 기초는 사실 그 한계의 은폐가 아니라 인정을 통해서만 비로소 가능해질 수 있기 때문이다. 문학의 차원에서 볼 때

---

10 전성태의 「중국산 폭죽」은 이 장면 뒤에서 새로운 반전을 준비하고 있으므로, 이는 단지 이 장면만을 따로 떼어놓고 보았을 때의 이야기로 한정한다.

이는 재현이 갖는 근본적인 난점 혹은 한계와 관련된 것이기도 하다. 재현(혹은 표상)은 근본적으로 대상을 주체와의 관계 속에서 포착하는 것이며, 모든 재현은 그런 의미에서 자기관계적인 성격을 갖는다.[11] 따라서 어떤 의미에서 그 불가능성이란 재현의 불가능성을 포함하는 것이기도 하다. '나'에게 근본적으로 낯선, 나아가 트라우마로 작용하는 타자는 그 때문에 재현의 한계에서 벗어난 존재다. 그것을 통해 그 타자는 주체의 언어의 한계와 상상력의 한계를 심문한다. 그 불가능성과 한계를 문제화하는 것. 문학이 타자와의 마주침이라는 문제에 개입해야 한다면, 그 출발 지점은 바로 그것이 되어야 할지도 모른다.

---

11 마르틴 하이데거 『세계상의 시대』, 최상욱 옮김, 서광사 1995, 41~57면.

제3부

문학, 기억,
고통의 목소리

고통과 문학, 고통의 문학

◆

한강의 『소년이 온다』와 「눈 한송이가 녹는 동안」을 중심으로

1. 들어가며

한강(韓江)의 장편소설 『소년이 온다』(2014)는 광주민주항쟁에 대한 증언의 기록이다. 이 소설에서 한강은 계엄군의 총에 죽은 소년 동호에 대한 기억과 애도를 그 중심에 놓고 1980년 5월 광주의 상처를 환기하고 증언한다. 특히 항쟁의 마지막날인 5월 27일의 패배와 죽음, 그후로도 지속된 살아남은 자들의 고통은 소설을 이끌어가는 중요한 모티프다. 한강의 『소년이 온다』는 그렇게 1980년 5월 광주를 통과해온 희생자들의 죽음과 고통의 기록이자 그들에 대한 문학적 애도의 제의(祭儀)다.

그런데 왜 지금 광주인가? 광주민주항쟁이 있은 지 30여년이 흐른 지금, 수많은 이들의 노력과 희생에 힘입어 진상은 이미 상당부분 규명되었고 그것에 대한 역사적 자료와 증언 들도 이미 방대하게 축적되어 있다. 또한 우리는 임철우(林哲佑)의 『봄날』(1997)처럼 광주항쟁의 진실을 정면으로 파헤치거나 아니면 적어도 중요한 모티프로 다룬 소설들도 적지 않음을 알고 있다. 그럼에도 여전히 광주에 대한 문학적 작업이 필요한 까

닭은 무엇인가? 『소년이 온다』의 에필로그에서 실제 작가를 연상시키는 화자 '나'는 광주를 찾아 30여년 전 죽은 소년 동호의 형을 만나는데, 동호의 이야기를 써보겠다고 하는 '나'에게 그가 건네는 다음의 당부는 그 질문에 대한 작가 자신의 우회적인 답변으로도 읽을 수 있다.

> 허락이요? 물론 허락합니다. 대신 잘 써주셔야 합니다. 제대로 써야 합니다. 아무도 내 동생을 더이상 모독할 수 없도록 써주세요.[1]

"아무도 내 동생을 더이상 모독할 수 없도록" 써달라는 동호 형의 당부는 광주항쟁과 그 희생자들에 대한 '모독'이 현재진행형인 사태임을 강력하게 암시한다. 공적·제도적 차원에서 이미 복권이 이루어졌음에도 불구하고 광주항쟁의 상징적 지위는 여전히 불안정하게 흔들리고 있음을 상기해보면[2] 그러한 '모독'이 어디에서 기인하는 것인지는 사뭇 분명하다. 그리고 이는 광주민주항쟁에 대해 한쪽에서의 끊임없는 이데올로기적 교란과 (일베식의) 혐오발화가 아직도 아무렇지 않게 행해지고 있는 데서도 드러나는 바다. 나아가 그러한 사태는 오늘날 5월 광주의 비극과 고통이 여전히 다른 형태로 반복되면서 지속되고 있는 것과도 무관하지 않다. 소설에서 "제대로 써야 합니다"라는 동호 형의 당부는 그런 현실에 맞서 '제대로 쓴다는 것'의 의미가 무엇인가를 되새기는 작가의 성찰적 다짐이 투사된 진술로도 읽을 수 있다.

그렇다면 과연 1980년 광주를 '제대로 쓴다는 것'이란 무엇인가? 어쩌면 무엇보다도 도청에서 계엄군에 의해 살해된 소년 동호의 사연과 그후 살아남은 사람들의 고통을 전달하기 위해 작가가 수행하는 "온갖 기법

---

1 한강 『소년이 온다』, 창비 2014, 211면. 앞으로 이 작품을 인용할 때에는 면수만 표기한다.
2 이에 대해서는 서영채 「광주의 복수를 꿈꾸는 일: 김경욱과 이해경의 장편을 중심으로」, 『문학동네』 2014년 봄호 230~35면 참조.

상의 탐구"³ 자체야말로 이 물음을 마주한 작가의 진심 어린 싸움의 방증일 것이다. 마지막장에서 작가인 '나'가 광주를 찾는 에피소드는 그런 측면에서 이 소설 전체가 그 물음에 대한 작가 나름의 응답임을 사후적으로 암시하는 장치로 기능한다고 할 수 있다.

문제는 '제대로 쓰기'에 대한 작가의 응답이 어떤 시각과 방법론을 통해 이루어지고 있는가 하는 것이겠다. 즉 이 소설이 1980년 광주에 접근하는 데서 다른 역사적 기록이나 사회정치적 해석과 차별화되는 문학으로서의 고유한 문제의식은 무엇인가? 그리고 이 문제의식은 어떤 방법론을 통해 관철되며 그 성취의 지점은 어디에 있는가? 이에 대해서는 이미 여러 논자들의 적절한 지적이 있었다. 가령 『소년이 온다』가 "광주를 역사화하는 과정이 여전히 놓치고 있는 지점"을 채우기 위해 "트라우마의 어둠을 응시할 것을 제안한 시도"⁴라거나 "광주를 익명의 집단적 비극으로 의미화·역사화하는 일에 저항하며 고통의 개별성에 주목하는 것이 『소년이 온다』의 성과"⁵라는 등의 평가가 대표적이다. 각기 초점은 다르지만 이런 평가들은 모두 한강의 『소년이 온다』가 과거에 대한 단순한 사실적 기록을 넘어 1980년 광주의 진실을 어떻게 기억하고 드러낼 것인가에 대한 중요한 문학적 탐구이자 응답임을 지적한 것이다.

이런 평가들에서도 공히 언급하는 바이지만, 한강의 『소년이 온다』는 1980년 광주 이후의 고통 혹은 트라우마에 초점을 맞추고 있다. 그리고 그러한 작업은 참혹한 희생과 고통의 기록으로서, 그리고 그 속에서도 빛을 발하는 인간 존엄을 위한 싸움의 상징으로서 5월 광주의 현재성을 성공적

---

3 백낙청 「제29회 만해문학상 심사평」, 『창작과비평』 2014년 가을호 478면.

4 황정아 「'결을 거슬러 역사를 솔질'하는 문학: 「밤의 눈」과 『소년이 온다』」, 『안과 밖』 제38호, 영미문학연구회 2015, 77면.

5 조연정 「광주를 현재화하는 일: 권여선의 『레가토』(2012)와 한강의 『소년이 온다』 (2014)를 중심으로」, 『대중서사연구』 제33호, 대중서사학회 2014, 134면.

으로 환기한다. 그런데 그것이 전부인가? 그렇지 않다.『소년이 온다』에 대한 평가에서 흔히 간과되는 것은 이 소설에는 그러한 과거의 기억과 증언에만 국한할 수 없는 보다 중요한 물음에 대한 탐구가 존재한다는 사실이다. 그렇다면 그 물음이란 무엇인가?

간단히 말하면 그것은 끊이지 않는 인간과 세계의 고통 앞에서 문학은 무엇을 해야 하는가, 또 어떻게 써야 하는가라는 메타적인 물음이다.[6] 1980년 광주의 희생자들이 겪었던 죽음과 고통을 이야기하는 이 소설의 문제의식을 근원에서 지탱하는 것은 바로 그러한 근본적인 물음이다. 그리고 이를 보다 분명하게 가시화하기 위해서는 한강의 또 하나의 소설을 그 위에 겹쳐놓는 것이 필요하다. 그뒤에 발표된 단편「눈 한송이가 녹는 동안」(2015)이 바로 그것이다. 이 소설은 실상 제재도 전혀 다르고 그래서 겉으로 잘 드러나지도 않지만, 어느 면에서 전작인『소년이 온다』에 내재한 문제의식을 또다른 각도에서 펼쳐놓은 작품이다. 어떤 측면에서 보면 한강은「눈 한송이가 녹는 동안」의 글쓰기를 통해 사후적으로『소년이 온다』의 의미망을 1980년 광주의 기억과 고통의 증언을 넘어서는 어떤 것으로서 확장하고 있다고도 할 수 있다. 이 글에서는 그런 관점에서『소년이 온다』와「눈 한송이가 녹는 동안」을 겹쳐 읽으면서, 세상의 고통을 마주해 '제대로 쓴다는 것'이란 무엇인가라는 물음에 대한 한강의 문학적 사유를 추적한다.

---

6 『소년이 온다』에서 감각적인 개인의 고통에 대해 쓰고 싶었다는 작가의 다음과 같은 진술은 그런 측면에서 의미심장하다. "타인의 고통 때문에 생기는 개인적 고통, 그 지극히 감각적인 고통에 대해서 쓰고 싶었어요."(김연수「사랑이 아닌 다른 말로는 설명할 수 없는: 한강과의 대화」,『창작과비평』2014년 가을호 322면)

2. 고통을 쓴다는 것

　작가의 표현처럼『소년이 온다』의 중심에는 개별적 인간들이 겪는 '지극히 감각적인 고통'이 있다. 그리고 한강은 그것을 쓰고 싶었다고 말하고 있다. 그렇다면 어떻게 쓸 것인가?『소년이 온다』의 서사는 그러한 물음의 형식이자 그에 대해 가능한 하나의 소설적 응답이라고도 할 수 있다. 중요한 것은『소년이 온다』의 심층에는 과연 그 고통에 대해 쓴다는 것이 도대체 가능하기는 한 것인가라는 또 하나의 물음이 존재한다는 사실이다. 그러한 물음은 따져보면 인간의 고통을 마주한 글쓰기의 (불)가능성과 쓸모에 대한 근본적인 질문과 맞닿아 있는 것이기도 하다. 그리고 이 문제에 대한 한강의 접근방식에 한걸음 다가가기 위해서는 먼저 단편소설「눈 한송이가 녹는 동안」에서부터 이야기를 시작할 필요가 있다.

　「눈 한송이가 녹는 동안」(이하「눈 한송이」로 약칭)은 소박한 기대와 희망조차 위협받으며 힘겹게 삶을 버티는 약하고 미미한 존재들의 불가피한 선택과 싸움, 그로 인해 저마다의 삶을 뒤흔드는 고통을 이야기하는 소설이다. 소설은 오래전 함께 일했던 직장 상사였던 '그'(윤선배)가 '나'의 방을 방문하는 것으로 시작한다. '그'는 삼년 전에 이미 죽은 사람이다. 출판사를 그만두고 시사잡지 편집부에 들어갔던 '그'는 대기업에 대한 비판적인 기사가 인쇄 직전 삭제되는 일이 벌어지자 파업투쟁을 벌이다 퇴사한 뒤 몇년 후 암으로 죽었던 터다. '그'의 방문을 계기로 '나'가 기억하게 되는 것은 십칠년 전 수습으로 일하던 첫 직장에서 '그'와 함께 겪었던 일들인데, 결혼한 여사원에 대한 부당한 퇴사 권고와 출근투쟁, 그로 인한 사원들 간의 반목과 갈등 등이 그것이다. 그 와중에 서로 다른 처지에 있었던 '그'와 경주 언니 사이의 미묘한 경계와 의심, 미미한 실망, 그럼에도 지속되던 조심스러운 우정 같은 것들을 '나'는 떠올린다. 그러던 경주 언니도 결혼 후 출근투쟁을 벌이다 퇴사한 지 얼마 안돼 자동차 사고로 죽었던 것. 스물셋의 어린 '나'를 배려해주던 첫 직장의 상사였던 그들은 그렇게 모두 죽었다. "*나만 살았어. 하마터면 그렇게 소리내 중얼거릴 뻔했다.*"[7]

그렇게 홀로 살아남은 '나'는 그들이 겪었을 고통과 죽음, 그리고 그들처럼 모든 연약한 존재들의 고통의 기척을 오래도록 더듬고 있었을 것이다. '나'가 지금 쓰고 있는 희곡을 결코 끝내지 못하리라는 예감을 갖는 것도 그와 무관하지 않을 터다. '나'는 '그'(유령)에게 희곡의 원래 구상과 그에 얽힌 고민을 토로한다. 길 잃은 여자로 변신한 관음보살을 씻겨준 승려가 황금 부처가 되고 그 여자를 씻겨준 물과 나무 욕조도 황금으로 변했다는 『삼국유사』의 이야기를 쓰려고 했으나 도저히 쓸 수 없었다는 내용이다. '나'에 따르면 "그 승려들이 황금 부처가 될 것 같지 않고, 길 잃은 여자가 관음보살일 것 같지 않았"(299면)기 때문이다. 즉 고통에서 해방되는 그런 식의 초월과 해피엔딩은 현실에선 결코 가능하지 않다. '나'를 사로잡는 것은 오히려 피 흘리는 세상에서 고통받는 무력하고 미미한 존재들은 결코 고통에서 벗어나 평화를 얻을 수 없으리라는 비관이다. 그래서 '나'는 실패를 예감하면서도 희곡의 결말을 고쳐보려고 하지만, 역시 쓸 수 없긴 마찬가지다. 가령 다음 대목.

소녀가 물 밖으로 걸어나온다. 젖은 옷에서, 팔뚝과 종아리에서 쉬지 않고 물이 흘러내리는데, 머리 위에 쌓인 눈만은 아직도 녹지 않았다. 무대 앞 객석을 향해 한발씩 다가오며 그녀가 말한다.

나는 잠을 잘 수 없어요. 당신은 잠들 수 있어요?
잠깐 잠들어도 꿈을 꿔요. 당신은 꿈을 꾸지 않아요?

---

7 한강 「눈 한송이가 녹는 동안」, 『창작과비평』 2015년 여름호 306면. 앞으로 이 작품을 인용할 때에는 면수만 표기한다.

언제나 같은 꿈이에요.

잃어버린 사람들.

영영 잃어버린 사람들.

거기서 멈췄다. 더 쓸 수 없었다. 고통 때문이 아니었다. 내가 그 고통의
바깥에 있다는 사실이 무섭도록 생생했기 때문이다. (319면)

'나'가 쓰는 희곡 속에서 소녀는 고통스러워하고 있다. '영영 잃어버
린 사람들'이 잊히지 않아 꿈에서 보이고 잠도 이룰 수 없기 때문이다. 소
녀의 고통은 필시 잃어버린 사람들이 겪었을 고통을 떠올리는 데서 오는
고통일 것이다. 그렇다면 '나'는 어떤가? 오직 "상상 속 그녀의 고통만"
(320면) 오롯이 선연할 뿐, 그것을 쓸 수 없다. 왜냐하면 "내가 그 고통의
바깥에 있다는 사실이 무섭도록 생생했기 때문이다." 다가갈 수도 짐작
할 수도 없는 타자의 고통 바깥에서 '나'는 과연 그 고통에 대해 쓸 수 있
는가? 그것이 이 장면의 심층에 숨어 있는 의문이다. 이것에 따르면 쓸 수
없는 것은 '나'가 타자의 고통 때문에 고통스럽기 때문이 아니라 오히려
그 고통의 바깥에 있다는 사실을 무섭도록 생생하게 자각하기 때문이다.
이때 중요한 것은 자신이 고통의 바깥에 있다는 사실에 대한 생생한 자각
이 그 자체로 갖는 의미일 것이다.

그것은 고통의 절대성을 마주한 문학의 무력함에 대한 고백일 수도 있
지만 역설적으로 글쓰기가 출발해야 할 지점에 대한 강력한 암시라고도
할 수 있다. 타자가 겪는 고통의 심연에 다가가려 해도 결코 다가갈 수 없
음을 자각한다는 것은 곧 '나'의 글쓰기가 놓인 (불)가능성의 조건을 새

롭게 발견한다는 것을 의미한다. 결국 쓸 수 없음에도 써야 한다면 그것은 그 고통의 심연에 다가갈 수 없다는 무섭도록 생생한 바로 그 사실에 대한 정직한 감각에서부터 시작해야 하는 것이 아닌가? 쓸 수 없을 것이라는 무력감이 불가능한 재현에 그럼에도 한걸음 다가가게 하는 윤리적 출발점으로 역전되는 것은 바로 이 지점에서다.

그럼에도 불구하고 다가갈 수 없는 타자의 고통에 어떻게 다가갈 것인가? 그리고 어떻게 쓸 것인가? 타자의 고통 앞에서 무력감을 토로하는 '나'의 고백을 통해 작가가 제기하는 것은 이러한 질문이다. 바로 이런 질문의 제기와 그에 대한 답변이야말로 고통으로부터의 (불)가능한 구원을 이야기하는 소설 「눈 한송이」의 이면에 숨겨진 하위텍스트(subtext)다. 그런 맥락에서 자신이 타자의 고통 바깥에 있다는 사실이 생생하다는 '나'의 고백은 또다시 중요해진다. 그 고백을 통해 한강이 암시하는 것은 결국 '나'의 내부에 '자기'로서 머무는 한 자기 바깥의 그 고통에 결코 가닿을 수도 없고 이해할 수도 없으리라는 자각이다. 달리 말하면 이는 타자의 고통에 대한 '연민'이나 '공감'이 그것을 재현하는 출발점이 될 수 없음을 함축하는 것이기도 하다. 왜냐하면 연민이나 공감은 타자를 동일화하는 주체 중심적인 정신운동일 뿐이기 때문이다. 이런 점을 염두에 둔다면 이 소설이 유령인 '그'의 뜻하지 않은 방문과 그와의 대화로 진행되어 간다는 점은 의미심장하다. 그것은 '나'와 타자의 (불)가능한 만남이 갖는 성격을 그 자체로 함축한다. 거기에서 암시되는 것은 무엇보다 타자는 '나'의 의지나 사고와는 무관하게 바깥에서 '나'에게 도래하고 침투하고 스며드는 우연적인 어떤 것이라는 점이다. 언뜻 사소해 보일지도 모르는 「눈 한송이」의 다음 대목은 그런 측면에서 징후적이다.

어쩐 일이세요?

반사적으로 나는 물었다. 그가 나에게 올 이유가 없었다. 나는 그의 가족이 아니고 친구도 아니었다. 잠시라도 연인이거나 그 비슷한 무엇이었던 적도 없었다. 하지만 내 질문이 무례하고 무정했다는 걸 깨닫고 얼른 덧붙여 말했다.

서 있지 말고 들어오세요.

그는 약간 어리둥절한 표정으로 문턱을 마저 넘어 방으로 들어왔다. 나는 책상 앞 회전의자를 문 쪽으로 돌려놓았다.

여기 앉으실래요? (289~90면)

이상해요,라고 나는 중얼거렸다.

뭐가?

그가 묻는 음성이 아득히 멀어진 것 같았다.

늘 생각하던 경주 언니가 오지 않고, 선배가 오늘 저에게 왔다는 게. (318면)

'늘 생각하던 경주 언니'는 오지 않고 반대로 "나에게 올 이유가 없"는 '그'가 방문한다. 타자는 소설 속의 '그'(유령)처럼 그렇게 '나'의 의지와는 무관하게 '나'가 생각지도 못한 순간 생각지도 못한 곳에서 우연히 '나'에게 도래한다. 그런 맥락에서 '나'를 방문한 그 타자가 죽음-유령이라는 것은 중요하다. 유령은 현실의 경계 바깥에 있는, 보이지 않고 들을 수 없는 타자다. 그럼에도 '나'는 뜻하지 않은 유령의 방문을 기꺼이 받아들여 대접하고 그의 말에 반응한다. 이는 '나'의 실존과 의식의 경계를 지우고 바깥을 향해 '나'를 열어놓았을 때나 가능한 일이다. 그럼으로써 '나'는 바깥에서 오는 타자에게 몸을 기울이고 귀를 기울인다. 그렇게 타자의 고통은 서서히 '나'에게 전해지고 스며든다. 애초 삼년 전에 죽은 유령이 우연히 '나'를 방문하고 그와 대화를 나눈다는 설정 자체가, 이러한 다가갈 수 없는 타자(의 고통)에 귀 기울이는 글쓰기에 대한 알레고리적 극화(劇化)로 읽힐 수 있는 여지는 이런 측면에서 충분하다 할 것이다.

3. 고통의 목소리

유령-죽음은 현실의 앎과 지각 바깥에 존재하는, 알 수 없고 들을 수 없는 어떤 것이다. 한강의 단편 「눈 한송이」는 그렇게 실체성이 없는 유령과 대화를 이어가는 장면을 짐짓 무심한 듯 펼쳐놓는다. 그러한 설정에서 우선 암시되는 것은 보이지 않는 현실의 틈새에서 말을 거는 타자에게 귀를 기울여 들을 수 없는 그 목소리를 들으려고 하는, 자기를 그 불가능한 대화의 공간 속으로 밀어넣는 시도다. 고통의 바깥에 있다는 사실이 너무도 생생해 소설 속 '나'는 쓰던 희곡을 "더 쓸 수 없었다"고 말하지만, '나'는 그 불가능한 것을 어떻게 가능한 것으로 만들 수 있는가를 유령과 눈을 마주치고[8] 이야기를 나눔으로써 스스로 실연(實演)해 보이고 있는 셈이다.

> 나는 생각했다. 죽은 사람의 손은 얼마나 차가울까. 거기 닿은 눈은 얼마나 오래 머물러 있을까. 눈 한송이가 녹지 않는 동안, 우리가 얼마나 더 이야기할 수 있을까. (325면)

'눈 한송이가 녹지 않는 동안'은 '우리'가 이야기를 나눌 수 있는 시간이다. 달리 말하면 눈이 녹지 않는 한, '우리'는 이야기를 나눌 수 있을 것이다. 보이지 않고 들리지 않는 타자의 목소리와 마주하며 이야기를 나누는 그 순간은 시간의 바깥에 존재하는 시간이다. 그 시간은 이야기를 들어달라는 타자의 간절한 목소리와 보이지 않고 들리지 않는 그 목소리에 응해 귀 기울이는 '나'의 움직임이 서로 만났을 때 생성되는 기적의 순간이랄 수 있을 것이다.[9] 「눈 한송이」에서 한강이 말하는 것은 결국 그 짧

---

8 "말없이 우리의 눈과 눈이 만났다."(326면)
9 이 점은 '나'가 쓰고 있는 희곡의 내용에서도 어렴풋이 암시된다. "*함께 있어주세요, 소녀가 말한다./젊은 승려가 멀찍이 떨어져 서서 대답한다./그건 안된단다./제발, 눈 한*

은 순간의 기적 속에서는 불가능한 '평화'가 어쩌면 가능할지도 모르겠다는 것이다. 그런 측면에서 화자가 죽음-유령을 맞이해 오래전 마음이 부서지는 고통을 겪었던 연약한 존재들의 기억을 떠올리며 이야기를 나누는 이 소설이 이런 구절로 마무리되는 것은 의미심장하다. "말없이 우리의 눈과 눈이 만났다. 평화를."(326면)

「눈 한송이」에서 '그'(유령)와의 만남을 계기로 '나'가 떠올리는 고통은 "*시간에 갇혀서 서로 찌르고 찔리면서 꿈틀거리*"는 "*상처 난 벌레*"(314면)와도 같은 연약한 존재들의 고통이다. 한강은 소설 속에서 '나'가 쓰고 있는 희곡의 내용을 이것과 병치함으로써 저마다의 그 개별적인 고통들을 정치적 탄압과 학살로 점철된 한국의 사회정치적 상황을 연상시키는 고통의 맥락과 겹쳐놓는다. 예컨대 앞에서 보았듯이 '나'가 쓰고 있는 희곡 속에서 '잃어버린 사람들'이 잊히지 않아 잠들지 못하는 소녀의 고통이 그런 것이다. 그리고 그 고통의 목소리는 '나'의 희곡 속에만 존재하는 것이 아니다. 지금도 누군가 겪고 있을 고통 때문에 평화는 불가능하다고 이야기하는 다음 구절에서도 불현듯 그 고통의 목소리는 출현한다. "지금도 k씨는 평화로워 보여"라는 '그'의 말에 '나'는 반박한다.

아니요, 불가능해요. 이 세상에서 평화로워진다는 건. 지금 이 순간도 누군가 죽고.
나는 재빨리 입을 다물었다.
누군가 뒤척이고 악몽을 꾸고.
내가 입을 다물었는데 누가 말하는지 알 수 없었다.
누군가 이를 악물고 억울하다고, 억울하다고 말하고.

송이가 녹는 동안만./(⋯)/왜 머리 위 눈이 녹지 않을까?/시간이 흐르지 않으니까요./하지만 우리는 이야기를 나누고 있는데./우리가 시간 밖에 있으니까요."(316~17면)

고통과 문학, 고통의 문학 219

간절하다고, 간절하다고 말하고.
누군가가 어두운 도로에 던져져 피 흘리고.
누군가가 넋이 되어서 소리 없이 문을 밀고 들어오고.
누군가의 몸이 무너지고, 말이 으스러지고, 비판의 얼굴이 뭉개어지고.

(321면)

'나'가 입을 다물었는데도 알 수 없는 누군가가 말한다. 이것은 들리지 않는 목소리의 발원지로 자기를 내어주는 장면이다. 그럼으로써, '나'가 말하는 것이 아니라 어디에선가 고통스러워하는, 그러나 알 수 없고 보이지도 않는 타자가 말한다. 타자의 고통에 전이되고 그 들리지 않는 고통의 목소리에 귀 기울일 때, 타자의 목소리는 '나'에게 스며들어 '나'를 꿰뚫고 '나'의 안에서 울린다. 여기서 벌어지는 사건은 그런 것이다. 그리고 더 나아간다면 이 대목은 사실 고통에 대한 글쓰기가 어떤 것이 되어야 하고 또 어떻게 가능한가에 대한 한강의 사유를 상징적으로 극화하는 장면이라 볼 수 있다. '나'도 몰래 '나' 대신 타자가 말하는 이 비현실적인 장면에 숨어 있는 것은, 고통을 그리기 위해서는 자기 자신 및 자신의 어법과 스타일을 지워버리고 타자의 목소리에 자기를 내어주어야 하리라는 어떤 방법론적 자각이다.

여기에서 타자의 목소리에 귀 기울이는 행위(듣기)와 말하기는 하나로 겹쳐진다. 그 둘은 하나다. 그리고 이 지점에서 강조해야 하는 것은 그 이전에 한강이 『소년이 온다』에서 시도한 스타일과 서술방법이 바로 이와 무관하지 않다는 사실이다. 그런 측면에서 보면 『소년이 온다』의 창작과정에 대해 한강이 다음과 같이 말하는 것도 나름의 의미심장한 맥락이 있는 셈이다.

하지만 『소년이 온다』를 쓰면서는 저 자신이 별로 중요하지 않았어요.

제 자의식을 지우고 최대한 그 목소리들이 되려고만 했어요.[10]

이것은 자신이 직접 겪지 않은 오래전 1980년 광주의 진실에 어떻게 다가갈 것인가라는 물음에 대한 작가 나름의 결론이었을 것이다. 이때 중요한 것은 그 진실의 한가운데 있는 보이지 않는 타자의 고통을 기억하고 증언하는 일이었을 터, "자의식을 지우고 최대한 그 목소리들이 되려고만 했"다는 작가의 말은 그 기억과 증언의 방법론이 무엇이었는지를 암시한다. 그것은 곧 스스로를 저마다의 개별적인 고통의 목소리가 들어설 공간으로 개방하고 스스로 그 목소리의 발원지가 되는 것이다. 다른 각도에서 보자면 그것은, (다큐멘터리 영화 「쇼아(Shoah)」의 증언에 대한 쇼샤나 펠먼(Shoshana Felman)의 표현[11]을 잠시 빌리자면) 1980년 광주라는 고통의 장소의 안과 밖을 연결하고 서로 대화하게 하면서 안과 밖에 동시에 존재하는 불가능한 위치를 발견하려는 시도라고도 할 수 있겠다. 그런 측면에서 우리가 바로 앞에서 살펴본 「눈 한송이」의 저 장면은 『소년이 온다』를 관통하는 작가 자신의 고심과 방법론적 선택의 핵심을 장면화하는 사후적인 소설적 주석으로 읽히기도 하는 것이다.

4. 그리고, 고통의 연대

그렇다면 『소년이 온다』에서 한강은 1980년 광주의 고통을 어떻게 기억하고 또 증언하고 있었는가?
한강은 『소년이 온다』에서 1980년 5월 이후 살아남은 자들이 오래도록

---

10 김연수, 앞의 글 326면.
11 이에 대해서는 조르조 아감벤 『아우슈비츠의 남은 자들』, 정문영 옮김, 새물결 2012, 53면 참조.

겪어야 했던 고통의 사연을 들려준다. 항쟁 이후 살아남은 사람들은 모두 그날의 기억으로 인한 상처와 고통에서 벗어나지 못하고 있는데, 그런 점에서 그들은 모두 1980년 광주를 현재의 사건으로 앓고 있는 사람들이다. 한강은 과거 광주의 현장에서 시작해 30년 후의 현재에 이르기까지 시간을 건너뛰는 단절적인 구성 속에서 초점화자를 옮겨가며 살아남은 자들의 삶에서 지속되는 폭력과 억압, 끔찍한 고문의 고통과 수치심 등을 부각한다. 이들은 대학을 중도에 포기하고 출판사에 취직해 군사정권의 검열과 탄압을 겪으며 홀로 살아남은 수치심을 견디고 있거나(김은숙), 참혹한 고문의 후유증으로 고통받다 자살로 생을 마감한다(김진수). 또 노동운동을 그만두고 환경단체에서 상근하던 중 광주에 대한 증언을 요청받았지만 증언할 수 없는 고문의 고통에 몸서리치는 이도 있다(임선주). 작가는 이들의 몸과 마음에 트라우마로 각인되어 끊임없이 되살아나는 5월 광주의 기억을 소환한다. 이때 저마다의 그 기억을 하나로 연결해주는 것이 바로 항쟁의 마지막날 계엄군의 총에 죽은 소년 동호에 대한 기억이다.

앞에서도 보았듯이 에필로그에서 작가인 '나'는 동호의 이야기를 "제대로 써야"한다는 다짐을 한 바 있다. 한강이 선택하는 그 '제대로 쓰기'의 방법론은 바로 그렇게 고통받는 사람들의 기억 속에 끊임없이 되살아나는 트라우마로서 동호를 소환하는 것이었다. 김은숙과 김진수, 임선주 등의 후일담에서 이들의 고통을 더욱 견딜 수 없게 만드는 것은 어린 동호를 돌려보내지 않았다는, 혹은 그를 남겨두고 도청을 나왔다는, 그렇게 동호는 죽고 자기는 살아남았다는 자책과 죄의식이다. 한강은 그렇게 살아남아 고통을 겪는 자들이 죽은 자를 떠나보내지 못하고 내부화하는 그 슬픔과 죄의식의 고통을 세세하게 묘사한다. 그 고통은 불가능한 애도에서 비롯한 고통이다. 애도란 본시 상실한 대상을 떠나보내는 것이지만, 이들은 그럴 수 없다. 왜냐하면 1980년 5월의 트라우마는 이들에게 여전히 현재진행형인 고통이고, 그것에서 벗어나는 것은 불가능하기 때문이다. 이들에게 동호는 그 트라우마의 중핵이다.

　소설의 제목에서도 암시되듯이 애초 『소년이 온다』의 기획은 어두운 죽음의 기억 속에 묻혀 있는 소년을 현재 속에 되살려내는 것이었다. 그것은 에필로그에서 '나'가 환상 속에서 듣는 다음과 같은 목소리에서도 분명하게 암시된다. "*이제 당신이 나를 이끌고 가기를 바랍니다. 당신이 나를 밝은 쪽으로, 빛이 비치는 쪽으로, 꽃이 핀 쪽으로 끌고 가기를 바랍니다.*"(213면) 그렇다면 소년 동호를 그렇게 되살려내기 위해 작가가 선택한 방법은 무엇인가? 그것은 살아 있는 인물들로 하여금 죽은 자를 떠나보내지 못하는 그 불가능한 애도와 죄의식의 고통을 끊임없이 반복하고 환기하게 함으로써 동호를 그 고통의 한가운데서 떠오르게 하는 것이다. 달리 말하면 그것은 살아남은 자들의 고통 속에서 트라우마적 기억으로 존재하는 동호를 그들의 목소리로 불러내는 것이다. 김은숙이 검열로 대사가 모두 삭제된, 5월 광주의 비극을 연상시키는 연극을 보는 장면에서 이 점은 분명히 드러난다.

　업힌 아이처럼 바싹 붙어 걷던 소년이 객석을 향해 몸을 돌린다. 그 얼굴을 바로 보지 않기 위해 그녀는 눈을 감는다.

　네가 죽은 뒤 장례식을 치르지 못해, 내 삶이 장례식이 되었다.
　네가 방수 모포에 싸여 청소차에 실려간 뒤에.
　용서할 수 없는 물줄기가 번쩍이며 분수대에서 뿜어져나온 뒤에.
　어디서나 사원의 불빛이 타고 있었다.
　봄에 피는 꽃들 속에, 눈송이들 속에. 날마다 찾아오는 저녁들 속에. 다 쓴 음료수 병에 네가 꽂은 양초 불꽃들이.

뜨거운 고름 같은 눈물을 닦지 않은 채 그녀는 눈을 부릅뜬다. 소리 없이 입술을 움직이는 소년의 얼굴을 뚫어지게 응시한다. (102~103면)

그녀는 무대 위 소년의 모습에 동호의 모습을 겹쳐놓는다. 그리고 "고개를 뒤로 꺾은 채 그 모습을 지켜보던 그녀의 입술이 자신도 모르게 달싹인다."(101면) 이 장면에서 '소리 없이 입술을 움직이는' 소년의 들리지 않는 목소리는 따라서 동호의 목소리인 동시에 그 목소리를 빌려 말하는 그녀의 목소리이기도 하다. 불가피하게도 이 대목은 우리가 앞서 보았던 「눈 한송이」의 한 장면을 연상시킨다. 즉 이것은 그 자체로 들리지 않는 고통의 목소리에 귀 기울임으로써 타자의 목소리가 '나'에게 스며들어 '나'를 꿰뚫고 '나' 대신 말하는 그러한 사건이다. 소설에서 이 장면이 유독 기이한 울림으로 다가오는 것은, 실제 작가의 목소리를 포함해(어쩌면 독자의 목소리까지도) 고통에 전이되는 여러 주체의 목소리가 그 주인 없는 목소리 속에 겹쳐 울리는 효과를 불러일으키고 있기 때문이다.

고통의 목소리는 그렇게 하나로 겹쳐진다. 소설에서 동호는 그 고통의 목소리 '들'을 통해 끊임없이 호명되는데, 이 장면은 그런 소설의 전체 발상을 극적으로 장면화하는 것이라고도 할 수 있다. 그런 맥락에서 다음의 구절은 소설 전체에 걸쳐 말없이 전이되는 고통의 목소리 속에서 동호가 환기되고 호명되는 방식을 그녀 스스로 실연(實演)하는 것이라고 볼 수 있다. 그녀는, "배우들을 흉내 내듯 목구멍을 쓰지 않고 부른다. 동호야." (101면)

소설에서 동호는 인물들의 살아남음의 수치와 죄의식을 환기하는 존재이지만, 인물들 모두는 그를 잊지 않고 어떻게든 각기 다른 방식으로 자신의 삶 속으로 호명한다. 이때 인물들의 고통스러운 죄의식이란 다름 아닌 살아남은 자들이 스스로의 고통을 죽은 자들의 고통과 겹쳐놓는 연대의 형식이라고 할 수 있을 것이다. 바로 앞의 장면에서 김은숙이 무대 위

소년의 모습을 통해 동호의 이미지를 불러들이는 것처럼, "직선으로 쓰러져 죽어 있는"(132면) 동호의 사진을 죽을 때까지 품고 있었던 김진수 또한 그러했다. 죽기 위해 그 도시에 다시 갔다가 고통스럽게 죽어 있는 동호의 사진을 우연히 보게 된 임선주도 마찬가지다. 그녀는 말한다.

> 내 책임이 있는 거야, 그렇지?
> 입술을 악문 채, 눈앞에서 일렁이는 파르스름한 어둠을 향해 당신은 묻는다.
> *내가 집으로 가라고 했다면, 김밥을 나눠 먹고 일어서면서 그렇게 당부했다면 너는 남지 않았을 거야, 그렇지?*
> *그래서 나에게 오곤 하는 거야?*
> *왜 아직 내가 살아 있는지 물으려고.* (176~77면)

죄의식의 고통이 소년을 불러온다. 그리고 이 지점에서 우리는 『소년이 온다』에서 인물들이 모두 동호를 '너'라는 이인칭으로 호명하고 있다는 사실에 주목할 필요가 있다. '너'라는 이인칭은 그를 부르는 '나'와의 관계를 구조적으로 함축하는 인칭이다. 그런 까닭에 소설 속 인물들이 과거의 동호를 '너'라고 호명할 때 과거의 그는 비로소 그를 부르는 이들의 현재 속에 불려와 존재하게 된다.[12] 이는 한편으로 죽은 동호를 떠나보내지 못하는 인물들의 우울증적 태도의 표현이지만, 동호는 그럼으로써만 과거의 망각과 죽음의 어둠으로부터 현재의 한가운데로 불려나올 수 있게 되는 것이다. 즉 소년은 그렇게 죽은 자를 자기의 내부로 끌어안는 우울

---

12 한강의 다음과 같은 진술은 그러한 이인칭의 수행적 효과를 의식하고 있었음을 보여주는 발언이다. "동호는 죽은 소년이지만, 부르면 거기 어둠으로부터 떠올라서 존재하게 돼요. 호명하고 또 호명하면 현재 속에 가까스로 떠오르는 '너'예요."(김연수, 앞의 글 324면)

증적 태도 속에서 호명되고 또 그럼으로써만 되살아난다. 소설에서 임선주가 밤마다 자신을 찾아오는 누군가의 발걸음 소리를 듣는 것도 동호를 자기 죄의식의 한가운데로 불러들여 되살려내려는 상상적 행위라고 할 수 있을 것이다.

앞에서도 언급한 것처럼, 이 소설의 애초 구상은 소년 동호를 현재 속에 떠올려 밝은 빛 속으로 이끈다는 것이었다. 달리 말하면, 학살에 희생된 소년을 망각의 어둠으로부터 되살려내 구원해내는 것이 이 소설의 지향점이다. 이때 동호를 구원한다는 것은 곧 살아남은 자 모두를 고통으로부터 구원하는 것이며, 그럼으로써 1980년 5월 광주를 구원하는 것이다. 그리고 작가가 고통을 견디고 그와 싸웠던 인물들 모두에게서 단순한 희생자의 고통을 넘어선 인간적 존엄의 증거를 소설 곳곳에서 확인하고 강조하는 것도 그와 무관하지 않은 것이다.[13] 중요한 것은 이 소설의 이러한 작업이 무엇보다 과거 속에 묻혀 있던 고통의 목소리들을 가시화함으로써, 그리고 그것을 통과함으로써 이루어진다는 사실이다. 즉 동호는 그런 고통의 연대를 통해서만 되살아나고 구원받는다.

그런데 이 모든 일들이 어떻게 가능하다는 것인가?

5. 고통의 안과 밖, 그리고 구원

이 지점에서 중요해지는 것이 바로 소설의 마지막장으로 덧붙여진 에필로그다. 소설의 마지막 에필로그에는 동호의 이야기를 쓰려고 하는 실제 작가를 연상시키는 화자가 현재 시점으로 등장한다. 열살 무렵 어른

---

13 에필로그에서 '나'의 다음 진술도 그와 맥을 같이하는 것이다. "그들이 희생자라고 생각했던 것은 내 오해였다. 그들은 희생자가 되기를 원하지 않았기 때문에 거기 남았다."(213면)

들의 대화를 통해 어렴풋이 알게 된 끔찍한 학살의 소식, '나'가 어린 시절 떠나온 광주 중흥동 옛집으로 이사와서 산 소년의 죽음에 얽힌 안타까운 사연, 세월이 흘러 그 소년의 이야기를 쓰기 위해 광주를 찾아 그 소년의 가족을 만나고 5·18에 대한 자료를 읽으며 빠져드는 슬픔과 고통, 그리고 그 소년의 무덤을 찾아 초를 태우는 '나'. 이런 내용들이 에필로그에서 서술된다. 실제 작가의 이야기임이 강하게 암시되는 이 에필로그는 언뜻 『소년이 온다』의 창작동기를 이야기하기 위해 덧붙여진 부록처럼 보일 수도 있지만, 그렇지 않다. 소설의 끝에 하나의 독립된 장으로 삽입된 이 에필로그는 이 소설의 의미구조를 완성하는 데 실질적인 역할을 하는, 소설의 중요한 일부로 기능한다. 왜 그런가?

무엇보다 소설가인 화자 '나'가 1980년 광주의 이야기를 쓰게 된 동기와 소설 쓰기를 앞두고 겪은 일들을 바로 그 소설의 일부로 통합하는 독특한 구성은 글쓰기의 자의식을 감각적으로 극화(劇化)하는 효과적인 장치로 작용한다. 그 자의식이란 다름 아닌 5·18에 대해 쓴다는 것은 무엇인가, 또 그것은 어떻게 가능한가에 대한 성찰과 관련된 것이다. 그리고 그것은 5·18이란 '나'에게 무엇인가라는 물음과 뗄 수 없이 연결되어 있다. 1980년 광주의 이야기를 쓰기로 하면서 '나'가 겪는 내면의 분투와 고통의 전이가 자세하게 서술되는 것은 이런 맥락에서다. 그럼으로써 이 에필로그는 앞에서 서술된 내용 전체의 의미와 맥락을 그 사태의 바깥에 있는 '나'의 관점에서 사후적으로 구성하는 효과를 발휘한다. 소년의 이야기를 쓰기 위해 자료를 읽고 사람들을 만나는 '나'의 행적은 그런 측면에서 '나' 혹은 작가 자신에게 5·18에 대한 글쓰기가 어떤 의미를 갖는 것인지, 또 그것은 어떻게 가능한지를 묻는 바로 그 성찰의 궤적을 재연하는 것이라고 할 수 있다. 그렇다면 '나'에게 대체 광주란 무엇인가? '나'는 문득 용산참사의 현장을 영상으로 보던 날의 기억을 떠올리면서 이렇게 말한다.

2009년 1월 새벽, 용산에서 망루가 불타는 영상을 보다가 나도 모르게 불쑥 중얼거렸던 것을 기억한다. *저건 광주잖아.* 그러니까 광주는 고립된 것, 힘으로 짓밟힌 것, 훼손된 것, 훼손되지 말았어야 했던 것의 다른 이름이었다. 피폭이 아직 끝나지 않았다. 광주가 수없이 되태어나 살해되었다. 덧나고 폭발하며 피투성이로 재건되었다. (207면)

용산은 광주다. 이에 따르면 광주는 지금 이곳에서 수없이 다른 이름으로 되태어나 여전히 짓밟히고 훼손되고 있다. 반민중적인 권력에 의해 끊임없이 자행되는 폭력과 야만이 있는 한 1980년 광주는 그렇게 끊임없이 되살아나는 죽음과 고통의 다른 이름이다. 그리고 그 죽음과 고통은 '나'와 결코 무관하지 않은데, 에필로그의 전반부에서 그날 희생된 소년 동호가 교사였던 아버지가 가르쳤던, '나'가 살던 집에 새로 이사온 아이였다는 사실이 소개되면서 그 점이 암시된다. 5월 광주는 그렇게 끊임없이 반복되고 되살아나는 현재적인 고통이다. 그리고 작가인 '나'는 과거에도 그랬듯이 지금도 이 고통에 보이지 않게 연루되어 있고 그래서 그것을 외면할 수도 없다. 그래서 써야 한다. 그럼에도 불구하고 문제는 '나'가 그 고통의 바깥에 있다는 엄연한 현실이다. 소설에서 1980년 광주의 이야기를 쓰려고 하는 '나'가 직면한 그런 상황, 그리고 그 속에서 겪는 마음의 고투는 이렇게 묘사된다.

누군가에게 조그만 라디오를 선물받았다. 시간을 되돌리는 기능이 있다고 했다. 디지털 계기판에 연도와 날짜를 입력하면 된다고 했다. 그걸 받아들고 나는 '1980.5.18'이라고 입력했다. 그 일을 쓰려면 거기 있어봐야 하니까. 그게 최선의 방법이니까. 그러나 다음 순간 나는 인적 없는 광화문 네거리에 혼자 서 있었다. *그렇지, 시간만 이동하는 거니까. 여긴 서울이니까.* 오월이면 봄이어야 하는데 거리는 십일월 어느날처럼 춥고 황량했다. 무섭

도록 고요했다. (204면)

'나'는 그렇게 1980년 5월에 있었던 일을 쓰려면 거기에 있어봐야 한다고 생각하지만 그럴 수 없다. 지금의 '나'는 그 고통에 다가갈 수 없음을 무섭도록 생생하게 자각할 뿐이다.[14] 그러면 어떻게 쓸 것인가? 직접 광주로 내려가 상무관을 찾고 영상을 보고 자료를 읽는 등의 '나'의 행적 자체가 이미 그러한 물음을 쫓아가는 행위라고 할 수 있겠지만, 그와 관련하여 주목해야 하는 것은 특히 다음 두 장면이다.

① 그러던 어느날, 결혼식에 참석하기 위해 오랜만에 외출을 했다. 2013년 1월의 서울 거리는 며칠 전의 꿈속처럼 황량하고 차가웠다. 예식장의 샹들리에는 화려했다. 사람들은 화사하고 태연하고 낯설어 보였다. 믿을 수 없었다, 사람이 얼마나 많이 죽었는데. 평론을 쓰는 한 선배는 나에게 왜 소설집을 보내주지 않느냐며 웃으면서 항의했다. 믿을 수 없었다. 사람이 얼마나 많이 죽었는데. (204~205면)

② 한 무리의 군인들을 피해 나는 달아났다. 숨이 턱에 받쳐 뜀박질이 느려졌다. 그들 중 하나가 내 등을 밀어 넘어뜨렸다. 몸을 돌려 올려다보는 순간 군인이 총검으로 내 가슴을, 정확히 명치 가운데를 찔렀다. 새벽 두시였다. 벌떡 일어나 앉아 손으로 명치를 짚었다. 오분 가까이 숨을 제대로 쉴 수 없었다. 덜덜 턱이 떨렸다. 울고 있었던 줄도 몰랐는데, 얼굴을 문지르자 손바닥이 흠뻑 젖었다. (203면)

---

14 그런 측면에서 이 대목은 (앞에서 언급한) 자신이 고통의 바깥에 있음을 절감하고 그래서 쓸 수 없다고 절망하는 「눈 한송이」의 '나'의 의식과 공명한다.

이것은 '나'가 자료와 영상을 통해 과거 5월 광주의 생생한 현장에 다가가기 시작하면서 겪는 고통스러운 전이의 순간들이다. 이 장면들은 그런 측면에서 『소년이 온다』의 글쓰기가 어떤 과정을 거쳐 시작되었는지를 상징적으로 극화하는 대목이기도 하다. 2013년 1월 서울에서 있은 누군가의 결혼식에 갔다가 겪는 에피소드를 그린 ①에서, 현재 위에 과거를 겹쳐놓고 현재의 상황을 오히려 낯선 것으로 거리화하는 지각(知覺)의 혼란은 '나'가 과거 광주의 고통과 죽음을 생생한 현재적 사건으로 경험하고 있음을 보여주는 것이다. 다시 말하면 이것은 과거의 죽음과 고통의 현재적 전이가 발생하는 장면이다. 군인을 피해 달아나다가 총검에 가슴을 찔리는 꿈을 꾸고 깨어나 공포에 사로잡히는 장면 ②도 그런 점에서 같은 맥락에 있다.

이 장면들은 모두 자신의 의식과 감각을 지금 이곳의 현실로부터 분리시킨 뒤 들리지 않고 보이지 않는 죽은 자들의 고통과 겹쳐놓는 무의지적 사유활동의 한 사례라고 할 수 있다. 따라서 이것은 그저 글쓰기를 앞둔 '나'의 갈등과 고통을 솔직하게 드러내는 장면쯤으로 이해되어서는 안된다. 중요한 것은 이를 통해 발생하는 효과다. 이 장면들은 모두 과거 광주에서의 죽음과 고통이 '나'의 현실감각을 무력화하면서 '나'에게 전해지고 '나'의 내부로 스며드는 장면을 극화한 것이다. 이는 곧 『소년이 온다』의 글쓰기가 '나'에게 침투하고 스며드는 과거의 죽음과 고통의 목소리를 내부화하는 데서 출발한 것임을 암시한다. 그런 맥락에서 볼 때 이 장면들은 에필로그 앞의 이야기에서 펼쳐지는 인물들의 고통의 연대를 그 이야기의 바깥에서 작가인 '나'가 자기 스스로 실연(實演)하는 장면이라고 읽을 수 있다. 소설의 안과 밖은, 그리고 고통의 안과 밖은 그렇게 공명하고 연결된다.

앞에서 나는 『소년이 온다』의 글쓰기에는 1980년 광주라는 고통의 장소의 안과 밖을 연결하고 서로 대화하게 하면서 안과 밖에 동시에 존재하는 불가능한 위치를 발견하려는 시도가 존재한다고 말한 바 있다. 이는 애초 타자의 목소리와 관련한 지적이었지만, 사실 소설의 일부로 통합된 에필로그야말로 그것을 구조적으로 가능하게 하는 장치라고 할 수 있다. 무엇보다 이 소설을 쓰기로 작심한 후 작가 자신이 실제로 경험했으리라 짐작되는 고통의 전이를 에필로그 형식을 통해 그대로 소설의 안쪽으로 끌고 들어와 통합함으로써 소설 자체를 안과 밖의 전이와 대화의 공간으로 만들고 있는 셈이다. 그리고 동호를 호명해 밝은 빛 속으로 되살려내려고 한 글쓰기의 의도와 전략을 실현 가능한 것으로 보장해주는 것도 바로 이 구조다. 이 소설의 에필로그의 공간은 어둠과 망각 속에 갇혀 있던 동호가 밝은 빛 속으로 이끌려나오는 공간이며, (소년의 무덤 앞에서 초를 밝히는 '나'의 행위에서도 암시되듯이) 그럼으로써 소년의 구원과 그에 대한 애도가 완성되는 공간이다. 즉 그 공간은 소설의 안과 밖에 동시에 존재하는, 그럼으로써 동호의 구원이라는 기적을 완성하는 공간인 셈이다.

6. 불가능한 기적을 위해

일찍이 테오도르 아도르노(Theodor Adorno)는 이렇게 반문한 바 있다. "만일 축적된 고통에 대한 기억을 떨쳐버린다면 역사 기술로서의 예술이 무슨 의미를 지닌단 말인가?"[15] 한강의 소설 「눈 한송이가 녹는 동안」과 『소년이 온다』는 그러한 질문에 대한 가능한 응답이자 또 하나의 물음이다. 문학은 이 세계와 인간의 고통에 어떻게 다가가고 또 그것을 어떻게 쓸 것인가? 한강 소설의 심층에는 바로 이러한 물음이 존재한다. 한강의

---

15 테오도르 아도르노 『미학이론』, 홍승용 옮김, 문학과지성사 2005, 402면.

소설이 다가가려고 하는 고통은 일차적으로 역사적 고통이지만, 다른 한편으론 각기 다른 개인의 고유한 기억과 신체에 저마다의 무늬와 강도로 새겨지는 개별적 고통이기도 하다. 특히 장편소설 『소년이 온다』는 모든 고통받는 존재들의 연대를 통한 구원의 가능성, 그리고 고통의 연대 속에서 기어이 빛을 발하는 인간의 존엄을 이야기하는 소설이다. 이를 통해 한강의 소설이 묻고 있는 것은 결국 문학이 고통으로부터의 구원에 어떤 몫을 할 수 있는가라는 자기성찰적인 물음이다.

그리고 이 지점에서 우리는 「눈 한송이가 녹는 동안」의 질문으로 되돌아갈 필요가 있다. 세상의 모든 미미하고 연약한 존재들이 겪는 고통의 절대성으로부터 구원은 가능한가? 문학은 그 불가능한 구원을 응시하면서 또 무엇을 해야 하는가? 한강의 소설이 말하는 바에 따르면 문학은 타자의 고통 앞에서 무력하기 그지없지만, 쓴다는 것의 불가능을 끌어안고 그럼에도 불구하고 써야 한다. 그리고 이는 저 들리지 않는 고통의 목소리에 간절히 귀 기울이고 몸을 기울이는 것에서부터 시작되어야 한다. 그러나 한강의 소설에서처럼 문학을 통한 구원은 어쩌면 시간 밖의 시간, '눈 한송이가 녹지 않는 동안'의 짧은 순간의 기적 속에서만 가능한 것인지도 모른다. 그럼에도 불구하고 스쳐 지나가는 순간의 그 불가능한 기적을 창조하기 위해 진심과 최선을 다해 싸우는 것, 어쩌면 그것이 무력한 문학에 주어진 가능한 한줌의 몫일 수도 있을 것이다.

'시봉들'의 세계사:
이기호 소설의 내러티브/감성 정치

1. 이기호의 비밀

이기호(李起昊)의 소설을 주의 깊게 읽어온 독자라면 '시봉'을 모를 리 없을 것이다. 시봉은 누구인가? 그는 제 딴엔 치밀하게 자해공갈을 계획하나 어이없는 실수와 실패만 거듭하고(「당신이 잠든 밤에」), 국기를 훔치러 갔다가 국기게양대에 매달려 국기와 사랑을 나누는 말도 안되는 소동을 벌이며(「국기게양대 로망스: 당신이 잠든 밤에 2」), 짓지도 않은 죄를 자백하면서 시도 때도 없이 구타당하며 그렇게 폭력에 길들여지고 감염되어가기도 하는(『사과는 잘해요』) 그런 인물이다. 실제 이기호는 그의 많은 소설에 시봉을 즐겨 등장시키지만, 그렇지 않은 경우에도 그의 등장인물 모두는 시봉이다. 다시 말하면 시봉은 이기호 소설의 표지판이다.

이기호의 소설에서 시봉은 때로는 나복만(『차남들의 세계사』)으로, 기종씨(「화라지송침」)로, '나'의 삼촌(「밀수록 다시 가까워지는」)으로 이름을 수시로 바꿔가며 출몰한다. 그들은 세상의 잔인한 우연과 오해와 무책임의 억울한 희생자이지만, 항의와 저항은 물론이고 불평과 불만조차 알지 못한다.

그들은 속절없이 맞고, 내몰리고, 실종된다. 그리고 그 폭력을 더욱 불가항력으로 만드는 것은 그들로서도 어쩔 수 없는, 그들이 애초 하나씩은 지니고 있는 정신적·문화적 결함과 장애다. 그들은 쓰지 못하고, 생각하지 못하고, 말하지 못한다. 심지어 그들은 때때로, 보이지도 않는다. 그러니 이런 반응도 당연하다. "어머, 그런 사람이 있었어?"[1]

아무것도 가진 것 없고 어딘가 모자라고 무지하며 그래서 실패를 거듭하면서 엉뚱하고도 눈물겨운 희극을 연출하는 그들, 그리고 영문도 모른채 황당한 우연의 문턱에 걸려 넘어지거나 부조리한 폭력에 휘말려 어이없이 막장으로 내몰리는 그들. 그들 모두가 바로 시봉이다. 그들은 이 사회의 중심에서 밀려나고 빼앗기고 낙오된 자들이며, 또 그게 하나도 이상해 보이지 않을 만큼 덜떨어지고 어리석은 자들이다. 한마디로 '총체적 호구' 되시겠다. 이기호의 소설은 그런 모든 '시봉들'의 이야기다. 바꾸어 불러보면 이기호의 소설은, '시봉들의 세계사'다.

이기호는 고정된 서사관습과 언어규칙을 일탈하는 재기와 입담 가득한 이야기의 세계 안에 세상의 모든 시봉들을 불러모아 부려놓는다. 그 시봉들이 갈팡질팡 그려가는 동선과 저도 모르게 속절없이 휘말려 들어가는 부조리한 사건들, 그것들이 서로 얽혀들며 빚어내는 희비극적 아이러니는 이기호 소설의 인장(印章)이라고 할 수 있다. 그 중심에 우리의 시봉들이 있다.

그런데 이기호의 소설에서 이 '시봉'은 우리가 생각하는 것보다 훨씬

---

1 이기호 「밀수록 다시 가까워지는」, 『김박사는 누구인가?』, 문학과지성사 2013, 47면. 이 글에서 논의하는 이기호의 소설은 소설집 『갈팡질팡하다가 내 이럴 줄 알았지』(문학동네 2006)와 『김박사는 누구인가?』(문학과지성사 2013)에 수록된 단편들, 장편소설 『사과는 잘해요』(현대문학 2009)와 『차남들의 세계사』(민음사 2014), 그리고 단편 「옆에서 본 저 고백은」(『최순덕 성령충만기』, 문학과지성사 2004)이다. 앞으로 이기호의 소설을 인용할 때에는 작품명과 면수만을 표기한다.(『갈팡질팡하다가 내 이럴 줄 알았지』는 『갈팡질팡』으로 약칭)

더 중요하다. 그 캐릭터에는 그 자체로 이미 이기호 소설의 어떤 핵심적인 비밀이 농축되어 있기 때문이다. 그리고 그 비밀은 (이기호에겐 미안하지만) 작가인 이기호 자신도 모르는 비밀이다. 그 비밀을 하나씩 파헤쳐본다.

2. 시봉은 누구인가: 이름의 존재론

'시봉'부터 시작한다. 다시, '시봉'은 누구인가? 씹할 새끼, 씹새끼, 씨방새, 시봉새…… 등등을 거쳐 '시봉'이 되었을 것이다.[2] 아마도 그러했으리라 짐작되는 그 어원으로만 따져보면, 저 '시봉'이라는 이름에는 물론 경멸받아 마땅한, 평균적이고 정상적인 인간 이하라는 규정이 내포되어 있다. 그러나 처음의 어원에서 점점 뒤로 갈수록 (흔히 막역한 친구들끼리 격의를 접고 부르는 상스러운 호칭에서 볼 수 있듯이) 상대에 대한 내밀한 친밀과 친근의 정서가 때에 따라 은근슬쩍 부가되기도 한다는 점 하나는 일단 기억해두자. 즉 '시봉'은 자체로는 평균과 정상에 못 미치는 한심한 인간이지만, 그 이름에는 그가 실상은 우리와 그리 멀지 않은, 우리 주변에서 흔히 볼 수 있는 평범하고 정상적인 인간의 다른 모습일 수 있다는 작가의 감각이 얹혀 있다. 즉 시봉의 캐릭터에 숨어 있는 것은 정상적이고 평균적인 인간들 모두가 하나씩은 숨겨 가지고 있을 법한 모종의 결함과 장애에 대한 희극적 과장이다. 시봉이 실은 세상의 모든 장삼이사(張三李四)의 다른 이름이라는 것쯤은 이로써 이해될 것이다.

조금 의외일지 모르지만 시봉을 한자로 쓰고 그 뜻을 떠올려보면 이는

---

2 쌍욕으로 거슬러 올라가는 이 민망한 어원의 추측은 다행히도 '내가 아닌' 신형철(申亨澈)의 것이다.(신형철 「정치적으로 올바른 아담의 두번째 아이러니」, 『몰락의 에티카』, 문학동네 2008, 638면)

또다른 각도에서도 확인된다. '시봉(侍奉)'이란 '모시고 받듦'을 뜻한다. 이때 모시고 받드는 대상이란 짐작건대 '법' 혹은 '제도', 정신분석의 용어를 동원하면 대타자(the Other)일 터다. 실제 이기호의 시봉들은 말 그대로 모시고 받들며 순종한다. 가령 『사과는 잘해요』의 시봉·진만과 『차남들의 세계사』의 또다른 시봉(나복만)이 겪는 폭력의 우여곡절과 그들이 짓게 되는 죄는 모두 역설적이게도 '법'과 '제도'에 대한 순종과 복종에서 비롯된 것이 아닌가. 멀리서 알뛰세르(Louis Althusser)가 법과 제도에 순종하고 복종하는 저 시봉들을 혹여 보았다면, 그는 아마도 그런 시봉들의 반응을 '대타자의 호명(呼名)에 대한 응답'[3]이라고 불렀을 것이다. 그리고 알뛰세르는 그렇게 응답하는 자를 주체(subject)라고 이름했다. 우리가 익히 아는 것처럼 주체를 뜻하는 'subject'라는 저 단어가 이미 '신민(臣民)'이라는 뜻을 포함하고 있으니, 주체는 복종하는 자에 다름 아니다. 시봉은 그런 세상 모든 주체의 이기호식 판본이다.

그러나 이기호의 소설에서 시봉'들'의 캐릭터는 일면 당연한 저 원론적인 사실을 몸소 구현하는 데에만 그치는 것이 아니다. 또다른 차원에서 이 캐릭터는 후기근대사회의 삶과 주체성이 직면한 역설을 비스듬히 건드리는 작가의 명민한 감각의 소산이다. 그 역설이란 바로 법과 제도 등의 공적·상징적 권위의 붕괴로 인해 모든 제약에서 해방되어 자유롭게 살아가는 듯 보이지만 결과적으로는 그 체제에 순응하며 이른바 '복종에 대한 열정적 애착'을 고수하는 후기근대 주체성의 역설이다.[4] 예컨대 표면적으로는 법과 제도 등을 자유롭게 조롱하고 경멸하면서도 실제 삶에서는 그 상징적 권위를 내면화하여 체제순응적 삶을 살아가는 오늘날 한

---

3 루이 알뛰세르 「이데올로기와 이데올로기적 국가장치」, 『아미엥에서의 주장』, 김동수 옮김, 솔 1991.

4 후기근대사회 주체성의 이러한 역설에 대한 자세한 분석은 슬라보예 지젝 『까다로운 주체』, 이성민 옮김, 도서출판b 2005, 551~60면 참조.

국사회의 많은 장삼이사들을 떠올려보라. 그들의 자유와 자율의 이면에 있는 것은 과연 복종에 대한 열정적 애착이 아닌가. 그들은 자유롭게 생각하고, 불평하고, 비판한다. 그리고 복종한다. 비유컨대 이는 '자유롭게 사유하라. 그러나 복종하라'(「계몽이란 무엇인가에 대한 답변」)라는 칸트식 '계몽'(Aufklärung)의 포스트모던 패러디 버전이라고 할 수 있을 것이다. 이기호는 '복종하는 사람' 시봉의 캐릭터에 그렇게 오늘날 한국사회를 살아가는 모든 장삼이사의 진리를 눈물겨운 희극적 톤으로 과장해 응축해놓는다. 이쯤이면 아마도 여기서 내가 이렇게 말한다 해도 뜬금없다고 놀라진 않을 것이다. '시봉은 진리다.'

사실, '시봉은 진리다'라고 단언해놓고 보면 시봉의 캐릭터에 숨겨진 의외의 또 하나의 의미가 자연스럽게 드러나게 된다. 조금 돌아가보자. 정신분석이 가르쳐주는 바에 따르면, 주체는 실패하는 자다. 주체는 자기를 실현하기 위해 애쓰지만 결국은 실패하며, 주체는 차라리 그러한 '실패 그 자체'(지젝)라고 할 수 있다. 이를 달리 고쳐 말해보면, 실패는 주체의 진리다,라고도 할 수 있을 것이다. 이기호는 아마도 이 쓸쓸한 진실을 직감했을 것이다. 그러고는 시봉을 떠올렸을 것이다. 이 주체의 진리를 저 혼자 나서서 대신 뒤집어쓰고 우여곡절을 몸소 보여주며 실천하는 인물, 그가 바로 시봉이다. 그것을 마치 증명이라도 하듯 우리의 시봉들은 끊임없이 실패에 실패를 거듭한다. 그들은 종횡무진 갈팡질팡 실패를 향해 어이없이 또는 부질없이 치달아간다. 그들은 자해공갈에 실패하고(「당신이 잠든 밤에」), 국기 절도에 실패하며(「국기게양대 로맨스」), 자신의 무죄를 입증하는 데 실패한다(『차남들의 세계사』). 고백에 실패하고(「옆에서 본 저 고백은」), 연애에 실패하며(「밀수록 다시 가까워지는」), 자기 아래에 걸친 것이 팬티가 아니라 반바지임을 증명하는 데 실패한다(「내겐 너무 윤리적인 팬티 한 장」). 안타깝게 그런 의미에서도, 시봉은 진리다.

시봉＝주체의 진리라는 그 사실을 보여주는 시봉들 자신의 방식은 "최선에 최선을 다해, 노력"(『차남들의 세계사』 233면)하는 것이다. 우리의 시봉들은 정말로 최선을 다한다. 『사과는 잘해요』의 시봉·진만은 최선을 다해 두들겨 맞으면서 짓지도 않은 죄를 최선을 다해 만들어낸다. 『차남들의 세계사』의 나복만도 자신의 무죄를 입증하기 위해 최선을 다한다. 그리고 그 노력이 거꾸로 그를 돌이킬 수 없는 죄인으로 몰아간다. 최선을 다한 노력은 대개는 안타깝게도 결국 그 자체가 실패의 원인이 된다. 그러니 이 시봉의 캐릭터에 쓸쓸한 아이러니가 개입하지 않을 도리가 없겠다. 웃음과 눈물을 뒤섞는 이기호식 아이러니는 그것을 만들어내는 그의 독특한 서술방식 이전에 이미 시봉들의 캐릭터에 그 근원을 두고 있는 것이다. 이 아이러니에 대한 작가의 운산(運算)은 '시봉'이 아닌 다른 이름의 명명법에도 관철되고 있는데, 예컨대 『차남들의 세계사』의 '나복만'이 바로 그렇다. 그 이름에 성을 붙여 이렇게 한번 불러보아라. "나복만아." 그러면 틀림없이 '나 복 많아'로 들릴 테지만, 그와 달리 그는 정반대로 지지리도 재수 없는 박복한 인간이 아닌가. 가령 이런 식으로 의도와 결과, 겉과 속의 불가항력적인 어긋남을 유머러스한 입담 내러티브로 확장해 교묘하게 배치하고 운용하는 것이 이기호가 자기 식으로 '진리'를 드러내는 방식이다.

그런데 주체에 달라붙어 있는 이 진리＝실패를 일컫는 다른 이름이 무엇인지 우리는 알고 있다. 궁금한가? 그러면 조용히 턱을 괴고 다음 장을 읽어보아라.

3. 배회하는 증상들

다시 한번 말하지만, 시봉은 실패의 이름이다. 이기호의 소설에서 이름을 바꿔가며 등장하는 모든 시봉들은 끊임없이 황당한 우연의 장난에 걸려 넘어지며 실패에 실패를 거듭하고, 그리하여 존재 자체가 곧 실패가 된다. 바로 그런 한에서, 시봉은 불가항력의 실패를 자기의 일부이자 전부로 떠안고 살아가는 우리 모두의 다른 이름이다. 이쯤 되면, 알 듯 말 듯 아리송한 라깡(J. Lacan) 정신분석의 논리를 조금이라도 접해본 이라면 (그렇지 않은 이에겐 미안하지만) 이기호가 숨겨놓은 시봉의 정체가 무엇인지, 그가 시봉의 존재를 통해 무엇을 가리키고 있는지를 이미 어느정도 눈치챘을 것이다. 그 자신 불가결한 주체의 일부이면서도 주체를 기어코 걸려 넘어지게 하는 그것, 주체의 실현을 불가능하게 하는 주체 내부의 장애이면서도 주체가 주체로서 존재하려면 또 없어서는 안될 그것. 정신분석가 라깡은 그것을 '증상'(symptom)이라고 불렀다. 시봉은 바로 그 증상의 다른 이름이다. 바꾸어 말하면, 시봉은 우리 모두의 증상이다. 이기호는 시봉의 캐릭터를 통해, 늘 어딘가에 걸려 넘어지고 가로막히고 또 그러면서도 최선을 다해 실패하는, 오늘날 한국사회를 살아가는 우리 모두의 운명적인 삶의 진실을 극적으로 무대에 올린다.

이렇게 정리해볼 수 있겠다. 시봉은 사실 우리 모두의 증상이며 이기호의 소설은 그 증상의 무대화다. 그리고 이 사실은 생각보다 훨씬 중요하다. 왜냐하면 이는 이기호 소설의 내러티브 작동원리와 긴밀하게 연결되어 있기 때문이다. 우리에게 익숙한 정형화된 소설문법을 무시하고 뜬금없는 우연과 비약이 비논리적으로 산재하는 그의 소설을 두고 일찍이 그의 은사는 이렇게 말한 바 있었다. "자넨 기본기가 덜된 친구구면."(「갈팡질팡하다가 내 이럴 줄 알았지」, 『갈팡질팡』 268면) 아니면 소설깨나 읽었다고 자부하는 모범 독자라면 심지어 이렇게 화낼 법도 하다. "뭐 이런 좆같은 소설이 다 있냐. 좆나 깨는 소설이네."(「나쁜 소설」, 『갈팡질팡』 39면) 그러나 이기호는 그의 은사의 성급한 오해와는 달리, 캐릭터와 내러티브는 긴밀하게 연결된 불가분의 거울관계라는 소설이론의 정석을 누구보다 잘 이해하고 있는 치밀한 작가다. 따라서 이기호 소설의 내러티브 구조가 갖는 독특성을 제대로 이해하려면 무엇보다 먼저 그의 캐릭터가 다름 아닌 '증상'임을 이해해야 한다. 왜 그런가?

다시 조금 돌아가보자. 이기호가 그의 소설에서 늘 그러하듯. (나중에 얘기할 테지만, 이렇게 빙빙 돌고 돌아가는 것 또한 이기호 소설의 특성이다.) 라깡은 언젠가 이렇게 말한 적이 있다. "나, 진리가 말한다." 자기가 진리라니. 재수없다고 오해하지 마시길. 이때 '나'는 실은 '증상'의 다른 이름이다. 그리고 증상인 '나'는 이어서 아래와 같이 말한다. 사실 이 말은 이제 그 자신이 증상임이 밝혀진 시봉이 하는 말이라 생각하고 들어도 좋다. '나'-증상-시봉이 말한다.

나는 당신이 본성상 진실하지 않은 것으로 간주하는 것들 속에서 배회한다. 즉 꿈속에서, 그리고 황당무계하기 짝이 없는 재담과 우스꽝스럽기 짝이 없는 익살의 무의미가 의미에 저항하는 방식 속에서, 우연 속에서, 즉 그 우연의 법칙이 아닌 단지 그것의 우연성 속에서.[5]

우리의 시봉이 활동하고 있는 곳은 꿈이나 황당하고 무의미한 재담과 익살, 그리고 아무 법칙도 없는 우연과 같은 '진실하지 않은 것'들 속이다. 그리고 시봉(증상)은 그 안에서만 자기를 드러낸다. 달리 말하면, 진리는 진실하지 않은 것, 황당한 오류와 무의미와 우연 속에서 '만', 그것을 통해서만 모습을 드러낸다. 그것이 진리가 드러나는 방식이다. 그런데 이것은 어딘가 익숙하지 않은가? 여기서 잠깐, 오래전 이기호의 소설 속 분신인 '나'가 소설 쓰기의 기본기가 덜됐다고 훈계하는 은사에게 했다는 항변을 한번 들어보라. "하지만요, 선생님. 세상 사는 게 언제나 필연적이진 않잖아요? 논리적으로 설명할 수 없는, 그런 게 더 많잖아요? 꼭 그런 소설

---

5 Jacques Lacan, *Ecrits*, trans. Bruce Fink, W. W. Norton & Company 2006, p. 342.

들만 써야 한다는 법은 없잖아요?"(「갈팡질팡하다가 내 이럴 줄 알았지」,『갈팡질팡』268면) 과연 그렇다. 이 말처럼 소설이 꼭 필연과 논리의 연속이어야 하는 것은 아니다. 오히려 진리는 오류와 우연 속에서만, 논리적으로 설명할 수 없는 것들을 통해서만 가까스로 드러난다. 이렇게 오류와 우연과 비논리를 통해 우리 삶의 진실을 보여주는 것, 그것이 바로 이기호 소설의 내러티브 작동 제1원리다. 이후에 이기호는 미래에 씌어질 이 평론의 논지에 미리 고개를 끄덕이며 스스로 이를 좀더 친절하게 부연해놓았다.

소설을 쓰기 시작하면서부터 '도착(倒錯)'이란 단어에 대해서 줄곧 고심해왔다. 그 말인즉슨, 죽음을 뒤섞는다는 뜻이 될 수도 있고, 또 한편 시간과 사물의 이치를 뒤집는다는 뜻도 될 수 있을 것이다. 그래서 그것은 늘 부정적인 증세로, 이성과 합리에서 벗어난 착오의 일환으로 받아들여져왔다. 그런데, 이상도 하지? 소설을 쓰면서, 또 플롯이라는 것을 배우고, 연속성에 대해서도 고민을 하기 시작하자, 어쩌면 핵심은 뒤집힌 곳에, 뒤섞인 곳에 있을지도 모른다는 생각을 하게 되었다. 우리가 확고하게 믿고 있는 어떤 것들의 이면이 궁금하다면 끝과 시작, 위와 아래를 뒤집어볼 것. 그것이 내 소설 쓰기의 기조가 되어버렸다. (「작가의 말」,『사과는 잘해요』222면)

이기호의 말처럼 핵심은 이성과 합리에서 벗어난 착오 속에, 뒤집힌 곳에 있다. 바꾸어 말하면 그것이 우리 삶의 진리·진실·증상이 존재하는 방식이다. 이기호 소설의 내러티브가 보여주는 그만의 독특한 방식은 모두 이러한 진실의 존재방식에 대한 예민한 촉감에서 비롯된 것이다. 여기서 놓치지 말아야 하는 것은 그것이 소설의 '플롯'과 '연속성'에 대한 의심과 결합되어 있다는 사실이다. 그리고 그 의심의 바탕에 있지만 더 말하지 않은 이기호의 속뜻을 헤아려보면 그것은 다음처럼 정리할 수 있겠다. 즉 정형화된 소설의 인과성과 필연성의 서사는 필연적으로 그리고 불가피하게 그러한 진실을 은폐한다. 아니, 더 나아가면 우리의 일상적인 삶의 서사 자체가 진실을 은폐하는, 또 그 은폐를 통해서만 정상적으로 작동되는 하나의 허구다. 사실 이기호의 대부분의 소설은 서로에게 기대 공생하고 공모하는 그런 '인과와 필연의 질서'와 '세상의 질서'를 동시에 심문하는 일종의 현실비판적 메타소설이며 메타적 현실비판 소설이다. 다시 궁금해질 것이다. 어떻게?

4. 이야기와 싸우는 이야기

이를 이해하기 위해서는 우선 최근 소설집 『김박사는 누구인가?』와 장편소설 『차남들의 세계사』를 관통하는 이기호의 일관된 문제의식이 무엇인지를, 또 그것이 어디에서 출발하고 있는지를 포착해야 한다.

이기호가 최근에 발표한 일련의 단편들과 장편 『차남들의 세계사』 등에서 그의 촉수는 1980년대의 역사에서부터 지금 한국사회의 세상살이, 힘없고 비루한 개인들의 억울하고 기막힌 사연과 시각장애인 전도사와 문창과 교수의 내면풍경에 이르기까지 다방면으로 펼쳐져 있다. 거기에는 예컨대 1980년대 공안정국의 역사적 풍경과 그 속에서 짓지도 않은 죄를 억울하게 뒤집어쓰고 고문당한 끝에 진짜로 죄를 짓게 되는 남자의 비극(『차남들의 세계사』)이 있고, 프라이드 자동차를 사랑한 삼촌(「밀수록 다시 가까워지는」)과 두루마리 휴지를 무서워하는 남자의 실종에 얽힌 슬픈 우여곡절(「화라지송침」)이 있다. 여자 후배를 죽였다는 죄목으로 재판을 받는 제자를 위해 탄원서를 쓰는 문창과 교수의 '문장'에 대한 자의식(「탄원의 문장」)이 있는가 하면, 누군가의 죽음 덕분에 다시 볼 수 있는 기회를 얻게 된 눈먼 전도사의 윤리적 갈등(「저기 사람이 나무처럼 걸어간다」)과 오래된 학적부를 전산 프로그램에 입력하는 무의미한 작업에 미래를 거는 누추한

임시 인생의 안간힘(「행정동」)도 있다. 박헌영의 호와 똑같은 '이정(而丁)'이라는 이름에 얽힌 숨은 사연(「이정(而丁): 저기 사람이 나무처럼 걸어간다 2」)과 욕설강박증의 치료상담 일지(「김박사는 누구인가?」)도 빼놓을 수 없다. 이 다종다양한 이야기들은 물론 겉으로 보기에 하나의 줄로 꿰어지지 않을 만큼 개성적이면서 다양한 색채와 목소리를 발산한다. 그럼에도 불구하고 이 모든 이야기들의 출발점과 목적지를 결정하는 하나의 공통된 누빔점이 있다. 그것은 무엇인가?

그것은 다름 아닌 '담론의 질서'에 대한 비판적 물음이다. 그 물음이 겨냥하는 것은 굳이 나눈다면 크게 두 방향이다. 그 하나는 우리 삶의 운명을 좌우하는 현실의 공적(公的) 언어와 담론, 그리고 다른 하나는 인과와 필연을 강조하는 관습적 서사다. 이기호의 소설에서 그 둘은 하나다. 아니, 애초에 그렇다기보다는, 이기호의 소설에서 그 둘은 결국 하나임이 밝혀진다. 그것은 서로가 서로를 결정하고 모방한다.

첫번째로, 예컨대『차남들의 세계사』를 관통하는 문제의식의 큰 줄기는 현실의 공적 언어와 담론이 우리 삶의 고통스러운 진실을 은폐하는 허구라는 점에 대한 인식이다. 그 허구가 만들어낸 세계, 그것이 '눈먼 세계'다. "그러니까 아무것도 읽지 못하고, 아무것도 읽을 수 없는 세계, 눈앞에 있는 것도 외면하고 다른 것을 말해버리는 세계, 그것을 조장하는 세계." 이를테면 그것은 "전문 용어로 '눈먼 상태' 되시겠다."(『차남들의 세계사』179면) 이것은 물론 공안의 폭력이 지배하던 1980년대의 시대상에 대한 규정이다. 하지만 이는 단지 1980년대라는 특정 시대에만 국한되는 이야기는 아니다. 이기호가 자신의 소설들을 통해 끊임없이 문제삼는 것은 공적 언어와 담론에 의해 규정되고 서술되는 우리 삶의 질서가 이와 크게 다르지 않다는 사실이다. 그 세계는 눈먼 세계다. 진실을 가리고 외면하는 세계, 또 그것을 통해서만 비로소 존재할 수 있는 세계. 그 세계는 "눈썹들이 모두 뭉텅 빠져나가버린" 서류 속 숫자들의 세계(「행정동」)이며, "입증 불가능한 것들"을 모른 척하고 가려버림으로써만 존재하는 사실들의 세계 혹은 법과 제도의 세계(「탄원의 문장」)이다. 그 세계는 또한 우연과 혼돈과 모순이 지배하는 개인의 내밀한 마음의 궤적을 인과적 필연성의 논리로 억압하고 재단해버리는 정신의학 담론의 세계(「김박사는 누구인가?」)이기도 하고, 또 진실을 죽은 비유와 도그마 속에 가두어버리는 종교적 언어의 세계(「저기 사람이 나무처럼 걸어간다」)이기도 하다.[6]

그 공적 언어로 서술되는 사실들의 세계란 대체 무엇인가? 「행정동」의 임시직 직원 오재우는 깨닫는다. "서류란 원래 사실이 필요해서, 사실을 만들어내기 위해, 작성된 것"이며 사실은 그 "서류 자체가 상상"(『김박사는 누구인가?』 40면)일 뿐임을. 그에 따르면, 공적 언어와 담론의 질서는 하나의 '허구'다. 그리고 그 허구는 우리 삶의 내밀한 진실을 삭제하고 외면하며 은폐한다. 심지어 그것은 우리 삶의 서사를 조작한다. 『차남들의 세계사』에서 서술되는 전두환 시대의 간첩조작 시나리오, 그리고 우리의 나복만이 쓰기를 강요받는 허위 진술서는 모두 이를 암시하는 알레고리로 읽을 수 있다. 여하튼 이런 식으로, 그 눈먼 허구는 우리 삶의 질서를 규정하고 우리 모두의 삶의 서사를 서술한다. ……그렇다면?

이기호 소설의 내러티브 전략이 디디고 있는 것은 바로 이 물음이다. 그런데 이기호가 단지 거기에서 그칠 리 없다. 두번째로, 다시 그에 따르면, 인과와 필연을 중시하는 정형화된 서사의 관습은 공적 언어의 저 의도적 맹목을 모방한다. 그런 서사의 관습은 또한 우리의 통상적인 서사 읽기 관습이기도 하고 동시에 우리가 우리 삶의 서사를 써나가는 방식이기도 하다. 그리고 그 모든 것은 결국 분리할 수 없는 하나다. 『차남들의 세계사』에서 이야기 진행을 돌연 중단시키며 독자를 청자로 끌어와 앉혀 말

---

6 그 세계는 또 '명찰'의 세계이기도 한데, 나복만이 자기를 고문한 정과장에게 내뱉는 마지막 대사를 되새겨보라. "넌, 개새끼야……. 명, 명찰을 달고 있어야만 그, 그 사람이 누군지 알아보니?"(『차남들의 세계사』 290면)

을 거는 서술자의 다음 발언을 보자. 좀 긴 인용이다. 하지만, 들어보아라.

　　그래서…… 그래서…… 무슨 일이 벌어졌던 것일까? 그다음 일어난 일
이 궁금한가? 그다음 스토리를 어서 빨리 듣고 싶은가? 그것에 대해서 말
하는 것은 어렵지 않다.(그러니까 나복만은 끝까지 진술서를 쓰지 않았
고, 자신의 비밀에 대해서도 말하지 않았다.) 그러나, 들어보아라. 스토리
가 중요했던 것은 그날 그때 가볍게 엄지와 검지로 레버를 쥐고 있던 스포
츠머리와 손등의 털이 다 타버린 요원도 마찬가지였다. 그들에게 중요했
던 것은 인과관계였고, 플롯이었으며, 왜,라는 질문에 대한 대답이었다. 그
래서 그들에겐 나복만의 고통 또한 다음에서 다음으로 넘어가기 위한, 하
나의 스토리에 지나지 않았다. 고통은 하나의 도구일 뿐, 고통은 하나의 과
정일 뿐……. 그래서 그들은 멈추지 않았다.(이봐, 친구. 자네는 어떤가? 자
네는 지금 이 부분을 어떻게 읽고 있나?) 하지만, 들어보아라. 정작 말하
기 어렵고, 쓰기 힘든 것은 고통 그 자체이다. 스토리를 멈추게 하고, 플롯
을 정지시키는, 그런 고통이 사라진 이야기란, 그런 고통을 감상하는 이야
기란, 사파리 버스에서 내다보는 저녁놀 붉게 물든 초원과 아무런 차이가
없지 않은가! 안락한 의자에 앉아, 두꺼운 유리창 뒤에서, 초원을 바라보고
싶은가? 안전하고 싶은가? 그렇다면 다음 단락은 듣지 말고 그대로 넘어
가길……. 그렇다고 해서 스토리를 이해하는 덴 아무런 지장도 없을 테니
까…… 원망도, 아쉬움도 없으니까…… 그렇게 하시길. 그게 바로 당신 안
의 괴물이 작동하는 방식일 테니까. (『차남들의 세계사』 238면)

'다음에서 다음으로 넘어가기 위한, 하나의 스토리', 그 스토리의 연속
과 인과관계는 단지 나복만을 고문하는 안기부 요원들의 요구만은 아니
다. 그것은 모든 공적 담론의 요구이기도 하고, 제도적 서사(가령 '관습적
소설')의 고루한 규칙이기도 하며, 우리가 소설을 읽는 통상의 관습이기

도 하다. 그리고 일찍이 소설가 로베르트 무질(Robert Musil)도 간파했듯이 "대부분의 사람들은 그런 사실의 질서정연한 연속을 사랑한다."(『특성 없는 남자』) 왜냐하면 그것은 삶의 모순과 혼돈과 불확실성을 은폐하고 그들에게 안전한 도피처를 제공하기 때문이다. 이기호에 따르면 "그게 바로 당신 안의 괴물이 작동하는 방식"이다. 다시 말해, 그것이 우리가 우리 삶의 서사와 자기 자신의 내부에 웅크린, 우리를 걸려 넘어지게 하는 두려운 진실(또는 증상)을 외면하는 방식이다. 이 장면에서, 연속된 서술의 중간에 불쑥 끼어들어와 스토리를 멈추고 플롯을 정지시키는 서술자의 발언은 그 자체가 관습적 서사와 우리 삶의 서사의 작동방식에 대한 문제제기를 수행적으로 실연(實演)하는 것이다. 이 장면은 비록 도드라지는 하나의 특수한 사례라 할지도 모르지만, 이기호의 소설 대부분의 내러티브 형식이 그 구체적인 방식은 달라도 이와 마찬가지 문제제기를 품고 운행되고 있다고 보아도 크게 틀리지 않다. 결국 그렇다면 이것은 소설이 어떠해야 하는가에 대한 작가의 메타적 윤리선언이기도 하다. 작가에 따르면, 소설은 스토리와 플롯의 연속을 정지시키고, 그리하여 그것과 공모하는 '거짓 허구'를 정지시키며, 그럼으로써 그 돌연한 정지를 불사하게 만드는 우리 삶의 진실에 대한 직시(直視)의 고통을 견뎌내는 것이다. 그러니 결국, 이렇게 말해볼 수도 있겠다. 저 눈먼 세계가 조장하고 만들어낸 허구를 심문하는 이야기, 바꾸어 말해 허구와 싸우는 또다른 허구, 그것이 이기호의 소설이다.

5. 말할 수 없는 것들…… 그리고, 이 작가의 말을 들어라

그렇다면 그 싸움의 목적지는 어디이며 이기호의 소설은 그곳을 향해 어떻게 걸음을 옮겨놓는가? 이 물음은 또다시 중요한데, 왜냐하면 이기호의 소설은 그 내러티브 운용형식 자체가 주제의식을 거울처럼 비추는 (이런 표현이 가능하다면) '현실주의적 메타소설'이기 때문이다. 그런데 이기호는 이 물음의 답에 대한 힌트를 이미 다음과 같이 명쾌하게 적어놓았다. "어쩌면 문제는 우리가 생각하는 것보다 더 복잡한 곳에, 더 깊숙한 곳에 숨어 있는지도 모른다. 그러니, 이야기는 계속 이어질 수밖에 없는 것이다."(『차남들의 세계사』 44면) 이야기가 계속될 수밖에 없는 것은 문제가 보이지 않게 숨어 있기 때문이다. 그리고 그 문제는 눈먼 세계의 언어가 외면하고 삭제하는, 그럼에도 불구하고 말해야 하는 어떤 것일 터다. 이기호 소설의 이야기는 결국 단순하게 말하면 깊숙한 곳에 숨어 있는 그 문제를 찾아가는 여정이다. 그 여정이 향하는 곳은 이를테면 말할 수 없는 '여백'[7]이고, 외면되고 감추어진 상처이며, 그럼에도 불구하고 어렴풋한 짐작과 공감을 통해 가까스로 가닿아야 하는 보이지 않는 마음의 진실이다.

그러나 그 여백과 상처와 마음의 진실은 한마디로 규정할 수 있는 것이 아니다. 그것은 말할 수 없는 것이고 "입증 불가능한 것"(「탄원의 문장」,『김박사는 누구인가?』 205면)이며 어쩌면 알 수도 없는 것이다. 사실들의 세계 틈새에 숨어 있는 그 여백과 불가능과 마음의 속살은 오로지 불가해한 징후를 통해서만, 그림자가 아니면 기호를 통해서만 그 자신을 희미하게 비출 뿐이다. 예컨대 「밀수록 다시 가까워지는」에서 삼촌의 병적인 프라이드 자동차 애호와 후진되지 않는 자동차, 숫자와 지명만으로 씌어진 삼촌의 운행기록증 등이 그런 것이다. 기종 씨의 두루마리 공포증(「화라지송침」)과 아버지가 딸에게 지어준 '이정(而丁)'이라는 이름(「이정(而丁): 저기 사람이 나무처럼 걸어간다 2」)이 그런 것이고, 죽은 여자후배가 '이 선배'라는 호칭 앞에 붙인 '이'라는 지시관형사(「탄원의 문장」)가 또 그런 것이다. 그리고 『차

---

7 이기호의 소설에서 '여백'이 갖는 의미에 대해서는 정홍수 「이야기와 여백, 다시 태어나는 소설: 이기호 소설에 대하여」,『흔들리는 사이 언뜻 보이는 푸른빛』, 문학동네 2014 참조.

남들의 세계사』에서 김순희가 읽게 되는 나복만의 편지 속 "내가 지금 쓸 수 있는 말은 이게 전부입니다"(130면)라는, 겉보기에 무심한 저 문장도 당연히 여기에 추가할 수 있을 것이다.

그렇게 기호와 그림자 들을 통해서만, 그리고 그 뒤에 숨어서만 가까스로 스스로를 내보이는, 보이지 않고 말할 수 없는 저 불가능한 것들을 어떻게 이야기할 것인가? 또 그 안에 투영되어 있는 우리 삶의 모든 아득한 절망과 뼈아픈 회한과 허무의 한 자락에 소설의 언어는 어떻게 가닿을 수 있을 것인가? 또 그것이 가능하기나 한 것인가?『김박사는 누구인가?』에서『차남들의 세계사』로 이어지는 이기호의 최근작들은 겉으로 드러나든 않든 모두 이런 자의식적 물음을 놓지 않고 이야기하는 소설들이다. 그리고 여기에는, 결국 '문학이란 무엇인가'라는 이 작가 나름의 끈질긴 질문이 숨어 있다. 아마도 이기호라면 이렇게 이야기할지도 모르겠다. 무심한 호칭 '이 선배'에 외롭게 붙어 있는 저 작고도 사소한 '이'라는 "지시관형사의 세계"(「탄원의 문장」,『김박사는 누구인가?』214면) 안에 아무도 몰래 응축된 안타까운 마음의 우주를 짐작하고 더듬어가는 것, 아니 차라리 그 '지시관형사의 세계', 그 자체가 '문학'이다.

그의 소설이 단도직입을 모르는 것은 이 때문이다. 그 모든 것은 불가피하게 돌고 돌아, 차근차근 이야기해야 하는 그런 것이기 때문이다. 그리고 돌고 돌아가는 그 이야기의 여정에 부려진 유머(전작들보다 그 톤이 많이 가라앉긴 했지만)가 만들어내는 희비극적 페이소스(pathos)는 구조적으로 이와 관련되어 있는 것이다. 이기호의 소설에서 이야기를 끌어나가는 유머러스한 톤은 대개는 그 뒤에 감추어진 안타까운 진실에 차근차근 다가가기 위한 우회적 발견의 기법[8]이며, 나아가 그 희극적 유머 자체

---

8 진리는 우연과 오류, 황당하고 무의미한 재담과 익살을 통해서만 드러난다는 앞의 말을 기억해보라.

가 사태의 겉과 속을 의도적으로 어긋나고 멀어지게 함으로써 사후적으로 그 발견의 정서적 효과를 더욱 강화하고 있음을 알 수 있다.[9]

이기호의 소설이 과연 그렇다. 말할 수 없는 것은 불가피하게 그렇게 말해야 한다. 유머와 딴전을 에둘러. 그리고 거기에 얹혀 있는 작가의 마음을 우리는 짐작한다. 보이지 않고 말할 수 없는 저 불가능한 것들을 이야기하기 위해 짐짓 "그저 모르는 척 다른 이야기를 하는 마음을, 강의 그림자를 바라보면서 하는 짐작들"(「화라지송침」, 『김박사는 누구인가?』 263면)을.

이기호의 최근 소설들에서 우리가 보는 것은 바로 저 우연과 혼돈 속을 배회하는 우리 안의 증상들, 그리고 말할 수 없지만 말해야 하는 '불가능한 것들'에 대한 예민한 발견의 감각과 공감의 시선이다. 그리고 그것을 '어떻게 이야기할 것인가'에 대한 특유의 재기 넘치는 방법론적 실험이 이와 종횡으로 결합한다. 이 모든 것은, 결국 이 시대에 문학은 어떻게 어떤 방식으로 말하고 존재해야 하는가에 대한 이 작가의 집요한 물음과 탐구의 흔적이다. 그의 소설이 겉으로는 가벼운 톤의 이야기로 보인다 할지라도, 대부분 소설에서 발휘되는 그 날렵한 운지(運指)가 궁극적으로 보여주는 것은 그 모든 것의 무게를 윤리적으로 감당하고 있는 이야기가 그 자체로 발산하는 '무거운 가벼움'의 절묘함이다. 이에 더해 그는 최근 『차남들의 세계사』에서도 보듯 한국 근현대사의 상처를 그 자신의 소설세계 안으로 적극적으로 끌어들이면서 시선을 역사적 차원으로 확장해나가고 있기도 하다. 그러니 이렇게 말해보자. 아마도 우리는 이기호의 소설에서 '문학 이후의 문학'이 갈 수 있고 또 가야 하는 새로운 길 하나를 찾게 될지도 모른다.

---

9 가령 「밀수록 다시 가까워지는」에서 역사의 폭력과 무관하지 않은 삼촌의 아득한 절망과 회한을 이야기하기 위해 황당하게도 프라이드 자동차와 사랑에 빠진 그의 희극적 기행(奇行)에서 이야기를 시작하는 수법이 그 한 사례다.

그 가능성을 보고 싶은가?

그러면, 조용히 책을 펼쳐 이기호의 이야기를 들어보아라.

잃어버린 시간을 찾아서

◆

김연수론, 『파도가 바다의 일이라면』을 읽으며

1. 기호들

무언가 남겨진다. 예를 들면 이런 것들. 할아버지의 입체 누드사진(『네가 누구든 얼마나 외롭든』), 자살한 여자친구가 마지막으로 읽었던 『왕오천축국전』(「다시 한달을 가서 설산을 넘으면」), 실종된 아버지의 연기 장면이 담긴 기록필름(「달로 간 코미디언」), 인물사진만 찍던 죽은 사진작가가 생애 처음이자 마지막으로 남긴 기념사진(「네가 누구든, 얼마나 외롭든」) 등등. 김연수(金衍洙)의 인물들은 자신들 앞에 소환된 그 우연한 사물들에 촉발되어 길을 떠난다. 그 사물들은 이를테면, 읽혀지기를 기다리는 기호들(signs)이다. 인물들의 여행은 그들이 마주친 그 불가해한 기호를 어떻게든 해독해내려는 고독한 영혼의 안간힘이다.

그런데 그들은 왜 그 기호들을 한사코 외면하지 못하고 그토록 읽으려 애쓰는가? 왜냐하면 그것은 대개 그들이 이해하고 싶지만 이해할 수 없는 것들에 가까스로 다가가게 해주는 단서들이기 때문이다. 이때 이해할 수 없는 것들이란 예컨대 자살한 여자친구의 동기와 진심(「다시 한달을 가서 설산을 넘으면」)이기도 하고, 실종된 아버지의 속내와 진짜 모습(「달로 간 코미디언」)이기도 하다. 그들이 도무지 이해할 수 없는 타자의 진실을 기억하는 것이 바로 그 기호들이다. 달리 말해, 기호들(만)이 저들의 진실을 알고 있다. 이런 실상을 김연수의 장편 『네가 누구든 얼마나 외롭든』의 화자는 마침 이렇게 요약한다. "할아버지가 어떤 삶을 살았는지 정확하게 아는 건 우리가 아니라 그 입체 누드사진 같은 사물들뿐이다."[1]

이때 이 사물들이 지극히 사사롭고 우연적인 것이라는 사실에 주목하자. 김연수의 소설에서 삶의 진실은 논리적이고 정연한 질서 속에 있는 것이 아니라 질서 없이 점점이 흩뿌려진 혼돈과 우연의 그물망 속에, 필연을 교란하는 우연한 마주침 속에 존재한다. "인생은 누구에게나 불가항력적인 우연의 연속"[2]이고 인생의 결정적인 순간은 다름 아닌 바로 그 하찮은 우연 속에(만) 있기 때문이다. 사물들은 그 불가항력적인 우연의 그물망과 마주침의 한가운데에 그 자체 아무런 필연성 없이 끼어들어오는, 또 그럼으로써 저도 몰래 그 어느 것으로도 환원될 수 없는 개인의 내밀한 어떤 것을 표상/반사하는 진실의 조각들이다. 그리고 김연수라면 당연히 개인의 진실은 바로 그 조각 속에(만) 존재한다고 말할 것이다.

그러니 김연수의 인물들에게 저 사물들이란 달리 말하면 타자의 진실의 기표라고도 할 수 있겠다. 쏘쉬르(Saussure)가 일찍이 일러준 것처럼 기표와 기의의 관계가 자의적이듯이, 김연수의 소설에서 사물과 타자의 진실 간의 관계 또한 자의적이다. 그 관계는 자의적일 뿐만 아니라 비합리적이고 우연적이며 지극히 사적(私的)이다. 타자가 남긴 진실의 기표와 그 기표의 기억들을 해독하려 애쓰는 김연수의 인물들에게 그것이 도무지 불가해한 것일 수밖에 없는 까닭이 여기에 있다.

---

1 김연수 『네가 누구든 얼마나 외롭든』, 문학동네 2007, 385면.
2 김연수 「웃는 듯, 우는 듯, 알렉스, 알렉스」, 『세계의 끝 여자친구』, 문학동네 2009, 221면.

실은 모든 것이 마찬가지다. 사물이 그렇듯이 언어도 그러하며, 타자의 진실이 그렇듯이 나의 진실도 그러하다. 가령 「케이케이의 이름을 불러봤어」의 미국인 여자소설가인 '나'에게 한국어 '송장헤엄'의 번역어가 'a backstroke'(배영)이 아닌 꼭 'a corpse swimming'(시체의 수영)이라는 이상한 단어여야 하는 이유도, '밤뫼'나 '방미'가 제 아무리 비슷한 발음이라 해도 결코 '밤메'가 될 수 없는 이유도 근원을 거슬러 올라가보면 바로 그것일 터다.("아니에요, 해피. 그때 케이케이는 'a backstroke'을 한 게 아니라 'a corpse swimming'을 한 거예요." "어쨌든 여기는 케이케이가 시체의 수영을 하던 그 밤메가 아니에요."[3]) 즉 이 소설에서 '밤메'와 '시체의 수영'이라는 부정확하고 어색한 단어야말로 그 자체가 다름 아닌 미드 호수에서 죽은 옛 연인 케이케이와 함께했던 행복한 한때를 기억하는 '나'의 진실의 한조각인 셈이다. 그것은 어떤 단어로도 대체 불가능하고 환원 불가능하다. 자의성과 비합리성으로 통상의 용법과 발음에서 비껴나 있는 그 단어들은 그런 한에서 타자가 결코 이해할 수 없는 불가해한 기표다. 그래서 작중의 '나'도 이렇게 분통을 터트리고 있지 않은가. "당신은 나의 통역으로 고용됐는데도 내 말을 하나도 이해하지 못하고 있어. 내가 왜 '시체의 수영'이라고 말하는지도 전혀 모르고 있어."[4]

2. 흔적-기억

김연수의 인물들 앞에 던져진 진실의 기표는 그런 것이다. 그 기표를 해독하기 위해 사력을 다하는 김연수의 인물들은 한 개인의 삶의 실상과

---

3 김연수 「케이케이의 이름을 불러봤어」, 같은 책 15면과 19면.
4 같은 글 19면

진실이 논리적이고 합리적으로 설명되는 서사 속에 있는 것이 아니라 논리와 합리의 궤도에서 벗어난 그런 우연의 한조각에 있음을 직감하는 자들이다. 그리고 더 나아간다면, 그 인물들에게 진실은 그런 보이는 것 속에만 있는 것이 아니다. 그것은 많은 경우, 보이지 않거나 들리지 않는 어떤 침묵과 공백 속에 있다. 「달로 간 코미디언」에서 사람들이 들려주는 인생담을 편집하던 라디오 방송국 프로듀서 '그녀'도 어느 순간 이를 깨닫게 되는데, '그녀'는 이렇게 말한다.

> 편집하면서 내가 제일 안타까웠던 순간은 목소리가 끊어질 때였어. 더 말할 수 있는데, 사람들은 어느 순간 말을 멈춰. 한동안 침묵이 이어지고 릴 테이프는 혼자서 돌아가지. 침묵과 암흑, 내 귀에는 잡음만이 들려. 몇번을 반복해서 듣다보면 어쩌면 바로 그 순간이 내가 귀를 기울이는 순간일지도 몰라. 거기에 진실이 있을지도 몰라.[5]

'그녀'에 따르면, "그들의 인생이란 이야기에 있는 게 아니라 그 이야기 사이의 공백에 있는"[6] 것이다. 그리고 '그녀'의 말대로 "어쩌면 '우리 인생의 이야기'란 목소리와 목소리 사이, 기침이나 한숨소리, 혹은 침 삼키는 소리 같은 데 담겨 있는 것인지도"[7] 모르는 것이다. 한 개인의 삶의 실상과 진실은 겉으로 드러나는 명료한 서사의 표면이 아니라 무엇으로도 표현/재현되지 않는 침묵과 공백, 그 안의 숨결과 뉘앙스 같은 잉여 안에만 있다는 얘기다. 실로 그런 것이라면, 이를 네거티브한 어법으로 뒤집어 말하면 아마도 이렇게 될 것이다. 진실은 우리가 알 수 없으며 명징한 언어로 표현하거나 재현할 수도 없다. 가령 「다시 한달을 가서 설산을 넘

---

5 김연수 「달로 간 코미디언」, 같은 책 258면.
6 같은 글 237면.
7 같은 곳.

으면」에서 죽은 여자친구를 이해하기 위해 소설을 쓰는 '그'가 결국 깨닫게 되는 것도, "아무리 해도, 그러니까 자신의 기억을 아무리 '총동원해도' 문장으로 남길 수 없는 일들이 삶에서도 존재한다는 사실이었다."[8] 김연수의 인물들이 자주 홀로 사로잡히는 (아직 채 버리지 못한 감상주의의 잔재 따위로 많은 이들이 오해하는) '외로움'이나 '쓸쓸함' 같은 정서가 비롯되는 애초의 근원은 바로 여기에 있는 것이다.

김연수의 인물들에게, (타자의) 진실을 이해하는 것은 불가능하다. 그럼에도 불구하고 그들은 포기하지 않는다. 그들은 불가능 속의 가능을, 침묵과 공백으로만 존재하는 그 보이지 않는 가능을 희망한다. 그렇다면 그 가능은 어디에 있는가?…… 이렇게 묻는다면, 그것은 잘못된 물음이다. 실상을 말하자면 그것은 없으면서도 있고 있으면서도 없다. 그보다 김연수의 소설이 보여주는 것은 오히려 그 보이지 않는 가능을 드러내려는 노력 그 자체이며, 그 가능성의 조건을 상상하고 음미하는 마음의 지향이다. 그리고 바로 그 한가운데 '기억'이 있다.[9]

김연수의 소설에서 때로 주체적 의지에서 비롯되는 기억보다 중요한 것은 주체의 의지와 무관하게 스스로 존재하고 작동하는, 세계 그 자체의 기억이다. 이때 기억은 무엇보다 흔적이다. '나'의 삶이 그러하듯, 타자의 삶은 세상의 모든 것에 흔적을 남긴다. 삶이 끝나고 갈 사람은 가더라도, 타자가 남긴 흔적은 그 대신 남아 그의 삶을 기억한다. 그러니 거꾸로, 흔적은 기억이다. 김연수의 소설에서 이 흔적은 단지 앞서 말한 기호로서의 언어나 사물에만 국한되는 것이 아니다. 실은 이 세계의 모든 것이 흔적이다. 흔적은 엄마가 죽던 날 '나'가 본 노을(「네가 누구든, 얼마나 외롭든」)이

8 김연수 「다시 한달을 가서 설산을 넘으면」, 『나는 유령작가입니다』, 창비 2005, 124면.
9 김연수 소설의 기억술에 대해서는 김형중(金亨中)의 논의가 적실하다.(김형중 「단 한 권의 책」, 『단 한 권의 책』, 문학과지성사 2008 참조) 다만 이 글에서 기억에 대한 논의는 김형중과 초점을 달리한다.

기도 하고, 실종된 아버지를 이해하기 위해 사막으로 달려간 '그녀'가 듣는 어둠과 침묵 속의 바람소리(「달로 간 코미디언」)이기도 하며, 죽은 시인과 그의 여자친구가 함께 바라보았던 한그루의 메타세쿼이아(「세계의 끝 여자친구」)이기도 하다. 모든 것이 사라진 뒤에도, 저 흔적이 기억한다. 그리고 어쩌면, 보이는 것뿐만 아니라 보이지 않는 이 세계의 모든 것이 흔적이다. 「케이케이의 이름을 불러봤어」에서 죽은 옛 연인을 추억하는 소설가 '나' 또한 문득 그것을 깨닫는다.

일곱살이었던 케이케이의 그 젖은 몸은 어디로 갔을까? 먼 훗날 케이케이의 그 몸에 매달려 사랑할 때의 내 세포들은 또 어디로 갔을까? (…) 내가 말하고 싶은 건 이런 이야기다. 이 우주의 90퍼센트가 우리가 감지할 수 없는 것들로 이루어져 있다면, 결국 케이케이의 어린 몸도, 그 몸을 사랑했던 내 세포들도 달리 갈 곳은 없을 것이다. 나의 가장 아름다운 얼굴도 마찬가지다. 당신은 그걸 보지 못할 뿐이다.[10]

이 우주의 보이지 않는 90퍼센트는 과거의 흔적들이다. 과학자들이 '암흑물질'이라 이름 붙인 그것, 존재하지만 보이지 않는 그 무한하고 영원한 "어둡고 비밀스럽고 거무스름한 물질"[11]이 모든 것을 기억한다. 그리고 그런 한에서 기억은 무한하고 영원하다. 그 무한과 영원의 기억이, 하찮은 우연에 지배받는 돌이킬 수 없는 우리 삶의 덧없음을 위로한다. 단편소설 「네가 누구든, 얼마나 외롭든」의 화자와 죽은 사진작가 '그' 모두 가까운 이의 죽음으로 인한 슬픔을 (가령 강렬한 노을과 광활한 하늘을 뒤덮은 흑두루미떼의 장관을 통해 암시되는) 변하지 않는 무한(無限)과

---

10 김연수 「케이케이의 이름을 불러봤어」, 10~11면.
11 같은 글 11면.

영원의 세계를 통해 위안받듯이, 김연수의 많은 인물들이 그러하다. 그들은 어느 순간 바로 그 무한과 영원의 기억을 감지함으로써 돌이킬 수 없는 우리 삶의 가변성, 모든 것이 병들고 죽어가는 데서 비롯된 저 존재의 슬픔을 위로받는다. 더 나아가면 그것은 우리가 보이든 보이지 않든 이 세계의 모든 것, 그리고 타자의 과거·미래와 연결되어 있다는 사실을 우회적으로 증거하는 것이기도 하다. 그러니 어찌 보면 타자(의 진실)에 가닿으려 애쓰는 김연수의 인물들이 직감하는 가능성의 한 조건은 또한 거기에 있는 것인지도 모른다. 따라서 이 세계에서 "온통 읽혀지기를, 들려지기를, 보여지기를 기다리는 것들"[12]을 감지하는 김연수의 인물들은 그들이 희망하는 타자(의 진실)와의 '소통'[13]에 다가가는 불가능의 가능을 어떻게 가까스로 희망해볼 수 있는가를 직감하는 자들이다.

김연수의 이야기는 그렇게 시작된다.

3. 나-기억

『파도가 바다의 일이라면』의 카밀라 포트만도 이 모든 것을 몰랐을 리 없다. 왜냐하면 그녀는 김연수의 인물이니까. 그걸 증명이라도 하려는 듯 그녀는 이렇게 말하는 것으로 소설의 서두를 열고 있다.

앤이 죽고 난 뒤, 나를 위로한 건 해가 완전히 저문 뒤에도 여전히 푸른

---

12 김연수 『네가 누구든 얼마나 외롭든』, 143면.
13 잠시 설명을 덧붙이자면, 김연수의 소설에서 타자와의 '소통'은 그 자체가 불가능한 것이다. 그럼에도 소통을 이야기하는 김연수 소설의 논리는 그 불가능을 전제한 '그렇긴 하지만……'의 논리라고도 할 수 있겠다. 이 글에서 쓰는 빗금 쳐진 '소통'(소通)은 그런 뜻을 함축하고자 한 나름의 고안이다.

빛이 남아 있는 서쪽 하늘, 쇼핑몰에서 나이 많은 여자들을 스칠 때면 이 따금 풍기던 재스민 향기, 해마다 7월이면 어김없이 돌아오는 앤의 생일인 24일, 신발 가게에서 유독 눈이 가던 치수 6.5, 마음만 먹으면 언제라도 누를 수 있는 앤의 휴대폰 번호 열자리 같은 것들이었다. 어떤 일이 있어도 변하지 않는 것들, 늘 거기 남아 있는 것들, 어쩌면 내가 죽고 난 뒤에도 여전히 지구에 남아 있을 그런 것들에 나는 위안을 얻었다. 그런 것들 중 하나가 교정 한쪽에 서 있던 레드우드 한그루였다.[14]

소설의 화자 카밀라는 그 레드우드 앞에서 유이치를 만났고, 그러면서 모든 것이 시작되었다. 양모 앤이 죽고 난 뒤 재혼한 양부 에릭에게서 유년시절의 유물이 담긴 상자 여섯개를 반강제로 전해받은 입양아 카밀라. 남자친구 유이치의 권유로 그 여섯개의 상자에 담긴 '입양된 삶의 기억'에 대한 글쓰기를 시작하면서 그녀는 작가가 된다. 이것은 의미심장한 설정이다. 왜냐하면 이것을 계기로 '나'-카밀라는 머릿속에 떠오르는 기억을 써나가는 도중에 자신이 쓸 수 없는 기억의 공백을 만나게 되고 또 그것을 쓰기 위해 잃어버린 과거를 찾아나서게 되기 때문이다. 김연수의 장편소설 『파도가 바다의 일이라면』의 첫번째 서사층위의 출발점은 여기에 있다. 즉 이 소설은 우선 '나'-카밀라가 자신을 낳은 친모의 흔적-기억을 찾아나서면서 어떻게 비로소 '카밀라'가 아닌 '희재'가 되는가에 대한 이야기다.

이 이야기에서 '나'-카밀라는 친모의 흔적-기억을 통해 새로운 '나'를 구성하게 된다. 그리고 그 모든 것은 한장의 사진에서 비롯된다. '제대로 설명할 수는 없지만, 이 세계가 우리 생각보다는 좀더 괜찮은 곳이라는

---

14 김연수 『파도가 바다의 일이라면』, 자음과모음 2012, 11~12면. 앞으로 이 책을 인용할 때에는 면수만 표기한다.

사실을 말해주는 사진(1988년경)'이라 '나'가 이름 붙인 그 사진은, "몸이 왜소한 동양 여자가 포대기에 싸인 아이를 안고 있는 모습"(46면)을 담고 있는 것이었다.

　　상자에서 그 사진을 꺼낸 건 글쓰기를 시작하고 한달 정도가 지났을 때였다. 처음에는 왜 남의 사진이 내 상자 속에 들어갔는지 이해할 수 없었다. 그래서 사진을 들고 이 사람들은 누구일까, 바라보는데 벼락이 치듯이 짧은 한순간, 나의 과거와 현재와 미래가 뭉뚱그려져 눈앞에 번쩍 떠올랐다. 그 순간, 나는 내 인생의 진실을 목격했지만, 워낙 짧은 순간이라 그게 어떤 것인지 말하기는 쉽지 않았다. (33면)

'나'는 그 사진에서 '나'가 알 수 없는 '나' 자신의 진실을 목격한다. '내 인생의 진실'을 그 사진 속 모녀의 발치에 떨어져 있는 붉은색 꽃봉오리들이, 포대기의 무늬가, 나무 뒤의 유리창과 벽이, 스스로 말하고 기억한다. 그리고 기호들의 기억이, 그 기억의 진실이 (롤랑 바르뜨의 표현을 빌리자면) 화살처럼 '나'를 꿰뚫는다. 그것은 '나'가 선택할 수 있는 것이 아니었지만 지금의 '나'에게 새겨진 과거의 흔적이다. 이후 엄마를 찾는 '나'의 여정은 하나로 뭉뚱그려져 '나'를 찌르는 저 과거의 기억들을 수습해 스스로 이해할 수 있는 하나의 이야기로 재구성하기 위한 노력이다. 그런데 왜 그래야 하는가?
　　그에 대한 대답은 김연수의 또다른 장편소설『네가 누구든 얼마나 외롭든』의 '나'가 이미 이렇게 우회적으로 말한 바 있다. "우리는 인생을 두 번 사니까. 처음에는 실제로, 그다음에는 회고담으로."[15] 이 대답을 그대로 받아들인다면 '나'의 삶 혹은 과거를 하나의 이야기(회고담)로 논리적

---

15 김연수『네가 누구든 얼마나 외롭든』, 384면.

으로 설명한다는 것은 그 자체로 '나'의 삶을 상징화(symbolization)하는 것이며, '나'의 정체성이란 그 상징적 재구성 속에서만 (어쩌면 사후적으로) 정립 가능한 것이다. 이에 비추어볼 때 '나'-카밀라가 처한 애초의 문제는 자신에겐 이야기할 "단 하나의 과거도 없"(50면)다는 사실이었다. 그러니까 '나'-카밀라는 아예 회고담을 이야기할 수조차 없는 존재였던 것. 그렇게 처음부터 상징화할 수 있는 과거조차 없다면 '나'는 대체 무엇인가. 잃어버린 과거를 찾아나서기 전 카밀라가 맞닥뜨렸던 그 문제상황의 본질은 "왜 내 이름을 카밀라라고 지었던 거지?"(16면)라는 의문에 대한 답변에 함축되어 있다. 양부 에릭의 답변이다. "카밀라는 카밀라니까 카밀라인 거지."(17면)

그런데 왜 그렇게 '이름'에 의문을 갖는가? 왜냐하면 이름은 그의 과거와 현재, 미래이며 그의 모든 것이기 때문이다.[16] 에릭의 답변에서 드러나듯이 '카밀라는 카밀라니까 카밀라'라는, 그 자체로 아무 내용 없는 저 동어반복적인 자기 규정은 정체성을 구성하는 자기 역사(이야기)의 부재라는 '나'-카밀라의 현재 상황을 가감 없이 그대로 보여주는 것이다.

윌리엄 워즈워스(William Wordsworth)가 『서곡』(*The Prelude*, 1850)에서 말했듯이, 모든 사람은 '자기 자신에 대한 기억'이다. 그렇게 보면 '나'가 알지 못하는 자기 자신에 대한 기억의 공백을 찾아 길을 떠나는 '나'-카밀라-희재의 여정은 결국 '자기 자신'이 되기 위한 노력이라고 할 수 있을 것이다. 그 여정에서 자기가 통제할 수 없는 '과거의 점들'이 하나씩 발견될 때마다 "그 점들을 잇는 새로운 선들이 그어졌고"(203면), 그때마

---

16 김연수는 다른 소설에서 이를 조금 다른 방식으로 이렇게 적어놓았다. "누군가 인도의 시인이었던 카비르에게 물었다. 이름이 뭐냐? 카비르. 신분이 뭐냐? 카비르. 직업이 뭐냐? 카비르. 나는 이 세번의 카비르라는 대답이 너무나 감격스러웠다. 나 역시 몇번을 스스로 물어도 나일 수밖에 없었다. 아무리 다른 모습으로 바뀌어간다고 해도 결국 나는 나였다. 그게 바로 내가 가진 기적이라고 생각했다."(『네가 누구든 얼마나 외롭든』 150~51면)

260 제3부 문학, 기억, 고통의 목소리

다 '나'의 존재는 흔들리고 뒤바뀐다. 그것은 '나'에게는 무척이나 감당하기 힘든 고통스러운 경험이어서, 끝내는 이런 물음을 유발하는 것이기도 하다. "진실은 과연 그토록 중요한가?"(같은 곳)

그렇게 자기 이야기를 찾아 낯선 나라 한국의 항구도시 진남으로 떠난 '나'는 무엇을 보고 들으며, 또 어떻게 해서 고통스럽지만 아름다운 진실을 받아들이게 되는가? 미안하지만 그것을 여기서 일일이 거론할 필요는 없겠다.(스포일러다!) 다만 우여곡절 끝에 그녀가 무언가를 깨닫게 되었다는 점만은 말할 수 있겠다. 무엇을?

4. 구원

진남에서 친모의 흔적을 추적하던 '나'—카밀라는 친모인 정지은이 다녔던 진남여고의 현 교장 신혜숙, 엄마의 친구였던 김미옥, 엄마 정지은을 사랑했던 교사 최성식 등을 차례로 만나면서 그동안 묻혀 있던 '나'의 출생 및 엄마의 죽음과 관련된 충격적인 이야기를 듣게 된다. 오래전 여고생 정지은은 열일곱에 친오빠의 아이를 낳아 입양을 보냈고 주변의 오해와 따돌림 끝에 결국 바다에 투신해 스스로 목숨을 끊었다는 것. 그리고 엄마가 지어준 자신의 이름이 '희재'라는 것. 엄마가 왜 외롭게 죽어야만 했고 나는 누구인가라는 두려운 진실에 그렇게 조금씩 다가가던 중, '나'가 이르게 되는 결론이 흥미롭다. '나'는 생각한다.

마찬가지로 열일곱살에 미혼모가 된 뒤, 바다에 뛰어들어 스스로 목숨을 끊은 소녀를 생각해야 하는 건 나였다. 나라는 존재, 내 인생. 엄마가 나를 낳아서 내가 존재할 수 있었다면, 이제 내가 엄마를 생각해서 엄마를 존재할 수 있게 해야만 했다. (…) 그러다가 나는 마침내 어떤 결론에 도달했다.

그 소녀가 가장 간절하게 생각하는 건 바로 나일 것이라는. 바다 안에서, 죽음 속에서. 그렇다면 그 소녀를 가장 간절하게 생각해야만 하는 사람 역시 나여야만 한다는. 거기에는 어떤 변명도 불가능했다. 나는 무조건 그 소녀를 생각해야만 했다. 그건 의무와도 같았다. 달마다 꼬박꼬박 집세를 내듯이, 제한 속도를 반드시 준수하듯이 나는 그 소녀를 '꼬박꼬박', '반드시' 생각해야만 했다. 마치 문집에 실린 시가 그 소녀의 한때를 기억하고 있듯이. (117~19면)

죽은 엄마를 기억함으로써 엄마를 존재하게 해야 한다는 것. 이는 '나'가 '자기 자신'이 되는 것을 넘어 (마치 엄마 정지은이 쓴 '문집에 실린 시'가 그러하듯) 스스로 엄마의 흔적-기억이 되어야 한다는 자각이다. 그리고 (한번의 자살 시도 이후) "엄마를, 그녀의 고통을, 절망과 외로움을 받아들이기"(148면) 위해 최선을 다하리라는 다짐이 뒤따른다. 이 지점에서 '나'의 자기 서사의 목적지는 단지 '나' 자신의 존재가 아니라 엄마의 존재로, 엄마의 고통, 절망과 외로움의 한가운데로 반전된다. 그럼으로써 '나'의 자기 서사는 결국 지금은 가고 없는 '엄마를, 그녀의 고통을, 절망과 외로움을' 이해함으로써 아무에게도 이해받지 못하고 홀로 죽어갔던 "나보다 어린 엄마"(228면)를 사후적으로 위로하고 구원하는 이야기로 비약한다. 어떻게? 엄마 정지은을 간절하게 생각하고 그녀의 이야기를 들음으로써, 그리고 '나' 스스로 그녀 마음의 심연에 가닿는 '날개'가 됨으로써.[17] '나'는 말한다. "나는 어린 엄마를 꽉 안았어요."(229면) 이것이 『파도

---

17 '나'-희재는 그럼으로써 뒤늦게 과거로 소급해올라가 어린 엄마 정지은의 소망을 실현해주는 셈인데, 다음은 정지은의 친구였던 조유진이 전하는 말이다. "그랬는데, 지은이가 그때 제게 말했어요. 너는 다른 사람의 마음을 다 알 수 있을 것이라고 생각하니? 사람과 사람 사이를 건너갈 수 있니? 너한테는 날개가 있니? 그렇게요. 저는 말문이 턱 막혔어요. 그런 제게 지은이가 나한테는 날개가 있어, 바로 이 아이야,라고 말하며 자기 배를 만졌어요."(278면)

가 바다의 일이라면』의 두번째 서사층위다. 즉 이것은 엄마보다 "일곱살이나 더 많은"(170면) 미래의 딸이 그녀보다 어린 과거의 엄마와 그 엄마의 슬픔을 구원하는 이야기다.

김연수의 『파도가 바다의 일이라면』은 애초 '카밀라'가 자기 이름을 찾는, 즉 '희재'가 되는 정체성 찾기의 서사로 시작했다. 그것이 이 소설의 첫번째 서사층위다. 그러나 그 카밀라-희재의 자기 서사는 이후 스스로를 단절하고 그와는 다른, 다양한 시점으로 전달되는 여러개의 이야기로 분기(分岐)된다. 이 소설은 각각 '카밀라' '지은' '우리' '특별전' 등으로 이름 붙여진 네개의 파트로 나뉘어 있거니와, 1부에서의 카밀라 이야기 이후 각각의 파트는 죽고 없는 유령 화자 정지은의 시선으로, 그리고 그녀와 관련됐던 주변인물들의 시선으로 정지은의 진실을, 그리고 정지은과 관계된 각자의 진실을 이야기한다. 정지은을 사랑했던 교사 최성식, 지은이 낳은 아이를 남편 최성식의 아이라 오해하고 자기 가족을 보호하기 위해 아이의 아버지가 지은의 오빠라고 사실을 조작했던 신혜숙, 자기 아버지의 죽음이 지은의 아버지 때문이라 오해하고 지은을 미워해 거짓 소문을 퍼뜨렸던 김미옥, 그리고 바로 그녀, 죽은 엄마 정지은.[18] 각자의 자리에서 서로를 비추면서 저마다의 진실을 이야기하는 그 다성적 목소리/이야기의 성좌가 이 소설의 세번째 서사층위다.

열일곱에 미혼모가 되어 바다에 투신한 정지은과 그녀를 그렇게 죽음으로 몰아갔던 이들 저마다의 사연과 곡절을 여기에 구구절절 옮겨적을 필요는 없겠다. 다만 이것만은 말해둘 수 있을 것이다. 즉 저들 어느 누구도 정지은을 이해하지 못했다는 사실, (당사자인 정지은을 제외한) 저들 모두가 자신들에게 불편하다는 이유로 그녀의 진실을 외면했다는 사실, 그래서 그녀는 누구에게도 이해받지 못하고 죽었다는 사실, 그럼에도 저들

---

18 "그건 내 이야기다. 그러니 내 이야기를 조금 더 들어보렴, 얘야."(170면)

에게는 비난만 할 수 없는 저마다의 간절한 진실이 있었다는 사실. 그리고 마지막으로, 결코 건너갈 수 없는, 저들 모두의 사이를 가로막았던 오해의 심연에 대한 아픈 자각과 회환이 있다. 예컨대 이런 것이다. 오래전 진남조선소에서 일하던 정지은의 아버지는 파업농성 중 농성장이 불길에 휩싸이자 타워크레인에 올라가 몸을 던졌다. 와중에 조선소 사장에게 부탁하면 아버지를 살릴 수 있을지도 모른다고 생각한 정지은은 백방으로 뛰어다녔다. 그렇게 한 소녀(정지은)가 불길과 화염 가운데 있던 아버지를 살리기 위해 최선을 다하던 그 순간을 생각하며,[19] 김미옥은 말한다.

> 거기 고통과 슬픔이 있었다면, 그것은 그 아이의 고통과 슬픔이었다. 우리의 것이 될 수 없는 고통과 슬픔은 고통스럽지도 않고, 슬프지도 않다. 우리와 그 아이의 사이에는 심연이 있고, 고통과 슬픔은 온전하게 그 심연을 건너오지 못했다. 심연을 건너와 우리에게 닿는 건 불편함뿐이었다. 우리는 그런 불편한 감정이 없어지기를 바랐다. 그럴 수밖에. 그때 우리는 고작 열여덟살, 혹은 열아홉살이었으니까. 우리는 저마다 최고의 인생을 꿈꾸고 있었으니까. (286~87면)

정지은의 죽음을 겪은 주변인물들에게, 진실은 불편하다. 그러나 지금은 다큐멘터리 감독이 된 정지은의 여고시절 친구 조유진은 말한다. "하지만 진실은 불편하지 않아요. 진실은 아름다워요."(279면) 어째서 아름답다는 것인가?

작가가 말하고 있지 않지만, 소설의 마지막장으로 짧게 덧붙여진 '특별전: 가장 차가운 땅에서도'의 이야기를 우리는 그 답변으로 읽을 수 있을

---

[19] 우리도 기억해두자. "난 최선을 다할 거야. 그건 그날 새벽, 조선소 사장에게 부탁하면 아버지를 살릴 수 있을지도 모른다고 생각하며 양관으로 달려가면서 지은이 수없이 읊조렸던 말이라는 걸 이제 우리는 알게 됐다."(286면)

것이다. '특별전'은 지금은 '바람의 말 아카이브'라는 이름의 이야기 박물관이 된 양관(洋館)의 주인 이희재가 서술하는 24년 전의 이야기다. 그는 정지은이 죽기 전 자기 딸에게 지어준 이름 '희재'와 같은 이름을 가진 남자다. '특별전'에서 그는 정지은의 아버지를 죽음으로 몰고 간 조선소 사장의 아들인 그가 어떻게 지은을 만나게 되었는가를 이야기한다. 그리고 그 이후, 둘 사이에 무슨 일이 있었는가? 더이상의 정보는 주어지지 않는다. 하지만 거기에서, 누구도 알 수 없었던 정지은의 진실이, 그리고 카밀라-희재의 숨겨진 출생의 비밀이 넌지시 암시된다. 정확하게 말하면 그것은 숨어 있지만 짐작해볼 순 있는 진실이다. 이것이 가장 중요할지도 모를, 소설의 네번째 서사층위다. 아마도 진짜 진실은 그가 이야기하지 않고 남겨놓은 침묵과 공백 속에 있을 것이다. 그리고 바로 그 침묵과 공백의 이야기야말로 진실이 불편하지 않고 아름답다는 것을 말해주는 증거일 것이다.

그리고 흥미롭게도, 저 침묵과 공백으로 남아 있는 보이지 않는 흔적의 진실이 모두를 구원한다. 즉 마지막 '특별전'에서 발화되지 않은 진짜 진실은 소설의 앞으로 거슬러올라가 카밀라-희재와 정지은을 비롯한 인물들의 고통과 슬픔을 소급적으로 구원한다. 마지막에 덧붙여진 이 '특별전'이, 그리고 그 안의 침묵과 공백의 진실이 이 소설의 진짜 핵심이라고 보아야 하는 까닭은 여기에 있다. 그리고 마지막으로 기억해둘 것이 있다. 그것은 이 모든 구원의 기적이 과거의 어린 소녀 정지은의 다짐에서 시작되었다는 사실이다. "난 최선을 다할 거야." 이 다짐은 오랜 세월이 흘러 엄마의 고통을 이해하고 껴안으려고 한 지은의 딸 희재의 것이기도 한데, 그런 측면에서 거꾸로 모든 것은 그렇게 '엄마의 날개'가 되기로 한 희재의 다짐에서 비롯된 것이기도 하다. 가령 다음 장면에서도, 희재는 이렇게 엄마의 행위를 반복한다. 이것은 양관의 남자 이희재의 의식 속에서 일어나는 사건이긴 하지만, 여기서 정지은과 그의 딸은 하나로 겹쳐진다.

네가 말한다.

"부탁이 있습니다."

"누구신가요?"

그가 묻는다.

"아, 저는 카밀라 포트만이라고 합니다. 한국 이름은 정희재입니다."

네가 너를 소개한다.

"희재라고요?"

"예, 희재입니다. 왜 그러신가요?"

"왜냐하면, 제 이름도 희재거든요."

그가 너를 바라본다. 너도 그를 바라본다. 벌써 오래전부터 서로를 응시하고 있었다는 듯이. (232면)

네가 말한다.

나는 너를 쳐다본다.

"부탁이 있습니다."

"누구신가요?"

내가 물었다.

깊은 밤이었다. 아직 동이 트려면 시간이 남아 있었다.

"저는 정지은이라고 합니다. 지금 우리 아빠가 진남조선소의 타워크레인 위에 계십니다. 제발 우리 아빠를 살려주세요. 제발."

나는 지은을 바라봤다. 지은도 나를 바라봤다. 벌써 오래전부터 서로를 응시하고 있었다는 듯이. (323~24면)

5. 그리고…… 이야기

그리고 마지막으로, 소설의 다섯번째 층위가 있다. 떠다니는 이야기들을 수집해 모아놓은, 소설 속 '바람의 말 아카이브'라는 이야기 박물관 자체가 바로 그것이다. '바람의 말 아카이브'에 수집된 것은 가령 이런 것들이다.

> 일어날 수도 있었던, 하지만 끝내 이뤄지지 않은 일들을 들려주는 이야기들, 사람과 사람 사이의 심연을 건너오지 못하고 먼지처럼 흩어진 고통과 슬픔의 기억들, 어떤 일이 있었는지 말하지 않고 빛바램과 손때와 상처와 잘못 그은 선 같은 것만 보여줄 뿐인 물건들. (287면)

『파도가 바다의 일이라면』에서 '바람의 말 아카이브'는 인물들에게 이야기를 읽어주고 들려주면서 건널 수 없는 심연을 가로지르는 구원의 기적을 매개한다. 소설 속 이 아카이브에 보이지 않게 새겨져 있는 것은 이야기에 대한 작가 김연수의 자의식이다.[20] 달리 말하면, 그것은 타자의 심연에 결코 가닿을 수 없는 우리의 절망을 위로하고 어루만지면서 '보이지 않는 가능'을 그럼에도 불구하고 드러내려는 마음의 지향이다. 이야기란 그런 것이다. 그런 측면에서 어쩌면 "난 최선을 다할 거야"라는 지은-희재의 다짐은 단지 그들만의 것이 아니라 동시에 작가 자신의 자기지시적인 다짐일지도 모르겠다. 『파도가 바다의 일이라면』은 그 자체가 이야기를 통해 '최선을 다해' 불가능의 가능을 상상하려는 그런 작가의 문제의식을 실연(實演)하는 자의식적인 소설이다.

---

[20] 참고로 '아키비스트(archivist)'로서의 김연수에 대해서는 복도훈의 글이 소상하다.(복도훈「화염과 재: 김연수 소설이 말하면서 말하지 않은 것」,『눈먼 자의 초상』, 문학동네 2010 참조)

끝으로 여섯번째 층위. 그것은 이 아름다운 작품의 사후에 읽고 덧붙여진, 작가 김연수와 그의 인물 정지은의 보이지 않는 마음에 가닿으려 애쓴 흔적의 기록인, 지금 내가 쓰고 있는 이 글이다. 그것이 이 소설,『파도가 바다의 일이라면』의 보이지 않는 마지막 층위다.

문학의 진실과 증언의 목소리

◆

김탁환의『거짓말이다』를 읽으며

1

김탁환(金琸桓)의 장편소설『거짓말이다』(북스피어 2016)를 읽습니다. 첫눈에도 세월호에 관한 소설이라는 걸 알 수 있습니다. 세월호가 바다 한가운데 가라앉은 2014년 4월 16일 이후, 누군가의 탄식처럼 우리의 매일은 4월 16일입니다. 실로 그날에서 우리는 한발짝도 나아가지 못한 채 정지된 시간에 붙들려 있습니다. 일상의 토대를 안전하게 지탱하고 보호해주리라 믿었던 '국가'가 실은 애당초 존재하지도 않았다는 뒤늦은 깨달음이, 그에 뒤따르는 분노와 불안과 공포가, 그리고 여전히 종결되지 않은 애도가 우리의 시간을 정지시켜버린 셈입니다. 말 그대로 "일상이 일상일 수 없는 삶"(정혜신)입니다. 김탁환은 소설의 육체를 그 정지된 시간의 한가운데로 밀어넣고 있습니다.

그런데 저 강렬한 '거짓말이다'라는 제목에 담긴 뜻은 무엇일까요. 돌아보면 세월호가 가라앉은 이후, 국가가 우리에게 보여준 것은 놀랍게도 사건의 진실을 은폐하고 진실의 규명을 가로막으려는 필사적인 안간힘이었습니다. 그 어떤 마땅한 책임도 도덕도 염치도 그곳에서는 작동하지 않았습니다. 실로 국가는 자기의 부재를 은폐하기 위해서만 존재하는 듯 보였습니다. 그 은폐의 가장 강력한 수단으로 동원된 것이 바로 거짓말입니다. 거짓말은 언제나 진실보다 유혹적이고 선동적입니다. 그리고 어이없게도 일부 대중들은 그 거짓말의 유혹에 기꺼이 사로잡혔습니다.

소설에서 작가는 중간중간 그 거짓말의 실상을 인터뷰 형식으로 담아냅니다. 예컨대 이런 식이지요. 대리운전 기사 공환승(60세) 씨와의 인터뷰. "잠수사 일당이 백만원이고, 시신 한구당 오백만원을 더 얹어준다면서요? (…) 돈 말고, 민간 잠수사들이 맹골수도로 내려간 까닭이 따로 있기라도 합니까?"(23~25면) 소인범(가명, 29세) 씨와의 또다른 인터뷰. "잡아들일 놈들 다 잡아들여 엄하게 죄를 묻고 있는데, 유족충들은 도대체 누굴 더 잡아들이려고 수사권에 기소권까지 얹어달라고 저 지랄들을 할까?/유족충들이 왜 그리 필사적으로 굶는 줄 알아? 그게 다 보상금 더 받아먹으려는 수작이야."(219면)

차마 더 옮기지는 못하겠습니다. 그럼에도 작가가 방향을 잘못 잡은 저 증오와 거짓 믿음의 언설들을 저렇게 하나하나 또박또박 옮겨놓은 까닭은 무엇일까요? 세월호 사건은 여전히 거짓말과 거짓 선동으로 세워진 소문의 벽에 겹겹이 둘러싸여 있습니다. 그리고 그 소문의 벽은 돈에 대한 빗나간 맹신과 야만적인 약자 혐오 등에 의해 지탱되고 있습니다. 그곳에서 우리가 보는 것은 생명의 가치나 인간의 존엄에 대한 경시와 멸시입니다. 어떻게 보면 그 거짓말들은 이명박 정권 이후 오늘에 이르기까지 속수무책 망가져가고 있는 한국사회의 일그러진 거울이라고도 할 수 있겠지요. 그래서 세월호의 진실을 규명하는 작업은 실체적 진실을 은폐하는 거짓말과의 싸움인 동시에 그 거짓말을 지탱하는 한국사회의 모든 반인간적인 구조적·정신적 적폐와의 싸움이기도 합니다. 저 '거짓말이다'라는 제목은 바로 그 지점을 겨냥하는 것으로 읽힙니다. 그러니 그 제목이

인간의 존엄을 위한 문학적 싸움의 선언임은 사뭇 확연하다 하겠습니다.

2

그간 세월호의 진실을 증언하고 상처를 치유하기 위한 많은 이들의 노력이 있었습니다. 덕분에 세월호 사건에 대한 기록과 생존 학생 및 유가족 들의 증언과 인터뷰 기록, 문학적 작업들의 성과도 적지 않게 쌓였습니다. 하지만 아직도 그 기록들을 끝까지 읽어내기가 힘이 듭니다. 기록을 읽다가 몇번이나 책장을 덮고 다시 읽기를 반복하다가 끝내 포기한 적도 많았습니다. 그것은 아직도 마주하기 힘들고 고통스러운, 평상의 마음이나 언어가 감당하기 쉽지 않은 참담(慘憺)입니다. 세월호 사건의 충격과 이로 인한 상처를 눈앞에 두고 문학적 언어의 무력함을 절감했던 작가들의 경우도 사정은 크게 다르지 않겠지요. 과연 그 고통스러운 무력감에 대해 예컨대 소설가 김애란(金愛爛)은 이렇게 말하고 있군요. "안산에서 이제는 말 몇개가 아닌 문법 자체가 파괴됐다는 느낌을 받았다. 어떤 낱말이 가리키는 대상과 그 뜻이 일치하지 못하고 흔들리는 걸, 기의와 기표의 약속이 무참히 깨지는 걸 보았다."(「기우는 봄, 우리가 본 것」, 『문학동네』 2014년 여름호)

그리고 보면 그간의 한국소설에서 세월호 사건을 다루는 방식이 우회적이거나 암시적일 수밖에 없었던 것은 이유가 있습니다.(이와 관련한 상세한 논의는 김형중의 글 「문학과 증언: 세월호 이후의 한국문학」, 『후르비네크의 혀』, 문학과지성사 2016을 참조할 수 있습니다.) 하지만 이 소설은 다릅니다. 김탁환의 소설은 사건 이후의 정황 한가운데로 정면으로 달려갑니다. 실종자 수습을 위해 몸을 던졌던 한 민간 잠수사의 입을 빌려서 말이지요. 그런데 '소설'이라고 했지만, 정확히 말하면 이 소설은 우리가 통상적으로 보아왔던 그런 소설이 아닙니다. 일반적으로 소설이 '허구세계의 구축과 미적 형상화'의 산물로 이해된다면, 이 소설은 그와는 거리가 멉니다.

이 작품은 언뜻 소설이라기보다 르뽀르따주 혹은 증언문학에 더 가까워 보입니다. 바다 깊이 가라앉은 아이들을 찾아 수습하는 잠수사들의 분투와 자기희생과 고통과 분노가 그 중심에 있습니다. 2014년 4월 21일부터 7월 10일까지 선체 수색과 실종자 수습에 참여한 잠수사 나경수(김관홍 잠수사가 실제 모델입니다)의 탄원서가 소설의 골격입니다. 잠수사는 '입이 없는' 사람이지만, 나경수는 입을 열어 말합니다. 맹골수도에서 죽음을 무릅쓰고 벌였던 민간 잠수사들의 처절한 고투, 죽은 아이들을 수습해 나오면서 겪었던 슬픔과 공포, 무리한 잠수로 잠수병을 얻어 몸과 정신이 망가져가게 되는 곡절, 그럼에도 정부가 치료비 지원을 중단해 비참한 지경으로 내몰리게 되는 사연 등. 그가 들려주는 이야기는 그런 것들입니다. 그리고 잠수사 나경수가 만난 유가족과 생존 학생을 비롯한 많은 사람들의 인터뷰가 곳곳에 삽입되어 있군요. 모두가 실제 탄원서와 인터뷰를 토대로 편집되고 재구성된 것들입니다.

작가는 시종 이 증언의 편집과 재구성에 충실합니다. 우리가 통상의 소설에서 흔히 보았던 어떠한 문학적 장치도 배제되어 있군요. 다만 잠수사들을 포함한 많은 사람들의 증언과 육성을 적절히 선택하고 배치하고 조망하고 재구성하는 작가의 시선이 있을 뿐입니다. 허구보다 팩트가, 작가의 언어보다 실존인물의 목소리가 소설을 이끌어갑니다.

아마 작가도 알고 있었겠지요. 세월호 이야기는 아직은 소설의 언어나 형식이 감당하기 힘든 이야기입니다. 왜 그런가요. 소설은 인간과 사건과 현실을 거리를 두고 조망하고 판단하고 해석하는 주체성의 형식입니다. 장편소설의 경우는 더더욱 그렇습니다. 그러니 사건을 나름의 방식으로 감당하고 소화하며 객관화할 수 있는 시간의 축적이 필수적이지요. 그러나 세월호 사건은 그렇지 않습니다. 그것은 정면으로 마주하기 힘든 고통스러운 참담이고, 아직도 해결되지 않은 진행 중인 상처입니다.

여기서 다시 김애란의 진술로 돌아가보겠습니다. 김애란은 안산 분향소에서 "어떤 낱말이 가리키는 대상과 그 뜻이 일치하지 못하고 흔들리는 걸, 기의와 기표의 약속이 무참히 깨지는 걸 보았다"고 말하고 있습니다. 사실이 언어의 경계를 훌쩍 초월해버릴 때, 그래서 언어가 사실을 도무지 감당할 수 없을 때, 언어는 깨지고 흔들립니다. 그리고 소설의 형식도 그렇습니다. 소설이 세월호의 진실 한가운데로 직핍할 수 없는 것도 그와 방불한 까닭이겠지요. '사실'이 허구를 압도해버리는 지경에서, 아직도 종결되지 않은 그 '사실'의 트라우마 한가운데서, 기존 소설의 문법은 한없이 덧없고 무력해집니다.

이 소설이 르뽀르따주의 언어와 형식을 빌린 것은 그런 점에서 필연적인 선택으로 보입니다. 작가가 택한 르뽀르따주 형식은 세월호의 참담을 어찌 됐든 그 덧없는 소설로써 감당해보려는 불가피한 '무릅씀'의 소산입니다. 허구와 비유 등과 같은 익숙한 문학적 형식과 장치를 버리고 소설의 육체를 증언의 목소리에 내맡긴 선택 자체가 오히려 역설적으로 이 작품을 기어이 소설로 만들고 있는 셈입니다.

이 작품에서 작가는 세월호 아이들의 시신을 수습했던 한 민간 잠수사의 진실을 통해 사건이 남긴 거대한 상처에 접근해갑니다. 세월호 사건의 트라우마를 몸과 마음으로 겪는 사람들의 고통과 슬픔과 분노, 그 한가운데서 생겨난 공감과 연대, 그리고 포기할 수 없는 인간적 가치의 소중함을 증거하는 목소리들. 이것은 그 어떤 문학적 언어와 형식도 초월하는 목소리입니다. 여기에 여하한 문학적 가공이란 쓸모없고 불필요합니다. 적어도 지금으로선 말이지요. 이때 진실에 다가가는 방법이란 오직 그들의 목소리를 귀 기울여 듣는 것일 수밖에 없습니다. 작가는 그렇게 증언의 육성을 귀 기울여 듣고 전달하기로 합니다. 그러나 그것이 전부는 아닙니다. 소설이 지금 이 순간의 절박한 진실에 이르기 위해서는 소설을 소설이게 하는 미학적 근거까지도 불가피하게 포기할 수밖에 없다는 작가의 자의식이 거기에는 있습니다.

3

그런데 고백하자면, 이 소설을 읽는 내내 나는 눈물을 참을 수 없었습니다. 돌아보면 세월호 관련 책들을 읽을 때면 언제나 그랬던 것 같습니다. 사건 자체의 참혹함이, 사건을 겪은 사람들의 형언할 수 없는 슬픔이, 그럼에도 끝까지 잃지 않는 그들의 애틋한 의지와 용기가, 그런 격한 정서적 반응을 불러일으키는 것이겠지요. 그렇다면 이 소설은 어느 쪽인가요? 달리 말하면, 다른 세월호 관련 책들의 독서경험과 이 소설의 독서경험의 성격은 얼마나 정확히 구별될 수 있는 것인지요.

얼마 전 광주의 평론가 K와 사석에서 『거짓말이다』에 대해 의견을 나눈 적이 있습니다. 그는 말하더군요. 이 소설은 물론 감동적이지만, 시간의 무게를 이겨낼 수 있을지는 모르겠다고. 신중하고 사려 깊은 의문입니다. 이 소설의 감동이 소재 자체가 가진 힘에서 오는 것인지, 아니면 그것을 넘어서는 어떤 보편성을 획득하고 있는 것인지를 물어야 한다는 뜻이겠지요.

그 물음에 조금이나마 답하기 위해서는 무엇보다 이 소설이 보여주는 것이 실로 무엇인지를 살펴봐야 하겠군요. 잠수사 나경수가 작성한 탄원서를 중심으로 여러 인물들의 인터뷰 기록이 이 소설을 이끌어갑니다. 르뽀르따주 혹은 증언문학의 형식이라는 건 앞에서도 말했지요. 중요한 건 탄원서입니다. 시신수습 작업에 참여했다가 업무상 과실치사 혐의로 기소된 동료 잠수사의 무고함을 증명하고 탄원하는 내용이지요. 탄원서는 본래 피의자의 억울함이나 선처를 법에 호소하는 공적 문서입니다. 그런데 이 소설에서 나경수의 탄원서는 그 본래의 목적과 범주를 훌쩍 넘어서고 있습니다. 그의 탄원서는 죽음의 위협과 참혹한 슬픔과 싸우며 아이들을 수습해 나왔던 그의 잠수기록지이면서, 그후 그가 겪게 되는 고통스러운 경험과 감정의 지도가 생생히 담겨 있는 일기(日記)이자 고백록이기도 합니다. 탄원서라는 공적 문서의 형식에 잠재된 문학적 가능성을 한껏 활용하고 끌어올린 사례라고 할 수도 있겠군요. 여하튼 그럼으로써 우리가 발견하게 되는 것은 무엇일까요. 그것은 다름 아닌 잠수사 나경수라는 한 인간의 고귀하고 헌신적인 자기희생의 드라마입니다.

그리고 그 사이사이 인터뷰가 배치됩니다. 육성을 들려주는 이들은 이런 사람들입니다. 배를 타고 나가 구조작업을 돕고 유가족을 현장으로 싣고 나갔던 어민, 유가족과 생존 학생, 생존 학생의 부모, 팽목항의 사진기자와 또다른 민간 잠수사, 잠수의학 전문의와 나경수의 약혼녀, 의경과 공무원 등등. 이처럼 실로 다양한 이들의 인터뷰 육성은 소설에서 어떻게 기능하고 있을까요. 소설의 중심에 선 나경수의 드라마를, 당사자가 아닌 그와 마주치는 이런 다양한 인물들의 입장과 각도에서 객관적으로 조명하는 것이겠지요. 다양한 시선들이 종합되고 수렴되면서 나경수의 인간적 드라마는 비로소 오롯한 입체성을 얻게 됩니다. 실종자 수습현장에서 자기를 던진 영웅적인 수습활동, 그 이후 나경수가 겪는 정부의 배신과 그로 인한 울분, 뼈와 살이 썩고 정신이 무너져내리는 잠수병의 고통과 후유증, 품에 끌어안고 나온 아이들에 대한 미안함과 자책과 슬픔, 그러면서도 끝까지 잃지 않는 인간적 위엄과 소망 등. 이 모든 것이 사태의 전체성 속에서 다각도로 부각되는 셈입니다.

예컨대 이런 장면입니다. 수습작업이 한창이던 바지선을 찾았던 실종자 유가족 최용재(48세) 씨는 그후 나경수와의 만남을 이렇게 증언합니다.

잠수사들에 대한 첫인상은 몹시 지쳐 보인다는 거였어. 한달 넘게 바지선에 머물며 잠수한 탓인지, 살갗은 거칠고 볼은 홀쭉하고 머리카락도 길게 자라 제멋대로였지. 잊히지 않는 건, 내가 빵을 집어 권했을 때, 잠수사의 첫마디였어.

――미안합니다.

그 잠수사는 분명히 내게 미안하다고 했어. 생각들을 해봐. 잠수사가 내게, 나아가 유가족에게 미안할 게 무엇이 있겠어? 그들은 이 불편한 바지선에서 먹고 자며 실종자를 찾기 위해 잠수하는 사람들이야. 그렇게 어려운 상황에서도 실종자들을 수습한 잠수사가 내게 미안할 까닭이 없어. 하지만 그는 빵을 먹지도 못한 채 다시 고개를 숙이며 말했지.

――정말 미안합니다.

그날 나는 잠수사와 많은 이야기를 나누고 싶었어. 따져묻고 싶은 질문들을 수첩 두 페이지에 빼곡하게 적어갔지. 하지만 난 그 밤에 비 내리는 맹골수도만 쳐다보다가 돌아왔어. 미안하다는 그 말 한마디면 충분했던 거야. 처음 만난 사인데 미안하다고 먼저 말하는 사람을, 나는 그전에도 그후에도 본 적이 없어. 최선을 다해 실종자를 찾고 있지만 아직 미수습자가 있기 때문에, 그 미수습자의 유가족인 내게 미안하다고 사과부터 한 거야.
(180~81면)

나경수가 어떤 인간인지를 이보다 더 잘 보여주는 장면은 없을 것 같습니다. 또 나경수를 포함해 실종자 수습에 뛰어든 잠수사들이 겪었던 참혹한 고통과 후유증의 실상을 잠수의학 전문의 윤철교(47세) 박사는 화를 참지 못하며 이렇게 말하고 있군요.

"얼마나 혹사당한 줄 압니까? 자, 여기 어깨, 여기 무릎, 여기 고관절을 보십시오. 뼈가 완전히 썩었습니다. 내가 맹골수도 현장에 있었다면, 잠수 횟수를 절반 이상 줄였을 겁니다. 골괴사만 문제가 아닙니다. 잠수사들의 트라우마 치료가 전혀 이뤄지지 않았어요. (…) 상상을 해보세요. 온전한 시신도 있지만 끔찍하게 최후를 맞은 시신도 있습니다. 잠수사들은 그 시신들까지 고스란히 봤고, 봤을 뿐만 아니라 끌어안고 왔단 말입니다. 여러분 같으면 다시 그 선내로 들어갈 수 있겠습니까? 그런데 민간 잠수사들은 6시간 뒤 순번이 되면 잠수복 입고 깜깜한 선내로 들어가야만 했습니다. 잠수사들은 바지선에서 울거나 욕하거나 짜증이 났다는 이야길 거의 대부분 했습니다. 마음이 산산조각으로 무너진 겁니다. 울고 싶지 않은데도 눈물이 나고, 욕하고 싶지 않은데도 화가 나고, 사소하게 조금만 불편해도 짜증이 났단 겁니다. 잠수사들이 왜 그랬겠습니까? 무너진 마음을 스스로 다독이려는 발악입니다. 그때 벌써 마음을 심각하게 다친 겁니다."(204~205면)

더이상의 인용은 차마 힘들어 그만두겠습니다. 다만 인터뷰에 담긴 모든 육성들이 잠수사 나경수의 고귀한 자기희생의 드라마는 물론이고 그 과정에서 그가 겼었을 참혹한 마음의 지도를 더욱 강렬하고 총체적으로 부각하는 데 효과적으로 기여하고 있다는 점만 다시 한번 간단히 말해두겠습니다.

그리고 이렇게 한 인간의 드라마를 중심으로 다양한 목소리를 이곳저곳에 적절히 배치해놓는 작가의 전략이 이 작품을 기존의 세월호 관련 기록과 구별되게 만듭니다. 그 전략적 선택과 배치가, 소재가 갖는 힘을 극대화하고 있는 셈이지요. 그것이 소설입니다. 그런데 이것이 전부일까요?

4

무엇보다 이 소설에서 가장 압도적인 건 실종자 수습작업의 현장을 묘사하는 디테일입니다. 특히 짙은 어둠에 잠긴 바닷속에서 위험을 무릅쓰고 아이들을 찾아내 끌어안고 나오는 장면들은 마치 눈앞에서 보는 듯 생생하고 처절합니다. 민간 잠수사들이 스스로를 혹사하면서 그런 죽음의 위험을 무릅썼던 것은 단 한명의 실종자라도 더 찾기 위해서였습니다. 그들은 혹여나 시신이 훼손될까봐 자기 몸도 돌보지 않고 아이들의 시신을 품에 꼭 끌어안고 모시고 나옵니다. 그 죽은 자와 산 자의 포옹 속에 오가는 말없는 염려와 공감의 대화들, 그 사이를 슬픔과 연민으로 물결치는 간곡한 마음. 나경수의 입을 빌려 작가가 그곳에서 그려놓은 것은 그 특별하고 간절한 마음들입니다. 그 마음은 어떤 것이었을까요? 아이들의 시신을 품에 안고 나오면서 잠수사 나경수는 무슨 생각을 하고 있었을까요?

눈앞이 멍해지면서, 이곳이 아닌 다른 곳, 내가 모시고 나온 자의 빛나던 다른 시절을 상상했습니다. 상상하는 데는 많은 시간이 필요하지 않습니다. 1분도 깁니다. 단 10초로도 누군가의 꽃시절이 봉오리를 맺었다가 피고 또 지지요.

상상은 전부 달랐습니다. 저는 실종자들이 침몰한 배에 승선하기 전에 어디서 무엇을 하며 살았는지 구체적으론 몰랐고 지금도 모르지만, 한 사람 한 사람을 품에 안고 나오는 것만으로도, 그들이 얼마나 제각각 다른 존재인지 압니다. 키나 몸무게는 물론이고, 똑같은 자세로 최후를 맞은 이는 단 한 사람도 없으니까요. 극심한 공포와 목숨이 끊어지는 마지막 순간에도, 마지막 순간일수록, 그 사람은 오롯이 그 사람인 겁니다. 그 차이를, 그 유일무이한 특별함을, 잠수사는 만지고 안고 함께 헤엄쳐 나오며 아는 겁니다. 인간은 결코 숫자로 바뀔 수 없습니다. 바지선에서 철수한 뒤 제가 가장 듣기 싫었던 질문은, 너는 몇명이나 수습했느냐는 겁니다. 제게 중요한 것은 수습한 숫자가 아니라 선내에 남아 있는 숫자였습니다. (113면)

죽어가는 마지막 순간에도 오롯이 홀로 그 사람일 수밖에 없는, 인간의 그 유일무이한 차이와 특별함. 바닷속에서 나경수는 그 포기할 수 없는, 빛나는 인간의 존엄을 생각하고 있었습니다. 그는 죽은 자 하나하나가 품고 있던 저마다의 시간과 특별함을 보듬고 지켜주기 위해 그렇게 싸우고 있었습니다. 덕분에 몸과 정신이 망가져가는 와중에도 그는 포기하지 않고 기어코 새로운 시작을 다짐합니다. 작가가 나경수의 입을 빌려 보여주는 것은 바로 그 인간의 존엄을 위한 눈물겨운 싸움입니다. 어쩌면 그 때문인지도 모르겠습니다. 나는 이 소설을 읽고 이상하게도 무언가 위로받고 치유받은 듯한 느낌이 들었습니다. 아마도 많은 독자들이 다르지 않았을 거라고 생각합니다.

미진하지만 이제는 정리를 해야 할 것 같습니다. 『거짓말이다』는 세월호 이후를 살아가는 사람들의 이야기인 동시에 참사로 죽어간 아이들의 존엄을 자기의 모든 것을 던져 보듬고 지켜주고자 했던 한 인간의 드라마입니다. 그것을 통해 작가는 '허구'가 아닌 실제 있는 그대로의 '사실'을, 그 '사실'의 문학적 가능성을 그 어떤 허구보다 드라마틱하게 펼쳐놓고 있습니다. 작가는 그렇게 그런 방식으로 지금 이 순간의 진실을 향해 달려가고 있습니다. 알랭 바디우(Alain Badiou)의 말을 조금 바꿔, 어쩌면 그것을 '지금 이 순간'의 진실에 대한 충실성이라고 말해볼 수도 있을 것 같습니다. 너무 거창한 말인가요? 아무래도 좋습니다. 어쨌든 이 충실의 결과가 평론가 K의 의문대로 시간의 무게를 견뎌낼 수 있을지는 아직은 잘 모르겠습니다. 다만 소설은, 그럼에도 불구하고, 지금 이곳의 진실에 충실함으로써만 비로소 보편의 진실에 이를 수 있다는 정도만 조심스럽게 말하고 싶습니다.

*

소설에서 잠수사 나경수는 바다 위에서 혼자 묻고 또 물으면서 실종자

한 사람 한 사람을 모시고 나오는 것이 얼마나 중요한 일인지를 되새깁니다. 그는 이렇게 말하고 있었습니다.

제 꿈에 찾아든 꽃들은 모두 질문으로 만든 꽃이었습니다. 사람은 죽어도 질문은 사라지지 않습니다. 질문이 사라지지 않는 한, 그 사람은 완전히 죽은 것이 아닐 겁니다. (85~86면)

마지막으로 나는 이 말을, 소설 속 나경수의 모델이 되었던, 지금은 이 세상에 없는, 김관홍 잠수사에게 되돌려주고 싶습니다.

어둠과 환멸로부터

◆

황정은 중편소설 「웃는 남자」를 읽고

1. 지옥에서

2016년 겨울 지금 이 순간, 우리는 현실이 소설보다 더 소설 같은 시간을 경험하고 있다. 이른바 박근혜-최순실 게이트를 계기로 오랫동안 한국사회를 속수무책의 지경으로 몰아갔던 배후에 무엇이 있었는지가 하나둘 적나라하게 드러나고 있는 터다. 이 시점에서 우리가 새삼 절감하는 것은 당연히 박근혜-최순실 커플과 그 부역자들이라는 인격적 실체의 문제로 결코 환원될 수 없는, 한국사회에 무겁게 내면화된 어둠과 폭력의 견고한 구조다. 게이트에 연루된 이들에 대한 법적 처분이 설사 완벽하게 이루어진다 한들, 그리고 (가능할지 모르겠지만) 적폐의 청산이 이루어진다 한들, 상황이 과연 온전히 개선될 수 있을 것인가? 그것이 도대체 가능하기나 할까? 그 이전에 이미, 우리의 삶은 이 어둠과 폭력의 구조에 너무도 충실하게 익숙해져버린 것은 아닌가?

어쩌면 이런 물음은 일면 지나친 비관의 소산이라 할 수 있을지도 모르겠다. 그러나 이미 현실의 공기에 예민한 오늘의 한국작가들은 끊임없이 이와 방불한 의문과 물음을 내심에 품고 글을 쓰고 있었다. 그들의 이 의문은 단순한 비관의 소산이라기보다 어느 면 현실의 뿌리 깊은 어둠에 대한 끈질긴 응시에서 비롯된 반성적 자기성찰의 일단이랄 수 있을 것이다. 일례로 한국사회에 만연한 어둠과 폭력의 공포를 종말론적 묵시록의 알레고리를 통해 그리는 백민석(白旻石)의 장편소설 『공포의 세기』(문학과지성사 2016) 또한 그런 맥락에서 읽을 수 있다. 현실의 어둠을 종교적으로 추상화하면서 폭력과 악(惡)에 대한 탐구를 극단으로 밀어붙이는 백민석의 이 묵시록적 소설의 이면에서 우리가 보는 것은 지금 이곳 한국사회의 폭력과 어둠에 대한 순수하고도 정직한 절망이다. 그의 소설에서 '모비'의 존재로 체현되는 순수 악의 의지는 그런 측면에서 너무도 강고한 한국사회의 악의 구조를 응축한 묵시록적 알레고리로 읽을 수도 있다. 그리고 그에 따르면, 지금 이곳은 충분히 지옥이다.

> 망령들은 잠든 사람들 사이를 떠다니며 얼굴을 쿡쿡 찔러보기도 했고 팔을 뻗어 배 속에 넣어보기도 했다. 심장에 망령의 손길이 와닿을 때마다 사람들은 깊은 한숨을 쉬었다. 한숨 소리를 들으며 경은 슬픔에 가슴이 무너졌다. 세상은 살아서 지옥이었다. 지옥이 아닌 삶을 사는 사람들은 극소수였다. 그리고 그 극소수가 자신의 삶을 지옥이 아닌 상태로 유지하기 위해, 다른 사람의 삶을 지옥으로 만들고 있었다. 어찌 보면 그녀의 몸에 손을 댄 에이치도, 친척들도 희생자일지 몰랐다. 어쨌든 그들의 삶도 지옥이었으니까. (『공포의 세기』 301~302면)

그 '지옥'이 단순한 메타포의 차원에 머물지 않고 지극히 현실적인 실감으로 다가올 때, 추상화의 방식인 알레고리는 실감을 어떻게든 문학적으로 감당하기 위해 택할 수 있는 하나의 불가피한 방법일 수도 있을 것이다. 백민석의 소설 『공포의 세기』에서 쓰인 종말론적 묵시록의 형식이 바로 그렇다. 25세기의 미래를 배경으로 지옥이 거대한 거짓말과 음모에 의해 지탱되는 것임을 보여주는 박민규(朴玟奎)의 소설 「홀리랜드」(『창작과비평』 2016년 겨울호)의 풍자적 SF 형식도 그런 맥락에 같이 놓아볼 수 있을 것이다.

그렇게 백민석과 박민규의 최근작이 각기 종말론적 묵시록과 SF라는 극대화된 허구의 형식으로 현실의 실감을 우회적으로 다룬다면, 그전에 폭력의 현실을 알레고리적으로 탐구한 황정은(黃貞殷)의 장편소설 『야만적인 앨리스씨』(문학동네 2013)도 어느 면 이와 방불한 것이었다 할 수 있겠다. 그런데 황정은은 최근 중편소설 「웃는 남자」(『창작과비평』 2016년 겨울호)에서 그와는 다른 방향으로 나아간다. 이 소설에서 황정은은 사고로 연인을 잃고 홀로 남은 왜소하고 무력한 한 남자의 마음의 지도에 지옥 같은 현실의 실감을 세밀하게 새겨넣는다.

2. 환멸

그런데 이 소설 이전에 이미 황정은은 똑같은 제목으로 발표되었던 단편 「웃는 남자」에서 한 남자의 마음에 내면화된 현실의 지옥을 이렇게 그려놓은 바 있다.

조금의 생기도 느낄 수 없어 거의 죽음처럼 여겨지는 그 공간이 저 문 바깥에 있다. 그것에 가까이 가고 싶지 않다. 누군가 골목을 지나갔다. 가로등이 켜졌다. 그리고 방금 꺼졌다. 나는 다시 바깥을 생각한다. 사람들이 거리낌 없이 들이켜는 공기로 가득한 곳, 과도한 호흡으로 가득한 거리를 생각한다. 디디를 먹어치운 거리. 디디의 목을 부러뜨리고 머리를 터뜨린 거리. 거기엔 의미도 희망도 사랑도 없어. 죽은 것이나 다름없다. 그러나 여기는 다른가. 내가 지금 머물고 있는 곳, 여기 무엇이 있나. 벌거벗은 벽이 있고 내가 있고 의자가 있고 내 잡동사니가 있다. 나는 이것들과 더불어 이곳에서 먹고 자고 이따금 눈살을 찌푸리며 기묘한 욕을 내뱉는다. 공중에 대고 침을 뱉듯이. 그리고 그 침은 대개 내 눈썹과 내 턱으로 떨어지지. (「웃는 남자」, 『아무도 아닌』, 문학동네 2016, 185면. 이하 면수만 표기)

버스를 타고 가다 사고로 디디를 잃은 '나'를 내내 붙들고 있는 것은 사랑하는 연인을 잃은 상실감이다. 그러나 '나'를 더욱 견딜 수 없게 만드는 것은 그날 디디가 차 밖으로 튕겨나가는 순간 디디가 아닌 가방을 붙잡았다는 치명적인 죄책감이다. 그래서 '나'는 끊임없이 되묻는다. "내 잘못이 무엇인가." 그리고 도대체 "나는 어떤 인간인가."(177면) 골방에 스스로를 유폐한 '나'가 이르는 결론은 결국 이런 것이다. "아무도 나를 구하러 오지 않을 것이므로 나는 내 발로 걸어나가야 할 것이다."(185면) 그러나 문제는 '나'가 밖으로 걸어나간다 해서 달라지는 건 아무것도 없을 것이라는 데 있다. 바깥은 여전히 '의미도 희망도 사랑도 없는 죽은 거리'일 뿐이기 때문이다. 그렇게 황정은이 이 소설에서 그려놓은 것은 상실감과 죄의식을 곱씹는 유폐된 마음의 지옥도였다.

　같은 제목으로 발표한 황정은의 최근작인 중편소설 「웃는 남자」는 이 소설의 인물과 상황을 거의 그대로 옮겨놓은 후속작이다. 여기서도 사랑하는 이가 죽은 후 전작의 화자를 스스로 유폐시켰던 치명적인 상실감과 죄의식은 주인공 d에게로 옮겨와 여전히 계속된다. 그러나 그 상실감과 죄의식은 이 소설에서는 더 나아가 개인의 차원이 아닌 불가피한 시대감각의 차원으로 확장되고 그 세세한 맥락을 부여받는다. 그리고 주인공 d의 상실감과 죄의식이 이르게 되는 지점은 이 소설에서 분명한 이름을 얻는다. 그것은 바로 환멸이다. "환멸과 혐오. 그것이 d에게 가능했다. 왜 안되는가."(「웃는 남자」, 『창작과비평』 2016년 겨울호 227면. 이하 면수만 표기) d에게 환멸과 혐오만이 가능한 까닭은 무엇인가. 그에게 이 세계는 언제나 "잠음으로 가득"(224면)한, 영원히 정지된 죽음의 세계이기 때문이다.

이렇게 움직이지 않고 앉아 있거나 움직일 때, 무언가를 생각하거나 생각하지 않을 때, 나는 죽음을 느껴요. 매우 정지된 지금을요. 너무 정지되어서, 지금 바로 뒤를 나는 상상할 수 없고요 궁금하지도 않아요. 지금이라는 것은 이미 여기 와 있잖아요. 그냥 슥…… 그렇죠 아저씨 말대로 이미 슥…… 따로 상상할 필요가 없어요. 그래서 나는 이 세계 이후의 저 세계라는 것을 상상하지 않습니다. 내가 현재나 과거를 생각할 때, 그것은 매번 죽음이고, 죽음을 경계로 이 세계와 저 세계로 나뉘는 것이 아니고 죽음엔 죽음뿐이며, 모든 죽음은 오로지 두개로 나눌 수 있을 뿐이다. 나는 그렇게 생각합니다. 목격되거나 목격되지 못하거나. 그렇지 않나요? (266면)

과연 그렇다. d의 마음속에서 세계는 언제나 정지된 죽음의 세계로 영원히 머물러 있다. dd를 불행한 사고로 떠나보낸 후 dd와의 행복의 순간은 d에게는 오직 한순간의 "인생에서의 예외"(224면)로만 기억될 뿐이다. dd의 죽음으로 인한 상실감과 죄의식은 d에게서 일찍이 세계에 대한 일말의 기대와 희망조차 거둬가버린 터다. 그리고 그 가망 없는 삶은 끝도 없이 계속될 것이다. d의 마음속에서 그것은 그렇게 "내내 이어질 것이다. 더는 아름답지 않고 솔직하지도 않은, 삶이. 거기엔 망함조차 없고…… 그냥 다만 적나라하게 이어질 뿐."(278면) 그런 d의 환멸은 출구 없는 마음의 지옥이다. d는 과연 이렇게 말한다. "나는 내 환멸로부터 탈출하여 향해 갈 곳도 없는데요."(266면)

황정은이 환멸이라 이름 붙인 d의 이 유폐된 마음의 지옥은, 기대와 희망이 하찮은 것으로 내동댕이쳐진 이 시대의 현실적 실감을 더할 수 없이 생생하게 환기한다. 황정은이 이 소설에서 그리는 d의 환멸의 그늘은, 한국적 '환멸의 서사'의 오랜 전통이 저도 몰래 쉬 빠져들었던 포즈와 관념성의 함정으로부터도 멀리 벗어나 전혀 다른 묵직한 질감으로 다가온다. 이는 이 소설이 보여주는 환멸이 "나도 dd도 그리고 당신도"(그리고 우리 모두가) "충돌 한번에 내동댕이쳐질 수 있"(281면)는 너무도 무력하고 하찮은 존재일 뿐이라는 사뭇 냉엄하고도 비감한 자각에 의해 뒷받침되고 있기 때문일 수도 있다. 이 소설에서 d의 환멸은 사랑하는 여인 dd를 불의의 사고로 떠나보낸 상실감과 죄책감에서 비롯된 것이지만, 우리가 거기에서 세월호 참사 이후의 사회적 트라우마를 자연스럽게 복기하게 되는 것은 우연이 아니다. 그런 측면에서 d의 환멸은 충분히, 어둠과 폭력의 시대를 힘겹게 버티고 있는 하찮고 무력한 보통 사람들의 내면화된 지옥의 풍경으로 읽히기도 하는 것이다.

다소 이질적인 대목으로 느껴질지 모르나 이 소설에서 세월호 1주기에 d가 그의 친구와 함께 차벽으로 가로막힌 도심을 헤매는 에피소드도 그런 연상을 더욱 강화한다.

> 세종대로 사거리는 두개의 긴 벽을 사이에 둔 공간(空間)이 되어 있었다. 너무 밝고 고요하게 정지되어 있어 진공이나 다름없었다. 사십여분 전에 박조배와 d가 머물고 있던 청계광장 쪽에서 함성이 들려왔다. d는 경찰버스 너머로 솟은 이순신 장군 동상을 바라보았다. 저 소리는 이 간격을, 이 진공을 도저히 통과하지 못할 것이라고 생각했다. 조배야 이것이 혁명이로구나. d는 생각했다. 우리는 우회한 것이 아니고 저 차벽이 만들어낸 흐름을 충실하게 따라 찌꺼기처럼 여기 도착했구나. 혁명은 이미 도래했고 이것이 그것 아니냐고 d는 생각했다. 혁명을 거의 가능하지 않도록 하는 혁명…… 격벽을 발명해낸 사람들이 만들어낸 혁명… 밤공기가 싸늘했다. (277면)

혁명을 불가능하게 하는 혁명. 그 반혁명의 차벽이 만들어낸 흐름을 찌꺼기처럼 따라가며 순종하는 삶. 그곳의 삶이란 어둠밖에 아무것도 존재할 수 없는, 숨 막히는 폐쇄회로 속에 갇혀버린 하찮은 환멸의 삶이다. 그런 삶의 바깥으로 우리는 걸어나갈 수 있을까? 그렇다면 그것은 어떻게 가능할까? 황정은의 중편 「웃는 남자」가 숨기고 있는 물음은 이런 것이다.

3. 하찮음으로, 우리가

그러나 이런 물음에 손쉬운 희망과 기대를 답변으로 내세운다면 그것은 우리가 아는 황정은의 소설이 아니다. 작가는 오히려 d의 절망을 위무하거나 해결하지 않고 그것을 끝까지 밀어붙이는 편을 택한다. 그러면서 동시에 작가는 d의 그 환멸과 절망의 한켠에 또 하나의 하찮은 삶을 비스듬하게 이어놓는다. 세운상가가 처음 문을 연 그날부터 고장난 기계로 뒤덮인 수리실에 머리를 박고 앰프와 스피커를 수리하며 홀로 늙어온 수리기사 여소녀의 삶이 바로 그것이다. "이봐. 나 알지?"(235면)라는 여소녀의 느닷없는 물음에서 시작되어 "그래서 어쩌라고"(239면)라는 d의 반문을 거쳐 "아저씨는 나 알아요? (⋯) 아느냐고요 내 이름이요⋯⋯"(241면)로 나아가는 d와 여소녀의 비스듬한 교우는 d의 고여 있는 삶에 미묘한 진동을 야기한다. 가령 여소녀의 수리실에서 오래전 dd와 함께 들었던 엘비스 프레슬리의 「러브 미 텐더(Love me tender)」를 레코드로 듣게 된 후 d는 내처 여소녀를 졸라 자기만의 오디오를 장만해 음악을 듣는데, 어쩌면 그것이 작은 기적의 시작이었을 수도 있었겠다. LP에 바늘을 올리고 d가 듣게 되는 것은 잡음조차 음악이 되는 소리, 아무 의미 없던 공간을 비로소 "공간이 되게 하는 소리"(245면), "유령적이고도 관념적"이었던 이웃을 비로소 몸으로 반응하는 "물리적 존재"(253면)로 경험하게 만드는 소리였다.

움직일 때마다 삐걱거리는 침대, 그 위에 깔린 변색된 담요, d의 백팩과 점퍼를 걸쳐둔 의자, 근육통이 있는 몸. 그 방에 있는 모든 것이 음악에 공명하여 파장을 발산하고 있었고 그 파장들은 모든 벽에 부딪혀 반향이 되었다. 그게 모두 음악 속에서 음악이 되었다. (251~52면)

d가 LP 소리를 듣는 이 장면은 음악소리에 공명된 d의 마음이 미묘한 울림과 파장을 일으키는 대목이며 가라앉아 있던 소설의 문체가 덩달아 미세한 활기를 띠는 장면이기도 하다. '잡음으로 가득'했던 d의 내면은 그 잡음마저 음악의 일부로 흡수하는 LP 소리에 의해 조금씩 흔들린다. 이 지점에서 우리가 보는 것은, 비록 희미하고 자각적이진 않으나, d의 환멸의 끝자락에서 저도 몰래 가까스로 일깨워지는 한줄기 삶의 감각과 의지다. 그것은 달리 말하면 이 폭력과 어둠의 시대를 그럼에도 견딜 수 있게 만들지도 모를 어떤 작고도 미세한 진동과 파장이다. 그 미세한 진동과 파장은 이를테면 진공관이 만들어내는 작은 기적이다. 산만하고 미세한 신호를 한 방향으로 모아 소리로 만들어주는 진공관. 그것은 비록 작지만, 수리기사 여소녀는 말한다. "이게 제대로 켜져야 이 앰프가 사는 것이고, 모든 게 제대로 흐르는 거라고."(282면)

진공관이 흩어진 신호를 하나로 모아 이어주는 것처럼, 진공관을 통과한 d의 마음은 도심의 진공 너머에서 '다른 삶, 다른 죽음을 겪은 사람들'에게로 흘러간다. 그리고 이어진다.

여소녀가 다시 다이얼을 돌렸고 그들은 미스 엘라 피츠제럴드가 부르는 「Blue Moon」을 들었다. d는 눈을 뗄 수가 없어 진공관을 바라보았다. 너무 쉽게 깨지거나 터질 수 있는 사물. 그 진공을 통과한 소리들에도 잡음이 섞여 있었다. d는 위태로워 보일 정도로 얇은 유리껍질 속 진공을 들여다보며

수일 전 박조배와 머물렀던 공간을 생각했다. 그 진공을. 그것은 넓고 어둡고 고요하게 정지해 있었으나 이 작고 사소한 진공은 흐르는 빛과 신호로 채워져 있었다. d는 다시, 세종대로 사거리에서 느꼈던 진공을, 문득 흐름이 사라진 그 공간과 그 너머, 거기 머물고 있는 사람들을 생각했다. 그들과 d에게는 같은 것이 거의 없었다. 다른 장소, 다른 삶, 다른 죽음을 겪은 사람들. 그들은 연인을 잃었고 나도 연인을 잃었다. 그것이 유일한 공통점이었다. 그들이 싸우고 있다는 것을 d는 알고 있었다. 그들은 무엇에 저항하고 있나. 하찮음에 하찮음에. (283~84면)

진공관이 품고 있는 진공은 작고 사소하지만 그 안은 '흐르는 빛과 신호'로 채워져 있다. 그 희미한 빛과 신호 같은 것으로 겨우 존재하는 것, 또 끝내 그렇게 존재할 수밖에 없는 하찮은 삶. 그것은 이 어둠과 폭력의 세계에 맞서기엔 너무도 무력한 것이다. 그럼에도 불구하고 그 겨우 존재함이야말로 이 세계에 맞서 싸울 수 있는 고유하고도 고귀한 근거가 아닐 것인가. 도심의 진공 너머에서 아이를 잃은 상실의 고통을 겪으며 싸우는 '그들'은 내동댕이쳐진 자신의 하찮음에 하찮음으로 맞서고 있는 중이다. 똑같이 사랑하는 사람을 잃은 d는 다른 장소에서 다른 삶을 살며 하찮음과의 지루한 싸움을 이어가는 '그들'을 생각한다.

　d의 이러한 마음의 흐름이 그를 깊은 환멸의 늪에서 무사히 걸어나오게 할 수 있을지는 분명하지 않다. 만약에 그렇게 된다면 그것은 너무도 손쉬운 결론일 것이다. 그러나 어쩌면 아슬아슬하게 존재하는 그 희미한 빛과 신호가, 그리고 그 잔존하는 빛의 연대가, 이 폭력과 어둠의 시대를 그래도 살아갈 수 있게 만드는 작은 기적의 시작이 될 수도 있을 것이다. 아마도 황정은은 이 하찮음의 연대와 그 문학적 재현을 깊이 생각하고 있는 중인지도 모르겠다. 그런 측면에서, 수리기사 여소녀의 다음 진술은 한편으로 문학적 재현의 윤리에 대한 작가의 자기지시적 다짐으로 읽을 수

도 있을 것이다. 그 진술에 따르면, 쇠락한 상가의 재생을 위해서는 그 이전에 모름지기 그곳에서 살아왔던, 비록 하찮지만 그 하찮음으로 이 세계의 기운을 형성하는 미미한 존재들의 삶을 하나하나 헤아려야 하는 것이다. 그렇게 여소녀-황정은이 말한다.

여소녀가 생각하기로는 세운(世運)이라는 이름 그대로, 이곳엔 세계의 기운이 이미 모여 있었다. 미래와 빠르게 연결된 현재, 이상에 이르지 못하는 실재, 비대하고 멋대가리 없는 외형, 시대의 돌봄을 받은 적은 거의 없지만 알아서 먹고살며 시대를 이루었고 이제 시대의 뒤꽁무니에 남은 사람들, 아 사기꾼들, 여소녀 자신을 비롯한 거짓말쟁이들, 그것도 조그맣고 하찮은 스케일의 사기밖에 칠 줄 몰라 여전히 보통 사람으로 여기 남은, 내 이웃들…… 여소녀가 이해하기로는 그것이 세계의 기운이었다. 여기를 제대로 재생하려면 거짓말하지 말고 그것을 보여주어야 했다. 그들이 되살리려는 것을 그들이 제대로 알아야 했다. 제대로 알려면 말이지 제대로 하려면…… 최소한 이 공간에서 인생을 보낸 사람들의 이야기 정도는 펼쳐져야 하는 거 아니냐…… 그들이 각자 어떤 질병을 앓고 있는지 여행은 몇번을 가보았는지를 알아보고 가족도 다 만나고 그들의 자녀는 어떤 학교를 다니고 어떤 직업을 얻었는지, 그중에 비정규직은 몇 퍼센트인지까지도 다 알아봐야 했다. 그 이야기들로 두루마리를 만들어 이 거대한 상가의 내벽과 외벽을 몽땅 덮어버려야 했다. (255~56면)

잃어버린 길의 끝에서

◆

황석영의 『해질 무렵』과 이인휘의 『폐허를 보다』

1. 망각을 거슬러

청년세대를 중심으로 '헬조선'이라는 조어가 공감을 얻으며 확산되고 있다. 지옥이라니. 그러나 과연 그럴 만하다는 듯, 그것은 어느새 한국사회의 또다른 이름으로 자연스럽게 공증되고 정착되어가는 것처럼 보인다. 돌아보면 이는 오랜 동안 한국사회를 승자독식 무한경쟁의 감옥으로 고착화해온 자본·지배층의 탐욕과, 알게 모르게 그것에 동조·편승하거나 의식적으로 눈감아온 대중·기성세대의 또다른 탐욕이 공모해 만들어낸 득의의 성과다. 그 성과의 구체적인 면면과 리스트를 여기서 일일이 거론할 필요는 없을 것이다. 중요한 것은 저 호명에는 이미 도저히 바뀔 가망이 없어 보이는 한국사회에 대한 청년세대의 절망과 분노와 체념이 투사되어 있다는 사실이다.

그런데 그 모든 가망 없음이 어찌 청년세대만의 일이겠는가. 나날이 악화되어가는 삶의 조건 속에서 떠안는 생존의 불안과 가망 없는 미래에 대한 불길한 직감은 세대를 가리지 않는다. 그 때문일지도 모른다. 오늘의 한국사회에서 나날의 삶은 일종의 망각 위에서 지탱되는 것처럼 보인다. 이는 하나의 방어기제로 작용하는 망각이다. 무엇을 망각하는가? 삶의 안위를 위협하는 불안과 공포를 망각하고, 그것이 어디에서 오는지를 망각하며, 유대의 가능성과 더 나은 인간적 삶의 가치가 있음을 망각하고, 오늘을 있게 한 과거를 망각한다. 이뿐인가. 무엇을 망각했는지를 망각하고, 더 나아가 스스로 망각하고 있음을 망각한다. 망각의 의지가 그렇게 의식을 점령하고 일상을 지배한다. 지금 이곳, 집단적 의식의 풍경 속에서 어렵지 않게 목격되는 현실에 대한 무관심과 방관, 의도적 무지와 냉소 또한 그 망각의 의지가 가닿은 자연스러운 귀결일 터다.

오늘날 한국사회의 현실에 저 홀로 초연하지 않은 문학이라면 지금 이곳의 집단의식을 사로잡고 있는 저 망각의 의지 앞에서도 당연히 무심할 수 없을 것이다. 더군다나 문학은 그 자체가 기억의 의지이자 기예(技藝)라 할 수 있지 않은가. 문학은 스스로 스쳐 지나가버리는 삶의 흔적과 파장을 세심히 가려 기록하고 의식의 밑바닥에 가라앉아 있는 것들을 들추어 들어올리는 까닭이다. 문학이 애초 이와 같은 것일진대, 지금 이곳의 현실이 한국문학에 요청하는 것 중 하나도 어쩌면 그런 문학 본연의 기억술이라 할 수 있을 것이다. 그리고 그 기억술에 각자의 방식으로 충실한 소설들이 지금 우리 앞에 도착해 있다. 황석영(黃晳暎)의 『해질 무렵』(문학동네 2015)과 이인휘(李仁徽)의 『폐허를 보다』(실천문학사 2016)가 그것이다. 황석영과 이인휘의 작품은 각기 다른 목소리로 최근 한국사회의 집단의식을 지배하는 저 두터운 망각을 가로질러 지금 이곳이 어디인가를, 그리고 우리가 무엇을 망각하고 있는가를 이야기하는 소설이다. 그 둘을 함께 읽는다.

2. 실패가 실패를 낳고

황석영의 『해질 무렵』은 오늘을 낳은 어제를 돌아보는 이야기다. 산동네에서 가난하게 자랐으나 어찌어찌 고생 끝에 성공한 육십대 건축가 박민우가 있다. 그는 운 좋게 가난에서 탈출해 신분상승의 기회를 잡게 되었고, 마침 전국토를 휩쓸었던 건설 붐에 편승해 개발주의 시대의 주역으로 살아왔다. 그런 그에게 어느날 오래전 헤어졌던 첫사랑 차순아의 연락처가 전해지며 이야기는 시작된다. 오늘의 그는 회고한다. 그렇게 서울 변두리 산동네의 아이로 성장기를 겪고 지금은 '돈과 권력의 세계'에 진입해 여유있게 늙어가는 박민우가 돌아보는 과거사가 소설의 한 축이다. 빈민촌 구두닦이 아이들과 함께 겪으며 보았던 치열한 세상살이의 풍경들, 가난한 환경에서 운 좋게 탈출해 주류사회에 진입하기까지의 사연, 산동네 국숫집 딸 차순아와의 이루어지지 못한 인연 등이 그가 돌아보는 과거 이야기의 뼈대로 세워진다. 그리고 그가 이메일로 전해받아 읽게 되는 차순아의 굴곡진 과거의 기록이 그 이야기의 빈 곳을 채워넣는다.

소설의 다른 한 축은 젊은 여성 정우희의 시점으로 전달되는 이야기다. 박민우의 이야기 축이 이른바 산업화 세대의 과거사와 내면풍경을 보여주고 있다면, 정우희의 그것은 미래가 보이지 않는 현재를 힘겹게 버텨나가는 젊은 세대의 간난신고를 스케치한다. 햇빛이 들지 않아 곰팡이 냄새가 코를 찌르는 어두운 단칸방에서 살고 있는 그녀는 온갖 알바를 전전하며 힘겨운 생활을 꾸려가는 와중 연극연출가로서의 성공을 꿈꾸지만 사정은 여의치 않다. 그녀가 우연히 만나 인연을 맺게 되는 착하고 성실한 청년 김민우 또한 비정규직으로 여기저기를 떠돌다 일터에서 해고된 후 자살로 생을 마감한다. 그리고 그 청년의 어머니가 다름 아닌 박민우의 옛 여자 차순아라는 것인데, 작가는 그런 우연한 인연의 고리를 통해 이들 희망 없는 젊은 세대의 이야기를 박민우의 과거 회고와 나란히 연결한다. 과거와 현재는 그렇게 접속한다.

박민우는 1970~80년대 '콘크리트 근대'의 주역이자 수혜자다. 그런 그
가 돈과 권력의 힘을 빌려 일구어놓은 세계는 삭막한 시멘트와 콘크리트
로 쌓아올린 속물적인 욕망의 세계다. 소설의 곳곳에서 그는 모든 지난날
의 인간적인 삶의 터전과 가치를 부수고 폐기처분하면서 수단 방법을 가
리지 않고 구축한 오늘의 모습을 쓸쓸하게 반추하며 반성한다. 그것은 괴
물 같은 오늘을 만든 것은 어쩌면 자기 자신일지도 모른다는 쓸쓸한 자각
이기도 하다. 선배 건축가 김기영은 다른 각도에서 박민우의 그런 자각을
다시금 조용히 일깨우는 존재다. 다음은 그 둘의 대화다.

나는 영산읍에 다녀온 얘기를 잠깐 했다. 집들도 돌담도 오솔길도 모두
사라졌고 내가 태어난 집터에는 나뭇등걸만 남았더라고.

온 세상의 고향이 다 사라졌어요.

내 말에 김선배는 먼바다 쪽을 내다보다가 고개를 돌려 우리를 보았다.

그거 다 느이들이 없애버렸잖아. 아, 노을 곱다! (28면)

"사람들의 삶을 섬세하게 재조직하는" 건축을 꿈꾸었던 건축가 김기영
은 "우리는 그같은 꿈을 이루어내는 일에 많이 실패해버렸습니다"(97면)
라고 말한다. 그가 말하는 그 실패는 인간적 기억과 삶을 위한 건축의 실
패이자 더 나아가 왜곡된 욕망으로 치달아왔던 모든 과거의 실패라고 할
수 있다. 결국 그런 과거의 실패가 오늘의 실패를 낳았다는 것이 이 소설
의 메시지이겠다. 황석영은 그 메시지를 아들을 잃은 차순아의 입을 빌려
반복하며 이렇게 다시 묻는다. "그런데 우리가 뭘 잘못한 걸까요. 왜 우리
애들을 이렇게 만든 걸까요."(177면) 황석영의 『해질 무렵』의 이야기는 이
런 회한 가득한 물음의 제기이며 동시에 이에 대한 답변이다. 이 소설은
이를테면 그렇게 오늘의 실패를 낳은 과거의 실패를 쓸쓸히 반추하는 이

야기다.

그 실패의 서사를 이리저리 엮어 그려가는 작가의 솜씨는 이 짧은 장편에서도 여일하다. 적재적소에 듬성듬성 이야기의 포인트를 배치하고 날렵한 촉압(觸壓)으로 얼기설기 엮어가면서도 적시에 핵심을 건드리고 지나가는 유려한 운필(運筆)은 가히 황석영만의 것이다. 짧은 분량 때문일 수도 있겠으나 이 소설이 메시지의 무게에 걸맞은 밀도를 결여하고 있다는 것은 그 가벼운 터치가 초래할 수밖에 없는 필연적인 약점이다. 이 작품 전체에 걸쳐 전체적으로 작의(作意)가 개연성과 리얼리티를 초과하는 것처럼 보이는 것도 그 밀도의 결여와 전혀 무관하지 않을 것이다. 특히 소설의 두 축인 각기 다른 세대의 이야기, 즉 박민우의 서사와 정우희·김민우의 서사가 서로 연결되고 접속되는 방식이 의외로 느슨하고 작위적으로 느껴지는 것이 그 방증이다. 실패로 가득했던 김민우의 짧은 삶의 흔적이 개발지 철거지역에 잠시 머문 적 있었음을 알게 된 박민우는 이렇게 생각한다. "우리가 뭔가 보이지 않는 끈으로 가냘프게 연결되어 있었던 것만 같은 묘한 기분이 들었다."(176면) 그것은 서로 다른 두 세대의 실패의 운명이 서로 뗄 수 없이 연결되어 있음을 암시하는 구절이지만, 동시에 작위(作爲)가 두드러지는 대목이기도 하다.

이러한 문제는 이 소설에서 인물의 내면이 그다지 밀도있게 그려지지 않은 것과도 연결된다. 그럼에도 불구하고 동시에 이 소설에서 우리가 보는 것은, 밀도의 결여와 리얼리티의 약점을 또다른 리얼리티의 지렛대로 반전시키는 작가의 운산이다. 그것은 날렵한 운필의 부산물인 인물 내면의 밀도의 결여가 그 인물의 실제 속성이기도 한 표피적인 내면과 교묘하게 조응되며 어울리고 있다는 사실에서도 확인된다. 실제로 과거 자신의 삶을 추동해왔던 성공과 개발의 욕망에 대한 박민우의 반성이 쓸쓸한 회한의 차원에 머물 뿐 문제의 근원을 더 깊이 파고들어가지 않는 것도 그 내면의 표피성을 방증한다. 다시 말해 문학적 밀도의 결여가 낳은 어쩔 수 없는 내면의 표피성이 흥미롭게도 일생 동안 속물적 욕망으로 쌓아올린 삶의 성과를 포기할 생각이 없는 주류사회의 속물인 그의 속성과 절묘하게 들어맞고 있다는 얘기다.

그렇다면 박민우가 생각하는 자기 자신은 과연 어떤 사람인가? 또 그는 무엇을 반성하고 있는가?

사실 사방에 널려 있는 게 나와 같은 사람이 아니던가. 밤에 도심지 호텔의 전망 좋은 라운지에서 고층 아파트와 붉은 십자가와 상가 건물들의 불빛으로 가득한 거리를 내려다보면 그들이 보인다. 억압과 폭력으로 유지된 군사독재의 시기에 우리는 저 교회들에서, 혹은 백화점의 사치품을 소유하게 되는 것에서 위안을 얻었을지도 모른다. 아니면 온갖 미디어가 끊임없이 쏟아낸 '힘에 의한 정의'에 기대어 살았는지도 모르겠다. 결국은 너의 선택이 옳았다고 끊임없이 위무해주는, 우리가 함께 만들어낸 여러 장치와 인물들이 필요했을 것이다. 나도 그런 것들 속에서 가까스로 안도하고 있던 하나의 작은 부속품이었다. (144면)

젊었을 때에는 그렇게 냉소적으로 세상을 바라보진 않았다. 잘못된 것에 저항하는 이들을 이해하면서도 참아야 한다고 다짐하던 자제력을 통하여 나는 자신을 용서할 수 있었다. 세월이 흐르면서 그것은 일종의 습관적인 체념이 되었고 겉으로는 내색하지 않고 차갑게 자신과 주위를 바라보는 습성이 생겨났다. 그것을 성숙한 태도라고 여겼다. 대부분의 사람들이 숨 가쁜 가난에서 한숨 돌리게 되었던 때인 팔십년대를 거치면서 이 좌절과 체념은 일상이 되었고, 작은 상처에는 굳은살이 박여버렸다. 발가락의 티눈이 계속 불편하다면 어떻게든 뽑아내야 했는데, 이제는 몸의 일부분이 되어버렸다. 어쩌다가 약간의 이질감이 양말 속에서 간신히 자각될 뿐. (112면)

그가 돌아보는 자신의 지난 삶은 '힘에 의한 정의'에 기대어 폭력과 억압의 현실을 외면하며 끊임없이 자기기만과 자기위안을 통해 스스로를 정당화해온 거짓된 삶이다. 그 삶이란 또한 좌절과 체념을 일상화한 냉소주의에 의해 지탱되는 삶이기도 하다. 자기 자신에 대한 박민우의 이 반성적 고해는 자기기만과 냉소주의를 습성화한 평균적인 한국 중산층의 의식구조에 대해 우리가 본 가장 적실한 문학적 요약 중 하나라고 할 수 있을 것이다.

그렇다면 그는 이제 어떻게 살아갈 것인가? 소설의 끝자리에서 그는 "길 한복판에서 어느 방향으로 가야 할지 몰라 망설이는 사람처럼 우두커니 서 있었다."(196면) 길 잃은 그는 회한을 품고 자신의 자리에서 홀로 쓸쓸하고 고독하게 늙어갈 것이다. 그리고 아무것도 바뀌지 않을 것이다. 작가는 이 소설에 '해질 무렵'이라는 제목을 붙여놓았다. 그 남자 박민우의 일생도, 우리의 한 시대도 이제는 끝나간다는 이야기겠다. 헤아려보건대 여기엔 성공한 어제의 실패와 좌절한 오늘의 실패 모두 이젠 결코 돌이킬 수 없을지도 모른다는 통절한 슬픔과 회한이 얹혀 있다. 그가 길을 잃은 것처럼 한국사회도 길을 잃었다. 『해질 무렵』은 그렇게 길 잃은 한국사회에 대한 회한의 만가(輓歌)라고도 할 수 있을 것이다.

3. 폐허를 끌어안고

우리가 아는 이인휘는 『활화산』(1990) 『문밖의 사람들』(1992) 『내 생의 적들』(2004) 『날개 달린 물고기』(2005)의 작가다. 자본과 권력의 억압과 폭력에 맞선 치열한 싸움의 현장을 떠나지 않았던 그의 소설은 노동현장의 삶과 투쟁, 국가보안법과 비정규직의 문제 등 한국사회의 첨예한 문제 한가운데를 한결같이 파고들어왔다. 그리고 그의 소설은 이렇게 말하고 있었다. "비록 소수의 힘이 다수를 억압하는 사회가 이어져왔다고 해도, 언젠가는 다수가 존중받는 그런 사회가 올 것으로 믿고 있습니다. 그건 인간이 이 땅에 존재하기 시작한 그때부터 시작되었고, 지금도 내일도 그렇게 움직이는 게 역사의 수레바퀴라고 믿고 있습니다."(『내 생의 적들』, 실천문학사 2004, 306면)

그리고 많은 세월이 흘렀다. 오랜 침묵 끝에 소설집 『폐허를 보다』를 들고 돌아온 그는 이제 폐허 같은 세상에서 희망 없는 일상을 힘들게 붙들고 살아가는 황폐한 삶의 풍경을 조용히 응시한다. 그리고 이제 그의 소설은 이렇게 말하고 있다. "희망은 어디에도 보이지 않고 존재에 대한 물음은 달아나버렸다."(『폐허를 보다』, 317면)

소설집 『폐허를 보다』에는 오래전 빛났던 희망의 좌절을 겪으며 가까운 이를 잃고 떠나보낸 뒤 살아남은 자들의 회한과 그럼에도 지속할 수밖에 없는 힘겨운 삶과 노동의 나날을 기록한 다섯편의 소설이 실려 있다. 이인휘가 그려놓은 이 폐허의 풍경 속에서, 비정규직 차별 철폐를 외치며 분신한 젊은 노동자의 이야기를 쓰려고 하는 소설가인 '나'는 황폐한 세상 한가운데 길을 잃고 어디로 가야 하는지를 만해 선사의 흉상 앞에서 간절하게 묻고 있다(「알 수 없어요」). 그리고 먹고살기 위해 공장에 취직한 소설가인 '나'는 열악한 일터로 내몰린 노동자들의 노예 같은 일상과 죽음, 절박한 슬픔과 분노를 함께 겪으며 아득한 암울함에 사로잡힌다(「공장의 불빛」). 그런가 하면 '나'는 몸과 마음을 황폐하게 소진해버리고 쓸쓸하게 죽어간 (타계한 박영근 시인을 모델로 한) 한 노동시인의 마지막을 회고한다(「시인, 강이산」). 남편을 저세상으로 먼저 보낸 아픔과 자책을 안고 살아가던 중 파업 참여를 결심하고 남편이 일하던 공장의 투쟁 보루였던 높은 굴뚝에 혼자 올라 오열하는 여성노동자의 이야기(「폐허를 보다」)도 있고, 탐욕스러운 세상의 덫에 치여 전전하다 쓸쓸히 생을 마감한 한 여인의 이야기(「그 여자의 세상」)도 있다. 이인휘의 소설집 『폐허를 보다』에 묶인 소설들은 그렇게 하나같이 감옥 같은 오늘에 갇혀버린 길 잃은 사람들의 이야기다.

인간다운 세상을 향한 꿈은 짓밟히고 싸움은 패배했다. 모든 것이 무너지고 스러져버린 자리엔 뼈아픈 회한과 쓰라린 자책만 남아 있을 뿐이다. "자본의 세계에 태어나 자본이 가르쳐준 세상만 보고 죽는"(「폐허를 보다」, 318면) 것이 어쩌면 영원히 벗어날 수 없는 운명일지도 모른다는 침통한 절망이 그들의 의식을 사로잡는다. 아무것도 바뀌지 않았고 또 바뀌지도 않을 것이다. 자본의 탐욕은 여전하고 열악한 노동조건과 전쟁 같은 노동의 고통도 여전하다. 이인휘는 곳곳에서 이러한 좌절한 의식의 풍경과 굴레에 갇혀버린 삶의 현실을 직접적인 진술을 통해 이야기하지만, 그가 거기서 그칠 리 없다. 그러한 현실에 대한 작가의 인식은, 한때 노동해방을 꿈꾸었으나 처절하게 패배하고 세상에 대한 분노와 죽은 동료에 대한 죄의식으로 무너져 황폐한 모습으로 죽어간 노동시인 강이산의 마지막에 대한 회고를 통해 눈물겨운 육체성과 전형성을 얻는다. 그리고 한데 묶인 소설들 전체에 걸쳐 살아 숨쉬는 그러한 육체성은 작가 자신의 실제 체험의 실감에 힘입어 더욱 구체성을 획득한다. 이런 맥락에서 이 소설집의 가장 빛나는 대목 중 하나는 열악하고 숨 가쁜 노동현장에 대한 여실하고도 생동감 있는 묘사다. 하루 종일 쉴 새 없이 합판 가루와 본드 냄새를 들이마시며 녹초가 되도록 뛰어다니는 합판공장 노동의 현실(「공장의 불빛」)과 기름 끓는 뜨거운 열기를 뒤집어쓰며 CCTV의 감시 아래 땀범벅이 되어 노예처럼 일해야 하는 식품공장의 저임금 장시간 노동의 현장(「폐허를 보다」)에 대한 작가의 묘사는 실로 눈앞에서 보는 듯 생생하다.

그런데 이 세상의 폐허를 그들은 또 어떻게 견뎌나갈 것인가? 이에 대한 대답은 물론 쉬울 리 없지만, 그전에 먼저 무엇보다 인물들의 내면을 하나같이 관통하는 것이 무엇인가를 헤아려볼 필요가 있다. 그것은 다름 아닌 죄의식이다.

소설집 『폐허를 보다』의 인물들은 대부분 홀로 살아남았다는 죄의식을 공유한다. 분신한 동료의 죽음을 잊지 못하는 「시인, 강이산」의 강이산이 그렇고, 또 친구인 그 강이산의 죽음을 고통스럽게 지켜보았던 '나'가 그렇다. 공장을 버리고 다른 일을 전전하다 죽어간 남편의 절망을 헤아리지 못했다는 자책을 안고 사는 여성노동자 정희는 물론이고, 자살한 후배 노동자 칠성의 죽음 앞에서 자책하며 오열했던 그녀의 남편을 사로잡고 있었던 것도 바로 그 죄의식이다(「폐허를 보다」). 공장에서 부당하게 해고된 후 스스로 목숨을 끊은 늙은 노동자 강집사를 외면했던 '나'와 최과장 또한 죄책감에 가슴을 치기는 마찬가지다(「공장의 불빛」). 그들은 모두 죄의식으로 앓는 존재들이다. 그런데 이 죄의식이란 무엇인가?

잘라 말하면 그것은 살아남은 자의 윤리적 선택이다. 소설 속 인물들은 자본과 권력의 억압과 폭력에 희생된 자들의 죽음에 대한 책임과 가혹한 고통을 스스로 떠안는다. 거기에 은밀히 숨어 있는 것은 잊을 수 없는 부채의식의 한가운데로 자신을 고통스럽게 몰아넣음으로써 과거의 기억을 어떻게든 망각하지 않으려는 의지다. 그 인물들이 끌어안는 죄의식의 이면에서 작동하는 것은 바로 이것이다. 『폐허를 보다』의 인물들은 이 죄의식 때문에 스스로를 돌이킬 수 없이 파괴하기도 하지만, 다른 한편으로 자기 자신과 현실에 대한 반성적 자각을 끝까지 놓지 않게 하는 내면의 역설적 원천도 바로 이 죄의식에서 나오는 것이다. 이인휘 소설의 저변을 관통하는 인물들의 죄의식은 그렇게 과거를 잊지 않으려는 윤리적 기억의 방식이며 나아가 오늘 '나'의 자리를 거듭 돌아보게 하는 반성적 자각의 출발점이다. 그리하여 우리가 이인휘의 소설에서 보게 되는 것은 그 죄의식이 저도 몰래 오늘의 '나'를 일깨우는 역설적 힘으로, 그리고 저 폐허의 삶을 버티고 가로지를 수 있게 하는 마음 한편의 지지대로 반전되는 숨겨진 내면의 드라마다. 표제작인 「폐허를 보다」에서 죽은 남편의 마음을 그의 생전에 헤아리지 못했다는 죄의식을 안은 채 "수많은 사람들의 눈물"(270면)을 자기 몸 안에서 느끼며 투쟁의 상징인 공장 굴뚝을 기어오르는 여성노동자 정희의 마음속에서 일어나는 사건이 바로 그런 것이 아니겠는가.

그리고 그러한 윤리적 선택은 다름 아닌 작가 이인휘의 것이기도 하다. 가령 작가 자신의 이야기이기도 한 소설「알 수 없어요」에서, 알 수 없는 예감에 들려 만해마을을 찾은 소설가인 '나'는 만해의 흉상 앞에서 만해가 남긴 글을 읊으며 이렇게 말한다.

그의 눈빛이 무엇을 말하는지 어렴풋이 알 수 있습니다. 더불어 만해 선사가 남긴 글 속에서 더 나은 세상의 빛을 위해 죽은 자들의 심장이 얹혀 있는 것을 언뜻 봅니다. (「알 수 없어요」, 55면)

만해의 글 속에서 소설가인 '나'는 '더 나은 세상의 빛을 위해 죽은 자들의 심장이 얹혀 있는 것'을 본다. 그것은 만해가 남긴 문장 속에는 인간다운 세상을 위해 싸우다 죽어간 이들을 잊지 않고 기억하겠다는 의지가 숨어 있다는 사실에 대한 발견이다. 그리고 작가 자신도 알지 모르겠지만 『폐허를 보다』에 함께 묶인 소설들에서 우리가 보았던 것 또한 바로 그와 다르지 않은 것이었다고 말할 수 있을 것이다. 이인휘의 소설을 관통하는 죄의식 자체가 이미 '더 나은 세상의 빛을 위해 죽은 자들의 심장'을 끌어안는 윤리적 기억의 방식이었던 까닭이다.

더 나아간다면 그러한 발견은 소설가로서 자기 자신의 글쓰기가 디딜 자리가 어디여야 하는지에 대한 자각과 다른 것이 아니다. 현실이 폐허라면 새로운 시작의 자리도 불가피하게 폐허가 아닌 다른 곳일 수 없다. 그리고 오늘의 노동현실에 대한 작가의 체험이 여실히 얹혀 있는 소설「공장의 불빛」은 마침 윤리적 선택에서 비롯된 그러한 자각으로 마무리되고 있다. 그 작은 시작의 다짐 하나를 여기에 옮겨본다.

어둠이 슬픔을 머금고 짙어질수록 공장의 불빛은 눈부시게 빛납니다. 겨울바람도 더욱 차고 거세게 유리창을 흔들어댑니다. 며칠 지나면 2014년 달력도 역사 속으로 사라집니다. 공장이 많이 달라졌다는 사람도 있지만 수도권 변두리에 있는 작은 공장들은 더 나빠진 듯합니다.

암울한 현실이 삶을 돌아보게 합니다. 더이상 피하지 말고 오늘보다 내일이 낫다면 그 내일을 위해 애쓰며 살아야 할 것 같습니다. 인연인지 운명인지 모르겠지만 내 삶은 그곳에 있는 것 같습니다. 공장이 다시 글을 쓰라고 떠밉니다. (「공장의 불빛」, 118면)

4. 어쩌면, 해질 무렵 폐허에서

황석영의 『해질 무렵』을 성공했으나 패배한 과거와 처음부터 좌절한 현재의 인과를 묻는 이야기라 할 수 있다면, 이인휘의 『폐허를 보다』는 벗어날 수 없는 아픈 패배의 상처와 죄의식의 기억을 끌어안고 지옥 같은 오늘을 힘겹게 버텨가는 사람들의 이야기다. 두 작가가 소설에 부조해놓은 한국사회는 그들 소설의 제목 그대로 이제 돌이킬 수 없을지도 모를 '해질 무렵'이고 황폐한 '폐허' 그 자체다. 그리고 소설 속 인물들은 그 속에서 길을 잃었다. 와중에 그들은 "그런데 우리가 뭘 잘못한 걸까요"(『해질 무렵』 117면)라고 반문하고 "삶이 오리무중입니다"(『폐허를 보다』 46면)라고 한탄하지만, 갈 길은 보이지 않는다. 이러한 물음과 한탄의 배후에 짙게 깔려 있는 절망과 회한은 되돌릴 수 없을 정도로 악화되어가는 지금 한국사회의 삶의 조건과 가치의 퇴행에 맞닥뜨린 주체의 불가피한 정념이다. 이런 상황에서 문학의 일이란 과연 무엇인가?

앞에서 나는 지금 길 잃은 한국사회의 집단의식을 사로잡고 있는 것이 일종의 망각의 의지임을 지적했다. 어제와 오늘을 망각하고 스스로 망각하고 있다는 사실조차 망각하는 그 의도적 무지가 오늘날 갈수록 악화되어가는 한국사회의 퇴행적 현실과 공모하는 단짝이라는 점은 말할 것도 없다. 그런데 오래전 니체(F. Nietzsche)는 『도덕의 계보』에서 망각이란 의식을 위협하는 것들을 차단함으로써 정신적 안정을 통한 삶의 유지를 가능하게 하는 '적극적인 저지 능력'이라고 말했다. 망각은 어떤 점에서 그런 쓸모를 갖는 것이지만 그에 따르면 그것은 결국 자연적인 동물적 능력에 지나지 않는다. 그러니 그런 망각 위에서만 가까스로 지탱되는 삶이란 엄밀히 말하면 그 자체로 동물적 삶과 하등 다를 바 없다고 할 수 있다. 그러나 모두가 아는 것처럼 지금 이곳에서는 그 동물적 삶을 안녕히 지속하는 것조차도 그리 쉬워 보이지는 않는다. 이런 곳에서 망각이란 차라리 의식의 분열을 방어하면서 무사히 살아남기 위한 안간힘의 표현일지도 모른다. 그러나 니체는 야속한 사람이다. 그는 인간이 '약속할 수 있는 동물'이 되기 위해서는 망각을 제거해야 한다고 말한다. 그의 말을 따르자면 자기 자신과 현재의 삶을 이해하고 바꾸어나가기 위해 인간은 어떻게든 저 망각의 의지에 저항해야 한다.

황석영과 이인휘의 소설에 스며 있는 저 절망과 회한의 파토스(pathos)는 이미 그 자체로 망각에 저항하는 의지적 기억의 표현이다. 기억하지 않는 자는 회한도 알지 못한다. 이들 소설은 그렇게 해질 무렵 폐허의 자리에서 다시 과거를 돌아보고 과거와 현재의 의미를 재조정한다. 이들의 소설이 보여주듯 문학은 그렇게 공식적인 역사가 지워버린, 혹은 의도적 무지의 의지가 잊고 싶어하는 과거를 다시 쓰며 두꺼운 망각의 지층을 흔들어 들깨운다. 가망이 보이지 않는 이 황폐한 자본의 감옥에서 새롭게 시작할 수 있는 가능성이 혹 조금이라도 남아 있다면, 아마도 그 출발점은 이들 소설이 보여주는 저 윤리적 기억의 의지에 있을지도 모르겠다.

제4부

인간희극

불가능한 이야기의 가능성

임철우의 『황천기담』 읽기

1. 알록달록 기담(奇談)들

임철우(林哲佑)의 『황천기담』(문학동네 2014)은 이야기가 사라져버린 시대의 이야기다. 이야기가 사라져버린 시대?

아니, 따져보면 이야기(서사)는 우리 현실 어디에나 존재한다. 예컨대 그것은 영화 같은 대중예술 장르는 물론 상품광고에도 있고, 정치선전에도 있으며, 심지어 예능프로와 재판장에도 있다. 이야기는 오늘날 삶의 거의 모든 영역에서 자기 자신을 전시하고 정당화하는 효과적인 기제로 활용된다. 나아가 이야기는 광고에서 보는 것처럼 자본주의 상품의 몸체에 허구적인 역사와 깊이를 부여하고 생명의 숨결을 불어넣는다. 그런 측면에서 '이야기'는 오늘날 현대적 삶과 뗄 수 없게 하나로 통합되어 있으며 여러모로 꽤 유용하기도 하다. 그러나 우리 삶이 진정으로 욕망하는 이야기는 당연하게도 그런 것일 리 없다. 발터 벤야민(Walter Benjamin)이 오늘날 "이야기하는 기술이 종언을 고하고 있다"[1]고 하면서 그 원인으로 신문과 같은 매체의 발달로 인한 '정보'의 확산을 거론했음을 잠깐 상기해보자. 지금 우리 삶을 가득 채우고 있는 이야기(서사)들은 거의 80년 전 벤야민이 이야기의 소멸을 재촉한 새로운 소통형식으로 지목한 '정보'와 방불한 것이 아닌가. 이제 정보는 (벤야민의 시대에 그러했듯) 이야기에 맞서고 그럼으로써 이야기를 소멸시키는 데서 더 나아가, 그것을 자기 안에 흡수 병합해 스스로 '이야기'를 통해 생명력을 얻고 급기야 그 자신이 스스로 이야기가 되기를 욕망하는 단계에 이른 듯하다. 그러나 벤야민이 지적하듯이 정보는 그 자체로 이해할 수 있는 '그럴듯한' 것이고 끊임없이 자기 자신을 설명하는 것이며, 그리하여 새로워 보이던 그 순간이 지나면 그 가치를 잃어버리는 그런 것이다. '그럴듯하지 않은' 이야기가 우리에게 전해주는 기이함과 놀라움, 기적과 영원성의 감각은 당연히 거기에는 없다. 그렇다면 진짜 이야기는 어디에 있는가?

물론 없다. 우리에게 놀라움과 경외, 두려움과 경이를 안겨주던 이야기들은 '창공의 빛나는 별'(루카치)과 함께 사라져버렸다. 자본주의 근대의 탈마법화는 저 신기한 이야기들이 존재할 수 있는 현실의 근거를 박탈해버렸다. 상품세계를 범람하는 수많은 이야기의 홍수 속에서, 진짜 이야기가 안겨주던 공포와 경이는 이제 어디에도 없다. 이야기들은 이제 공포와 경이를 잃고 정보와 상품의 인공적 역사 속에서만 존재하는 듯 보인다. 아무도 허울뿐인 가짜가 아닌, 진짜 이야기를 들려주지 않는다. 그러니 진짜 이야기가 없는 시대를 아쉬워해온 독자라면, 그리고 진짜 이야기의 끝없이 음울하고도 매혹적인 세계를 애타게 그리워해온 독자라면,『황천기담』연작 중 한편의 앞머리에 놓인 이 한마디에 가슴이 설레지 않을 도리가 없다.

---

1 발터 벤야민 「이야기꾼: 니콜라이 레스코프의 작품에 대한 고찰」,『서사(敍事)·기억·비평의 자리: 발터 벤야민 선집 9』, 최성만 옮김, 도서출판 길 2012, 416면.

어디서부터 이야기를 시작해야 좋을까. 낡은 고가의 먼지 낀 다락방에서 거미줄과 함께 우연히 찾아낸 정체불명의 부적 하나…… 용도도 내력도 알 길 없는 그 빛바랜 부적의 붉은색 문양 같은, 왠지 음울하고 기이하고 또 알록달록한 그 이야기를.[2]

'낡은 고가의 먼지 낀 다락방'에서 찾아낸, 용도도 내력도 알 길 없는 '정체불명의 부적' 같은 그런 이야기. 작가가 암시하듯이 『황천기담』의 이야기들은 '용도'(유용성)와 '내력'(정보)과는 무관한 것이며, 우리 삶의 매끄러운 합리적 질서 이면에 숨어 있는 어둡고 음습한 운명의 비밀을 간직한 그런 진짜 이야기다. 그것은 과연 '왠지 음울하고 기이하고 또 알록달록한 이야기'다. 유령과 괴물이 시도 때도 없이 출몰하고, 있을 법하지 않은 기이한 사건들이 아무렇지도 않게 벌어지는 이 이야기들은 물론 시대착오적인 것이다. 그런 게 어디 있는가? 그러나 작가가 작정한 그 시대착오는 현대적 삶이 망각하고 또 억압하고 있는 삶과 죽음의 근원적인 심연과 그것의 기이하고도 매력적인 공포를 환기해준다. 작가는 이 으스스하고 알록달록한 이야기들에 적절하게도 '기담(奇談)'이라는 제목을 붙였다. 이것은 우리가 망각하고 있던 바로 그 '진짜 이야기'다.

2. 불가능한 이야기

『황천기담』의 이야기 속에는 한모금 마시기만 하면 두둥실 몸을 띄워 올려 환희와 평화 가득한 천상의 낙원을 경험하게 해주는 신비로운 무지

---

2 임철우 「나비길」, 『황천기담』, 문학동네 2004, 55면. 앞으로 작품을 인용할 때에는 작품명과 면수만을 표기한다.

개 빛깔의 천하명주 '칠선녀주'에 얽힌 전설 같은 역사가 있고(「칠선녀주」), 나비를 몰고 다니며 나비와 대화하던 젊은 교사가 소문의 폭력에 희생되어 갑자기 실종된 후 어느날 아이들의 눈앞에 유령으로 나타나는 기막힌 사연이 있다(「나비길」). 그런가 하면, 황금을 찾겠다고 폐광에 들어간 후 실종된 사내가 삼십육년 동안 폐광을 헤매다 배 속에서 발작하는 끔찍한 황금빛 괴물을 품고 악귀 같은 몰골을 한 채 집으로 돌아온다(「황금귀(黃金鬼)」). 그뿐인가. 유령의 보금자리가 된 폐쇄된 낡은 극장과 끝없이 깊은 우물, 수백년 묵은 왕벚나무와 살아온 가슴 셋 달린 늙은 여자가 있고, 저마다 끔찍한 슬픔을 남몰래 품고 사는 일곱 사내가 그녀와 함께 벌이는 신비롭고도 슬픈 마지막 의식(儀式)의 진경이 또 여기에 있다(「월녀」). 도시에서 온 불륜 남녀가 정사 중에 아랫도리가 끈끈이처럼 '철커덕' 붙어버리는 괴이한 사건이 일어나고 그 망측한 에로스의 용액이 망각 속에 묻혀버린 천하명주를 되살리는 묘약으로 거듭나는 기상천외의 사건(「묘약」)도 있다. 임철우는 가상의 공간 '황천'을 배경으로 인간의 욕망과 폭력, 죽음과 피의 냄새가 스며나는 이 기이하고도 매혹적인 이야기들을 우리 앞에 펼쳐놓는다. 그런데 이것은 정말 그저 신기하고 매혹적인 '이야기'일 뿐일까?

물론 그렇지 않다. 『황천기담』의 이야기들은 거기서 그치지 않는다. 사실 『황천기담』은 엄밀히 말하면 '소설'을 의식하는 '이야기'이며 동시에 '이야기'를 의식하는 '소설'이다. 앞질러 말하자면, 그럼으로써 그것은 말 그대로 '기담'에 머물지 않고 거기에서 더 나아가 그 자체로 하나의 알레고리로 기능한다. 어떤 알레고리? 조금 돌아가보자. 마침 작가-서술자는 『황천기담』의 앞머리에 이렇게 적어놓았다.

벌써 몇달째 당신은 극심한 조바심과 초조함에 시달리고 있었다. 출판사 편집자는 전화로 아예 노골적이다 싶게 불편한 기색을 드러냈다. 장편소설 원고를 넘겨주기로 한 기한을 무려 일년 반이나 넘겼으니, 당연한 일이었다. 미리 받은 상당한 액수의 계약금을 이제 와서 토해낼 수도 없었거니와, 도리상 그런 식으로 무책임하게 처리해서도 안될 일이었다. 무조건 당장 써야만 했다. 그러나 문제는 아직 이렇다 할 소재를 찾지 못했다는 점이었다. (『칠선녀주』, 11면)

문제는 소설이 쓰이지 않는다는 것이다. 작가-서술자는 "아직 이렇다 할 소재를 찾지 못했다"는 데서 그 원인을 찾고 있지만, 크게 보면 그것은 지금 우리의 현실이 '소설 쓰기'에 적대적이라는 사실에 대한 은연중의 고백이다. 여기서 오늘날 현실은 획일화되고 파편으로 조각나 있으며 개성은 실종되고 '특성 없는 인간'만이 넘쳐난다는 사실을 그 원인으로 새삼스레 지적한다면 그것은 꽤나 지루하고 따분한 반복이 될 수밖에 없겠다. 여하튼 소설가 제임스 조이스(James Joyce)는 소설 쓰기에 적대적인 그런 상황을 두고 이렇게 한탄했다. "오늘날 삶은 실로 아주 우울하고도 따분한 것이 되어버렸다." 그리고 오래전 이청준(李淸俊)의 소설 속, 소설을 쓰지 못하는 소설가들은 이와 방불한 궁지에 맞닥뜨려 행여나 무슨 방도가 없을까 매잡이를 찾아가거나(「매잡이」) 줄광대의 승천을 취재하며(「줄」) 그들의 이야기를 듣기도 했다. 『황천기담』에서 소설의 소재를 찾아 '황천'을 방문하는 소설가인 '당신'은 그런 측면에서 이청준 소설에 등장하는 소설가들의 후예다. 그러나 '이야기'를 찾아간 이청준 소설의 소설가들이 결국 여차여차해서 소설 쓰기의 불가능성을 다시금 확인하고 좌절하고 마는 데 비해, 『황천기담』의 '당신'-소설가는 거기서 그치지 않는다. '당신'은 이야기를 수동적으로 듣고 옮기는 데 머물거나 소설 쓰기의 어려움에 좌절하지 않고 이야기가 활보할 수 있는 새로운 공간을 스스로 창조한다. 그리고 그는 내처 그곳으로 스스로 걸어 들어간다. 소설 쓰기가 불가능한 이곳이 아닌 전혀 다른 곳, 그곳은 어디인가.

소설의 핵심은 무엇보다 작중 무대가 될 가상의 마을이었다. 너무 크지도 작지도 않은, 겉으로는 평화로운 듯하지만 내부에선 무언가 용암처럼 불길하게 들끓고 있는 소읍. 당신이 꿈꾸는 공간은, 이를테면 윌리엄 포크너 소설의 '요크나파토파 카운티' 혹은 가브리엘 마르케스의 '마콘도' 같은 가상의 마을이었다. (「칠선녀주」, 12면)

그곳이 황천이다. 그렇게 『황천기담』의 배경이 된 가상의 공간 황천은 끔찍한 욕망과 슬픔이, 신비와 경이가 뒤섞여 들끓는 곳이고, 괴물과 악귀와 유령이 인간과 함께 살아가는 곳이다. 달리 말하면, 황천은 문명과 원시가 중첩되고 실제 역사와 설화 전설이 겹쳐지는 곳이며 미신과 주술이 탈마법의 폭력과 공존하는 곳이다.

일찍이 제임스 조이스는 현실은 우울하고 따분하다는 말에 이어 이렇게 덧붙여 놓았다. "밤낮을 가리지 않는 치안으로 인해 서사시적 원시성은 이제 전혀 불가능하게 되었다." 그러나 불가능하다면 그 불가능을 가능하게 할 공간을 만들어내면 된다. 그리고 임철우는 그렇게 한다. 그렇게 임철우가 창조해낸 황천은 긍정적인 의미에서 '서사시적 원시성'이 확보하는, '마술 같은 현실'(마르께스)이 저 스스로 펼쳐지는 곳이며 불가능한 이야기가 살아남아 떠도는 곳이다. '황금이 쏟아지는 개울'과 저승의 이미지가 오버랩되는 황천(黃川)이라는 지명 자체가 말 그대로 욕망과 죽음, 속(俗)과 성(聖)이 뒤섞이고 중첩되는 저 마술 같은 현실을 효과적으로 암시한다.

그런데, 다시 돌아보자. 어렵게 찾아낸 그곳 황천에서, '당신'-소설가는 무엇을 하는가?

3. 가능한, 소설의 운명

그는 듣는다. 앞머리가 훌렁 벗어진 찐빵 같은 얼굴의 식당 주인 앞에 털썩 주저앉아. 일제시대 불어닥친 광산개발 열풍의 와중에 떠오르게 된 황천읍의 흥망사를, 또 그 역사와 함께한 모녀 삼대의 '칠선녀주'에 얽힌 기막힌 사연을. "영양가 있는 정보를 쏟아내는 사내의 입담이 고마울 뿐이었다. 하필 메모할 노트를 방 안에 두고 나온 것을 당신은 후회했다." (『칠선녀주』, 27면) 소설의 서두에 아무렇지 않은 듯 배치된 이 '듣기'의 상연과 '받아적기'의 암시는 그 자체로 의미심장하다. 그것이 『황천기담』 전체의 '말하기'의 토대가 되고 있음은 물론이고, 소설 쓰기의 불가능을 넘어설 수 있는 방도가 은근슬쩍 거기에서 암시되는 까닭이다. 즉 소설은 이를테면 '말하기' 이전에 귀 기울여 '듣는' 것이다. 무엇을? '나' 아닌 다른 사람들의 이야기를.

그것을 증명이라도 하듯 실제로 『황천기담』 연작을 관통하는 일관된 모티프는 어디선가 들려오는 '소리'이고, 사람들은 그것을 듣게 되고, 숨어 있던 사연은 거기서부터 풀려나온다. '당신'-소설가는 어디선가 들려오는 '노래인지 흐느낌인지 모를 그 지독히도 음울하고 쓸쓸한 소리'를 듣고 정체 모를 공포에 사로잡히는데(『칠선녀주』), 그 소리는 늪지대를 지나가던 아이들과 황천이발관 주인 사내가 듣게 되는 유령의 목소리로 연결되면서 '나비 선생'의 실종에 얽힌 '음울하고 이상한 이야기'가 소개된다(『나비길』). 그런가 하면 여관집 여주인 백화는 어느날부터 '후우…… 후우……' 희미하게 끊어질 듯 이어지는, 삼십육년 전 황금을 찾겠다며 집을 나간 '그 인간'의 소리를 듣고 파괴적인 욕망으로 점철된 과거사를 회상하며(『황금귀(黃金鬼)』), 가슴 셋 달린 노파 월녀와 일곱 사내의 기구한 이야기는 '톡, 토독, 톡, 토톡……' 짐승의 신음 같은 그 낮고 은밀한 소리를 듣는 데서부터 시작된다(『월녀』).

『황천기담』연작의 인물들이 듣고 옮기는 그 신체 없이 떠도는 목소리들 속에 숨어 있는 것은, 버려지고 상처 입은 인간들의 욕망과 슬픔으로 들끓는 저마다의 이야기들이다. 이 '(목)소리'들은 현대사회의 일상에서 우리가 듣는 수많은 '소리'들과 얼마나 다른가. 우리가 들으며 살아가는 '소리'들은 당연하게도 신비와 경이가 추방된 문명의 소리들이다. 가령 이광수(李光洙) 장편소설『무정』(1917)에서 근대적 '자기'를 발견하고 평양에서 돌아오는 기차에서 내린 이형식의 귀를 온통 가득 채웠던 저 분주한 '도회의 소리들'을 떠올려보라. 그러나『황천기담』에서 들려오는 소리들은 표상될 수 없고 분절되지 않는 기이하고 음울한 원시(原始)의 소리, 유령의 소리다. 그리고 거기에는 억압되고 망각된 수다한 사연과 운명이 숨어 있다.『황천기담』의 소리들은 그 사연과 운명을 찾아가는 실마리다. 그러니 우리는 이렇게 말해볼 수도 있을 것이다.『황천기담』은 그럼으로써 그 스스로, 소설이란 저 '도회의 소리들'에 억압되고 바깥으로 내몰린 (목)소리에 귀 기울이는 것에서부터 시작되어야 한다고 말하는 소설이다.

『황천기담』이 하나의 알레고리로 작동하는 것은 바로 이 지점에서다. (타자의 이야기를) '듣기'보다 (나의 이야기를) '말하기'를 즐겨 앞세우는 듯 보이는 오늘날 한국소설의 지배적 흐름을 생각해보면 이 알레고리가 은연중 무엇을 겨냥하고 있는지는 새삼 분명해진다. 따져보면 지금 한국소설이 맞닥뜨린 서사의 빈곤과 지리멸렬이 어쩌면 그런 흐름에서 비롯됐을지도 모를 터, 이 소설의 서두에 작가가 소설을 쓰지 못하는 소설가를 등장시킨 것도, 그리고 소설 쓰기의 서두에 '듣기'와 '받아적기'의 상연을 배치한 것도 그런 맥락에서 보면 충분히 이해 가능하다.『황천기담』이 기이하고 매혹적인 이야기들의 향연을 통해 보여주는 것은 결국 소설의 어떤 진실이다. 무궁무진한 서사의 원천은 '나' 아닌 다른 인간들의 발화되지 못한 목소리 속에 있으며 소설은 거기에 귀 기울이는 데서부터 시작되어야 한다는, 당연하면서도 잊기 쉬운 진실이 그것이겠다. 작가 또한 그것을 의식한 듯 이 책의 말미에 이렇게 적어놓았다.

> 모든 인간은 이야기와 함께 나고 살다가 죽는다. 한 생애는 저마다 하나
> 의 이야기가 되고, 타인들의 기억 속에서 각기 고유한 판본으로 살아남아
> 떠돈다. 인간의 수명처럼 저마다의 운명대로 잠시거나 혹은 아주 오랫동안
> 까지. 그렇게 세상은 무궁무진한 이야기로 차고 끓어 넘치는 영원한 이야
> 기의 강, 설화의 바다가 된다. (「작가의 말」, 364면)

아마도 임철우는 영원한 설화의 바다에 떠도는 저 무궁무진한 이야기
들을 오래도록 우리에게 들려줄 것이다. 『황천기담』에서 작가가 들려주
는 이야기의 기이한 마력을 경험한 독자라면 분명, 내처 이렇게 말하는
데 동의하지 않을 수 없을 것이다. 이미 이 소설 『황천기담』 하나만으로
도, 임철우는 우리시대에도 니꼴라이 레스꼬프(Nikolai Leskov)가 존재할
수 있다는 것을 보여주었다. 니꼴라이 레스꼬프가 누구냐고? 그는 이야기
하는 기술이 사라진 시대의 이야기꾼이다.

4. 그리고

여기까지 쓴다.

벤야민에 따르면 이야기에는 자질구레한 '설명'이 붙지 않는다. 그리하
여 "독자는 서술된 이야기를 자기가 이해하는 식으로 나름대로 해석할 수
있고, 그로써 이야기된 것은 정보가 지니지 못하는 어떤 진폭을 얻게 된
다."[3] 그래서 진짜 이야기에는 사후 설명이 불필요하다. 아마도 작가는 이
를 알고 있었던 듯하다. 그는 작품집의 말미에 으레 붙기 마련인 '해설'을

덧붙이지 않았다. 더이상의 언어는 불필요하다. 하니, 구차한 설명을 덧대기보다 여기서 멈추는 것이 이 이야기/소설에 내가 표할 수 있는 한줌의 경의일 것이다.

*

그리고 어찌하랴. 2014년 봄, 자신들이 의지했던 나라의 무책임과 방조에 의해 희생된 저 억울하고 처참한 아이들의 죽음을 앞에 두고, 구차(苟且)를 무릅쓰고 그럼에도 더 나아가기엔 내 비평의 언어는 한없이 공허하고 무력하다. 다만 자기 삶의 이야기를 채 끝맺지 못하고 떠난 저 아이들의 못다 한 이야기에 차마 귀 기울이려 할 수 있을 뿐. 그리고 많은 시간이 지난 뒤 누군가 있어 저 안타깝고도 슬픈 이야기를 그들을 대신해 다시 들려주기를 오래오래 기다릴 뿐.

---

3 발터 벤야민, 앞의 글 426면.

소통과 관용의 시적 상상력

◆

김형수 장편소설 『조드—가난한 성자들』

1

김형수(金炯洙)의 『조드 ― 가난한 성자들』(전2권, 자음과모음 2012)은 아비를 잃고 삭막한 광야에 내동댕이쳐진 채 죽음의 위협에 시달리던 고독한 소년 테무진이 칸의 자리에 올라 몽골 유목민의 지도자가 되기까지의 이야기를 담은 소설이다. 그 대략은 이렇다. 수십개의 부족과 씨족이 서로 나뉘어 분열과 반목, 약탈과 전쟁이 끊이지 않던 시절, 보르지긴 씨족의 족장인 예수게이의 아들로 태어난 테무진. 그는 아버지가 타르타르족에게 살해된 후 온갖 수난과 위협을 겪으며 몽골의 용사·지도자로 성장하고, 뛰어난 능력으로 전쟁을 통해 세력을 확장하면서 나름의 통치철학에 기반해 갈가리 찢겨진 부족들을 통합하고서 칸으로 등극한다. 작가는 그렇게 초원의 유목 부족 간의 오랜 분열을 끝내고 평화와 통합의 길을 연 칭기즈칸의 일대기를 중심으로 12~13세기 몽골의 역사를 재구성한다. 이렇게만 보면 『조드 ― 가난한 성자들』(이후 『조드』라 칭함)을 흔한 역사 서사물이나 전쟁영웅 서사로 오해할 수도 있겠다. 전쟁을 치르며 초원의 영웅

으로 우뚝 서게 되는 한 고독한 소년의 성장담이라는 서사의 골격 자체가
그러한 오해를 곁에서 뒷받침해주는 듯도 하다. 게다가 칭기즈칸이라니.

　그러나 정작 눈여겨보아야 할 이 소설의 특징은 칭기즈칸이라는 위대
한 몽골 영웅의 일대기라는 점에 있는 것이 아니다. 흥미로운 것은 이 소
설이 몽골의 심상지리와 그 안에서 살아가는 인간들의 사고와 정서를 바
깥의 시선이 아니라 철저히 육화하고 내면화한 내부의 시선으로 포착하
고 있다는 사실이다. 그런데 왜 하필 몽골인가?

　사실 몽골을 배경으로 한 소설이라면 일찍이 단편 「늑대」(2006)를 비롯
한 전성태(全成太)의 일련의 소설들이 있다. 그러나 그 소설들과 구별되는
『조드』의 문제성은 몽골의 신화와 전설, 민담 등을 동원하면서 우리에게
잘(혹은 잘못) 알려진 몽골 영웅의 삶을 몽골의 정서에 밀착해 그려낸 본
격장편이라는 점이다. 그러니 『조드』를 접한 이라면 당연히 이런 의문을
품음직도 하다. 이것을 과연 '한국소설'이라는 범주에 포함할 수 있는가?
그러나 이 의문은 물론 '한국소설'에 대한 어떤 편협한 고정관념의 소산
이기 십상이다. 예컨대 2000년대 이후 전성태와 천명관(千明官)의 소설들
에서 보듯, 고정된 국경의 경계를 넘어 배경이나 캐릭터 등의 질료를 외
국의 것에서 취하는 일이 이제는 더이상 낯설지 않을뿐더러 그것이 한국
소설의 외연과 두께를 더욱 확장하고 키워왔음은 익히 아는 사실이 아닌
가. 김형수의 『조드』는 한국소설의 그 새로운 경향의 연장선상에 있으면
서도 거기에서 한걸음 더 나아가 지금껏 한국소설이 알지 못했던 득의의
영역을 열어놓는다.

　소설은 지금 이곳의 삶에서 아득히 멀리 떨어진 시공간의 이야기로 훌
쩍 비약하는 원심력을 통해 거꾸로 지금 이곳의 삶을 우회적으로 되비춘
다. 칭기즈칸을 중심으로 한 몽골 유목민의 삶의 철학과 가치관, 그리고
그에 따라 조직되는 삶의 감각과 방식 등에 대한 작가의 공들인 서술은
그 자체로 21세기 한국사회의 치명적인 결여와 궁핍을 넘어서기 위해 우

리가 품어야 할 것이 무엇인지를 조용히 웅변한다. 지금 이곳에 대한 산문적 천착이 아닌, 먼 과거의 저곳(중세 몽골)을 포용하는 시적 상상력이 한국의 현재에 밀착한 그 어떤 소설보다도 지금 이곳의 삶의 방식과 인간관계를 근본적으로 성찰하는 구심으로 작용하고 있다는 사실이야말로 이 희귀한 소설이 갖는 매력이다. 여기에서 관철되고 있는 것은 이를테면 철저한 원심(遠心)을 통해 보다 철저한 구심(求心)에 이르는 소설전략이라 할 수 있겠다.

따라서 이 소설을 두고 우리는 이렇게 말할 수 있을 것이다. 이것은 칭기즈칸의 이야기이면서 동시에 칭기즈칸의 이야기가 아니다. 이 소설이 21세기 한국이 아닌, 고독의 힘으로 더 큰 세계를 포용했던 저 중세 몽골의 용사 칭기즈칸의 이야기로 그렇게 멀리 되돌아갈 수밖에 없었던 필연성과 그 속내를 헤아리는 것. 21세기 '한국소설'로서 김형수의 『조드』를 읽는 바른 독법은 필시 이것이 되어야 할 터이다.

2

그런데 왜 하필 칭기즈칸인가? 벤야민(Benjamin)이 「역사의 개념에 대하여」(Über den Begriff der Geschichte, 1940)에서 지적하듯이, 역사는 언제나 지배자의 역사다. 승리한 자들의 시각으로 씌어진 그 역사에 의해 굴절되고 왜곡된 진실이야 물론 허다할 터이지만, 칭기즈칸의 이미지도 필경 그중 하나일 것이다. 우리가 기억하는 칭기즈칸의 이미지가 예외 없이 야만적인 정복자이자 폭력적인 침략자로 고정되어 있었던 사정도 거기에서 기인한다. 더욱이 역사는 기록하는 자의 것일진대, 칭기즈칸이 희귀하게도 그 자신의 치적을 기록하지 않은 정복자였다는 점도 또하나의 원인일 수 있을 것이다. 그렇게 칭기즈칸은 문명/야만, 이성/비이성, 평화/폭력의 이분법에서 후자의 부정적 자리를 차지해 마땅한 그런 인물로 묘사되어왔다. 예컨대 18세기 프랑스의 계몽주의 철학자 볼떼르(Voltaire)의 묘사가 대표적이다. 그의 희곡『중국 고아』(*L'Orphelin de la Chine*, 1755)에서, 칭기즈칸은 이렇게 묘사된다. "그는 아시아의 비옥한 들판을 황무지로 만들었다. 그는 오만하게 왕들의 목을 짓밟은 파괴적인 압제자였다." 물론 우리의 입장에서는 오래전 실제 몽골의 침략을 겪었고 또 그것이 민족적 치욕의 기억으로 각인되어 있는 역사적 경험도 그러한 평가를 정당화한다. 김형수의『조드』는 그렇게 지배자의 시선에 의해, 그리고 민족주의적 시각에 의해 굴절되어왔던 칭기즈칸의 이미지를 반전시켜 거기에 새로운 의미와 가치를 투사한다. 작가에 따르면 칭기즈칸은 소통과 포용의 정신을 온몸으로 실천한 윤리적 개인이다.

돌아보면 역사적으로 칭기즈칸의 이미지는 중층적으로 타자화되어왔다고 할 수 있다. 그 타자화의 주체는 우선 동양을 바라보는 유럽중심주의의 시선이기도 하고, 중국의 바깥을 싸잡아 '오랑캐'로 규정하는 중화주의(中華主義)의 시선이기도 하다. 그리고 탈영토화의 충동을 통제하는 정착민의 시선에 의한 유목민의 타자화 또한 거기에 가세한다. 따라서 어찌 보면 우리에게 익숙한 칭기즈칸의 통상적 이미지에는 인간의 삶에 대한 다른 비전과 다른 문명의 프레임을 억압하고 끊임없이 바깥으로 밀어내왔던 현대문명의 배타와 배제의 역사가 응축되어 있다고도 할 수 있겠다. 김형수의『조드』가 칭기즈칸의 일대기를 통해 문제삼는 것은 바로 이 지점이다. 작가는 지배자의 역사와 '이성'의 시선에 의해 굴절된 칭기즈칸 서사의 다시 쓰기를 실천함으로써 '과거의 진정한 이미지'(벤야민)를 탈환해 배제되고 타자화된 것에 제자리를 찾아주려 한다. 그것은 이를테면 (지배자의) 역사는 왼손으로 다시 씌어져야 한다는 벤야민의 요청에 대한 작가 나름의 소설적 응답이라고도 할 수 있다. 그리고 작가는 거기에서 한걸음 더 나아간다. 칭기즈칸의 인간 철학과 삶의 방식이 어쩌면 현대문명의 폐허와 궁핍을 넘어서는 대안적 문명의 패러다임을 사유하는 출발점이 될 수도 있으리라는 것. 작가가 『조드』에서 암시하는 것은 바로 이것이다.

그렇다면 작가가 소설에서 암시하는 그 대안적 문명의 패러다임이란 무엇인가? 사실 이 질문에 곧바로 답하는 것은 그리 어려운 일이 아니다. 소설의 됨됨이와 무관하게 예상 답안은 이미 수다한 현대문명 비판담론에 의해 다양한 형태로 제출되어 있기 때문이다. 칭기즈칸의 생애를 통해 작가가 암시하는 것도 어찌 보면 그 범주에서 크게 벗어나지 않는다. 그러나 이 소설의 중요한 미덕은 작가가 그것을 칭기즈칸의 몸과 마음의 움직임을 통해, 그와 관계 맺는 다양한 주변의 인간 군상의 언어와 삶의 양태를 통해, 그리고 그로써 독자의 마음결을 건드리는 미묘한 정서적 울림을 통해, 말하지 않으면서 말하는 방식으로 성공적으로 전달한다는 데 있다.

무엇보다 『조드』를 감싸고 있는 신화적 상상력과 시적 언어가 이 작품의 그러한 효과를 뒷받침한다. 소설의 앞머리를 장식하는 아득한 옛날 늑대족의 신화와 몽골 부족의 시조인 '보돈차르 몽학'의 설화, 작품의 군데군데서 다양한 방식으로 소개되는 초자연적 이야기들, 그리고 인간 삶의 풍경을 바라보는 늑대 시점의 시적 발화 등도 그 효과를 강화하는 데 몫을 보탠다. 그런 측면에서 『조드』에서 그 장치들은 단순한 장식에 그치는 것이 아니다. 그 초자연적 이야기들은 어떤 본원적인 것을 환기하면서도 궁극에는 칭기즈칸의 삶과 사유의 바탕을 지시하는 시적 알레고리로 작용한다. 예컨대 소설에서 사흘 앞을 보는 능력을 가진 외눈박이와 바보 몽학의 이야기가 소개되는 맥락도 마찬가지다. 그것은 버려지고 쫓겨난 자, 무언가를 결여하고 비운 자가 결국은 넓게 소통하고 크게 끌어안는 자가 된다는 이야기다. 소설에서 그려진 인간 테무진의 역정과 삶의 태도가 바로 그와 같지 않은가.

3

여기서 이 소설의 제목이 다름 아닌 '조드'라는 데 새삼 주목할 필요가 있다. '조드'란 초원에 주기적으로 찾아와 인간과 짐승을 죽음으로 몰아넣는, 혹독한 가뭄과 추위를 동반하는 자연의 재앙이다. 그런데 왜 '조드'인가?

중요한 것은 이 소설에서 '조드'라 일컬어지는 그 공포스러운 자연재해가, 흔히 그러하듯 단지 자연 앞에 선 인간 존재의 왜소함과 무력함을 일깨우는 부정적 참조점에 그치는 것은 아니라는 사실이다. 오히려 특이하게도 그것은 궁극적으로 인간 테무진의 삶의 태도를 지시하는 윤리적 참조점으로 작용한다. 소설에서 작가는 말한다. "푸른 하늘은 다시 조드를 보내 대지의 뜻을 가르치지만 못 알아듣는 사람이 태반이었다."(2권 173면) 소설에서 '조드'는 죽음의 공포를 통해 인간이 따라야 할 자연적 질서의 위대함을 일깨우고 인간의 바른 삶의 방향을 부정적으로 지시해주는 것으로 기능한다. 바른 삶의 방향이란 예컨대 플라톤이 『티마이오스』에서 역설한, 이성에 의한 자연의 '설득'을 강화하는 것이 아닌, 거꾸로 인간에 대한 자연의 '설득'을 겸허히 수용하는 것이다. 전자가 인간 앞에 자연을 굴복시키는 것이라면, 후자는 자연 앞에서 낮은 자세로 자연과의 소통적 공존을 모색하는 것이다. 작가가 『조드』에서 부각하는 삶의 자세는 바로 그와 같은 것이다. 가령 다음 대목을 보자.

유목민 사내는 누구나 광활한 대지의 운명을 피할 수 없다. 온몸은 적막 속에 있다. 바람과 가축을 제외하고는 어떤 움직임의 소리도 들을 수 없다. 귀는 언제나 비어 있고, 눈은 항시 지평선으로 열려 있어서 풀잎을 밟고 가는 바람의 발자국들과 대화한다. 그 속에서 퇴화되거나 강화되고 있는 인간성의 부품들이 사람살이의 깊이와 위대함을 제공한다. 그래서 물고기가 물을 더럽히지 않는 것처럼, 또, 새가 하늘을 더럽히지 않는 것처럼, 사내는 세상을 더럽혀서는 안된다. 그것을 지키지 않으면 유목민이 초원을 경영할 수 없다. (1권 203면)

이에 따르면 인간의 존엄성이란 그렇게 자연질서의 한가운데서 제자리를 지킬 때, 그리고 자연의 목소리를 읽으며 "인간의 마음과 세상 사이에 감추어진 놀라운 마술"(1권 185면)을 육화할 때 나온다. 그것은 또한 마땅히 따라야 할 인간적 삶의 윤리이기도 한 것이니, 예컨대 어린 소년 테무진이 놀랍게도 가족의 질서를 어지럽힌 자신의 이복형을 활로 쏘아 죽이면서 했다는 말이 마침 이렇다. "하늘에는 기러기들의 세상이 있고, 물에는 물고기들의 세상이 있어. 초원에는 사내들의 세상이 있지. 그걸 지켜야 하기 때문에 다들 고통을 참으면서 자기 자리를 견디는 걸 좀 봐. 이럴 때 한 명이 인간의 도리를 저버리면 우리는 지금보다 훨씬 더 하찮은 자리로 떨어지고 말 거야."(1권 61~62면)

작가는 몽골 유목민들의 삶에서 인간과 자연의 그러한 관계 맺음의 방식이 세계의 존재방식으로서 인간과 짐승, 인간과 인간 간의 관계에 대한 존재론적·윤리적 감각으로 자연스럽게 연장되고 있음을 소설의 곳곳에서 부각한다. 그런 맥락에서 몽골 유목민들에게 말의 명칭이 연령에 따라 열여덟가지나 되는 것도, 소설 속 인물 '나코 어른'에 따르면 유목민의 인간관계가 말에게 숨어 있기 때문이다. 그러니 "말을 쳐다보는 것은 그것을 탄 사람의 신체를 보는 셈이지. 말에게 안녕하세요, 인사하면 탄 사람이 네, 하고 답하거든."(1권 160면) 이러한 사고가 자연과 인간, 인간과 인간 간의 소통과 개방성, 연속성에 대한 감각과 관련된다는 것은 말할 것도 없다. 그리고 소설의 논리에 따르면 바로 이것이야말로 유목적 삶의 감각이 갖는 긍정적 핵심 중 하나다. 성을 쌓고 그 안에 안주하는 삶이 점령과 고착, 폐쇄와 단절의 삶이라면, 한곳에 머무르지 않고 끊임없이 공간을 가로질러 통과하는 유목적 삶은 개방과 소통의 삶이다. 그리고 그 삶은 또한 모든 고정된 것의 경계를 부수고 매 순간 새롭게 우주를 구성하는 생성의 삶이다. 그러니 "성을 쌓는 자는 반드시 망하고 이동하는 자만이 흥할 것이다!"(1권 184면)

소설에서 테무진은 바로 이런 유목적 삶의 감각과 가치를 한 몸에 체현하는 인물이며, 수렴하고 확산하며 실천하는 인물이다. 벽과 위계를 없애고 수평적 협업의 공동체를 구축하는 그의 통치철학은 물론이거니와 날씨와 자연의 지형지물에 효과적으로 기대는 그의 군사전략이 모두 그 연장선상에서 나오며, 부하와 적을 막론하고 인간을 대하는 개방과 관용의 태도 또한 거기서 비롯된다. 소설에서 작가는 세심하게도 테무진의 사소한 습관과 행동거지에 이르기까지 잊지 않고 그 징표를 새겨넣는다. 가령 테무진과 그의 친구 보오르추의 대화 한 대목을 보자.

"테무진은 노인 같은 버릇이 있어."
"어떻게?"
"이동할 때마다 하늘을 봐. 그다음에 황금색 늑대귀 말의 눈빛을 보거든. 길을 떠날 때 하늘에게 묻고 또 말에게 묻는 사람을 난생처음 본단 말씀이야."(1권 186면)

4

『조드』에서 테무진-칭기즈칸은 조직의 지도자로서 '말하는 자' '명령하는 자'이기도 하지만 그에 못지않게 '듣는 자'이기도 하다. 그는 '조드'에서 대지의 목소리를 듣고, 마른풀에서 '푸른 하늘'의 목소리를 듣는다. 그 '듣는 자'로서의 겸허는 다른 인간들에게도 향해 있어서, 그는 심지어

신분의 위계에도 얽매이지 않고 미천한 종에게서도 이야기를 듣고 삶의 지혜를 구한다. 그렇게 그는 "아무 씨앗이나 떨어뜨리면 바로 꽃을 피우고 열매를 맺을 것 같은", 말 그대로 "대지를 닮은 사내"(2권 15면)이다. 작가는 칭기즈칸의 군사적 힘의 원천을 지도자로서 그가 갖는 그러한 겸허와 소통의 태도로 수렴한다.

칭기스칸과 함께 있으면 누구나 마음껏 제 생각을 말할 수 있었다. 그것이 얼마나 무서운 전투력을 만들어내는지 다른 지도자들은 상상도 할 수 없었다.

칭기스칸의 진영은 겉모양은 이렇게 초원의 수많은 부족과 다를 게 없지만 그 속의 한 사람, 한 사람은 어디에도 비교되지 않는 신명을 누리고 있었다. 그리고 그것은 혼혈이자 잡종 인간의 군집에 불과한 집단 하나를 필요하면 언제라도 전투력을 높일 수 있는 군사공동체로 전환시켰다. (2권 135면)

작가가 『조드』에서 칭기스칸을 중심에 놓고 그려놓은 대안적 문명의 비전은 어쩌면 고정된 불평등의 체계를 넘어 이렇게 한 사람 한 사람이 자신의 수고와 능력에 따라 존중받고 제자리를 부여받는 수평적 협업의 유토피아적 공동체와 방불한 것인지도 모르겠다.

우리는 여기에서 그 곡직(曲直)과 현실성을 따져묻기 이전에, 그러한 비전이 다른 곳이 아닌 소설 『조드』의 형식과 구조 속에 이미 체현되어 있음을 지적하는 것이 필요하겠다. 우선 소설의 골격 자체가 테무진-칭기즈칸의 일대기임에도 불구하고 소설의 문을 열고 닫는 것이 그의 친구이자 적인 자무카의 이야기라는 점부터가 그렇고, 테무진과 연합하고 또 적대하는 인물로서 자무카와 토오릴칸에게 투여된 서사의 리비도가 의외로 적지 않다는 점에서도 그렇다. 그리고 소설에 등장하는 많은 인물들의 서사가 테무진의 서사라는 고정된 중심에 봉사하고 수렴되는 형태가 아니라 각기 그 나름의 고유성을 유지하면서 그 중심과 교통하고 소통하는 형태에 가깝다는 것도 그것을 뒷받침한다. 테무진의 동생 벨구테, 아내 버르테, 친구 자무카, 보오르추, 족제비할머니, 어머니 후엘룬, 토오릴칸, 무당 텝텡그리와 코르치, 종인 젤메와 모칼리에 이르기까지 소설의 등장인물은 매우 다양하지만, 그들은 하나같이 다른 이들과 구별되는 각자의 고유한 삶의 역사와 언어를 부여받는다. 그리고 그들은 또한 각기 다른 방식으로 '듣는 자'인 주인공 테무진에게 삶의 가르침을 들려주는 자들이기도 하다. 여기서 주인공 못지않은 인간적 존엄을 부여받는 그들 조연들에게 베풀어지는 것은, 다름 아닌 소설적 포용과 관용의 시선이다. 그러니 이렇게 말해보면 어떨까. 그것은 이를테면, 칭기즈칸의 삶과 통치의 윤리로서 대화적 관용의 소설적 모방이다.

이로써 우리는 고립과 폐쇄의 경계를 벗어나 멀고 큰 것을 사유하는 매혹적인 장편 하나를 얻게 되었다. 그리고 이 지점에서 마지막으로 물음 하나. 거시적인 시야 속에서 21세기 대안적 문명의 비전을 사유하는 이 시적 상상력은 지금 이곳의 시정(市井) 현실에 대한 산문적 성찰과 어떻게 조화롭게 공존하면서 교통할 수 있을 것인가? 고민 하나 품고 책을 덮는다.

묵시와 공포, 관능과 숭고

◆

우리시대의 단편미학 1

1. 황폐하고 아름다운, 도시적 재난의 시적 묵시록: 김애란의 「물속 골리앗」

김애란(金愛爛)의 「물속 골리앗」(『자음과모음』 2010년 여름호)은 시적인 소설이다. 끝없이 쏟아지는 폭우로 도시 전체가 물에 잠기고, 어둠속에서 한 소년이 물 위를 홀로 표류한다. 아버지는 체불임금 때문에 벌어진 골리앗 위 시위현장에서 물대포에 맞아 실족사했고, 어머니는 공포를 이기지 못해 미쳐가며 죽었다. 재개발 공사 때문에 공동화된 마을을 지키던 소년은 이제 도시를 집어삼킨 물 위에 홀로 남았다. 이런 대략의 골격만으로도 짐작하듯이, 그리고 '물속 골리앗'이라는 기괴한 이미지가 연상시키듯이, 이 소설의 황량한 이미지와 심리적 폐허의 밑바닥에는 토건근대 혹은 좀 더 구체적으로는 용산참사 등의 문제와 관련된 한국사회의 괴물 같은 현실이 모른 척 숨어 있다. 물에 잠긴 이 세계의 유일한 흔적으로 남은 '골리앗 크레인'은 한국의 도시 혹은 마을은 언제나 공사 중임을, 늘 무너지고 세워지고 다시 붕괴되는 실재하지 않는 비현실의 현실임을 우회적으로 암시한다. 소년이 맞닥뜨린 절망적인 상황은 보이지 않는 이 괴물 같은 도시적 삶의 불안과 붕괴의 공포를 힘겹게 통과해가는 우리 삶의 심리적 풍경에 대한 강렬한 시적 은유다.

이 소설의 시적 강렬함은, 모든 것을 휩쓸며 흘러넘치는 물의 이미지와 "유구하고 원시적인 어둠"의 포스를 뿜어내며 "거대한 수중 무덤"(66면)이 되어버린 재개발 도시의 황폐하고 흉측한 이미지, 소년을 둘러싼 적막하고 비현실적인 공포의 에너지 속에서 빛을 발한다. 소설은 그렇게 넘치는 과잉의 이미지에 의해 지배되면서도, 그것이 중간중간 효과적으로 배치된 고요와 적막의 이미지와 충돌하며 리드미컬한 운율을 획득한다. 그리고 곳곳에서 예기치 않게 터져나오는 김애란 특유의 참신한 언어 운용이 소설의 시적 리듬에 더해지며 절묘(絶妙)를 얻는다. 그런 측면에서 가령 "어둠속에서 알전구를 씹어 먹는"(73면) 기분은 물 위를 표류하며 오래 굶주렸던 '나'(소년)가 물에 떠내려온 사이다를 마시며 했던 기발한 표현이지만, 그것은 이 소설을 읽으며 갖게 되는 우리의 감각적 경험에도 그대로 적용될 수 있는 표현일 것이다. 예컨대 이런 대목.

장마는 지속되고 수박은 맛없어진다. 여름이니까 그럴 수 있다. 전에도 이런 날이 있었다. 태양 아래, 잘 익은 단감처럼 단단했던 지구가 당도를 잃고 물러지던 날들이. 아주 먼 데서 형성된 기류가 이곳까지 흘러와 내게 영향을 주던 시간이. 비가 내리고, 계속 내리고, 자꾸 내리던 시절이. 말하자면 세계가 점점 싱거워지던 날들이 말이다. (47면)

세계의 위기적 기미를 당도와 맛의 변화를 통해 감각적으로 포착하는 작가 특유의 재기가 번득인다. 그리고 무엇보다 절묘한 것은 물속 골리앗 위에서 체조하는 아버지의 가슴 아픈 환영에서 사이다로, 사이다에서 불꽃으로, 불꽃에서 별똥별로 물 흐르듯 미끄러져가는 연상의 유연함이고,

절망을 버티는 희망 없는 희망의 가능성을 그 이미지의 연쇄로써 암시하는 수법도 그렇다. 환영 속의 아버지가 체조하던 크레인 위에서 "비닐을 뜯지 않은 라면 한개와 1.5리터짜리 사이다 페트병"(73면)을 발견하는 '나', 그것은 마치 '아버지가 보내준 것 같은' "너무나 구체적이고 사실적인 맛이었다"(같은 곳)라고 말하는 '나', 그런 '나'의 마음을 밝히는 불꽃놀이는 여기서 부득불 다시 한번 음미해볼 필요가 있다.

> 어둠 한가운데서 알전구를 씹어 먹는 기분이었다. 그것은 아주 짧은 순간 몸속에서 환하게 타올랐다 이내 사그라졌다. 그러자 문득, 아버지의 보호 안경 위로 비쳤을 용접 불꽃이 떠올랐다. 아버지가 평생 마주한 불빛. 그리고 내게 다른 빛을 보여주려 한 아버지의 마음도. (같은 곳)

끝으로 이 아름답고도 강렬한 시적 울림이 댓가로 지불해야 했던 것 한 가지만 짚고 넘어간다. 아버지의 죽음이나 도시적 재난 같은 사실적 인과성이 있는 인재(人災)를, 이유를 물을 수도 없이 우리의 수동성을 강제하는 천재(天災)로 코드 변환하는 데서 오는 핵심의 흐려짐과 단순화가 그것이다. 현상을 우화화(寓話化)하는 미숙하고 수동적인 소년의 시점이 또한 그것을 뒷받침하는 터. 그리고 또 하나. 이런 문제를 모를 김애란이 아니라는 것도.

2. 공포의 기원: 이승우의 「칼」

이승우(李承雨)의 「칼」(『자음과모음』 2010년 여름호)은 무료한 소설이다. 그러나 이를 달리 오해해선 안된다. 그 무료함이란 속으로 들끓는 격렬한 불안과 공포를 숨기고 있는 무료함이다. 이 소설은 일몰 시간부터 일출 시간까지 일해야 하는 한 남자의 이야기다. 그런데 그 남자, '나'는 누구인가. '나'는 "공부를 중단하고 갑자기 세상으로 나온, 특별한 기술도 없고 체력도 약한 남자"(24면)다. 칼을 수집하는 사람들을 위해 그들이 주문한 칼을 배달하는 일을 하던 '나'는, 그중 한 남자고객(소설에서는 '남자'로 표기되니, 이하 여기서 '남자'는 '나'가 아닌 바로 이 고객이다)의 제의로 그의 늙은 아버지의 말상대가 되어주는 일을 맡게 된다. 그러던 중 이 소설을 떠받치는 갈등이 표면으로 드러난다. 그것은 바로 두쌍의 부자 갈등이다. '남자'와 그의 아버지가 연출하는 두려움과 증오의 순환, 거기에 겹쳐지는 '나'와 아버지의 흡사한 갈등. 그 갈등의 기원은 짐작하듯 아버지가 '나'를 죽일지 모른다는 오이디푸스적 불안이며, 아들이 아버지로부터 받는 모욕과 압박감이다.

아버지에 대한 두려움을 이기기 위해 칼을 품고 다니는 '남자'에게 고용된 '나' 역시 결국엔 아버지에 대한 두려움을 이기기 위해 칼을 품고 다니게 된다. 칼이 없으면 불안하다고 말하는 '남자'가 요구하는 일을 하던 '나' 역시 칼이 없으면 불안하다고 말하며 칼을 품고 다니게 된다. 소설의 개략을 설명하는 서술이 조금 이상했다. 군이 이렇게 한 이유는 이것이 이 소설의 구조와 서술전략을 그대로 보여주는 것이기 때문이다. 모방과 반복이 바로 그것인데, 모방과 반복은 '나'와 '남자' 사이에 일어나는 사건이기도 하지만, 이 소설 전체의 진술방식이기도 하다. 약간 길고 지루하지만 조금 참고 그 일례를 살펴본다.

칼을 수집하는 사람들에게 칼은 우표를 수집하는 사람들의 우표, 동전을 수집하는 사람들의 동전, 열쇠고리를 수집하는 사람들의 열쇠고리와 같지 않다. 칼을 수집하는 사람들은 우표나 동전이나 열쇠고리를 수집하는 사람들이 우표나 동전이나 열쇠고리를 수집하듯 칼을 수집하는 것이 아니다. 우표나 동전이나 열쇠고리를 수집하는 것은 그저 취미에 지나지 않지만 칼

을 수집하는 것은 그저 취미에 지나지 않은 것이 아니다. (45면)

　이런 반복의 사례를 들자면 수도 없다. 게다가 "나는 일몰 시간에 맞춰 출근하고 일출 시간이 되면 퇴근한다"(19면)라는 소설의 첫 문장은, 소설의 끝에서 다시 한번 반복된다. 소설에서 이런 진술의 반복은 아버지에게 언제나 "쓰레기거나 깡통이거나 돌이거나 똥"(같은 곳)이었던 하찮고도 비루한 '나'의 일상적 삶의 무료한 반복적 순환을 모방하는 것이기도 하지만, 그 자체로 '나'의 신경증적 정신상황을 드러내는 증상이기도 하다. 그리고 그 신경증은 '남자'에게서 그의 아버지에게로, 다시 그의 아버지에게서 '남자'에게로, 또다시 '남자'에게서 '나'에게로 되풀이 전이된다. 그리고 이 강박증적 반복 한가운데 '칼'이 갖는 상징성(두려움의 대상이면서 두려움을 극복하기 위해 품어야 할 또 하나의 두려움)이 강렬하게 가로놓인다. 그럼으로써 이 소설은 오이디푸스적 가족로망스라는 애초의 틀을 넘어 부단히 전이되고 순환되는 우리들 비루한 삶의 공포를 환기하는 알레고리가 된다. 가령 두려움 때문에 늘 자기 방을 환히 밝혀 자기 주변에 한치의 어둠도 허용하지 않으면서도 그것을 통해 거꾸로 어둠을 찾으려고 하는 듯한 노인('남자'의 아버지)의 행태가 바로 이를 보여주는 음울하고 기괴한 상징이 아닌가.
　이승우의 「칼」은 그렇게 두려움의 반복과 모방, 전이와 역전이, 역전과 순환 등의 신경증적 심리지도를 통해, 두려움을 이기기 위해 두려움을 품고 살아야 하는 우리 삶의 우울한 역설을 강렬하게 부조한다. '칼'의 저 강렬한 상징성이 반복으로 무료한 소설의 결을 찢어놓으며 곳곳에서 들끓는다. 이 소설의 밀도와 세련은 그렇게 우리 앞에 왔다.

3. 감각의 윤리: 전경린의 「강변마을」

전경린(全鏡潾)의 「강변마을」(『현대문학』 2010년 10월호)은 간단하게 요약하면 국숫집 어린 소녀를 사로잡은 어느 여름 강변마을에 대한 기억의 기록이다. 연일 계속되는 엄마와 할머니의 악다구니에 벌써 인생에 지쳐버린 '나'에게 어느날 없다고 하던 외갓집이 생긴다. 무더운 여름날 느닷없이 '사촌 외갓집'이라는 곳에 가게 된 그녀, 그곳에 매혹돼버린다. 그곳은 엄마를 비롯해 모든 것이 가시가 되어 온몸을 찔러대던 그녀의 집과는 너무나 다른 곳이었다. 그곳은 어떤 곳인가. 외할머니는 '나'를 살뜰히 배려해주고, 먹는 음식은 모두 깜짝 놀랄 만큼 맛있으며, 모든 것이 둥글둥글하고 얌전한 그런 곳. 그동안 집에서 시달린 '나'의 몸에 박힌 가시를 뽑아내주고 몸을 활짝 열어주는 그런 곳. 하여, '나'는 말한다. "천국이나 다름없었다."(120면)

와중에 휴가 나온 외삼촌에게 업혀 강을 건너면서 경험하는 아찔한 매혹과 달콤한 공포는 '나'를 내내 사로잡지만, 행복도 잠깐이다. 다시 집으로 돌아가게 된 그녀, 비밀을 알게 된다. 그곳은 아버지가 들인 첩의 본가였던 것. '나'는 다시는 갈 수 없게 된 그곳에 대한 기억을 몸에 가둔 채 차차 고독해져간다. 그 여름의 기억은 "다시는 갈 수 없는 다른 세계에서 있었던 일이었고, 어디에도 입구가 없는 세계에서 일어난 일"(141면)이었다.

다소 상투적인 요약이지만, 소설의 함의는 이 간단한 경개(梗槪)를 훌쩍 뛰어넘는다. 이 소설에는 그렇게 간단히 추려질 수 없는 몇겹의 이야기가 숨어 있다. 그중 하나. 이것은 한편으로 어린 성장기 소녀의 성적 판타지의 기록이다. 외삼촌과의 도강(渡江) 중에 경험하는 에로틱한 긴장과 서늘하면서도 따스한 강물에서 느끼는 유혹적인 공포는 성장기 여자아이의 성적 환상과 닿아 있는 감각이다. 까마득히 낮은 바닥으로 '나'를 끌어내리는 강에 대한 기억은 치명적이고 매혹적인 은밀한 감각적 관능의 세계를 지시한다. 그 세계는 다시는 갈 수 없는, 내밀한 판타지로만 남아 있을 수밖에 없는 봉인된(되어야만 하는) 천국이다. '나'를 괴롭히는 악다구니가 들끓는 집과는 정반대로 부드럽고 따스한 친밀성의 감각이 넘쳐나는 '사촌 외갓집'은 그런 의미에서 저 성적 판타지의 공간적 메타포라 할 만하다.

그리고 다른 하나. 여자아이의 성적 판타지는 이제 그것을 뛰어넘어 잃어버린 관능의 제국에 대한 노스탤지어로 확장된다. 한편에는 현실의 세계가 있고, 다른 한편에는 판타지의 세계가 있다. 현실의 세계에는 '나'를 매일 가시처럼 찔러대는 식구들의 끊이지 않는 욕설과 주먹질이 있고, 판타지의 세계에는 부드럽게 '나'를 어루만지는 친밀한 손길이 있다. 좀더 이어보자. 전자가 본처의 세계라면, 후자는 첩의 세계다. 그리하여 전자가 가부장제적 관습과 도덕률의 세계라면, 후자는 현실 일탈의 관능과 몸으로 경험되는 감각의 세계다. 이 선명한 이항대립을 작동시키면서 작가는 현실 질서에서 금지된, 다시는 돌아갈 수 없는 매혹적인 관능의 세계에 대한 아련한 노스탤지어를 이야기한다. 이 소설의 노스탤지어는 불행한 현실과 금지된 관능 사이의 틈새에서 아련히 번져간다.

그리고 마지막. 그것은 그 관능의 세계가 '첩'의 세계와 관련되어 있다는 데서 풀려나온다. '나'를 찾아온 아버지를 만났을 때 그와 함께 있던 여자가 외할머니 집 액자 속에 있었던 인물이었음을 '나'는 알게 된다. 엄마가 겪는 불행과 히스테리의 근원인 첩에게 '나'가 정서적으로 이끌렸던 것은 당연지사. 눈치 빠른 독자라면 여기에 문득 오버랩되는 소설 하나를 이 지점에서 떠올릴 수 있을 것이다. 신경숙의 「풍금이 있던 자리」(1992)가 바로 그것이다. 첩에게 정서적으로 이끌리는 처의 자식이라는 모티프가 그것인데, 흥미롭게도 전경린은 신경숙과는 정반대의 길을 걷는다. '첩'이 되기를 포기하는 신경숙의 인물이 결과적으로 가부장제의 관습적 도덕률을 승인하고 따라가는 데 반해(백낙청은 이를 '윤리적 감각'이라 일컬었다), 전경린의 소설은 '첩'과 연결된(그리하여 엄마의 불행과 이어진) 관능의 세계를 밀쳐버리지 않고 그것을 불행한 현실 질서의 맞은편에 아련하고 매혹적인 노스탤지어의 대상으로 남겨놓는다. 그리고 이것이 전경린의 득의의 세계다. 이것을 우리는 (혹 그런 것이 있다면) 감각의 윤리라 칭해볼 수는 없을까.

4. 밥벌이의 숭고: 박민규의 「슬(膝)」

BC 17000년 함경남도 이원 철산지역, 한 식구가 굶주려 죽어간다. 아비이자 남편인 '우'는 처자를 먹이기 위해 허기를 움켜쥐고 험난한 사냥길에 나선다. 이윽고 '우'는 운 좋게도 늙고 병들어 죽어가는 코끼리를 우연히 발견한다. 고기를 얻기 위해 그 거대한 짐승과 사투를 벌이던 그는 결국 사냥에 실패하고 오히려 바위틈에 다리가 끼어 거꾸로 제 자신이 자연의 사냥감이 되고 만다. 바위틈에 끼여 빠지지 않는 다리를 움켜쥔 채 추위와 굶주림의 극한에서 죽음을 예감하던 그가 한 일은 무엇이었을까.

박민규(朴玟奎)의 「슬(膝)」(『문예중앙』 2010년 가을호)은 다소 의외의 작품이다. 왜인가. 우선 미래 아니면 환상의 세계로 달려가던 그가, 거꾸로 황량한 원시의 세계로 발길을 돌렸다. 처자를 먹이기 위해 죽음의 사투를 벌이는 원시시대 가장의 이야기는, 가장으로서 '밥벌이의 괴로움'을 고백하는 김훈(金薰)의 세계를 어쩔 수 없이 연상시킨다. 먹이 앞에서는 한낱 짐승에 불과할 뿐인 인간의 동물성에 대한 비장한 승인도 그러하다. 박민규와 김훈이라니. 둘은 어울리지 않는 이상한 커플이다. 그러나 그간 박민규 소설의 변화를 눈여겨 보아온 독자라면, 딱히 그렇지만도 않음을 알 것이다. 보잘것없는 삶의 운명적인 비극성에 대한 허무주의적 감각은 비단 김훈만의 것이 아니었다. 그 감각이 박민규의 소설을 멀리 원시시대로 이끌어간다. 의지로 통제할 수 없는 허기 앞에서 아무것도 가진 것 없이 한낱 나약한 짐승으로 맞설 수밖에 없는 극한의 원초적인 상황. 여기에 처자를 먹여 살려야 하는 가장으로서의 비장한 본능적 책임감이 의식을 짓누른다. 소설은 그런 이야기다. 그리고 이것이 이 동물적 생존경쟁 시대의 삶에 대한 비극적 알레고리임은 두말할 나위도 없다.

그러나 단지 이뿐이라면, 이것이 박민규의 소설일 리 없다. 바위틈에 낀 자신의 다리를 돌칼로 잘라내는 처절한 사투 끝에 처자에게 먹일 '고기'를 그렇게 구해 싸들고 가는 장면에 묻어 있는 냉정하고 담담한 비장(悲壯)의 울림도 박민규의 소설답거니와, '우'와 늙은 코끼리가 서로의 목숨을 걸고 대치하는 장면은 또 하나의 절정이다. 옮겨본다.

허기와 공포가 한꺼번에 몰려왔지만 우는 그 순간까지도 자신의 창을 놓지 않았다. 놈은 이때를 노려 마지막 힘을 아껴둔 듯했다. 둘은 잠시 서로를 노려보았다. 놈은 우뚝 선 채였고 우는 주저앉아 무릎을 꿇은 채였다. 끝내 창을 쥐고는 있었으나 우에겐 마지막 힘이란 것조차 남아 있지 않았다. 쿰, 하고 놈이 울었다. 우는 아무 말도 하지 않았다. 할 수, 없었다. (238면)

'거대한 짐승'의 위협을 무릎 꿇고 받아낼 수밖에 없는 '작은 짐승'의 압도적인 공포. 삶은 '잠시'이고 죽음은 눈앞이다. 무력한 짐승이 겪는 이 죽음의 공포는 피할 수 없는 것이다. 왜냐하면,

그만두고 싶다고 우는 생각했으나 우에겐 그런 자유가 주어져 있지 않았다. 우는 '계속'해야만 했다. (240면)

죽음의 공포에 압도되면서도 이 죽음의 사투를 죽을 때까지 '계속'해야만 하는 까닭은 물론 다른 데 있지 않다. 먹어야 한다는 것, 그리고 처와

새끼를 먹여 살려야 한다는 것. 그리고 바로 이 지점에서, 김훈의 소설이 묻지 않은 것을 박민규의 소설은 묻는다. 무엇을? 사냥감이었던 늙고 허망한 눈의 코끼리가 박민규를 대신해 말한다.

왜?

라고 놈은 물었다. (243면)

그것은 바로 '왜'라는 물음이다. 그리고 그것은 곧 처자에게 먹일 자신의 다리 살점을 싸들고 집을 향하는 '우'의 물음이기도 한 터다.("왜?라고도 우는 중얼거렸다."(246면)) 이 '왜'라는 물음 속에, 허기라는 포악한 짐승을 제 몸에 품은 인간의 무력함에 대한 비극적 자각이 있으며, 의도와 작정으로 제어될 수 없는 삶이라는 괴물에 대한 형이상학적 의문이 있다. 그리고 그 앞에 선 모든 크고 작은 짐승-인간에 대한 고통스러운 연민이 있으며, 이로부터 나오는 작가 특유의 비장한 쎈티멘털리즘이 있다. 이것이「슬(膝)」의 세계이고, 박민규의 세계다.

몰락의 유머, 인생의 공포

◆

우리시대의 단편미학 2

1. 진짜 진실의 공포: 권여선의 「은반지」

눈에 보이는 것은 진실이 아니다. 권여선(權汝宣)의 소설은 언제나 이 명제에 충실하다. 그녀의 소설은 무덤덤한 일상을 다룰 때조차 늘 보이는 것 이상을, 그 너머를 드러내려 한다. 간단한 묘사와 무심한 듯한 대화에서도 여지없이 발휘되는 어휘의 선택과 조합에 대한 그녀의 남다른 세심(細心)과 집요도 바로 거기에서 비롯된다. 그럼으로써 권여선의 소설은 바로 보이는 것 이면에 있는 우리 삶의 진실을 들추어낸다,고 말한다면 이는 너무 단순한 지적이 될 것이다. 언제나 그렇듯이, 진실은 '이면'에 있는 것이 아니다. 진실은 오히려 보이는 것을 넘어서 보려고 하는 시선 자체에, 그 방향성 속에 있다. 물론 권여선의 소설에서도 그렇다.

권여선 소설의 인물들은 대개 어느 순간 문득 '보이는 것'에 가려져 있던 것과 예기치 않게 맞닥뜨린다. 권여선의 소설 「은반지」(『한국문학』 2011년 여름호)에서 원치 않는 그 무엇과 맞닥뜨리게 되는 사람은 오여사다. 돈을 빌려달라는 작은딸의 성화에 시달리며 매 끼니 밥상 차릴 걱정을 해야 하는 오여사는 지금 심여사가 그립다. 원래 오여사는 남편이 죽은 뒤 교회에서 알게 된 심여사를 집으로 거두어 생활비를 반만 내라 하고 같이 살고 있었던 터다. 그런데 심여사는 육개월 전 이유도 말하지 않고 잘 살던 집을 박차고 나가더니 요양원으로 들어가버렸다. 대체 무엇이 문제였을까. 오여사는 알 길이 없다. 그녀는 자기 비위를 맞춰주며 때맞춰 입맛에 맞는 밥상을 차려주던 심여사가 아쉬울 뿐이다. 내심 심여사가 제 발로 돌아오길 바라던 오여사, 맘먹고 심여사가 있는 요양원을 찾는다. 하지만 요양원에서 오여사가 맞닥뜨리는 것은, 그간 알았던 사람이라 할 수 없을 정도로 종잡을 수 없이 변해 자신을 밀쳐내는 심여사의 태도다. 그 '구렁텅이'에 다시는 안 들어간다며 자신은 기억도 못하는 일로 마음을 뒤집어놓고 어깃장을 놓는 심여사. "심여사가 왜 이렇게 딴판으로 변했는지, 아니면 원래 이렇게 막돼먹은 사람이었는지, 오여사는 불현듯 두려운 생각마저 들었다."(72면)

두개의 '나'가 있다. 내가 보는 '나'와 다른 사람이 보는 '나'. 그 둘은 물론 같을 리 없다. 라깡(J. Lacan)에 따르면, 누군가가 '나'를 사랑할 때 그(또는 그녀)는 '나'에게서 '내 안에 있는 나 이상의 것'을 본다. 그것은 물론 '나'가 갖고 있지 않은 것이다. 반대로 누군가가 '나'를 증오할 때라면? 그(또는 그녀)는 (이런 말이 가능할지 모르지만 여하튼) '나 안에 있는 나 이하의 것'을 본다. 그것은 분명 내가 갖고 있으나 '나' 자신은 모르는, 혹은 알기를 회피하는 그 무엇이다. 오여사가 심여사의 행태를 통해 어쩔 수 없이 맞닥뜨리게 되는 것은 바로 그것, 즉 내가 보는 '나'가 아닌 '타인'이 보는 '나'다. 자기가 좋아하는 것도 양보하고 오여사의 비위를 맞춰주며 살아왔으나 이제는 이해할 수 없는 괴물로 돌변해버린 심여사는 오여사가 알지 못하는 자신의 진짜 모습을 비추는 거울이다. 그녀가 오여사에게 일러주는 것은, 오여사 안에 있는(스스로 그렇다고 생각하는) 선의와 아량의 진짜 진실이 실은 위선과 이기심이었다는 사실이다.

그뿐인가. 심여사 입에서 끝내 발설되고야 마는 것이 또 하나 있다. 바로 그것이야말로 고상과 우아로 자신을 치장하며 살아오던 오여사가 진짜로 회피하고 싶었던 외설스러운 진실일 터다. 쫓기듯 요양원을 나와 막차가 끊어진 어두운 시골 도로 한가운데로 내몰린 그녀의 귓가에 맴도는 심여사의 쉰 목소리다.

> 이건 꼭 잊지 마세요…… 우린 다 죽어요…… 그게 여기…… 규칙이에요…… (…) 한밤중에 무슨 짓을…… 했는지…… 다 알고 있어요…… 시간이…… 얼마 남지…… 않았어요…… 머리 검은 짐승은…… 어서어서…… 준비를…… 하세요…… (74~75면)

권여선의 「은반지」는 결국 전에는 알지 못했고 보이지도 않았으나 어쩔 수 없이 보게 되는 '나'의 진실에 대한 이야기다. 타자의 눈에 비친 자기 자신을, 자기 자신에 관한 진실을 보게 되는 이야기라고도 할 수 있겠다. 여기에서는 거꾸로, 진실은 보이는 것 속에 있다. 이제 물어보자. '나'가 자기 자신은 알지 못했던 '나'의 진실을 아프게 인정하고 정면으로 바라보려고 마음먹는다면? 이야기는 자기반성의 서사가 될 것이다. 그런데 오히려 불현듯 맞닥뜨린 그 진실을 정면으로 바라볼 수 있는 능력과 의지가 '나'에게 결여되어 있다면?(우리의 오여사는 이렇게 말한다. "아이, 난 진짜 모르겠어. 심여사가 나한테 왜 이러는지."(70면)) 그때 진실은 섬뜩하고 무시무시한 공포와 불안의 원천이 될 것이며, 이야기는 호러물이 될 것이다. 「은반지」는 유머러스하고 매력적인 호러소설이다.

2. 차이와 반복: 박형서의 「아르판」

박형서(朴馨瑞)의 「아르판」(『문학과사회』 2011년 여름호)은 이야기의 운명에 대한 소설이다. 모방과 가짜가 넘쳐나고 모든 것이 뒤섞이는 이 포스트모던 시대에 이야기는 어떤 방식으로 존재하는가. 이 낯익은 주제를 박형서는 새로운 방식으로 변주한다. 사실 박형서만큼 이야기하기의 욕망에 대한 탐구를 끈질기게 보여준 작가도 흔치 않다. 그는 거기에 소설 쓰기에 대한 다채로운 자기 언급을 버무려 흥미로운 이야기의 세계를 펼쳐놓는다. 더욱이 재기 넘치는 입담과 함께 유희적 발랄과 경쾌가 거기에 얹혀 박형서는 자기만의 독특한 이야기의 성채를 구축해놓았다.

「아르판」의 이야기를 이끌어가는 것은 '표절'이라는 모티프다. 한때 별 볼 일 없는 작가였으나 『자정의 픽션』이라는 소설로 유명작가가 된 '나'는 '제3세계 작가축제'의 기획위원장 자격으로 와카의 작가 아르판을 한국으로 초청한다. 아르판은 세상에서 고작 예닐곱명밖에 읽을 수 없는 와카의 문자로 "세상의 마지막 전신주로부터 수백 킬로미터나 떨어진 산등성이 분지에서 아무도 들어주지 않는 이야기를 써내려가는"(101면) 작가다. '나'는 한때 와카에 머물면서 어두운 밤에 호롱불 빛에 의지해 이야기하기 자체의 즐거움에 몰두해 소설을 쓰는 아르판의 모습을 엿보며 경탄과 질투에 사로잡혔던 터다. '나'에 따르면 "그는 공동체의 언어를 가꾸고 다듬는 데 대가 없는 행복을 느끼는 진짜 작가였다."(100면) 미리 치밀하게 계획한 낭독회 일정을 마친 아르판과 '나'가 포장마차에 가서 앉은 후, '나'가 유도했던 물음을 아르판이 묻는다. "당신은 대체 어떤 소설을 썼기에 사람들이 그렇게 좋아하나요?"(103면)

'나'가 기다렸던 듯 아르판에게 들려주는 자기 소설 『자정의 픽션』의 이야기는 놀랍게도 아르판의 소설 줄거리와 똑같았던 것인데, 그때부터 비릿한 수치감과 죄의식 속에서 표절을 옹호하는 '나'의 타락한 자기변명의 논리가 아르판 앞에서 장황하게 펼쳐진다. 이를테면 세상의 모든 창조는 기존의 견해에 덧붙여지는 각주와 수정에 불과하다는 것, '나'로 말미암아 묻혀 있던 아르판의 이야기가 많은 사람들에게 읽힘으로써 영원히 살아남을 수 있게 되었다는 것이다. 소설의 핵심은 '나'의 이야기를 묵묵하게 다 들은 후 보여주는 아르판의 의외의 반응에 숨어 있다. "아리, 도미 알라"(112면)라는 인사를 남기고 떠난 아르판. '아리'란 "내게서 생명을 받아간 자. 내게서 모든 걸 물려받은 사람"(113면)이라는 뜻이다. 과연 그렇다는 듯 '나'는 아르판에게서 "제 정신의 DNA가 어떤 식으로 세상에 간섭했는지 확인한 뒤 자랑스럽게 허리를 펴 퇴장하는 아버지의 뒷모습"(같은 곳)을 발견하고 망연해한다. 이때 와카의 노파 미슈의 목소리가 아르판의 말에 겹쳐지는 것도 당연하다. 와카에서 미슈의 요리법을 배워 아무리 따라 해도 결코 그처럼 맛있게 만들 수 없어 절망했던 '나'에게 미슈는 이렇게 말했던 것이다. "바보야, 이걸 네가 만들었다고 생각해버리면 되잖아. 사실은 내가 만든 거지만."(같은 곳)

이야기란 결국 기존 이야기의 반복과 변형일 뿐이다. 아르판은 세상 모든 이야기의 DNA가 비롯되는 이야기의 원전(原典)이자 원형의 상징이다. 그러나 이 포스트모던 시대에 원전은 무기력하고, 자신의 아름다운 경이와 아우라를 상실한다. 대도시 서울의 한가운데서 아르판이 속물적인 독자들의 '무자비한 우월감'과 '공격적인 조소' 속에 훼손되어버리는 것을 보라. 그렇지만 아르판은 스스로 무기력함으로써 제 자신의 위대함을 증명한다. 그것은 이야기 자체의 위대함이다. 후대의 모든 이야기는 원전에 대한 시적(詩的) 경이와 증오 속에서 그것을 반복하는 것일 뿐이다. 사실 이러한 것은 익히 알고 있는 너무도 당연한 상식이다. 하지만 박형서의 소설이 매력적인 것은 이 당연한 상식을 반복하면서도, 그것을 소설로써 재연하고 유머와 재기발랄한 입담을 통해 그의 소설을 이야기의 즐거움을 실연(實演)하는 공간으로 만들고 있기 때문이다.

3. 돌이킬 수 없는: 최진영의 「남편」

무슨 일이 일어났는가? 매일 종이박스를 들고 뛰어다니며 야근을 하고 집에 들어오자마자 피곤에 지쳐 잠들어버리는 착한 남편과 종일 마트에서 바코드를 찍는 착한 아내. 서로를 믿고 격려하며 가까스로 버텨가던 그들의 일상에 느닷없는 사건 하나가 끼어든다. 남편이 강간살인의 유력한 용의자로 체포되고, '나'는 느닷없이 강간살인범의 아내가 되어버렸다. '늘 안쓰럽고 애달픈' 남편이 그럴 리 없다고 '나'는 되뇌지만, 상황은 속절없다.

최진영(崔眞英)의 「남편」(『실천문학』 2010년 겨울호)이 부려놓은 이야기는 이것이다. 작가는 그렇게 삶의 단면 하나를 잘라놓고 과감한 터치로 우리 삶의 진실 한 자락을 들이민다. '나'의 믿음에도 불구하고 하나둘 밝혀지는 증거로 점점 유력한 용의자가 되어가는 남편, 그 과정에서 드러나는 남편의 지난 행실, 의심과 소문이 만들어낸 이웃의 따가운 시선과 배척, 그리고 무너지는 삶. 이 소설은 이렇게 자신의 성심과 선의를 배반하면서 어처구니없이 붕괴되는 삶의 한 국면을 스케치한다.

그런데 이 신인작가의 수법이 흥미롭다. 자질구레한 디테일을 과감하게 생략하고 상황의 변화에 반응하는 아내 '나'의 심리선 하나로 굵직하게 작품을 관통시켰다. 의심과 소문, 배신과 의혹이 '나'의 삶의 기반을 통째로 무너뜨리는 사건을, 그리고 그 사건의 치명성을, 동요하며 굽이치는 '나'의 심리선으로 수렴해 응집해놓았다. 그렇게 사건 하나를 던져놓고 짧은 대화와 굵직한 심리적 갈등선 하나로써 사건의 효과를 풀어나가는 수법이 흥미로운 연극적 효과를 발휘한다. 어쩌면 단선적이고 단순해 보일 수도 있겠으나, 이 소설은 그 단순성을 통해 사태의 핵심에 직핍해 들어간다.

사태의 핵심은 무엇인가. 일찍이 소설가 피츠제럴드(F. Fitzgerald)는 자전적 에세이 「붕괴」(The Crack-up)에서 "모든 삶은 붕괴의 과정이다"라고 말한 바 있다. 문제는 시간의 침식작용에 의한 점진적 붕괴가 아니라 일상을 순식간에 말소해버리는 돌연한 붕괴다. 그렇다면 이 소설에서 삶은 어떻게 붕괴되는가? 두개의 붕괴가 있다. 하나는 '나'와 남편이 지독한 생활고를 견디며 어렵사리 이어가던 일상적 삶의 붕괴다. 어차피 창대한 것은 못되지만 그래도 부여잡을 수밖에 없었던 실낱같은 미래의 꿈은 착한 남편이 열다섯살 소녀의 강간살해 사건에 얽혀듦으로써 한순간에 무너져버린다. 그런데 남편은 과연 '나'가 생각했던 대로 '늘 안쓰럽고 애달픈' 그런 착한 사람이었을까?

남편의 의심스러운 평소 행태를 하나둘 들춰내는 주변의 인간들과 형사가 들이미는 유력한 정황증거는 남편에 대한 '나'의 믿음을 공격한다. '나'는 그렇게 또다른 붕괴의 위협을 마주한다. 치명적인 것은 일상의 붕괴가 아니라 바로 그 믿음의 붕괴다. 그 믿음이란 지옥 같은 삶을 그래도 함께 견디기 위한 주문 같은 것이었을 터, 그것이 무너지는 순간 '나'조차도 무너질 것이다. 남편을 면회하던 중 억울함을 호소하는 남편에게 입에 담지 못할 상소리를 퍼붓는 '나', 붕괴의 위험 앞에서 자신을 지키려는 절망적인 안간힘은 그렇게 터져나온다.

작가는 그렇게 예기치 못한 사건으로 인해 무너져가는 삶의 한 국면을 동요하는 '나'의 심리를 추적하며 설득력 있게 그려놓는다. 그리고 '나'를 위협적인 궁지로 몰아가는 의심과 소문의 폭력성에 대한 탐구가 또한 이 소설의 한편에 자리한다. 그러나 이 소설의 득의의 포인트는 오히려 그보다는 다른 곳에 있다. 예컨대 그럴 리 없다는 믿음을 간신히 부여잡고 막다른 궁지로 몰리는 '나'의 자문(自問)은 이렇다. "나는 그라는 인간이 아니라 내 남편인 그를 믿는다. 이것은 정당한 믿음일까."(121면) '나'는 이 믿음의 정당성을 과연 확신할 수 있는가. 소설에서 '나'가 이 물음을 끝까지 밀어붙인다고는 할 수 없다. 그보다는 남편을 향해 폭발하는 무자비한 욕설로써나마 마음의 지옥을 견디고 위로받으려는 절박한 안간힘에 대한 묘사가 그것을 대체한다. 그러나 여기에는 지옥 같은 삶을 가까스로 견디게 하는 순진한 자기위안과 믿음 역시 그 자체로 얼마나 허약하고 허구적일 수 있는가에 대한 탐구의 실마리가 있다. 이 작가에게 다음을 기대하는 이유다.

4. 인생의 기법: 김연수의 「일기예보의 기법」

어쩌면 그럴 수도 있을 것이다. 의외로 단편소설 하나가 격렬하고도 지루한 일상의 고통을 쓰다듬어주는 은근한 위안이 될 수 있을지도. 연애를 비롯한 인간 세사의 사연을 심각하지 않게 아기자기하고 가벼운 터치로 그려놓는 김연수(金衍洙)의 최근 단편을 접하는 느낌이 그렇다. 김연수의 소설 「일기예보의 기법」(『문학동네』 2010년 겨울호)을 읽는 경험도 이를테면 그와 같은 것이다. 소설에서는 큰 사건 없이 흘러가는 일상의 조그만 에피소드들이 화자의 유머러스하고 쿨(cool)한 화법에 얹혀 소개된다. 같은 계절에 발표된 「사월의 미, 칠월의 솔」(『자음과모음』 2010년 겨울호)도 그렇지만, 진지한 지적 탐구의 부담을 내려놓고 힘을 빼고 쓰는 김연수의 소설은 그 자체로 매력적이다. 일상의 삶에서 스쳐보내기 쉬운 인생사의 사소한 진실을 슬며시 툭 건드려놓고 지나가는 유연한 필법이 거기에 몫을 거든다.

소설의 밑그림은 크게 두개다. 하나는 정월 대보름의 소원 빌기. 그것은 떨어져 지내던 가족이 만나 이야기를 펼치게 되는 계기로서 기능한다. 그리고 달을 좋아했던 죽은 아비에 대한 추억과 한때 '나'의 엄마를 사랑했으나 결실을 맺지 못했던 닥터 강의 이야기에도 그 소원 빌기가 한 축에 걸려 있다. 다른 하나는 "악전고투와 고군분투와 사생결단으로 점철된"(180면) 누이동생 미경의 과거와 현재의 좌충우돌 연애사. 죽고 못 살겠다던 남자와 결혼한 뒤에 그게 사랑이 아니었음을 깨닫고 이혼한, 지금은 연하의 실연한 남자에게 빠져 있는 미경의 연애담이 유머러스하게 펼쳐진다. 그런데 왜 '일기예보의 기법'인가.

상식대로라면 일기예보란 기상관측 자료에 대한 객관적인 분석을 토대로 하는 것. 그리고 마침 미경은 2009년 올해의 최우수 동네예보관으로 뽑히기도 했던 터다. 그런데 미경이 벌이는 일이 이렇다. 그녀는 신입으로 들어온 잘생긴 남자 세진을 위로하기 위해 비가 올 것이라는 관측결과를 무시하고 첫눈이 온다고 보도하는 사고를 쳐 온갖 조롱과 욕설을 기꺼이 감수한다. 미경의 이 엉뚱한 행동이 단지 사랑에 빠진 사람의 맹목에서 온 것이라 읽는 것은 그녀의 진심을 지나치게 소홀히 하는 것이다. 차라리 그것은 인생이란 때로 사실과 객관에 짐짓 눈감는 주관적 허구에 의해 지탱되고 위안받을 수도 있음을 암시하는 사례일 수 있겠다. 여자친구와 헤어진 날 (실제 날씨는 그렇지 않았음에도) "시정거리 삼 미터도 안 되는"(188면) 안개에서 위로를 얻었다는 세진이나, 실연한 세진에게 일말의 희망을 선물하기 위해 내리지 않을 첫눈을 예상해 보도하는 미경에게서 우리가 보는 것은 이것이다.

삶이란 대개 그런 것이다. 그것은 애쓴다고 해서 되는 것도 아니고, 자로 잰 듯이 예측할 수 있는 것도 아니다. 사랑이 항상 너무 늦거나 너무 빠른 것처럼, 인생도 그런 것일지 모른다. 때로는 뜻하지 않은 상실의 상처를 앓아야 할 때도 있고, 때로는 예기치 않은 위로가 찾아올 수도 있다. 그래선지 엄마는 사랑하는 사람이 생겼음에도 자식들 때문에 그 사랑에 애써 눈을 감았고, 실패로 얼룩진 자신의 연애사를 두고 농담처럼 '닥터 강의 저주'를 탓하는 미경은 또다른 사랑에 눈을 돌리는 것이겠다. 무심한 듯한 소설의 마지막 장면 하나를 옮겨본다.

그러더니 미경은 엄마에게 물었다.

"엄마는 대보름에 태어났으니 생일 때마다 달 보면서 소원을 빌었을 거 아니야?"

"그런데?"

"그 소원 중에 몇개나 이뤄졌어?"

그 말에 엄마는 조금 생각해보는가 싶더니 이렇게 대답했다.

"글쎄, 될 일은 가만히 둬도 되고…… 안될 일은 아무리 해도 안되고…… 반반?"

"반반이면 대단하네. 난 열개 중에 하나 될까 말까던데. 진짜 저주받았나 봐. 으윽, 닥터 강."(196면)

다시, 삶이란 대개 그런 것이다. 어쩌면 그것이 사소하지만 결코 사소하지 않은 우리 삶의 진실일지도 모른다. 이 소설에는 그 진실을 담담하게 받아들이는 유머러스한 성숙함이 있다. 그 옛날 엄마를 사랑하면서도 결혼하지 못하고 떠났던 닥터 강도 말했다. "대개 그런 것이다."(193면)

우연과 욕망, 적대와 복수

◆

우리시대의 단편미학 3

1. 도박은 나의 삶: 정미경의 「파견 근무」

일찍이 한국소설사의 성좌를 수놓았던 저 수다한 '귀향'의 형식들이 있었다. 조명희(趙明熙)의 「낙동강」(1927)이 그러했고, 한설야(韓雪野)의 「과도기」(1929)와 이기영(李箕永)의 『고향』(1934)이 그러했다. 그 소설들에서 귀향이 근대적 삶의 모순을 돌파하는 절박한 실천적 의지로 수렴되는 것이었다면, 그와 전혀 다른 귀향도 있었다. 가령 김승옥(金承鈺)의 「무진기행」(1964)과 이청준(李淸俊)의 「눈길」(1977)에 그려진 귀향이 그것이다. 여기서 귀향은 어차피 서울로 다시 돌아갈 수밖에 없는, 그리하여 자신들을 기다리는 지리멸렬한 근대적 일상으로 부끄러움과 눈물을 머금고 복귀할 수밖에 없는 근대인의 불가피한 운명을 되새기는 상징적 형식이었다.

정미경(鄭美景)은 여기에 또 한가지 귀향의 형식을 더해놓았다. 파견 근무로서의 귀향이 바로 그것. 정미경의 「파견 근무」(『문예중앙』 2011년 봄호)에서 연수원 임기를 마치고 판사로서 지방 근무를 해야 했던 '강'은 본가가 있는 소도시로 지원해 내려온다. 이런 설정에서 그간 우리가 흔히 보왔던 것은 바깥에서 지방 소도시의 일상 속으로 던져져 그곳의 속물성과 타락을 경험하면서 그것을 관찰하고 상대화하는 반성적 화자(혹은 주인공)의 시선이었다. 이를테면 '파견 근무' 형식의 선조라 할 수 있는 서정인(徐廷仁)의 「나주댁」(1968)이 그 좋은 사례다. 그런데 이 소설, 그런 익숙한 구도에서 일찌감치 비켜섰다. 무엇보다 주인공인 현직 판사 '강' 자신이 검찰수사관인 다섯살 연상의 '홍'을 앞에 두고 "아랫것들과는 밥을 같이 먹지 말아야 하는데"(238면)라고 생각하는 권위적이고 속물적인 인물임에랴. 그리고 그에게 소도시에서의 일상은 애초 짐작과 달리 '휴양지로 떠난 출장지'처럼 느껴질 만큼 만족스러운 것이기도 했다. 지역 유력자들과 함께하는 공짜 골프와 저녁 자리가 그러했으며, 횡격막 아래를 뜨겁게 달궈준 댓가로 그를 빚더미에 올려놓은 카지노의 치명적인 유혹이 거기에 더해진다.

그곳에서 '강'이 겪고 있는 것은 무엇인가. 짐작 그대로다. 그것은 바로 '나'의 상실이다. '나'는 어디에도 없다. 우선 "우편물을 배송지별로 분류하는 속도로 사건을 처리"(262면)하는 판사로서의 공적 업무의 현장에는 '나'가 아닌, 자신도 스스로 수긍할 수 없는 '판결기계'만이 있을 뿐이다. 그렇다면 틈만 나면 달려가는 카지노에는? 그 역시 마찬가지인데, 왜냐하면 그 자신의 말대로 "그곳에 가는 건 내가 아니니까."(252면) 다만 어디에도 없는 '나'를 바라보는 속수무책의 시선이 있을 뿐이다. 이 소설은 그런 '나'의 상실에 힘입어 부수적으로 얻게 된 놀라운 효과를 포착해낸다. 그 효과란 바로 목을 맨 시체로 발견된 한 여자의 죽음에 대한 법적 판단(자살이냐 타살이냐)과 50퍼센트의 확률에 돈을 거는 다이사이(大小) 게임의 동일화다. 당연하다는 듯 그는 생각한다. "자살 혹은 타살. 50프로의 확률. 알고 보면 세상은 거대한 초록색 테이블이다."(241면)

금융법 위반 사범으로부터 나온 뜨끈한 주식투자 정보를 '강'에게 슬쩍 흘리는 '홍'은 그 댓가로, 어차피 증거도 충분치 않은 사건이니 여자의 죽음을 자살이 아닌 남편에 의한 타살로 판결하는 쪽으로 그를 유도한다. 거기엔 막대한 보험금의 향방과 관련된 이권이 걸려 있는 터, 그것은 분명 무고할 수도 있는 한 남자(죽은 여자의 남편)의 운명과 관련된 것이기도 하다. 자기의 소관에 달린 이 50퍼센트의 게임에서 '강'은 과연 어느 쪽에 걸 것인가.(어차피 짐작하기 어렵지 않겠지만, 그래도 혹 소설을 나중에 읽을지도 모를 독자를 배려해 '강'의 선택과 그 심리의 세세한 향방은 여기서 굳이 자세히 밝히지 않는다.) 다만 자신의 선택을 앞에 둔 '강'의 심사가 대체로 다음과 같은 것이었음은 짚고 넘어갈 필요가 있겠다. "누가 알겠는가. 강에겐 이미 모든 게 사소했다."(264면)

정미경은 이 소설에서 지방 소도시를 지배하는 사물화의 세계를, 그리고 그 위에서 번식하는 속물들의 공모와 결탁의 네트워크를, 그 안에서 안주하며 자아의 상실을 방치하고 심지어 재촉하는 정신의 공허와 자기기만의 풍경을 그럴듯하게 부조해놓는다. 이것은 의미와 가치를 상실하고, 또 그 상실의 감각조차 상실해가는 한국사회의 공허한 현재에 대한 통렬한 요약보고서다. 그리고 작가는 그것을 (여하한 이유에서든) 근래 보기 쉽지 않았던 클래식한 단편미학의 그릇에 완미하게 담아냈다. 이로써 우리 소설사는 또 한가지 '귀향의 형식'을 얻은 셈이다.

2. 복수는 나의 힘: 편혜영의 「칼날의 의무」

현대문명의 속살에 은밀하게 도사린 불안과 섬뜩함의 구조를 집요하게 파고들었던 편혜영(片惠英)의 소설은 점점 더 그 스터디 케이스(study case)의 범주를 넓혀가고 있다. 그럼으로써 그녀의 하드보일드 텍스트는 우리의 문명질서를 떠받치는 섬뜩한 실재의 한복판으로 특유의 냉정하고 무거운 걸음을 좀더 옮겨보기로 작정한 듯하다. 그러나 그녀의 소설을 읽는 우리의 경험은 막상 그리 즐거운 것만은 아니다. 오히려 그것은 우리에게 추(醜)와 불쾌를 견디도록 강요한다. 그 불쾌의 반복강박이 결국은 소설 읽기의 보람으로 극적으로 반전되는 지점을 독자에게 보여주고 경험하게 만들어주는 것, 그것이 편혜영 고유의 저 독특한 소설이 구조적으로 안고 갈 수밖에 없는 숙제일 것이다.

편혜영의 스터디 케이스는 어느 시점부턴가 이미 병리적 인물에 대한 탐구로 영역을 넓혀가고 있었거니와, 「저녁의 구애」(『작가세계』 2009년 겨울호)는 그 대표적인 사례다. 「저녁의 구애」가 남성 강박증자의 구애담이라면, 「칼날의 의무」(『문장웹진 뿔』 2011년 3월)는 여성 편집증자의 복수담이다. 가스 사고로 부모를 잃은 젊은 여성인 '나'를 사로잡고 있는 것은 복수의 일념이다. 채무 추심에 시달리던 부모의 갑작스러운 죽음은 필경 자살 아니면 사고사일 테지만, '나'는 부모의 죽음의 원인을 다른 곳으로 돌린다. 모든 것은 노인을 협박하고 회유하던 사채회사의 말단 담당자 구동욱의 탓이다. 물론 '나'도 알고 있다. "모든 것을 구동욱 탓으로 돌리는 건 비논리적이고 정당하지 않으며 불공정한 처사였다." 그럼에도 불구하고 '나'는 구동욱을 죽이기로 결심한다.

그런데 '나'는 왜 이다지도 복수에 집착하는가? 홀로 살아남아 이 세상을 헤쳐가야 하는 처지에 대한 공포 때문이다. '나'에게는 복수와 그로 인해 예정된 자기파멸의 예감이야말로 공포를 견디며 삶을 버틸 수 있게 하는 힘이다. 작가는 장도리와 칼로 살인방법을 계획하고 실습하는 그녀, 기회를 엿보며 구동욱을 미행하는 그녀의 일거일동을 집요하고 꼼꼼하게 나열한다. (그리고 이 소설이 주는 매력의 상당부분도 실은 거기에서 온다.) 차라리 '나'(그리고 텍스트)의 리비도는 정작 구동욱의 몸에 칼을 찔러넣는 순간보다 오히려 그 이전의 예행연습에 더 집중되고 있다고 말해야 할 정도다. 왜 그런가? 그녀도 알고 있다. "나는 복수를 하려는 것이지, 살인을 하려는 게 아니다." '살인'이 아닌 '복수'는 공포에 속절없이 휘말려가는 자기 삶을 다잡아 스스로 통제하려는 자기목적적 행위다. 그 복수의 예행연습 속에서만 비로소 그녀는 삶을 견디고 살아갈 활력을 찾는다.

'나'는 결국 구동욱을 죽임으로써 복수를 완성하는데, 뜻밖에도 이 예정된 결말로 치닫는 복수극을 지탱하는 논리는 일종의 운명론이다. 가령 '나'가 구동욱의 몸에 칼을 찔러넣는 그때,

> 그때 내가 느낀 것은 동정이나 연민이 아니었다. 분노나 자책도 아니었다. 내가 생각해오던 인과, 이성이나 합리적 질서와는 전혀 상관없는 운명이라는 것이었다. 말하자면 칼과 칼을 쥔 자의 운명 같은 것.

이 세상은 합리적 질서나 인과와는 상관없이 정해진 운명에 따라 움직인다는 이 운명의 논리는 이 장면의 앞에서도 몇차례 반복적으로 진술된다. 그다지 새롭지 않은 저 통속적 운명론이 작품 속에서 그래도 설득력을 얻는 것은, 바로 그것이 (구동욱을 포함하여) 비루하고 고독한 소시민이 경험하는 절망적이고 반복적인 일상에 대한 운명론적 실감과 맞물려 있기 때문이다. 그리고 이 소설엔 그것을 효과적으로 부조하는 소설적 디테일의 배치가 있다. 그렇긴 하나, 저 운명론은 어쩐지 작품의 안으로 스미지 못하고 겉도는 듯한 느낌이다. 마지막으로 이와 결코 무관하지 않은 소박한 아쉬움 하나만 부기한다. 어느 순간 솔기가 노출되면서 작품의 긴장이 느슨해진다는 점이 그것인데, 예컨대 이런 대목이다. "살아가야 한다는 두려움을 이겨내기 위해서는 그럼에도 계속 살아가야 할 만한 납득가능한 이유가 필요했는데, 그때 떠오른 것이 구동욱이었다." 이를테면 그렇다. 운명의 논리에 대한 생경한 진술을 포함하여 이런 솔기를 숨겨 안으로 접어 여미는 것이 진정 편혜영다운 테크닉이 아니겠는가.

3. 이토록 외설적인, 욕망공동체: 최진영의「돈가방」

최진영(崔眞英)의「돈가방」(『문예중앙』 2011년 가을호)은 우연히 발견한 거액이 든 돈가방을 둘러싸고 벌어지는 한바탕 소동극이다. 빚더미에 치이고 생활고에 찌든 가난한 동생 두수 부부와 사업자금에 쪼들리는 부자 형 장수 부부가 소동극의 주인공이다. 이 두 부부의 처지와 생활상은 그들이 모는 차를 통해 한눈에 요약된다. 툭하면 멈춰서는 이십년 된 고물 아반떼와 남들 시선을 의식해 리스로 장만한 검은색 아우디. 이들은 무슨 바람이 불었는지 삼년간이나 돌보지 않던 산소를 찾아 한자리에 모인다. 그 한가운데, 작가는 미끼 하나를 던져놓는다. 산소 옆 고랑에서 발견된 돈가방이 바로 그것이다. 그리하여 짓궂은 물음 하나가 제기된다. 자, 이제 어떻게 될 것인가?

일찍이 들뢰즈(Gilles Deleuze)는『천 개의 고원』에서 단편소설(nouvelle)과 꽁뜨(conte)를 이렇게 구분한 바 있다. 단편소설은 '도대체 무슨 일이 일어났는가'라는 물음을 중심으로 조직되지만, 꽁뜨는 '무슨 일이 일어날 것인가'라는 물음을 향해 있다. 그리하여 단편소설은 현재를 과거로 내던지고, 꽁뜨는 현재를 미래로 끌고 간다. 그렇게 보면「돈가방」이 던져놓은 물음은 '단편소설'보다는 '꽁트'의 그것에 가깝다. 그럼에도 불구하고, 이 소설이 말하고자 하는 것은 '그러고 나서 어떻게 되었는가'(벤야민은 이를 '소설'이 아닌 '이야기'의 모럴이라 불렀다)의 차원이 아니다. 돈가방은 말 그대로 미끼일 뿐, 그것은 이를테면 히치콕(A. Hitchcock)이 영화에서 사용한 맥거핀(MacGuffin)과 흡사한 것이다. 그러니 돈가방의 향방이 대체 어찌 될 것인가는 작품의 핵심이 아니다. 오히려 핵심은 돈가방을 둘러싸고 벌어지는 진흙탕 싸움의 디테일 자체이며, 그 속에서 노출되는 치졸한 욕망의 심리생태다. 그러니 이 작품의 관심은 차라리 '인간 탐구'라는 소설의 모럴에 더 충실한 셈이다. 어찌 됐든, 소설을 읽는 독자의 호기심은 미래를 향한다. 자, 이제 무슨 일이 일어날 것인가?

문제가 되는 것이 돈일진대, 대략은 예상하기 어렵지 않다. 다툼이 일어난다. 없는 자는 나누려 하고 가진 자는 다 가지려 한다. 두수는 막내 몫까지 셋으로 나누려 하다가 급기야는 자금이 급하다는 형의 술수에 넘어가 결국 돈을 통째로 넘겨주기에 이르고, 기겁한 두수 아내는 반드시 둘로 나누어야 한다며 남편에게 울화통을 터트린다. 장수는 순진하고 착한 동생을 속여 다 가지려 하고, 장수 아내는 옆에서 부추기며 장단을 넣는다. 두수는 자신의 형편에는 아랑곳 않고 착한 척은 혼자 다하며 아내의 속물근성을 비난하고, 학자금과 전세금 대출 빚에 당장 앞날이 막막한 두수 아내는 그런 남편을 향해 원망과 분노를 폭발시킨다. 장수는 당장 급한 불만 끄고 나눠주겠다며 동생을 속여 돈을 모두 가로채고, 장수 아내는 아귀처럼 울부짖는 동서를 향해 경멸의 멘트를 날려주신다. 이것이 돈가방을 앞에 두고 벌어지는 사태의 전말이다. 욕망과 욕망이 부딪치고, 욕망과 염치가 충돌한다. 욕심이 욕심을 비난하고, 욕심이 양심을 배신한다.

이 소설에서 '돈가방'은 가족이라는 상징적 관계망 아래에 잠재하던 저 모든 욕망의 아수라를 밖으로 끄집어내 벌여놓는 실재(the Real)의 조각이다. 멀리 갈 것 없이 우리 주변에서 흔히 목격하는 실제 세태가 바로 그렇지 않은가. 돈이 문제시되는 순간, 기존의 모든 점잖은 가치와 상징질서는 순식간에 해체되고 외설적 형태로 재구성된다. 이 소설에서도 마찬가지. 돈은 감추어져 있던 적나라한 속물본성을 일깨우고, 두수와 장수 부부의 상호관계와 커뮤니케이션을 재조직한다. 또한 이를 통해 인간 심리와 행태의 분열적 이중성이 노출된다.

우리 눈앞에 임자 없는 거액의 돈이 굴러들어온다면 어떤 일이 벌어질 것인가? 이 작품에서 그려지는 사태의 전말과 인물들의 심리 및 행태는 우리의 예상을 크게 벗어나지 않는다. 그러니 당연하게도 마땅히 그럴 법한 사태를 충실하게 재현한다는 것이 이 작품이 얻은 성취의 초점은 아니다. 오히려 작품에서 눈여겨보아야 하는 것은 저 상투적인 상황에서 까발려지는 속물적인 심리 및 행태와 그 외설적 분열상을 클로즈업하는 관찰의 집요와 철저(徹底)다. 또한 전형적인 상황의 한가운데에 인물들을 몰아넣고 그 속에서 움직이는 심리적 관계의 추이를 정교하게 짜맞추면서 대사와 감정의 포인트를 적시적소에 배치하는 절묘한 언어와 리듬 감각 또한 마찬가지다. 이 신인작가의 냉정한 시선이 인간 탐구의 가경(佳景)에 이르렀다.

4. 우연과 적대: 유현산의 「황금 날개」

하나. 아들을 잃은 아버지(서기석)가 있고, 친구를 죽인 살인자(정우진)가 있다. 아들을 죽인 살인자를 아버지가 추적한다. 살인자는 바로 아들의 친구. 그놈을 잡는 것은 아버지에게 "너무나 확실해서 소름이 끼치는 사명"(344면)이다. 청계산에 숨은 살인자를 잡으려고 추운 겨울 식은 김밥을 씹으며 잠복하던 아버지, 마침내 살인자를 목격한다. 마침 그놈은 나무에 목을 매 자살하려는 참이다. 죽게 놔둘 것인가, 살릴 것인가. 작품을 제대로 아퀴 지으려면 물론 살려야겠지. 표층의 스토리라인이다.

둘. 모든 것을 잃은 자본가(서기석)가 있고, 더이상 잃을 것 없는 어린 무산자(정우진)가 있다. 자본가는 부도 직전, 평생 일군 공장을 단돈 100만원(!)에 넘겨야 할 처지이고 설상가상 외아들마저 잃었다. 가난한 어린 살인자(정우진)는 친구(그는 자본가의 아들이다)의 다단계판매 유혹에 넘어가 가족의 전재산을 날리고 집마저 잃었다. 돈을 돌려달라는 요구에 "넌 (…) 니 아버지처럼 벌레처럼 살 거"(368면)라는 저주로 화답하는 친구를 얼결에 칼로 찔러 죽인 그, 당연히 미래마저 잃었다. 모든 것을 잃은 아버지 서기석의 다음 대사는 정작 정우진 자신이 내뱉고 싶은 물음이겠다. "그래, 뭘 더? 말해봐. 내가 뭘 더 잃을 수 있어? 어?"(346면) 서로 물고 물리며 모든 것을 잃은 채 똑같이 절망의 벼랑으로 내몰린 몰락자본가와 학생-무산자가 운명적으로 대면한다. 심층의 스토리라인이다.

유현산은 이 표층과 심층의 라인을 교직하고 배합해 견고한 단편 「황금날개」(『자음과모음』 2011년 가을호)를 구축했다. 장르는 추적 써스펜스 범죄물이고, 형식은 하드보일드 누아르이며, 써브텍스트(sub-text)는 한국사회의 계급 적대다. 아들을 죽인 살인자를 추적하는 아버지의 복수극이라는 장르적 프레임의 밑바닥에 계급 적대라는 써브텍스트를 배치한 전략에 힘입어, 소설의 의미망은 한층 두께를 얻었다.

(과잉해석의 위험을 무릅쓰고) 좀더 나아가보자. 흥미로운 것은 작가가 소설에 아무렇지도 않은 듯 흘려놓은 다음과 같은 장면이다. 살인자를 잡기 위해 오한과 미열에 시달리며 깊은 밤 산속에 잠복하던 아버지 서기석의 꿈이다.

꿈과 현실의 경계에서 사진으로만 본 정우진이 등장했다. 놈은 아들의 허벅지 살을 도려내 손에 들고 있었다. 아들과 함께 살던 하숙방이었는데, 온통 핏자국으로 가득했다. 돈을 줘요, 돈을! 놈은 계속 외쳤다. 그걸로 부족해? 서기석이 물었다. 예, 100만원쯤, 100만원어치가 부족해요. 놈은 허벅지의 남은 살을 칼로 도려냈다. 아들의 다리뼈가 허옇게 드러났다.
(361면)

살인자 정우진은 칼로 도려낸 아들의 피범벅 허벅지 살을 들고 외친다. "돈을 줘요, 돈을!" 서기석의 꿈속에서 아들의 죽음과 자금 압박으로 인한 부도의 원인이 하나로 응축된다. 아들을 죽인 살인자에 대한 분노 위에, 몰락한 자본의 절망과 피해의식이 겹쳐진다. 모든 것을 잃은 아비에게 그나마 남아 있는 것까지 빼앗아가려는 저 살인자의 탐욕! 이 꿈에 감춰진 잠재몽(潛在夢)의 내용을 읽어보면 대략 이런 것이겠다. 그런데 잠깐, 이 꿈에는 이를 뒤집어 읽고 싶은 유혹을 불러일으키는 무언가가 있다. 그 유혹에 슬쩍 굴복해 이 꿈을 "'산 노동'의 피를 흡혈귀처럼 빨아"(맑스) 먹어야만 살 수 있는 자본의 탐욕에 대한 전도된 패러디로 읽어보면 어떨까. 저 살인자처럼 자본은 항상 이렇게 외치지 않는가. "피를 줘요, 피를!" 이 꿈을 아들을 잃은 몰락자본가 서기석의 무의식에 거꾸로 새겨진 계급 적대의 풍경으로 읽을 수 있는 여지는 그런 측면에서 충분하다.

소설의 마지막. 아버지 서기석은 자살하려던 살인자를 그냥 죽게 놔두려던 달콤한 유혹을 물리치고 결국 그를 구해낸다. 그리고 그 배후에는 살인자를 추적하던 중 그가 이르게 된 마음속 결론의 작용이 있다. "그래, 실수였다. (…) 어떤 빌어먹을 우연이, 하필이면 그 시각에, 하필이면 그들에게 쏟아졌"(365면)을 뿐이다. 이 모든 것은 '빌어먹을 우연'의 작용일 뿐이다. 이것은 아들의 죽음과 부도난 자신의 인생을 운명 탓으로 돌려 어쩔 수 없는 것으로 받아들이는 쓰라린 자기위안이다. 그리고 똑같이 길을 잃은 두 절망 간의 화해가 그 뒤를 따른다. 어찌 보면 이는 '모든 것을 잃은' 자본가와 '모든 것을 잃은' 어린 무산자의 벼랑 끝 대면이라는 애초의 비전형적 구도 자체가 이를 수밖에 없는 그럴 법한 결론의 하나일 수 있겠다. 그런데 물어보자. 그 모든 참혹한 사건의 원인이 단지 우연에만 있는 것이었을까. 그 우연의 배후에는 과연 무엇이 도사리고 있었던 것인가. 이 작품의 서사가 뒤에 남겨두고 있는 물음은 바로 이것이다.

애도와 우울

◆

김주영의 『잘 가요 엄마』와 권여선의 『레가토』

1. 배신과 상처, 그리고 죄의식

어쩌면 나는, 간악하게도 어머니가 그토록 떨쳐내고 싶어했던 비애의 그늘이나 고통의 시간들이 가슴속에 그대로 유지되기를 바라고 있었는지 몰랐다.

평생을 궁핍과 고통에 시달렸으면서도 아들에 대한 죄의식을 차마 떨치지 못하고 살다 간 엄마가 있다. 제대로 먹이고 입히지도 못한 아비 없는 아들을 두고 자기 자신은 남자를 두번이나 갈아치우면서 아들에게 의붓아비의 눈칫밥까지 먹게 만들었다는 것이 그 죄의식의 근원이다. 그로 인해 아들은 평생 좌절과 수치심을 안고 상처받으며 살아왔고, 그래서 왕래를 거의 끊다시피 한 자식에 대한 엄마의 죄의식은 서로의 상처와 뒤엉켜 해소되지 않은 채 속으로 깊어져왔다. 그런 엄마가 고역과 신산으로 가득했던 이승의 삶과 이별했다. 아들은 어떻게 엄마를 애도할 것인가? 혹은 성공적인 애도는 어떻게 가능할 것인가? 김주영(金周榮)의 장편소설 『잘 가요 엄마』(문학동네 2012)가 펼쳐놓은 문제설정은 이것이다.

김주영의 『잘 가요 엄마』의 서사는 처음부터 불가피한 오해를 안고 출발한다. 무슨 오해냐고? 애당초 '잘 가요 엄마'라는 진부한 제목 자체가 다름 아닌 최루성 신파를 연상시키지 않는가? 그러나 이 소설은 제목 때문에 갖게 되는 지레짐작과는 달리 실은 최루나 신파와는 아무런 관련이 없다. 그보다 차라리 화자의 시선은 의외로 시종 냉정하고 감정도 억제되어 있다. 어머니의 죽음을 알리는 동생의 전화를 받았을 때조차 화자의 반응은 예사롭고 무덤덤하다.

　어느 편인가 하면, "자신을 길러준 어머니가 오랜 신산을 겪은 끝에 소슬했던 이승의 삶과 드디어 이별하고 말았다는 소식이 나의 저속하고 어리석은 일상에는 아무런 파문도 일으키지 않았다."(29면) 오히려 '나'는, 일찍이 아내가 위급하다는 급전(急電)을 받고도 귀국을 미루면서 노닥거리며 시간을 흘려보냈던 염상섭(廉想涉)의 『만세전』(1924)의 주인공을 의도치 않게 모방한다. 어머니의 죽음 소식(부고)을 들은 직후 그는 거실에서 포르노(!)를 보고, 아침에는 평소와 다름없이 출근해서 하루 일과를 정상적으로 마친다. 이 의도적인 지연행위는 어머니 시신의 염습 장면을 보고 싶지 않다는 속내에 이끌린 것이었는데, 그러는 동안 그는 아우가 그 고역을 혼자서 감당해주기를 바랐던 터다. 그는 그렇게 한사코 "저승사자와 손을 맞잡고 있는 어머니를 보고 싶지 않았다."(51면) 그런데 그는 왜 그렇게 어머니의 죽음과 대면하기를 회피하는가?

　'나'는 말한다. 솔직히 어머니의 참혹한 시신을 마주하는 "소름끼치는 고역"이 싫었으며, 그래서 새삼 그가 오랜 세월 동안 "어머니와 멀어져 있었다는 것"을 깨달았다는 것이다(52면). 어머니의 염습과 화장 절차를 치르는 동안 시종된 그의 냉담한 처신은 그만큼 어머니의 '배신'과 허물로 인한 상처가 깊었음을, 또한 그것이 어머니의 죽음조차 무덤덤하게 여길 만큼 그의 삶과 의식을 피폐하게 만들어왔음을 보여준다. 그토록 평생을 씻지 못한(못할) 수치와 좌절의 삶을 안겨주고 떠난 어머니를 그는 어떻게 애도할 것인가?

어머니를 화장한 후 바로 서울로 올라가려는 '나'를 어떻게든 붙잡아 두려는 아우의 '음모'를 눈치채고도 못 이기는 척 주저앉은 것이 그 시작이다. 이후 소설은 현재와 과거가 교차하면서 '나'의 기억과 아우와의 대화를 통해 모자(母子)의 고통스러웠던 간난고초를 회고한다. 한평생 모질고 가혹한 노동의 고통을 짊어지며 '나'를 건사해온 어머니의 삶과 가난한 '나'의 유년을 되짚어가는 이 회고행위야말로 바로 어머니에 대한 애도의 형식이다. 즉 소설에서 진정한 애도는 '나'의 불행의 근원이었던 어머니의 고통스러운 삶에 대한 회고 속에서 비로소 이루어진다. 그런 측면에서 이 소설의 애도는 그 자체로 자기반영적이다. (혹 오해가 있을까 싶어 덧붙이자면, 이는 단지 작품 자체의 자전적 성격에서 기인하는 것만은 아니다.)

소설에서 언뜻 '나'와 아우가 주고받는 대화가 어쩐지 어색하고 필요 이상 장황해 보이는 것도 이런 맥락과 닿아 있다. 그것은 소설 속 대화조차 어머니의 과거나 인간관계에 대한 정보를 드러내려는 회고의 의도에 흡수되고 있기 때문이다. 그 회고를 통해 드러난 '나'의 유년기의 불행과 어머니의 진실을 여기서 낱낱이 거론할 필요는 없겠다. 다만 큰아들의 징용을 막을 요량으로 외할아버지가 어머니를 유부남인 마을의 유력자에게 떠넘겼고 어머니는 그런 희생을 치르고 애숙이 누나와 '나'를 낳았다는 것, 그나마 그 남편이 집을 나가 소식을 끊어버리자 홀몸으로 남매를 키우기 힘들어 ('나'가 여태껏 외사촌으로 알고 있던) 애숙이 누나를 외삼촌에게 맡기고 그 댓가로 가혹한 노동의 고역을 짊어지고 외삼촌 가족의 생계를 거들어왔다는 것, 결국 외삼촌에 의해 돈에 팔려가게 될 처지에 놓인 애숙이 누나에게 자신의 애꿎은 팔자를 물려주지 않으려고 몰래 야반도주시켰다는 것 등은 밝힐 수 있을 것이다. 진정한 애도는 '나'가 몰랐던 어머니의 저 진실을 하나씩 알게 되면서 진척된다. 모진 노동과 자기학대로 점철된 어머니의 고통스러운 삶에 대한 뒤늦은 연민이 그 배후에 있었음을 우리는 짐작할 수 있다. 그러나 연민뿐일까. 애도를 완성하는 것은 오히려 연민에 따라붙는 '나'의 죄의식이다. 왜냐하면 '나'는 어릴 적부터 어머니의 저 가혹한 고통이 지속되기를 진심으로 바라왔던 까닭이다.

　　어쩌면 나는, 간악하게도 어머니가 그토록 떨쳐내고 싶어했던 비애의 그
　　늘이나 고통의 시간들이 가슴속에 그대로 유지되기를 바라고 있었는지 몰
　　랐다. 어머니가 당신의 그런 운명들을 홀가분하게 벗어던지는 순간부터 나
　　란 아이는 어머니로부터 소외되는 신세가 될 것 같은 불안감이 항상 나를
　　따라다녔다. (122면)

　　물론 그 죄의식은 소설 속에서 시종 감정을 억누르는 '나'의 태도 탓에 끝내 발설되지 않는다. 그 대신 '나'가 흘리는 한방울의 눈물이 말한다. 애도는 결국 '나'에 대한 어머니의 죄의식을 거꾸로 어머니에 대한 '나'의 죄의식으로 방향을 돌려놓음으로써 비로소 완성된다. 김주영의 소설 『잘 가요 엄마』의 득의는 바로 이 지점에 있다. 애초 아들을 배신한(또는 배신했다고 생각하는) 죄의식을 떨치지 못하는 어머니의 캐릭터부터가 예사롭지 않지만, 이 죄의식의 역전이라는 흥미로운 드라마를 통해 이 소설은 이와 유사한 소재를 다룬 여타 소설들로부터 스스로를 변별하고 있는 셈이다.

　　2. 애도하지 못한, 애도할 수 없는

　　나는 두려움과 외로움에 거듭 그녀를 범했습니다. 그런데 그녀는 지금 어디에 있습니까? 정말 사라진 겁니까? 어디에도 없습니까?

권여선(權汝宣)의 장편소설『레가토』(창비 2012)는 그간 우리가 보아온 권여선 단편소설들의 완결적 종합판이라고 할 수 있다. 음과 음 사이를 이어서 연주하는 것을 가리키는 '레가토'라는 제목에서 연상되는 것처럼 "소멸하는 앞의 음과 개시되는 뒤의 음이 겹치는 순간의 화음" 혹은 "과거의 흔적과 현재의 시간이 겹쳐"(429면)지는 순간 만들어지는 무언가를 의도했다는 것이 작가의 말이다. 그러나 실은 그건 비단 이 작품에만 해당되는 이야기가 아니다. 권여선의 많은 소설들이 따져보면 결국은 현재에 겹쳐진 과거, 그리고 뒤늦게 목적지에 도착한 과거의 편지로 인해 흔들리고 균열되는 현재의 시간과 감각에 대한 이야기가 아닌가. 과거의 의식이 현재의 행위와 겹쳐지고, 너의 얼굴에 나의 과오가 겹쳐지며, 지금의 너의 죄와 나의 지난 죄가 겹쳐진다. 권여선은 줄곧 그런 연속과 겹침의 미학을 경유해 자기기만을 통해 유지되는 통념과 통속의 삶의 양태를 집요하게 파헤쳐왔다.『레가토』의 후일담 형식은 이 작가 고유의 이런 성향이 장편의 옷을 입을 때 취할 수 있는 가장 적절하고도 효율적인 선택이라고 할 수 있을 터, 이것이 이 작품의 후일담이 통상적인 '후일담 소설'의 맥락과는 다른 이유다.

　　『레가토』는 완성할 수 없는 애도에 대한 이야기다. 민주화라는 가치를 위해 운동에 투신해 이십대의 청춘을 바쳤던 이들이 있다. 인하, 준환, 재현, 진태가 바로 그들. 삼십년이 흐른 뒤 인하는 영향력 있는 국회의원이 되었고, 준환은 그의 보좌관으로, 재현과 진태는 각각 대학교수와 출판사 사장이 되어 있다. 그런데 그들은 무엇을 애도하지 못했는가? 그 중심에는 바로 어느날 그들의 눈앞에서 사라져 1980년 5월 광주에서 실종되어버린 오정연이 있다. 겉으로 평온해 보이는 그들의 일상은 오정연의 실종이라는 공동의 트라우마를 망각하려는 안간힘 위에 구축되어 있지만, 도대체 망각이 가능할 리 없다. 특히 폭력을 동원해 오정연을 강간했던 박인하의 경우는 더욱이나 그렇다. 오정연에 대한 죄의식은 시시때때로 그를 급습하며 그때마다 그는 광폭한 자기학대의 심연으로 스스로를 몰아넣는다. 경중의 차이는 있으나 정연에 대한 죄의식은 다른 인물들도 마찬가지다. 그들의 죄의식은 운동을 그만두겠다는 정연의 갑작스러운 선언에서 비굴과 타협만을 읽고 그녀를 외면하고 돌보지 못했다는 데서 오는 것이다. 그들은 애도하지 못한다. 그들이 알게 모르게 지은 과거의 죄와 그 결과를 차마 망각하지 못하기 때문이다.

그러니 당연히 떠나보내지 못한 오정연은 그들의 의식 속으로 끊임없이 돌아올 것이다. 진태와 재현의 말장난 속에 등장하는 "은유의 룰"(188면)에 대한 언급은 그런 측면에서 사뭇 의미심장하다. 잘라 말해 오정연은 '은유의 룰'을 타고 그들의 의식 속으로 돌아온다. 예컨대 다음 대목.

"내가 조금 전에 오기 부리지 말고 허연 거 먹으라고 했지? 허연 거에서 하연이를 찾아냈으면 그보다 먼저 오기 부리지 말고에서 오정연이를 찾아 냈어야지. 우리 이교수께서 어째 오자 들어간 어휘를 그렇게 심상하게 흘리시나?"(188면)

언뜻 의미 없는 말장난처럼 보이지만, 평상의 어휘 속에서도 애써 유사성을 찾아내려는 이 은유의 유희는 오정연과 그녀에 대한 죄의식을 어떻게든 망각하지 않으려는 의지에서 나오는 것이다. 이는 박인하의 경우도 마찬가지인데, 다음처럼 그 역시 유사성(=은유)의 원리를 잊지 않는다.

이대로 술에 취해 아랫도리를 설사오물로 더럽힌 채 추하게 까발려진 상태로 죽고 싶다는 생각이 들었다.
그는 변기에 앉아 바지와 팬티를 벗어 목에 걸었다. 포장마차에서 말아온 휴지의 일부를 떼어 엉덩이에 튄 오물을 닦고 엉거주춤한 자세로 일어나 다리를 벌렸다. 순간, 이와 똑같은 자세를 취하고 서 있던 그녀의 모습이 떠올랐다. 그날 그가 잠깐 코를 골다 눈을 떴을 때 그녀는 벌거벗은 채 엉거주춤한 자세로 서서 싸구려 휴지로 아랫도리를 닦으며 「보헤미안 랩소디」를 흥얼거리고 있었다. 그녀도 그때 그렇게 까발려진 채로 죽고 싶었을까. (203면)

박인하의 의식 속에서, 과거의 정연과 오늘의 자신이 겹쳐진다. 오늘의 '나'의 얼굴에 '나'의 죄가 크게 씌어 있다. 정연과 꼭 닮은 얼굴을 하고 등장하는 하연(나중에 인하와 정연의 딸로 밝혀진다)은 흥미롭게도 이 은유적 겹침의 캐릭터적 표현으로 읽힌다. '레가토'가 겹침의 미학이라면, 은유 역시 겹침의 미학이다. 박인하 등이 작동시키는 이 은유적 겹침은 오늘에 작용하는 과거를 환기시키는 동시에 죄의 망각을 저지하려는 우울증적 안간힘의 표현이다. 그들은 그런 방식으로 자신들이 지은 죄에 대한 기억의 저주를 떠안는다. 그들은 애도하지 않는다. 그리고 그것이 그들의 최소한의 윤리다.

실종된 오정연은 어떤 측면에서 그런 '죄의 기억'의 알레고리로 기능한다. 그럼에도 불구하고 다른 한편 그녀는 그에 머물지 않고 (권여선 소설의 인물치고는 특이하게도) 유례없는 활기와 생동감을 보여주는 살아 있는 인물이기도 하다. 강간의 폭력을 겪고 자신이 흘린 "한 티스푼의 피"(324면)를 투쟁의 동력으로 역전시키며 진압군의 폭력에 부상당한 몸으로 끝까지 투쟁의 현장을 지키다 실종되는 오정연은 단순한 알레고리로서의 기능을 넘어 저 스스로 자신의 서사를 적극적으로 써나간다. 실상 이 권여선식 기억의 서사가 장편으로서 설득력을 갖는 것은 오정연의 이 매력적인 캐릭터에 힘입은 바 크다.『레가토』는 저 남자들의 죄의식의 드라마와 한 여자의 투쟁의 드라마가 겹쳐지고 충돌하며 교직되면서 만들어내는 모순적 화음으로 빛나는 새로운 권여선식 후일담 소설이다.

마지막으로 에필로그에 대해 한마디. 오정연이 실종된 후 기억을 잃은 채 빠리에서 다른 이름으로 살고 있다는 것인데, 작가는 어느 자리에서 그러한 타협적 결말이 스스로 '죄의식을 덜게 해줄 최소한의 위로'를 받고 싶었기 때문이라고 말한 바 있다. 그런 의미에서라면 이 에필로그는 충분히 이해할 수 있는 사족이다. 그러나 무정한 독자인 나의 욕심은 이렇다. 작가가 더 괴로웠으면, 그녀의 기분이 더 더러워졌으면.

고독의 재발견

◆

윤대녕과 은희경의 소설

그들의 눈물

그들이 울고 있다. 그들은 두 명의 남자다. 그중 고향마을 늙은 작부의 품에 안겨 통곡하는 '나'가 있는가 하면, 손님으로 찾은 레스토랑에서 불현듯 난쟁이 여종업원의 몸에 얼굴을 묻고 울음을 터뜨리는 '나'도 있다. 울음은 쉬 그치지 않을 듯하다. 이것은 각기 같은 시기에 발표된 윤대녕(尹大寧)과 은희경(殷熙耕) 소설이 보여주는 애처로운 풍경이다. 공교롭게도 약속이나 한 듯 무거운 삶에 지친 남성 화자의 애절한 눈물이 이들 소설의 마지막을 똑같이 장식하는 것은 겉만 보아도 사뭇 의미심장하다. 대체 이 사내들에게 무슨 사연이 있는 것인가. 물론 이는 울고 있는 소설 속의 사내들에게만 해당하는 물음은 아니겠다. 그전에 먼저 눈물 흥건한 소설 끝자락의 풍경들을 잠시 눈에 담아보자.

어느 때든 이 집을 나서기 전에 나는 가슴의 봇물이 터지리라는 것을 예감하고 있었다. 그리고 그 순간은 그리 더디 오지도 않았다. (…) 뒤미처 참고 참았던 눈물이 눈에서 마구 쏟아져내렸다. 급기야 나는 늙은 문희의 품에 쓰러져 소리를 내며 울고 있었다. 희번덕 놀란 눈으로 나를 내려다보던 늙은 문희가 이윽고 가슴에 나를 끌어안고 등을 쓰다듬고 머리를 어루만져주었다. 그러다 함께 통곡이라도 하듯 이렇게 내뱉고 있었다.

"아이고 내 새끼! 그동안 가슴에 뭔 일이 있었던 게구나. 틀림없이 그렇구나. 불쌍한 내 새끼, 이걸 어떡하나."(윤대녕 「제비를 기르다」, 『문예중앙』 2006년 가을호 101면)

그리고 그때 나는 분명히 느꼈다. 나로부터 나누어진 내 몸의 일부가 가볍게 허공을 날아올라 악기 연주자에게 옮겨가고 있다는 것을. 난쟁이 여자의 옆자리에 가서 앉은 나는 여자의 어깨에 얼굴을 파묻고 흐느끼기 시작했다. 미안해. 나는 계속해서 중얼거렸다. 미안해, 난 쓸모없는 놈이야. 미안해. 눈물은 쉽게 그칠 것 같지 않았다. (은희경 「고독의 발견」, 『문학·판』 2006년 가을호 57면)

보다시피 보잘것없는 늙은 작부와 난쟁이 여자의 품속에서 울음을 토해내는 사내들의 이 애달픈 정경은 사실 그다지 낯선 것이 아니다. 그리고 이 경우 대개 그렇듯 이들의 울음 뒤편에 쓸쓸한 회한이 웅크리고 있으리라는 것쯤도 어렵지 않게 짐작할 수 있다. 그런 만큼 이들 풍경은 어느 면 우리가 지금껏 여기저기서 되풀이해 접했던 진부한 클리셰에 가깝다. 익숙한 감상적 정서가 언뜻 두드러져 보인다는 점도 그렇다. 그러나 그뿐인가.

그렇지 않다. 그보다 우리가 윤대녕과 은희경의 소설에서 놓치지 말아야 할 것은, 저 눈물겨운 클리셰가 문득 새로운 의미를 얻으면서 문학적인 발화로 변용되는 지점이다. 그리고 차차 이야기할 테지만 이때 이들 소설이 보여주는 특정한 '문학적 발화'는 그 자신의 길을 되짚고 돌아보는 문학의 자기반성적 작용과 관계된다. 이들의 소설이 언뜻 상투적으로 보이는 마지막 장면의 인상에도 불구하고, 아니 정확히 바로 그것에 기대어 보여주는 성취도 여기에 걸려 있다. 그러니 마지막 장면만을 보고 가질 법한 손쉬운 선입견을 잠시 거두고 저 눈물 뒤편의 사연들을 헤아려보는 것이 필요하겠다. 앞으로 돌아간다.

그것이 또한 인생이라면

늘 닿을 수 없는 곳만을 그리워하며 툭하면 집을 나가 어딘가를 헤매다 돌아오곤 했던, 그래서 평생 남편과 자식을 고독하게 만들었던 어머니가 있다. 그런 어머니를 원망하던 고독한 소년은 어느날 가출을 단행하고, 대개 그렇듯 곧 아버지에게 다시 붙들려온다. 소년을 끌고 고향 강화에 돌아온 아버지가 곧장 기어들어간 읍내 시장골목 '문희'라는 작부집 앞에서 종일 아버지를 기다리던 소년은, 추위와 허기에 지친 그를 안아준 친절하고 예쁜 작부 문희를 가슴에 담는다. 문희와의 그 운명적인 마주침은 이후 소년의 삶에 지워지지 않는 안타까운 무언가를 새겨넣었을 터, 소설의 표현에 따르면 그것은 대략 "바다와 같은 그리움"(70면)이겠다. 그뒤 소년이 자라 고향의 작부와 이름이 같은 문희와의 우연한 만남이 있었고, 애인이 있던 그녀와의 불안한 만남과 이별, 좌절과 방황이 계속되었으며, 그렇게 삼십오년이 흘러 다른 여자와 결혼해 이제 지친 중년이 된 소년은 오랜 시간 그리워했던, 이제는 늙어버린 작부 문희를 찾는다. 윤대녕의 「제비를 기르다」의 대강의 사연이다.

소년이 자라 한 여자를 만나 헤어지고 다시 또 만나 떠나보내면서 앞에서 본 결론으로 치달아가기까지, 이야기는 소년의 오랜 방황의 시작과 끝을 담담하게 그린다. 그것은 소년에겐 붙잡을 수 없는 것을 붙잡으려는 헛된 노력의 연속이었다. 항상 머나먼 다른 곳을 꿈꾸며 소년을 고독하게 만들었던 어머니가 그랬고, 한순간의 마주침 후 다시 가까이할 수 없는 아련한 그리움만을 심어주었던 작부 문희가 그랬으며, 불안한 만남을 지속하다 결국 떠나버린 여자 문희가 그랬다. 소년에게 그 셋은 다르지 않다. 그녀들은 모두 똑같이, 허망한 실패의 다른 이름이다. 이를 상징적으로 보여주는 한 대목. 문희와 함께 어머니를 찾아 만나고 나온 뒤 '나'는 문희와 다음과 같은 대화를 나눈다.

"아까 당황한 눈치던데."

깊게 가라앉은 목소리로 문희가 대꾸해왔다.

"네, 뭐 조금."

"어머니 말에 너무 신경쓰지 않았으면 좋겠어."

내가 무슨 말을 하고 있는지는 문희도 알고 있었다.

"하지만 저도 비슷한 느낌을 받긴 했어요. 형우씨 어머님과 제가 어딘지 모르게 닮아 있다는 느낌 말예요."

아니, 그러면 안되는 것이었다. 어머니와 닮은 여자를 만나기 위해 내가 지금껏 몸부림치며 방황하고 산 게 아니었다. 문희가 고개를 들어 직사각형의 창에서 쳐들어오고 있는 빛을 바라보았다. 찰나 지우개로 지운 듯 문희의 얼굴이 보이지 않았다. (87~88면)

불안한 예감과 당혹스럽고 절박한 부인(否認)이 교차하는 대목이다. 어머니가 그러했듯, 문희는 곁에 있어도 곁에 있는 것이 아니다. 물론 결말은 예상대로다. 어머니의 상징적 부재로 인한 외로움을 메우려는 '나'의 노력이 저도 몰래 작부 문희에 대한 그리움으로 미끄러져가고 그것이 다시 같은 이름을 가진 여자 문희에게로 이어졌던 것이지만, 그런 노력은 결국 공허를 더욱 깊게 만들 뿐인 허망한 실패의 과정이었다. 그것을 '나'

또한 모를 리 없다. 두 남자 사이에서 방황하던 문희와 태국에서 기나긴 사랑을 나눈 다음날, '나'는 이렇게 말하는 것이다. "오후에 일어나 거울 앞에 서자 내가 보이지 않았다. 또다른 낯선 공허함이 풍선처럼 몸과 마음을 가득 채우고 있었다."(85면) 아무리 애를 써도 그것은 어쩔 수 없는 것이다.

어머니는 결국 오랜 방황을 접고 고향에 돌아와 죽음을 준비하며, 영혼을 잃고 방황하다 세번째 결혼한 문희 또한 어렵게 안정을 찾았다. 그러나 이제는 이미 모든 것이 지나가버려 다시 돌이킬 수 없는 시간의 끝일 뿐이다. 차곡차곡 안으로 쌓여오다 울음으로 터져나오는 이 작품의 애절한 허무는 결국은 그렇게 끝나버릴, 더는 어찌해볼 도리 없는 불가항력의 삶에 대한 안타까운 긍정에서 오는 것이다. 거기엔 아무리 애를 써도 붙잡을 수 없고 돌이킬 수 없는 것이 있음을 이제는 인정하고 받아들이는 뒤늦은 체념과 회한이 있다. 소설의 표현대로 "그것이 또한 인생이라면"(84면) 말이다.

예민한 독자라면 이미 눈치챘겠지만, "짧은 날의 기나긴 방황을 마치고 돌아와"(97면) 회한에 젖은 '나'의 심사엔 실제 작가 자신의 심리가 보이지 않게 얹혀 있다. 붙잡을 수 없는 것을 찾아 떠돌다 결국 비속한 일상 속의 운명적 허무로 귀환하는 소년의 삶의 궤적은 그 자체로 윤대녕 소설이 지금까지 보여준 문학적 변화의 궤적을 닮아 있다. 알다시피 1990년대 윤대녕 소설은 '시원으로의 회귀'라고 일컬어진 낭만적 자기찾기의 서사였다. 그러나 2000년대 이후 윤대녕의 소설은 여기가 아닌 먼 곳을 찾아 헤매기보다 지금 이곳의 삶의 무게와 공허를 응시한다. 「제비를 기르다」에 숨어 있는 것은, 그렇게 보이지 않고 잡히지 않는 '삶의 시원'을 찾아 떠돌던 젊은 시절 작가 자신의 문학적 여정에 대한 쓸쓸한 애도다. 그리고 이것이 자신의 문학에 대한 모종의 반성적 성찰에서 비롯되었으리라는 것도 어렵지 않게 짐작할 수 있겠다. 이 소설에서 작가는 방황에 지친 '나'

를 쓸쓸한 긍정의 허무와 위안의 품에 머물게 하고 있을 뿐이지만, 이후 윤대녕 소설의 진전은 이 지점에서 어떻게 더 달리 깊어질 것인가를 탐구하는 가운데서 나올 것이다.

미안해, 난 쓸모없는 놈이야

은희경의 「고독의 발견」의 '나' 또한 울고 있지만, 당연히 맥락은 전혀 다르다. 실패한 고시생 '나'가 우연히 옛날 하숙집 외아들의 작은 여관을 관리해달라는 하숙 동기의 제의를 받고 W시로 내려간다. '나'는 W시에서 만나게 된 난쟁이 여자와 술을 마시며 오래전 여행했던 옛 절터를 다시 찾기도 하고 대화를 나누기도 하면서, 문득 자기 삶의 실패를 되풀이하지 않게 해주리라 생각하는 무언가를 완성한다. 조금 엉뚱해 보일지 모르겠지만, '나'가 완성하는 것은 바로 "몸을 가볍게 만드는 연구"(55면)이다. 그렇게 가벼워진 '나'는 시간을 거슬러 옛 애인 S와 이별을 앞두고 마주했던 레스토랑으로 돌아와 있다. 그곳에서 써빙을 하는 난쟁이 여자의 어깨에 기댄 채 흐느끼는 악기 연주자. 그때 '나'는 느낀다. "나로부터 나누어진 내 몸의 일부가 가볍게 허공을 날아올라 악기 연주자에게 옮겨가고 있다는 것을."(57면) 우리가 앞에서 본 '나'의 울음 뒤편에는 실은 이런 사정이 있었던 터다. 다소 황당해 보이는 스토리지만 사실 겉보기만큼 그렇진 않다. 무엇보다 중요한 것은 이 스토리엔 은희경 소설의 중요한 변화가 암시되어 있다는 점이고 또 그것이 이 소설의 흥미로운 성취와 무관하지 않다는 사실이다.

윤대녕의 「제비를 기르다」에서 1990년대 윤대녕 소설의 다시 쓰기의 흔적을 볼 수 있다면, 그것은 은희경의 소설 「고독의 발견」에서도 마찬가지다. 일례를 들자면, 있지도 않은 옛 절터를 찾아가는 「고독의 발견」에서

'나'의 행동은, 맥락은 다소 다르지만 지금은 물에 잠겨버린 영추사를 있다고 생각하고 찾아가는 은희경의 초기 단편 「그녀의 세번째 남자」의 '그녀'의 허망한 행로를 반복하는 것이다. 이런 식으로 「고독의 발견」에는 이전 은희경 소설의 모티프들이 조금씩 변형되어 의식적으로 흩뿌려져 있다. 그중에서도 이 소설을 이전 단편들의 다시 쓰기로 볼 수 있게 하는 결정적인 흔적은 바로 소설의 캐릭터다.

'나'는 할 줄 아는 일이라곤 공부밖에 없었던, 그럼에도 뜻했던 고시에 실패해 패배감과 자책에 젖어 있는 인물이다. 소설은 그런 '나'의 성격을 대략 이런 표현들로 친절하게 요약한다. "따돌림을 받을 만한 고지식함, 눈치 없는 솔직함과 질문과 참견, 집요함, 이기적인 면."(33면) 이것은 어느날 '나'가 같은 하숙집에서 지냈던 검은 코트 남자와의 대화를 계기로 환기된 자기인식이다. 헤어진 애인 S가 '나'에게 했다는 말도 마침 이렇다. "고지식하긴. 세상의 규칙 자체가 잘못돼 있는데, 그것을 잘 지킨다고 질서가 잡힐 것 같아?"(38면) 이미 눈치챘겠지만 이런 '나'의 캐릭터는 나름으로 성실하고 상식적으로 산다고 생각하지만 세상이 그렇지 않다는 것을 혼자만 모르고 있는, 이전 몇몇 단편에 등장한 캐릭터의 연장선상에 있다. 하지만 이 소설에서 중요한 것 중 하나는 예의 그 캐릭터에 이전엔 없었던 큰 변화가 끼어들고 있고 그 변화가 소설을 이끌어가는 축이 된다는 사실이다. 그리고 그 변화의 중심에 자기 자신의 그런 순진한 무지에 대한 주인공의 뒤늦은 자각과 반성이 있음은 특별히 지적해야 할 것이다. 그 점은 앞에서 보듯이 이제는 비로소 자기 자신을 객관화하게 된 듯한 '나'의 모습에서도 미루어 알 수 있는 바지만, 다음의 반성적 자문 또한 같은 맥락에 있다.

나는 갑자기 생각했다. 어쩌면 나는 S에게 상처를 주었는지도 모른다. 그리고 이 여자에게도. 가족들과 그리고 어쩌면 세상 모두에. 나는 무엇을 잘

못했던 것일까. (54면)

주목해야 할 것은 소설에서 '나'의 이런 자기반성의 시선이 '허구'의 힘을 빌려 비로소 트이고 있다는 사실이다. 그 이전에 먼저 오래전 실패를 거듭하던 '나'와 헤어지기로 결심한 S가 '나'에게서 끝내 듣고 싶었던 이야기가 무엇이었는가를 짐작해 되짚어보는 것이 필요하겠다. '나'가 뒤늦게 떠올리는 것은 이렇다. "그녀는 거짓말해주기를 원했을지도 모른다는 생각이 들었다."(35면) 물론 '나'는 그것을 늦게야 실천에 옮긴다. 옛 하숙 동기였던 검은 코트 남자에게 그동안 외국에 있었노라고 말하는 '나'의 거짓말이 그것인데, 남자의 제의를 받아들이기로 하고 그와 헤어진 '나'가 "이상하게도 몸이 가벼워진 기분"(36면)을 느끼는 것은 그 거짓말에서 비롯된 효과이겠다. 그뒤 W시에서 난쟁이 여자와의 만남을 비롯한 일련의 사건들은(어쩌면 애초 검은 코트 남자와의 만남까지도) 앞뒤 맥락을 헤아려보면 실은 모두 '나'의 환상 혹은 허구(거짓말)라고 보는 것이 타당할 것이다. 그 환상이나 거짓말은 난쟁이 여자가 그랬듯이 '나'를 여러개의 '나'로 나누는 실험이며, 그렇게 해서 가벼워진 몸으로 스스로 덧씌운 굴레에 억눌렸던 '나'를 해방하는 연습이다. 소설 마지막 장면에서 악기 연주자의 몸으로 옮겨가 난쟁이 여자의 어깨에 기대 울음을 토하는 환상(속의 환상)이 보여주는 것은 저 환상(거짓말)이 또한 뒤늦은 감정 실천이기도 하다는 사실이다. 그 장면은 자기가 고독하다는 것조차 느끼지 못했던 '나'가 고독을 (재)발견하는 실천의 현장이며, S 앞에서 억눌러왔던 자기표현의 뒤늦은 실천이다. 더불어 그것이 타자에 이르는 감정의 길을 틔워놓는 실천이기도 하다는 점은 다시 말할 것도 없다.

이 지점에서 우리는 이전까지 '나'와 방불한 유형의 캐릭터로 향했던 은희경 소설의 냉정한 시선을 기억할 필요가 있겠다. 「고독의 발견」은 그런 인물을 다시 등장시켜 스스로 무지를 깨트리고 나아갈 수 있도록 자기

발견과 자기반성의 길을 열어주고 있는 소설이다. 그리고 이는 은희경 소설의 연기자들이 그랬듯 '보여지는 나'와 '바라보는 나'의 의식적 분열을 통해 얻을 법한 아이러니의 시선을 갖지 못했던 실패자들과 그들의 무지에 대한 연민의 시선에 의해 뒷받침된다. 「고독의 발견」이 보여주는 흥미롭고도 값진 변화는 대개 냉소에 동원되곤 했던 자기 소설 캐릭터의 초라하고 비루한 삶에 이제 그렇게 자기발견과 실천의 목소리를 부여한다는 사실이며, 조용한 연민과 공감의 감각이 그것을 감싸안는다는 사실이다. 그리고 소설에서 그것을 촉발하고 움직여가는 동기가 되는 것이 겹겹의 허구라는 것 또한 문학의 자리와 관련하여 우리가 다시금 차근히 되새겨 보아야 할 사항일 것이다.

인간희극

◆

권여선의 『비자나무 숲』 읽기

　권여선(權汝宣) 소설의 일관된 맥이 있다면, 그것은 바로 기억이다. 저 스스로 잊었거나 묻어버렸던 과거의 조각이 뜻하지 않은 시간, 엉뚱한 장소에서 수면에 떠오르고, 오래전 심상히 지나쳤던 말 한마디, 몸짓 하나가 오늘 돌연 인물들의 뒤통수를 때린다. 과거의 자기가 현재의 자기에게 무심결에 부친 편지는, 오랜 시간 먼 곳을 돌고 돌아 결국은 기억의 이름으로 목적지에 도착한다. 그리고 불현듯 '나'는 깨닫는다. 그 편지는 '나'의 것이지만 '나'는 그것을 알지 못했다. 그러니 이렇게 말할 수밖에. "누가 너를 내게 보내주었지?"(「진짜 진짜 좋아해」, 『비자나무 숲』 262면)

　그런 까닭에 (겉보기엔 혹 그렇지 않을지 몰라도) 권여선의 대개의 소설은 본질적으로 후일담이다. 그것은 그녀의 소설이 단순히 과거를 돌아보기 때문이 아니라, 되돌아오는 저 우연한 과거의 조각들에 의해 균열되고 몸서리치는 현재의 표정을 예민하게 포착해내고 있기 때문이다. '나'가 기억 못하는 '나'의 어제가 오늘의 '나'를 있게 했고, 또 그것에 대한 뒤늦은 깨달음이 다시 오늘의 '나'를 뒤흔든다. 그러니 권여선의 인물들은 어쩌면 이렇게 말하고 싶어할지도 모른다. '나'의 어제는 '나'가 알지 못한 '나' 안의 타자다. 권여선의 인물들을 문득 사로잡는 느닷없는 분노와 죄의식, 수치(羞恥)와 자학, 쓰라린 쾌(快)와 달콤한 불쾌 같은 기이한 정념들은 바로 이 지점에서 분출한다. 멀리 의식 뒤편으로 던져버렸으나 결국은 돌아와 목적지에 도착하는 저 실패한 기억의 복수, 이것이 권여선식 기억의 현상학이다.

『비자나무 숲』(문학과지성사 2013)의 세계 또한 이것과 다르지 않다. 그러나 여기서 권여선의 세계는 한걸음 더 자신의 폭을 넓혀놓았다. 어떻게? 작가에게 익숙한 지식인 커뮤니티의 풍경에서 저잣거리 장삼이사의 닳고 자질구레한 의식의 행태로, '나'를 상처 내는 실패한 기억의 현상학에서 인물들 스스로의 삶을 관장하는 실패한 행위와 자기기만의 생태학으로. 『비자나무 숲』에서 인물들의 삶은 과연 하나같이 실패한다. 그들은 도대체 어디서부터 잘못되었는지 과거를 되짚어보기도 하지만, 안다고 한들 그것을 교정할 수도, 되돌릴 수도 없다. 인생은 실패의 몫을 짊어지면서 그저 그렇게 흘러갈 뿐이다. 그래서 「진짜 진짜 좋아해」의 '나'도 이렇게 말하고 있었다. "누가 의도해서 그런 것도 아니었다. 그렇게 흘러갔을 뿐이었다."(258면)

단 한번 '길모퉁이'를 잘못 돌아 다단계사업에 뛰어들었다가 빚만 짊어지고 도망자 신세가 되어버린 「길모퉁이」의 '나'가 깨닫는 것도 그런 것이다. '나'는 너무 멀리 왔고 다시는 돌아가지 못한다. 그런데 "재생이라니, 그건 간단한 만큼 불가능한 개소리였다."(「길모퉁이」, 148면) 어렵사리 직장을 얻었지만 속절없이 속물로 늙어가는 지방대 여교수 양숙현도 이에 동조한다. "여기는 어디인가. 그 먼 길을 달려와 미술관에 가려다 전당포로 잘못 들어오고 만 느낌이 들었다."(「꽃잎 속 응달」, 226면) 그들은 잘못 들어섰다. 하지만 애초 잘못 들어설 수밖에 없는 길, 속절없이 쓰라린 실패 그 자체가 바로 인생이다. 그들도 전혀 모를 리 없다. "나는 도대체 어디로 가려고 했던 것일까. 애초부터 그곳은 전당포 같은 곳이 아니었을까."(「꽃잎 속 응달」, 227면) 그래서 저들은 애초 가려고 한 '비자나무 숲'에 끝내 가지 못하고(「비자나무 숲」), 남자친구가 붙잡아온 여자애를 이용해 사채를 청산하려다 일이 꼬여 뜻하지 않게 살인공범이 되어버린다(「소녀의 기도」). 악에 받친 그녀라면 마침내 이렇게도 외쳐볼 터. "다 저 새끼 탓이었다."(「소녀의 기도」, 193면)

하지만 정말 '다 저 새끼 탓'일까? 그렇지 않다. 권여선의 소설은 이 실패의 책임은 다름 아닌 저 자신의 오인(誤認)에 있음을 넌지시 이야기한다. 그(또는 그녀)들은 자기를 알지 못한다. '나'는 '나' 안의 '나'를 외면했고, '너' 안의 '너'를 보지 못했다. 그래서 '나'는 '나'로 인해 실패하고, '너'와의 관계에도 실패한다. 소설집『비자나무 숲』전체에서 권여선이 펼쳐 보여주는 것은 그러한 오인의 심리지도다. 예컨대「은반지」에서, 심여사에게 베풀었던 '나'의 친절은 황당하게도 심여사의 지독한 악다구니로 보답받는다. '나' 안의 '나'를, '너' 안의 '너'를 외면했던 결과다. 권여선의 소설에서 인물들은 모두 그렇게 오인하고, 오해한다. 그리고 그것이 낳은 결과는 시간이 흐른 뒤에 불쑥 출몰해 인물들의 뒤통수를 때린다. 그뒤에 오는 것은 오로지, 속수무책일 뿐이다. 그리고 속수무책을 봉합하는 자기기만이라는 또 하나의 오인이 있을 뿐. "그렇다. 모든 것을 예비하시는 그분께서 이런 시련을 통해 그녀에게 이런 소명을 주신 것이다."(「소녀의 기도」, 194면)

권여선의『비자나무 숲』은 이 실패와 오인의 숲이다. 이 소설집의 여기저기에 작가가 숨겨놓은 저 오인의 쓰라리고 달콤한 비밀을 여기서 구구절절 파헤치는 것은 삼가기로 한다. 그것은 그 비밀을 하나하나 스스로 찾아내며 즐거워할 독자에 대한 도리도 아니고, 제한된 지면에 대한 예의도 아니다. 다만 끝으로, 이것 하나만은 말해둔다. 권여선의 소설은 이로써 비로소, 남과 '나'를 기만하고 오해하고 실패하며 또 그렇게 비루와 자질구레를 살아가는 속물들에 대한 권여선식 '인간희극'의 공연에 어느새 한발을 내딛었다.

놀자, 놀자꾸나!

◆

TV 드라마 「응답하라 1988」(2015. 11. 6~2016. 1. 16. 이하 「응팔」로 약칭)이 폭발적 반응과 화제 속에 끝났다. 드라마의 화제성에 힘입어 SNS를 비롯한 각종 매체에서도 감상평이 줄을 이었다. 식자들 간에는 호의적인 평보다는 비판적 논평이 대세였던 것 같다. 당대를 규정했던 중요한 사회적 갈등과 투쟁을 배제하고 인간살이의 사소한 면만을 부각하는 재현의 방식, 그럼으로써 생겨나는 역사성의 제거와 과거의 물신화, 지금은 잃어버린, 현재의 '그리운' 전사(前史)로서 1980년대의 감상적 이상화, 역사의 맥락을 광고, 대중문화, 남편 찾기 미션에 녹여 증발시켜버리는 몰정치적·몰역사적 노스탤지어, 처음부터 존재하지도 않았던 과거의 갈등 없는 공동체와 이상적 가족의 신화에 대한 순진한 환상의 투사, 인물들의 성장과 여성 캐릭터(덕선)의 남편 찾기에 투영되어 있는 중산층 남성주의 이데올로기 등등.

물론 구구절절 맞는 얘기다. 그럼에도 실은 (실토하자면) 한때 무비판적 본방 사수족의 일원이었던 입장에서 저런 식의 근엄한 관전평에 마음 한구석엔 좀 야속하단 생각도 없진 않았을 것이다. (속으로) '뭐 저런 식으로 꼬치꼬치 정색할 것까지야……' 거기엔 어쩌면 모종의 심정적 반감까지 살짝 끼어들어 있는지도 모르겠는데, 놀지 말고 공부해야 성공한다는 어른들의 지당한 말씀 앞에서 짐짓 엇나가고 싶은 아이의 반발심리가 아마도 그런 것이겠다. 그러면서 그래도 그게 다는 아니지 않겠냐고 몰래 생각하며 아무것도 아닌 「응팔」의 한 장면에 저도 모르게 눈물짓고 있던 (내 나이 '아재'들의 쓸쓸한 특성이다) 바로 그 시간, 공교롭게도 「응팔」에 대해 옹호하는 글을 써달라는 전화를 받았다. 옹호라니. TV 드라마를?

이런 경우는 쉽지 않다. 패배가 예정돼 있기 때문이다. 전화를 끊고 곧바로 후회했지만, 어쩔 수 없는 때도 있는 법이다. 이 글은 그 전화에 대한, 실패를 무릅쓴 응답이다.

이해해. 그렇지만……

TV 드라마로서 「응팔」의 개성과 독특한 질감을 만들어내는 것은 '남편 찾기'라는 기발한 설정, 가요나 광고에 시대의 분위기와 정서를 의탁하는 발상, 유머와 예능 코드의 적절한 배치, 감성과 호기심을 효과적으로 건드리는 영리하게 계산된 연출기법 등이다. 그럼에도 외견상 이 드라마는 '좋았던' 과거를 소환하는 기존 복고 드라마의 관습과 의식 수준을 크게 넘어서진 않는다. 인간과 삶에 대한 단선적인 접근방식이나 가족의 신화화, 이데올로기적 보수성 또한 그 연장선상에 있다. 곳곳에서 극의 흐름에 구두점을 찍는 인물들의 감상적 내레이션의 내용 또한 대부분은 우리가 자주 보아온 그럴싸하지만 상투적인(그래서 어쩔 땐 심히 오글거리는) 아포리즘의 차원을 크게 벗어나지 않는다. 마지막회의 신파적 처리도 마찬가지다. 이 드라마에 대해 (특히 정치적 올바름의 시각에서) 다각도의 비판적 논평이 가해졌던 것도 이해하지 못할 바는 아니다. 그리고 이런 드라마에 대해 적용 가능한 비판의 공식 또한 자명하다. 그러나 그뿐인가?

그렇지 않다. 현실의 모든 현상은 언제나 그런 식의 공식이나 규범적 판단을 초월해 달아난다. TV 드라마 「응팔」의 서사도 마찬가지다. 「응팔」에 대한 여러 비판적 논평처럼 대중문화 서사의 여러 특징을 그런 식의 잣대로 재단하는 것은 어렵지 않다. 그러나 그럴 경우, 할 수 있는 말은 많지 않거나 대개는 부질없다. 무엇보다 인기를 얻는 모든 대중문화 서사는 그 속성상 애당초 그런 식의 엄숙한 정치적 올바름과 규범적인 재현의 정치를 멀리한다. 대중문화 서사는 본질적으로 대중의 욕망이 투사된, 대중의 평균적 의식과 감성에 호소하는 일종의 판타지이기 때문이다. 오히려 중요한 진실은 그런 정치적 올바름의 잣대나 규범에 의해 쳐내지고 버려지는 것들 속에 있는 경우가 더 많다. 너무나 뻔해 보이는 대중문화의 경우가 특히 그렇다.

더욱이 「응팔」과 같은 대중문화 서사가 가지는 의미는 그것이 수용되는 상황이나 맥락과 홀로 떨어져 존재하지 않는다. 다시 말하면, 많은 경우 그 의미는 텍스트 안에 고정되어 있는 것이 아니라 그 텍스트가 그것이 발화되는 시점의 현실적 맥락 및 당시 관객(시청자)들의 의식상황 등과 만남으로써 비로소 '생성'된다. 드라마의 욕망과 대중의 욕망이 서로를 비추고 투사하며 만들어내는 어떤 소통과 공감의 지점, 그곳이야말로 의미가 생성되는 공간이며 더 나아가 정치적 무의식이 활동하는 공간이다. 따라서 중요한 것은 과거와 인물과 사건에 대한 이 드라마의 재현의 정치 따위가 아니라, 「응팔」이라는 한편의 TV 드라마가 지금 이곳의 상황에서 만들어낸 그 소통과 공감의 지점에 응축된 정치적 무의식의 속살이다.

그 이전에 먼저, 이 드라마에 열광했던 시청자층이 실제 그 시절을 살아왔던 세대(사오십대)에 국한되지 않았음을 환기해둘 필요가 있다. 드라마를 보며 잃어버린(혹은 잃어버렸다고 상상된) 그 시절의 인간적 훈기에 대한 노스탤지어에 젖었던 시청자 세대들의 한편에는 '어남택'(어차피 남편은 택이)파와 '어남류'(어차피 남편은 류준열)파로 나뉘어 그 증거와 복선을 찾으며 남편 찾기 미션에 열중했던 이후 세대(십대에서 삼십대) 시청자들도 있었다. 미리 힌트를 흘리자면 전혀 무관한 듯 보이는 그 두가지 시청 포인트는 사실 서로 다른 척하고 있는 동전의 양면이다. 그리고 그 두가지 포인트의 은밀한 공유지점에, 세대를 아우른 대중의 욕망이 모여들고 세대를 막론한 공감의 연대가 투사된다. 어떻게?

알고 있어. 그렇지만……

이 드라마의 출발지점을 한마디로 정리하자면 이런 것이다. "알고 있어. 그렇지만……" 무엇을 알고 있다는 말인가? 무엇보다 1988년엔 가슴 설레는 청춘과 따뜻한 이해와 베풂만이 아니라 "세상을 향한 차가운 외침"과 "고도성장 속에서 곪아온 여러 사회적 갈등"(0화 '시청지도서')이 있었음을 알고 있다는 말이다. 또 무엇을 알고 있다는 말인가? 이미연과 왕조현 중 누가 더 예쁘냐 하는 친구들끼리의 열띤 논쟁이 별 쓸잘데기 없는, "세상에서 가장 무의미한 토론"(0화 '시청지도서')임을 알고 있다는 말이다. 그래서 어쨌다는 말인가? 「응팔」은 대답한다.

"그럼에도 불구하고."

드라마 0화(시청지도서)에서 내레이터인 이문세의 음성과 동시에 무심한 듯 흘러가는 저 자막 "그럼에도 불구하고"는 이 드라마의 출발지점을 알게 모르게 요약한다.

사실 이 '알고 있어. 그렇지만……'의 논리는 대중문화 텍스트를 수용하는 우리들의 머릿속에서 일어나는 정신작용이기도 하다. 가령 최근 인기를 끌었던 예능프로 「삼시세끼: 만재도 편」은 어떤가. 먹고살기 위해 먹을거리를 장만하고 밥과 반찬을 만드는 노동의 힘겨움을, 그리고 거기에 동반될 수밖에 없는 불안과 갈등을 우리는 이미 알고 있다. 그럼에도 불구하고 많은 대중들은 인공적으로 쎄팅된, 끼니를 위한 노동의 세계 앞에서 그에 대한 이성적 판단을 중지하고 「삼시세끼」의 갈등 없는 노동과 불안 없는 끼니의 세계에 즐겁게 빠져든다. 「삼시세끼: 만재도 편」의 세계는 먹고살기 위한 노심초사와 고된 노동이 즐겁고 평화로운 유희로 승화되는 세계다. 대중들이 거기에 빠져드는 것은 그 평화로운 노동의 유희가 현실에서 밥을 굶지 않기 위해 감수해야 하는 전쟁 같은 노동의 불안과 고통을 일시적으로나마 잊게 하고 위로해주기 때문일 것이다. 일종의 동종요법으로서 유희적 판타지인 셈이다.

「응팔」이 '알고 있어. 그렇지만……'의 논리를 통해 작동시키는 것이 또한 이와 방불하다. 1988년의 현실이나 이웃과 가족이 꼭 저러하지 않았다는 걸 누가 모르겠는가? 드라마에서 그려지는 아무런 갈등 없는 착한 사람들의 훈훈한 공동체는 처음부터 존재하지 않았다는 것은 우리도 알고 있고 제작진도 알고 있다. "알고 있어. 그렇지만……" 그런 측면에서 2화의 끝에 나오는 다음의 내레이션은 이 드라마가 출발하는 전제를 암시하는 비유적 진술로 읽어도 좋다. "행복한 착각에 굳이 성급한 진실을 끼얹을 필요는 없다. 가끔은 착각해야 행복하다." 「응팔」의 세계는 그렇게 차라리 그 '알고 있음'(이성적 판단)의 논리를 일시적으로 정지시킴으로써 열리게 되는 유희와 판타지의 세계다.

이렇게 볼 때 「응팔」의 중심에서 이야기의 중요한 결(texture)과 태도를 만들어내는 인물이 다름 아닌 정봉(안재홍 분)이라는 점은 우연이 아니다. 그리고 드라마 곳곳에서 이야기를 정감있고 탈현실적인 유희적 색채

로 띄워올리는 에피소드들의 중심에도 늘 정봉이 있다. 정봉은 무려 칠수
씩이나 하면서도 주눅 들거나 현실논리를 좇아가지 않고 아무짝에도 쓸
모없는 '덕질'의 세계에 탐닉하는, 쾌락원칙에 충실한 유희적 인물이다.
현실에서 이런 인물은 대개 주변에서 따돌림당하고 부모에게 눈총받는
대책 없는 비호감 밉상이기 쉽겠지만,「응팔」은 오히려 거꾸로 이런 인물
을 누구에게나 인정받는 속 깊고 순수하며 사랑스러운 캐릭터로 그려낸
다. 모든 각박한 현실논리는 그런 정봉 앞에서 힘을 잃고 정지되며, 그의
대책 없는 탈현실적인 영혼은 그 자체로 존중받는다. 심지어 그의 무용한
'덕질'의 쾌락원칙은 쓸모마저 입증된다. (그의 부모는 그 덕분에 지긋지
긋한 가난에서 탈출하고, 또 늘어진 테이프를 원상 복구하는 비법도 깨우
친다.) 어쨌거나 우리는 현실에서 정봉처럼 그렇게 쾌락원칙에만 충실한
삶을 살 수 없다는 것을 알고 있다. 정봉은 그 자체로 우리가 현실에선 그
럴 수 없음을 알지만 먼 과거에는 어쩌면 가능했을 것도 같은, 그런 우리
의 불가능한 소망이 투사된 판타지 캐릭터다.

캐릭터에 정봉이 있다면 공간에 택이(박보검 분)의 방이 있다. 이 드라
마에서 정서적으로 가장 중요한 공간으로 쎄팅된 곳이 바로 택이의 방임
을 기억하자. 그곳은 다섯 친구들이 입시를 목전에 두고도 세상에서 가장
무의미한 노닥거림과 놀이와 비디오 보기로 시간을 보내는 공동의 놀이
터다. 그곳은 승부의 세계(입시와 바둑)에서 그들이 맞닥뜨리는 모든 현
실의 압박과 불안이 정지되는 공간이다. 그곳은 지금 어디에도 없지만 어
쩌면 그 시절엔 존재했을지도 모를, 계산과 의미와 쓸모를 따질 필요를
알지 못하는 탈현실의 공간이며, 또 바로 그렇기 때문에 현실에서 겪는
상처와 고통과 슬픔을 나누고 말없이 보듬으며 위로해줄 수 있는 속 깊은
유희의 아지트다. 그것이 택이의 방이다. 또 그것이「응팔」이 우리를 초대
하는 이야기 공간이기도 하다.

하나의 판타지처럼 처리된 마지막 장면. 세월이 흘러 이제는 어른이 된

덕선이 폐허가 된 쌍문동 골목 안 택이의 방을 찾는다. 친구들이 모여 있다. 덕선이 울먹이며 묻는다. "니들이 왜 여기 있어?" 친구들의 천진한 대답. "왜 여기 있긴. 우리가 어딜 갔는데." 이것이 「응팔」의 대답이다. 이어 친구가 우리에게 말을 건넨다.

"이리와. ……(놀자.)"

놀자고? 그렇지만……

그래 놀자. 「응팔」의 남편 찾기 미션은 시청자들과의 유희를 위해 마련된 장치다. 사실 누가 남편이냐가 뭐 그리 중요하겠는가? 「응팔」의 이야기는 무엇보다 인정과 배려와 사랑으로 서로를 보듬으며 1988년을 건너왔던 가족들의 이야기가 아닌가. 극의 구성상 남편 찾기 스토리는 「응팔」에서 중요한 비중을 차지하긴 하지만 기능적으로는 느슨하게 나열된 에피소드들을 이어주고 이야기를 끌어가는 구실(맥거핀)일 뿐이다. 그럼에도 많은 시청자들은 호기심을 못 이겨 '어남택'파와 '어남류'파로 나뉘어 미션에 몰두했다. 작가와 연출자는 복선과 증거를 곳곳에 몰래 숨겨놓고 시청자들을 유혹했고, 또 시청자들은 누가 남편인지(이어야 하는지)를 강변하는 '추리 덕질'로 호응했던 것이 방영 당시 벌어졌던 진기한 풍경이었다. 「응팔」은 이런 식으로 설렘과 통증이 동반되는 첫사랑의 로맨스를 가벼운 하나의 추리게임으로 쎄팅해놓고 그렇게 시청자들과 함께 '추리 덕질'로 유희한다.

믿기지 않을지 모르지만 「응팔」은 우리가 살았던 1988년의 과거를 실제 그대로 충실히 재현하는 것을 의도하지 않는다. 그 과거는 오히려 '알고 있어. 그렇지만……'의 논리에 의해 쎄팅된 탈현실의 세계다. 그 시대의 추억이 각인되어 있는 갖가지 소품과 가재도구 들은 이 이야기가 말 그대로 과거의 현실 그대로임을 표시해주는 인장(印章)이 아니라, 오히려 그럴듯함의 '효과'를 불러일으킴으로써("그래. 그땐 저런 게 있었지.") 이 세계의 설득력을 더해주는 장치일 뿐이다. 더욱이 '세상을 향한 차가운 외침'과 '여러 사회적 갈등'을 괄호 안에 넣고 그 대신 그 시절 시대상의 재현을 대중가요와 광고를 통한 제유(提喩)로 대체하는 재현전략 자체가 이 드라마가 하나의 탈현실적인 판타지임을 표시한다.

판타지는 항상 현실의 무언가를 삭제함으로써 만들어진다. 그렇다면 여기에 없는 것은 무엇인가? 모두가 눈치챘을 것이다. 그것은 욕망이다. 이때 욕망은 이기(利己)와 잇속의 다른 말일 수도 있겠다. 과연 「응팔」의 세계는 그런 의미의 욕망이 발도 붙이지 못하는 세계다. 인물들은 처음부 터 잇속과는 거리가 먼 사람들이고, 아무런 댓가나 다른 생각 없이 서로 베풀고 나누고 염려하고 보살핀다. 욕망이 없는 곳에는 갈등도 없다. 설 혹 갈등이 있더라도 그것은 조용한 미소나 따뜻한 말 한마디에 스르르 풀 려버릴 정도로 너무도 사소한 것일 뿐이다. 그래서 교실에는 왕따도 없고 가정에는 문제도 없다. 공부를 못해도 쓰다듬어주고 말썽을 피워도 보 듬어준다. 우등생과 지진아가 서로를 챙겨주고 부잣집과 가난한 집이 서 로를 펴준다. 이런 세상이 있다고? 이것은 불가능한 판타지다.

「응팔」은 짐짓 이 불가능한 판타지를 들이밀며 이것이 우리가 살았던 과거의 모습이었다고 말한다. 그러나 그것이 진짜 우리의 과거가 아니라 는 것은 모두가 안다. 그것은 존재하지 않았던 과거다. 노스탤지어란 과거 에 있었으나 지금 없는 것에 대한 그리움이 아니라 지금도 없고 과거에도 없었던 것에 대한 그리움이다. 따라서 노스탤지어의 대상은 언제나 판타 지다. 「응팔」의 노스탤지어가 바로 그렇다. 그럼에도 불구하고 「응팔」은 현실에 존재하지 않았고 존재할 수도 없었던, 판타지의 세계로 쎄팅된 그 과거 속으로 우리를 데려간다. 그리고 그 속에서 놀게 한다. 웃음과 눈물을 뒤섞게 하면서. 누가 남편이 될지 추리도 해보고 영화 주제가와 CM송도 따라 부르게 하면서. 그러면서 우리는 존재하지 않았던 과거를 몸으로 경험한다.

도피라고? 그렇지만……

이 모든 것이 의미하는 것이 결국 무엇인지 이제는 조금 분명해졌을 것이다. 「응팔」의 유례없는 인기가 물질적 욕망에 포획되어버린 삶에 대한 회의와 가망 없음에 대한 절망, 희망 없는 생존의 불안에 시달리는 2016년 '헬조선'에서의 나날에 대한 누적된 피로에서 비롯되었으리라는 것은 일리있는 짐작이다. 「응팔」이 우리에게 지금과는 달랐던 따뜻한 과거에 대한 향수를 불러일으킨다는 뜻이겠다. 그러나 그뿐인가? 그렇지 않다. 저런 착한 과거는 처음부터 없었다는 것을 시청자들도 알고 있다. 알면서도 그들은, 아니 알기 때문에 그들은, 그 안에서 웃고 울고 놀고 산다. 그러면서 우리가(혹은 시청자들이) 「응팔」에서 추체험하는 것은 지금 이곳에 존재하지 않는 불가능한 현재이자 오지 않을(지도 모를) 미래다. 이를테면, 그들이 놀면서 살고 경험하는 것은 (어디에도 없는) 유토피아이며 「응팔」이 불러일으키는 그리움은 그 유토피아에 대한 그리움이다. 그런 측면에서 우리는 「응팔」의 시청 경험을 어쩌면 (프로이트적 의미에서) 소망 성취라고 불러야 할지도 모르겠다.

아마도 대부분의 '생각 있고 취향 있는' 근엄한 식자들은 이런 식의 '허망한' 놀이와 소망 성취를 좋아하지 않을지도 모르겠다. 그것은 결국 현실의 실상에 눈감고 도피하는 것에 불과하다고, 또 그럼으로써 얻는 위안도 결국은 체제순응적인 거짓 위안에 지나지 않는다고 훈계할 수도 있을 것이다. 어쩔 수 없는 일이다. 그렇지만 도피와 위안이 '반드시' 그런 속성을 가진다는 것은 식자들이 좋아하는 '이론'에만 있는 얘기다. 현실은 발 느린 '이론'이 쫓아가지 못할 만큼 훨씬 더 풍부하고 역동적이며, 대중문화가 현실 및 대중의식과 맺는 관계는 그 현실과 대중의식의 지형이나 국면에 따라 수시로 흔들리고 뒤바뀌며 전변한다. 더욱이 지금 우리는 지구역사상 어디에서도 볼 수 없었던, 숨을 틈 하나 없는 숨 막히는 '헬조선'의 시간을 살고 있지 않은가.

우리는 지금껏 「웅팔」이 그려놓은 저런 착한 세계를 본 적도 없고 살아본 적도 없다. 우리는 그런 세상이 어떤 세상인지 알지 못한다. 알지도 못하지만 그리워하는 그런 세계로 도피해 놀면서 위로받는다는 것은 무엇인가? 그것은 지금의 세상과는 다른 세상이 어쩌면 있을지도 모른다는 것을, 또 그 세상이 아마도 어떤 모습이리라는 것을 한번쯤 상상하고 추체험해보는 일이다. 그러한 추체험과 그것을 통해 얻는 위로의 가치는 생각만큼 그렇게 시시하지만은 않다. 비록 시시하다 하더라도, 그 시시함이 어쩌면 어느 지점에선가 현실을 다시 돌아보는 계기로 반전될 수 있으리라는 것은 충분히 기대해볼 수 있는 일이다. 시시함 속에도 정치는 있다. 그런 측면에서, 지금 이곳에서 탈현실로의 망명이 갖는 비정치성의 정치성 또한 다시금 진지하게 숙고해볼 필요가 있을 것이다.

사족: 편집진의 요청으로 부득이 매수를 맞추느라 원래 원고에서 많은 내용을 덜어냈다. 잘려나간 부분은 차후 디렉터스 컷으로 공개한다.

인터뷰: 당신의 비평은 어디에서 와서 어디로 가는가라는 물음에 대한 사소하고 시시한 고백*

1 평론가의 생애 주기에 대해 이야기해보고자 한다. 지난날을 돌아볼 때, 평론가
  로서 자신의 삶은 어떠한 지점들을 거쳐 지금 여기에 다다랐다고 보는가? 또
  어디로 가고 있다고 생각하는가? 가령 등단작이 아니라 처음으로 쓴 평론이 있
  는가? 잊히지 않는 청탁과 유독 고통스러웠던 마감에 대한 추억이 있는가? 또
  는 평론가로서 문학비평을 한다는 행위에 대해 회의감이 들었던 최초의 순간
  을 기억하는가? 문학비평을 쓰고 이와 관련된 활동을 하면서 겪은 시간들을 서
  사적으로 구성해준다면 우리는 어떤 이야기를 들을 수 있는가?

　　처음 쓴 평론은 문학평론이 아니라 연극평론이었다. 막 전역을 하고 방
황하던 1989년 무렵이었다. 우연히 극단 아리랑에서 공연한 주인석 원작
의 연극「불감증」을 보고, 뭔 이유에서였는지 비판적인 평을 길게 써서 극
단에 보냈던 걸로 기억한다. 당시 극단 대표이던 김명곤 형이 평을 잘 읽

---

* 계간『문학과사회 하이픈』2018년 봄호에 2000년대 비평가 인터뷰 특집에 실렸던 것
  을 조금 수정 보완하고 제목을 붙여 이 책의 말미에 사족으로 보탠다. 인터뷰의 질문은
  『문학과사회』편집동인에 의해 서면으로 주어진 것이다.

었다며 연락해왔다. 극단에 들어와 드라마투르기를 같이해보자는 거였다. 돌아보면, 아무것도 모르는 아이를 부추겨 극단의 고질적인 인력난을 해소해보려는 고도의 포섭전략이었다. 극단에서 무대조명과 운전기사, 온갖 소품 담당과 심지어 조연배우 등등을 거치면서 나중에야 깨달았지만. 그리고 김명곤 형은 「불감증」을 재공연하면서 내가 애초 그토록 신랄하게 비판했던 바로 그 연극의 조연으로 나를 출연시켰다. 그러다 몇년 뒤에 만난 연극평론가 이영미 선배가, 넌 몸을 굴리는 건 어울리지 않으니('몸치'라는 얘기다) 글을 써야 한다며 당시 서노문협(서울노동자문화예술단체협의회) 산하에 있던 '민족극연구회'로 나를 이끌었다.

그렇게 1990년대 초반은 노동극과 농민극, 집체극 현장을 쫓아다니며 평을 쓰면서 『민족극과 예술운동』이라는 계간 비평잡지를 공동으로 기획하고 비평을 쓰고 편집했다. 실은 문학 공부를 본격적으로 해보려던 터라 전혀 생각지도 않은 일이었다. 그렇지만 그때의 글쓰기 경험이 지금 나의 평론가로서의 삶에 중요한 자양이 되었다고 생각한다.

그러다 중간에 영화평론도 잠깐 끄적거리다가 정작 문학평론을 써야겠다고 생각했을 땐 이미 시간이 많이 지나 있었다. 신춘문예 두번, 문예지 공모 한번을 떨어지고 2003년에 가까스로 신춘문예에 당선돼 문학평론의 길에 들어섰다. 마침 2000년대 들어 새로운 상상력과 문법을 장착한 젊은 작가들이 활발히 등장해 좋은 소설들이 많이 발표되던 시기였다. 평론가로선 드문 행운이었다. 그렇게 지금까지 왔다.

그런데 유독 고통스러웠던 마감이 뭐였냐고? 모든 마감이 고통이고 지금 이 인터뷰도 그렇다. 그럼에도 가장 고통스러운 마감은, 못 지킨 마감이다. 솔직히 고백하자면 부득이한 사정으로 기한을 맞추지 못해 펑크를 내고 괴로워한 적도 몇번 있었고 그로 인해 불필요한 오해를 사기도 했다. 오래전, 펑크를 냈던 모 잡지의 편집위원이 편집후기에 실명을 거론하며 비평의 윤리가 결여된 평론가라고 질타한 적도 있었다. 이 자리를 빌려, 본의는 아니었지만 나의 지난 펑크들에 대해 사과하고 싶다. 앞으론 성실히 쓰겠다는 다짐도.

문학비평을 한다는 행위에 대해 회의감이 들었던 최초의 순간? 글을 쓰는 매 순간 회의가 든다. 무엇보다 세월호 참사 이후 2년간은 더욱 그랬다. 글을 쓸 수 없었다. 현실이 저러할진대 이깟 비평이 무슨 소용이냐는 참담함과 무력감을 이길 수 없었다. 와중에 '세월호 이후의 문학'을 주제로 단단하게 글을 써내는 다른 평론가들이 내심 부러웠다. 저 사람은 그래도 저렇게 쓰는구나, 어떻게 쓸 수 있을까, 부서지는 언어들을 어떻게 나는 추스를 수 있을까, 그래야 하지 않을까, 하는 생각.

한때 혁명을 구상하고 상상하는 비평들을 읽으며 비평을 배웠다. 그에 비하면 지금 나의 비평은 너무도 초라하고 왜소하다. 비평은 텍스트를 근거로 해야 한다고 늘 말해왔지만, 그것은 혹 텍스트를 방패 삼아 나의 비평적 무능과 무기력을 감추는 방편이 아니었을까 의심한다. 비평가는 자기의 언어에 존재를 걸어야 하는 사람이다. (적어도 나는 그렇게 생각한다.) 어쩌면 나는 그동안 내가 쓰는 언어에 내 존재를 거는 걸 망설이고 두려워해왔던 것은 아닐까. 그러다보니 언어마저 움츠러들었던 건 아닐까. 이제 좀 달라져야 하는 건 아닌가. 그런 생각이 든다.

비관과 우울 속에 너무 오래 머물러 있었던 것 같다. 그 비관과 우울을 넘어서는 비평의 목소리는 무엇이 되어야 할 것인지, 어디로 가야 할 것인지를 오래 생각하는 중이다.

2 최초로 평론가가 되고 싶다고 생각하게 만들었던 평론가, 혹은 평론가로 활동하고 있는 지금 지속적으로 의식하게 되는 평론가가 있는가? 당신에게 영향력을 끼치고 있는 평론가에 대해 말해달라.

대학시절, 그 사람은 루카치였다. (문학에서 더 범위를 넓히면, 그 시절 내게 가장 탁월했던 비평가는 맑스와 레닌이었다.) 글에서 드러나는 단단한 신념과 의지, 명징한 논리와 명쾌한 분석에 매료됐던 모양이다. 그런 글을 쓰고 싶었는지도. 그래선지 졸업 직전엔 루카치를 공부하겠다고 무턱대고 유명한 반 모 교수를 찾아가기도 했다. 독문과 대학원을 가고 싶노라 했더니 그는 책상 위에 독일어로 된 두꺼운 책 여러권을 쌓아놓고 그럼 이걸 다 읽고 오라고 했다. 그러겠노라 말하고 나와 곧 포기했다. (독일어부터 공부해야 할 텐데 저걸 언제 다 읽나.) 불문과 출신이 붙어나 제대로 하라는 주변의 핀잔도 있었고.

한국의 평론가로는 대학 1학년 때 처음 읽은 백낙청이 있다. 어린 문학도의 수준에서 그때 읽은 「새로운 창작과 비평의 자세」 「시민문학론」 등은 거시적인 시야와 폭넓은 교양에 기반해 세계문학과 한국문학을 새롭게 보게 만든 놀라운 글이었다. 심지어 필사까지 하며 거듭 읽었을 정도. 백낙청과 함께 이후 김명인, 조정환, 김명환 등 민중문학 평론가들의 글을 즐겨 읽고 많은 것을 배웠다. 김정환 시인이 나의 두번째 평론집『비평의 우울』의 추천사에서 과분하게도 나를 두고 "1970~80년대 리얼리즘 비평 전통의 적자"라고 쓰신 적이 있다. 그리고 보면 언감생심 '적자'까지는 아니어도 리얼리즘 비평의 영향 아래서 비평을 배우고 글을 써왔다는 건 맞는 것 같다. 그런데 한편으론 나를 '모더니즘 비평가'(신형철) 또는 '자유주의 비평가'(한기욱)라 부르기도 하는 것 같다. 비평가가 여러개의 얼굴로 비친다는 게 썩 좋은 일인진 잘 모르겠지만, 어쨌든 어느 하나로 고정되고 환원되지 않으려고 애써왔다는 건 사실이겠다. (그래도 내 박사논문의 주제가 나름 '자유주의 비판'이었는데 나를 '자유주의 비평가'로 호명하는 건 좀 섭섭하다.)

지금 지속적으로 의식하거나 영향을 받고 있는 평론가는, 사실 이들을 포함한 모든 평론가들이다. 백낙청, 김병익 등등 문학과 비평의 언어로 한 시대의 문제를 감당하고 그와 싸웠던 선배 평론가들에 대한 오랜 경외는 지금도 변함없다. 이제 문학환경이 변하고 비평의 존재조건이 달라졌다. 지금은 그 변화의 한가운데서 분투하고 있는 많은 동료와 후배 평론가들의 글에서 자극을 받는다. 특히 페미니즘 이슈를 두고 비평적 논리를 개진하는 이즈음 젊은 평론가들의 글을 읽으면서 알게 모르게 굳어진 나의 고정관념과 관습적 사고를 반성하게 될 때가 많다. 동료·후배 평론가들은 그래도 비평을 계속해야겠다는 의지를, 나의 비평이 여기서 좀더 나아가야겠다는 의욕을 일깨워주는 고마운 사람들이다. 특별히 의식하는 평론가는? 내가 질투하는 평론가들이다. 김형중과 신형철 같은.

3 영화와 드라마, SNS와 유튜브, 팔리지 않는 책 혹은 너무 많이 팔리는 어떤 책, 약화된 비평 혹은 고루한 비평, 너무 많은 공모전과 작가 들, 지속가능한 집필을 가로막는 경제적 조건, 작품의 다양성을 가로막는 평가기준, 특정 문학인 혹은 그룹, 문예창작과와 등단제도, 대안이 없는 비판…… 등등 당신이 생각할 때 오늘날 문학을 위협하고 있는 존재는 무엇인가? 이것을 문학의 적(敵)이라고 부를 수 있다면 당신은 이것과 싸울 준비가 되어 있는가?

물론 당신이 말한 그 모든 것들은 문학을 위협한다. 그러나 그것이 전부는 아니다. 문학은 언제나 유형·무형의 온갖 적들에 둘러싸여 살아왔고 또 앞으로도 그렇게 살아갈 것이다. 문학을 위협하는 문학의 적은, 문학을 둘러싼 모든 것이다. 심지어 문학이 존재하는 토대가 되는 문학제도까지도. 물론 싸워야겠지. 하지만 문학은 그 이전에, 그 적들과 함께 살아가야 한다. 또 그럴 수밖에 없다. 문학의 언어는 이미 적들에게 오염된 언어다. 적들로부터 안전한 문학의 언어는 없다. 그것이 문학의 운명이다. 문학은 어떻게든 그렇게 적들과 함께 몸을 섞고 살아가며 자기 안의 불가피한 적과 싸운다. 이 점을 잊고 문학이 자기를 위협하는(한다고 상상하는) 외부의 적에 맞서 어떻게든 순수한 자기를 방어하려고 안간힘 쓸 때, 역설적이게도 문학은 저도 몰래 스스로에게 적이 된다. 흐르지 않고 고여 있는 문학, 자기를 부수지 않는 문학, 고착된 절대적 가치를 고집하는 문학, 관습화된 문학, 싸우지 않는 문학. 그런 문학이 바로 문학의 적이다. 싸울 준비가 됐냐고? 이미 나는 자기와 싸우는 문학의 편이다.

4 신경숙 표절사건, 문학잡지의 혁신에 대한 요구와 응답, 문단 내 성폭력 사건 등 지난 몇해를 돌아보면 문단 안팎으로부터 변화해야 한다는 격렬한 요구가 제기된 시간이었다고 할 수 있다. 평론가로서 이러한 시간을 통과하면서 자신에게 일어난 변화를 감지하는가? 이를 통해 정립된 비평적 과제가 있다면 무엇인가?

무언가 급격한 지각변동의 한가운데를 통과하고 있다는 생각이 든다. 그것은 한마디로 오랫동안 의심할 수 없는 권위로 받아들여졌던 것들의 탈신성화(脫神聖化)라고 요약할 수 있을 것 같다. 문학도 사람의 일일진대, 그것이 작가의 시민적 삶과 칼로 베듯 분리될 수 있는 것은 아니겠다. 문학의 자율성을 십분 감안하더라도 말이다. 문단 내 성폭력과 관련해 말한다면 특히 그렇다. 최근 문단에서 터져나온 온갖 성적 폭력에 대한 폭로는 한국문학계 역시 정결하고 고고한 성채가 아니라 한국사회에 만연한 남성 중심적 위계와 폭력에 오염되어 있었음을 극적으로 확인시켜준 사건이다. 이를 빌미로 한 한국문학 전체에 대한 대중의 조롱과 질타도 감수해야 한다고 생각한다. 나 자신이 그 일부인 한, 그것은 어쩔 수 없는 나의 책임이다. 여하튼 지금까지 한국문학의 문학성에 대한 어떤 권위가 혹여 일부라도 내부에서 곪아가는 성적 위계와 착취를 은폐하면서 그 위에 쌓아올려진 것이라면, 그 권위는 마땅히 해체되어야 한다는 생각이다.

중요한 건 이것이 일회적인 스캔들로 치부되어선 안된다는 것이다. 물론 페미니즘 이슈로만 한정되어서도 안된다. 더 크게 보면 이것은 한국문학이 쌓아올린 문학적 권위의 탈신성화 혹은 탈신비화에 대한 시대적 요구의 증상이다. 그리고 여기엔 그간의 한국문학에 대한 대중의 오랜 욕구 불만과 불신이 개입돼 있다. 폐쇄적인 자기만의 리그에 몰두해 있다는 의심이 예컨대 그 하나일 수 있겠다. 여하튼 지금 제기되는 건 기존의 문학과 문학성에 대한 관념을 반성하고 재조정하고 재구성해야 한다는 요구다. 이는 대중적 요구이면서 또한 비평적 과제이기도 하다. 지금 한국문학계를 뒤흔들고 있는 이 소용돌이는 어쩌면 한국문학이 침체와 혼돈을 벗어나 새롭게 씌어지고 또 제 몫을 다하는 또다른 갱신을 위해 겪어야 하는 절박한 기회인지도 모른다.

딱히 직접 관련된 건 아니어도, 나는 사실 오랫동안 관습적으로 승인되어온 기존 문학성의 신화에 대한 문제제기를 지속해왔다고 생각한다. 첫 책인 『근대의 불안과 모더니즘』(소명출판 2006)부터다. 지난 2000년대 문학에 대한 나의 비판적 옹호도 그 연장선상에 있는 것이었다. 거기엔 크게 보면 그런 맥락에서 기존의 관습적인 문학성을 해체하고 확장해 문학성의 의미와 가치를 새롭게 재구성해보려는 비평적 욕심도 있었다. (이를 알아봐주는 이가 아직 없는 걸 보면 그리 성공적이었던 것 같진 않지만.) 그래서, 계속 가보려고 한다.

5 '현장비평'이라는 표현이 활발하게 쓰이던 시기가 있었다. 작품들은 여전히 잡지를 통해 발표되고 단행본으로 출간되고 있지만 이제는 '현장'이라는 말이 갖는 의미나 힘은 다소 변화한 듯하다. 지금 당신에게 현장이란 무엇인가? 이를 의식하며 평론을 쓰고 있는가?

물론 현장의 의미는 변화했다. 문학행위와 수용의 통로도 책이라는 물질성의 한계를 벗어나 좀더 다양해졌다. 그 입체적 공간이 또한 하나의 현장이고, 가령 '304낭독회' 같은 것들이나 지금 떠들썩한 스캔들과 온갖 문학적 사건들이 벌어지는 곳 또한 문학적 현장이다. 이 모든 현장들이 바로 비평이 개입해야 하는 장소다. 그래야 한다고 생각하지만, 아직 몸이 굼뜨다. 부지런히 운동해서 몸을 움직여야겠지.

하지만 그 이전에, 한편의 작품 그 자체가 바로 현장이다. 문학작품은 그것을 낳은 사회의 공기와 욕망과 실패가 스며 있는 장소이며 그곳에서 살아가는 사람들의 들리지 않는 목소리가 웅성대는 공간이다. 비평은 숨어 있는 그 현장의 의미를 드러내고 살려내는 작업이다. 그런 의미에서 나는 언제나 현장에서 현장을 의식하며 써왔다고 생각한다.

6 이십년 가까이 평론가로 살아온 당신에게 문학비평이란 무엇이었으며 무엇이 될 예정인가?

한때 문학이 사회의 모든 문제를 주도적으로 끌어안고 감당하던 시대가 있었다. 그런 문학과 발을 맞추던 그 시대 비평의 위의가 지금은 아득하다. 나 역시 그런 비평을 소망했지만 능력도 대세도 따라주지 않는다. 그럼에도 비평을 한답시고 꾸역꾸역 오랜 시간 뭔가를 끄적거려왔다면 거기에 뭔가 놓아선 안될 것 같은 의미가 있었기 때문이겠다. 우리시대 문학의 정신구조와 지도를 그려보고 갈 길을 상상해보는 작업을 많이 해온 것 같다. 하지만 돌아보면 그보다 내게 비평은 일종의 자기성찰 작업과 같은 게 아니었나 싶다. 내가 쓰는 비평의 언어에 내 삶을 비추어보는. 그리고 그 언어와 삶의 괴리에 어쩔 수 없이 괴로워하는.

문제는 그나마 그 자기성찰도 원고 청탁(!)이 와야만 가능했다는 것이겠다. (여기서 의미심장한 미소를 지으며 머리를 크게 끄덕이는 평론가 당신이 보인다.) 청탁된 자기성찰 혹은 강요된 자기성찰? 매번 마감에 몰렸으니 벼랑 끝 자기성찰이기도 했고. 그래서 이젠 나름의 기획을 갖고 청탁이 없어도 계속 써보기로 했다.

하지만 비평이란 부끄러움만으로 감당할 수 있는 작업도 아니고 자기성찰의 차원에만 머물러서도 안될 것 같다. 이제 그 차원을 넘어서는 비평가의 광범위한 사회적 책임을 진지하게 고민하고 실천해야겠다고 생각한다. 더욱이 그간 내가 써온 글들을 돌아보면 아직도 낡은 관성에 매여 있고 오랜 시간 축적되고 통용되어온 비평의 어떤 표준이나 기준, 형식과 스타일을 벗어나지 못하고 있는 것 같다. 문학을 둘러싼 새로운 환경의 변화와 문학의 형질변화에 적극적으로 대응하기보다 20세기형 비평가의 소극적 모델에 완강히 안주하고 있었던 건 아닌가. 이젠 21세기 비평이 무엇이 되어야 하는가라는 물음에 대한 답변을 글쓰기를 통해 조금씩 진전시켜보려 한다.

평론가 소영현이 '좀비비평'이라는 말을 쓴 적이 있다. 어쨌든 일단은 좀비가 되지 않는 것이 최소한의 목표다.

7 평론가이기 이전에 한국문학의 독자로서 당신의 취향이 궁금하다. 작가나 작품의 이름을 거론하지 않고 좋아하는 작품에 대해 설명해달라. 예컨대 성격이 뚜렷한 등장인물들이 다수 등장하여 소동을 벌이는 코믹한 이야기, 세태를 잘 포착하여 디테일하게 묘사해낸 이야기, 특별한 사건 없이 그저 아름다운 문장들로 이루어진 일인칭 화자의 이야기 등과 같이 좋아하는 소설의 경향에 대해 구체적으로 이야기해달라.

(은밀히 고백하자면) 나는 대책 없는 통속 취향이다. 그중에도 통속 연

애 이야기. 두 남녀가 만나 서로 사랑에 빠지고 어찌어찌 갈등과 시련을 겪고 이런저런 사건이 벌어지면서 애절한 사연과 눈물이 동반되는. 멜로영화와 TV 드라마에도 몰입한다. 대놓고 흐르는 눈물을 훔치면서. 그러고 보면 어쩌면 난 문학비평을 하는 게 어울리지 않는 그런 통속적 인간일지도 모른다는 생각이 든다. (어쩌면 자기분열일지도.) 하지만 때로 아름다운 문장과 고상한 담론은 진실을 가리기도 한다. 오히려 욕망과 좌절과 원망과 실패가 교차하는 그런 통속의 드라마 속에 어쩌면 비루한 우리 삶의 진실이 몰래 숨어 있을 수도 있다는 생각을 한다. 사실 동서고금의 거의 모든 세계명작들의 뼈대도 따지고 보면 통속적 연애 이야기가 아닌가?

물론 취향을 떠나 좋아하는 소설의 경향을 달리 말해볼 수도 있겠다. 그 어떤 경향이든, 정직하게 자기와 싸우는 소설. 문장 하나 장면 하나로 더 큰 상상을 불러오고 끊임없이 뻗어가는 상상에 다리를 놓아주는 소설. 마음을 흔들고 움직이는 소설. 그리하여, 생각해야 한다고 나를 부추기고 물아가는, 그런 소설.

8 당신이 타임슬립의 상황에 처했다고 가정할 때, 가보고 싶은 과거나 미래의 한 장면이 있는가. 가령 당신은 故 이한열의 타이거 운동화 한짝을 찾는 자신을 꿈꾸어볼 수도 있고, 병자호란 당시 김상헌이 될지 최명길이 될지, 혹은 인조가 될지, 아니면 대신 무리 중 한 사람이 될지 꿈꾸어볼 수도 있을 것이다. 예컨대 당신은 프랑수아 트뤼포의 영화 「화씨 451」처럼 책을 읽으면 이를 불태워버리는 소방수가 등장하는 미래 도시에 가볼 수도 있을 것이다. 당신이 겪어보고 싶은 시간이 있다면 이야기해달라.

한번도 생각해보지 못했다. (이런 질문을 하는 당신이 좋아진다.) 만약 타임슬립이 가능하다면, 내가 죽고 없는 그 시간의 끝없는 허무 속에 던져지고 싶다. 그것이 무엇일지. 그밖에 딱히 겪어보고 싶은 시간은 떠오르지 않는다. 되돌리고 싶은 시간은 있다. 지금도 절대 잊지 않고 가끔 떠오르는 40여년 전의 트라우마. 국민학교 3학년 때였다. 동시를 써오라는 숙제가 있었는데 하기 싫어 아동잡지에 실린 시 하나를 대충 베껴서 제출했다. 사고가 발생했다. 그게 떡하니 우수작으로 뽑혀 교실 뒷벽 게시판에 일주일 동안 전시된 것. 뻔뻔하게 내걸린 그 글을 볼 때마다 매일 부끄러움과 공포로 얼굴이 화끈 달아올랐다. 선생님께 사실을 고백해야 한다는 생각과 그러면 혼날 텐데 하는 두려움 사이에서 내내 어쩔 줄 몰라했던 것 같다. 일주일 동안 어린 내 마음은 지옥이었다. 동시 숙제를 하려고 엎드려 공책을 펴던 그 시간. 나는 지금 거기에 있다.

9 자신의 평론과 어울리는 이미지가 있는가? 이어 향후 자신의 평론집에 표지로 삼고 싶은 이미지를 말해달라. 예컨대 곰팡이가 슨 침대, 고야의 「아들을 먹어치우는 사투르누스」, 얼키설키한 전선줄, 땅바닥에 거꾸로 버려진 바닐라 콘 아이스크림 등 당신의 평론과 글 세계를 표상하는 이미지가 있다면 무엇일지 이야기를 듣고 싶다.

나의 평론과 어울리는 이미지? 이런 질문을 하는 당신은 비평을 하나의 독자적인 예술작품으로 상상하는 사람이다. 그러고 보니 반성이 된다. 비평도 당연히 예술일 수 있지만, 그 가능성을 끝까지 용감하게 실험해보려는 엄두는 내지 못했다. 이미지를 얘기해보라는 질문에 대뜸 뜬금없이 텅 빈 하얀 모니터에 외롭게 껌뻑이는 커서와 마감의 공포만 떠올랐으니. ……최선을 다해 이미지를 떠올리려 애쓰는 사이에 약속한 원고매수가 다 찼다. 다행이다.

| 발표지면 |

| 제1부 | 장편소설의 오늘, 비평의 운명

공감과 연대—21세기, 소설의 운명 『창작과비평』 2011년 겨울호

오늘의 '장편소설'과 '이야기'의 가능한 미래 『어문논집』 제62집, 민족어문학회 2015 —
    일부 수정

비평은 없다 『쓺』 제5호, 2017년 하권

폐허 속에서, 오늘의 비평 『문학동네』 2013년 가을호

끝에서 본 기원과 비평 『상허학보』 제35집, 상허학회 2012(원제: 끝에서 본 기원과 비평/
    문학 연구) — 대폭 수정

| 제2부 | 문학, 비평, 역사의 순간들

문학연구의 우울 『현대문학의 연구』 제57호, 한국문학연구학회 2015 — 일부 수정

저개발의 근대와 백낙청의 리얼리즘 『겨레어문학』 제56호, 겨레어문학회 2016(원제: 방
    영웅의『분례기』와 백낙청의 리얼리즘) — 일부 수정

'90년대'는 없다 『한국학논집』 제59집, 계명대학교 한국학연구소 2015

반복과 종언 혹은 1960년대라는 원초적 장면 『사이間SAI』 제14호, 국제한국문학문화학

회 2013(원제: 반복과 종언 혹은 1960년대 문학/문화연구의 문제들)

한국문학과 그 타자들 『어문논집』제54집, 민족어문학회 2013 ─ 일부 수정

| 제3부 | 문학, 기억, 고통의 목소리

고통과 문학, 고통의 문학 『우리말글』제72집, 우리말글학회 2017

'시봉들'의 세계사: 이기호 소설의 내러티브/감성 정치 『자음과모음』2014년 겨울호

잃어버린 시간을 찾아서 『자음과모음』2012년 겨울호 ─ 일부 수정

문학의 진실과 증언의 목소리 『21세기 문학』2016년 겨울호

어둠과 환멸로부터 『21세기 문학』2017년 봄호

잃어버린 길의 끝에서 『21세기 문학』2016년 봄호

| 제4부 | 인간희극

불가능한 이야기의 가능성 『자음과모음』2014년 여름호

소통과 관용의 시적 상상력 『자음과모음』2012년 여름호

묵시와 공포, 관능과 숭고 『문예중앙』2010년 가을호 및 겨울호

몰락의 유머, 인생의 공포 『문예중앙』2011년 봄호 및 가을호

우연과 욕망, 적대와 복수 『문예중앙』2011년 여름호 및 겨울호

애도와 우울 『문학동네』2012년 가을호

고독의 재발견 『현대문학』2006년 12월호 ─ 일부 수정

인간희극 『창작과비평』2013년 여름호

놀자, 놀자꾸나! 『문학동네』2016년 봄호

보유(補遺)

인터뷰 『문학과사회 하이픈』2018년 봄호

| 찾아보기 |

문학이 하는 일

초판 1쇄 발행 / 2018년 6월 30일

지은이 / 김영찬
펴낸이 / 강일우
책임편집 / 박지영 김성은
조판 / 박지현 박아경
펴낸곳 / (주)창비
등록 / 1986년 8월 5일 제85호
주소 / 10881 경기도 파주시 회동길 184
전화 / 031-955-3333
팩시밀리 / 영업 031-955-3399 편집 031-955-3400
홈페이지 / www.changbi.com
전자우편 / lit@changbi.com

* 이 책은 서울문화재단의 2018년도 문학창작집 발간지원사업의 지원을 받아 발간되었습니다.
* 이 책 내용의 전부 또는 일부를 재사용하려면
  반드시 저작권자와 창비 양측의 동의를 받아야 합니다.
* 책값은 뒤표지에 표시되어 있습니다.